면도날

The Razor's Edge

THE RAZOR'S EDGE
by W. Somerset Maugham

세계문학전집 214

면도날

The Razor's Edge

서머싯 몸

안진환 옮김

민음사

차례

면도칼의 날카로운 칼날을 넘어서기는 어렵나니.
그러므로 현자가 이르노니, 구원으로 가는 길 역시 어려우니라.
— 카타 우파니샤드

1장

1

지금껏 이렇게 염려스러운 마음으로 소설을 시작해 본 적이 없다. 내가 이 글을 소설이라고 부른다면 그것은 단지 마땅히 붙일 다른 이름이 떠오르지 않기 때문이다. 줄거리다운 줄거리도 별로 없고 결말이 죽음이나 결혼으로 끝나지도 않는다. 죽음은 모든 것을 끝내며 따라서 포괄적인 결론이다. 결혼 역시 꽤 괜찮은 마무리 방식이지만, 고상한 것을 좋아하는 사람들은 전통적으로 해피엔딩이라 부르는 것을 비웃어야 한다고 경솔하게 여기는 경향이 있다. 결혼으로써 이제 필요한 이야기는 다 끝났다고 생각하는 것은 평범한 사람들의 정상적인 본능이다. 이런저런 우여곡절 끝에 마침내 남자와 여자가 하나가 되면 그들은 생물학적 임무를 완수한 셈이고 이제 관심은 그다음 세대로 넘어간다. 그러나 나는 독자들에게 정해진 결론을 제시하지 않을 것이다. 이 책은 내가 이따금 만나서 가까운 관계를 유지했던 한 남자를 회상한 내용이다. 나는 그가 나와 만나지 않았던 기간에는 어떤 일을 경험했는지 거의 아는 바가 없다. 나의 상상력을 동원하여 그 기간에 있었을 법한 일을 그럴듯하게 꾸며 내 좀 더 조리 있는 이야기를 만들 수도 있을 것이다. 하지만 나는 그러고 싶은 마음이 없다. 단지 내가 아는 한도 내에서 이야기를 쓰고 싶다.

오래전에 나는 『달과 6펜스』라는 소설을 썼다. 그 책에서 나는 유명한 화가 폴 고갱을 모델로 삼았다. 그리고 내가 창조한 인물을 표현하기 위해서, 소설가의 특권을 이용해, 그 프랑스 화가에 대해 아는 빈약한 정보들이 주는 암시를 토대로 많은 사건을 만들어 냈다. 이 책에서는 그러한 시도를 하지 않았다. 나는 아무것도 허구로 꾸며 내지 않았다. 아직 생존한 사람들이 난처해지는 일이 생기는 것을 막기 위하여 등장인물에는 가명을 사용했다. 그리고 독자들이 이야기를 읽으며 그 사람이 누구인지 알아챌 수 없도록 표현하려고 애썼다. 내가 회상하는 남자는 유명한 인물이 아니다. 앞으로도 결코 유명해질 일이 없을지도 모른다. 그의 삶이 끝난 후 그가 지구상에 체류했음을 말해 주는 흔적은 강물에 던져진 돌이 수면에 남기는 흔적만큼도 못 될지도 모른다. 따라서 이 책은, 누군가에게 읽히기나 한다면, 이야기 자체가 지니고 있을지도 모를 내재적 흥미 때문에 읽힐 것이다. 하지만 어쩌면 그가 택한 삶의 방식이나 그만이 지닌 독특한 강인함과 장점이 시간이 지날수록 사람들에게 점점 더 커다란 영향을 끼쳐, 사람들은 그가 죽고 오랜 세월이 흐른 후 과거에 매우 비범한 인간이 하나 살았다는 사실을 인정하게 될지도 모른다. 그러면 내가 이 책에서 소개하는 남자가 어떤 사람인지 매우 분명해질 것이고, 그의 젊은 시절에 대해 조금이라도 알고 싶은 사람들에게 이 책이 도움이 될지도 모른다. 물론 어느 정도 한계는 있겠지만 이 책은 내 친구의 전기를 쓰려는 사람들에게 유용한 자료가 될 것이다.

이 책에 적은 대화들이 원래의 대화 내용을 그대로 옮긴 것이라고 말할 생각은 없다. 나는 이런저런 상황에서 사람들이 한 말을 기록해 둔 적은 없다. 하지만 나는 나와 관련되어 있는 상황을 잘 기억하는 편이고, 따라서 당시의 대화를 나 자신의 언어로 쓰기는 했어도 원래 말의 의미를 충실하게 반영했다고 믿는다. 조금 아까 나는 아무것도 허구로 꾸며 내지 않았다고 말했는데 그 말을 약간 수정해야겠다. 나는 헤로도토스* 시대 이후 역사가들이 그래 온 것처럼 내가 직접 듣지 못한 말들은 등장인물의 입을 빌려 표현했다. 그렇게 한 것은 역사가들과 같은 이유 때문이다. 다시 말해, 만일 그저 서술했다면 제대로 느낌을 살리지 못했을 장면에 생동감과 사실감을 더하기 위해서다. 나는 재미있는 책을 쓰고 싶고, 그러기 위해서 그 정도의 융통성은 발휘해도 된다고 생각한다. 눈 밝은 독자라면 내가 어느 부분에서 그러한 방식을 이용했는지 쉽게 알아볼 것이며, 그것을 받아들이느냐 마느냐는 전적으로 독자의 자유다.

이 소설을 쓰면서 염려스러웠던 또 한 가지는 주요 인물들이 미국인이라는 사실이다. 본래 사람을 안다는 것은 매우 어려운 일이고, 더군다나 다른 나라 사람을 제대로 알기는 더더

---

* BC 484?~BC 425?. 그리스의 역사가.

욱 힘들다. 사람이란 오로지 그 사람 자체가 전부는 아니기 때문이다. 태어난 지역, 처음으로 걷는 방법을 배운 아파트나 농가, 어릴 적 하던 놀이, 자연스럽게 들으며 자란 민간 속설들, 먹는 음식, 공부한 학교, 좋아하는 스포츠, 읽은 시들, 믿는 신 등이 그 사람을 만든다. 이러한 모든 요소가 그가 어떤 사람인가를 규정한다. 이것들은 그저 남에게 전해 들어서는 알 수 없고 직접 경험해야만 알 수 있다. 스스로 겪고 생활해야만 알 수가 있다. 또한 타국 사람에 대해서는 오로지 관찰을 통해서만 알 수 있기 때문에 책에서 그들을 신빙성 있게 나타내기란 쉽지 않다. 헨리 제임스*는 섬세하고 신중한 관찰자이며 영국에서 40년간 살았음에도 완벽한 영국인을 창조해 낸 적이 한 번도 없다. 나는 몇몇 단편을 제외하고는 영국인 이외의 사람을 등장시킨 적이 없다. 단편에서 내가 그런 시도를 한 것은 단편에서는 인물을 보다 요약적으로 나타낼 수 있기 때문이다. 즉 대략적인 윤곽을 주고 세부적인 부분은 독자 스스로 채워 가게 하는 것이다. 혹자는 『달과 6펜스』에서 폴 고갱을 영국인으로 만든 것처럼 이 책의 등장인물도 그렇게 하면 되지 않았느냐고 물을지 모르겠다. 내 대답은 간단하다. 그럴 수가 없었다. 그렇게 했다면 실제 그들의 모습을 제대로 구현하지 못했을 것이다. 나는 그들이 완벽한 미국인이라고는 감히 말하지 못하겠다. 그들은 영국인의 눈을 통해서 본 미국인이다. 나는 미국인이 말하는 독특한 특성을 그대로 나타내려고 애쓰지 않았다. 영국 작가들이 그런 시도를 하면 미국 작가들이 영

* 1843~1916. 미국 출신 소설가로 후에 영국에서 활동했음.

국에서 사용하는 영어를 그대로 재현할 때 범하는 것과 똑같은 실수를 하게 된다. 특히 속어가 가장 위험한 함정이다. 헨리 제임스는 영국을 배경으로 한 소설에서 빈번하게 속어를 사용했지만 영국인이 쓰는 것과 똑같이 표현하지는 못했다. 그래서 그가 원했던 구어적 효과는 내지 못하고 영국 독자들에게 불편한 느낌만 안겨 주었다.

2

1919년에 나는 극동 지역으로 가는 도중 시카고에 들렀다. 그리고 이 책의 이야기와는 상관없는 어떤 이유로 인해 그곳에 2~3주쯤 머물렀다. 그 얼마 전에 내가 발표한 소설이 성공을 거두어 신문에 자주 오르내렸기 때문에 나는 도착하자마자 인터뷰를 했다. 다음 날 아침에 전화벨이 울렸다. 나는 수화기를 들었다.

"엘리엇 템플턴입니다."

"엘리엇 씨요? 파리에 계신 줄 알았는데요."

"아닙니다. 여동생 집에 와 있습니다. 오늘 저희랑 같이 점심 식사를 하시면 어떨까 싶습니다만."

"좋습니다. 그렇게 하지요."

그는 만날 시간과 집 주소를 알려 주었다.

당시 나는 엘리엇 템플턴을 15년 전부터 알고 지내는 상태였다. 내게 전화가 걸려 왔을 즈음 그는 50대 후반이었다. 그는 호리호리하고 점잖은 미남형이었으며, 숱이 많고 구불구불한 검은 머리칼 사이로 적당히 백발이 섞여 있어 고상한 기품이 풍겼다. 언제나 세련된 옷차림을 하고 다녔다. 그는 셔츠나 넥타이는 샤르베*에서 마련하고 양복과 구두와 모자는 런던에서 샀다. 그는 파리에서는 리브고슈**에서 상류층이 많이 사는 생기욤 가(街)의 아파트에서 지냈다. 그를 별로 좋아하지 않는 사람들은 그를 장사꾼이라고 불렀는데 그는 그런 말을 들으면 매우 분개했다. 그는 수준 높은 안목과 지식이 있는 남자였고, 자신이 오래전 파리에 처음 정착했을 때 그림을 사고 싶어 하는 부유한 수집가들에게 조언을 해 주곤 했다는 사실을 굳이 숨기지 않았다. 또 가세가 기운 상류층 영국인이나 프랑스인이 최고급 그림을 팔고 싶어 하더라는 얘기를 주변 사람을 통해 들으면, 자기가 아는 미국인 박물관 관장 가운데 이런저런 화가의 작품을 찾고 있던 사람과 연결해 주기도 했다. 상황 때문에 어쩔 수 없이 불***의 이름이 새겨진 가구나 치펀데일****이 직접 만든 필기용 테이블을 조용하게 처분해야만 하는 집안들이 프랑스에 많았고 영국에도 어느 정도 있었다. 그런 사람들은 일을 신중하게 처리해 줄, 훌륭한 교양과 세련된 매너를 갖춘 사람을 원했다. 엘리엇이 그런 거래를 주선해 주고 돈을 받을 것이라는 사실은 누구나 짐작할 수 있었지만, 점잖은 사람들은 그런 말을 입 밖에 내지 않았다. 고약한 사람들은 그의 아파트에 있는 물건이 죄다 남에게 팔기 위한 것이라고, 그래

* 프랑스의 고급 의류 및 잡화 브랜드.

** 센 강 왼쪽 지역.

*** 프랑스의 일류 가구 제작자.

**** 영국의 가구 제작자.

서 그가 돈 많은 미국인을 초대해 고급 와인을 곁들인 훌륭한 점심을 대접하고 나면 그의 아파트에 있던 값비싼 그림이 한두 점 사라지거나 고급 상감세공품 가구가 래커 칠 가구로 바뀌곤 한다고 주장했다. 누군가 그에게 아파트에 있던 어떤 가구가 없어진 이유를 물으면 그는 원래 것이 좋은 물건이 아니라서 훨씬 더 고급스러운 것과 바꿨을 뿐이라고 매우 그럴듯하게 설명했다. 그리고 늘 똑같은 물건을 보는 것처럼 지루한 일이 없다고 덧붙였다.

"누 조트르 아메리캥(우리 미국인들)은 변화를 좋아한답니다. 우리의 장점이자 단점이기도 하지요."

파리에 있는 미국인 부인들 가운데 그에 관한 한 모든 걸 안다고 주장하는 여자들은, 그의 집안이 몹시 가난하며, 그가 당시와 같은 생활을 할 수 있게 된 것은 순전히 아주 영리하고 머리 회전이 빨랐기 때문이라고 말했다. 나도 그가 얼마나 부자였는지는 모르지만, 그가 아파트 건물 소유주인 공작에게 상당한 집세를 내고 있었던 것은 분명하며, 그의 아파트 역시 값나가는 물건들로 꾸며져 있었다. 벽에는 와토, 프라고나르, 클로드 로랭 같은 유명한 프랑스 화가들의 그림이 걸려 있었고, 모자이크 모양으로 나무조각 세공을 한 바닥에는 사보느리 카펫과 화려한 오뷔송 융단이 깔려 있었다. 응접실에는 텐트 스티치 무늬의 루이 15세풍의 가구 세트가 놓여 있었는데, 무척이나 우아한 분위기를 풍겨서 그가 주장하는 대로 퐁파두르 부인*이 쓰던 물건이라고 해도 손색이 없을 정도였다. 어쨌

---

* 1721~1764. 프랑스 왕 루이 15세의 정부(情婦).

거나 제법 부자여서 돈을 벌려고 애쓰지 않아도 세련된 신사로서의 스타일을 유지하며 살기에 부족함이 없었다. 그가 어떻게 그러한 수준에 올랐는가 하는 것은 그와 관계를 계속 유지하고 싶은 사람이라면 언급하지 않는 편이 현명했다. 물질적인 걱정을 하지 않아도 되는 그는 사교 관계를 넓히는 일에 몰두했다. 젊은 시절 유럽에 처음 왔을 때는 소개장을 들고 명사들을 찾아다니며 발판을 만들기 시작했고, 이후 그러한 발판은 프랑스와 영국의 가난한 귀족 집안들과 사업 관계를 맺으면서 더욱 튼튼해져 갔다. 그가 소개장을 들고 찾아간 상류층 미국계 부인들은 그의 출신을 특히 마음에 들어 했다. 버지니아 주의 오래된 가문 출신인 데다 어머니 쪽 조상이 미국 독립선언서에 서명한 인물 중 하나였기 때문이다. 그는 잘생긴 외모에 성격도 쾌활하며, 춤도 잘 추고 사격 솜씨도 훌륭하고 테니스 실력도 뛰어났다. 어느 파티에서나 빛나는 존재였다. 주변 사람에게 꽃과 값비싼 초콜릿을 아낌없이 선물했으며, 사람들을 자기 집에 직접 초대해 대접하는 일이 많지는 않았지만 한 번 할 때는 자신만의 특별한 방식으로 손님들을 즐겁게 했다. 부잣집 숙녀들은 소호 가(街)에 있는 보헤미안 스타일 식당이나 라탱 지구에 있는 레스토랑에 데려가면 무척 좋아했다. 그는 언제나 상대방에게 도움을 줄 준비가 되어 있었고 상대가 아무리 귀찮은 부탁을 해도 기꺼이 들어주었다. 또 나이 많은 부인들의 기분을 맞춰 주기 위해서 갖은 수고도 마다하지 않았다. 얼마 지나지 않아 그는 화려한 저택에 사는 사람들의 아미 드 라 메종(집안 친구)이 되었다. 싹싹하고 사교적인 면에서 그를 능가할 사람은 없었다. 갑자기 파티에 못 온다는 손님이 생겨서 파티 주최자가 마지막 순간에 그를 초대하더라도 그는 전혀 개의치 않았다. 따분하기 그지없는 늙은 부인 옆에 앉혀 놓아도 붙임성 있게 굴며 즐거움을 선사했다.

2~3년쯤 지나자 런던(런던에는 사교 시즌 후반부에 갔다가 초가을에 시골의 저택들을 방문했다.)과 그가 정착한 파리에서 그는 젊은 미국 남자가 알 수 있을 만한 모든 사람을 알게 되었다. 처음에 그를 사교계에 소개한 부인들은 그의 인맥이 매우 넓게 퍼진 것을 보고 놀라워했다. 그들은 조금 묘한 기분을 느꼈다. 한편으로는 자신들이 후원해 준 남자가 큰 성공을 거뒀다는 사실이 기뻤지만, 또 한편으로는 자신들도 아직 형식적인 관계만 유지하는 사람들과 그가 매우 친밀하게 지낸다는 것이 조금 신경에 거슬렸다. 그가 전과 다름없이 정중하고 싹싹한 태도를 보이긴 했지만, 사회적인 상승을 위한 발판으로 자신들을 이용한 것이 아닌가 하는 불편한 느낌을 지울 수 없었다. 그들은 그가 속물이 아닐까 하고 생각했다. 물론 그는 속물이었다. 대단한 속물, 부끄러움을 모르는 속물이었다. 그는 자신이 원하는 파티에 초대받기 위해서라면 또는 성질은 고약하나 명성이 자자한 귀부인과 사귀기 위해서라면 공공연한 모욕도 참아 냈고, 딱지를 맞아도 개의치 않았으며, 어떤 무례함도 감수했다. 그는 끈질긴 근성을 갖고 있었다. 일단 목표 대상을 정하고 나면 집요하게 공략하여 자기 것으로 만들었다. 마치 진귀한 야생란을 찾기 위해서 홍수와 지진과 열병과 적대적인 원주민의 위험도 기꺼이 감수하는 식물학자 같았다. 1914년에 일어난 전쟁은 그에게 결정적인 기회를 주었다. 전쟁이 발발하자 그는 야전 의무대에 들어가 처음에는 플랑드르에서, 나

중에는 아르곤에서 복무했다. 1년 후에는 옷에 붉은색 훈장을 달고 돌아와 파리의 적십자사에서 한자리를 차지했다. 그 무렵 그는 퍽 부유해서 사회적 명사들이 후원하는 자선사업에 후하게 기부도 했다. 또 언제나 사람들을 모으는 재능과 뛰어난 교양을 발휘하여 널리 알려진 자선 활동에 도움을 제공했다. 그는 파리에 있는 회원제 클럽 가운데 최고급 클럽 두 군데의 회원이었다. 그는 프랑스 상류층 부인들 사이에서 '스 셰르 엘리엇(경애하는 엘리엇)'으로 통했다. 마침내 목적을 이룬 것이다.

3

엘리엇을 처음 만났을 때 나는 평범한 젊은 작가에 지나지 않았으므로 그는 나를 거들떠보지도 않았다. 그는 사람 얼굴을 좀처럼 잊어버리지 않는 편이라 가끔씩 이런저런 자리에서 나와 마주치면 예의 바르게 악수를 나눴다. 하지만 그 이상 친해지고 싶은 기색은 전혀 비치지 않았다. 예컨대 오페라 극장에서 마주쳤는데 그는 상류층 명사와 함께 있으면 나를 일부러 못 본 척했다. 그러나 얼마 후 나는 극작가로서 웬만큼 성공을 거두게 되었다. 그러자 엘리엇이 친밀감을 나타내기 시작했다. 어느 날 나는 그에게 클라리지 호텔에서 함께 점심을 하자는 전갈을 받았다. 클라리지 호텔은 그가 런던에 있을 때 머무는 곳이었다. 그날 모임은 인원도 적었고 그다지 세련된 자리도 아니었으므로 그가 나를 시험해 보려는 게 아닌가 하는 생각마저 들었다. 그러나 나는 작가로 성공하면서 많은 사람들을 새로 알게 되었고, 호텔에서의 만남 이후로 그를 전보다 더 자주 만나게 되었다. 얼마 후 나는 가을의 몇 주일을 파리에서 보냈는데 그와 내가 둘 다 아는 사람의 집에서 그를 만났다. 그는 내게 어디에 묵고 있느냐고 물었고, 나는 하루인가 이틀 후에 점심 초대를 받았다. 이번에는 그의 아파트로였다. 가서 보니 놀랍게도 꽤 이름 있는 사람들이 모인 자리였다. 나는 속으로 웃었다. 사교술이 누구보다 뛰어난 그는, 영국 사교계에서는 작가로서의 내 존재가 그리 대단치 않았지만 프랑스에서는 작가라는 사실만으로도 대개 상당한 신망을 얻기 때문에 내가 꽤 중요한 인물이라고 생각한 것이었다. 이후 몇 년 동안 우리는 제법 가까워졌지만 우정으로 발전하지는 않았다. 나는 엘리엇 템플턴이 누군가의 친구가 될 수 있을지 의심스러웠다. 그는 사람을 만날 때 사회적 신분 말고는 아무것도 관심이 없었기 때문이다. 내가 어쩌다 일이 있어 파리를 방문하거나 그가 런던에 있을 때, 그는 모임에 참석자가 더 필요하거나 미국인 여행객들을 대접할 일이 생기면 나를 초대했다. 내가 보기에 그런 미국인들 중에는 오래된 지인도 있고 소개장을 들고 찾아온 초면도 있는 것 같았다. 엘리엇은 그런 사람들을 다소 귀찮아했다. 그들을 위해 뭔가 해 줘야 한다고 느꼈지만, 그렇다고 자신의 저명한 친구들을 소개해 줄 마음은 들지 않았다. 물론 그들을 처리하는 가장 좋은 방법은 저녁을 대접하고 연극이라도 한 편 구경시켜 주는 것이었지만 그렇게 하기 쉽지 않을 때가 많았다. 그가 3주 동안 매일 저녁 약속이 잡혀 있거나, 또 그들이 그런 대접을 별로 좋아하지 않는 것 같은 느낌이 들 때가 많았기 때문이다. 작가인 나는 그에게 별로 중요한 명사가 아니었으므로 그는 그런 고민을 내게 거리낌 없이 이야기했다.

"미국 사람들은 너무 경솔하게 소개장을 써요. 소개장을 들고 찾아온 사람들을 만나기가 싫다는 뜻은 아닙니다. 하지만 내 친구들까지 귀찮게 만들 필요는 없잖습니까."

그는 그들에게 커다란 장미 바구니나 초콜릿 상자를 보내는 것으로 보상을 하기도 했지만, 때로는 그것으로 부족한 경우도 있었다. 바로 그럴 때 나한테 파티에 참석해 달라고 부탁했다. 그럴 때 보면 나한테 투덜댔던 사실은 까맣게 잊은 사람 같았다.

그는 내가 우쭐해질 만한 듣기 좋은 말을 초대장에 썼다.

"다들 당신을 무척 뵙고 싶어 합니다. 모모(某某) 부인은 굉장히 교양이 높으신 분으로, 당신 작품을 하나도 빼놓지 않고 읽으셨다는군요."

모모 부인을 만나 보면 그녀는 내 작품 『페린 씨와 트레일 씨』를 매우 감명 깊게 읽었다고 말했고 내 희곡 「연체동물」에 찬사를 보냈다. 앞의 것은 휴 월폴의 작품이고 뒤의 것은 허버트 헨리 데이비스의 작품이다.

4

만일 독자 여러분이 엘리엇 템플턴이 비열한 인간이라는 인상을 받았다면 내가 그를 제대로 소개하지 못한 것이다.

먼저, 그는 프랑스인들이 serviable이라고 표현할 만한 사람이었다. 내가 알기로 영어에는 이 단어에 정확하게 상응하는 표현이 없다. 비슷한 영어 단어인 serviceable을 사전에서 찾아 보면 '잘 돌봐 주는, 친절한'이라는 뜻이 고어에서만 쓰인다고 나와 있다. 엘리엇은 바로 그런 사람이었다. 그는 잘 베푸는 사람이었다. 물론 젊은 시절엔 어떤 속셈을 가지고 주변 사람들에게 꽃이나 캔디나 여러 가지 선물 따위를 안기긴 했지만, 나중에 굳이 그럴 필요가 없을 때도 여전히 그런 것들을 주곤 했다. 그런 행동을 통해 베푸는 즐거움을 느꼈다. 그는 정성을 다해 손님을 대접했다. 그의 요리사는 솜씨가 파리에서 최고여서 손님을 맞는 테이블에 언제나 계절의 진미가 올랐다. 준비되는 와인을 보면 그가 얼마나 탁월한 안목과 미각을 갖고 있는지 알 수 있었다. 그가 좋은 친구인가보다는 사회적 지위나 중요성에 따라 손님을 부르는 것은 사실이었지만, 좌중을 재미있게 하는 사람 한두 명쯤은 꼭 참석하도록 신경 썼기 때문에 파티는 언제나 즐거운 분위기였다. 등 뒤에서 그를 비웃고 지독한 속물이라고 수군대는 사람들도 막상 그의 초대를 받으면 흔쾌히 응했다. 그는 프랑스어를 자유자재로 구사했고 억양도 완벽했다. 또 영국 영어를 정확하게 구사하려고 노력했는데, 어지간히 귀가 밝은 사람이 아니고서는 이따금씩 튀어나오는 미국식 억양을 알아채기가 힘들었다. 공작이나 공작 부인 같은 사람들 얘기를 너무 많이 하는 경향은 있었지만 어쨌든 입담 좋게 이야기를 잘 풀어내는 타입이었다. 또 이제 확고한 지위를 누리고 있는 만큼, 그런 사람들에 대해 이야기할 때도 유쾌하고 스스럼없이 대화를 이어갔다.(특히 손님과 둘이서만 있을 때 더욱 그랬다.) 그는 유쾌한 독설가의 면모를 지니고 있었으며, 신분 높은 명사들에 관한 스캔들치고 그의 귀에 들어오지 않는 이야기는 없었다. X 공작 부인의 막내의 생부가 누구인지, Y 후작의 정부(情婦)가 누구인지 내가 알게 된 것도 그를 통해서였다. 내 생각엔 마르셀 프루스트*도 상류층 인사들의 내밀한 생활에 관해서 엘리엇 템플턴만큼 잘 알지는 못했을 것 같다.

나는 파리를 방문할 때면 종종 그와 점심을 함께했다. 어떤 때는 그의 아파트에서, 어떤 때는 식당에서 만났다. 나는 골동품상 돌아다니기를 즐기는 편이었다. 가끔은 물건을 사기도 했지만 그냥 구경만 하는 때가 더 많았는데 그때마다 엘리엇이 함께 가 주었다. 그는 고상하고 아름다운 물건들에 상당한 식견과 애정이 있었다. 그는 파리에 있는 골동품 가게를 죄다 알고 있는 것 같았고 주인들과도 친했다. 그는 가격 흥정하기를 매우 좋아했고 골동품 가게로 향할 때면 나에게 이렇게 말했다.

"사고 싶은 물건이 있으면 절대로 혼자 사려고 하지 마십시오. 눈짓만 약간 주시면 제가 다 알아서 하겠습니다."

그는 내가 갖고 싶어 하는 물건을 주인이 부르는 가격의 반값에 산 후 즐거워하곤 했다. 흥정하는 모습을 보는 것은 꽤 재밌는 일이었다. 그는 언성을 높였다가, 부드럽게 달랬다가, 화를 냈다가 다시 좋은 말로 주인의 인정에 호소했다. 또 비웃는 투로 말하다가, 물건의 결함을 지적하면서 이제 다시는 오지 않겠다고 으름장을 놓았다. 한숨을 내쉬면서 어깨를 으쓱해 보이는가 하면, 타이르고, 잔뜩 찌푸린 얼굴로 문을 향해 걸어가기도 했다. 그리고 마침내 원하는 가격을 얻고 나면, 마치 할

* 1871~1922. 프랑스의 소설가.

수 없이 패배를 인정한다는 듯이 고개를 흔들었다. 그러고는 영어로 나지막이 속삭였다.

"어서 갖고 나가세요. 이보다 두 배 가격이라 해도 싼 거니까요."

엘리엇은 독실한 가톨릭 신자였다. 파리에 정착한 지 얼마 되지 않았을 때 그는 한 신부를 만났다. 그 신부는 수많은 불신자나 이교도에게 가톨릭을 전도한 것으로 유명했으며, 이런 저런 만찬에 자주 참석하고 기지가 뛰어난 사람이었다. 그는 부자와 상류층 사람들만 대상으로 전도했다. 엘리엇이 비록 출신은 별 볼 일 없지만 최상류층에게 환대받는 신부에게 마음이 끌린 것은 어찌 보면 당연한 일이었다. 하루는 엘리엇이 신부가 개종시킨 어떤 부유한 미국인 부인을 만나서, 사실 그의 가족들은 대대로 감독교회 신도였지만 그 자신은 오래전부터 가톨릭에 관심을 갖고 있었다고 고백했다. 어느 날 그 부인이 신부와 함께 셋이서 저녁을 하자고 초대했고, 그 자리에서 신부는 번뜩이는 기지를 보였다. 부인은 대화 주제를 자연스럽게 가톨릭으로 유도했고, 그러자 신부는 거만하고 박식한 체하는 태도는 전혀 드러내지 않으면서 종교적 열정으로 충만하여 가톨릭에 대해 이야기했다. 성직자이면서도 마치 속세의 사람이 또 다른 속세 사람에게 이야기하는 말투였다. 엘리엇은 신부가 자신에 대해 웬만큼 다 아는 것처럼 느껴지는 것도 기분이 좋았다.

"일전에 방돔 공작 부인께서 선생님 얘기를 하셨습니다. 선생님께서 굉장히 지적 수준이 높다고 하시더군요."

엘리엇은 기분이 좋아져 얼굴을 붉혔다. 공작 부인을 소개받은 적은 있었지만 그녀가 자신을 기억하리라고는 생각하지 못했기 때문이다. 신부는 지혜로움과 인자함이 담긴 태도로 종교적 신념에 대해 이야기했다. 그는 관대하고 아량이 넓으며 현대적인 견해를 갖고 있었다. 또 가톨릭교회가 마치 교양 있고 점잖은 사람이라면 당연히 가입해야 하는 상류사회 클럽인 것처럼 이야기했다. 그로부터 6개월 후 엘리엇은 가톨릭에 귀의했다. 가톨릭으로 개종하고 또 성당의 자선 활동에 아낌없이 기부하면서, 그의 앞에는 이전까지 굳게 닫혀 있던 많은 문들이 열렸다.

그가 집안의 신앙을 버리게 된 것에는 다른 이유도 있었을지 모르지만, 어쨌거나 일단 개종한 다음에는 독실한 신앙심을 보였다. 그는 상류층 인사들이 다니는 교회 미사에 일요일마다 참석했고, 정기적으로 신부에게 고해했으며, 정기적으로 로마도 방문했다. 어느 정도 시간이 흐르자 그는 교황의 수행인에 임명됨으로써 그러한 열성에 대해 보상받았다. 또한 주어진 책무를 성실하고 부지런하게 수행한 덕택에 성묘(聖墓) 훈장까지 받았다. 가톨릭 신자로서 그의 삶은 세속인으로서의 삶 못지않게 성공적이었다.

나는 그처럼 총명하고 상냥하며 교양 있는 사람이 어째서 그런 속물근성에 사로잡히게 됐을까 하는 생각을 종종 해 보았다. 그는 갑자기 벼락출세한 인물은 아니었다. 그의 아버지는 남부 어느 대학의 총장을 지낸 사람이었고 그의 조부는 상당한 명성을 지닌 성직자였다. 엘리엇은 자신의 초대에 응해 찾아오는 사람들 가운데 많은 이들이 그저 근사한 식사를 공짜로 얻어먹기 위해 온다는 사실이나 그들 중에는 멍청하고 무가치한 사람도 있다는 사실을 모를 만큼 바보는 아니었다. 다만 그들의 화려한 이름이 그로 하여금 그들의 결점을 보지 못하도록 눈을 가렸다. 나는 그가 유서 깊은 가문의 신사들과 친밀한 교제를 나누고 그 부인들의 충복이 됨으로써 모종의 변함없는 승리감을 느낀 것이 아닌가 싶다. 그리고 그 모든 것 뒤에는 모험과 영웅 같은 것에 대한 열렬한 동경이 자리하고 있어서, 그 때문에 그가 호리호리한 프랑스인 공작에게서는 루이 9세의 지휘 아래 성지 탈환 원정을 떠난 십자군의 모습을, 여우 사냥을 즐기는 거친 영국인 백작에게서는 헨리 8세가 황금 천 들판*으로 갈 때 왕을 수행했던 옛 조상의 모습을 보았던 것 같다. 그런 사람들과 함께 있으면 엘리엇은 광활하고 화려한 과거의 어느 순간을 살고 있는 기분을 느꼈다. 고타 연감**의 한 사람 한 사람 이름을 훑을 때마다 먼 옛날의 전쟁, 역사적인 포위 공격전, 유명한 결투, 외교적인 음모, 왕들의 사랑 이야기 같은 것들이 떠올라 그의 가슴은 두근거렸을 것이다. 엘리엇 템플턴은 그런 인물이었다.

5

엘리엇의 점심 초대에 가기 위해 한창 외출 채비를 하고 있을 때였다. 프런트에서 전화가 걸려 와 그가 아래층에 와 있다고 했다. 나는 약간 놀랐지만 곧 준비를 마치고 내려갔다.

---

* Field of the Cloth of Gold, 헨리와 프랑스의 왕이 동맹을 서약하려고 만났던 장소.

** 유럽의 왕가, 귀족의 계보 등을 기재한 연감.

"제가 모시러 오는 편이 안전할 것 같아서요. 시카고 지리에 익숙지 않으실 테니까요."

악수를 하며 그가 말했다.

그는 미국이라는 곳은 복잡하고 심지어 위험하기까지 해서 유럽 사람이 혼자서 길을 찾아다니기에는 무리라고 생각하는 듯했다. 외국에서 오랫동안 지낸 미국인들이 그런 생각을 갖고 있는 경우를 나는 가끔 목격했다. 그가 제안했다.

"아직 시간이 이르니 조금 걷는 게 어떨까요?"

약간 쌀쌀했지만 하늘은 구름 없이 맑아서 산책하기에 좋은 날씨였다.

"만나시기 전에 여동생에 관해 미리 말씀드리는 게 나을 것 같습니다. 여동생은 한두 번인가 파리에 와서 저랑 함께 지낸 적이 있습니다만, 아마 그때 선생님께서는 파리에 안 계셨을 겁니다. 오늘 모임은 별로 대단하진 않습니다. 여동생과 여동생의 딸인 이사벨, 그리고 그레고리 브라바존뿐이거든요."

엘리엇은 걸으며 말했다.

"아, 그 실내장식가 말인가요?"

"맞습니다. 여동생 집이 아주 형편없거든요. 한번 수리하는 게 낫겠다고 이사벨과 제가 제안했습니다. 마침 그레고리가 시카고에 있다는 얘길 듣고 여동생더러 그 사람도 초대하자고 그랬습니다. 그다지 세련된 신사 타입은 아닙니다만 안목은 있는 사람입니다. 메리 올리펀트를 위해 래니 성(城)의 실내장식을 했고 세인트어스가(家)를 위해 세인트 클레멘트 톨벗의 실내장식을 했지요. 공작 부인은 그 사람을 꽤 마음에 들어 하십니다. 이따가 루이자의 집을 직접 보면 아시겠지만, 도대체 지금까지 그런 곳에서 어떻게 살았는지 모르겠습니다. 하긴 어떻게 시카고에 살 수 있는지도 저로서는 이해가 안 가지만요."

브래들리 부인은 아들 둘과 딸 하나를 둔 과부인 것 같았다. 아들들은 딸보다 훨씬 나이가 많고 이미 결혼도 한 상태였다. 두 아들 중 하나는 필리핀에서 정부 관리로 일하고 있었고, 나머지 하나는 과거 그들의 아버지와 마찬가지로 외교관이었으며 부에노스아이레스에 근무하고 있었다. 브래들리 부인의 남편은 외교관으로 세계 여러 지역을 돌아다니면서 근무했다. 그는 몇 년간 로마에서 일등 서기관으로 일했고 나중에 남미 대륙의 서부에 있는 어느 나라에 공사로 가 있다가 그곳에서 사망했다.

"매부가 세상을 떠나고 나서 나는 루이자가 시카고의 집을 팔아 버렸으면 했지만, 집에 애착을 갖고 있더군요. 사실 그 집은 브래들리가(家)에서 꽤 오랫동안 소유하고 있었으니까요. 브래들리가는 일리노이 주에서 아주 오래된 가문들 중에 하나랍니다. 그 집안의 사람들은 1839년에 버지니아에서 이곳으로 와서 지금의 시카고에서 100킬로미터쯤 떨어진 곳에 정착했습니다. 지금도 그 지역은 브래들리가에서 소유하고 있지요."

엘리엇은 잠시 말을 멈추고 내 표정을 살폈다.

"이곳에 처음 정착한 브래들리가 사람은 농부라고 할 수 있습니다. 아시는지 모르겠지만, 19세기 중반쯤 중서부 지방이 발전하기 시작했을 때 많은 버지니아 사람들, 특히 훌륭한 가문의 젊은이들이 미지의 땅에 대한 호기심에 이끌려 고향의 편안한 삶을 등 뒤로 하고 떠나왔지요. 제 매부의 아버지인 체스터 브래들리는 시카고의 미래 가능성을 보고 이곳의 어느 변호사 사무소에서 일하기 시작했습니다. 하여간 그렇게 해서 돈을 꽤 번 덕분에 그 아들도 먹고살 걱정 없이 풍족하게 살았지요."

엘리엇은, 고(故) 체스터 브래들리가 부모에게 물려받은 으리으리한 저택과 넓은 땅을 버리고 변호사 사무소에 들어간 것은 그리 현명하지 못한 일이지만 대신 상당한 재산을 모았으니 그나마 괜찮다고 생각하는 것 같았다. 말로 직접 그렇게 표현하진 않았지만 태도나 말투가 그랬다. 나중에 우연한 기회에 브래들리 부인이 그가 '저택'이라고 부르는, 체스터 브래들리가 살던 곳의 사진을 몇 장 보여 주었을 때 엘리엇의 표정은 딱딱하게 굳었다. 사진 속의 집은 황량한 벌판 가운데 있는 수수한 목조 가옥으로, 아담하고 예쁜 정원이 딸렸고 바로 옆에 헛간과 외양간과 돼지우리도 있었다. 나는 체스터 브래들리가 그것들을 버리고 도시로 떠났을 때 뭔가 확실한 목표를 품었을 것이라고 믿을 수밖에 없었다.

얼마 후 우리는 택시를 타고 건물 정면이 갈색 사암으로 된 집 앞에 내렸다. 좁고 가파른 계단을 올라가니 현관이 있었다. 레이크 쇼어 드라이브가 시작하는 거리에 한 줄로 죽 늘어선 주택가가 있었는데 그 집들 중 하나였다. 맑은 가을날인데도 칙칙한 느낌이 풍겨서 어떻게 그런 집에 애착 같은 걸 느낄 수 있을까 하는 생각이 들었다. 키가 크고 뚱뚱한 백발의 흑인 집사가 문을 열고 우리를 곧 응접실로 안내했다. 들어가자 브래들리 부인이 의자에서 일어나 맞이했고, 엘리엇이 나를 소개했다. 그녀는 젊었을 때 분명히 상당한 미인이었을 것 같았다. 체격이 큰 편이긴 했지만 이목구비가 또렷했고 눈이 아름다웠다.

그러나 화장기가 하나도 없는 누르스름한 얼굴은 생기가 없었고 중년기 비만과의 싸움에서 진 것이 분명해 보였다. 그래도 패배를 인정하기는 싫은 모양인지 등이 곧은 의자에 몸을 꼿꼿이 세운 자세로 앉았다. 갑옷 같은 코르셋을 단단히 입은 탓에 푹신한 의자보다는 그런 의자가 더 편한 것이 틀림없었다. 그녀는 돋을무늬 자수가 많이 들어간 푸른색 드레스를 입고 있었고, 목에 고래수염으로 만든 빳빳한 칼라가 높이 세워져 있었다. 물결 모양 웨이브의 흰 머리를 공들여 치장해 틀어올리고 있었다. 다른 손님 한 명은 아직 도착하지 않았기 때문에 그를 기다리는 동안 우리는 이런저런 이야기를 나눴다.

"엘리엇 오빠한테 들었는데, 남쪽으로 돌아서 오셨다면서요? 그럼 로마에도 들르셨어요?"

"그렇습니다. 거기서 일주일쯤 머물렀습니다."

"마르게리타 모후(母后)*께서는 잘 지내시던가요?"

나는 질문에 다소 깜짝 놀랐지만 이내 잘 모르겠다고 대답했다.

"어머나, 그분을 뵙지 않고 오셨단 말이에요? 얼마나 우아하고 좋은 분이신데. 우리가 로마에 있을 때 얼마나 잘해 주셨는지 모른답니다. 제 남편이 거기서 일등 서기관으로 일했거든요. 왜 만나 뵙지 않으셨어요? 선생님은 우리 오빠처럼 이탈리아 왕궁에는 가지 말아야 할 엉큼하신 분도 아니잖아요?"

"물론 아니지요."

---

* 이탈리아 움베르토 1세의 왕비이자 그의 뒤를 이은 비토리오 에마누엘레 3세의 어머니.

나는 미소를 지어 보인 다음 덧붙였다.

"하지만 저는 그분을 알지 못합니다."

"정말요?"

브래들리 부인은 믿을 수 없다는 듯이 물었다.

"왜 모르세요?"

"일반적으로 작가들은 왕족과 친하게 지내지 않거든요."

"하지만 모후님은 굉장히 좋으신 분이랍니다."

브래들리 부인은 내가 그 모후를 모른다는 것이 굉장히 놀랍다는 표정을 지으며 마치 타이르듯이 말했다.

"선생님도 만나 보시면 분명히 그분을 좋아하게 될 거예요."

그때 방문이 열리고 집사가 그레고리 브라바존을 안내해서 들어왔다.

그레고리 브라바존은 그 명성에 걸맞을 만큼 멋있는 인물은 아니었다. 작달막한 키에 굉장히 뚱뚱했으며, 달걀 같은 대머리에다 양쪽 귀 근처에서 뒤통수로 이어지는 곳에만 검정색 곱슬머리가 나 있었다. 불그스름한 맨 얼굴은 금방이라도 땀을 뻘뻘 흘릴 듯했다. 날카로운 회색 눈과 호색적인 입술, 그리고 두꺼운 턱을 갖고 있었다. 나는 런던에서 열린 자유분방한 분위기의 파티에서 영국인인 그를 몇 번 만난 적이 있었다. 그는 굉장히 유쾌하고 호탕하며 많이 웃는 남자였지만, 그런 요란한 사교성 뒤에 대단히 약삭빠르고 영리한 사업가의 모습이 숨겨져 있다는 것을 눈치채는 것은 사람을 판단하는 눈이 그다지 예리하지 않은 사람이라 할지라도 별로 어렵지 않았다. 그즈음 몇 해 동안 런던에서 유명한 실내장식가로 이름을 날리고 있었다. 그는 또렷하고 우렁찬 목소리와 작고 통통한 손을 이용해 감정을 대단히 풍부하게 표현했다. 인상적인 제스처와 청산유수로 쏟아 내는 말들은 망설이는 고객의 상상력을 금세 자극했고, 때문에 그가 부탁하는 사업상의 주문을 거절하는 것은 거의 불가능했다.

집사가 다시 들어와 칵테일이 담긴 쟁반을 내려놓았다. 브래들리 부인이 한 잔 집어 들며 말했다.

"이사벨이 올 때까지 기다릴 필요는 없으니까요."

엘리엇이 물었다.

"어디 갔는데?"

"래리랑 골프 치러 갔어요. 늦을지도 모른다고 했어요."

엘리엇이 내게 말했다.

"로렌스 대럴을 말하는 겁니다. 이사벨의 약혼자이지요."

"엘리엇, 당신이 칵테일을 마시는 줄은 몰랐습니다."

그는 한 모금 마신 다음 무뚝뚝하게 대답했다.

"원래 안 마십니다. 하지만 이 야만적인 금주(禁酒)의 나라에서 달리 뭘 마시겠습니까?"

그는 한숨을 내쉬더니 다시 말을 이었다.

"파리에서도 손님이 오면 이걸 내놓는 집들이 생겼더군요. 먹물 옆에 가면 먹물이 묻기 마련이라는 말도 있잖습니까."

그러자 브래들리 부인이 말했다.

"쓸데없는 소리 말아요."

그녀의 말투는 온화했지만 단호함이 묻어 있어서, 나는 그녀가 괜찮은 인품을 가진 여자라는 인상을 받았다. 엘리엇을 쳐다볼 때 밝긴 하지만 날카로운 표정이 스치는 걸 보면 그에 대해 어떤 환상을 갖고 있다거나 하진 않은 것 같았다. 나는 그녀가 그레고리 브라바존에 대해서는 어떻게 생각할지 궁금해졌다. 나는 그레고리 브라바존이 들어오면서 직업의식이 발동한 표정으로 방을 둘러보며 숱 많은 눈썹을 무의식적으로 씰룩거리는 것을 보았다. 그곳은 실로 놀라운 방이었다. 커튼과 가구 덮개에 쓰인 크레톤 직물과 벽지들은 전부 같은 문양이었다. 벽에는 묵직한 황금색 액자에 담긴 유화들이 걸려 있었는데 필경 로마에 있을 때 사 온 그림들인 것 같았다. 라파엘파와 구이도 레니파의 성모마리아 그림들, 추카렐리파의 풍경화들, 판니니파가 그린 고대 로마 유적 풍경화들이었다. 중국 베이징에서 지낼 때 가져온 기념품들, 즉 조각 장식이 잔뜩 새겨진 흑단 테이블이나 거대한 칠보 세공 화병들도 있었고 칠레나 페루에서 구입한, 뚱뚱한 인물 석상과 점토 화병들도 있었다. 치펀데일풍의 작은 필기용 책상과 상감세공을 한 유리 진열장도 눈에 띄었다. 램프의 갓들은 하얀 실크로 만들어져 있었는데 그 위에는 와토풍의 옷을 입은 양치기와 시골처녀들이 아무렇게나 그려져 있었다. 엄청나게 많은 물건이 있긴 하지만 왠지 마음에 드는 방이었다. 오래 산 집에서 느껴지는 소박하고 가정적인 분위기도 났고, 온갖 물건들이 섞여 있는 데에는 뭔가 중요한 의미가 있지 않나 하는 느낌도 들었다. 어울리지 않는 이 모든 물건들은 브래들리 부인 삶의 일부였기 때문에 한데 모아져 있는 것이었다.

칵테일을 다 마셨을 때 문이 열리더니 한 아가씨가 들어왔고 뒤이어 청년도 들어왔다. 그녀가 말했다.

"늦었죠? 래리도 왔어요. 함께 식사할 수 있겠죠?"

브래들리 부인이 미소 지으며 말했다.

"그럴 거야. 벨을 눌러서 유진한테 자리를 하나 더 만들라고 해라."

"유진이 현관을 열어 줬어요. 그래서 벌써 말해 놨어요."

브래들리 부인이 내 쪽을 보며 말했다.

"제 딸 이사벨이에요. 그리고 이쪽은 로렌스 대럴이고요."

이사벨은 나와 재빨리 악수를 하고 나서, 기다렸다는 듯이 그레고리 브라바존을 보며 말했다.

"브라바존 씨 되시죠? 얼마나 뵙고 싶었는지 몰라요. 클레멘타인 도머에 해 놓으신 디자인 정말 멋지던데요. 이 방은 정말 끔찍하죠? 좀 고치자고 오래전부터 엄마를 졸랐어요. 이제 선생님께서 시카고에 오셨으니 좋은 기회가 온 셈이죠. 이 방에 대해 어떻게 생각하시는지 솔직하게 얘기해 주시겠어요?"

나는 브라바존이 여간해선 솔직하게 말할 수 없으리라고 생각했다. 그는 브래들리 부인을 흘끗 보았지만 그녀는 그저 무표정하게 앉아 있을 뿐이었다. 그는 이사벨이 중요한 인물이라고 판단했는지 호탕하게 웃음을 터뜨리며 말했다.

"무척 안락하다는 생각은 듭니다만, 정말 솔직하게 얘기하라고 하신다면요, 형편없다고 생각합니다."

이사벨은 키가 큰 아가씨였다. 갸름한 얼굴에 오뚝한 코, 아름다운 눈과 도톰한 입술을 가지고 있었다. 그런 이목구비는 그 집안사람들의 특징인 것 같았다. 나이가 조금 더 들면 날씬해지겠지만 아직은 통통하게 살이 찐 편이었고 상당히 미인이었다. 손도 약간 통통했지만 야무지고 예쁘게 생겼으며 짧은 스커트 아래로 드러난 다리도 굵은 편이었다. 피부도 곱고 혈색도 좋았는데, 운동을 하고 난 후에 무개차(無蓋車)를 타고 온 탓에 더욱 혈색이 좋아 보였다. 활기가 넘치는 아가씨였다. 그녀에게서 발산되는 건강미와 쾌활한 기운, 행복감은 보는 사람마저 유쾌하게 만들었다. 너무나도 자연스러운 아름다움이 흘렀기 때문에 누구보다 세련되고 점잖은 엘리엇마저도 그녀 옆에서는 다소 천박해 보였다. 그녀의 청순함은 창백하고 주름진 브래들리 부인을 세상에 지친 노인네처럼 보이게 만들었다.

우리는 점심 식사를 하기 위해 아래층으로 내려갔다. 식당을 보자 그레고리 브라바존의 눈이 반짝 빛났다. 직물 느낌이 나는 어둡고 붉은 벽지로 꾸민 식당 벽에는 엄하고 딱딱한 표정을 한 남자와 여자들의 초상화가 몇 점 걸려 있었다. 매우 서투르게 그려진 그 그림들은 고 브래들리 씨의 바로 윗대 조상들이었다. 브래들리 씨의 초상화도 있었다. 그림 속의 브래들리 씨는 두터운 콧수염을 길렀고 빳빳하게 풀 먹인 새하얀 옷깃이 달린 옷에 프록코트 차림으로, 매우 경직된 표정이었다. 19세기 어느 프랑스 화가가 그린 브래들리 부인의 초상화도 벽난로 선반 위쪽에 걸려 있었는데, 담청색 공단으로 만든 이브닝드레스를 제대로 차려입고 목에는 진주목걸이, 머리에는 다이아몬드 장식을 한 모습이었다. 반짝이는 보석으로 치장한 손으로 레이스 스카프를 만지고 있는 모습이 너무나도 섬세하게 그려져서 천의 한 땀 한 땀까지 셀 수 있을 것 같았고, 다른 한 손은 타조 깃털로 만든 부채를 가볍게 들고 있었다. 떡갈나무로 만든 가구들도 근사했다.

식탁에 앉으면서 이사벨이 그레고리 브라바존에게 물었다.

"이 식당은 어떠세요?"

"비용이 무척 많이 들었을 것 같군요."

그러자 브래들리 부인이 말을 받았다.

"그럼요. 전부 저희 시아버님이 결혼 선물로 주신 것들이에요. 리스본, 베이징, 키토,* 로마 등 저희가 가는 곳마다 늘 가지고 다녔답니다. 마르게리타 모후께서도 굉장히 마음에 들어 하셨지요."

"만약에 이것들이 선생님 거라면 어떻게 하시겠어요?"

이사벨이 브라바존에게 물었다. 하지만 그가 미처 대답하기 전에 엘리엇이 대신 대답했다.

"전부 태워 버리지."

세 사람은 방을 어떻게 고칠 것인지에 대해 의논하기 시작했다. 엘리엇은 루이 15세풍을 주장했고, 이사벨은 길쭉한 사각형 식탁과 이탈리아풍 의자를 원했다. 브라바존은 브래들리 부인의 개성을 고려할 때 치펀데일 양식이 적당하겠다고 말했다.

"저는 사람의 개성이 무엇보다도 중요하다고 늘 생각합니다."

브라바존은 그런 다음 엘리엇을 향해 물었다.

"올리펀트 공작 부인을 당연히 아시겠지요?"

"메리 올리펀트 부인 말씀입니까? 그분과는 아주 가깝게 지내고 있습니다."

"공작 부인께서 제게 식당의 디자인을 부탁하신 적이 있지요. 부인을 뵙자마자 조지 2세풍이 적당하겠다고 말씀드렸지요."

"정말 좋은 생각이었습니다. 지난번 그곳에 초대받아 식사하면서 직접 봤거든요. 참으로 훌륭한 안목이 느껴졌습니다."

이런 식으로 한동안 대화가 오갔다. 브래들리 부인은 잠자

---

* 에콰도르의 수도.

코 듣기만 했기 때문에 그녀가 무슨 생각을 하고 있는지 알 수 없었다. 나도 거의 말을 하지 않았고 이사벨의 남자 친구인 래리(나는 잠시 그의 성을 잊어버렸다.)는 아예 한 마디도 하지 않았다. 그는 내 맞은편, 브라바존과 엘리엇 사이에 앉아 있었으므로 이따금 나는 그에게 눈길을 보냈다. 그는 무척 앳돼 보였다. 키는 엘리엇과 비슷해서 180센티미터가 조금 못 되었으며 마른 체형에 팔다리가 유연해 보였다. 특별히 잘생기지도 못생기지도 않았지만 그럭저럭 호감이 가는 얼굴이었고, 약간 수줍음을 타는 듯했으며 어딜 가나 눈에 띌 타입은 아니었다. 내가 기억하기로 그는 집에 들어온 이후로 겨우 몇 마디밖에 하지 않았다. 그럼에도 불구하고 어색하지 않고 편안해 보일 뿐 아니라, 묘하게도 말을 하지 않고도 대화에 참여하고 있는 듯한 느낌을 준다는 점이 흥미로웠다. 나는 그의 손을 유심히 보았다. 긴 편이었지만 몸집에 비해 크다고는 할 수 없었고, 잘생기고 단단해 보였다. 화가들이 그리기 좋아할 손이었다. 체격이 좋은 편은 아니었지만 그렇다고 연약해 보이지는 않았다. 오히려 그 반대로 다부지고 강인한 느낌을 주었다. 가만히 있을 때는 엄숙한 느낌마저 주었고, 적당히 햇볕에 탔다는 점 말고는 특별히 혈색이 좋아 보이진 않았다. 용모는 단정했지만 딱히 눈에 띄는 점 없이 평범했다. 광대뼈가 튀어나온 편이었고 관자놀이는 약간 들어갔으며, 조금 웨이브가 진 짙은 갈색 머리를 하고 있었다. 눈은, 깊숙이 들어간 데다 속눈썹이 숱이 많고 길었기 때문에 실제보다 더 커 보였다. 그는 독특한 눈을 갖고 있었다. 이사벨이나 그녀의 엄마나 엘리엇처럼 엷은 갈색이 아니라 검은색인 데다 홍채와 동공이 똑같은 색깔로 보였는데, 이것이 독특하게 강렬한 느낌을 주었다. 그에게서 느껴지는 자연스러운 기품과 매력을 볼 때 이사벨이 어째서 그에게 반했는지 알 것 같았다. 이따금 이사벨의 눈길이 그에게 머물곤 했는데 그때 그녀의 표정을 보면 그냥 사랑하는 것이 아니라 푹 빠져 있는 것 같았다. 두 사람의 눈길이 마주칠 때면 그의 눈빛에도 말할 수 없는 다정함이 묻어났다. 세상에 사랑하는 젊은 연인들만큼 아름다운 모습은 없으리라. 나이 지긋한 중년 남자인 나는 그 모습이 부러웠다. 그리고 동시에, 왜인지는 알 수 없지만, 이상하게도 측은한 느낌이 들었다. 내가 아는 한 그들의 행복을 방해하는 것은 없었기 때문에 그런 느낌은 말도 안 되는 것이었다. 두 사람을 둘러싼 모든 상황이 평화로워 보였으므로, 그들이 결혼해서 오래도록 행복하게 살지 못하리라고 여길 만한 아무런 이유가 없었던 것이다.

이사벨과 엘리엇과 그레고리 브라바존은 실내장식에 대한 이야기를 계속 나눴다. 그들은 브래들리 부인에게서 최소한 고쳐야 한다는 동의만이라도 얻어 내려고 애썼지만 그녀는 상냥한 미소만 지을 뿐이었다. 그녀가 말했다.

"너무 성급하게 독촉하려고 하지 말아요. 전 시간을 두고 곰곰이 생각해 보고 싶어요."

그러고는 래리를 쳐다보았다.

"래리 생각은 어때?"

래리는 좌중을 둘러보더니 눈가에 미소를 띤 채 말했다.

"하든 안 하든 별 상관없다고 생각합니다."

그러자 이사벨이 외쳤다.

"어머나, 래리! 우리 편을 들어 달라고 그렇게 부탁했잖아."

"브래들리 부인께서 지금 상태에 만족하신다면 굳이 바꿀 이유가 없잖아?"

그의 말이 너무나 적절하게 핵심을 찔렀기 때문에 나는 웃음이 났다. 그도 나를 쳐다보고 미소 지었다. 이사벨이 말했다.

"바보 같은 말을 해 놓고선 그렇게 웃지 마."

하지만 그는 계속 웃었다. 입술 사이로 하얗고 가지런한 치아가 드러났다. 그가 이사벨을 바라보는 표정에는 그녀로 하여금 얼굴을 붉히고 움찔하게 만드는 무언가가 있었다. 내가 잘못 보지 않은 한 그녀는 래리에게 완전히 빠져 있었다. 그런데 왜인지는 나도 모르겠지만 그를 향한 그녀의 사랑에는 모성애도 섞여 있다는 느낌이 들었다. 젊은 아가씨에게서 그런 느낌이 드는 것은 다소 뜻밖이었다. 그녀는 부드러운 미소를 머금은 채 다시 그레고리 브라바존을 향해 말했다.

"저 사람 말은 신경 쓰지 마세요. 바보 같은 데다 교양도 없으니까요. 하늘을 나는 일 외에는 아무것도 모른답니다."

내가 물었다.

"하늘을 날다니요?"

"전쟁 중에 조종사였거든요."

"전쟁에 참전하기엔 너무 어렸을 것 같은데요."

"맞아요. 너무 어렸죠. 아주 못되게 행동했답니다. 학교를 그만두고 캐나다로 갔거든요. 그리고 나이를 속여서 열여덟이라고 하고선 육군 항공대 입대했어요. 프랑스에서 복무하고 있을 때 전쟁이 끝났어요."

래리가 말했다.

"이사벨, 손님들 앞에서 지루한 얘기는 그만둬."

"저는 어릴 때부터 이 사람을 알고 있었어요. 전쟁에서 돌아왔을 땐 근사한 군복 재킷에 멋진 훈장 같은 걸 달고, 정말 멋졌지요. 나랑 결혼해 주겠다고 말할 때까지, 말하자면 제가 끈질기게 쫓아다녔어요. 경쟁자가 한둘이 아니었답니다."

"얘는, 그만 좀 해 이사벨."

그녀의 어머니가 말했다.

래리가 내 쪽으로 몸을 기울이며 말했다.

"저 얘기를 다 믿지는 마세요. 이사벨은 나쁜 여자는 아니지만 거짓말을 잘해요."

식사가 끝나고 나서 곧 엘리엇과 나는 그 집을 나왔다. 나는 그림을 구경하러 미술관에 갈 생각이라고 미리 말해 둔 터였는데, 그가 데려다 주겠다고 나섰다. 나는 미술관에 누구랑 함께 가는 것을 좋아하지 않는 편이었지만 거절하기도 뭐하고 해서 결국 같이 가기로 했다. 가는 도중에 우리는 이사벨과 래리에 관해 이야기를 나눴다. 내가 말했다.

"사랑에 빠져 있는 젊은 남녀를 보니 기분이 좋군요."

"그 애들은 결혼하기엔 아직 너무 어려요."

"왜요? 젊은 나이에 사랑을 하고 결혼하는 건 좋은 일 아닙니까?"

"그런 말씀 마십시오. 이사벨은 열아홉이고 래리도 아직 스무 살밖에 안 됐어요. 래리는 아직 직업도 없고요. 수입이 코딱지만큼 있긴 하지요. 여동생 말로는 1년에 3000달러쯤이랍니다. 제 여동생은 결코 유복하지가 못합니다. 빠듯하게 살고 있지요."

"직업이야 구하면 되잖습니까."

"그게 문젭니다. 직업을 구하려고 노력을 안 하니까요. 아무 일도 안 하는 데 만족하고 있는 것 같단 말이에요."

"아마 전쟁에서 힘든 시간을 보냈을 테니 좀 쉬고 싶은 것인지도 모르지요."

"벌써 1년이나 쉬었는걸요. 그 정도면 충분하잖습니까."

"썩 좋은 청년 같아 보이던데."

"아, 그에게 나쁜 감정을 갖고 있는 건 아닙니다. 집안도 좋고 여러모로 괜찮은 청년입니다. 그의 아버지는 볼티모어 출신으로 예일 대학인가 어딘가에서 로망스어 조교수로 있었고, 어머니는 필라델피아 사람으로 오래된 퀘이커교도 가문 출신이었다더군요."

"과거형으로 말씀하시는 걸 보니 그 부모는 돌아가셨나요?"

"그렇습니다. 어머니는 출산 도중에 죽었고, 아버지는 12년 전쯤 죽었지요. 래리 아버지의 대학 친구가 마빈에서 의사로 일했는데, 그분이 래리를 맡아서 길렀습니다. 그래서 루이자와 이사벨과도 알게 된 겁니다."

"마빈이 어딘가요?"

"브래들리가 사람들이 사는 곳입니다. 루이자는 지금도 여름이면 거기서 지내지요. 그녀는 어린 래리를 무척 안쓰러워했답니다. 래리 아버지의 친구인 넬슨 박사가 독신이라서 애들 기르는 법을 도통 몰랐거든요. 래리를 세인트폴 학교에 보내야 한다고 우긴 것도 루이자였고, 루이자는 크리스마스 때면 언제나 래리를 여기 와서 지내게 했습니다."

엘리엇은 프랑스식으로 어깨를 으쓱했다.

"결과가 이렇게 될 줄 그녀도 예상했어야 했는데 말입니다."

어느새 우리는 미술관에 도착했기 때문에 자연히 관심도 그림으로 옮겨 갔다. 나는 엘리엇의 박학다식함과 예술적 안목에 새삼 놀라지 않을 수 없었다. 그는 마치 관광객이라도 안내하듯 나를 이 방에서 저 방으로 데리고 다녔다. 그 어떤 미술 교수라도 엘리엇만큼 훌륭하게 그림을 설명해 주지는 못했을 것이다. 나중에 시간이 될 때 혼자 다시 미술관에 와서 마음대로 돌아다니기로 하고, 나는 그냥 그의 안내를 따랐다. 얼마 후에 그는 시계를 보고 말했다.

"이제 그만 갈까요? 저는 미술관에는 한 시간 이상 있지 않는답니다. 사람의 감상력이 지속될 수 있는 한계가 한 시간쯤이라고 생각하거든요. 나중에 와서 마저 보기로 하지요."

헤어질 때 나는 그에게 감사하다는 뜻을 표현했다. 돌아가는 길에 나는 아는 게 조금 많아져 있긴 했지만 언짢아져 있었다.

브래들리 부인과 작별 인사를 나눌 때 그녀는 나에게 다음 날도 오라고 초대했다. 이사벨이 저녁에 친구 여럿을 초대했고 식사 후에 함께 춤도 출 예정인데, 나도 참석하여 즐기다가 다들 돌아간 다음에 엘리엇과 이야기를 나누면 좋지 않겠느냐는 것이었다.

"와 주시면 엘리엇도 기뻐할 거예요. 오빠는 외국에서 너무 오래 살아서 그런지 여기 있는 걸 조금 어색해하는 것 같아요. 자기랑 공통의 화제를 가진 사람도 못 찾는 것 같고요."

나는 그렇게 하겠다고 초대에 응한 터였다. 미술관 계단에서 헤어질 때 엘리엇은 내가 초대를 받아들여서 기쁘다고 말했다.

"이 도시에선 마치 길 잃은 아이가 된 기분입니다. 여동생에게 6주 동안 머물겠다고 약속했지요. 1912년 이후로 처음 만났으니까요. 하지만 저는 파리로 돌아갈 날만 손꼽아 기다리고 있습니다. 교양 있는 문명인이 살 만한 곳은 세상에 파리밖에 없습니다. 선생님, 여기서는 다들 나를 어떻게 보는 줄 아십니까? 마치 이상한 별종 쳐다보듯 한단 말입니다. 자기들은 미개한 야만인이면서요."

나는 웃고 나서 그 자리를 떠났다.

6

다음 날 저녁, 나를 데리러 오겠다고 엘리엇에게 전화가 왔지만 나는 사양하고 혼자서 브래들리 부인 집으로 갔다. 그 전에 나에게 찾아온 손님이 있었기 때문에 약속 시간보다 조금 늦게 도착했다. 층계를 올라가는 동안 거실에서 꽤나 시끄러운 소리가 들려서 굉장히 큰 파티가 벌어지고 있을 거라고 생각했는데, 들어가 보니 모인 사람이 나까지 포함해 전부 열두 명뿐이라 조금 놀랐다. 브래들리 부인은 초록색 공단 옷에 목에 꼭 끼는 진주 목걸이를 하고 있었고, 엘리엇은 깔끔한 약식 야회복 차림이었는데 언제나 그렇듯이 우아함과 세련미가 넘쳤다. 그와 악수를 나눌 때 아라비아의 향수 냄새가 강하게 풍겨 왔다. 엘리엇은 나에게 체격이 크고 뚱뚱하며 얼굴이 붉은, 야회복을 입은 모습이 어딘지 모르게 거북해 보이는 한 남자를 소개해 주었다. 넬슨 박사였다. 그 순간에는 나에게 큰 의미가 없는 인물이었다. 나머지 사람들은 전부 이사벨의 친구였으며 그들의 이름은 듣자마자 잊어버렸다. 여자들은 젊고 예뻤으며 남자들도 혈기 왕성하고 키가 훤칠했다. 특별히 인상에 남는 사람은 없었지만 그중에 유독 키가 크고 건장한 청년 하나가 눈에 띄었다. 그는 키가 최소한 190센티미터는 넘어 보였고 떡 벌어진 어깨를 갖고 있었다. 이사벨은 매우 아름다웠다. 새하얀 실크 드레스를 입고 있었는데 좁고 긴 스타일의 치마 밑단이 통통한 다리를 감춰 주었다. 드레스의 가슴께로 풍만한 젖가슴 라인이 도드라져 보였다. 맨살이 드러난 양팔도 통통한 편이었지만 목선은 매우 아름다웠다. 다소 상기된 표정을 하고 있는 그녀의 아름다운 눈은 반짝반짝 빛났다. 틀림없이 굉장히 아름답고, 탐나도록 매력적인 아가씨였지만, 만일 몸 관리에 신경 쓰지 않으면 보기 흉하게 뚱뚱해질 것이 분명했다.

식사 때 나는 다른 여자들보다 더 어려 보이는 내성적이고 수수한 어떤 아가씨와 브래들리 부인 사이에 앉았다. 분위기를 좀 편안하게 만들어 주려는 생각인지 브래들리 부인이, 내 옆자리 아가씨의 조부모님 역시 마빈에 살고 있으며 그 아가씨와 이사벨이 같은 학교를 다녔노라고 설명해 주었다. 그녀의 이름은 소피였다.(아가씨들 이름 중에 내가 들은 유일한 이름이었다.) 테이블에서 격의 없는 농담이 오갔고 모두들 부담 없이 큰 소리로 얘기하면서 요란한 웃음을 터뜨렸다. 다들 서로 잘 아는 친한 사이로 보였다. 브래들리 부인이 다른 사람과 이야기하고 있을 때 나는 옆자리 아가씨와 대화를 나눠 보려고 시도했지만 생각만큼 잘 안 되었다. 그녀는 확실히 다른 아가씨들보다 말수가 적었다. 미인은 아니었지만 끝이 약간 위로 들린 조그만 코와 큰 입, 녹색이 도는 푸른 눈을 가진 재미있는 얼굴이었다. 엷은 갈색 머리는 단정하게 손질되어 있었다. 굉장히 마른 몸매라서 가슴이 남자의 것이라 해도 믿을 만큼 납작했다. 농담이 나오면 즐겁게 웃었지만 약간은 억지로 웃는 느낌이 들었으며 실제로는 그렇게 즐거운 것 같지 않았다. 주변 분위기에 맞춰 유쾌하게 어울리는 것처럼 보이려고 애쓰는 듯했다. 약간 머리가 모자란 것인지 아니면 지독하게 내성적이라서 그런 것인지 알 수가 없었다. 나는 이런저런 화제를 꺼내 보았으나 매번 그만둬야 했다. 마땅히 더 나은 이야깃거리도 없고 해서 나는 그 자리에 모인 사람들에 대해 이야기해 달라고 청했다.

"넬슨 박사님은 아까 인사 나누셨지요?"

그녀는 브래들리 부인 맞은편에 있는 중년 남자를 가리켰다.

"저분은 래리의 후견인이에요. 마빈에서 저희들을 봐 주시는 의사이기도 하죠. 굉장히 똑똑하신 분이라 비행기에 쓰이는 부속품을 만들기도 해요. 다른 사람들한테야 그다지 쓸모 있는 물건은 아니지만요. 그 일을 안 할 때는 술을 마신대요."

이 말을 할 때 그녀의 푸른 눈이 반짝여서 나는 그녀가 내가 생각한 이미지와 다른 여자가 아닐까 하는 생각도 들었다. 그녀는 아가씨와 청년들의 이름을 하나씩 알려 주면서 그들의 부모가 누구인지, 남자의 경우에는 어떤 대학을 나와서 어떤 일을 하는지도 알려 주었다. 그렇다고 아주 자세히 설명하지는 않았다. "저 여자는 아주 상냥해요." 또는 "저 사람은 골프를 무척 잘 쳐요." 하는 식이었다.

"그럼 눈썹이 짙고 체격이 큰 저 남자는 누굽니까?"

"아, 저 사람이요? 그레이 매튜린이에요. 저 사람 아버지는 마빈에 있는 강가에 으리으리한 저택을 갖고 있죠. 백만장자로 통한답니다. 마빈 사람들은 그를 매우 자랑스러워해요. 우리 지역을 명예롭게 해 주니까요. 매튜린, 홉스, 레이너, 스미스 등이 큰 부자들이죠. 그는 시카고의 큰 부자들 중에 한 사람이고 그레이는 그의 외아들이에요."

그 이름들을 나열할 때 약간 빈정대는 투가 느껴졌기 때문에 나는 그녀에게 호기심 어린 눈빛을 던졌다. 그녀는 내 눈빛을 알아채고 조금 얼굴을 붉혔다.

"매튜린 씨에 대해 좀 더 얘기해 주시겠습니까?"

"특별히 얘기해 드릴 만한 건 없어요. 부자이고, 많은 사람들에게 존경받고 있답니다. 마빈에 새 교회를 지어 주었고 시카고 대학에 100만 달러를 기부했지요."

"그분의 아들은 상당히 풍채가 좋군요."

"괜찮은 사람이에요. 믿기지 않으시겠지만, 저 사람의 할아버지는 신분이 낮은 아일랜드 남자였고, 할머니는 스웨덴 사람인데 싸구려 식당에서 종업원을 했대요."

그레이 매튜린은 미남이라기보다는 인상적인 젊은이였다. 세련되지 않고 거친 이미지가 풍기는 그는 짧고 뭉툭한 코에 육감적인 입술을 가졌으며 아일랜드 인 특유의 불그스름한 얼굴을 하고 있었다. 숱이 많고 윤기가 흐르는 검은 머리칼을 가졌고 짙은 눈썹 아래로 푸른색 눈동자가 반짝였다. 체격이 대단히 컸지만 균형이 잘 잡혀 있어서 옷을 벗으면 틀림없이 훌륭한 체격이 드러날 것 같았다. 힘도 세 보였고 사내다운 기운이 넘쳤다. 그의 옆에 앉아 있는 래리는 그보다 불과 7~10센티미터쯤 작을 뿐인데도 훨씬 왜소해 보였다.

소피가 계속 말을 이었다.

"여자들 사이에 인기가 아주 많아요. 저 남자를 차지하기 위해서라면 살인도 마다하지 않을 여자가 제가 아는 것만도 몇 명은 돼요. 하지만 그를 차지할 수 있을 리는 없죠."

"왜요?"

"정말 아무것도 모르세요?"

"제가 어떻게 알겠습니까."

"그레이는 이사벨한테 목을 매고 있거든요. 콩깍지가 씌어 버렸죠. 하지만 이사벨은 래리를 사랑해요."

"그럼 왜 본격적으로 달려들어 래리를 제쳐 놓고 이사벨을 차지하지 못합니까?"

"래리는 그의 둘도 없는 친구인걸요."

"그것 때문에 문제가 복잡해지는 거군요."

"그레이는 의리 있는 남자니까요."

그녀의 이 마지막 말이 진심으로 한 소리인지 아니면 약간 비웃는 톤이 섞여 있는 것인지 나는 정확히 알 수가 없었다. 그녀의 태도에 건방지거나 주제넘게 불손한 느낌은 없었지만, 나는 그녀가 유머 감각이나 날카로움을 지닌 여자라는 인상을 받았다. 이야기를 나누는 동안 그녀가 속으로 무슨 생각을 하고 있을지 궁금해졌다. 하지만 왠지 결코 알 수 없을 것 같았다. 그녀는 머뭇거리며 자신 없는 태도를 보였기 때문에, 나이가 많은 어른들과 함께 살면서 다른 사람들과 별로 교류가 없는 생활을 해 온 외동딸이 아닐까 하는 생각마저 들었다. 그녀의 언행에는 정숙함과 겸손함이 느껴져서 보는 이의 마음을 끄는 구석이 있었다. 하지만 고독한 생활을 했을 거라는 내 짐작이 맞는다면, 어른들을 조용히 관찰하면서 그들에 관해 나름대로 분명한 생각을 형성했을 것 같았다. 우리 나이 든 사람들은 젊은이들이 우리를 가차 없이, 그러면서도 날카롭게 평가한다는 사실을 좀처럼 알지 못한다. 나는 그녀의 녹색이 도는 푸른 눈을 다시 쳐다보았다.

"아가씨는 몇 살이에요?"

"열일곱이요."

"책을 좋아하나요?"

나는 용기를 내서 물어보았다. 그러나 그녀가 미처 대답하기 전에 여주인의 의무에 충실하려고 애쓰는 브래들리 부인이 내게 말을 걸었고, 내가 브래들리 부인과의 대화에서 벗어나기 전에 식사가 끝나 버렸다. 젊은이들은 곧 식탁에서 일어나 여기저기로 흩어졌고 나이 든 우리 네 사람은 거실로 올라갔다.

나는 그날 밤 파티에 초대받은 사실이 좀 의아스럽게 느껴졌다. 그들이 약간의 잡담을 나눈 후에, 그들끼리만 있는 자리에서나 다룰 법할 주제에 관해 이야기를 나누기 시작했기 때문이다. 나는 자리에서 일어나 나가는 것이 예의에 맞는지, 아니면 내가 제삼자인 청중으로서 남아 있는 것이 도움이 되는지 잘 판단이 서질 않았다. 이야기의 주제는 직업을 구하려고 애쓰지 않는 래리의 이상한 태도였다. 그날 파티에 참석한 건장한 청년의 아버지인 매튜린 씨가 래리에게 자기 회사에서 일해 보지 않겠느냐고 제안했다는 얘기가 나오면서 자연스레 이야기가 그쪽으로 흘러간 것이었다. 그것은 확실히 좋은 기회였다. 래리가 근면한 태도로 능력만 발휘한다면 웬만큼 시간이 흐른 후엔 상당한 돈을 벌 수 있을 터였다. 그레이 매튜린도 래리에게 그렇게 하라고 적극 권유했다고 했다.

그날 오간 대화가 전부 생각나지는 않지만 요점만은 분명히 기억하고 있다. 래리가 프랑스에서 돌아온 직후에 넬슨 박사는 그에게 다시 학교로 돌아갈 것을 권유했지만 그는 거절했다고 했다. 당분간은 아무것도 하지 않고 싶은 마음이 드는 것은 자연스러운 일이었다. 전쟁에서 힘든 시간을 보냈고, 비록 심각한 중상은 아니지만 두 번이나 다쳤으니 말이다. 넬슨 박사는 그가 충격에서 벗어나지 못했으니 완전히 회복될 때까지 쉬는 것이 좋으리라고 생각했다. 그러나 몇 주가 지나고 몇 달이 지나고, 이제는 그가 군복을 벗은 지도 1년이 넘어 있었다. 조종사로 복무할 때도 제법 훌륭한 성과를 냈고 제대한 후에도 시카고에서 웬만큼 인기가 있었던 모양인지, 여러 회사에서 일자리를 제안해 왔다. 그는 감사하다고 말하고 그 제안을 전부 거절했다. 앞으로 무얼 할지 아직 마음을 정하지 못했다는 대답 말고는 특별한 이유도 설명하지 않았다. 그러다가 이사벨과 약혼하게 되었다. 브래들리 부인에게 별로 뜻밖의 일은 아니었다. 두 사람은 오랫동안 떨어지고는 못 사는 사이로 가까이 지내왔고, 브래들리 부인도 이사벨이 래리를 사랑한다는 것을 알고 있었기 때문이다. 브래들리 부인도 래리를 좋아했고 그가 자기 딸을 행복하게 해 줄 거라고 믿고 있었다.

"이사벨이 래리보다 야무진 편이지요. 그에게 부족한 부분을 우리 딸애가 채워 줄 거예요."

두 사람 모두 아직 어리기는 했지만, 브래들리 부인은 결혼을 찬성하는 쪽이었다. 하지만 결혼하기 전에 래리가 직업은 구해야 한다고 생각했다. 래리에게 약간의 재산은 있었지만, 설령 그 열 배의 재산이 있다 해도 브래들리 부인은 역시 직업을 가져야 한다는 생각을 굽히지 않았을 것이다. 내 짐작으로, 엘리엇과 브래들리 부인은 래리가 앞날에 대해 어떤 계획을 갖고 있는가 하는 점을 넬슨 박사한테서 듣고 싶은 모양이었다. 그들은 매튜린 씨의 일자리 제안을 받아들이도록 넬슨 박사가 래리를 설득해 주기를 원했다.

넬슨 박사가 말했다.

"나는 별로 영향력이 없습니다. 그 애는 어렸을 적부터 늘 자기 마음대로였어요."

"알아요. 당신이 그가 제멋대로 굴도록 내버려 뒀으니까요. 지금 저만큼 자란 것도 기적이에요."

벌써 술을 상당히 마신 넬슨 박사는 약간 언짢은 표정으로 그녀를 쳐다보았다. 붉은 얼굴이 더 붉어져 있었다.

"저는 대단히 바쁘게 지냈습니다. 제게도 해야 할 일이 있으니까요. 그 애가 마땅히 갈 곳도 없고, 또 애 아버지가 제 친구였기 때문에 맡은 겁니다. 다루기 힘든 아이였어요."

그러자 브래들리 부인이 톡 쏘듯이 말했다.

"어떻게 그렇게 말씀하실 수가 있어요? 마음씨는 아주 좋은 아이예요."

"말다툼을 하지는 않지만 자기 하고 싶은 대로 다 하는 아이를 부인이라면 어떻게 다루시겠습니까? 무섭게 화를 내면, 그저 죄송하다는 말만 해서 제 속을 뒤집어 놓는단 말입니다. 만약 내 자식이었으면 아마 두들겨 패 줬을 겁니다. 하지만 하늘 아래 혈육이라곤 없는 어린애한테 어떻게 손찌검을 하겠습니까. 잘 보살펴 줄 거라고 친구가 믿고 맡긴 아들인데 말입니다."

그러자 엘리엇이 조금 짜증스러운 목소리로 말했다.

"지금 중요한 건 그게 아닙니다. 그러니까 문제는 이거지요. 래리는 빈둥거리며 지낸 지도 오래됐고, 마침 넉넉한 수입이 예상되는 일자리를 얻을 기회가 생겼으니, 이사벨과 결혼하려면 그 일자리를 수락해야 한다, 이 얘깁니다."

브래들리 부인이 끼어들었다.

"요즘 같은 세상에 사람은 직업을 가져야 한다는 걸 래리도 알아야 해요. 그 애는 이제 몸도 완전히 회복했잖아요. 옛날에 남북전쟁이 끝나고 난 뒤에도, 제대하고 돌아와서 좀처럼 일을 안 하려는 젊은이들이 있었죠. 그들은 가족들한테도 짐이었을 뿐 아니라 사회에서도 쓸모없는 존재였어요."

그때 내가 질문을 던졌다.

"그런데 일자리 제안을 거절하는 이유가 뭡니까?"

"특별한 이유는 없습니다. 그냥 마음에 들지 않는다고 하더군요."

"그럼 아무것도 하기 싫다는 뜻인가요?"

"그런 것 같아요."

넬슨 박사는 하이볼*을 한 잔 더 마셨다. 쭉 들이켜고 나서 다시 두 사람을 쳐다보았다.

"제 생각을 말씀드릴까요? 제가 무슨 인간 본성을 연구하는 대단한 사람은 못 됩니다만, 그래도 30여 년간 의사 생활을 하다 보니 조금은 안다고도 말할 수 있을 것 같습니다. 전쟁은 확실히 래리에게 큰 영향을 미쳤어요. 예전과는 다른 사람이

* 위스키에 소다수 따위를 섞은 음료.

되어서 돌아왔단 말입니다. 그저 나이를 더 먹었다는 얘기가 아니에요. 그의 성격을 바꿔 놓은 어떤 일이 있었던 게 분명합니다."

내가 물었다.

"어떤 일이요?"

"그건 나도 모르지요. 전장에서 겪은 일에 대해서는 도통 말을 안 하니까요."

넬슨 박사는 브래들리 부인을 향해 물었다.

"부인께는 혹시 얘길 하던가요?"

그녀는 고개를 저으며 말했다.

"아니요. 래리가 돌아왔을 때 우리도 전쟁에서 겪은 일들을 들려 달라고 그랬지만, 그 애는 특유의 미소만 지으면서 특별히 얘기해 줄 게 없다고 했어요. 이사벨한테도 마찬가지였고요. 이사벨이 여러 번 물어보았는데 아무런 얘기도 듣지 못했대요."

모두가 만족스럽지 못한 상태로 대화가 계속되었다. 이윽고 넬슨 박사가 시계를 보더니 가야겠다고 일어섰다. 나도 함께 일어나려고 했지만 엘리엇이 더 있으라고 붙잡았다. 넬슨 박사가 떠나고 나서 브래들리 부인이 내게, 자기네 집안 얘기만 해서 지루하게 만든 것 같다며 미안하다고 사과했다. 그리고 이렇게 덧붙였다.

"하지만 저로서는 무척 염려되는 일이라서요."

"몸 선생님은 사려 깊은 분이니까 그런 얘기를 해도 괜찮아. 선생님, 밥 넬슨과 래리가 별로 친밀하지는 않은 것 같지만, 그래도 루이자와 저는 넬슨 박사 앞에서 이야기하지 않는 편이

났다고 생각하는 것들도 있답니다."

"오빠."

"선생님께야 이미 얘기한 김에 다 말씀드려도 상관없지 뭘 그래. 선생님, 아까 식사하실 때 그레이 매튜린을 혹시 보셨습니까?"

"그렇게 덩치가 큰데 못 볼 리가 있나요."

"그 청년은 이사벨을 좋아한답니다. 래리가 전쟁에 나가 있는 동안 이사벨에게서 눈을 떼지 못했지요. 이사벨도 그를 좋아합니다. 만약 전쟁이 훨씬 길어졌다면 이사벨은 어쩌면 그 청년이랑 결혼했을지도 몰라요. 이사벨한테 청혼까지 했거든요. 이사벨은 좋다 싫다 확실히 대답을 안 했습니다. 루이자 짐작으로는, 래리가 돌아올 때까지 마음을 결정하지 않고 싶어 했던 것 같다더군요."

"왜 그 젊은이는 입대하지 않았습니까?"

"축구 때문에 심장이 안 좋아졌답니다. 심각한 정도는 아니었지만 군대에서 받아 주질 않았지요. 어쨌거나 래리가 돌아온 다음엔 이사벨과 어떻게 해 볼 희망이 없어졌습니다. 이사벨이 딱 잘라 퇴짜를 놨거든요."

그들이 내가 어떤 말을 해 주길 기대하는지 알 수가 없어서, 나는 아무 말도 하지 않았다. 엘리엇은 이야기를 계속했다. 세련된 기품으로 보나 옥스퍼드식 억양으로 보나, 그는 영락없이 외무부의 고위 관리 같은 분위기가 났다.

"물론 래리는 훌륭한 청년입니다. 학교를 그만두고 항공대에 들어간 건 상당히 모험적인 행동이긴 합니다만, 저는 사람 보는 눈은 상당히 정확한 편입니다……."

그는 뭔가 아는 척하는 미소를 살짝 짓고 나서, 자신이 미술품 거래에 관여해서 상당한 돈을 벌었다는 이야기를 잠시 했다.(그에게 그런 이야기를 들은 것은 처음이었다.)

"그런 일을 안 했다면 지금처럼 이렇게 우량 증권을 많이 갖고 있지는 못할 겁니다. 제가 보기에, 래리는 결코 대단한 인물이 되지 못할 겁니다. 이렇다 할 재산도 없고, 그렇다고 사회적 지위가 있는 것도 아니고요. 그레이 매튜린은 상당히 다르지요. 그의 집안은 아일랜드에서도 꽤 유서 깊은 가문입니다. 집안에 주교도 있었고, 극작가도 있었고, 또 뛰어난 군인과 학자도 여러 명 나왔다더군요."

"어떻게 그런 걸 다 아십니까?"

"누구나 알 수 있을 만한 것들입니다."

그는 아무렇지 않다는 듯이 대답했다.

"사실은 지난번에 클럽에서 우연히 영국 인명사전을 봤는데 거기서 알게 되었지요."

나는 아까 소피에게 들은 이야기, 즉 그레이의 조부모가 미천한 아일랜드 남자와 싸구려 식당의 여자 종업원이었다는 이야기를 꺼내는 것은 부적절하겠다는 생각이 들었다. 엘리엇은 계속했다.

"우리는 그레이의 아버지인 헨리 매튜린과 오랫동안 알고 지냈습니다. 그는 굉장히 훌륭하고 재산도 많은 사람이지요. 그레이는 장차 시카고 최고의 증권회사를 물려받게 될 겁니다. 누구도 부럽지 않을 만한 자리에 오르는 거지요. 그레이는 이사벨과 결혼하고 싶어 하는데, 이사벨 입장에서는 누가 봐도 더없이 좋은 혼처 아니겠습니까. 저는 물론 대찬성이고 루이자도 같은 생각일 겁니다."

그러자 브래들리 부인이 무미건조한 미소를 지으며 말했다.

"오빠는 미국을 떠나 있은 지가 너무 오래됐어요. 요즘 아가씨들은 자기 어머니나 외삼촌이 찬성한다고 해서 무조건 결혼하진 않아요."

"그런 추세는 자랑할 만한 일이 아니야. 30년 동안의 경험을 바탕으로 말하는데 말이야, 지위나 재산, 주변 조건 등을 적당히 고려해서 결혼하는 것이 사랑만 가지고 결혼하는 것보다 훨씬 나은 법이야. 세상에서 유일한 문명국인 프랑스에 살고 있다면 말이지, 이사벨은 두 번 생각해 볼 것도 없이 그레이와 결혼할걸. 그리고 한 1~2년쯤 지나고 나면 이사벨은 래리를 애인으로 삼을 거고, 그레이는 유명한 여배우 하나쯤 호화로운 아파트에 들어앉히게 되겠지. 그러면 모두 나름대로 행복해지지."

브래들리 부인은 바보가 아니었다. 그녀는 익살스러운 표정으로 그를 쳐다보며 말했다.

"하지만 오빠, 한 가지 문제가 있겠네요. 뉴욕 연극단은 한정된 시즌에만 이곳에 오니까 그레이는 화려한 아파트에 있는 애인을 자주 만나지 못할 테고, 그 관계가 오래가지도 못할 거예요. 그러면 결국 모두 다 곤란해지겠죠."

엘리엇은 미소를 지었다.

"그레이는 결국 뉴욕 증권거래소에서 활약하게 될 거야. 하여간 너도 미국에서 살려면 뉴욕 말고 다른 데서 사는 것은 아무 의미가 없어."

조금 후에 나는 가려고 일어났다. 그런데 내가 떠나기 전에 엘리엇이, 이유는 잘 모르겠지만, 자기와 매튜린 부자(父子)와 함께하는 점심 식사에 와 달라고 청했다.

"헨리는 매우 훌륭한 미국인 사업가입니다. 선생님도 꼭 만나 보시는 게 좋을 것 같습니다. 그는 오랫동안 우리의 투자를 도와주고 있지요."

나는 그 자리에 꼭 가고 싶은 마음은 들지 않았지만, 마땅히 거절할 이유도 없고 해서 그러겠다고 대답했다.

7

시카고에 머무는 동안 나는 꽤 많은 책을 비치하고 있는 한 클럽에 종종 들렀다. 다음 날 아침, 나는 정기 구독하지 않으면 좀처럼 구하기 어려운 대학 잡지 한두 권을 보기 위해 그곳을 찾았다. 이른 오전 시간이라 나 말고 다른 사람은 한 명뿐이었다. 그는 커다란 가죽 의자에 앉아서 독서에 몰두해 있었다. 놀랍게도 그 사람은 래리였다. 그런 장소에서 만나게 되리라고는 꿈에도 생각하지 못할 사람이었다. 내가 옆을 지나가자 그는 고개를 들었는데, 나를 알아보더니 일어나려고 몸을 들썩였다.

"일어나지 말게."

나는 거의 기계적으로 물었다.

"뭘 읽고 있나?"

"책입니다."

그는 살짝 미소를 지었다. 그 미소가 너무 상냥해서 무뚝뚝한 그의 대답에도 전혀 불쾌하지 않았다.

그는 읽고 있던 책을 덮고 흐릿한 눈으로 나를 쳐다보았다.

손으로 책을 쥐어서 제목은 보이지 않았다.

"어젯밤에는 즐겁게 보냈나?"

"네, 무척 즐거웠습니다. 새벽 5시가 되어서야 집에 들어갔어요."

"그런데도 이렇게 이른 시간에 여기 앉아 있다니, 무척 부지런하군그래."

"이곳에 자주 옵니다. 대개 이 시간엔 도서실을 혼자 독점할 수 있지요."

"방해하지 않겠네."

"아닙니다, 방해되지 않았어요."

그는 또 미소를 지었다. 대단히 부드러운 미소였다. 화려한 웃음이 아니라 마치 내면에서 나오는 빛이 밝혀 주는 듯한 미소였다. 그는 조금 튀어나온 책장들 사이의 우묵하게 들어간 공간에 앉아 있었다. 옆에 빈 의자가 하나 놓여 있었다. 그가 의자 팔걸이에 손을 얹으며 말했다.

"잠깐 앉으시겠어요?"

"그럴까?"

그는 손에 든 책을 내게 건넸다.

"제가 읽고 있던 책입니다."

윌리엄 제임스*의 『심리학 원리』였다. 물론 그것은 심리학 분야에서 중요한 고전으로 꼽히며 굉장히 읽기 쉽게 쓰인 책이었지만 아주 젊은 조종사, 그것도 새벽 5시까지 춤을 추다 온 청년의 손에 들려 있으리라고는 상상하기 힘든 책이었다.

---

* 1842~1910. 미국의 철학자, 심리학자.

"이걸 왜 읽고 있지?"

"모르는 게 너무 많아서요."

"자넨 아직 젊잖아."

나는 미소를 지어 보였다.

그는 한동안 입을 다물고 있었다. 나는 침묵이 어색하게 느껴져서 자리에서 일어나 잡지를 찾으러 가려고 했다. 그런데 그에게 뭔가 하고 싶은 말이 있는 것 같았다. 그는 진지하고 심각한 표정으로 허공을 응시했다. 뭔가 깊게 생각하는 모양이었다. 나는 잠시 기다렸다. 도대체 무슨 생각을 하고 있는지 궁금했다. 마침내 입을 열었을 때 그는 마치 긴 침묵이 없었던 것처럼, 자연스럽게 대화를 계속하는 사람처럼 이야기했다.

"프랑스에서 돌아왔을 때 다들 저보고 학교로 돌아가라고 하더군요. 하지만 그럴 수가 없었습니다. 그런 일들을 겪은 후에 도무지 다시 학교에 다닐 마음이 나지 않았어요. 저는 고등학교에서 거의 배운 게 없어요. 대학에 들어가고 싶은 마음도 없었고요. 들어갔다 해도 다른 사람들이 저를 좋아하지 않았을 겁니다. 내키지도 않는 일을 억지로 하기는 싫었습니다. 그리고 선생님들이 내가 정말 알고 싶은 것들을 가르쳐 줄 것 같지도 않았어요."

"물론 내가 섣불리 참견할 문제는 아니겠지만 말일세, 자네 생각이 옳은 건지는 모르겠군. 자네 말이 무슨 뜻인지는 알아. 2년 만에 전쟁에서 돌아온 다음에, 사람들이 추어올려 주는 대학생이 되는 것도 조금은 귀찮은 일일 거야. 더구나 1, 2학년 때는 더 그렇지. 친구들이 자네를 좋아하지 않았을 거라고 했는데, 내 생각은 좀 달라. 난 미국 대학에 대해선 잘 모르네.

하지만 미국 대학생들이라고 해서 영국 젊은이들이랑 크게 다르지는 않을걸. 영국 학생들보다 조금 더 명랑하고 떠들썩하게 놀지는 모르겠지만, 대체적으로는 예의 바르고 분별력도 있지 않을까. 자네가 그들의 스타일을 따르고 싶지 않다면 말이야, 자네가 약간의 재치와 요령만 발휘하면 그들도 기꺼이 자네 삶의 방식을 인정해 줄 거야. 나는 내 형제들과 달리 케임브리지 대학에 가지 않았다네. 기회는 있었지만 거절했지. 그보다는 사회에 나가고 싶었거든. 두고두고 후회했지만 말이야. 케임브리지에 들어갔더라면 그 많은 시행착오들을 겪지 않았을 거라는 생각이 든다네. 경험 많은 선생님들의 지도를 받으면 더 빨리 많은 걸 깨닫게 되지. 이끌어 줄 누군가가 없으면 막다른 골목에 접어들어 시간을 허비하게 되는 법일세."

"그럴지도 모르죠. 하지만 전 시행착오 따위는 아무렇지 않습니다. 막다른 골목에도 들어가 봐야 제 목표를 찾을 수 있는 게 아닐까요?"

"자네 목표는 뭔가?"

그는 잠시 망설였다.

"바로 그게 문젭니다. 아직 목표를 모르겠어요."

나는 마땅히 대꾸할 말이 생각나지 않아서 잠자코 있었다. 어렸을 때부터 항상 명확한 목표를 가지고 살아온 나로서는 몹시 안타까운 마음이 들었다. 하지만 그런 내색을 하지 않고 꾹 참았다. 나는 순간, 직감이랄까, 이 청년의 내면에서 어떤 혼란스러운 갈등이 요동치고 있지 않은가 하는 느낌이 들었다. 그런 갈등이 어느 정도 깊은 생각에서 기인한 것인지, 아니면 막연한 감정에서 비롯된 것인지는 나도 알 수 없었지만, 혼란과 불안감에 사로잡혀서 어딘지도 모르는 방향으로 움직이고 있는 것 같았다. 묘하게도 나는 그에게 연민이 일었다. 나는 그가 말을 많이 하는 것을 본 적이 없었기 때문에, 그렇게 아름다운 목소리를 가졌다는 것을 그때야 알았다. 매우 호소력이 있고 마치 향기로운 냄새가 나는 듯한 목소리였다. 그런 목소리와 매력적인 미소, 풍부한 감정이 담긴 검은 눈동자를 생각해 보면 이사벨이 왜 사랑에 빠졌는지 알 것 같았다. 그에게는 사랑스러운 매력이 분명히 있었다. 그는 고개를 돌려 나를 쳐다보았다. 수줍어하는 기색은 없고 오히려 날카롭게 들여다보면서도 즐거운 듯한 눈빛이었다.

"어젯밤에 저희들이 춤추러 간 다음에 저에 관한 얘기가 나왔지요?"

"조금."

"밥 아저씨가 만찬에 꼭 오라고 요청받은 건 저 때문이었을 겁니다. 원래 외출을 싫어하는 분이거든요."

"자네, 굉장히 좋은 일자리를 제안받은 것 같던데?"

"아주 훌륭한 일자리죠."

"받아들일 건가?"

"아니요."

"어째서?"

"그러고 싶지 않으니까요."

나는 나와 아무 상관없는 일에 참견하고 있었다. 하지만 내가 외국에서 온 낯선 타인이기 때문에 오히려 래리는 나와 그런 얘기를 나누는 게 싫지 않을 거라는 생각이 들었다.

"아무것도 잘하는 게 없는 사람들은 흔히 작가가 되기도 한다네."

나는 싱긋 웃었다.

"저는 그런 재능이 없습니다."

"그럼 뭘 하고 싶은가?"

그는 매력적인 미소를 환하게 지어 보였다.

"그냥 빈둥거리고 싶습니다."

나는 웃을 수밖에 없었다.

"시카고는 그냥 빈둥거리면서 지내기엔 별로 좋은 곳이 아닐 것 같네만. 어쨌거나, 읽던 책 마저 읽게. 나는 《예일 쿼털리》를 보러 왔으니까."

나는 자리에서 일어났다. 도서실을 나올 때도 래리는 여전히 윌리엄 제임스의 책에 몰두해 있었다. 나는 클럽 안에서 혼자 점심을 먹었다. 도서실이 조용했기 때문에 나는 식사 후 다시 그곳으로 돌아가 담배를 한 대 피우고 책을 읽거나 편지를 쓰면서 한두 시간쯤 한가로운 시간을 보냈다. 놀랍게도 래리는 그때도 여전히 독서에 집중하고 있었다. 내가 그의 옆자리를 떠난 이후로 꼼짝도 하지 않은 것 같았다. 오후 4시쯤 내가 그곳을 나올 때도 그는 여전히 같은 자리에 있었다. 참으로 놀라운 집중력이었다. 그는 내가 도서실에 드나드는 것조차 알아채지 못했다. 그날 오후에는 여러 가지 볼일이 있어서, 블랙스톤 호텔로 돌아갔을 무렵에는 벌써 어떤 저녁 초대 자리에 가기 위해 옷을 갈아입어야 할 시간이었다. 저녁 초대에 가는 도중에 나는 호기심을 억누를 수가 없어서 다시 클럽에 들러 도서실에 가 보았다. 이미 꽤 많은 사람들이 와서 신문 따위를 읽고 있었다. 래리는 아직도 같은 자리에서 독서에 집중하고 있었다. 정말 특이한 젊은이였다.

8

그다음 날, 엘리엇이 나에게 매튜린 부자와 함께 점심을 하기 위해 파머 하우스로 오라고 했다. 우리 네 사람뿐이었다. 헨리 매튜린은 아들만큼이나 체격이 큰 남자였다. 살집 좋은 붉은 얼굴에 턱 아래도 살이 꽤 붙어 있었고 아들처럼 코가 짧고 뭉툭했다. 눈은 아들보다 작았고 진한 푸른색도 아니었지만 대단히 날카로웠다. 나이가 쉰을 많이 넘기진 않았을 텐데도 열 살은 더 늙어 보였다. 머리는 백발인데 벌써 숱이 많이 빠졌다. 처음 봤을 때 호감이 가는 인상은 아니었다. 마치 오랫동안 풍족하고 사치스럽게 살아온 사람처럼 보였다. 냉혹하고 영리하고 능력 있으며 사업에 관한 한 피도 눈물도 없는 매정한 남자, 딱 그런 이미지였다. 그는 처음엔 거의 말을 하지 않았다. 나라는 사람에 대해 속으로 평가하고 있는 것 같았다. 엘리엇을 약간 우습게 보고 있다는 느낌도 들었다. 친절하고 예의 바른 그레이 역시 거의 말이 없었다. 엘리엇이 특유의 싹싹하고 사교적인 수완으로 부드러운 대화가 이어지도록 유도하지 않았다면 무척 어색한 분위기가 됐을 것이다. 엘리엇은 예전에 중서부의 사업가들을 상대할 때 그들을 구슬려서 유명한 옛날 화가들의 그림을 엄청난 금액에 사도록 만든 경험이 많을 것이라는 생각이 들었다. 시간이 지나자 매튜린 씨도 조금 편안하게 느끼기 시작했는지 한두 마디씩 하기 시작했는데,

겉으로 보기보다 쾌활하고 차분한 유머 감각도 있는 사람이었다. 한동안은 주식에 관한 이야기가 오갔다. 엘리엇은 그 분야에 대해서도 상당히 박식했다. 그가 가끔씩 엉뚱한 말을 하기는 하지만 대단히 눈치 빠르고 영리한 사람이라는 사실을 만일 몰랐다면, 나도 그의 박식함을 보고 놀랐을 것이다. 그때 매튜린 씨가 말을 꺼냈다.

"오늘 아침에 그레이 친구인 래리 대럴한테서 편지가 왔더군요."

그러자 그레이가 말했다.

"저한테 왜 얘기 안 해 주셨어요."

매튜린 씨는 나를 보며 말했다.

"선생님도 래리를 아시지요?"

나는 고개를 끄덕였다.

"래리를 우리 회사에 채용하자고 그레이가 저를 설득했지요. 둘은 무척 가까운 친구거든요. 그레이는 래리를 상당히 좋게 평가하고 있습니다."

"아버지, 래리가 뭐래요?"

"고맙다고 하더구나. 자기 나이에는 대단히 좋은 기회라고 생각한다, 아주 신중하게 생각해 봤는데 죄송하지만 사양하는 편이 낫겠다는 판단이 들었다, 그런 내용이었어."

엘리엇이 끼어들었다.

"정말 답답한 친구군요."

매튜린이 말했다.

"그렇지요."

그레이가 입을 열었다.

"정말 아쉬워요, 아버지. 우리 둘이 함께 일하면 정말 좋을 텐데."

"말을 물가까지 끌고 갈 수는 있지만 억지로 물을 먹일 수는 없는 거야."

이렇게 말하며 아들을 쳐다보는 매튜린 씨의 날카로운 눈매가 한결 부드러워져 있었다. 냉혹한 사업가에게도 또 다른 모습이 있구나 하는 생각이 들었다. 덩치가 커다란 자기 아들을 무척 애지중지 아끼는 듯했다. 그는 다시 나를 보며 말했다.

"지난 일요일에 이 녀석이 2언더파를 쳤답니다. 저를 세븐 앤드 식스(6홀 남겨 놓고 7홀 차)로 이겼지요. 9번 아이언으로 녀석 머리를 때려 주고 싶더군요. 저 녀석한테 골프를 가르친 건 바로 전데 말입니다."

꽤 자랑스러워하는 표정이었다. 나는 그에게 호감이 느껴지기 시작했다.

"아버지, 제가 운이 좋았던 거예요."

"그런 소리 마라. 벙커에서 공을 홀컵 6인치까지 갖다 붙이는 게 운이 좋은 거라고? 거리가 35야드나 되는데 말이야. 저는 이 녀석이 내년 아마추어 챔피언십 대회에 한번 나가 봤으면 싶습니다."

"그럴 시간이 없을 거예요."

"무슨 소리야? 난 네 상관이잖니."

"알아요! 제가 회사에 1분이라도 늦으면 호되게 야단치시잖아요."

매튜린 씨는 싱긋 웃었다.

"얘가 나를 무슨 폭군처럼 말하는군요. 설마 이 녀석 말을 믿진 않으시겠지요? 저는 회사 상관으로서 엄격하게 하는 것뿐입니다. 저랑 같이 일하는 파트너들이 전부 별로랍니다. 저는 제 사업을 아주 자랑스럽게 생각합니다. 제 아들을 밑바닥부터 배우게 했지요. 다른 직원들과 마찬가지로 차근차근 위로 올라가도록 말입니다. 나중에 회사를 물려받을 때쯤이면 훌륭한 비즈니스맨이 되어 있을 겁니다. 이 사업은 굉장한 책임감이 요구되는 일입니다. 고객들 중에는 제가 30년 동안 투자를 도와주고 있는 사람들도 있는데 그들은 여전히 저를 신뢰하지요. 사실 말입니다, 차라리 제가 손해 보는 게 낫지 고객들이 손해 보는 것은 용납할 수가 없습니다."

그레이가 웃으면서 말했다.

"얼마 전에 나이 든 부인이 오셨는데 1000달러를 어떤 위험한 사업에 투자하고 싶다고 했어요. 자기가 아는 목사님이 추천했다면서요. 아버지는 거절하셨죠. 그래도 부인이 계속 고집을 피우니까 아버지는 무섭게 야단치듯이 안 된다고 하셨어요. 그랬더니 부인은 울면서 돌아갔어요. 그러고 나서 아버지는 그 목사님한테도 전화를 걸어서 막 뭐라고 하셨어요."

"사람들은 우리 증권 브로커들을 두고 심한 말을 하기도 하지만 브로커도 여러 종류가 있습니다. 나는 고객들이 손해 보길 원치 않아요. 많은 돈을 벌기를 바라지요. 그런데 대부분 사람들을 보면 한 푼도 없이 몽땅 잃기를 바라는 것처럼 행동한다니까요."

"매튜린 씨를 보시니 어떻습니까?"

매튜린 부자가 회사로 돌아가고 나서, 우리 둘이서 오는 길에 엘리엇이 물었다.

"저는 새로운 사람들을 만나는 걸 언제나 좋아합니다. 부자간의 애정이 정말 돈독하던데요. 영국에선 그런 모습이 흔치 않거든요."

"아들을 대단히 아끼지요. 묘하게 복잡한 사람이에요. 그가 고객들과 관련해서 한 말은 전부 사실입니다. 나이 든 부인, 퇴직 군인, 목사 등 수백 명의 자산을 관리해 주고 있지요. 저라면 좋기보다는 골치가 더 아팠을 거 같은데, 그는 사람들이 자기한테 신뢰를 가진다는 사실에 무척 자부심을 갖고 있습니다. 하지만 굉장히 규모가 큰 거래가 걸려 있거나 강력한 단체 같은 걸 상대할 때 보면, 그 사람만큼 냉혹하고 가차 없는 사업가는 없을 겁니다. 그럴 때는 봐주는 법이 없지요. 상대에게 지독한 요구를 하면서 자기가 원하는 걸 얻기 위해서라면 물불 안 가리거든요. 누군가 밉게 보였다 하면, 그 상대를 철저하게 망쳐 놓고 나서 껄껄 웃어 젖힐 사람입니다."

여동생 집에 도착하자 엘리엇은 브래들리 부인에게 래리가 헨리 매튜린의 제안을 거절했다는 이야기를 전했다. 이사벨은 친구들과 식사를 하고 있었는데, 엘리엇이 브래들리 부인과 그 이야기를 하고 있을 때 마침 방으로 들어왔다. 그들은 이사벨에게 그 소식을 전했다. 그 이후에 이어진 대화에 관해 엘리엇이 나한테 이야기해 준 바에 따르면, 엘리엇은 굉장히 적극적으로 자신의 의견을 표현한 모양이었다. 엘리엇은 10년간 이렇다 할 일을 한 것도 아니고, 상당한 수입을 벌어들인 것도 무슨 고된 노력을 해서 얻은 결과는 아니었지만, 사람이 살아가려면 근면함은 반드시 갖춰야 하는 자질이라고 굳게 믿고 있었다. 그는 래리가 사회적 지위도 없는 아주 평범한 젊은이일 뿐이므로, 사회의 바람직한 관습과 원칙을 따르지 않을 아무런 이유가 없지 않느냐고 말했다. 엘리엇처럼 영리한 사람이 보기에 미국은 앞으로 전례 없는 번영의 시대를 맞을 것이 분명했다. 래리가 그러한 사회에 첫발을 내디디면 매우 유리한 위치를 차지하게 되는 셈이었고, 본인이 열심히 노력만 하면 나이 마흔 즈음엔 백만장자 저리 가라 할 만큼 부유해질 수도 있을 것이었다. 그때 가서 은퇴하여 이를테면 파리의 부아 거리에 있는 아파트나 투렌 지역의 대저택에서 신사의 여유 있는 삶을 즐기고 싶어 한다면, 엘리엇으로서는 아무런 반대할 이유가 없을 거라고 했다. 그에 비해 브래들리 부인은 말을 아껴 간결하게 의견을 표현했다.

"래리가 너를 사랑한다면 당연히 일을 하겠다는 마음을 가져야지."

이 모든 얘기를 들은 후에 이사벨이 뭐라고 했는지는 나도 모른다. 그러나 지각 있는 아가씨인 만큼 어머니와 외삼촌의 말이 합리적이라는 것은 알았을 것이다. 그녀의 친구들은 모두 직업을 갖기 위해 열심히 공부하거나 아니면 이미 취직해서 바쁜 생활을 하고 있었다. 래리가 조종사로서 아무리 뛰어난 경력을 가지고 있다 한들 남은 삶을 그것에만 의지해 살아갈 수는 없는 일이었다. 전쟁은 이미 끝났고, 사람들은 전쟁 얘기가 나오면 고개를 절레절레 흔들며 가능한 한 빨리 그것에 대해 잊고 싶어 했다. 결국 이사벨은 래리와 만나 이 문제에 대해 확실하게 매듭을 짓기로 했다. 브래들리 부인이 이사벨에게, 마빈까지 자동차로 데려다 달라고 래리한테 부탁해 보라고 제안했다. 마빈에 있는 집의 거실에 커튼을 새로 달 생각인데 치수를 재 놓지 않았으니 이사벨더러 재 오라는 것이었다.

"넬슨 씨가 점심을 대접해 줄 거다."

그러자 엘리엇이 말했다.

"나한테 더 좋은 생각이 있는데, 도시락을 싸 주는 거야. 현관 입구의 계단에 앉아서 같이 먹은 뒤에 얘기도 나눌 수 있고 말이야."

이사벨이 말했다.

"그게 좋겠어요."

엘리엇은 설교하듯이 말을 이었다.

"먹을 걸 싸 가지고 가서 야외의 여유롭고 편한 분위기에서 먹는 것만큼 즐거운 일이 없지. 위제스 공작 부인이 늘 말했어. 아무리 고집 센 남자라도 그런 분위기에서 이야기를 꺼내면 고분고분해진다고 말이야. 루이자, 점심으로 뭘 싸 줄 거야?"

"스터프드 에그랑 치킨 샌드위치면 되겠죠."

"무슨 소리야? 피크닉에 거위 간 요리가 빠지면 안 되지. 카레를 얹은 새우랑 육즙 젤리를 바른 닭 가슴살, 양상추 샐러드도 가져가야 해. 샐러드드레싱은 내가 만들어 주지. 거위 간을 먹은 다음엔, 원한다면 미국식으로 애플파이를 먹는 게 좋겠군."

하지만 브래들리 부인이 단호하게 말했다.

"스터프드 에그랑 치킨 샌드위치를 챙겨 줄 거예요."

"내 말대로 해. 샌드위치 같은 걸 싸 줬다간 분위기고 뭐고 다 망칠 거야. 후회하게 될걸."

이사벨이 끼어들었다.

“래리는 먹는 양이 많지 않아요, 외삼촌. 그리고 음식 같은 거엔 별로 관심도 없고요.”

“그게 자랑할 일이라고 여기지는 마라.”

결국 이사벨은 브래들리 부인이 말한 음식을 싸 가지고 갔다. 나중에 엘리엇은 그날의 짧은 피크닉 결과를 나한테 얘기해 주면서 프랑스 특유의 방식으로 어깨를 으쓱하며 말했다.

“그렇게 하지 말라고 분명히 얘기했는데 말입니다. 전쟁 전에 내가 보내 준 몽라셰 와인도 한 병 넣어 주라고 그렇게 일렀건만, 루이자는 말을 안 듣더군요. 보온병에다 뜨거운 커피만 가져갔어요. 그래 가지고서야 뭐가 잘되겠습니까?”

바깥에서 자동차 멈추는 소리가 들리고 이사벨이 집 안으로 들어왔을 때 루이자 브래들리와 엘리엇은 거실에 있었던 모양이다. 날이 어두워진 직후여서 커튼도 이미 쳐 놓은 상태였다. 엘리엇은 난로 옆에 있는 안락의자에 편안하게 앉아 소설을 읽고 있었고, 브래들리 부인은 난로 가리개로 사용할 융단에 수를 놓고 있었다. 이사벨은 거실은 들여다보지도 않고 그대로 자기 방으로 올라가 버렸다.

엘리엇은 안경 너머로 여동생을 쳐다보았다.

“아마 모자를 벗으러 갔을 거예요. 금방 다시 내려올걸요.”

하지만 이사벨은 내려오지 않았다. 그렇게 몇 분이 흘렀다.

“피곤한가 보죠. 아마 누워 있을 거예요.”

“래리가 같이 들어오지 않으리란 것쯤은 예상한 일 아냐?”

“오빠, 약 올리듯이 얘기하지 말아요.”

“그래, 이건 어쨌거나 네 문제지 내 일은 아니니까.”

그는 다시 책을 읽기 시작했다. 브래들리 부인도 다시 자수놓는 일로 돌아갔다. 30분쯤 지났을 때 브래들리 부인이 갑자기 일어서더니 말했다.

"이사벨이 괜찮은지 아무래도 올라가 봐야겠어요. 자고 있으면 깨우지 않을 거예요."

그녀는 거실을 나갔다가 얼마 안 돼서 금방 돌아왔다.

"울고 있어요. 래리가 파리로 간다고 그랬다지 뭐예요. 한 2년쯤 나가 있을 건가 봐요. 이사벨은 기다리겠다고 그랬대요."

"파리엔 왜 간다는 거야?"

"나한테 물어봐야 소용없어요. 나도 모르죠. 이사벨이 아무 말도 하고 싶지 않대요. 자기는 래리를 이해하니까 그를 방해하고 싶지 않다고 하면서요. 2년 동안이나 널 혼자 내버려 둔다면 널 사랑하지 않는 게 아니냐고 그랬더니, 어쩔 수 없지 않느냐, 중요한 건 자기가 그를 굉장히 사랑한다는 사실 아니겠느냐고 그러더라고요. 오늘 같은 일을 겪고 나서도 여전히 그 애를 사랑하느냐고 물었더니, 오늘 일 때문에 사랑이 더 깊어졌다고 하던걸요. 래리도 자기를 사랑하고 있다는 사실은 틀림없다는 거예요."

엘리엇은 잠시 생각에 잠겼다.

"그럼 2년 후에는 어떻게 되는 거지?"

"나도 몰라요."

"아무래도 납득하기 힘든 일이지?"

"물론이죠."

"이것만은 말할 수 있겠군. 둘 다 아직 젊다는 거 말이야. 2년쯤 기다린다고 해서 큰 문제가 생기진 않을 거야. 뭐, 그동안 여러 가지 일들도 생길 수 있고."

두 사람은 이사벨을 조용히 내버려 두는 게 낫겠다고 판단하고 밖에 나가서 저녁을 먹기로 했다. 브래들리 부인이 말했다.

"그 애를 자극하고 싶지 않아요. 이사벨 눈이 퉁퉁 부으면 사람들이 이상하게 생각할 거예요."

다음 날 점심을 먹고 나서 브래들리 부인이 다시 그 문제를 끄집어냈지만 이사벨에게서 더 알아낸 것은 거의 없었다.

"다 말씀드렸잖아요, 엄마. 더 이상 얘기할 게 없다구요."

"하지만 래리가 파리에 가서 뭘 하려고 그러는 거니?"

이사벨은 가볍게 미소를 지었다. 자기가 하려는 대답이 얼마나 말도 안 되게 들릴지 알았던 것이다.

"아무것도 안 한대요."

"아무것도 안 한다니? 그게 대체 무슨 뜻이야?"

"그렇게 말했어요."

"도저히 그냥 듣고 있을 수가 없구나. 네가 생각이 있다면 그 자리에서 당장 약혼을 취소했어야 해. 그 애는 너를 희롱하고 있잖니."

이사벨은 왼쪽 손에 낀 반지를 내려다보았다.

"어쩔 수 없잖아요. 저는 그를 사랑하는걸요."

그때 엘리엇이 대화에 끼어들었다. 그 특유의 요령을 발휘해 다음과 같은 말로 시작했던 모양이다.

"네 외삼촌으로서가 아니라 경험이 많은 사람으로서 세상 물정을 잘 모르는 젊은이한테 하는 말이라고 생각하려무나……."

하지만 그 역시 어머니보다 별반 나은 결과를 얻지 못했다. 나는, 이사벨이 엘리엇에게 이건 어디까지나 자기 문제니까 간섭하지 말라고 정중하지만 분명하게 말했다는 인상을 받았다.

이 모든 이야기는 그날 오후에 블랙스톤 호텔의 조그만 응접실에서 엘리엇이 내게 들려준 것이다.

"물론 루이자 말이 전적으로 옳다고 생각합니다. 참으로 난감한 일입니다. 하지만 이런 일이야 젊은이들이 서로 좋아하는 감정만 가지고 결혼하려고 할 때 흔히 발생하는 문제지요. 저는 루이자에게 걱정하지 마라, 생각했던 것보다 잘될 거다, 하고 얘기했습니다. 래리가 멀리 떠나고 눈앞에 그레이 매튜린이 있게 되면……. 뭐, 저도 인간이라는 동물에 대해 아주 모르는 편은 아니니, 결과가 뻔히 보이니까요. 열여덟 살 즈음엔 감정이 격렬하기 마련이지만 그것도 그리 오래가지는 못하지요."

나는 가볍게 웃으며 말했다.

"당신은 세상 경험이 많은 분이죠, 엘리엇."

"제가 라 로슈푸코*를 괜히 읽은 건 아닙니다. 선생님도 시카고가 어떤 곳인지 아시지요? 이곳 사람들은 항상 서로 자주 만나지요. 여자 입장에서는 자기한테 목을 매는 남자가 있다는 게 무척 기분 좋은 일인 법입니다. 더욱이 다른 여자 친구들이 모두 결혼하고 싶어 하는 멋진 청년이라면……. 생각해 보세요. 인간의 심리를 생각해 볼 때 다른 여자를 모두 물리치고 그 남자를 차지하고 싶은 유혹에 저항할 수 있을까요? 이를테면 이런 것과 비슷합니다. 나올 음식이라야 레모네이드와 비스킷뿐이고 따분하기 짝이 없는 파티가 열릴 예정이라고 칩시다. 그런데 다른 친구들은 어떻게든 그 파티에 가고 싶어 하는데 아무도 초대받지 못했다면, 선생님은 참석하고 싶지 않겠

---

* 1613~1680. 프랑스의 고전 작가.

습니까?"

"래리는 언제 떠난답니까?"

"모르겠습니다. 아직 정해지지 않은 모양입니다."

엘리엇은 주머니에서 백금과 금으로 된 얇고 기다란 담배 케이스를 꺼내 이집트산 담배 한 개비를 뽑았다. 파티마나 체스터필드, 카멜, 럭키 스트라이크*는 그의 입에 맞지 않는다고 했다. 그는 뭔가 암시하는 듯한 묘한 미소를 지으며 말했다.

"물론 루이자한테는 이런 이야기를 안 하겠지만요, 선생님께는 해도 상관없을 것 같습니다. 저는 래리한테 은근히 연민 같은 게 느껴집니다. 그는 전쟁 중에 잠시나마 파리를 경험했으니, 문명인이 살 만한 유일한 도시인 그곳에 매료되었다고 해도 나무랄 수는 없을 겁니다. 아직 젊으니까 결혼해서 정착하기 전에 방탕한 생활을 해 보고 싶은 욕심도 분명히 있을 테고요. 아주 자연스럽고 당연하지요. 그를 잘 지켜보고 있다가 좋은 사람들한테 소개해 줘야겠습니다. 예의가 바른 편이니까, 귀띔만 약간 해 주면서 가르치면 어디 내놔도 손색이 없는 교양 있는 청년이 될 겁니다. 웬만한 미국인들은 경험해 볼 수 없는, 프랑스 생활의 일면을 보여 줄 생각입니다. 장담하건대 말입니다, 평범한 미국인이 파리의 생제르맹 거리에 발을 들여놓는 것보다는 천국에 들어가는 게 훨씬 쉬울 겁니다. 래리는 이제 스무 살에다 매력적인 젊은이에요. 나이 든 부인 한 명쯤 소개해 주면 어떨까 싶습니다. 진정한 남자가 되도록 단련시켜 주는 거지요. 젊은 남자한테는 나이 지긋한 부인의 애인이 되

* 미국 담배 이름들.

는 것만큼 훌륭한 교육이 없다는 게 제 평소 생각입니다. 그리고 만일 그 부인이 세상 물정에 밝은 노련한 여인이라면, 사실 저도 그런 여인을 염두에 두고 있습니다만, 그렇다면 래리는 대번에 파리에서 자리를 잡게 되는 거지요."

"브래들리 부인에게 그런 얘길 하셨나요?"

엘리엇은 싱긋 웃었다.

"선생님, 제가 스스로 자랑스러워하는 점이 하나 있다면 바로 그런 종류의 요령입니다. 루이자에겐 당연히 말하지 않았지요. 그런 걸 이해할 리가 없습니다. 루이자를 도저히 이해할 수 없는 부분이 바로 그겁니다. 루이자는 반평생을 외교계 인사들과 어울리며 지냈고 수많은 나라의 수도에서 살았는데, 아직도 영락없는 미국인이거든요."

9

그날 저녁, 나는 레이크 쇼어 드라이브에 있는 돌로 지은 커다란 저택에서 열리는 만찬에 초대받았다. 건축가가 처음엔 중세풍의 성처럼 지으려다가 중간에 마음을 바꿔 스위스식 별장으로 만든 것 같은 느낌을 주는 집이었다. 상당히 큰 파티였다. 많은 조각품과 종려나무, 샹들리에, 대화가의 그림들, 푹신한 의자들이 있는 화려하고 넓은 응접실로 들어섰을 때 아는 얼굴이 몇 명 보여서 반가웠다. 헨리 매튜린이 마르고 연약해 보이는 그의 아내에게 나를 소개했다. 나는 브래들리 부인과 이사벨에게도 인사를 건넸다. 이사벨은 빨간 실크 드레스를 입고 있었는데, 머리 색깔이나 엷은 갈색 눈동자와 잘 어울려서 매우 아름다웠다. 퍽 쾌활했기 때문에 속상한 일을 겪은 사람처럼 보이지 않았다. 그녀는 그레이를 포함한 몇몇 청년들과 함께 명랑하게 이야기를 나누고 있었다. 식사 때는 서로 다른 테이블에 앉았기 때문에 그녀를 볼 수 없었지만, 남자들끼리 커피나 리큐어를 마시고 담배를 피우면서 한참 시간을 보내다가 응접실로 돌아왔을 때 그녀와 이야기할 기회가 생겼다. 그리 친한 사이는 아니었으므로 엘리엇한테 들은 이야기를 직접 꺼낼 수는 없었다. 그 대신 나는 그녀가 들으면 반가워할 만한 이야기를 꺼냈다.

"며칠 전에 클럽에서 래리를 만났어."

나는 무심코 이야기하는 것처럼 말했다.

"어머, 그러셨어요?"

그녀 역시 아무렇지 않은 듯이 대답했지만, 나는 순간 그녀가 예민해졌다는 것을 알아챘다. 긴장한 그 눈빛에는 걱정스러운 기색 같은 것도 잠시 스쳤다.

"도서실에서 책을 읽고 있더군. 집중력이 정말 놀라웠어. 10시 조금 넘어서 도서실에 들어갔을 때 그는 책을 읽고 있었는데, 내가 점심을 먹고 다시 가 보았을 때도 여전히 독서 중이었지. 그리고 만찬에 초대받아서 가는 도중에 다시 들러 보았는데 그때도 꼼짝 않고 읽고 있더군. 열 시간 동안 같은 자리에서 거의 움직이지도 않고 있었던 것 같아."

"뭘 읽고 있었는데요?"

"윌리엄 제임스의 『심리학 원리』."

이사벨이 고개를 숙였기 때문에 내가 한 말이 그녀에게 어떤 영향을 미쳤는지 자세히 살필 수는 없었지만, 당혹스러워하기도 하고 안심하기도 하는 것 같았다. 그때 마침 집주인이 브리지를 하자며 나를 다른 쪽으로 끌고 갔고, 게임이 끝났을 즈음에 이사벨과 브래들리 부인은 돌아가 버리고 없었다.

10

이틀 후에 나는 브래들리 부인과 엘리엇에게 작별 인사를 하러 갔다. 그들은 차를 마시고 있었다. 내가 들어간 직후에 이사벨도 방으로 들어왔다. 우리는 앞으로 내가 하게 될 여행에 관해 이야기를 나누었다. 나는 시카고에 머무는 동안 친절하게 대해 줘서 고맙다고 인사를 하고 잠시 후에 일어났다. 그러자 이사벨이 말했다.

"잡화점에 갈 일이 있으니 저도 같이 나갈게요. 살 게 있었는데 방금 생각났어요."

브래들리 부인은 마지막에 내게 이렇게 말했다.

"혹시 다음에 마르게리타 모후님을 뵈면 제 안부를 꼭 전해 주세요."

나는 그렇게 존귀한 분은 잘 알지 못한다고 계속 부인하는 것은 별 의미가 없다는 생각이 들어서 그러겠노라고 정중하게 대답했다.

거리로 나와서 걷다가 이사벨이 미소 띤 얼굴을 하고 나를 곁눈질로 슬쩍 보며 말했다.

"아이스크림소다 한잔 어떠세요?"

"좋지."

나도 친절하게 대답했다.

잡화점에 도착할 때까지 이사벨은 한 마디도 하지 않았다. 나 역시 딱히 할 말이 없어서 입을 다물고 있었다. 우리는 가게에 들어가서 테이블 앞에 앉았다. 등받이와 다리가 꼬인 철사로 만들어진 의자에 앉았는데 몹시 불편했다. 나는 아이스크림소다 두 잔을 주문했다. 물건을 사려는 사람 두셋이 카운터에 서 있었다. 다른 테이블에 두세 커플 정도가 앉아 있었지만 자기네 대화에 몰두해 있었기 때문에, 사실상 우리 둘만 있는 것과 다름없었다. 이사벨이 매우 흡족한 표정으로 빨대를 빠는 동안 나는 담배를 피우며 기다렸다. 그녀는 어딘지 모르게 초조해 보였다. 그녀가 갑자기 입을 열었다.

"선생님과 얘기를 하고 싶었어요."

"그런 것 같았어."

나는 미소를 지어 보였다.

그녀는 뭔가 생각하는 표정으로 잠시 나를 쳐다보았다.

"그저께 밤에 새터스웨이트 씨 댁에서 왜 래리 이야기를 꺼내셨어요?"

"이사벨이 관심이 있을 거 같아서 그랬지. 그가 빈둥거리며 아무것도 안 하겠다는 게 무슨 뜻인지 이사벨이 잘 모를 거 같다는 생각이 들었어."

"엘리엇 외삼촌은 참 말이 많은 분이에요. 그날 선생님과 할 이야기가 있다며 블랙스톤 호텔에 간다고 할 때, 선생님한테 전부 다 얘기해 버릴 줄 알았어요."

"난 외삼촌과 알고 지낸 지 굉장히 오래됐어. 외삼촌은 남의 일에 대해서 얘기하는 걸 무척 즐기는 편이지."

"맞아요."

그녀는 아주 잠깐 미소를 지었다. 그러고는 진지한 눈으로 나를 빤히 바라보았다.

"래리에 대해 어떻게 생각하세요?"

"이제 겨우 세 번 봤지만 썩 괜찮은 젊은이 같아."

"그게 전부인가요?"

그녀의 목소리에 뭔가 고민하는 기색이 스쳤다.

"꼭 그렇진 않지만, 나로서는 말하기가 쉽지 않은걸. 그에 대해 아는 게 별로 없으니까. 물론 매우 매력적인 청년이야. 조심성 있고 친절하고 점잖아서 사람 마음을 끄는 구석이 있더군. 어린 나이치고는 굉장히 침착한 편이고. 여기서 만나 본 다른 젊은이들과는 사뭇 다른 것 같아."

래리를 정확하게 알지 못하는데도 그것을 어떻게든 말로 표현해 보려고 애쓰는 동안 이사벨은 나를 뚫어지게 쳐다보았다. 내가 말을 끝내자 이사벨은 안도하는 듯이 짧게 한숨을 내쉬고는 예쁘면서도 익살스러운 미소를 지어 보였다.

"외삼촌이 그러는데, 선생님의 날카로운 관찰력에 깜짝 놀랄 때가 많대요. 선생님 눈을 속이기는 힘들다고 그러던걸요. 하지만 작가로서 선생님이 가진 가장 큰 장점은 상식과 분별력이라고 했어요."

"그보다 더 중요한 자질은 다른 거라고 생각해. 예를 들면 재능 같은 것 말이야."

나는 무미건조하게 대답했다.

"선생님, 저는 이 문제에 대해 의논할 사람이 없어요. 엄마는 엄마 입장에서만 보려고 하고, 제 미래가 안정적으로 보장되기를 원하세요."

"그게 당연한 거 아닐까?"

"그리고 외삼촌은 사교계 활동과 관련지어서만 생각하고요. 제 또래 친구들은 래리를 실패한 낙오자 취급해요. 정말 속상해 죽겠어요."

"속상하겠지."

"그들이 래리를 아무렇게나 대한다는 얘긴 아니에요. 래리한테 웬만큼 잘해 주긴 하죠. 하지만 래리를 우습게 생각해요. 툭하면 놀리는데 래리는 별로 개의치 않으니까 그들은 더 약오르게 생각하지요. 래리는 그냥 웃기만 하거든요. 어떤 상황인지 아시겠죠?"

"나는 엘리엇이 얘기해 준 것 외에는 몰라."

"래리랑 마빈에 갔을 때 어떤 일이 있었는지 말씀드려도 될까요?"

"그럼 되고말고."

다음의 이야기는 절반은 이사벨이 한 말에 대한 기억을 떠올려서, 절반은 내 상상력을 동원해서 재구성한 것이다. 하지만 그녀와 래리는 상당히 긴 대화를 나누었으므로, 틀림없이 내가 적은 내용보다 훨씬 많은 이야기가 오갔을 것이다. 그러한 경우에 흔히 그러듯이, 그들은 쓸데없는 이야기도 많이 나눴을 것이고 똑같은 이야기를 여러 번 반복하기도 했을 것이다.

그날은 날씨가 무척 좋았다. 이사벨은 래리한테 전화를 걸어 엄마 심부름으로 마빈에 가야 하니 자동차로 데려다 달라고 부탁했다. 이사벨은 어머니가 유진에게 얘기해 준비해 놓았던, 커피가 담긴 보온병과 마티니 병을 챙겼다. 래리의 2인승 자동차는 최근에 구입한 것으로, 그도 매우 자랑스럽게 여기고 있었다. 그는 상당히 빠른 속도로 차를 몰았으며 신나게 달리는 동안 두 사람의 기분도 퍽 유쾌해졌다. 마빈에 도착하자 이사벨은 창문의 치수를 재고 래리는 그 숫자를 받아 적었다. 두 사람은 현관 입구의 계단에 앉아 점심을 먹었다. 바람이 가려지는 곳인데다 화창한 날씨라 따뜻한 햇볕이 기분 좋게 내리쬐었다. 비포장도로 옆에 서 있는 그 집은 뉴잉글랜드의 오래된 목조 가옥에서 볼 수 있는 우아함 같은 것은 없었고 장점이라고 꼽을 만한 것은 널찍하고 안락한 느낌을 준다는 점뿐이었다. 그러나 현관에서 바라보면 검정색 지붕이 덮인 붉고 커다란 헛간과 오래된 나무 숲, 그 너머로 시야가 허락하는 곳까지 넓게 펼쳐진 갈색 들판이 훌륭한 경치를 이루고 있었다. 단조로운 풍경이긴 했지만 가을 햇빛이 눈부시게 쏟아져 아늑한 아름다움이 느껴졌다. 눈앞에 펼쳐진 널찍한 공간이 보는 이의 마음에 상쾌함을 더해 주었다. 겨울이라면 춥고 황량하며 음울했을 것이고 한여름이라면 숨 막히는 더위 때문에 불쾌했을지 모르지만, 그날 날씨에는 마음을 들뜨게 하는 무언가가 있었고 탁 트인 풍경이 마음속의 모험심까지 자극했다.

두 젊은이는 즐겁게 점심을 먹었고 둘이 함께 있는 것만으로도 행복했다. 이사벨이 커피를 따르자 래리는 담배에 불을 붙였다. 래리가 눈웃음을 지으며 말했다.

"자, 어서 말해 봐."

이사벨은 약간 당황했다.

"어서 말하라니, 뭘?"

그녀는 무슨 소리인지 모르겠다는 표정으로 되물었다.

그가 싱긋 웃고 다시 말했다.

"내가 바보인 줄 알아? 거실 창문의 치수를 어머니가 모르실 리가 없지. 그것 때문에 나랑 여기 온 거 아니잖아."

아까보다 조금 자신감이 생긴 이사벨은 밝게 웃어 보였다.

"우리끼리만 하루를 보내고 싶어서 온 것일 수도 있잖아."

"물론 그럴 수도 있지. 하지만 그게 아닌 것 같은데. 엘리엇 외삼촌이 당신한테, 내가 매튜린 씨의 제안을 거절했다는 얘길 했을 거 아냐."

그는 밝고 유쾌하게 이야기를 했기 때문에 이사벨은 자기도 똑같이 밝은 목소리로 말했다.

"그레이가 굉장히 실망했을 거야. 당신이랑 같이 일하게 되기를 얼마나 바랐다구. 언젠가는 당신도 일을 해야 하잖아. 노는 기간이 길어질수록 더 취직하기 힘들어질 거야."

그는 담배 연기를 내뿜은 다음 부드럽게 웃으며 그녀를 쳐다보았다. 그녀는 그가 진지하게 듣고 있는지 아닌지 알 수 없었다.

"난 증권 같은 걸 만지는 게 아니라 다른 방식으로 살고 싶어."

"알았어. 그럼 변호사 사무실에서 일하거나 의학 공부를 하는 건 어때?"

"아니, 그런 건 싫어."

"그럼 뭘 하고 싶은데?"

"아무것도 안 하고 싶어."

그는 차분하게 대답했다.

"래리, 바보 같은 소리 마. 정말 진지하게 생각해야 할 문제라구."

그녀의 목소리는 떨리고 있었다. 눈물까지 글썽였다.

"울지 마. 난 당신이 슬퍼하는 거 싫어."

래리는 그녀 옆에 몸을 붙이고 앉아 어깨를 감싸 주었다. 그 목소리가 어찌나 다정다감하던지 그녀는 울음이 북받쳐 오르는 것을 참을 수가 없었다. 하지만 이내 눈물을 닦아 내고 애써 웃음을 지어 보였다.

"내가 슬퍼하는 게 싫다고 말해 줘서 고마워. 하지만 당신은 날 슬프게 만들고 있잖아. 래리, 사랑해."

"나도 사랑해, 이사벨."

그녀는 한숨을 깊이 내쉬었다. 그러고는 몸을 비틀어 그의 팔에서 빠져나오더니 약간 떨어져 앉았다.

"잘 생각해 봐, 래리. 남자는 일을 해야 해. 이건 자존심 문제이기도 하고. 미국은 젊은 나라이고, 사회 활동에 참여하는 건 남자로서 하나의 의무야. 요전 날 헨리 매튜린 씨가 그러는데, 지금까지의 발전은 아무것도 아닐 만큼 엄청나게 발전하는 시대가 올 거래. 앞으로 미국의 발전 가능성은 무궁무진하기 때문에 1930년쯤 되면 세계에서 가장 부유한 나라가 될 거래. 정말 가슴 설레는 굉장한 얘기잖아?"

"그렇군."

"젊은 남자한테 이만한 기회는 없어. 우리 앞에 놓인 미래를 만드는 일에 참여한다는 것에 대해 당신도 자부심을 느낄 거라고 생각해. 정말 멋진 모험이잖아."

그가 가볍게 웃으며 말을 받았다.

"맞아. 아머와 스위프트*는 질 좋은 고기를 더 많이 생산할 거고, 매코믹**도 더 훌륭한 수확 기계를 만들겠지. 헨리 포드도 더 훌륭하고 멋진 자동차를 만들어 낼 거고. 모두들 더욱 부자가 되겠지."

"그런데 왜 취직을 안 하겠다는 거야?"

"왜냐고? 난 돈에 관심이 없어."

이사벨은 웃었다.

"래리, 말도 안 되는 소리 마. 사람은 돈이 없으면 살 수 없어."

"난 조금은 있어. 내가 하고 싶은 걸 할 수 있을 만큼은 있다구."

"빈둥거리는 거?"

"그래."

그는 미소를 지었다.

"래리, 서로 힘들어지게 정말 왜 그래."

이사벨이 한숨을 쉬었다.

"미안해. 나도 마음 같아선 그러지 않고 싶어."

"그러지 않을 수 있잖아."

그는 고개를 흔들었다. 그리고 골똘히 생각에 잠긴 표정으로 잠시 말이 없었다. 이윽고 그가 입을 열었을 때 한 말은 그녀를 깜짝 놀라게 했다.

"죽은 사람은, 정말로 죽은 사람처럼 보여."

---

* 아머, 스위프트는 육류 생산 브랜드 이름.

** 농기구 제조 회사.

"그게 대체 무슨 말이야?"

이사벨이 어리둥절한 표정으로 물었다.

"말한 그대로야."

그는 슬픈 미소를 지으며 대답했다.

"혼자서 하늘을 날다 보면 생각할 시간이 많아지지. 이상한 생각들도 들고."

"무슨 생각?"

"그냥 막연하고, 앞뒤도 안 맞고 혼란스러운, 그런 생각들."

이사벨은 잠시 그 말의 뜻을 생각해 보았다.

"직장에 들어가면 그런 생각들도 다 정리가 되고 당신이 갈 길도 명확해지지 않을까?"

"그런 측면도 생각해 봤어. 목수 일을 하거나 정비 공장에 들어가면 어떨까 하고."

"래리, 누가 들으면 제정신이 아니라고 하겠어."

"그런 게 중요해?"

"그래. 나는 중요해."

다시 둘 사이에 침묵이 흘렀다. 침묵을 먼저 깬 건 이사벨이었다. 그녀는 한숨을 쉬며 입을 열었다.

"자기, 프랑스로 떠나기 전과 비교하면 많이 달라졌어."

"그럴 거야. 많은 일들을 겪었으니까."

"예를 들면 어떤 일?"

"흔히 있는 일이지. 항공대에 있을 때 가장 친한 친구가 내 목숨을 구하려다가 죽었어. 쉽게 잊히지가 않아."

"자세히 얘기해 봐."

그는 슬픔이 가득한 눈빛으로 그녀를 쳐다보았다.

"별로 얘기하고 싶지 않아. 어쨌거나 그것도 하찮은 사건에 불과해."

천성적으로 감정이 풍부한 이사벨의 눈가가 다시 촉촉하게 젖었다.

"많이 괴로워?"

그는 웃으며 대답했다.

"아니. 내가 괴로운 건, 내가 당신을 불행하게 만들고 있는 것 같다는 사실뿐이야."

그는 이사벨의 손을 잡았다. 꼭 잡은 손에서 너무나도 따뜻한 애정이 느껴졌기 때문에, 이사벨은 울음을 터뜨리지 않으려고 입술을 깨물어야 했다. 그는 진지한 목소리로 말했다.

"뭔가 확실한 결정을 내릴 때까지는 마음의 평온을 얻지 못할 것 같아."

그는 잠시 머뭇거리다 다시 입을 열었다.

"말로 표현하기가 참 힘들어. 표현하려고 하면 혼란스럽기만 하고. 어떤 땐 이런 생각이 들어. '이런 것 저런 것을 고민하는 나라는 사람은 도대체 어떤 존재일까? 내가 거만하고 몹쓸 인간이라서 그런 걸지도 몰라. 나도 남들 가는 길을 가면서, 그럭저럭 세상사에 순응하면서 사는 게 현명하지 않을까?' 그런 생각 말이야. 하지만 한 시간 전까지만 해도 쌩쌩하던 녀석이 죽은 모습으로 누워 있던 게 떠올라. 그러면 모든 게 얼마나 잔인하고, 얼마나 무의미한가, 하는 생각이 들어. 인생이란 대체 무엇인가, 산다는 것에 의미가 있는가, 아니면 삶이란 눈 먼 운명의 신이 만들어 내는 비극적인 실수에 불과한 것이 아닌가, 하는 생각을 하지 않을 수가 없어."

그 특유의 아름다운 목소리로, 다른 때였다면 굳이 꺼내지 않았을 이야기를 어쩔 수 없이 하는 사람처럼 중간 중간 더듬거리면서, 하지만 깊은 고뇌와 진지함이 묻어나는 말투로 이야기하는 래리를 보면서 이사벨은 감동하지 않을 수 없었다. 얼마간 이사벨은 잠자코 있다가 입을 열었다.

"나랑 잠시 떨어져 있으면 좀 도움이 될까?"

이렇게 묻는 이사벨의 마음은 한없이 밑으로 가라앉았다. 래리는 한참 있다가 대답했다.

"그럴 거 같아. 사람들 말에 신경 안 쓰려고 노력해도 그게 쉽지만은 않지. 사람들이 자꾸 넌 잘못됐다, 그러면 안 된다, 하면 반항심이 일어나는 법이야. 그럼 마음이 어지러워져."

"그럼 왜 떠나지 않아?"

"당신 때문에."

"래리, 솔직하게 말해 봐. 이제 당신 삶에서 나 같은 건 아무 의미도 없는 거 아니야?"

"나랑 약혼을 취소하고 싶단 뜻이야?"

그녀는 떨리는 입술로 애써 미소를 지었다.

"아니, 바보 같긴. 기다리겠다는 뜻이야."

"1년쯤 될지도 몰라. 어쩌면 2년일지도."

"괜찮아. 더 짧아질 수도 있잖아. 어디로 가고 싶은데?"

그는 그녀의 마음속 가장 깊은 곳을 들여다보기라도 하듯이 그녀를 뚫어지게 쳐다보았다. 그녀는 슬픔을 감추려고 가볍게 웃어 보였다.

"우선 파리가 어떨까 싶어. 거긴 아는 사람이 아무도 없으니까. 나한테 간섭할 사람이 아무도 없지. 휴가를 얻었을 때 파리에 몇 번 가 봤어. 왜인지는 모르겠지만 거기 가면 마음속의 혼란스러운 모든 게 정리될 것 같아. 아무런 방해도 받지 않고 치열하게 생각해서 뭔가 답을 얻을 수 있을 것만 같은, 그런 느낌이 든다고 할까. 내 앞길을 분명히 볼 수 있을 것 같고 말이야."

"만일 그렇게 되지 않으면?"

그는 미소를 지었다.

"미국인으로서의 적당한 상식에 맞춰 살기로 하고 다시 시카고로 돌아와 어디든 일자리를 얻어야겠지."

그날 래리와 대화를 나눈 이후 이사벨은 꽤 충격을 받은 모양이었다. 이야기하는 내내 감정을 주체하지 못하는 모습이었다. 그녀는 이야기를 마치고 애처로운 눈빛으로 나를 쳐다보았다.

"제가 잘한 걸까요?"

"너로선 그럴 수밖에 없었다고 생각해. 게다가 굉장히 신중하고 아량 있고, 또 이해심 깊게 처신한 것 같구나."

"전 래리를 사랑하니까 그가 행복하길 원해요. 그리고 어떤 면에서 보면, 전 그가 떠나는 게 싫지만은 않아요. 그가 적대적인 사람들한테 둘러싸인 환경에서 벗어났으면, 하는 마음도 있으니까요. 꼭 그를 위해서만이 아니라 저를 위해서도 말이에요. 그를 보면서 결코 대단한 인물이 못 될 거다, 앞으로 별 볼 일 없을 거다, 하고 말하는 사람들을 탓할 수만은 없어요. 물론 그렇게 말하는 사람들이 밉긴 하지만, 마음속 깊은 곳에서는 그들의 말이 맞을지도 모른다는 두려움도 들거든요. 저더러 이해심이 깊다고 말하진 마세요. 래리가 뭘 추구하고 있는지 저도 잘 모르겠으니까요."

"넌 머리가 아니라 마음으로 이해하고 있는 걸 거야."

나는 미소를 지어 보였다.

"결혼해서 함께 파리로 가는 건 어때?"

희미한 미소가 그녀의 눈가에 어렸다.

"그럴 수만 있다면 얼마나 좋겠어요. 하지만 그럴 수는 없어요. 저도 이런 걸 인정하고 싶진 않지만요, 제가 없는 편이 래리한테 훨씬 나을 거라는 생각이 들어요. 넬슨 박사님 말이 맞다면, 그러니까 아직 전쟁의 충격에서 벗어나지 못하고 있는 거라면요, 완전히 새로운 환경이 그의 회복에 도움이 될 거예요. 마음의 안정을 찾으면 다시 시카고로 돌아와 여느 젊은이들처럼 직장에 다닐 수 있겠죠. 저도 백수랑 결혼하고 싶지는 않아요."

이사벨은 특정한 방식으로 교육받으며 자랐고, 또 그러면서 배운 원칙들을 받아들이고 지키며 사는 여자였다. 부족함 없이 원하는 것은 늘 가지며 살았으므로 돈에 목을 매지는 않았지만, 돈이 중요하다는 사실은 본능적으로 인식하고 있었다. 그녀가 생각하기에 돈은 곧 힘과 영향력을 의미했고 사회적 지위도 의미했다. 남자가 돈을 벌어야 한다는 것은 너무나도 당연한 일이었다. 그것은 남자의 필생의 과업이었다.

"네가 래리의 생각을 이해하지 못한다고 해도 그건 이상한 게 아니야. 필경 래리도 자기 자신을 잘 모르고 있을 테니까. 목표를 분명하게 말하지 않았다면, 그건 래리 자신도 확실히 모르기 때문일 거야. 나도 그를 잘 모르니까 어디까지나 추측일 뿐이지만, 그가 뭔가를 찾고 있는데 그게 뭔지 자신도 모르는 게 아닐까? 아니면 과연 그것이 존재하는지조차도 확신하지 못하는 게 아닐까? 전쟁 중에 무슨 일을 겪었는지는 모르지만, 그것 때문에 생겨난 불안감이 그를 가만 놔두지 않는 것이 아닐까? 아니면 어떤 미지의 구름 속에 숨겨진 이상(理想)을 추구하고 있는 것인지도 모르지……. 오로지 수학적인 계산상으로만 그 존재를 알 수 있는 별을 천문학자가 찾는 것처럼."

"무언가가 래리를 괴롭히고 있다는 생각이 들어요."

"그의 영혼을 말이지? 래리는 어쩌면 자기 자신을 두려워하고 있는지도 몰라. 자기 마음속에 어렴풋하게 보이는 환상의 진실성을 확신하지 못하는 건지도 모르지."

"가끔 그를 보면 좀 이상해요. 갑자기 낯선 곳에서 잠이 깨고 나서 자기가 어디 있는지조차 모르는 몽유병 환자 같아요. 전쟁 전에는 정말 평범했어요. 그의 가장 큰 장점 중 하나는 삶에 대한 의욕이 넘친다는 거였죠. 산만하게 보일 만큼 쾌활하고 명랑해서, 그와 같이 있으면 늘 즐거웠거든요. 얼마나 사랑스러웠는데요. 도대체 뭐가 그를 변하게 만들었을까요?"

"그걸 내가 어찌 알겠어. 때로 인간은 아주 작은 무언가로부터 영향을 받아서 눈앞의 사건과는 어울리지 않는 엉뚱한 방향으로 생각이나 기분이 흐르기도 하지. 그건 그때그때의 상황이나 기분에 따라 달라. 난 언젠가 만성절(萬聖節)에 거행된 미사에 참석한 적이 있어. 프랑스에선 만성절을 '망자(亡者)의 날'이라고도 부르지. 프랑스 어떤 작은 마을의 성당이었는데, 과거에 독일군이 프랑스에 진군해 들어왔을 때 피해를 입은 마을이었어. 미사에 군인들과 검은 옷을 입은 여자들이 많이 와 있었어. 묘지에는 나무로 만든 작은 십자가들이 줄지어 서 있었고, 엄숙하고 슬픈 분위기 속에서 미사가 진행되는 동안 여자들도 남자들도 눈물을 흘렸지. 그런데 난 말이지, 그때 이상하게도 그 작은 십자가들 아래 누워 있는 사람들이 살아 있는 우리보다 더 행복하지 않을까, 하는 생각이 드는 거야. 그런 기분을 느꼈다고 친구한테 말했더니 대체 무슨 소리냐고 갸우뚱거리더군. 하지만 나는 정확하게 설명할 수가 없었어. 친구는 나를 무슨 정신병자처럼 취급했지. 그리고 언젠가 한 번은 전투가 끝난 뒤에 프랑스 병사들의 시체가 아무렇게나 쌓여 있는 장면을 본 적이 있어. 그런데 마치 극단이 망한 후라 이제 아무짝에도 쓸모가 없어져서 먼지 가득한 구석에 쌓여 있는 꼭두각시 인형들 같다는 느낌이 드는 거야. 래리가 너한테 했다는 그 말 있지, 죽은 사람은 정말로 죽은 사람처럼 보인다는……. 그때 나도 그런 느낌이었어."

나는 전쟁 중에 래리한테 커다란 영향을 미친 사건에 대해서, 그것이 어떤 일이었든 간에, 신비로운 베일로 가려 두었다가 편리한 순간에 그 베일을 벗기거나 할 생각은 없다. 래리는 그 이야기를 누구한테도 한 적이 없는 것 같다. 그러나 오랜 시간이 흐른 뒤에 단 한 사람, 수잔 루비에(래리와 내가 둘 다 아는 사람이다.)라는 여자한테는 자기의 목숨을 구하려다 죽은 젊은 조종사에 대해서 이야기했다고 한다. 언젠가 그녀가 그 이야기를 들려주었으므로 나는 그것을 독자 여러분에게 간접적으로 전달하고자 한다. 다음 이야기는 그녀가 불어로 말한 내용을 영어로 옮긴 것이다. 래리는 같은 비행대대에 있던 어떤 젊은

이와 끈끈한 우정을 쌓았던 모양이다. 수잔도 그의 본명은 몰랐고 래리가 그를 부를 때 사용하던 별명만 알고 있었다. 래리가 들려주었다는 내용은 다음과 같다.

"그는 붉은색 머리칼에 체구가 작은 아일랜드인이었어요. 우리는 그를 팻시라고 불렀죠. 내가 아는 그 누구보다도 활기찬 친구였어요. 정말이지, 에너지가 넘치는 친구였답니다. 얼굴도 그렇고 웃는 모습도 그렇고 참 재미나게 생겨서, 누구든 그 얼굴을 보기만 해도 웃음이 났어요. 무모한 구석이 있어서 남들이 보면 깜짝 놀랄 일도 자주 저질렀지요. 상사한테 늘 혼나기 일쑤였고요. 도통 겁이 없는 친구라, 아슬아슬하게 죽을 고비를 넘기고 난 다음에도 세상에서 가장 장난기 가득한 미소를 활짝 지었다니까요. 하지만 그 친구는 정말 타고난 조종사였답니다. 하늘 위에 있을 때만큼은 정말 침착하고 민첩했으니까요. 전 그 친구한테 많은 걸 배웠습니다. 저보다 조금 나이가 많았는데 항상 저를 보호해 주었어요. 그런데 그게 조금 우스꽝스럽기는 했죠. 제가 그 친구보다 15센티미터나 더 컸거든요. 만약에 싸움이라도 붙었으면 제가 그를 대번에 때려눕혔을걸요. 언젠가 파리에 있을 때 그 친구가 잔뜩 취한 적이 있는데, 혹시 무슨 사고가 나지 않을까 싶어서 제가 실제로 한 방 먹인 적도 있어요.

전 항공대에 처음 들어갔을 때 외톨이가 된 기분도 들고 좀 힘들었어요. 과연 잘 해낼 수 있을까 걱정도 됐고요. 그런데 팻시가 장난도 걸어오고 친근하게 굴면서 내가 자신감을 가질 수 있게 도와줬지요. 그는 전쟁에 대해 독특한 태도를 갖고 있어서, 독일군한테도 적대감이나 그런 걸 품지 않았어요. 싸우는 걸 좋아했고, 적군과 싸우는 걸 신나게 즐겼어요. 적군 비행기를 격추시키는 것도 그저 재미난 장난쯤으로 여기는 것 같았죠. 뻔뻔스럽고 거칠고 무책임한 구석도 있었지만, 분명히 진실한 면이 있어서 누구든 그를 좋아하지 않을 수 없었지요. 남의 것을 빼앗기도 하지만, 어떤 때는 또 마지막 동전까지 탈탈 털어서 주기도 했어요. 또 저처럼 외로움을 타거나 향수병에 시달리거나 겁을 먹은 동료가 있으면, 그 재미나게 생긴 얼굴에 가득 웃음을 지으면서 용기나 위안을 주는 말을 해 주곤 했어요."

래리는 담배를 한 모금 크게 빨아들였다 뱉었다. 수잔은 그가 다시 이야기를 할 때까지 기다렸다.

"우리는 적당히 둘러대서 함께 휴가를 나가곤 했어요. 파리에 가면 그는 진짜 신나게 놀았죠. 우린 정말 멋진 시간을 보냈어요. 1918년 3월 초에 우리는 며칠 휴가를 얻게 돼서 미리 계획을 다 세워 놓았어요. 이것저것 다 해 보고 한판 신나게 즐길 작정이었죠. 그런데 휴가 떠나기 전날, 적진을 정찰하고 보고하라는 명령을 받았어요. 정찰 도중에 갑자기 독일 전투기 몇 대와 아주 근접한 거리에 있게 됐는데, 어느새 치열한 공중전에 휘말렸어요. 한 대가 나를 향해 공격했는데 내가 먼저 해치웠어요. 그 비행기가 격추됐는지 확인하고 있었는데, 곁눈질로 보니까 또 다른 녀석이 내 뒤에 바싹 붙어 따라오지 뭐예요. 나는 녀석을 피하려고 급강하했어요. 하지만 눈 깜짝할 사이에 쫓아오더군요. 이제 끝장이구나, 생각했죠. 바로 그때 팻시가 번개처럼 순식간에 내려와 녀석에게 사격을 퍼부었어요. 얼마 후 적기들은 더 싸우긴 무리라고 판단했는지 방향을 돌려 가 버렸고 우리도 기지로 돌아왔죠. 내 비행기도 꽤 손상을 입었지만 어쨌든 무사히 귀환했어요. 팻시의 비행기는 저보다 먼저 와 있었는데, 비행기에서 내려서 보니까 사람들이 이미 팻시를 비행기에서 꺼냈더군요. 그는 바닥에 누워서 구급차가 오길 기다리고 있었어요. 그는 나를 향해 씩 웃어 보이며 말했어요.

'네 뒤에 붙어 있던 놈을 내가 해치웠지.'

'팻시, 얼마나 다친 거야?'

놀란 제가 물었어요.

'아무것도 아냐. 녀석이 나를 격추시켰지 뭐야.'

팻시의 얼굴은 굉장히 창백해져 있었어요. 갑자기 표정이 이상하게 변하더군요. 스스로 죽어 가고 있다는 생각이 퍼뜩 들었던 모양이에요. 자기가 죽을 수도 있다는 생각을 한 번도 안 해 봤을 텐데……. 그때 갑자기 옆에 있던 사람들이 말리기도 전에, 그는 몸을 일으켜 앉더니 싱긋 웃으며 말했어요.

'설마, 내가…….'

그리고 쓰러져 죽었어요. 겨우 스물둘이었는데. 전쟁이 끝나면 아일랜드에 있는 아가씨와 결혼할 거라고 그랬는데……."

이사벨과 이야기를 나눈 다음 날, 나는 시카고를 떠나 샌프란시스코로 갔다. 그곳에서 나는 극동으로 향하는 배를 타기로 되어 있었다.

2장

1

이듬해 6월 말경 엘리엇이 런던에 왔을 때 나는 그를 다시 만났다. 래리가 결국 파리로 갔느냐고 물었더니, 그는 그렇다고 대답했다. 그런데 어쩐 일인지 엘리엇이 래리에게 화가 나 있는 것 같아서 나는 흥미가 약간 일었다.

"전 래리에 대해서 일종의 동정심 같은 걸 조금 갖고 있었습니다. 파리에서 1~2년쯤 지내고 싶다고 한 것도 크게 탓할 생각이 없었고, 또 사교계에 진출하는 걸 도와줄 의향도 있었지요. 래리한테 파리에 도착하는 날짜를 알려 달라고 그랬는데, 나중에 루이자한테 온 편지를 보고서야 그가 와 있는 걸 알았지 뭡니까. 루이자가 래리의 주소를 알려 준 터라, 저는 아메리칸 익스프레스 전교(轉交)로 편지를 보냈지요. 알고 지내면 좋을 분들을 소개해 줄 테니 만찬을 함께하자고 썼습니다. 먼저 에밀리 드 몽타두르와 그라시 드 샤토 가야르 같은 프랑스계 미국인들을 인사시켜 줄 생각이었지요. 그랬더니 뭐라고 답장이 왔는지 아십니까? 죄송하지만 갈 수가 없다, 야회복을 한 벌도 챙겨 오지 않아서 참석하지 못하겠다지 뭡니까."

엘리엇은 내 얼굴을 똑바로 쳐다보았다. 내가 말도 안 된다는 표정을 지으리라고 기대한 모양이었다. 내가 차분한 태도로 듣고 있는 것을 보자 그는 눈썹을 씰룩였다.

"라탱 지구에 있는 어느 식당 이름이 적힌 지저분한 종이에 답장을 썼더군요. 나는 다시 편지를 보내 어디에 머물고 있는지 주소를 알려 달라고 했습니다. 이사벨을 봐서라도 뭔가 도와줘야 하지 않나 하는 생각이 들었거든요. 또 어쩌면 이 친구가 너무 내성적이라서 그런가 싶기도 했습니다……. 정상적인 상식을 가진 젊은이가 파리에 야회복도 한 벌 안 가지고 왔다는 게 믿기지 않았으니까요. 또 꽤 괜찮은 양복점들을 찾기가 어렵지도 않고요. 그래서 이번엔 점심을 같이하자고 청하면서 사람들이 별로 많이 오지 않는 자리라고 말했습니다. 그랬더니 말입니다, 아메리칸 익스프레스 말고 실제 살고 있는 주소를 알려 달라는 제 요청을 무시했을 뿐만 아니라, 점심 같은 건 원래 안 먹는다는 식으로 말하더군요. 그 후로는 연락을 안 했습니다."

"파리에서 뭘 하고 있는지 궁금하군요."

"저도 모릅니다. 솔직히 말해서 제가 알 바도 아니고요. 정말 맘에 드는 구석이라곤 눈곱만큼도 없는 친굽니다. 이사벨이 그런 녀석이랑 결혼하려 했다니, 큰 실수를 할 뻔했지요. 뭐여하튼, 그 녀석도 정상적인 생활을 한다면 언젠가는 리츠*의 바나 푸케** 같은 데서 마주치게 될지도 모를 일이지요."

그런 고급 식당에 나도 가끔 가기는 하지만 다른 곳에 갈 때가 많았다. 그해 초가을, 나는 마르세유로 가는 길에 잠깐 파리에 들러 며칠을 보냈다. 마르세유에서 싱가포르로 가는 배를 탈 예정이었다. 어느 날 저녁 친구들과 몽파르나스 거리에서 식사를 하고 나서 맥주를 마시려고 돔***에 들렀다. 그런데 카페 안을 죽 둘러보던 중, 손님이 가득한 테라스의 작은 대리석 테이블 앞에 래리가 혼자 앉아 있는 모습이 눈에 띄었다. 그는 후텁지근한 하루를 보낸 후 시원한 밤바람을 즐기러 돌아다니는 사람들을 눈으로 멍하니 좇고 있었다. 나는 일행을 떠나 그에게 다가갔다. 나를 보자 그는 얼굴이 환해지며 특유의 매력적인 미소를 지었다. 내게 앉으라고 했지만, 나는 일행이 있어서 그럴 수 없다고 말했다.

"인사라도 하고 싶었지."

"파리에 와 계세요?"

"잠깐 며칠만."

"내일 저랑 점심 식사 하실래요?"

"점심 같은 건 원래 안 먹는 줄 알았는데?"

나는 싱긋 웃어 보였다.

"엘리엇 씨를 만나셨군요. 원래는 잘 안 먹습니다. 그럴 시간

---

* 파리의 최고급 호텔.

** 파리 샹젤리제 거리의 고급 레스토랑.

*** 몽파르나스의 유명한 카페.

이 없어서요. 우유 한 잔이랑 브리오슈*로 때워요. 하지만 선생님과는 점심을 함께하고 싶은데요."

"그래, 그러지."

우리는 다음 날 돔에서 만나 아페리티프를 가볍게 한잔하고 식사를 하기로 약속했다. 나는 다시 일행에게 돌아갔다. 친구들과 이야기를 한참 나누다가 래리가 있는 쪽을 바라보니, 그는 이미 가고 없었다.

2

나는 다음 날 오전을 무척 즐겁게 보냈다. 먼저 뤽상부르 공원에 가서 한 시간쯤 그림을 감상하다가, 공원 여기저기를 한가롭게 거닐면서 젊은 시절에 대한 추억에 잠겼다. 아무것도 달라진 게 없었다. 좋아하는 작가에 관해 열심히 토론하며 둘씩 짝을 지어 자갈길을 걸어가는 학생들도, 보모들이 지켜보는 앞에서 굴렁쇠를 굴리며 노는 아이들도, 볕이 따사롭게 비치는 자리에 앉아 조간신문을 읽는 노인들도 모두 예전 그대로인 것 같았다. 벤치에 앉아서 식료품 가격이나 하인들의 잘못된 행실에 관해 수다를 떠는 중년 과부들도 그대로였다. 그 다음에 나는 오데옹 거리에서 새로 나온 책들을 구경했다. 까다로운 점원의 눈을 피하려고 애쓰면서 조금이라도 더 많이 책을 읽으려고 하는 가난한 젊은이들을 보니 꼭 30년 전 내

* 버터, 달걀이 많이 들어간 부드러운 빵.

모습을 보는 것 같았다. 서점에서 나온 후에 초라하지만 친근함이 느껴지는 거리를 따라 천천히 걷다 보니 어느새 몽파르나스 거리의 돔 앞에 이르렀다. 래리는 먼저 와서 기다리고 있었다. 우리는 간단히 한잔하고 나서, 옥외에서 식사를 할 수 있는 레스토랑으로 갔다.

그는 내 기억 속의 모습보다 낯빛이 조금 더 창백했다. 그 때문인지 우묵하게 들어간 검은 눈동자가 더욱 짙어 보였다. 하지만 다른 젊은이들한테서는 보기 힘든 예의 그 침착함만은 변함없었다. 천진난만하고 매력적인 미소도 여전했다. 식사를 주문할 때 나는 그가 불어를 매우 유창하게 한다는 사실을 알아챘다. 나는 불어가 훌륭하다고 칭찬해 주었다.

"전부터 불어를 조금 알고 있었어요. 이사벨 어머니가 이사벨을 위해 프랑스인 가정교사를 두었더랬지요. 마빈에 있을 때는 그 가정교사가 우리한테 불어만 쓰게 했었죠."

나는 파리가 마음에 들더냐고 물었다.

"굉장히 좋아요."

"몽파르나스 거리에 살고 있나?"

"네."

그는 '네.' 하고 대답하기 전에 잠시 망설였다. 정확하게 몽파르나스의 어디에 살고 있는지 밝히고 싶지 않은 것 같았다.

"엘리엇은 자네가 아메리칸 익스프레스를 통해서만 보낸다고 조금 못마땅해하던걸."

래리는 웃기만 할 뿐 아무 대꾸도 하지 않았다.

"뭘 하면서 지내나?"

"아무것도 안 해요."

"책은 좀 읽어?"

"예, 읽고 있습니다."

"이사벨 소식은 듣나?"

"가끔요. 저희 둘 다 편지 쓰길 좋아하는 편이 아니라서요. 시카고에서 무척 잘 지내고 있대요. 내년에 엘리엇 씨를 방문하러 파리에 한번 온다고 했어요."

"자네한테도 반가운 얘기겠군."

"이사벨은 파리에 처음일 거예요. 제가 데리고 다니면서 구경시켜 주려고요."

그는 나의 중국 여행에 호기심을 보이면서 내 이야기를 열심히 들었다. 나는 래리의 입에서 그 자신에 대한 이야기를 끌어내려고 애썼지만 실패했다. 그는 좀처럼 속을 털어놓지 않았으므로, 나는 그가 그저 식사나 함께하기 위해 만나자고 한 것이라 생각할 수밖에 없었다. 즐겁기는 했지만 약간 당혹스러웠다. 커피를 다 마시자마자 그는 계산서를 달라고 해서 값을 지불한 뒤 자리에서 일어났다.

"그럼 이만 가 보겠습니다."

우리는 헤어졌다. 나는 예전과 마찬가지로 여전히 그가 무엇을 하려는 생각인지 알지 못한 채 헤어졌다. 그 후로는 그를 만나지 못했다.

3

브래들리 부인과 이사벨이 엘리엇을 만나러 간 봄에(원래 예정보다 빨리 간 것이었다.) 나는 파리에 없었다. 때문에 그들이 파리에 머문 몇 주 동안 있었던 일에 관해 적으려면 나의 상상력을 동원할 수밖에 없다. 그들은 셰르부르에 도착했고 언제나 배려 깊은 엘리엇이 그곳까지 마중 나갔다. 그들은 통관 수속을 마친 후 기차에 올랐다. 엘리엇이 두 사람을 챙겨 줄 하녀를 고용해 두었다고 자못 흐뭇해하면서 말했다. 브래들리 부인이 그런 건 필요 없다고 말하자 엘리엇은 다소 날카롭게 대답했다.

"루이자, 도착하자마자 골치 아프게 왜 그래? 하녀 없이 옷을 잘 차려입고 다닐 수 있을 것 같아? 앙투아네트를 고용한 건 너나 이사벨을 위해서만이 아니라 나를 위해서이기도 해. 제대로 입고 다니지 않으면 내가 곤란해진단 말이야."

그는 두 사람이 입고 있는 옷을 못마땅한 표정으로 쳐다보았다.

"그리고 물론 드레스도 좀 사야 할 거야. 곰곰이 생각해 봤는데 샤넬이 제일 낫겠어."

"나는 워스가 단골이에요."

브래들리 부인은 이 말을 하지 않는 편이 나았다. 엘리엇이 들은 척도 하지 않았기 때문이다.

"벌써 샤넬에 얘기해 놓았어. 내일 3시까지 가기로 약속했지. 그다음은 모자를 장만해야 하는데……. 아무래도 르부가 좋겠군."

"오빠, 난 그렇게 돈을 많이 쓰고 싶지 않아요."

"알아. 돈은 내가 다 치를 테니 걱정 마. 어쨌든 내 체면을 구기면 안 돼. 참, 너와 함께 갈 파티도 몇 군데 잡아 놓았어. 내 프랑스 친구들한테 마이런이 대사(大使)였다고 얘기해 두었어. 마이런이 조금 더 오래 살았더라면 분명히 대사가 됐을 거야. 그렇게 말해 두는 편이 더 좋거든. 그런 이야기가 꼭 나오진 않겠지만, 너한테 미리 얘기해 두는 게 좋을 것 같구나."

"참 쓸데없는 얘기도 다 하셨네요."

"무슨 소리. 난 세상이 어떤지 알아. 공사의 미망인이 되는 것보다 대사의 미망인이 되는 편이 더 위신이 서지."

기차가 파리 북역에 들어서자 창가에 있던 이사벨이 밖을 보고 외쳤다.

"저기 래리예요!"

기차가 멈추자마자 이사벨은 객차에서 내려 래리 쪽으로 달려갔다. 래리는 두 팔을 벌려 이사벨을 안았다. 엘리엇이 언짢은 말투로 브래들리 부인에게 물었다.

"너희들이 오는 걸 어떻게 알았지?"

"이사벨이 배에서 무선전보를 쳤어요."

브래들리 부인은 래리의 볼에 다정하게 입맞춤을 해 주었고 엘리엇은 악수를 했다. 밤 10시였다.

"외삼촌, 내일 점심에 래리를 초대해도 되죠?"

이사벨이 래리한테 팔짱을 끼고 물었다. 그녀는 잔뜩 상기된 얼굴로 눈을 반짝거렸다.

"나야 좋지만, 래리는 점심을 먹지 않는다고 하던데."

"내일은 먹을 거예요, 그렇지 자기?"

"그래."

래리가 웃는 얼굴로 대답했다.

"그럼 내일 1시에 오게나."

엘리엇은 래리가 어서 가 버렸으면 싶은지 그에게 다시 손을 내밀었다. 그러나 래리는 태연하게 그를 향해 웃어 보이며 말했다.

"짐도 들어 드리고 택시도 잡아 드려야죠."

엘리엇은 자못 점잔을 빼며 말했다.

"차는 내가 가져왔고 짐도 운전사가 알아서 들어 줄 거야."

"잘됐군요. 그럼 이제 가면 되겠네요. 혹시 제가 앉을 자리가 있다면 현관 앞까지 함께 가고 싶습니다."

이사벨이 나서서 대답했다.

"그래. 그렇게 해, 래리."

래리와 이사벨이 나란히 함께 플랫폼을 걸어가고 그 뒤를 엘리엇과 브래들리 부인이 따랐다. 엘리엇의 얼굴엔 못마땅한 기색이 가득했다.

"켈 마니에르(예의범절도 모르는 녀석)."

엘리엇은 불어로 혼자 중얼거렸다. 그는 어떤 경우에는 불어로 자신의 감정을 더 정확하게 표현할 수 있다고 느꼈다.

다음 날 오전 11시에 엘리엇은 옷을 다 입고 나서(그는 늦게 일어나는 편이었다.) 하인 조제프와 하녀 앙투아네트를 통해 여동생한테 이야기를 나누게 서재로 오라는 메시지를 전달했다. 여동생이 들어오자 그는 조심스럽게 서재 문을 닫고, 마노*로 만든 기다란 물부리에 담배를 넣고 불을 붙인 다음 의자에 앉았다.

"이사벨이랑 래리는 아직 약혼 중인 거지?"

"내가 알기론 그래요."

* 보석의 일종.

"그 친구에 대해 별로 좋은 얘길 해 줄 게 없어서 유감이야."

엘리엇은 자기가 래리를 사교계에 진출하도록 도와주려고 했다는 것과 괜찮은 신사로 만들기 위해 세웠던 계획들을 말해 주었다.

"그 녀석이 살기에 적당한 레드쇼쎄(1층 아파트)까지 봐 두었지. 젊은 레텔 후작의 집인데, 마드리드 주재 대사로 부임하게 돼서 세를 놓았거든."

하지만 래리는 그의 제안을 거절했으며 도움 같은 것은 원치 않는다는 태도를 보였다고 엘리엇은 설명했다.

"파리가 주는 이점들을 조금도 이용하지 않는다면 뭐하러 파리에 온 건지, 도대체 이해할 수가 없어. 뭘 하며 사는지도 모르겠고. 딱히 알고 지내는 사람도 없는 것 같던데. 그 녀석 주소는 알아?"

"아메리칸 익스프레스를 통해서만 편지를 받았어요."

"출장 온 세일즈맨이나 휴가 나온 학교 선생같이 굴고 있구먼. 몽마르트르의 아틀리에 같은 데서 창녀 하나쯤 꿰고 살고 있는지도 모르지."

"오빠, 무슨 그런 말을."

"어디 살고 있는지도 무슨 비밀처럼 숨기고, 같은 신분의 사람들과 사귀는 것도 마다하니 그렇게 생각할 수밖에."

"래리는 그런 애가 아니에요. 어젯밤에도 봤듯이, 이사벨을 변함없이 사랑하고 있잖아요? 바람이나 피울 무분별한 애는 아니에요."

남자들은 얼마든지 딴 맘을 품을 수 있다고 말하기라도 하듯 엘리엇은 그녀를 향해 어깨를 으쓱해 보였다.

"그레이 매튜린은 어때? 지금도 이사벨을 좋아하고 있나?"

"이사벨만 좋다고 하면 당장 내일이라도 결혼하려 들걸요."

그러고 나서 브래들리 부인은 예정보다 빨리 유럽에 오게 된 이유를 설명했다. 그녀는 자신의 건강이 나빠졌다는 사실을 알았다. 의사는 당뇨병이라는 진단을 내렸다. 심각한 정도는 아니었으므로, 식단을 조절하고 적당한 양의 인슐린을 보충해 주면 정상적으로 오랫동안 건강을 유지하며 살 수 있다고 했다. 하지만 그녀는 불치병에 걸렸다는 사실을 알고 나자 이사벨이 하루빨리 결혼해 안정된 생활을 하는 것을 보고 싶어졌다. 그녀는 이 문제에 관해 딸과 진지하게 의논했다. 이사벨은 사리를 분별할 줄 아는 처녀였다. 그녀는, 만일 래리가 파리에서 2년을 보낸 뒤에도 시카고에 돌아와 취직하기를 거부한다면 그와 헤어지겠다는 데 동의했다. 하지만 브래들리 부인은 약속한 2년이라는 시간을 기다렸다가 마치 무슨 도망친 범인이라도 잡으러 오듯 그를 데리러 와야 한다는 사실이 영 마음에 들지 않았다. 그것은 이사벨의 체면을 망가뜨리는 일이기도 했다. 또한 이사벨은 어릴 적 이후로 유럽에 와 본 적이 없으니 그들이 여름을 보내러 유럽에 오는 것은 퍽 자연스러운 일일 터였다. 파리를 방문한 후에는 브래들리 부인의 병에 도움이 되는 온천 같은 데라도 가고, 또 한동안은 오스트리아의 티롤 지방에서 보내고, 다시 천천히 이탈리아를 둘러보는 것이다. 브래들리 부인은 그러한 여행에 래리를 데리고 다닐 요량이었다. 그러면 래리와 이사벨은 둘이 오랫동안 떨어져 있은 후에도 여전히 사랑이 식지 않았는지 알 수 있을 것이었다. 또 래리가 마음대로 실컷 노는 생활을 잠시 해 본 다음 이제는 책임감 있는 생활을 받아들일 준비가 되어 있는지도 분명히 알 수 있을 터였다.

"래리가 일자리를 거절해서 헨리 매튜린도 처음엔 불쾌하게 생각했지요. 하지만 그레이가 자기 아버지한테 다시 잘 얘기해서 설득했어요. 래리가 시카고에 돌아오기만 하면 그 회사에서 일할 수 있도록 말이에요."

"그레이는 참 괜찮은 젊은이야."

"그렇고말고요."

브래들리 부인은 한숨을 쉬었다.

"그레이라면 이사벨을 행복하게 해 줄 수 있을 텐데."

엘리엇은 두 모녀를 위해 약속을 잡아 놓은 파티들에 대해 이야기해 주었다. 다음 날은 많은 지인들이 모이는 오찬회를, 주말에는 화려한 저녁 파티를 열 예정이라고 했다. 또 샤토 가야르 집안에서 열리는 환영 파티에도 갈 예정이었고, 로트실트가(家)에서 주최하는 무도회 초대장도 마련해 두었다고 했다.

"래리도 초대할 거죠?"

"야회복도 한 벌 없다고 하던걸."

엘리엇이 콧방귀를 뀌며 대답했다.

"그래도 함께 가자고 해요. 어쨌거나 래리는 착한 애잖아요. 너무 냉정하게 그러지 말아요. 그럴수록 이사벨만 더 고집이 세어질 거예요."

"그래. 정 원한다면 초대하지."

래리는 약속한 시간에 맞춰 점심 식사를 하러 왔다. 원래 사교성이 좋고 예의 바른 엘리엇은 래리를 대단히 친절하게 대했다. 그것은 그다지 어려운 일이 아니었다. 래리가 워낙 쾌활하고 명랑했으므로, 대단히 심보가 비뚤어진 사람이 아니고서는 그에게 매력을 느끼지 않을 수가 없었다. 한동안은 시카고와 그곳에 사는, 모두가 아는 친구들에 관한 이야기가 이어졌다. 그래서 엘리엇은 상냥한 표정을 지으면서 속으로는 사교적인 가치가 전혀 없다고 여겨지는 사람들에 대한 이야기에 관심이 있는 척할 수밖에 없었다. 듣고 있는 것이 그리 싫지만은 않았다. 어느 젊은이들이 약혼했다느니, 누가 누구랑 결혼했고 누구는 이혼했다느니 하는 이야기가 재미있기도 했다. 하지만 그런 사람들이 뭐가 중요하단 말인가? 그는 아름다운 클랭샹 후작 부인이, 연인인 콜롱베 공작이 그녀를 버리고 남미의 어느 백만장자의 딸과 결혼해 버려서, 독약을 먹고 죽으려고 했다는 이야기를 알고 있었다. 그 정도 얘기라야 화제로 삼을 만한 것 아닌가. 엘리엇은 래리를 보면서 그에게 무언가 독특한 매력이 있다는 사실을 인정하지 않을 수 없었다. 움푹하게 들어간 검은 눈, 튀어나온 광대뼈, 하얀 피부, 표정이 풍부하게 담긴 입술 같은 것을 보고 있노라면 보티첼리가 그린 초상화가 떠올랐다. 르네상스 시대의 복장이라도 입혀 놓으면 제법 낭만적인 분위기가 풍길 것 같았다. 엘리엇은 래리한테 기품 있는 프랑스 부인을 소개해 줄까 생각했던 것을 떠올렸다. 그리고 토요일 저녁 만찬에 집안이 나무랄 데 없이 훌륭하지만 문란한 행실로 유명한 마리 루이즈 드 플로리몽 부인이 참석할 예정이라는 생각을 하며 남몰래 미소를 지었다. 그녀는 마흔이었지만 열 살은 더 어려 보였다. 나티에*의 그림 속에 앉

* 1685~1776. 프랑스의 화가, 궁전 귀부인들의 초상화로 유명함.

아 있는 그녀의 조상이 보여 주는 우아한 아름다움을 똑같이 지녔을 뿐 아니라(엘리엇 덕분에 그 그림은 미국의 유명한 미술관에 걸려 있었다.) 성적(性的)인 욕망도 만족을 모를 만큼 대단했다. 엘리엇은 래리를 그녀 옆에 앉히기로 마음먹었다. 그녀라면 망설임 없이 래리한테 추파를 던질 것이다. 그리고 엘리엇은 이사벨이 좋아할 만한 영국 대사관의 젊은 외교관을 초대해 두었다. 이사벨은 상당한 미인이고 그 외교관은 부유한 영국인이니, 이사벨한테 재산이 없다고 해도 상관없을 것이다. 고급 몽라셰 와인에서 시작해 나중에 보르도 와인까지 마셔서 취기가 적당히 오른 엘리엇은 느긋해진 기분으로 마음속에 떠오르는 이런저런 가능성들을 곱씹어 보았다. 만일 그가 기대하는 대로 모든 일이 돌아간다면 루이자도 더 이상 걱정할 필요가 없어진다. 루이자는 언제나 약간씩은 그의 의견에 불만을 표현했지만, 엘리엇은 여동생이 좁은 세상에만 살아서 그런 것이라고 안타깝게 여겼다. 그래도 여전히 여동생을 좋아했다. 자신이 가진 세상에 대한 지식으로 그녀를 위해 모든 일이 잘되도록 보살펴 줄 수 있다면, 그것은 엘리엇에게 더없는 기쁨이었다.

시간을 괜히 낭비하지 않으려고 엘리엇은 점심 직후에 여동생 모녀를 데리고 옷을 보러 가기로 약속을 잡아 둔 터였다. 모두가 식탁에서 일어날 때 엘리엇은 예의 그 화술을 발휘해서, 래리한테 이만 돌아가는 게 좋겠다는 뜻을 넌지시 전했다. 그리고 동시에, 그가 열 예정인 두 번의 성대한 파티에 꼭 와 주었으면 좋겠다고 퍽 붙임성 있는 태도로 말했다. 그다지 애써 청할 필요는 없었다. 래리가 두 제안 모두에 흔쾌히 응했기 때문이다.

그러나 엘리엇의 계획은 실패하고 말았다. 래리가 무척 근사한 야회복을 입고 저녁 파티에 나타났을 때 엘리엇은 적이 안심했다. 지난 점심 식사 때 입었던 푸른색 양복 차림으로 올까 봐 내심 걱정했기 때문이다. 만찬이 끝난 후, 엘리엇은 마리 루이즈 드 플로리몽을 구석으로 데리고 가서 래리가 어땠냐고 슬쩍 물어보았다.

"눈이 아름답고, 치아가 가지런해서 보기 좋더군요."

"그뿐입니까? 딱 부인 취향이라고 생각해서 일부러 옆에 앉혔는데요."

그녀는 미심쩍은 눈으로 그를 쳐다보았다.

"그 청년은 당신의 아름다운 조카딸과 약혼한 사이라던데요?"

"부아용, 마 셰르(이것 보세요, 부인). 부인은 정해진 여자가 있다고 해도 얼마든지 상대방을 자기 것으로 만들어 버릴 줄 아시는 분 아닙니까."

"저더러 그렇게 하란 말씀이세요? 저런, 당신을 위해서 그런 지저분한 짓까지 할 생각은 없어요."

엘리엇은 빙긋이 웃었다.

"그러니까 부인 말씀은, 시도는 해 봤는데 별 소용이 없더란 뜻인가요?"

"엘리엇, 내가 당신을 좋아하는 이유는 당신이 포주의 기본적인 원칙 같은 걸 아는 사람이기 때문이에요. 당신은 저 청년이 조카딸과 결혼하지 않길 바라는 모양이군요. 왜요? 예의도 바르고 꽤나 매력적인 젊은이던데. 하지만 너무 순진하긴 해요. 내가 하는 말이 무슨 뜻인지 거의 알아채지 못하는 것 같았어요."

"좀 더 노골적으로 말씀하셨어야 해요."

"나도 바보가 아니에요. 내가 시간 낭비를 하고 있는지 아닌지 정도는 안다구요. 저 젊은이 눈에는 오로지 이사벨밖에 안 보이는 것 같던데요. 우리끼리 얘기지만, 이사벨은 나보다 스무 살이나 어리잖아요. 게다가 미모도 빼어나고요."

"이사벨의 드레스는 어떻습니까? 제가 직접 골라 주었지요."

"예쁘네요. 잘 어울려요. 다만 아직 세련미가 부족하네요."

엘리엇에게는 이 말이 마치 자신을 비난하는 것처럼 들렸다. 엘리엇은 자기도 한번 비꼬아 주지 않고는 드 플로리몽 부인을 보내고 싶지가 않았다. 그는 온화하게 웃으며 말했다.

"부인과 같은 세련미를 얻으려면 부인만큼 고령이 되어야 하겠지요."

그러자 드 플로리몽 부인은 가늘고 긴 칼이 아니라 몽둥이를 휘둘렀다. 그녀가 맞받아친 말은 엘리엇 몸속에 흐르는 버지니아인의 피를 끓어오르게 만들었다.

"하지만 갱들의 나라인 당신 나라에서는 미묘하고 독특한 세련미를 놓치는 일이 거의 없는 걸로 알고 있는데요."

드 플로리몽 부인이 막판에 트집을 잡긴 했지만, 엘리엇의 나머지 손님들은 모두 이사벨과 래리를 마음에 들어 했다. 그들은 이사벨의 풋풋한 아름다움과 넘치는 건강미와 명랑한 성격을 좋아했다. 또 래리의 그림 같은 외모와 예의바름과 차분하게 비꼬는 듯한 유머를 좋아했다. 두 젊은이 모두 유창하게 불어를 구사한다는 점도 큰 장점이었다. 브래들리 부인도 오랜 세월 외교계 사람들과 교류하며 살았기 때문에 불어를 꽤 잘하긴 했지만 미국식 억양이 그대로 섞여 있었다. 엘리엇은 손님들을 훌륭하게 대접했다. 이사벨은 새 옷과 모자가 무척 마음에 들었을 뿐 아니라 엘리엇이 마련한 자리의 유쾌한 분위기도 좋았고, 게다가 래리까지 함께 있었기 때문에 그 어느 때보다도 행복한 시간을 보냈다.

4

엘리엇은 아침 식사를 함께 먹는 것은 전혀 모르는 사람하고나, 그것도 어쩔 수 없는 경우에만 그렇다고 생각했다. 그래서 브래들리 부인과 이사벨은 각자 침실에서 아침을 먹어야 했다. 브래들리 부인은 조금 마음에 들지 않았지만 이사벨은 좋아했다. 하지만 이사벨은 이따금 아침에 일어나서 앙투아네트에게 밀크 커피를 어머니 방으로 가져다 달라고 부탁했다. 커피를 마시면서 어머니와 얘기를 나누기 위해서였다. 바쁜 나날을 보내고 있었으므로 하루 중 어머니와 단 둘이 있을 수 있는 시간은 그때뿐이었다. 파리에 온 지 한 달이 거의 되어가는 어느 날 아침, 이사벨은 여느 때처럼 전날 밤에 있었던 이런저런 일들을 이야기했다. 대개 저녁 시간에는 래리와 다른 몇몇 친구들과 어울려 클럽을 돌아다니곤 했다. 이사벨이 이야기를 마치자, 브래들리 부인은 파리에 도착한 이후 줄곧 마음속에 품고 있던 질문을 딸에게 던졌다.

"래리는 언제 시카고로 돌아갈 예정이래?"

"모르겠어요. 그런 얘기는 한 적이 없어요."

"물어보지도 않았어?"

"네."

"묻기가 두려워?"

"아니요, 그렇진 않아요."

브래들리 부인은 엘리엇이 강권해서 마련한 최신 유행 스타일의 드레싱 가운을 입고 긴 안락의자에 누워서 손톱을 손질하고 있었다.

"너희 둘이 있을 땐 주로 무슨 얘기를 하니?"

"항상 이야기를 하는 건 아니에요. 같이 있는 것만으로도 좋으니까요. 래리가 원래 말이 없는 편이잖아요. 이야기를 하더라도 주로 말을 하는 건 제 쪽이고요."

"그동안 무얼 하며 지냈다든?"

"잘 모르겠어요. 특별히 뭘 한 것 같지는 않던데요. 뭘 했든 즐겁게 지냈겠죠."

"어디에 산대?"

"그것도 잘 모르겠어요."

"도통 말을 안 하려고 그러는 것 같아. 그렇지 않니?"

이사벨은 담배에 불을 붙이고, 코로 연기를 뿜어내면서 차분하게 어머니를 쳐다보았다.

"엄마, 그게 무슨 뜻이에요?"

"엘리엇 삼촌은 래리가 어느 아파트 같은 데서 여자랑 같이 사는 게 아니냐고 하더구나."

이사벨은 웃음을 터뜨렸다.

"그런 말을 믿으세요?"

"아냐, 물론 안 믿지."

브래들리 부인은 잠시 생각에 잠긴 표정으로 손톱을 내려다보았다.

"시카고에 대한 이야기는 해 봤어?"

"그럼요. 많이 했죠."

"시카고로 돌아갈 마음을 갖고 있는 낌새는 없니?"

"없는 거 같아요."

"돌아오는 10월이면 꼭 2년이야."

"저도 알아요."

"이건 네 일이니까 네가 옳다고 생각하는 대로 행동해야겠지. 하지만 마냥 미뤄 둔다고 일이 해결되는 건 아니야."

그녀는 흘끗 딸의 표정을 살폈다. 하지만 이사벨은 어머니와 눈을 마주치지 않았다. 브래들리 부인이 다정한 미소를 지으며 말했다.

"점심시간에 늦지 않으려면 어서 샤워하는 게 좋겠다."

"점심은 래리랑 먹을 거예요. 라탱에 있는 식당에 갈 생각이에요."

"즐겁게 보내고 오너라."

한 시간 뒤에 래리가 이사벨을 데리러 왔다. 두 사람은 택시를 타고 생 미셸 다리에서 내린 뒤 사람들이 붐비는 거리를 천천히 거닐다가 외관이 마음에 드는 어느 카페로 들어갔다. 그들은 테라스에 앉아서 뒤보네*를 두 잔 주문해서 마셨다. 그리고 다시 택시를 타고 어느 레스토랑으로 갔다. 이사벨은 래리

* 주로 식전에 마시는 와인의 한 종류.

가 주문해 준 음식들을 한껏 맛있게 먹었다. 그녀는 식당 안이 붐벼서 어깨가 닿을 만큼 가까이 앉아 있는 사람들의 풍경을 즐거운 듯이 바라보았고, 그들이 맛있게 음식을 먹는 모습을 보며 미소를 짓기도 했다. 하지만 무엇보다도 행복한 것은 조그만 테이블에 래리와 함께 앉아 있다는 사실이었다. 그녀는 신이 나서 재잘거리는 자신을 미소 띤 얼굴로 바라보는 래리가 사랑스러웠다. 래리와 있으면 그 누구와 있을 때보다도 편안하다는 사실이 행복했다. 하지만 왠지 마음 한구석에 막연한 불안감도 있었다. 래리 역시 편안해 보이긴 했지만, 꼭 그녀와 함께 있어서라기보다는 주변 분위기 때문인 것 같다는 느낌이 들었다. 어머니가 한 말이 자꾸 신경 쓰였다. 별다른 생각 없이 수다를 떠는 척했지만 사실은 그의 표정 하나하나를 살피고 있었다. 그는 분명히 시카고를 떠날 때의 래리가 아니었다. 하지만 정확히 뭐가 달라진 건지 꼭 집어 말할 수가 없었다. 젊고 솔직한 모습은 예전 그대로인 것 같았지만 표정이 달라져 있었다. 전보다 더 진지해졌다거나 한 것은 아니었다. 그의 온화한 표정에서는 언제나 진지함이 묻어났다. 다만 전과는 다른 평온함 같은 것이 느껴졌다. 뭔가 마음속에서 결정을 내린 듯한 느낌, 과거의 그에게서 볼 수 없었던 편안함 같은 것이 엿보였다.

식사를 하고 나서 래리가 뤽상부르 공원을 산책하자고 제안했다.

"난 그림 구경하고 싶은 생각 별로 없는데."

"그럼 그냥 공원에 앉아 있자."

"그것도 싫어. 당신 사는 데 구경하고 싶어."

"가 봐야 볼 것도 없어. 호텔의 작고 초라한 방에서 지내고 있어."

"엘리엇 삼촌 말로는, 아파트를 얻어서 모델하고 몰래 동거하고 있을 거라던데?"

"그럼 가서 직접 확인해 봐."

래리가 웃음을 터뜨리며 말했다.

"여기서 얼마 안 돼. 걸어가자."

그는 좁고 구불구불한 골목으로 그녀를 데리고 갔다. 높은 지붕들 사이로 파란 하늘이 좁고 긴 조각처럼 보이긴 했지만 우중충한 분위기가 가득했다. 얼마 후 그들은 그럴듯한 외관을 가진 조그만 호텔 앞에 도착했다.

"다 왔어."

이사벨은 래리를 따라 좁은 현관 홀로 들어갔다. 홀 한쪽 옆에는 와이셔츠 위에 검정색과 노란색 줄무늬가 들어간 조끼를 입고 지저분한 앞치마를 두른 사내가 책상 앞에서 신문을 읽고 있었다. 래리가 열쇠를 달라고 하자 사내는 등 뒤에 있는 열쇠 걸이에서 꺼내 건네주었다. 그는 이사벨에게 호기심 가득한 눈빛을 던졌다가 이내 뭔지 알겠다는 듯이 능글맞은 미소를 지었다. 그렇고 그런 이유로 래리의 방으로 올라간다고 생각하는 모양이었다.

계단을 올라가자 낡은 빨간색 양탄자가 깔린 바닥이 나왔고 조금 후 래리가 방문을 열었다. 이사벨은 창문이 두 개 달린 자그마한 방으로 들어갔다. 창밖 맞은편에 회색빛 아파트가 보였고, 아파트 건물 1층에 문방구가 있었다. 방 안에는 1인용 침대와 그 옆에 작은 탁자가 놓여 있고, 커다란 거울이 달린 묵직한 옷장, 푹신하게 속을 넣긴 했지만 등받이가 곧은 팔걸이의자가 있었다. 두 개의 창문 사이에 있는 테이블 위에 타자기와 종이와 책들이 놓여 있었다. 벽난로 선반 위에도 문고판 책들이 쌓여 있었다.

"여기 팔걸이의자에 앉아. 별로 편하진 않겠지만 그나마 제일 좋은 의자니까."

그는 다른 의자를 가져다가 앉았다.

"여기서 지내는 거야?"

그는 이사벨의 표정을 보고 빙긋이 웃었다.

"그래. 파리에 온 후 죽 여기서 지냈어."

"왜?"

"편하니까. 국립도서관이랑 소르본 대학이 여기서 가깝거든."

그는 이사벨이 미처 알아채지 못한 문을 가리켰다.

"욕실도 있어. 아침은 여기서 먹고. 그 외의 식사는 아까 우리가 점심 먹은 식당에서 주로 해."

"방이 너무 초라해."

"아냐. 난 상관없어. 이 정도면 충분해."

"이 호텔에는 어떤 사람들이 있어?"

"글쎄, 나도 잘은 몰라. 지붕 아래쪽 방에는 학생들이 몇 명 살아. 관청에 다니는 나이 든 독신 남자가 두셋쯤 있고, 예전에 오데옹 극장에서 배우를 했다는 여자도 있어. 욕실이 딸린 방이 여기 말고 하나 더 있는데 거기는 어떤 신사의 첩이 살고 있지. 그 신사가 2주에 한 번씩 목요일마다 만나러 와. 뜨내기손님들도 조금 있는 것 같고. 굉장히 조용하고, 괜찮은 곳이야."

이사벨은 약간 당황스러웠다. 래리가 그런 그녀를 알아채고 재미있어하는 표정을 지었기 때문에, 그녀는 조금 화를 낼까 하는 생각도 잠시 들었다.

"테이블 위에 있는 저 커다란 책은 뭐야?"

"저거? 아, 그리스어 사전이야."

"뭐라고?"

이사벨이 놀란 목소리로 되물었다.

"걱정 마. 사전이 너를 잡아먹진 않을 테니까."

"그리스어를 공부해?"

"응."

"뭐하러?"

"그냥 그러고 싶어서."

래리는 눈가에 웃음기를 띠고 이사벨을 쳐다보았다. 이사벨도 미소로 답했다.

"파리에 와서 줄곧 뭘 하며 지냈는지 말해 줄 수 있어?"

"책을 좀 많이 읽었어. 하루에 여덟 시간에서 열 시간쯤. 소르본 대학에서 하는 강의도 들었고. 프랑스 문학에서 중요한 작품들은 전부 읽은 거 같아. 라틴어도 읽을 줄 알아. 적어도 산문은 말이야. 라틴어도 불어만큼은 쉽게 읽게 됐어. 물론 그리스어는 더 어렵지. 하지만 좋은 선생님한테 배우고 있어. 당신이 파리에 오기 전까지는 일주일에 세 번씩 저녁마다 배우러 다녔어."

"그런 것들을 배워서 뭐하려고 그래?"

"지식을 얻는 거지."

그는 미소를 지었다.

"현실적으로 별로 쓸모없는 것들 같은데."

"어쩌면 그럴지도 모르고, 아닐지도 모르지. 하지만 굉장히 재미있어. 『오디세이아』를 원문으로 읽는다는 게 얼마나 가슴 뛰는 일인지 몰라. 뭐랄까, 발끝으로 서서 손을 한껏 뻗으면 별에 닿을 수 있을 것 같은 기분이야."

그는 흥분감에 사로잡힌 사람처럼 의자에서 일어나 좁은 방 안을 왔다 갔다 했다.

"지난 한두 달간은 스피노자를 읽었어. 아직 다 이해하진 못했지만 굉장히 흥미로웠어. 산악 지대에 있는 드넓은 고원에 비행기를 착륙시키고 내려선 기분이야. 마치 와인을 마시고 취하는 것처럼 고독감과 맑은 공기에 취하지. 정말 흥분되고 행복한 기분에 젖게 돼."

"시카고에는 언제 돌아올 거야?"

"시카고? 글쎄, 잘 모르겠어. 아직 생각 안 해 봤어."

"2년이 지나도 원하는 걸 얻지 못하면 포기하고 돌아온다고 그랬잖아."

"어쨌든 지금은 돌아갈 수 없어. 이제 막 뭔가 조금씩 보이려고 하니까. 지금 내 눈앞에 펼쳐진 드넓은 정신세계가 나를 부르고 있어. 난 그 세계를 여행하고 싶은 열망으로 가득해."

"거기서 뭘 찾고 싶은데?"

"내 의문에 대한 대답들."

그렇게 대답하며 이사벨을 흘긋 쳐다보는 래리의 눈에 장난기가 묻어 있었다. 그녀가 래리를 매우 잘 알고 있지 않았더라면 그가 농담을 하는 줄 알았을 것이다.

"신이 존재하는지 존재하지 않는지 확실히 알고 싶어. 왜 세상에 악이 존재하는지도. 또 내게 불멸의 영혼이 있는지, 아니면 죽으면 그것으로 끝인지 알고 싶어."

이사벨은 잠시 말문이 막혔다. 래리에게서 그런 말들을 듣는 것이 즐겁지 않았다. 다만 그가 평범한 대화를 나누듯 가볍게 이야기했기 때문에 이사벨은 당혹감을 그나마 억누를 수 있어서 다행이라고 생각했다.

"하지만 래리, 그런 질문들은 수천 년 전부터 사람들이 물어 온 것들이잖아. 만일 해답이 있다면 벌써 밝혀졌을 거야."

래리는 싱긋 웃었다.

"내가 무슨 바보 같은 소리를 한다는 듯이 그렇게 웃지 마."

이사벨이 날카롭게 말했다.

"아니야. 난 그 반대로 당신이 예리하게 말했다고 생각하는걸. 하지만 한편으로 생각하면, 사람들이 수천 년 동안 그런 질문을 던져 왔다는 것은 그런 의문을 품지 않을 수 없다는 뜻이고, 앞으로도 계속 그 해답을 찾아야 한다는 뜻이기도 해. 게다가 답을 찾은 사람이 아무도 없다는 것은 사실이 아니야. 다양한 대답들이 있으니까. 많은 사람들이 스스로 만족스러워하는 대답을 찾아냈어. 예를 들면 로이스부르크*처럼."

"그 사람이 누군데?"

"응, 학교에서는 배우지 않은 인물이야."

래리가 약간 성의 없게 대답했다. 이사벨은 잘 이해가 가지 않았지만 그냥 넘어갔다.

"나한테는 세상모르는 철부지 소리처럼 들려. 그런 건 대학

---

* 1293~1381. 14세기 플랑드르의 신비론자.

2학년쯤에나 한창 몰두하는 것들이잖아. 대개 사람들은 학교를 졸업하고 나면 그런 건 잊어버린다구. 먹고살기 위해서 일을 해야 하니까."

"그런 사람들이 잘못됐다는 게 아냐. 나는 다행히 먹고살 만한 돈은 있어. 그렇지 않았다면 나도 다른 사람들처럼 돈을 벌어야겠지."

"당신한텐 돈이 아무 의미도 없다는 거야?"

"그래."

그는 미소를 지었다.

"그런 문제를 푸는 데 얼마나 걸릴 거 같아?"

"잘 모르겠어. 5년쯤, 아니면 10년이 걸릴지도."

"그럼 그다음엔 어쩔 건데? 그런 것들을 알아낸 다음엔?"

"내가 해답들을 얻는다면, 그걸로 무엇을 할지도 알 수 있을 만큼 지혜로워지겠지."

이사벨은 깍지 낀 양손에 힘을 주고 몸을 앞으로 약간 기울이며 말했다.

"래리, 뭔가 잘못 생각하고 있어. 당신은 미국인이야. 당신이 있어야 할 곳은 여기가 아니라 미국이라구."

"때가 되면 돌아갈 거야."

"하지만 당신은 너무 많은 걸 놓치고 있어. 미국은 지금까지 없던 가장 훌륭하고 화려한 시대로 들어가고 있는데, 당신 혼자 세상과 동떨어져서 살겠단 말이야? 유럽의 시대는 이제 끝났어. 미국이 세계에서 가장 위대하고 강력한 나라야. 앞으로도 대단한 속도로 발전할 거고. 우리는 모든 걸 가지고 있어. 조국의 발전에 참여하고 이바지하는 게 당신의 도리 아니겠어? 지금 미국에서 사는 게 얼마나 신나는 일인지, 당신은 모르고 있어. 미국인들 앞에 놓여 있는 일과 모험을 마주할 용기가 없다는 이유로 정말 이렇게 아무것도 하지 않을 거야? 아, 물론 당신도 나름대로 뭔가 열심히 하고 있겠지만, 결국 책임을 회피하고 있는 모습이 아닐까? 일종의 고된 나태함에 불과한 게 아닐까? 모든 사람들이 당신처럼 책임을 회피한다면 미국이 어떻게 되겠어?"

"정말 호되게 얘기하는군. 내 대답은 이거야. 모든 미국인이 나 같은 생각을 갖고 있는 건 아니야. 다행히도 대부분의 사람들은 정상적이고 평범한 길을 따라가니까. 당신이 미처 모르고 있는 건, 공부하고 싶다는 내 욕구가 대단히 크다는 거야. 그러니까 말하자면, 그레이가 큰돈을 벌겠다는 열정을 가진 것처럼 말이야. 몇 년쯤 공부를 하며 보낸다고 해서 그것이 조국에 대한 배신이 되는 일일까? 이 시간들이 지나고 나면, 내게도 미국에 기여할 만한 무언가가 생길지도 몰라. 사람들이 좋아할 만한 무언가 말이야. 물론 아직은 확실하지 않지. 하지만 설령 실패한다 해도, 적어도 사업을 하다가 실패한 사람보다 더 궁색하게 살게 되지는 않을 거야."

"그럼 나는? 나는 당신한테 아무 의미가 없는 거야?"

"그게 무슨 말이야. 이사벨은 나한테 더없이 소중하지. 난 당신이랑 결혼하고 싶어."

"도대체 언제? 한 10년 후에나?"

"아니, 지금 당장이라도. 가급적 빨리 하고 싶어."

"하지만 무슨 돈으로 살아? 엄마는 우리한테 금전적인 도움을 줄 여유가 없어. 아니, 있다 해도 도와주지 않으실 거야. 아무 일도 안 하려는 사람을 도와주는 건 옳지 않다고 생각하실 테니까."

"나도 이사벨 어머니한테 도움을 받고 싶은 생각은 전혀 없어. 1년에 3000달러는 수입이 있거든. 파리에선 그걸로 충분해. 작은 아파트를 얻고 보나투페르(가정부)도 하나 둘 수 있어. 정말 즐겁게 살 수 있을 거야."

"래리, 1년에 3000달러로 어떻게 살아?"

"충분히 가능해. 그보다 적은 돈으로 사는 사람도 많아."

"하지만 난 그렇게 살고 싶지 않아. 그래야 할 이유도 없고."

"나는 그 절반 되는 돈으로 살고 있는걸."

"세상에, 어떻게!"

그녀는 끔찍하다는 듯이 작고 누추한 방을 둘러보았다.

"나머지는 저금해서 좀 모아 놓았어. 카프리 섬으로 신혼여행을 가면 좋을 거야. 그리고 가을에는 그리스에 가 보고. 그리스엔 꼭 한번 가 보고 싶어. 같이 세계 여러 곳을 여행 다니면 좋겠다고 얘기했던 거, 기억 안 나?"

"물론 나도 여행은 좋아. 하지만 그런 여행은 싫어. 배의 이등실을 타고, 욕실도 없는 삼류 호텔에서 묵으면서 싸구려 식당에서 밥을 먹기는 싫다구."

"작년 10월에 그런 식으로 이탈리아를 죽 돌았어. 정말 즐거웠지. 1년에 3000달러의 수입이 있다면 세계를 돌아다닐 수도 있어."

"하지만 래리, 나는 아기도 낳고 싶어."

"그래. 아기를 낳으면 그 애도 함께 데리고 다니자."

"바보 같은 소리 좀 하지 마."

이사벨은 코웃음을 쳤다.

"아이를 낳으면 얼마나 돈이 많이 드는지 알아? 작년에 바이올렛 톰린슨이 아기를 낳았는데, 최대한 비용을 줄였는데도 1250달러나 들었대. 또 유모한테는 얼마나 돈이 많이 드는지 알아?"

그녀는 이런저런 생각이 꼬리를 물고 떠올라 열변을 토했다.

"당신은 정말 너무 현실감각이 없어. 내가 뭘 원하는지 전혀 모른다구. 나는 아직 젊고, 인생을 즐기고 싶어. 남들이 하는 것들을 하고 싶단 말이야. 파티에도 가고, 춤추러도 가고 싶고, 골프도 치고 승마도 하고 싶어. 예쁜 옷도 마음껏 입고 싶고. 친구들처럼 멋진 옷을 못 입는 게 여자한테는 얼마나 속상한 일인지 알아? 친구들이 싫증나서 파는 헌 옷을 사서 입는 게 어떤 기분일지, 누군가 딱한 마음에서 새 옷을 선물해 주면 그것을 고마워하며 받아야 하는 게 어떤 기분인지 알아? 마음에 드는 헤어스타일을 하러 좋은 미용사한테 가지도 못할 거야. 전차나 버스를 타고 다니는 것도 난 싫어. 내 자동차를 타고 다니고 싶어. 당신이 도서관에 책이나 읽으러 가 버리면, 나더러 하루 종일 혼자 뭘 하라는 거야? 가게의 유리 진열장이나 들여다보며 돌아다니거나, 아니면 뤽상부르 공원에 앉아서 애가 놀다가 다치지 않는지 보기나 하란 말이야? 친구도 제대로 사귀지 못할 거야."

"이사벨……."

래리가 끼어들었지만 그녀는 다시 말을 이었다.

"적어도 예전과 같은 친구들은 사귀지 못할 거야. 아, 물론 엘리엇 외삼촌의 친구분들이 이따금 초대해 주긴 하겠지. 하지만 마땅히 입을 만한 옷이 없어서 가지도 못할걸. 아니면 답례로 그분들을 대접하지 못할 게 뻔하니 일부러 가지 않을지도 모르지. 난 천박하고 초라한 사람들과 사귀고 싶지 않아. 서로 말도 안 통할 거야. 래리, 난 제대로 살고 싶어."

그녀는 문득 래리의 표정을 의식했다. 그의 눈빛은 여느 때와 다름없이 부드러웠지만 약간 재미있어하는 듯한 기색이 담겨 있었다.

"내가 바보 같은 소리를 한다고 생각하지? 하찮고 짜증나는 여자라고 말이야."

"아냐, 그렇지 않아. 이사벨이 그런 이야길 하는 건 당연하다고 생각해."

래리는 벽난로를 등지고 서 있었다. 이사벨은 의자에서 일어나 그에게 다가가 똑바로 얼굴을 마주 보고 섰다.

"래리, 만일에 당신 명의로 된 재산이 한 푼도 없고 당신이 1년에 3000달러를 벌 수 있는 직장에 다닌다면, 지금이라도 당장 결혼할 거야. 당신을 위해 요리도 하고, 침대 정리도 하고, 좋은 옷을 못 입는다 해도 상관없어. 부족한 게 있어도 잘 꾸려 갈 거야. 정말 즐겁게 지낼 수 있을 거라고 생각해. 단지 시간이 문제일 뿐인 거고, 열심히 살아가면 다 잘될 테니까. 하지만 래리가 말하는 경우는 달라. 아무 희망도 없이 평생 구질구질하게 살아야 한다는 뜻이니까. 죽을 때까지 지겨운 생활을 해야겠지. 대체 무얼 위해서? 해결할 수 없다고 당신 스스로도 말한, 그 질문들에 대한 답을 찾기 위해서? 그건 말도 안 되는 일이야. 사람은 일을 해야 해. 그게 사람이 태어난 이유야. 그래야 사회에도 기여할 수 있어."

"한마디로, 시카고에 자리를 잡고 헨리 매튜린 씨의 회사에 들어가는 게 내가 해야 할 일이라는 거지? 거기서 일하면서 주변 사람들에게 주식을 사도록 만드는 것이 사회에 커다란 기여를 하는 것이라고 생각해?"

"증권 브로커는 사회에 필요한 존재야. 나무랄 데 없는 훌륭한 직업이고."

"당신은 간소한 수입으로 파리에서 생활한다는 걸 너무 비관적으로 보는 것 같아. 하지만 당신 생각과 달라. 샤넬을 입지 않아도 얼마든지 깔끔하게 입을 수 있어. 꼭 개선문 근처나 포슈 거리 같은 데를 가야 흥미로운 사람들을 만날 수 있는 것도 아니고. 사실 그런 곳에 사는 사람들 중에 재미있는 사람은 거의 없지. 재미있는 사람들은 대개 돈이 없거든. 나는 이곳에서 많은 사람들을 알게 됐어. 화가나 작가, 학생들, 프랑스인, 영국인, 미국인 등 말이야. 그런 사람들이 엘리엇 씨가 어울리는 꼴사나운 후작 부인이나 코가 긴 공작 부인보다 훨씬 재미있다는 걸, 이사벨도 알게 될 거야. 당신은 머리도 좋고 유머 감각도 있잖아. 그들이 테이블에 둘러앉아 토론하는 모습을 보면 당신도 좋아할걸. 비록 테이블에는 고급 와인이 아니라 평범한 싸구려 와인이 놓여 있고, 시중 드는 하인이 없다고 해도 말이야."

"래리, 무슨 말이야. 나도 그런 거 좋아해. 난 속물이 아니라구. 나도 재미있는 사람들 만나 보고 싶어."

"그래, 샤넬 드레스를 입고 만나고 싶겠지. 그럼 그들은 세련된 부인이 빈민가 구경이라도 나온 것처럼 생각하지 않겠어? 당신도 그렇겠지만 그들 역시 편안하지 않을 거야. 당신은 고작 나중에 에밀리 드 몽타두르나 그라시 드 샤토 가야르 같은 사람들을 만나서, 오늘 라탱 거리에서 기묘한 보헤미안들을 여럿 만났는데 재미있었다, 하고 얘기를 들려줄 뿐이겠지."

이사벨이 가볍게 어깨를 으쓱했다.

"그럴지도 모르지. 난 그런 사람들과 함께 어울려 자라지 않았으니까. 나랑 그 사람들 사이엔 공통점도 없을 테고."

"우리 얘기가 어떻게 흘러가고 있는 거지?"

"다시 원점으로 간 셈이야. 난 줄곧 시카고에서 살았고 친구들도 모두 거기 있어. 내게 중요한 건 전부 그곳에 있다구. 시카고에 있을 때가 제일 편안해. 나는 어디까지나 시카고 사람이고, 그건 당신도 마찬가지야. 엄마가 몸이 안 좋으셔. 별로 많이 나아지실 것 같지도 않아. 설령 내가 엄마를 떠나서 살고 싶다고 해도 그럴 수가 없는 상황이야."

"그러니까, 내가 시카고로 돌아가지 않으면 나랑 결혼하지 않겠단 뜻이야?"

이사벨은 잠시 대답을 망설였다. 그녀는 래리를 사랑했다. 물론 그와 결혼하고 싶었다. 온 마음을 다해 그를 간절히 원했다. 래리 역시 자신을 원한다는 것도 알고 있었다. 그녀는 자신이 극단까지 밀어붙여 마지막 카드를 내보이면 래리 역시 마음이 약해질 것이라는 생각이 들었다. 두려웠지만 마음을 굳게 먹고 한번 해 보기로 했다.

"그래, 래리. 그런 뜻이야."

그는 벽난로 선반 가장자리에 성냥을 그어 파이프에 불을 붙였다. 냄새가 고약한 구식 프랑스 유황성냥이었다. 그리고 이사벨 옆을 지나 창가로 걸어가 섰다. 그는 창밖을 물끄러미 쳐다보았다. 잠시 흐르는 침묵이 마치 영겁처럼 느껴졌다. 이사벨은 래리와 마주보고 서 있던 자리에 꼼짝 않고 서서, 벽난로 위에 걸려 있는 거울로 시선을 던졌다. 하지만 거울 속 자신의 모습은 눈에 들어오지 않았다. 가슴이 미친 듯이 뛰었고 불안함이 엄습해 왔다. 마침내 래리가 뒤로 돌아섰다.

"내가 제안하는 삶이 당신이 생각하는 것보다 얼마나 더 풍성한지 설명할 수 있다면 얼마나 좋을까. 정신적 세계를 추구하는 삶이 얼마나 즐겁고, 얼마나 많은 것을 경험할 수 있는지 당신에게 알려 줄 수만 있다면……. 그건 정말 끝없는 즐거움이고, 말로 형언하기 힘든 행복이야. 그것에 비유할 수 있는 것이 하나 있어. 바로 홀로 비행기를 타고 하늘을 날 때의 기분이지. 높디높은 저 위에서, 사방이 온통 무한한 공간뿐인 곳에서 날고 있을 때 말이야. 그럼 끝없는 공간에 취하게 돼. 그때 느끼는 흥분이란, 세상 그 어떤 권력과 영예를 준다 해도 바꾸고 싶지 않지. 얼마 전에 데카르트를 읽었어. 그 평온함, 품격, 명석함이란!"

그때 이사벨이 한사코 말해야겠다는 투로 끼어들었다.

"하지만 래리, 그거 알아? 당신은 나한테 맞지도 않는 삶을 요구하고 있어. 내가 관심도 없고, 또 관심을 갖고 싶지도 않은 삶 말이야. 난 그저 평범한 여자일 뿐이라구. 몇 번이나 말해야 알겠어? 난 이제 겨우 스무 살이야. 10년 후면 늙어 버릴 거고, 지금 시간이 있을 때 삶을 즐기고 싶어. 아, 래리, 난 당신을 너무나 사랑해. 하지만 당신이 말하는 삶은 시시해. 결국 아무것도 남지 않을 거야. 제발 부탁이니, 당신 자신을 위해서 포기해. 래리, 당신은 남자니까 남자다운 일을 하란 말이야. 당신은 시간을 낭비하고 있는 거야. 다른 사람들은 모두 그 시간을 소중하게 쓰고 있다구. 당신이 정말 나를 사랑한다면 그런 헛된 꿈 때문에 나를 포기하진 않겠지. 이미 해 보고 싶은 만큼 했잖아. 이제 함께 미국으로 돌아가자."

"안 돼, 그럴 수 없어, 이사벨. 그건 내게 죽음과도 같아. 내 영혼에 대한 배신이야."

"아, 래리, 어째서 그런 식으로 말하는 거야? 그건 히스테리에 걸린 고상한 척하는 여자들이나 하는 말이야. 대체 그게 무슨 의미가 있어? 아무런 의미도 없어."

"내가 느끼는 대로 솔직하게 말한 것뿐이야."

래리의 눈이 반짝 빛났다.

"어떻게 그런 웃음을 지을 수가 있어? 정말 진지한 얘기를 하고 있다는 거 몰라? 우린 지금 갈림길에 서 있고, 지금 어떤 결정을 내리느냐에 따라 앞으로의 우리 삶이 결정되는 거야."

"알아. 나도 진지하다구."

그녀가 한숨을 내쉬며 말했다.

"당신이 이성적으로 생각하려 들지 않는다면 더 이상 할 말이 없어."

"그럼 당신은 이성적일까? 당신이야말로 어리석은 말만 계속하고 있잖아."

"내가?"

괴로운 심정만 아니었다면 이사벨은 웃음이라도 터질 지경이었다.

"래리, 당신 정말 멍청이야."

그녀는 손가락에서 천천히 약혼반지를 빼 손바닥 위에 올려

놓고 물끄러미 쳐다보았다. 가느다란 백금 고리에 네모 모양의 루비를 박은 것이었다. 그녀 마음에 몹시 드는 반지였다.

"당신이 정말 나를 사랑한다면, 이렇게 나를 불행하게 만들지는 않을 거야."

"아냐, 당신을 사랑해. 때로 사람은 자신이 옳다고 생각하는 일을 하려면 주변 사람을 불행하게 만들게 되나 봐."

그녀는 반지가 놓인 손을 래리에게 내밀며 떨리는 입술로 애써 미소를 지었다.

"받아, 래리."

"내가 갖고 있어 봐야 뭘 하겠어. 우리 우정에 대한 추억으로 간직해 줄래? 새끼손가락에 끼고 있으면 되잖아. 우정까지 끝나는 건 아니겠지?"

"래리, 난 언제까지고 당신을 좋아할 거야."

"그럼 갖고 있어. 그래 줬으면 좋겠어."

그녀는 잠시 망설이다 반지를 오른쪽 손가락에 다시 꼈다.

"너무 큰데."

"작게 줄이면 되지. 이사벨, 우리 리츠의 바에 가서 한잔하자."

"좋아."

모든 것이 너무나 쉽게 끝나 버렸다는 생각에 그녀는 약간 당황스러웠다. 그녀는 울지 않았다. 이제 래리와 결혼하지 않을 것이라는 사실 말고는 아무것도 달라지지 않은 것 같았다. 모든 게 끝났다는 사실을, 그녀는 도저히 믿을 수가 없었다. 격렬한 장면조차 연출되지 않았다는 사실이 약간은 원망스러웠다. 마치 집을 빌리는 일을 의논하는 사람들처럼, 너무나도 침착하게 이야기를 끝냈다. 가슴이 무너졌지만, 한편으로는 둘 다 점잖게 행동했다는 사실에 희미한 안도감도 느껴졌다. 래리의 생각과 감정을 정확하게 알고 싶었지만, 그건 언제나 어려운 일이었다. 그의 매끄러운 얼굴과 검은 눈동자는 오랜 세월 알고 지낸 그녀조차도 꿰뚫어 볼 수 없는 일종의 가면이었다. 그녀는 침대 위에 벗어 두었던 모자를 집어 들고 거울 앞에 서서 다시 썼다.

"그냥 궁금해서 그러는데……."

그녀가 머리를 매만지며 입을 열었다.

"나랑 약혼을 취소하고 싶었어?"

"아니, 천만에."

"난 당신이 좋아할 거라고 생각했어."

래리는 아무 대꾸도 하지 않았다. 이사벨은 밝은 웃음을 지으며 뒤로 돌았다.

"이제 나가자."

래리는 방에서 나와 문을 잠갔다. 그가 1층에 있는 사내에게 열쇠를 건네자, 사내는 두 사람을 능글맞은 표정으로 쳐다보았다. 사내가 자기들이 뭘 했다고 생각하는지 이사벨도 짐작이 갔다. 그녀가 말했다.

"저 늙은 남자는 분명히 내 순결을 의심하고 있을 거야."

그들은 택시를 타고 리츠에 가서 간단하게 한잔했다. 두 사람은 마치 매일 만나는 오랜 친구끼리 대화를 나누듯, 겉으로 보기엔 전혀 어색함 없이 중요하지 않은 이런저런 잡담을 나눴다. 원래 래리는 말수가 적고 이사벨은 수다스러운 데다 화젯거리도 풍부하긴 했지만, 그녀는 그때만큼은 침묵이 이어지지 않게 하려고 의식적으로 애썼다. 한 번 침묵이 흐르면 그 침묵을 깨기가 힘들 것만 같았다. 그녀는 자신이 그에게 원망스러운 마음을 품고 있다는 것을 그가 모르길 바랐다. 또 자존심 때문에, 상처 입은 무너진 가슴을 그가 알아채지 못하길 바랐다. 얼마 후 이사벨이 래리에게 자동차로 집까지 데려다 달라고 말했다. 현관 앞에 내리면서 그녀는 명랑하게 말했다.

"내일 우리랑 함께 점심 먹기로 한 거 잊지 마."

"그래. 절대 잊지 않을게."

그녀는 빰을 내밀어 키스를 받고 현관 입구의 차양으로 걸어갔다.

5

이사벨이 응접실에 들어가니 손님 몇 명이 와서 차를 마시고 있었다. 파리에 살고 있는 미국인 부인 두 명은 화려한 드레스 차림에 진주 목걸이를 하고 다이아몬드 팔찌와 값비싼 반지를 끼고 있었다. 한 사람은 진한 적갈색으로 머리를 물들였고 또 나머지 한 사람은 부자연스러운 느낌의 금발이었지만 이상하게도 두 여자는 거의 비슷한 이미지로 보였다. 둘 다 똑같이 짙은 마스카라에 밝은색 립스틱을 발랐고 화사하게 볼 화장을 한 얼굴이었다. 또 식욕을 억제해 가며 유지하고 있는 듯한 마른 몸매, 선이 날카로운 이목구비, 무언가 갈망하는 것 같은 불안한 눈빛도 같았다. 시들어 가는 젊음과 미모를 어떻게든 유지하려고 애쓰고 있는 게 분명했다. 그들은, 마치 잠시라도 침묵이 흐르면 기계가 멈춰 버리고 그들의 인공적인 구조물이 산산이 부서질까 봐 두렵기라도 한듯, 시끄럽고 날카로운 목소리로 쉴 새 없이 무의미한 이야기를 지껄였다. 온화한 타입의 미국 대사관 서기관도 있었는데, 그는 대화에 끼어들지 못해 줄곧 조용하게 앉아 있었지만 세상 물정은 잘 아는 사람이었다. 체구가 작고 피부가 가무잡잡한 루마니아 공작도 있었다. 조그맣고 날카로운 검은 눈에 말끔하게 면도한 그는, 비굴할 만큼 굽실거리는 태도로 필요할 때마다 즉시 일어나 찻잔과 과자 접시를 건네거나 부인들에게 담뱃불을 붙여 주고, 넉살 좋은 태도로 상대의 비위를 맞추는 말과 번드르르한 칭찬을 쏟아 냈다. 그는 아첨의 대상인 사람들로부터 자신이 지금까지 대접받은 모든 만찬에 대해 답례를 하고 있었으며, 또 앞으로도 초대해 달라고 미리 아부를 하고 있었다.

브래들리 부인은 엘리엇의 기분을 맞춰 주려고 자기가 원하는 것보다 훨씬 화려하게 차려입고 앉아 있었다. 그녀는 평소와 다름없이 예의를 갖춰 여주인으로서의 역할은 충실하게 하고 있었지만 다소 냉담한 분위기를 풍겼다. 그녀가 오빠의 손님들을 어떻게 생각했는지 나로서는 추측만 할 수 있을 뿐이다. 그녀는 여러 사람과 두루 교제하는 타입이 아니었을 뿐만 아니라 나 역시 그녀에 대해 아주 조금밖에 알지 못하기 때문이다. 그녀는 결코 미련한 여자는 아니었다. 오랜 세월 세계 각국의 수도에서 생활하는 동안 다양한 부류의 사람들을 만나면서, 자신이 나고 자란 버지니아의 작은 도시의 기준에 맞춰 나름대로 그들을 날카롭게 판단했을 것이다. 그녀는 아마 손님들의 별난 행동을 어느 정도 재미있어하기는 했겠지만, 그들의 고상하게 점잔 빼는 태도를 곧이곧대로 믿지는 않았을 것이다. 아마 해피엔딩으로 끝날 것을 처음부터 알고 읽는(그렇지 않으면 읽지도 않겠지만) 소설에서 등장인물들의 고통과 슬픔을 바라보는 것과 비슷한 기분으로 그 사람들을 보았을 것이다. 파리, 로마, 베이징은 그녀의 미국인 기질을 바꿔 놓지 못했다. 엘리엇의 독실한 가톨릭 신앙이 그녀의 완고한 개신교 믿음에 영향을 미치지 못한 것처럼 말이다.

젊고 아름답고 생기발랄한 이사벨이 나타나자 그 방의 가식적인 분위기에 갑자기 산뜻한 기운이 돌았다. 이사벨은 마치 젊은 대지의 여신처럼 우아하게 걸어 들어왔다. 루마니아 공작이 벌떡 일어나서 이사벨을 위해 의자를 꺼내 주고 야단스러운 제스처를 보이며 자기 자리를 옮겼다. 미국인 부인 둘은 과장되게 상냥한 표정으로 이사벨을 위아래로 훑으면서 드레스를 꼼꼼히 살폈다. 젊음이 넘치는 아름다운 미모를 마주하자 내심 자신감을 잃고 비통해하는 것이 분명했다. 미국인 서기관은 이사벨의 등장이 두 부인을 초라하게 만드는 것을 보면서 남몰래 미소를 지었다. 하지만 이사벨의 눈에는 두 부인이 훌륭하고 우아하게만 보였다. 그들의 화려한 드레스와 값비싼 장신구도 마음에 들었고 그 우아한 몸가짐에 부러움을 느낄 정도였다. 그녀는 자신도 언젠가는 저렇게 세련되고 우아한 모습을 갖출 수 있을까, 하고 생각했다. 물론 작달막한 루마니아 공작은 우스꽝스럽게 보였지만, 인상이 나쁘지는 않았다. 설령 그의 입에서 나오는 찬사들이 가식적인 것들이라 할지라도 그런 말을 듣고 있는 게 기분 나쁘지는 않았다. 이사벨의 등장으로 잠시 중단되었던 대화가 다시 시작되었다. 각자 자신의 이야기가 대단한 의미를 지녔다고 확신하는 투로 명랑하게 대화를 나눴기 때문에, 누구라도 보면 정말 중요한 이야기를 하고 있다는 생각이 들 정도였다. 그들은 초대를 받았던 파티나 앞으로 참석할 파티, 최근 사람들 입에 오르내리는 스캔들에 대해 수다를 떨었고, 친구들을 험담했으며, 유명 인사들의 이름을 거론했다. 세상에 모르는 사람이 없고, 모든 비밀은 다 알고 있는 것 같았다. 공연 중인 연극, 인기 있는 양장점, 최근 주목받는 초상화가, 전 총리의 정부(情婦)에 대한 얘기까지, 어떤 화제든 막힘이 없었다. 마치 세상 모든 일을 다 아는 사람들 같았다. 이사벨은 이야기에 푹 빠져 귀를 기울였다. 그녀로서는 훌륭한 교양의 분위기가 물씬 느껴졌다. 이런 게 진짜 사는 거야, 하고 그녀는 생각했다. 세련된 세계의 한가운데 있는 기분은 정말 황홀했다. 이것이야말로 진정한 삶이었다. 주변 분위기도 더할 나위 없이 완벽했다. 사보느리 카펫이 깔린 널찍한 방, 화려한 패널을 댄 벽과 거기 걸린 훌륭한 그림들, 텐트 스티치 자수를 놓은 의자, 가치가 높은 상감세공 가구, 옷장과 예비 테이블 등 모두가 박물관에 진열해도 손색이 없는 것들이었다. 상당한 비용을 들인 방이 분명했지만 그만한 가치는 있었다. 이 모든 것들의 아름다움이 어느 때보다도 강렬하게 그녀의 마음에 파고들었다. 철제 침대와 딱딱하고 불편한 의자가 있던 초라한 호텔 방, 래리는 아무런 부족함도 느끼지 않는다던 그 방이 아직도 생생하게 마음속에 남아 있었기 때문이다. 황량하고 우울하고 불쾌하기 짝이 없는 그 방. 떠올리기만 해도 절로 몸서리가 쳐졌다.

이윽고 손님들이 돌아가고 이사벨과 브래들리 부인, 엘리엇만 남았다. 엘리엇이 화장으로 떡칠을 한 부인들을 현관까지 배웅하고 돌아와서 말했다.

"정말 멋진 여자들이야. 저들이 파리에 처음 왔을 때부터 난 저들을 알고 지냈지. 저렇게 훌륭하게 변하리라곤 생각하지 못했는데. 정말 놀라운 적응력이야. 미국인들, 게다가 중서부 지방에서 온 사람들이라고는 도저히 믿기지 않지."

브래들리 부인이 눈썹을 추켜세우며 말없이 엘리엇을 쏘아보았다. 눈치 빠른 엘리엇은 그 의미를 금세 알아챘다.

"루이자, 물론 너한테는 해당되지 않는 얘기일 거야."

그는 반은 언짢은 투로, 반은 애정 어린 투로 말했다.

"너한테도 기회는 많았어."

브래들리 부인이 입술을 뾰족하게 오므리며 말했다.

"실망시켜서 유감이네요, 오빠. 하지만 난 지금 내 모습이 만족스러워요."

그러자 엘리엇이 불어로 중얼거렸다.

"툴레 구 쏭 당 라 나퉈르(취향은 십인십색이란 말이지)."

그때 이사벨이 입을 열었다.

"한 가지 말씀드릴 게 있어요. 저, 래리랑 약혼 취소하기로 했어요."

엘리엇이 놀란 목소리로 말했다.

"쯧쯧, 이런! 그럼 내일 점심 자리가 난처해질 텐데. 시간이 얼마 없으니 당장 다른 사람을 부를 수도 없잖아?"

"내일 점심 식사에는 올 거예요."

"약혼을 취소했는데도 말이야? 어떻게 그럴 수가 있니?"

이사벨은 말없이 웃기만 했다. 그녀는 엘리엇 쪽만 바라보았다. 자신을 뚫어지게 쳐다보는 어머니와 눈을 마주치고 싶지 않았기 때문이다.

"싸우지는 않았어요. 오늘 오후에 서로 충분히 얘기를 나눈 후에 결혼하지 않는 게 좋겠다는 결론을 내린 거예요. 래리는 미국으로 돌아가고 싶지 않대요. 계속 파리에 남아 있겠대요. 그리스도 여행하고 싶다고 했어요."

"도대체 뭣 때문에? 아테네에는 사교계도 없는데. 난 그리스의 미술품은 중요하게 생각해 본 적이 한 번도 없어. 헬레니즘 시대의 작품들 중에는 나름대로 매력적인 것들이 좀 있긴 하지만, 페이디아스*의 작품들은 형편없지."

브래들리 부인이 입을 열었다.

"이사벨, 날 좀 봐라."

이사벨이 고개를 돌려 입가에 희미한 미소를 띠고 어머니를 쳐다보았다. 브래들리 부인은 딸의 얼굴을 뚫어져라 쳐다본 끝에 '흠' 하고 헛기침만 했다. 딸이 울지 않았음을 그녀는 알 수 있었다. 이사벨은 차분하고 평온했다.

엘리엇이 말했다.

"잘했다, 이사벨. 나도 너희 둘을 그럭저럭 참고 봐주려고 생각은 했지만, 어차피 어울리는 한 쌍이 아니었어. 너는 그 녀석한테 과분해. 그동안 파리에서의 행실을 보면 영 그른 녀석이라는 게 분명하지 않니? 너만 한 미모에 너만 한 인간관계면 얼마든지 더 좋은 짝을 만날 수 있어. 난 네가 굉장히 현명하게 판단했다고 본다."

브래들리 부인이 이사벨을 쳐다보았다. 그녀의 눈빛에는 약

* ?~?. 고대 그리스의 조각가.

간의 걱정이 묻어 있었다.

"엄마를 위해서 그런 결정을 내린 건 아니니, 이사벨?"

이사벨은 세차게 고개를 저었다.

"아니에요. 전적으로 저 자신을 위해서 그런 거예요."

6

나는 동양에서 돌아와 런던에서 지내고 있었다. 위에서 말한 사건들이 있고 2주쯤 지났을 무렵, 어느 날 아침 엘리엇한테 전화가 왔다. 나는 그의 목소리를 듣고 별로 놀라지 않았다. 끝나 가는 사교 시즌을 즐기기 위해서 그 무렵이면 엘리엇이 언제나 영국에 온다는 사실을 알고 있었기 때문이다. 그는 브래들리 부인과 이사벨도 함께 와 있다면서, 그날 저녁 6시에 한잔하러 와 주면 대단히 기쁘겠다고 말했다. 물론 그들은 클라리지 호텔*에 묵고 있었다. 나는 거기서 멀지 않은 곳에 있었으므로, 파크 레인을 지나 메이페어의 조용한 고급 주택가를 천천히 걸어서 호텔로 갔다. 엘리엇은 늘 묵는 스위트룸에 머물고 있었다. 벽은 시가 상자 같은 갈색 목재 패널로 장식돼 있고 방 안은 차분한 느낌의 값비싼 가구들로 꾸며져 있었다. 내가 들어갔을 때 그는 혼자였다. 브래들리 부인과 이사벨은 쇼핑을 나갔다고 했다. 그는 내게 이사벨이 래리와 파혼했다는 이야기를 해 주었다.

---

* 런던의 고급 호텔 가운데 하나.

한편으로 로맨틱한 성향도 지녔지만 또 한편으로는 특정한 상황에서 사람들이 처신해야 하는 방식에 관해 대단히 전통적인 사고방식을 가진 엘리엇으로서는, 두 젊은이의 행동을 보고 꽤 당황스러운 모양이었다. 래리는 파혼한 바로 다음 날 점심 식사에 나타났을 뿐만 아니라 마치 아무 일도 없었던 것처럼 행동했다. 그는 평소와 다름없이 밝고 정중한 태도로 상대의 말에 귀를 기울이며 차분하게 식사를 즐겼다. 이사벨을 대할 때도 여느 때와 똑같이 다정하고 친근했다. 고민하거나 혼란스러워하거나 슬픔에 잠긴 기색이 전혀 없었다. 이사벨도 마찬가지로 우울한 기색이 없었다. 그녀는 인생의 오점이라 할 수도 있을 중요한 결정을 내린 지 얼마 안 되는 사람이라고는 도저히 믿기지 않을 만큼 시종 즐겁게 웃고 거리낌 없이 농담을 했다. 엘리엇은 도통 이해가 가지 않았다. 두 사람이 나누는 대화를 얼핏얼핏 들어 보면 예전에 해 둔 데이트 약속을 하나도 취소할 생각이 없는 듯했다. 그는 기회가 날 때마다 그런 점에 대해 여동생과 이야기를 나누었다고 했다.

"그러면 안 되지. 마치 아직도 약혼한 사이인 것처럼 어울려 다니다니. 래리가 그렇게 행동하는 건 예의와 상식에 어긋나는 거야. 게다가 이사벨이 좋은 사람을 만날 기회도 빼앗아 가는 셈이잖아. 지난번에 봤던, 영국 대사관에 근무하는 그 젊은 포더링엄이 이사벨한테 푹 빠져 있는 게 분명해. 재산도 꽤 있고 여기저기 연줄도 많은 청년이야. 방해물만 없으면 분명히 이사벨한테 청혼할 거야. 네가 이사벨한테 그런 얘기를 좀 해 봐."

"오빠, 이사벨도 벌써 스무 살이에요. 그리고 걔는 자기 일이니 신경 쓰지 말라고 얘기하면서도 상대방을 불쾌하게 만들지 않는 묘한 기술을 가졌어요. 걔가 그렇게 나오면 정말 어쩔 수가 없어요."

"순전히 네가 이사벨을 잘못 키워서 그런 거야. 게다가 이건 이사벨 일이 아니라 네 일이기도 해."

"이게 바로 오빠랑 이사벨이 다른 점이에요."

"루이자, 내 성질 자꾸 건드리지 마."

"오빠도 다 큰 딸자식을 둬 봐야 알아요. 날뛰는 소를 다루는 게 오히려 더 쉽다는 걸. 그리고 그 애의 속마음을 안다는 건 말이죠……. 아, 차라리 아무것도 모르는 단순한 늙은이인 척하는 편이 훨씬 나아요."

"어쨌거나, 그런 잘못된 처신에 대해 이사벨과 얘기해 봤어?"

"해 봤어요. 근데 웃기만 하면서 자긴 아무 할 말이 없대요."

"파혼하고선 많이 속상해하는 것 같아?"

"모르겠어요. 내가 아는 건, 이사벨이 잘 먹고 잠도 잘 잔다는 것뿐이에요."

"내 말 잘 들어. 그렇게 어울려 다니도록 내버려 두면, 조만간에 어디로 훌쩍 도망가서 아무한테도 알리지 않고 결혼해 버릴지도 몰라."

브래들리 부인은 쓴웃음을 지었다.

"성적(性的) 방종을 가능하게 해 주는 갖가지 장소가 마련되어 있고 결혼을 위한 길에는 장애물뿐인 나라에 살고 있다는 게, 오빠는 퍽 마음에 들 거예요."

"그럼 물론이지. 결혼은 가정의 무사함과 나라의 안정이 달린 중요한 문제야. 하지만 결혼이라는 것도, 혼외(婚外) 관계가 용인될 뿐만 아니라 정당하게 인정되어야만 그 권위가 유지될 수 있는 거야. 루이자, 매춘이라는 게 말이다……."

"그만해요. 지저분한 간통의 사회적, 도덕적 가치에 대한 오빠의 견해 같은 거 듣고 싶은 생각 없으니까."

그다음에 엘리엇이 이사벨과 래리가 계속 만나는 것을 중단시킬 방법을 하나 제안했다. 엘리엇이 생각하기에 둘의 만남은 아무래도 말도 안 되는 일이었던 것이다. 파리의 사교 시즌이 거의 끝나 가고 있었으므로, 이제 대부분의 상류층 사람들은 해수욕장이나 도빌*로 떠났다가 그다음엔 여름이 끝날 때까지 투렌이나 앙주, 브르타뉴에 있는 조상들의 성에 가서 지낼 계획을 갖고 있었다. 평소 같으면 엘리엇도 6월 말쯤 런던으로 갔을 터였다. 하지만 여동생과 조카딸에 대해서 남다른 애정을 갖고 있었기 때문에, 파리에 남아 있는 사람이 아무도 없지만 이번만큼은 자신을 희생하고 파리에 남아 있을 생각이었다. 그런데 두 모녀를 위해서도 좋고 자신도 만족스러운 적절한 방법이 떠올랐다. 그는 브래들리 부인에게 셋이 함께 당장 런던으로 가자고 제안했다. 런던은 아직 사교 시즌이 한창이니, 이사벨이 거기 가서 새로운 사람들과 새로운 흥밋거리를 접하면 혼란스러운 심경도 정리될 것이라는 얘기였다. 게다가 신문 보도에 따르면 브래들리 부인의 병에 관한 이름난 의사가 마침 런던에 와 있었다. 그 의사를 만나기 위해서라고 한다면 갑자기 런던으로 향하는 이유도 충분히 설명이 될 것이고, 설령 이사벨이 파리를 떠나기 싫어한다고 해도 설득할 수 있을 터였다. 브래들리 부인은 그 계획에 찬성했다. 단지 이사벨이 걱정

* 프랑스 북부의 해변 휴양지.

되어 마음에 걸렸다. 이사벨이 겉으로 보이는 것처럼 정말 괜찮은 건지, 아니면 분노와 상심과 낙담으로 마음에 멍이 들었는데도 그 상처를 숨기기 위해 애써 아무렇지 않은 척하는 건지, 브래들리 부인도 알 수가 없었다. 브래들리 부인은 어쨌거나 딸이 새로운 곳에서 새로운 사람들을 만나는 것이 도움이 되리란 생각에 엘리엇의 의견에 동의한 것이었다.

엘리엇이 전화를 걸고 있을 때, 래리와 함께 베르사유에 갔던 이사벨이 돌아왔다. 엘리엇은 그녀에게, 사흘 후에 어머니가 유명한 의사 분을 만나 진찰을 받도록 약속을 잡아 놓았다, 런던 클라리지 호텔도 예약해 두었으니 내일 당장 출발해야 한다, 하고 설명했다. 엘리엇이 자못 점잖고 그럴싸하게 이야기를 하는 동안 브래들리 부인이 딸을 지켜보았지만, 이사벨은 별로 놀라지 않았다.

"엄마, 그런 좋은 의사를 만나게 되다니 정말 다행이에요!"

그녀는 항상 그렇듯이 성급하게 탄성을 질렀다.

"당연히 그런 기회를 놓치면 안 되죠. 그리고 런던에 가면 정말 멋질 거야. 우리 거기에 얼마나 머물 거예요?"

"파리에 돌아와 봐야 별 소용도 없어. 일주일 뒤면 아무도 남아 있지 않을 테니까. 시즌이 끝날 때까지 나랑 함께 클라리지 호텔에 있는 게 좋겠다. 7월에도 계속 근사한 무도회들이 있을 거야. 물론 윔블던 테니스 대회도 열릴 거고. 그리고 굿우드*와 카우스**도 빼놓을 수 없지. 분명히 엘링엄 씨 댁에서

* 유명한 경마 대회가 열리는 곳.

** 요트경기로 유명한 항구 도시.

카우스로 우리를 초대해 요트를 태워 줄 거야. 밴토크 집안은 굿우드 경마 대회가 열리면 항상 성대한 파티를 연단다."

이사벨이 좋아하는 것처럼 보이자 브래들리 부인도 안심했다. 이사벨은 래리와의 일은 아예 생각하지 않고 있는 듯했다.

엘리엇이 이 모든 이야기를 끝냈을 때 브래들리 모녀가 돌아왔다. 나는 그들을 1년 반 이상이나 보지 못한 터였다. 브래들리 부인은 전보다 조금 더 말랐고 얼굴도 더 창백해져 있었다. 피곤한 기색에 건강이 좋지 않아 보였다. 하지만 이사벨은 활짝 핀 꽃 같았다. 혈색 좋은 얼굴에 풍성한 갈색 머리, 반짝거리는 엷은 갈색 눈, 맑고 깨끗한 피부 등이 아름다운 젊음을 보여 주었다. 살아 있는 것 자체를 즐거워하는 듯한 느낌이어서 보고 있는 사람도 절로 미소가 지어질 정도였다. 조금 우스운 생각이지만, 나는 잘 익은 황금색의 달콤한 배, 누군가 한 입 베어 물어 주기만을 기다리는 배를 바라보는 기분이었다. 따뜻한 기운을 발산하고 있어서 손만 뻗으면 그 편안한 온기가 느껴질 것만 같았다. 전보다 더 굽이 높은 구두를 신어서인지, 아니면 센스 있는 디자이너가 그녀의 통통한 살이 잘 가려지도록 원피스를 재단했기 때문인지는 모르겠지만, 전에 만났을 때보다 더 키가 커 보였다. 또 집에만 있지 않고 어렸을 때부터 바깥 활동을 많이 한 아가씨답게 자연스럽고 보기 좋은 몸가짐을 갖고 있었다. 한마디로 성적인 매력이 물씬 뿜어져 나오는 아름다운 여인이었다. 내가 그녀의 어머니였다 해도 결혼 적령기에 이르렀다고 생각했을 것이다.

시카고에 있을 때 브래들리 부인에게 진 신세도 있고 해서,

나는 세 사람을 언제 한번 저녁 때 연극에 초대하겠다고 말했다. 또 점심도 대접하겠다고 했다. 그러자 엘리엇이 말했다.

"빨리 날짜를 정하시는 게 나을 겁니다. 벌써 친구들한테 우리가 여기 와 있다고 알려 놓았기 때문에, 하루나 이틀 후면 시즌이 끝날 때까지 스케줄이 꽉 차 버릴지도 모르니까요."

그러면 나 같은 사람한테는 시간을 내주지 못할 거라는 뜻인 것 같았다. 나는 그냥 미소를 지어 보였다. 내 얼굴을 흘끗 쳐다보는 엘리엇의 눈빛에서 확실히 거만함이 느껴졌다.

"하지만 물론 대개 6시쯤에 여기 들르면 우릴 만나실 수 있을 테니, 언제라도 오시면 기쁘게 맞겠습니다."

그는 정중한 태도로 말했지만, 일개 작가에 불과한 나를 무시하는 기색이 분명히 느껴졌다.

하지만 지렁이도 밟으면 꿈틀하는 법이다. 내가 말했다.

"그런데 세인트 올퍼드 댁에 한번 연락해 보시지요. 듣기로는, 그들이 솔즈베리 대성당을 그린 컨스터블*의 작품 하나를 처분하고 싶어 한다더군요."

"전 이젠 그림 같은 건 사지 않습니다."

"압니다. 하지만 당신이 그림 처분하는 걸 도와주실 수 있으리라 생각했는데요."

엘리엇의 눈이 차갑게 빛났다.

"선생님, 영국 사람들은 훌륭한 국민입니다. 하지만 그림은 제대로 그릴 줄 모르는 사람들이지요. 또 앞으로도 마찬가지일 거고요. 저는 영국 그림에는 관심이 없습니다."

---

* 1776~1837. 19세기 영국의 대표적인 풍경화가.

7

그 후 4주 동안 나는 엘리엇과 브래들리 모녀를 거의 만나지 못했다. 엘리엇은 두 모녀에게 무척 즐거운 시간을 마련해 주고 있었다. 이번 주말에는 서섹스의 대저택에 데려가고, 다음 주말에는 윌트셔에 있는 훨씬 화려한 저택에 데려가는 식이었다. 또 윈저 왕가의 공주에게 초대받아 오페라를 보러 가서 귀빈석에 앉게 해 주었다. 훌륭한 명사들과 함께하는 오찬이나 만찬에도 자주 데려갔다. 이사벨은 여러 군데의 무도회에도 참석했다. 엘리엇은 몇몇 손님을 클라리지 호텔로 초대하여 대접하기도 했는데, 그들의 이름은 다음 날 아침 신문 지면을 장식했다. 그는 치로나 대사관에서도 저녁 파티를 개최했다. 엘리엇 자신으로서는 즐길 수 있는 자리에 최대한 그들을 데리고 다녔다. 이사벨은 고급스러운 세련미가 아직은 부족한 터라, 외삼촌을 따라 참석하는 자리의 호화롭고 우아한 분위기에 약간은 압도되었다. 엘리엇은 어떤 자기 이익을 위해서가 아니라 파혼으로 괴로운 심정인 조카딸을 위로해 주려는 순수한 마음으로 그 모든 수고를 마다하지 않는다고 자부하며 우쭐한 기분을 느꼈다. 하지만 자신이 유명한 상류층 인사들과 얼마나 친하게 지내는지 조카딸로 하여금 자연스럽게 목격하도록 만듦으로써 커다란 만족감도 느꼈을 것이다. 그는 만찬 주최자로서의 역할을 훌륭하게 해냈으며 자신의 뛰어난 사교 기술을 보여 주는 것을 즐거워했다.

나도 그러한 파티들 가운데 한두 번은 참석했고 이따금 저녁 6시경 클라리지 호텔에 들르기도 했다. 파티에 가 보면 이사벨은 근사하게 차려입은 영국 근위여단의 건장한 청년들이나, 그들보다 덜 멋지긴 하지만 그래도 품위 있는 자태를 지닌 젊은 외무부 관리들에게 둘러싸여 있곤 했다. 어느 날 그런 종류의 자리에서 이사벨을 만났는데 그녀가 나를 옆으로 끌고 갔다.

"여쭤 보고 싶은 게 있어서요. 저번에 함께 잡화점에 가서 아이스크림소다를 먹은 날, 기억하세요?"

"물론이지."

"그때 참 친절하게 대해 주셔서 감사해요. 한 번 더 부탁을 드려도 될까요?"

"그럼, 괜찮아."

"실은 드릴 말씀이 좀 있어요. 언제 점심이라도 함께했으면 해요."

"이사벨이 원하는 날짜에 하지."

"조용한 곳이었으면 좋겠어요."

"햄프턴코트*까지 자동차로 가서 점심을 먹으면 어떨까? 지금쯤이면 정원도 한창 아름다울 때고 여왕의 침대 같은 것도 구경할 수 있으니까."

그녀도 내 제안을 마음에 들어해서 우리는 날짜를 잡았다. 그런데 약속한 날이 되자 내내 화창하고 따뜻하던 날씨가 돌변해서, 우중충한 하늘에서 비가 부슬부슬 내렸다. 나는 전화를 걸어 그냥 시내에서 식사하는 게 어떻겠냐고 물었다.

"이런 날씨면 정원에 앉아 있을 수도 없고 어두워서 그림도

---

* 영국의 옛 왕궁.

제대로 못 볼 거야."

"정원엔 많이 가 봤고 그림 같은 건 지겨워요. 하지만 그래도 가 보기로 해요."

"그러지."

나는 그녀를 태우고 차를 몰았다. 괜찮은 식사를 할 수 있는 작은 호텔을 알고 있었기 때문에 곧장 그곳으로 갔다. 가는 도중에 이사벨은 자신이 갔던 파티와 만났던 사람들에 대해 언제나처럼 활달한 목소리로 이야기했다. 퍽 즐거운 시간을 보낸 모양이었다. 하지만 새로 알게 된 사람들에 대해 이런저런 평을 하는 걸 들어 보니, 어리석은 사람을 금세 알아보는 제법 날카로운 눈을 갖고 있다는 것을 알 수 있었다. 나쁜 날씨 탓에 손님들이 별로 없어서 식당에는 우리 두 사람뿐이었다. 호텔은 영국식 가정 요리를 잘하는 곳이었다. 우리는 푸른 완두콩과 감자를 곁들인 새끼 양 다리 고기를 먹고, 깊은 접시에 구운 애플파이를 데번셔 크림과 함께 먹었다. 큰 잔에 담긴 맥주까지 곁들인 그날 점심은 참으로 만족스러웠다. 식사가 끝난 후 나는 텅 비어 있는 차 마시는 방으로 가자고 제안했다. 그곳엔 안락의자가 있어서 편안하게 쉴 수 있었다. 약간 냉기가 돌았지만 난로가 있어서 나는 거기에 불을 붙였다. 불을 때자 우중충한 방 안이 한결 밝아졌다.

"이제 됐군. 하고 싶다는 얘기가 뭔지 들어 볼까."

"지난번과 비슷한 얘기예요. 래리 이야기요."

"그럴 거라 생각했지."

"저희 약혼을 취소한 건 아시죠?"

"그래. 엘리엇한테 들었어."

"엄마는 걱정을 덜었다는 분위기고, 외삼촌은 무척 좋아하세요."

그녀는 잠시 망설였지만 곧 래리와 주고받았던 이야기를 들려주기 시작했다. 그 내용에 관해서는 이미 앞에서 충실하게 독자들에게 전달한 바 있다. 독자들은 이사벨이 잘 알지도 못하는 사람에게 어떻게 그런 이야기들을 할 수 있을까 하고 놀라워할지도 모른다. 내가 그녀를 만난 것은 열 번도 안 되는 것 같고, 같이 잡화점에 갔던 때를 제외하고 둘이서만 만난 적은 한 번도 없었다. 하지만 나는 이사벨이 나한테 그런 얘기들을 하는 것이 놀랍지 않았다. 먼저, 사람들은 다른 이들한테 말하기 힘든 얘기도 작가 앞에서는 쉽게 털어놓는 경향이 있다. 아마 어떤 작가라도 그렇게 말할 것이다. 어쩌면 작품을 한두 권쯤 읽고 나면 그 작가에 대해 특별한 친밀감 같은 것을 느끼기 때문일지도 모른다. 아니면 자신이 소설 속 등장인물이 된 것처럼 느끼고 작가에게 자기 속마음을 터놓는 것일지도 모르겠다. 그리고 이사벨은 내가 그녀와 래리에게 호의를 품고 있다고, 그들의 젊음에 큰 인상을 받았으며 그들의 고민과 괴로움에 공감하고 있다고 느낀 것 같다. 그녀는 엘리엇이 자기 얘기에 관심 있게 귀를 기울여 주리라고 기대할 수 없었다. 엘리엇은 사교계에 입성할 기회를 제 발로 차 버린 젊은이에 대한 문제 따위에는 더 이상 관여하고 싶어 하지 않을 게 분명했다. 어머니 역시 그녀에게 큰 도움을 줄 수 없었다. 브래들리 부인은 나름대로 강한 소신과 상식을 가진 여자였다. 그녀는 이 세상에서 살아가려면 모름지기 관습을 따라야 하고 남들이 모두 하는 것을 혼자만 하지 않으면 불안정한 삶을 살 수밖에 없다고 믿었다. 또한 그녀의 소신에 따르면, 남자는 마땅히 일을 해야 하고, 열심히 노력하여 아내와 가족들이 그의 신분에 맞는 생활을 유지할 수 있도록 만들어야 했다. 또 자식들이 성년이 되어 웬만큼 안정적인 생활을 꾸릴 수 있을 만큼 좋은 교육을 시키고, 죽을 때는 아내가 충분히 먹고 살 수 있을 만큼의 유산을 남겨 주는 것이 남자의 책무였다.

이사벨은 기억력이 좋아서 래리와 오랫동안 나눈 이야기의 내용을 세세하게 기억하고 있었다. 나는 그녀가 말을 마칠 때까지 조용히 듣기만 했다. 다만 중간에 한번은 이사벨이 이야기를 중단하고 이렇게 물었다.

"로이스달이 누구예요?"

"로이스달? 네덜란드 풍경화가인데. 그건 왜 묻지?"

그녀는 래리가 그 이름을 언급했다고 말했다. 로이스달이 래리가 궁금해하는 질문들에 대한 답을 찾은 사람이라고 했다는 것이었다. 그러면서 이사벨이 그 사람이 누구냐고 물었을 때 래리가 약간 성의 없게 대답했다는 이야기를 들려주었다.

"래리가 그 사람을 왜 언급했을까요?"

나는 퍼뜩 떠오르는 생각이 있었다.

"혹시 로이스부르크라고 하지 않았어?"

"그랬는지도 모르겠어요. 그런데 그 사람이 대체 누군데요?"

"14세기에 살았던 플랑드르의 신비론자야."

"아, 그렇군요."

이사벨은 실망한 표정을 지었다.

그녀에게는 아무 의미가 없는 이름이었을 테지만, 나에겐 그렇지 않았다. 래리가 깊게 빠져 있는 생각이 어떤 종류인지 추측해 볼 수 있는 첫 번째 단서였기 때문이다. 이사벨이 다음 이야기를 하는 동안 물론 나는 주의 깊게 듣고 있었지만, 마음 한편에서는 그 이름에 대한 언급이 암시하는 갖가지 가능성을 분주히 찾고 있었다. 물론 그 이름 하나에 엄청난 의미를 부여하고 싶지는 않았다. 논쟁적으로 이런저런 이야기를 하다가 신비주의자의 이름이 잠시 툭 튀어나온 것일 수도 있기 때문이다. 아니면 이사벨은 이해하지 못하는 어떤 의미를 담고 있었을 수도 있다. 래리가 로이스부르크는 학교에서 배우지 않은 인물이라고 대답한 것은 그녀의 주의를 딴 데로 돌리려고 얼버무린 것이 분명했다.

"다 들으시니 어떤 생각이 드세요?"

이야기를 끝내고 이사벨이 물었다.

나는 잠시 뜸을 들이다가 대답했다.

"래리가 아무것도 안 할 거라고 말한 것 기억하지? 그가 이사벨한테 한 말이 사실이라면, 그 아무것도 안 한다는 말은 사실 대단히 치열한 공부를 뜻하는 것 같아."

"그런 것 같아요. 하지만 뭔가 생산적인 일에다가 그만한 노력을 기울인다면, 꽤 많은 돈을 벌 수 있으리라고 생각하지 않으세요?"

"세상엔 이상한 기질을 가진 사람들이 있어. 범죄자들은 피나게 노력해서 기발한 계획을 짜 놓고는 결국 그것 때문에 감방에 들어가지. 그리고 감방에서 나오기가 무섭게 다시 똑같은 일을 저지르길 되풀이하고 또 다시 감방에 들어가. 만일 그만한 노력과 영리함과 자원과 인내심을 다른 정직한 일에 쏟는다면, 남부럽지 않은 위치에 올라 꽤 잘살 수 있을 거야. 하지만 그들은 태어나길 그런 사람으로 태어난 거야. 범죄를 좋아하는 거지."

"딱한 래리……."

이사벨이 싱긋 웃으며 말했다.

"래리가 은행 털 계획을 짜기 위해서 그리스어를 공부한다는 말씀은 아니겠죠?"

나도 역시 웃었다.

"물론 아니지. 내가 하고 싶은 말은, 어떤 일을 하고자 하는 열망에 너무 강하게 사로잡혀서 자기 자신도 스스로를 어쩌지 못하는 사람들이 있다는 거야. 그들은 어떻게든 그 일을 하지 않을 수가 없지. 그 열망을 충족시키려면 다른 모든 걸 희생할 각오가 되어 있는 거고."

"자기를 사랑하는 사람까지도 말이에요?"

"물론이지."

"그렇다면 단순한 이기주의에 불과한 것 아닐까요?"

"글쎄, 나도 잘 모르겠군."

"래리가 죽은 옛날 언어들을 배워서 뭐하려고 그럴까요?"

"어떤 사람들은 다른 이해관계를 따지지 않고 지식 그 자체를 갈망하기도 해. 그건 멸시당해야 하는 욕망은 아니야."

"하지만 아무 데도 쓸 곳이 없는 지식을 얻어서 뭐해요?"

"꼭 그런 건 아니야. 안다는 것 자체에서 만족을 느끼기도 하니까. 화가가 그림을 그리는 일 자체에서 만족을 느끼는 것처럼. 그리고 그건 뭔가 더 심오한 것으로 나아가기 위한 하나의 단계일 수도 있고."

"그가 지식을 얻고 싶어 했다면 왜 전쟁에서 돌아왔을 때

복학하지 않았을까요? 넬슨 박사님도 우리 엄마도 그렇게 하라고 충고했는데."

"그 문제에 대해 시카고에 있을 때 래리랑 얘기를 나눴지. 그에겐 학위 같은 게 중요하지 않을 거야. 내가 어렴풋이 느끼기엔, 래리는 자기가 뭘 추구하는지 정확히 알고 있었어. 하지만 대학에서는 그걸 얻을 수 없다고 생각하는 것 같아. 배움의 길에는 무리와 함께 다니는 늑대도 있지만, 혼자 외로이 걷는 늑대도 있는 법이야. 래리는 스스로 혼자만의 길을 가는 게 맞는 타입인 것 같아."

"언젠가 그에게 작가가 되고 싶으냐고 물은 적이 있어요. 그랬더니 웃으면서 자기는 쓸 얘기가 없다고 했어요."

"글을 쓰지 않는 이유를 지금까지 여러 가지 들어 봤지만, 그건 가장 설득력 없는 이유인걸."

나는 미소를 지어 보였다.

이사벨의 몸짓에서 초조해하는 기색이 느껴졌다. 아주 가벼운 농담조차도 들을 기분이 아닌 모양이었다.

"도무지 모르겠어요. 왜 그렇게 변해 버렸는지. 전쟁 전에는 다른 또래들과 똑같았거든요. 잘 상상이 안 가실지 모르지만, 테니스도 잘 쳤고 골프도 꽤 쳤어요. 친구들이 하는 것들은 거의 다 했고요. 지극히 평범한 젊은이였다구요. 당연히 평범하고 정상적인 어른이 될 거라고 생각했죠. 선생님은 소설가시니까 그가 변한 이유를 설명해 주실 수 있겠죠?"

"세상에 인간의 본성처럼 복잡한 게 없는데, 그걸 내가 어찌 알겠어?"

그녀는 내 말은 들은 척도 않고 이렇게 말했다.

"그 설명을 듣고 싶어서 뵙자고 한 거예요."

"이사벨은 지금 불행하다고 느껴?"

"아니요, 꼭 그렇진 않아요. 래리가 옆에 없을 때는 괜찮은데, 함께 있으면 제 마음이 약해져요. 뭐랄까, 일종의 아픔 같은 게 느껴져요. 몇 달 동안 한 번도 승마를 안 하다가 갑자기 오랫동안 말을 타고 나서 근육이 뻣뻣하게 아픈 것과 비슷하달까요……. 견디기 힘들 만큼 고통스럽진 않지만 계속 느껴지고 신경 쓰이는, 그런 거요. 결국엔 극복하리라고 생각하지만, 래리가 인생을 망치고 있다는 생각을 하면 너무 속상해요."

"꼭 그런 건 아닐지도 몰라. 물론 그가 가려는 길은 많은 노력이 필요한 머나먼 여행이지만, 결국엔 찾는 걸 발견하게 될지도 모르지."

"그게 뭔데요?"

"생각나는 거 없어? 래리가 이사벨한테 이야기하는 도중에 퍽 분명하게 표현한 것 같던데. 바로 신 말이야."

"저런, 신이시여!"

그녀가 외쳤다. 하지만 그녀가 내뱉은 말은 믿기지 않는 놀라움을 표현하기 위한 감탄사였다. 똑같은 단어를 서로 다른 의미로 사용했다는 것이 희극적인 효과를 불러일으켜, 우리는 웃지 않을 수 없었다.* 그러나 이사벨은 곧 다시 진지해졌다. 나는 그녀가 뭔가를 두려워한다는 인상을 받았다.

"왜 그렇게 생각하세요?"

"물론 추측일 뿐이야. 하지만 작가로서의 내 생각을 말해

---

* 영어에서 'God!'은 놀라움을 나타내는 감탄사로 쓰임.

달라고 했잖아. 유감스럽게도 너는 래리가 전쟁에서 어떤 일을 겪었는지, 그에게 큰 충격을 준 어떤 경험을 했는지 모르지. 아마도 그건 래리도 전혀 예상하지 못했던 갑작스러운 일이었을 거야. 그게 어떤 일이었든 간에, 래리는 그 일로 인해 인생의 무상함을 강렬하게 느꼈을 거야. 그리고 이 세상의 죄악과 슬픔에 따르는 보상 같은 것들에 대해 고뇌하지 않았을까 싶어."

이사벨은 내가 하는 이야기의 흐름이 마음에 들지 않는 게 분명했다. 뭔가 꺼리고 어색해하는 낌새였다.

"그건 너무 병적이고 음울한 얘기 아니에요? 있는 그대로의 세상을 받아들여야죠. 이 세상에 사는 동안은 최선을 다해서, 그리고 즐겁게 살아야죠."

"그 말도 옳겠지."

"저는 지극히 평범하고 정상적인 여자예요. 인생을 즐기고 싶다고요."

"너와 래리는 서로 성향이 완전히 다른 것 같아. 결혼하기 전에 그걸 발견해서 다행이라고 생각해."

"저는 결혼을 해서 아이도 낳고……."

"자비로운 신께서 기꺼이 허락하신 행복한 삶을 살고 싶다는 얘기겠지."

내가 미소를 지으며 그녀의 말을 가로챘다.

"그게 나쁜 건 아니잖아요. 안 그래요? 그건 즐거운 삶이고, 전 그런 삶에 만족해요."

"너희 두 사람은 마치 이런 친구들 같다고 할 수 있어. 함께 휴가를 보내고 싶지만, 한 명은 그린란드의 빙산에 가고 싶어 하고, 또 한 명은 인도의 산홋빛 해안에서 낚시를 하고 싶어

하는 경우 말이야. 그러니 답이 안 나올 수밖에."

"그린란드의 빙산에서는 바다표범 모피를 얻을 수 있을지도 모르지만, 인도의 산호빛 해안에 물고기가 있을지는 굉장히 의심스럽네요."

"그건 두고 봐야 알겠지."

이사벨이 약간 눈살을 찌푸리며 말했다.

"왜 그런 식으로 말씀하세요? 선생님은 항상 마음속의 말을 솔직하게 하지 않으시는 것 같아요. 전 제가 주인공 역할이 아니라는 걸 알아요. 주인공은 래리니까요. 그는 이상주의자인 동시에 아름다운 꿈을 꾸는 몽상가죠. 설령 꿈이 실현되지 못한다 해도 그런 훌륭한 꿈을 꾸었다는 사실만으로도 멋진 일일 거예요. 반면에 저는 냉정하고 현실적이고 계산적인 역할을 하고 있죠. 상식이라는 게 그렇게 큰 공감을 얻을 만한 멋진 건 아니잖아요? 하지만 선생님이 잊고 계신 점이 있어요. 결국 손해 보는 사람은 저라는 사실 말이에요. 래리는 아름다운 꿈의 구름을 좇아 마음껏 하늘을 돌아다니겠지만, 전 그 꽁무니를 쫓아다니면서 뒷수습을 하고 빠듯한 살림을 꾸리느라 바동거려야 할 거예요. 저도 사람답게, 즐겁게 살고 싶어요."

"나도 그런 걸 모르는 사람은 아니야. 오래전에, 그러니까 내가 젊었을 때 아는 의사가 하나 있었어. 꽤 괜찮은 실력을 가진 의사였는데 개업은 하지 않았지. 그는 몇 년간 대영박물관의 도서실에만 처박혀 있다가, 나중에 사이비 과학서 같기도 하고 사이비 철학서 같기도 한 방대한 책을 한 권 썼어. 하지만 아무도 그 책에 관심을 보이지 않았기 때문에 결국 자비로 출판해야 했어. 그는 죽기 전까지 네다섯 권쯤 더 썼는데 모두 아무 가치도 없는 것들이었지. 그에겐 군인이 되고 싶어 하는 아들이 하나 있었는데, 가난한 집안 형편 때문에 육군 사관학교에 들어갈 수가 없어서 자원해서 입대했어. 결국 전쟁에서 목숨을 잃었지. 딸도 하나 있었어. 굉장한 미인이라 나도 조금 사모했더랬지. 나중에 배우가 됐는데 재능은 별로 없어서, 이류 극단에 들어가 형편없는 보수에 시시한 역할만 하면서 지방 도시를 전전했어. 그의 아내는 오랫동안 지저분하고 고된 일을 하면서 입에 풀칠을 하다가 결국 건강이 상해 버렸고. 그래서 딸이 고향으로 돌아와 어머니를 간호하면서 어머니가 하던 힘든 일들을 대신해야 했다니까. 참 헛되고 부질없고, 보람도 없는 인생이지. 남들이 안 가는 길을 가면 성공 가능성은 반반이야. 부름을 받는 사람이야 많지만 선택받는 자는 아주 적지."

"엄마랑 엘리엇 외삼촌은 제가 잘한 거래요. 선생님도 그렇게 생각하세요?"

"이사벨, 그게 뭐가 중요할까? 난 전혀 남인데."

"선생님은 이해관계 없이 공평하게 보실 수 있는 제삼자잖아요."

이사벨이 밝게 미소를 지었다.

"저는 선생님한테도 잘했다는 얘길 듣고 싶어요. 제가 옳았다고 생각하시죠?"

"너를 위해선 잘한 일 같구나."

나는 전적으로 잘했다는 대답과는 살짝 차이가 있도록 대답했지만 이사벨이 그것을 알아채지 못하리라고 확신했다.

"그런데 왜 이렇게 마음이 불편할까요?"

"그래?"

이사벨은 약간 슬픈 듯한 미소를 지으며 고개를 끄덕였다.

"물론 전 어디까지나 당연한 상식에 따라 행동했다고 믿어요. 합리적인 생각을 하는 사람이라면 누구나 제가 할 수 있는 유일한 선택을 했다고 고개를 끄덕일 거예요. 현실적인 관점에서 여러모로 생각해 봐도, 또 세상 사는 지혜나 순리 측면에서 봐도 저는 당연한 길을 택한 거고요. 그런데 왠지 마음 한구석이 편치 않아요. 내가 좀 더 훌륭한 사람이었다면, 내 이기심을 버렸다면, 좀 더 고상한 인격을 지녔다면 래리랑 결혼해서 그의 삶에 도움이 되었을 텐데……. 진정으로 그를 사랑한다면 세상을 다 잃어도 좋은 것 아닌가, 하는 생각 때문에요."

"반대로 말해도 마찬가지 아닐까. 만일 래리가 이사벨을 진정으로 사랑한다면 이사벨 뜻에 따라야 했다고 말이야."

"저도 그렇게 생각해 봤어요. 하지만 소용없어요. 아무래도 남자보다는 여자가 자신을 희생하는 성향이 강한 것 같아요."

그녀는 살짝 미소를 지었다.

"룻이 이국땅에서 이삭을 주운 얘기도 있잖아요."*

"그럼 왜 그렇게 해 보지 않지? 과감하게 모든 걸 포기하는 거 말이야."

우리는 그때까지 별로 심각하지 않은 분위기로 이야기를 나눴다. 마치 둘 다 아는 주변 사람들, 하지만 세세한 생활까지 친밀하게 알지는 못하는 사람들에 관해서 부담 없이 수다를 떠는 것처럼 말이다. 이사벨은 래리와 나눈 대화를 들려주는 동안에

---

* 구약성서의 「룻기」에서 룻은 남편이 죽은 후에도 낯선 이국땅에서 시어머니를 극진히 모시며 이삭을 줍는다.

도 가끔 유머까지 섞어 가며 퍽 쾌활한 말투로 이야기했다. 내가 자기 말을 너무 심각하게 받아들이지 말았으면 하는 분위기였다. 하지만 내가 그렇게 묻자 그녀의 얼굴이 창백해졌다.

"두려워서요."

잠시 침묵이 흘렀다. 나는 등줄기가 싸늘해짐을 느꼈다. 인간의 내면 깊숙한 곳에 있는 진실한 감정을 마주했을 때 흔히 그러는 것처럼 약간의 경외심마저 느껴졌다.

"래리를 죽도록 사랑해?"

마침내 내가 물었다.

"잘 모르겠어요. 그를 보면 안타깝기도 하고, 짜증도 나고 그래요. 그러면서도 그를 애타게 바라는 마음은 변함없고요."

다시 침묵이 흘렀다. 나는 마땅히 할 말이 생각나지 않았다. 우리가 있는 차 마시는 방은 작은 편이었고 창문에 두꺼운 커튼이 쳐져 있어 햇볕이 들어오지 않았다. 대리석 무늬의 노란 벽지를 바른 벽에는 사냥하는 모습이 담긴 오래된 그림이 걸려 있었다. 마호가니 가구나 초라한 가죽 의자들이며, 공기에 떠도는 퀴퀴한 냄새 등이 디킨스*의 어떤 소설에 나오는 커피 마시는 방을 연상케 했다. 나는 난로의 불을 들쑤셔 돋운 다음 석탄을 더 넣었다. 그때 이사벨이 갑자기 이렇게 말했다.

"전 제가 마지막 카드를 내보이면 그가 뜻을 굽힐 줄 알았어요. 그가 마음이 약한 걸 아니까요."

"마음이 약하다고? 왜 그렇게 생각했어? 자기 길을 가겠다고 결심하고선 친구나 모든 주변 사람의 비난과 눈총을 1년간

---

* 1812~1870. 영국의 소설가.

참아 낸 사람인데."

"그는 항상 제 뜻에 따라왔거든요. 내가 손가락 하나만 까닥해도 움직이는 사람이었다구요. 우리가 뭘 함께할 때도 그가 나서서 주도한 적은 한 번도 없어요. 그는 늘 남들이 하는 대로 따라했어요."

나는 담배에 불을 붙이고 공중에서 만들어지는 하얀 동그라미를 응시했다. 동그라미는 점점 커지다가 이내 형체 없이 흩어져 버렸다.

"엄마랑 외삼촌은 우리가 아무 일도 없었던 것처럼 계속 같이 다니는 게 굉장히 잘못이래요. 하지만 전 그런 건 별로 중요하지 않다고 생각했어요. 결국엔 래리가 뜻을 굽힐 거라고 생각했거든요. 그가 아무리 꽉 막힌 사람이라고 해도, 내가 한 말이 농담이 아니라 진심이었다는 걸 깨달으면 자기 길을 포기할 거라고 믿었어요."

그녀는 잠시 말을 멈추더니 장난기 어린 미소를 지었다.

"혹시 놀라실지도 모르겠지만, 들려 드리고 싶은 얘기가 있어요."

"괜찮으니까 말해 봐."

"우리 가족이 런던으로 오기로 결정하고 나서 제가 래리한테 전화를 걸었어요. 파리에서의 마지막 밤을 함께 보내자고 했죠. 가족들한테 그 얘길 하니까, 외삼촌은 말도 안 된다고 그랬고, 엄마는 쓸데없는 일이라고 하셨어요. 엄마가 쓸데없다고 말하는 건 거기에 반대한다는 뜻이거든요. 외삼촌이 만나서 뭘 하려고 그러냐고 묻기에, 어디 가서 저녁 식사라도 한 다음에 클럽을 돌아다니며 즐길 거라고 대답했죠. 외삼촌은 엄마더러 날 가지 못하게 말리라고 했어요. 엄마가 저한테 '내가 못 가게 하면 들을 거니?' 하시기에 '아니요, 갈 거예요.' 하고 대답했죠. 그랬더니 엄마는 '그럴 줄 알았다. 그럼 말려 봐야 소용없을 거 같구나.' 하시더군요."

"어머님은 퍽 사리 분별이 정확하신 분 같아."

"엄마 생각이 틀리지는 않다고 생각해요. 래리가 데리러 왔을 때, 저는 다녀오겠다는 인사를 하러 엄마 방으로 들어갔어요. 전 약간 치장을 하고 있었어요. 파리에선 그렇게 하지 않으면 마치 벌거벗은 것처럼 느껴지잖아요, 왜. 엄마는 제 옷차림을 머리에서 발끝까지 훑어보시더라고요. 엄마가 제 마음속을 들여다보시는 것 같아서 조금 불안했어요. 하지만 엄마는 아무 말씀도 안 하셨어요. 입맞춤을 해 주시고 잘 놀다 오라고 하셨죠."

"네 마음속에 무슨 생각이 있었는데?"

이사벨은 망설이는 눈빛으로 나를 쳐다보았다. 마치 어디까지 솔직하게 말해야 할지 모르겠다는 표정이었다.

"저는 제가 어디 가서 빠지는 미모는 아니라고 생각해요. 또 그날은 마지막 기회였어요. 래리가 막심*에 자리를 예약해 두어서, 우린 그곳에서 맛있게 식사를 했어요. 제가 좋아하는 요리도 많았고 샴페인도 마셨죠. 우리는 쉴 새 없이 대화를 나눴어요. 적어도 저는 그랬죠. 래리도 저 때문에 많이 웃었고요. 제가 그를 좋아하는 이유 중에 하나는, 그가 항상 제 얘기를 재미있게 들어 주기 때문이에요. 같이 춤도 췄어요. 춤을 실컷 추고 나서는 샤토 드 마드리드로 갔어요. 거기서 아는 사

---

* 파리의 유명한 고급 레스토랑.

람 몇 명을 만났는데 그들이랑 어울려서 샴페인을 더 마셨어요. 그다음엔 다 함께 아카시아로 갔어요. 래리는 춤을 꽤 잘 추기 때문에 우리는 참 잘 맞아요. 그곳의 열기와 음악과 그리고 와인……. 머리도 약간 어질어질해지고, 왠지 용기가 생기더라고요. 래리의 얼굴에 제 뺨을 대고 춤을 추었어요. 전 그가 절 원한다는 걸 알았어요. 저 역시 마찬가지였고요. 그때 문득 한 가지 생각이 떠올랐어요. 어쩌면 늘 마음속에 있었던 생각인지도 모르지만요. 래리를 집으로 데려가면 어떨까 생각했죠. 일단 데려가기만 하면, 어쩔 수 없는 상황이 와도 피할 수 없을 테니까요."

"거참, 이사벨 말솜씨도 제법인걸."

"제 방은 외삼촌이나 엄마 방이랑 멀리 떨어져 있어서 들킬 위험은 전혀 없었어요. 제가 미국으로 돌아간 다음에, 임신을 했다고 편지를 쓸 생각이었어요. 그러면 래리도 돌아와서 결혼할 수밖에 없지 않겠어요? 일단 돌아오면, 엄마도 아프시고 하니, 그를 제 곁에 붙잡아 두는 건 어렵지 않을 테고요. 왜 진작 이런 생각을 못했을까, 싶었죠. 음악이 끝났는데도 전 계속 그의 품에 꼭 안겨 있었어요. 그리고 너무 시간이 늦었고 내일 점심때 기차를 타야 하니 그만 돌아가자고 말했어요. 거기서 나와 택시를 탔어요. 제가 래리의 품에 파고들자, 래리도 나를 껴안고 키스를 해 주었어요. 몇 번이고 진한 키스를 나눴죠……. 아, 너무 황홀하고 짜릿했어요. 그리고 눈 깜짝할 사이에 택시는 집 앞에 도착했어요. 래리가 택시비를 지불하고선 '난 걸어서 돌아갈게.' 하더군요. 택시가 떠나고 나서 저는 그의 목에 팔을 두르며 말했어요. '잠깐 올라가서 한잔 더 하지 않을래?' 래리가 대답했어요. '그래, 좋아.' 그가 벨을 울리자 하인이 문을 열어 주었어요. 방에 들어가서 그가 전등을 켰죠. 전 그의 눈을 들여다봤어요. 아무런 의심도 없고 솔직하기만 한 그 눈빛……. 내가 함정을 놓고 있다고는 꿈에도 생각하지 못하는 천진난만한 눈빛이었죠. 그때 퍼뜩 생각이 들었어요. 그런 야비한 속임수는 도저히 못 쓰겠다는……. 마치 순진한 어린아이한테서 사탕을 빼앗는 거나 마찬가지잖아요? 결국 제가 뭐라고 말했는지 아세요? '아무래도 그냥 가는 게 좋겠어. 오늘은 엄마도 컨디션이 안 좋으신 것 같은데, 주무시고 계시다면 깨우고 싶지 않아. 잘 가.' 나는 그에게 키스를 하고 밖으로 내보냈어요. 얘긴 여기까지예요."

"후회하고 있어?"

"만족스럽지도 않지만 그렇다고 후회하지도 않아요. 어쩔 수 없었으니까요. 그땐 제가 마치 다른 사람이었던 거 같아요. 순간적으로 어떤 충동에 사로잡혔다고나 할까요."

그녀는 얇은 미소를 지었다.

"양심에 걸려서 그랬나 봐요."

"그랬겠지."

"그렇다면 양심에 따른 결과는 감수해야겠죠. 앞으론 저도 좀 더 신중해질 거예요."

우리의 이야기는 대강 거기까지였다. 누군가에게 툭 터놓고 말할 수 있다는 사실이 이사벨에게는 어느 정도 위안이 되었을지도 모르지만, 내가 해 줄 수 있는 것은 열심히 들어 주는 일뿐이었다. 그래도 뭔가 미흡하다는 느낌이 들어서 나는 그녀를 위로할 만한 말을 몇 마디 해 주려고 시도했다.

"사랑에 빠져 있을 때 이런저런 상황이 뜻대로 돌아가지 않으면, 사람들은 지독하게 괴로워하면서 도저히 극복하지 못할 것처럼 생각해. 하지만 바다가 얼마나 유용한지 알면 놀라게 될 걸."

"그게 무슨 뜻이에요?"

"사랑은 항해에 서투르기 때문에 바다에 나서면 약해지지. 이사벨과 래리 사이에 대서양이 놓이게 되면, 배를 타기 전에는 도저히 견딜 수 없을 것만 같던 아픔도 실은 얼마나 보잘것없는 것인지 깨닫게 될 거야."

"경험을 통해 아시는 거예요?"

"파란만장한 지난날의 경험에 비춰 말하는 거야. 한창 짝사랑으로 가슴앓이를 할 때 난 즉시 대양으로 나가는 정기선을 탔거든."

비가 그칠 기미를 보이지 않았다. 이사벨도 햄프턴코트의 우아한 궁전이나 여왕의 침대 등은 구경하지 않아도 괜찮다고 했기 때문에 우리는 차를 몰고 런던으로 돌아갔다. 그 후에 나는 이사벨을 두세 번쯤 더 보았지만 그때마다 다른 손님들과 함께 있는 자리였다. 나는 런던에 있는 게 지겨워져서 얼마 후에 티롤 지방으로 떠났다.

3장

1

그로부터 10년 동안 나는 이사벨과 래리를 한 번도 만나지 못했다. 다만 엘리엇과는 그전보다 훨씬 더 자주 만나고 있었다.(그 이유는 나중에 설명할 것이다.) 때문에 이사벨의 근황에 대해서는 이따금 엘리엇한테 듣고 있었다. 하지만 그도 래리의 소식은 알지 못했다.

"제가 알기론 파리에 아직 살고 있긴 합니다. 하지만 별로 마주칠 기회는 없을 것 같군요. 워낙 서로 사는 세계가 다르니까요."

그리고 약간 자만심이 어린 말투로 덧붙였다.

"그렇게 초라한 인생으로 전락해 버리다니 정말 유감스럽습니다. 집안도 괜찮은 청년이었는데. 나를 믿고 따라왔다면 사교계에서 한가락 하는 인물로 클 수도 있었을 텐데 말입니다.

어쨌거나 이사벨한테는 잘된 일이지만요."

나는 엘리엇처럼 한정된 계층의 사람들만 만나지는 않았기 때문에 파리에서 상당히 많은 사람들을 알고 있었다. 엘리엇이라면 탐탁지 않게 여길 만한 사람들이었다. 머무는 기간이 짧긴 했지만 나는 꽤 자주 파리에 들렀고, 그때마다 지인들에게 혹시 래리를 만난 적이 있는지, 또는 어떤 소식이라도 들었는지 물어보았다. 래리와 대강 안면이 있는 사람은 몇 명 있었지만, 그와 가깝게 지내는 사람은 아무도 없어서 그의 소식은 들을 수가 없었다. 그가 자주 가던 식당에도 가 보았지만 주인 말로는 그의 얼굴을 본 지가 꽤 오래되었다고 했다. 오랫동안 뜸한 걸 보면 파리를 떠난 게 아니냐는 얘기였다. 나는 근처에 사는 사람들이라면 으레 자주 가는, 몽파르나스 거리의 카페 어느 곳에서도 그를 만나지 못했다.

이사벨이 파리를 떠난 후 그는 그리스로 여행을 떠날 생각이었지만 그 계획은 곧 포기했다. 그 후에 무엇을 하며 지냈는지에 대해서는 나도 시간이 한참 흐른 후에야 그 자신에게서 들었다. 하지만 나는 그 내용을 지금 독자 여러분에게 들려주려고 한다. 사건들을 가급적 연대순으로 소개하는 것이 더 편리하리라 생각하기 때문이다. 그는 그해 여름을 줄곧 파리에서 지냈고 가을이 제법 깊어질 때까지도 쉬지 않고 계속 공부를 했다고 했다.

"그러다가 공부를 좀 쉬어야겠다는 생각이 들었습니다. 2년간 매일 하루에 여덟에서 열 시간씩 공부를 했으니까요. 그래서 탄광으로 가서 일을 했지요."

"뭘 했다고?"

그는 놀란 나를 보고 재미있다는 듯 웃었다.

"몇 달쯤 육체노동을 해 보는 것도 좋을 것 같아서요. 생각들을 정리하고 또 나 자신을 정리하는 기회가 될 거라 생각했어요."

나는 아무 말도 하지 않았다. 그가 엉뚱한 행동을 한 이유가 정말 그것뿐인지, 아니면 이사벨과의 파혼이 영향을 미쳤는지 알 수가 없었기 때문이다. 사실 나는 그가 이사벨을 얼마나 깊이 사랑하는지 알지 못했다. 대부분의 사람들은 사랑에 빠지면 갖가지 이유를 만들어 내 자신의 행동이 옳다고 스스로를 납득시킨다. 나는 그렇기 때문에 많은 결혼이 불행한 결말로 끝나는 것이라고 생각한다. 그들은 마치 상대가 사기꾼인 줄 알면서도 친한 친구이기 때문에 자신의 일을 맡기는 사람들과 비슷하다. 사기꾼에게는 사기꾼의 본분이 먼저고 친구로서의 본분은 나중임을 믿고 싶지 않은 그들은, 상대가 다른 사람한테는 아무리 나쁜 짓을 하더라도 자신에게만은 그러지 않으리라고 확신한다. 래리는 강한 소신을 가진 사람이므로 이사벨 때문에 자신이 원하는 인생을 포기하지는 않았다. 하지만 그런 그에게도 이사벨을 잃는 것이 생각했던 것보다 훨씬 고통스러웠을지 모른다. 대부분 사람들의 심리와 마찬가지로 그 역시 두 마리 토끼를 다 잡고 싶었을지도 모른다.

"계속해 보게."

"책들이랑 옷가지를 트렁크 몇 개에 싸서 아메리칸 익스프레스에 맡겼습니다. 그리고 당장 입을 옷 한 벌과 속옷들만 조금 챙겨서 바로 떠났지요. 제 그리스어 선생님한테 여동생이 있었는데, 그녀의 남편이 랑스 근처에 있는 탄광 주인이었어요.

그래서 선생님이 탄광 주인한테 들고 갈 소개장을 써 줬어요. 랑스를 아시나요?"

"모르겠는데."

"프랑스 북부인데 벨기에와의 국경에서 그리 멀지 않은 곳이죠. 랑스에 내려 역 바로 옆에 있는 호텔에서 하룻밤 잔 다음, 이튿날 열차를 타고 탄광으로 갔습니다. 탄광촌에 가 보신 적 있으세요?"

"영국에서 본 적이 있지."

"아마 어딜 가나 탄광은 비슷할 거예요. 탄광이 있고 주인 집이 있고, 아주 똑같이 생긴 작고 말끔한 2층 집들이 죽 늘어서 있었어요. 워낙 단조로운 모습이라 조금 우울한 느낌도 주고요. 새로 지은 것처럼 보이는 볼품없는 교회가 하나 있었고 술집도 몇 개 있었어요. 제가 도착한 날은 상당히 바람이 차갑고 추운 데다가 비까지 부슬부슬 내렸죠. 우선 사무실로 가서 소개장을 보여 줬습니다. 주인은 통통하게 살이 찐 작은 사내였는데 볼이 불그스름했어요. 식욕이 무척 좋은 남자일 것 같았죠. 전쟁 때 광부들이 많이 죽어서 일꾼이 부족하다고 그러더군요. 거기서 일하는 사람들 중엔 폴란드 인이 상당히 많았어요. 어림잡아도 200~300명은 되겠더라고요. 탄광 주인이 제게 몇 가지를 물어봤는데 내가 미국인인 게 못마땅한 눈치였습니다. 약간 수상쩍게 보는 것 같았어요. 하지만 자기 처남이 써 준 소개장에 나에 대해서 좋게 씌어 있으니까 어쨌든 고용해 주었어요. 그는 우선 나보고 땅 위에서 일을 하라고 그랬는데 제가 지하에서 일하고 싶다고 말했죠. 아직 익숙하지 않으니까 아무래도 힘들 거라고 그랬지만, 전 충분히 예상했고 각오도 돼 있다고 대답했습니다. 그래서 광부의 조수 역할을 하기로 했습니다. 애들이라도 할 수 있는 쉬운 일이었지만 애들도 부족한 상황이었지요. 그 주인은 친절한 사람이었어요. 지낼 거처는 정해 두었냐고 물어보더군요. 아직 못 구했다고 하니까, 쪽지에 주소를 하나 적어 주면서 거길 가면 그 집 여주인이 묵을 공간을 보여 줄 거라고 했어요. 광부였던 남편이 죽고 과부가 되었는데 두 아들 역시 탄광에서 일하고 있댔어요.

저는 짐을 들고 그 집을 찾아갔습니다. 머리가 희끗희끗하고 검고 큰 눈을 가진, 키가 크고 비쩍 마른 아주머니가 문을 열어 주더군요. 나이는 들었지만 이목구비가 또렷또렷해서, 젊었을 때 꽤 미인이었겠다, 하는 생각이 들었죠. 앞니가 두 개 빠진 것만 아니면 그렇게 초췌해 보이진 않았을 거예요. 아주머니는, 남는 방은 없지만 폴란드 사람이 빌려 쓰고 있는 방에 침대가 두 개니까 원하면 하나를 쓰라더군요. 2층에 있는 방 두 개 중에서 하나는 아들 둘이, 하나는 아주머니 자신이 쓰고 있었어요. 저한테 보여 준 방은 1층에 있었는데 원래는 거실로 만들어진 방 같았습니다. 저는 혼자서 쓰는 방을 얻고 싶었지만 까다롭게 굴지 않는 편이 좋을 것 같았어요. 어느새 빗줄기도 굵어져서 옷도 젖었고요. 여기저기 더 돌아다니면서 흠뻑 젖고 싶지도 않았기 때문에 그 정도면 마음에 드니 묵겠다고 말했습니다. 그 집은 주방을 거실도 겸해서 썼는데 낡은 안락의자가 두 개 놓여 있었습니다. 마당에 석탄 창고가 있었고 목욕도 그곳에서 하게 돼 있었어요. 아들 둘과 폴란드 인은 도시락을 싸 가지고 일하러 갔는데 아주머니가 나랑 함께 점심을 먹자고 했어요. 점심을 먹고 나서 저는 주방에 앉아서 담배를 피웠고 아주머니는 집안일을 했어요. 아주머니는 일을 하면서 자기 얘기랑 가족들 얘기를 들려주더군요. 얼마 지나니까, 교대 시간이 되어서 폴란드 인이 돌아오고 뒤이어 두 아들도 돌아왔습니다. 주인아주머니가 오늘부터 방을 함께 쓸 거라고 나를 소개했는데도 폴란드 사내는 아무 말 없이 고개만 꾸벅하고는 주방으로 쓱 걸어가더군요. 그러더니 난로 위에 있던 커다란 주전자를 들고 창고로 씻으러 가 버렸어요. 아주머니의 두 아들은 얼굴에 석탄가루가 지저분하게 묻어 있긴 했지만 훤칠하고 잘생긴 청년들이었고 친절해 보였어요. 내가 미국인이라서 무슨 신기한 구경거리처럼 여기는 것 같더군요. 하나는 열아홉인데 몇 달 후에 입대한다고 했고, 다른 하나는 열여덟이었어요.

폴란드 남자가 돌아오자 아들 둘이 씻으러 갔습니다. 폴란드 남자는 아주 어려운 폴란드식 이름을 갖고 있었는데 그냥 다들 코스티라고 불렀어요. 저보다 키가 5~8센티미터는 크고 대단히 체격이 건장한 사내였죠. 살집이 좋고 하얀 얼굴에 납작하고 뭉뚝한 코와 커다란 입을 갖고 있었어요. 눈은 파란색이었는데, 눈썹이랑 속눈썹에 묻은 석탄가루를 미처 다 씻어내지 못해서 마치 화장을 한 사람처럼 보였죠. 검은 속눈썹 때문에 파란 눈동자가 더욱 선명해 보였어요. 못생긴 편인 데다 거칠고 무뚝뚝한 인상이었죠. 그 집 아들들은 옷을 갈아입은 다음에 외출해 버렸어요. 폴란드 남자는 주방에 앉아서 파이프 담배를 피우면서 신문을 읽었어요. 나도 주머니에서 책을 꺼내 읽기 시작했습니다. 그런데 그 남자가 나를 한두 번 흘끗

거리더니 보고 있던 신문을 내려놓고 묻더군요.

'뭘 읽고 있지?'

나는 읽고 있던 책을 건네주었습니다. 『클레브 공작 부인』*이었어요. 크기가 작아서 주머니에 넣고 다니면서 읽으면 편할 것 같아서 파리 역에서 산 것이었죠. 그는 책을 한 번 보고 또 호기심 어린 눈빛으로 제 얼굴을 한 번 보더니, 책을 다시 돌려주었습니다. 그의 입가에 빈정거리는 듯한 미소가 살짝 스치더군요.

'재미있나?'

'굉장히 재미있습니다. 푹 빠져서 읽고 있어요.'

'바르샤바에서 학교 다닐 때 나도 읽었지. 따분해서 죽는 줄 알았는데.'

그는 폴란드 억양이 거의 느껴지지 않는 유창한 불어를 구사했어요.

'지금은 신문이나 추리소설밖에 안 읽지만.'

르클레르 부인은, 아, 주인아주머니 이름이에요……. 아주머니는 저녁에 먹을 수프가 끓는 쪽을 이따금 쳐다보면서 테이블 앞에 앉아 양말을 꿰매고 있었어요. 아주머니는 내가 탄광 주인의 소개로 왔다는 얘기와, 내가 아주머니한테 나에 관해 했던 얘기들을 코스티에게 들려주었어요. 코스티는 담배 연기를 빼끔거리면서 듣고 있다가 파란 눈으로 나를 쳐다보았죠. 눈매가 퍽 날카로웠어요. 그는 나한테 이것저것 물었어요. 탄

---

* 17세기 프랑스 작가 라파예트의 작품으로, 프랑스 심리소설의 걸작으로 평가받는다.

광에서 일하는 건 처음이라고 하니까 비웃는 듯한 미소를 또 짓더군요.

'그럼 어떤 일인지 아직 모르겠군. 다른 재주가 있는 사람이라면 탄광에서 일하려 들진 않을 텐데. 뭐, 어쨌거나 그건 내가 알 바 아니고 당신도 나름대로 이유가 있겠지. 파리에 있을 땐 어디 살았지?'

제가 살았던 곳을 말해 주었죠.

'한땐 나도 해마다 파리에 갔었는데 주로 그랑 불르바르*에 갔지. 라뤼에 가본 적 있어? 내가 즐겨 찾던 레스토랑인데.'

나는 조금 놀랐어요. 거긴 싸구려 식당이 아니거든요."

"그럼, 꽤 비싼 곳이지."

"그 사람도 내가 놀란 걸 알아챈 것 같았어요. 또 비웃는 듯한 미소를 지었거든요. 하지만 더 이상 설명할 필요는 없다고 생각한 모양이었어요. 우리가 이런저런 산만한 잡담을 나누고 있는데 두 아들이 돌아왔어요. 다 함께 저녁을 먹었죠. 식사가 끝나자 코스티가 술집에 가서 맥주나 한잔하자고 그러더군요. 상당히 넓은 홀 한쪽 끝에 술을 내놓는 바가 있고, 윗면을 대리석으로 만든 테이블들과 나무 의자들이 놓여 있었죠. 자동피아노가 있었는데 누군가 동전을 넣어 놓아서 댄스곡이 흘러나오고 있었어요. 우리 말고 테이블 세 곳에만 손님들이 앉아 있었어요. 코스티가 저더러 벨로트**를 할 줄 아느냐고 묻더군요. 학교 다닐 때 친구들한테 배워서 안다고 그랬더니, 그

* 파리 시내의 주요 대로들을 일컫는 말.

** 카드 게임의 일종.

가 맥주 내기를 제안했어요. 내가 좋다고 하자 그는 종업원한테 카드를 가져오게 했죠. 첫 번째도, 두 번째도 제가 져서 계속 맥주를 샀답니다. 그다음엔 그가 돈내기를 하자더군요. 이번에도 그가 계속 따고 전 계속 잃었어요. 판돈이야 크지 않았지만 저는 몇 프랑을 잃고 말았죠. 게임도 이기고 맥주도 적당히 들어가자 기분이 좋아졌는지 그는 말을 많이 하기 시작했어요. 얘기를 나눠 보니 말투도 그렇고 태도도 그렇고, 꽤 교육받은 사람이더군요. 파리 이야기가 다시 나오자 그는 아무개는 아느냐, 그럼 아무개는 아느냐 하고 물었어요. 브래들리 부인과 이사벨이 엘리엇 씨 집에 와 있을 때 저도 만나 봤던 미국인 부인들이었죠. 저보다도 그 사람들을 더 잘 아는 것 같았어요. 그런 사람이 왜 이런 탄광촌에 와 있을까, 문득 궁금해졌어요. 아직 늦은 시간은 아니었지만 새벽에는 자리에서 일어나야겠다고 생각하고 있었어요. 그때 코스티가 말했어요.

'가기 전에 한잔 더 하지.'

그는 맥주를 조금씩 마시면서 날카로운 눈으로 나를 뚫어지게 쳐다봤어요. 그를 보면서 저는 심술궂은 새끼 돼지를 떠올렸어요. 그가 묻더군요.

'이런 지저분한 탄광에는 뭐하러 왔어?'

'경험을 쌓으려구요.'

'튀 에 푸, 몽 프티(자네, 제정신이 아니구만).'

'그럼 당신은 왜 여기서 일하고 있어요?'

그는 떡 벌어진 어깨를 으쓱해 보였어요.

'어렸을 때 귀족들만 다니는 사관학교에 들어갔어. 우리 아버지는 황제 밑에서 일하는 장군이셨고, 나도 지난 전쟁에 기병 장교로 참전했지. 피우수트스키*를 참고 봐줄 수가 없어서 암살 계획을 꾸몄는데 누군가 우리를 밀고해 버렸지 뭐야. 우리 일당 중에 체포된 사람들은 총살당했고 난 겨우 국경을 넘어서 목숨을 건졌지. 프랑스군 외인부대에 들어가거나 탄광으로 오거나, 둘 중 하나를 택해야 했어. 그중에서 그나마 낫겠다 싶은 쪽을 택한 거야.'

저는 탄광에서 맡은 일에 대해 코스티한테 얘기해 준 상태였어요. 그 얘길 해 줄 때는 아무 말도 없었는데, 갑자기 팔꿈치를 탁자에 대고 팔을 세우더니 이러는 거예요.

'자, 내 손을 넘어뜨려 봐.'

흔히 힘겨루기 할 때 팔씨름을 하잖아요. 저는 손바닥을 펴서 그의 손을 잡았습니다. 그가 웃으면서 이렇게 말하더군요.

'몇 주만 지나면 이 부드러운 손도 온데간데없을걸.'

나는 있는 힘을 다했어요. 하지만 엄청난 힘을 지닌 그의 손은 꿈쩍도 안 하더군요. 조금씩 제 팔이 기울어지더니 이내 탁자 위로 넘어지고 말았습니다.

'그래도 제법인데? 그렇게 오래 버틸 사람도 많지 않아. 이봐, 내 조수가 영 형편없거든. 비리비리한 프랑스 놈인데 벌레만큼도 힘이 없어. 내일 나랑 같이 가지. 현장감독한테 말해서 조수를 자네로 바꿔 달라고 해야겠어.'

'좋아요. 감독이 그렇게 해 줄까요?'

'몇 푼 찔러주면 돼. 50프랑 정도 여윳돈 있나?'

---

* 1867~1935. 폴란드의 혁명가, 정치가. 1918년에 새로 수립된 폴란드의 초대 대통령을 지냈다.

그는 손을 내밀었습니다. 전 지갑에서 50프랑짜리 지폐 한 장을 꺼내 줬지요. 그러곤 집으로 돌아와 잠자리에 들었어요. 정말 피곤한 하루를 보내서 누가 업어 가도 모를 만큼 깊게 잤어요."

나는 래리한테 물었다.

"일은 힘들지 않던가?"

"처음엔 굉장히 힘들었죠."

래리는 이를 드러내며 싱긋 웃었다.

"코스티가 감독한테 말해서 저는 그의 조수로 일하기 시작했어요. 그때 코스티가 일하던 곳은 호텔 욕실만 한 공간이었는데 거길 들어가려면 굴을 통과해야 했어요. 기어가야 할 만큼 굉장히 낮은 굴이었죠. 그 안은 지독하게 더워서 우린 다 벗고 속바지만 입고 일했어요. 코스티의 하얗고 퉁퉁한 몸통을 보면 역겨운 느낌까지 들었어요. 뭐랄까, 마치 거대한 민달팽이 같았다고나 할까요? 그 좁디좁은 공간에서 기압식 채탄기가 내는 소리가 어찌나 큰지, 귀청이 떨어질 지경이었죠. 제가 하는 일은 그가 파낸 석탄 덩어리들을 모아서 바구니에 담은 다음 굴 입구까지 끌고 가는 거였어요. 거기서 석탄들을 화차에 실은 다음 나중에 승강기 있는 데까지 옮겼죠. 저도 탄광이라면 거기밖에 모르니까 다른 데서도 원래 그렇게 하는지는 모르겠어요. 하지만 어쩐지 원시적인 방법이란 느낌이 들었고, 아무튼 일도 굉장히 고됐어요. 중간에 쉬는 시간이 되면 우리는 숨을 돌리면서 점심도 먹고 담배도 피웠죠. 하루 일이 끝난 후 상쾌하게 목욕을 하고 나면 그리 기분이 나쁘지만은 않았어요. 그땐 발이 깨끗할 틈이 없었죠. 늘 잉크를 칠한 것처럼 새까매졌으니까요. 손도 물집투성이가 돼서 지독하게 쓰라렸지만, 그것도 시간이 지나니까 나아졌어요. 일에도 점차 익숙해졌고요."

"그 일을 얼마나 오랫동안 했나?"

"한 2~3주밖에 안 했어요. 석탄을 승강기까지 운반하는 화차를 견인차가 끌어 옮기게 되어 있었는데, 견인차 운전사가 기계에 통 서툴러서 툭하면 엔진이 고장 나곤 했어요. 그러다가 한번은 견인차가 아무리 해도 움직이질 않는 거예요. 운전사는 어쩔 줄 몰라 땀을 뻘뻘 흘렸고요. 근데 다행히 제가 기계를 웬만큼 아는 편이에요. 그래서 손을 좀 봤더니 30분쯤 후에 다시 움직이기 시작했죠. 현장감독이 탄광 주인한테 그 얘기를 했던 모양이에요. 주인이 절 보자고 하더니 자동차에 대해 아느냐고 묻더군요. 그래서 결국 제가 견인차를 운전하기 시작했어요. 물론 좀 지루한 일이긴 했지만 한결 편하던걸요. 그 후론 견인차 때문에 속 썩는 일이 없어지자 다들 좋아했고요.

하지만 코스티는 내가 옆에 없어서 잔뜩 화가 났지요. 저랑 손발이 잘 맞았던 데다 서로 익숙해져 있었으니까요. 코스티랑 하루 종일 붙어서 일하고, 저녁 먹은 후엔 술집도 종종 가고 게다가 방까지 함께 썼기 때문에, 저는 그에 대해 꽤 많이 알게 되었어요. 그는 묘한 사내였어요. 아마 선생님도 봤으면 흥미를 느꼈을걸요? 그는 자기네 폴란드 사람들이랑은 안 어울렸어요. 폴란드 인들이 자주 가는 카페에도 안 갔고요. 자기가 귀족이었고 기병 장교였다는 사실을 잊을 수 없었던 모양인지, 그들을 마치 더러운 벌레 보듯 했죠. 당연히 그들도 그런 코스티를 싫어했고요. 하지만 어떻게 할 수는 없었죠. 코스티는 황소처럼 힘이 셌기 때문에 만일 싸움이라도 나면, 칼부림을 하든 안 하든, 대여섯 명도 거뜬히 상대했을 테니까요. 전 그들 폴란드 인도 몇 명 알게 됐는데, 그들은 코스티가 기병 장교였던 건 맞지만 정치적인 이유 때문에 고향을 떠났다는 건 거짓말이라고 하더군요. 카드 게임에서 속임수를 쓰다가 들켜서 바르샤바의 장교 클럽에서도 쫓겨나고 군복까지 벗었다는 거예요. 그들은 저더러 코스티랑 가까이 지내지 말라고, 특히 카드 게임을 하지 말라고 충고했어요. 그런 이유 때문에 코스티가 자기들을 피하는 거라더군요. 너무 많은 걸 아니까요. 그들은 절대 코스티하고는 카드 게임을 안 한다고 했어요.

그동안 카드를 하면 제가 늘 지긴 했어요. 그렇다고 뭐, 많은 돈도 아니고 기껏해야 하룻밤에 몇 프랑이었지만, 코스티는 이기고 나면 늘 술값은 자기가 내겠다고 우겼어요. 그러니 결국 따지고 보면 저도 큰 손해는 아닌 셈이었죠. 제가 계속 운이 없거나, 아니면 코스티보다 실력이 못하다고 생각했어요. 그런데 폴란드 인들의 얘기를 듣고 자세히 관찰해 보니, 그는 분명히 속임수를 쓰고 있었어요. 하지만 어떻게 속이는지는 도무지 알 수가 없었죠. 참나, 그는 정말 영리했어요. 항상 그에게만 좋은 패가 갈 수는 없지 않겠어요? 살쾡이처럼 날카롭게 관찰했죠. 굉장히 교묘하고 민첩하더군요. 그런데 코스티도 내가 뭔가 눈치챘다는 걸 안 것 같았어요. 어느 날 밤 한참 카드를 하고 난 다음이었어요. 그가 예의 그 빈정대는 듯한 미소를 지으며 말했어요. 그는 그렇게 웃는 방법밖에 모르는 것 같았어요.

'마술 하나 보여 줄까?'

그는 카드 한 벌을 집어 들고 나한테 아무거나 한 장 이름을 대 보라고 했죠. 내가 말했더니, 그는 카드들을 마구 섞은 다음 나보고 한 장을 뽑으랬어요. 그랬더니 내가 말했던 그 카드가 나오는 거예요. 그것 말고도 신기한 요술 두세 가지를 더 보여 주더니 포커를 할 줄 아느냐고 물었어요. 안다고 하니까 카드를 나눠 주더군요. 저한테 들어온 패를 보니 에이스 넉 장에 킹 한 장이었어요.

'그런 패라면 많은 돈을 걸어 볼 만하겠지?'

'몽땅 걸어도 되죠.'

'그럼 당하는 거지.'

그는 자기 패를 내보였어요. 놀랍게도 스트레이트 플러시였죠. 도대체 어떻게 그런 일이 가능한지 어리둥절했죠. 그는 내가 놀라는 걸 보고 껄껄 웃었어요.

'내가 정직한 인간이 아니었으면 자네 지금쯤 알거지가 됐을걸?'

'지금까지도 죽 속임수를 쓴 건 아니겠죠?'

내가 웃으며 물었어요.

'그래 봐야 푼돈밖에 안 될 텐데. 라뤼에서 밥 한 끼 먹기에도 모자랄 거야.'

우린 그 후에도 밤이면 카드를 하곤 했어요. 전 그가 돈을 따려고 속임수를 쓰는 게 아니라 그냥 그 자체를 재미 삼아 즐긴다는 걸 알았어요. 나를 바보로 만들면서 묘한 만족감을 느낀 거죠. 속임수를 쓴다는 걸 내가 알아채고 있으면서도 그걸 어떻게 하는지는 알아내지 못하니까, 그런 상황을 몹시 재미있어한 거 같아요.

하지만 그건 단지 코스티의 일면일 뿐이었어요. 제가 정말 흥미를 느낀 건 그의 또 다른 모습이었죠. 한 사람이라고는 믿어지지 않을 정도로 전혀 다른 모습을 갖고 있었어요. 신문이랑 추리소설밖에 안 읽는다고 그랬지만, 사실 그는 매우 교양 있는 사람이었죠. 입담이 좋았지만 냉소적이고 신랄한 독설가였고요. 그래도 그의 얘길 듣고 있으면 퍽 유쾌해졌어요. 독실한 가톨릭 신자여서 침대 머리맡에 늘 십자가를 걸어 두었고 일요일마다 미사에 참석했죠. 그런데도 토요일 밤에는 잔뜩 취하곤 했고요. 어느 날인가, 그날도 우리가 자주 가는 술집에 손님들이 가득했지요. 술집 안은 담배 연기로 뿌옇게 흐려져 있었어요. 가족들이랑 함께 와서 먹고 있는 조용하고 나이 지긋한 광부들도 있었고, 떠들썩하게 먹고 마시는 젊은이들도 있었고, 또 한쪽에서는 얼굴에 땀이 번드르르한 사내들이 테이블에 둘러앉아 벨로트를 하면서 간간이 고함을 질렀어요. 그 아내들은 등 뒤에 앉아서 테이블을 구경하고요. 술집의 시끌벅적한 분위기가 묘하게 코스티를 자극했던 모양인지, 그는 자못 진지해져서 이야기를 시작하더군요. 그것도 신비주의에 관한 얘기를요. 그런 주제가 그의 입에서 나오리라곤 상상도 못했는데 말이에요. 전 마테를링크*가 로이스부르크에 대해 쓴 글을 파리에서 읽은 적은 있지만, 신비주의에 대해 자세히는 몰랐어요. 그런데 코스티는 플로티노스,** 디오니시우스,*** 구

* 1862~1949. 벨기에의 상징파 시인, 극작가.
** 205~270. 이집트 태생의 고대 그리스 철학자.
*** ?~268. 1세기에 활동한 성서 인물.

두장이 야코프 뵈메,* 마이스터 에크하르트**까지 줄줄이 꿰더군요. 그렇게 거구의 술고래한테서, 세상과 단절하고 사는 냉소적인 사내의 입에서 사물의 궁극적인 실체니, 신과의 합일에서 오는 행복이니 하는 얘기들이 나오는 걸 듣고 있으니 정말 묘한 기분이었어요. 전부 처음 듣는 얘기들이라 흥분도 되고 어리둥절하기도 했죠. 뭐랄까, 칠흑처럼 깜깜한 방에서 홀로 잠이 깨어 누워 있는데 갑자기 커튼 사이로 가느다란 빛이 들어온 기분이 들었어요. 그 커튼만 열어젖히면 찬란한 새벽의 넓은 벌판이 눈앞에 펼쳐질 것만 같은……. 하지만 술이 깨고 나서 나중에 다시 그런 얘기를 물어보면, 그는 버럭 화를 냈어요. 사나운 눈빛으로 나를 쏘아보면서 이렇게 말했죠.

'취해서 무슨 말을 지껄였는지도 모르겠는데, 내가 그걸 어떻게 알아?'

하지만 그게 거짓말이라는 걸 저는 알았어요. 그는 분명히 자기가 한 말을 전부 기억하고 있었어요. 아는 게 굉장히 많은 사람이었어요. 물론 많이 취했지만 그의 눈빛, 그 못생긴 얼굴에 떠오르던 황홀한 표정이 꼭 취기 때문만은 아니었죠. 그 이상의 무언가 분명히 있었어요. 그런 식의 얘기를 처음 했을 때 그가 한 말을 저는 잊을 수가 없었어요. 온몸에 전율이 흘렀거든요. 그는 무(無)에서 무가 나올 수는 없기 때문에 이 세상은 신의 창조물이 아니라고, 이 세상은 영원성의 현시(顯示)라고 말했어요. 게다가 이런 말도 했어요. 선(善)뿐만 아니라 악(惡)

---

* 1575~1624. 독일의 신비주의자.

** 1260?~1327. 독일의 도미니쿠스 수도회 수사, 신비주의자.

역시 신의 직접적인 현현이라고. 자동피아노의 댄스곡이 흐르고 있는 지저분하고 시끌벅적한 술집에 앉아서 그런 얘기를 듣는다는 건, 참 묘한 기분이었어요."

2

잠깐 쉬어 갈 수 있도록 새로운 절(節)을 시작하긴 했지만 이것은 어디까지나 독자들의 편의를 위해서일 뿐 래리의 이야기는 계속 이어진다. 이참에 말해 둘 것은 래리가 서두르지 않고 천천히, 때로는 단어를 아주 신중하게 골라 가면서 이야기했다는 점이다. 물론 내가 그의 말을 완벽하게 전달했다고 할 수는 없지만, 이야기의 내용뿐만 아니라 그의 말투나 태도도 가급적 그대로 표현하려고 애썼다. 낭랑한 그의 목소리에서는 음악적인 특색마저 느껴져서 듣는 이의 귀를 즐겁게 했다. 그는 요란한 손짓은 전혀 하지 않고 담배 연기만 내뿜으면서 이따금 말을 멈추고 다시 담배에 불을 붙였으며, 나를 바라보는 상냥한 눈에 종종 묘한 표정이 떠올랐다.

"그러다가 봄이 되었습니다. 프랑스에서도 음침하고 쓸쓸한 지역인 그곳은 봄이 오는 게 늦어서 여전히 비가 내리고 쌀쌀한 날씨가 이어졌지요. 그래도 가끔은 맑고 따뜻한 날이 있었는데, 그럴 때면 지상을 떠나 때 묻은 작업복을 입은 광부들 틈에 끼어서 덜겅거리는 승강기를 타고 수십 미터 지하로 내려가기가 참 싫었습니다. 봄은 봄이었지만, 으스스하고 지저분한 그 탄광촌에서는 봄이 환영받지 못할까 봐 두려워 성큼 발을 들여놓지 못하는 것만 같았어요. 우울한 빈민가의 창틀에 놓여 있는 아름다운 수선화나 백합 화분을 보면 생뚱맞다는 느낌이 들잖아요? 꼭 그런 기분이었어요. 그러던 어느 일요일 아침, 우리는 여느 때처럼 침대에 누워 있었어요. 일요일은 항상 늦잠을 잤거든요. 나는 책을 읽고 있었는데, 코스티가 불쑥 이러더군요.

'여길 떠날 거야. 혹시 같이 가겠어?'

많은 폴란드 인들이 수확일 때문에 여름에는 고향으로 돌아간다는 걸 저도 알았지만 그때는 아직 이른 계절이었어요. 게다가 코스티는 고향으로 돌아갈 수 없는 몸이었죠.

'어디로 갈 건데요?'

'그냥 여기저기. 벨기에를 지나서 독일로 넘어간 다음 라인강 근처로 가 보려고 해. 농장 같은 데서 일거리는 찾을 수 있을 테니 여름은 날 수 있겠지.'

저는 함께 떠나기로 마음을 정했습니다.

'좋아요, 같이 가겠어요.'

이튿날 우리는 현장감독에게 일을 그만두겠다고 말했어요. 제 여행 가방과 자기 배낭을 기꺼이 바꾸겠다는 사내가 있어서 여행 가방은 그에게 넘겼고, 별로 필요 없는 옷가지나 가방에 넣을 수 없는 옷들은 르클레르 아주머니의 둘째 아들한테 줘 버렸어요. 저랑 체격이 비슷했거든요. 코스티는 가방 하나는 버리고 가기로 하고, 필요한 것들만 배낭에 꾸렸죠. 우리는 주인아주머니가 준 커피를 마시고 곧바로 길을 떠났어요.

어차피 풀베기 시기가 되기 전까진 농촌에서 일을 구할 수 없을 것 같아서, 우리는 여유 있게 다녔습니다. 프랑스를 천천히 돌아다니다가 벨기에의 나무르와 리에주를 거친 다음, 아헨을 지나 독일로 들어갔어요. 하루에 15~20킬로미터 정도만 움직였죠. 지나가다가 마음에 드는 마을이 있으면 묵기도 하고요. 어느 마을에 들어가든 묵을 수 있는 여관과, 요기를 하거나 한잔 걸칠 수 있는 선술집은 쉽게 찾을 수 있었어요. 그렇게 돌아다니는 동안 거의 항상 날씨가 좋아서, 내내 우중충한 탄광에 처박혀 있던 우리로서는 탁 트인 공기를 마시는 게 너무나 좋더라고요. 푸른 초원이 얼마나 가슴을 벅차게 하는지, 잎은 아직 돋아나지 않았지만 가지가 옅은 초록색 안개에 덮여 있는 듯한 나무들이 얼마나 아름다운지, 그때 처음 알았어요. 전 코스티한테 독일어를 배우기 시작했어요. 그는 독일어를 불어만큼이나 유창하게 잘하더군요. 걸으면서 눈에 띄는 것들, 소나 말, 사람 같은 걸 독일어로 뭐라고 하는지 가르쳐 줬어요. 그다음엔 간단한 독일어 문장을 반복해서 가르쳐 줬고요. 그렇게 하니까 시간도 잘 갔고, 독일에 도착했을 즈음 전 간단한 의사표시 정도는 할 줄 알게 됐어요.

쾰른은 우리가 가고 있던 길에서 좀 떨어져 있었는데 코스티는 거길 들러야 한다고 말했어요. 1만 1000명의 처녀들이 순교한 곳*이니 꼭 가 봐야 한다고 고집하더군요. 쾰른에 도착하자 그는 술을 마구 퍼마셨어요. 어디 가 있었는지 사흘 동안 보이지도 않다가, 마침내 우리가 묵고 있던 노동자 숙소 비슷한 여관에 나타났는데, 잔뜩 화난 얼굴로 돌아왔더라고요. 어

* 4세기경 성녀 우르술라가 1만 1000명의 처녀들과 함께 쾰른에서 순교했다는 전설이 있다.

디 가서 싸움을 했는지 눈두덩은 시퍼렇게 멍들고 입술도 찢어져 있었어요. 정말이지, 몰골이 말이 아니었죠. 그는 꼬박 하루를 누워 있다가 일어났어요. 그리고 우린 다시 출발해 라인강 골짜기를 따라서 다름슈타트를 향해 갔습니다. 그의 말로는, 거긴 지역이 꽤 괜찮으니까 일거리를 쉽게 얻을 수 있다는 거였죠.

퍽 즐거운 여행이었습니다. 화창한 날씨가 계속 이어졌고, 우린 여러 마을과 도시를 돌아다녔어요. 경치가 좋은 곳을 만나면 잠시 머물면서 구경했고요. 몸만 누일 수 있으면 어느 곳에서든 잠을 잤고, 한두 번인가는 건초 더미에서도 잤어요. 식사는 길가에 있는 여관에서 해결했는데, 와인이 많이 생산되는 지방으로 접어든 다음부터는 맥주 대신 와인을 마셨어요. 선술집에 들어가면 사람들이랑 금세 친해졌어요. 코스티는 워낙 거칠고 쾌활해서 낯선 사람들과도 쉽게 가까워졌거든요. 그는 사람들이랑 독일 카드 게임인 스카트도 했어요. 게임하는 동안에 그럴듯하게 허세를 부리고, 또 거칠고 저속한 농담들을 늘어놓으면 사람들이 얼마나 껄껄거리며 재미있어했는지, 그들은 돈을 잃고도 기분 나쁜 기색이 전혀 없었답니다. 저는 그동안 배운 독일어를 그들에게 써먹어 보았죠. 쾰른에서 조그만 영독 회화책도 한 권 사 뒀던 터라 제 독일어 실력은 꽤 늘어 갔어요. 그리고 어느 날 밤, 코스티는 백포도주를 2리터쯤 마시고 나더니 고독에서 고독으로의 비약이니, 영혼의 어두운 밤이니, 사랑하는 자와 하나가 됨으로써 얻어지는 궁극적인 황홀경이니, 하는 이야기를 음울한 분위기로 늘어놓기 시작하는 거예요. 하지만 아침이 되어, 아직 이슬을 머금은 풀들이 가득한 청명한 시골길을 함께 걸으면서 다시 그런 얘기들을 꺼내면, 그는 금방이라도 한 대 칠 기세로 버럭 화를 냈어요.

'그만해, 바보 같으니라구! 그런 쓸데없는 얘기들로 뭘 어쩌겠다는 거야? 독일어 공부나 하자.'

스팀 해머 같은 주먹을 가진 사내와 옥신각신하는 건 바보 같은 짓이죠. 그는 욱하면 주저 없이 주먹을 휘두를 사람이었으니까요. 그가 화나서 날뛰는 모습을 본 적이 있거든요. 나 같은 사람을 때려눕혀서 길가 도랑에 처박는 건 그한테 일도 아니었을 거예요. 내가 기절해 있는 동안 그가 내 호주머니를 몽땅 털어 가는 일도 충분히 가능했을 거예요. 정말 알 수 없는 사람이었어요. 술이 적당히 들어가면, 형언할 수 없는 신성한 존재에 관해 말하기 시작했는데, 그럴 때도 평소에 자주 쓰는 거칠고 외설스러운 표현을 쓰기 일쑤였어요. 탄광에서 입던 더러운 작업복만큼이나 지저분한 단어들이었죠. 그러면서도 말솜씨가 좋아서 대단히 설득력이 있었어요. 진심이 아니라고는 생각할 수가 없었죠. 그리고 왜 불현듯 그런 생각이 떠올랐는지는 모르겠지만, 그가 탄광에서 그토록 험하고 거친 일을 한 건 자신의 육욕을 억제하기 위해서가 아니었나, 하는 생각이 들었어요. 그는 자신의 거대하고 투박한 몸뚱이를 혐오했고, 그래서 몸을 혹독하게 굴린 것 같아요. 사기도박이나 신랄한 독설, 난폭함 같은 것도, 정확히 잘 표현은 안 되는데요, 뭐랄까, 마음속 깊숙한 곳에 존재하는 신성한 본능에 대한 반항, 또는 신을 갈망하는 마음에 대한 반항심이 겉으로 표출된 것이었다고 생각해요. 내면 깊은 곳에서는 그런 것들에 사로잡혀 있었던 게 아닐까요.

우리는 그런 식으로 천천히 여행을 했어요. 그러다가 봄이 거의 끝나고 나무들도 초록색 잎이 무성해졌죠. 포도밭의 포도들도 제법 영글기 시작했고요. 우리는 대개 울퉁불퉁한 흙길로 다녔는데 흙먼지가 갈수록 심해졌어요. 다름슈타트 근처에 도착하자, 코스티가 일거리를 찾아보자고 했어요. 여비도 얼마 후면 바닥날 것 같았고요. 제 지갑에 여행자수표가 몇 장 있었지만, 버틸 수 있는 한은 가급적 쓰지 않을 생각이었어요. 좀 괜찮아 보이는 농가가 눈에 띄면 들어가서 일손이 두 명쯤 필요하지 않느냐고 물었죠. 아마 누가 봐도 우린 별로 호감 가는 사내들이 아니었을 거예요. 흙먼지와 땀으로 지저분하기 짝이 없었으니까요. 코스티는 영락없는 시골 부랑자 꼴이었고 저도 별반 나을 게 없었어요. 가는 곳마다 거절당했죠. 어떤 농가 주인이 코스티는 쓸 생각이 있지만 나는 싫다고 하니까, 코스티가 우린 단짝이라 떨어질 수가 없다고 말했어요. 제가 그에게 혼자라도 일을 하라고 하니까 그는 싫다고 하더군요. 저는 좀 놀랐어요. 코스티가 나를 좋아한다는 건 알고 있었어요. 내가 그다지 쓸모 있는 존재도 아니었으니까 좋아하는 이유는 알 수가 없었지만요. 하지만 같이 일할 수 없다고 해서 일자리를 거절할 만큼 저를 좋아할 줄은 몰랐어요. 다시 길을 걸어가는 동안 조금 양심의 가책이 느껴지더군요. 사실 저는 그를 별로 좋아하지 않았고, 오히려 약간 혐오감까지 느끼고 있었으니까요. 하지만 내가 그 농가에서의 일에 대해 고맙다는 말을 하려고 하자, 그는 내가 무안할 만큼 말을 잘라 버리더군요.

그래도 마침내 행운이 찾아왔습니다. 분지에 있는 어떤 마을을 지나는 중에, 증축 때문에 약간 산만하긴 하지만 썩 괜찮아 보이는 농가를 하나 발견했습니다. 문을 두드리니 어떤 여자가 나와서 열어 주더군요. 우리는 평소처럼 우릴 소개했습니다. 임금은 받지 않아도 된다, 다만 숙식만 해결되면 기꺼이 일을 하겠다, 하고 부탁했죠. 여자는 뜻밖에도 우릴 쫓아 버리지 않고 잠깐 기다리라고 하더군요. 여자가 집 안쪽에다 대고 누굴 부르니까 잠시 후 어떤 남자가 나왔어요. 그는 우리를 찬찬히 뜯어보더니 어디서 왔냐고 물었어요. 신분증도 보자고 했죠. 그는 내가 미국인임을 알고 나자 나를 다시 한 번 쳐다봤어요. 썩 마음에 드는 눈치는 아니었지만, 그래도 어쨌든 들어와서 포도주를 한잔하자고 그러더군요. 다 함께 주방으로 들어가서 앉았지요. 현관을 열어 주었던 여자가 큰 포도주 병이랑 잔들을 내왔어요. 남자는, 자기가 쓰던 일꾼이 소에게 받혀서 병원에 입원했는데 수확기가 될 때까지도 회복이 안 될 거 같다고 말했어요. 게다가 전쟁 때 나가서들 많이 죽고, 또 요즘은 라인 강 주변에 들어선 공장들로 다들 몰려가 버려서, 일손 구하기가 여간 힘들지 않다고 그러더군요. 우리도 그런 점들을 알고 있어서 은근히 기대하고 있긴 했어요. 어쨌든 결론만 말하면, 그는 우릴 고용해 주었어요. 그 집엔 방이 많았지만 그는 우리를 집 안에 들이긴 싫었던 모양이에요. 건초를 두는 헛간에 들어가면 위층에 침대가 두 개 있으니 거기서 자라고 하더군요.

일은 별로 힘들지 않았어요. 소와 돼지들을 돌보고, 농기계 같은 게 고장 나면 손봐 주는 것 따위라서 시간이 제법 남았거든요. 전 상쾌한 냄새가 나는 초원이 참 좋았어요. 저녁이면 여기저기 한가롭게 거닐면서 공상에 잠겼죠. 나름대로 만족스러운 생활이었어요.

그 집 가족은 주인인 베커 부부와 과부인 며느리, 손자들뿐이었어요. 베커 씨는 몸집이 좋고 머리가 희끗희끗한 40대 후반의 남자였는데, 전쟁 때 다친 다리를 여전히 절룩거렸죠. 그는 다리의 심한 통증을 잊기 위해서 술을 마셨어요. 잠자리에 들 무렵이면 대개 거나하게 취한 상태였죠. 베커 씨랑 코스티는 금방 친해져서, 저녁 식사 후엔 곧잘 선술집에 가서 함께 스카트를 하고 술을 마셨어요. 베커 부인은 예전에 하녀였대요. 고아원에 자란 여자인데, 베커 씨가 전처랑 사별하고 나서 그녀랑 결혼했다고 하더군요. 베커 씨보다 훨씬 젊은 데다 여인으로서의 성숙미가 물씬 났고, 발그레한 볼과 아름다운 금발에 육감적인 느낌을 풍겼죠. 코스티는 곧 베커 부인한테 추파를 던져보려고 작심한 모양이더군요. 저는 바보 같이 굴지 말라고 말렸어요. 그러다 행여 둘 다 좋은 일자리를 잃게 될지 모르니까요. 하지만 그는 콧방귀를 뀌면서, 남편이 그녀를 만족시키지 못하니까 분명히 굶주려 있을 거라고 말했어요. 코스티한테 예의나 도덕 따위 얘기해 봐야 소용없다는 걸 알았지만, 그래도 조심하라고 일렀어요. 다행히 베커 씨가 아무 눈치를 못 챘다고 하더라도, 그 집 며느리 눈도 있으니까요.

며느리 이름은 엘리였어요. 살집이 좋고 서른이 훨씬 안 된 젊은 여자였죠. 눈과 머리칼은 검은색이었고, 혈색이 좋지 않은 조금 각진 얼굴로 늘 무뚝뚝하고 새쭉한 표정이었어요. 베르됭*에서 남편이 전사했다는데 그때까지도 상복을 입고 있었

* 프랑스의 유명한 요새로 1차 세계대전 중 치열한 격전지였다.

죠. 굉장히 신앙심이 깊어서 일요일마다 마을까지 걸어가 아침 미사를 드리고 저녁이 되면 또 저녁기도를 하러 갔어요. 아이들은 셋이었는데 막내는 남편이 죽은 후에 태어났다더군요. 식사를 할 때도 아이들을 나무랄 때 빼고는 말이 없었고요. 농가 일은 거의 하지 않고, 대부분의 시간을 아이들을 돌보며 보냈어요. 그리고 저녁이면 혼자 거실에 앉아서 소설책을 읽었는데, 아이가 혹시 울지 않나 보려고 늘 문을 열어 놓고 있었죠. 베커 부인과 엘리는 사이가 안 좋았어요. 엘리는 자기 시어머니가 고아인 데다 하녀였다고 그녀를 멸시했어요. 그런 여자가 집안의 여주인으로 자기한테 이래라저래라 하는 걸 끔찍이도 싫어했죠.

부유한 농부의 딸이었던 엘리는 결혼할 때 지참금도 꽤 가져왔나 봐요. 학교도 시골에서 다닌 게 아니라, 가까운 도시인 츠빙겐베르크에 있는 여학교를 나왔다니까 교육도 상당히 받은 거죠. 베커 부인은 열네 살 때 그 농장에 오게 되었다는데, 겨우 읽고 쓸 줄만 알았어요. 그런 점도 두 여자의 사이가 안 좋았던 이유 중 하나였죠. 엘리는 틈만 나면 자기가 좀 배운 사람이라는 걸 과시하고 싶어 했어요. 그럴 때마다 베커 부인은 얼굴이 시뻘개져서 농부 아낙네가 그런 건 알아 뭐하느냐고 면박을 줬고요. 엘리는 남편의 군번표를 늘 손목에 차고 다녔는데, 그럴 때마다 그걸 쳐다보면서 샐쭉한 얼굴로 인상을 쓰면서 이렇게 대꾸했어요.

'난 농부 아낙네가 아니라 농부의 미망인이에요. 나라를 위해 싸우다 전사한 영웅의 미망인이라구요.'

그러면 딱한 베커 씨는 하던 일을 손에서 놓고 두 사람을 달래야 했습니다."

내가 잠시 끼어들어 래리한테 물었다.

"그런데 그들은 자네를 어떻게 생각했나?"

"내가 미군 탈영병이라 고국에 돌아가지도 못하고, 돌아가도 감옥에 들어갈 처지라고 생각하고 있었어요. 그래서 베커 씨나 코스티랑 어울려서 선술집에 술 마시러 가는 걸 좋아하지 않는 거라고 생각했어요. 사람들의 주목을 받는다든지, 행여 마을 경찰관이라도 만나 이것저것 질문을 받을까 봐 걱정하는 줄 알고 있었죠. 내가 독일어를 공부하고 있다는 것을 알자 엘리는 학교 시절의 책들을 꺼내 와서는 공부를 도와주겠다고 했어요. 그래서 저녁을 먹고 나면 엘리랑 함께 거실에 앉아 독일어 공부를 했어요. 그럴 때면 베커 부인은 주방에 혼자 있었고요. 제가 큰 소리로 읽으면 엘리가 억양을 바로잡아 주기도 하고, 내가 잘 이해하지 못하는 단어들을 설명해 주었죠. 아마 꼭 나를 도와주고 싶어서라기보다는 베커 부인한테 자랑하고 싶어서 그랬던 것 같아요.

한편 코스티는 베커 부인을 꼬여 보려고 애썼는데 성과가 없었어요. 그녀는 명랑하고 유쾌한 타입이라 농담도 곧잘 하면서 코스티랑 깔깔대며 웃었어요. 코스티도 여자 다루는 법을 아는 남자였고요. 아마 베커 부인은 그의 속셈을 눈치채고 속으로는 우쭐한 기분도 느꼈을 겁니다. 하지만 어느 날인가 코스티가 은근슬쩍 그녀 몸에 손을 대자, 그녀는 어디다 손을 대냐면서 찰싹 따귀를 올려붙였지 뭐예요. 아마 얼얼할 정도로 세게 쳤던 모양이에요."

래리는 잠깐 말을 멈추더니 약간 수줍게 미소를 지었다.

"전 제 자신을 여자들이 좋아할 스타일이라고 생각해 본 적이 한 번도 없어요. 그런데 문득, 베커 부인이 날 좋아하는 게 아닌가 하는 생각이 들더군요. 그런 생각이 들자 다소 불편해졌어요. 그녀는 나보다 나이도 한참 위였고, 베커 씨가 우리한테 굉장히 잘해 줬으니까요. 식사 시간에는 베커 부인이 음식을 접시에 담아 나눠 주었는데, 가만 보니까 항상 제 접시에 다른 사람들보다 더 듬뿍 담아주는 거예요. 그리고 나랑 둘이만 있게 될 기회를 은근히 바라는 것 같았어요. 나를 보고 웃을 때는 은근히 유혹하는 느낌도 있었고요. 또 애인이 있냐고 물으면서, 한창 젊을 때니까 이런 촌구석에 있으면 여자가 많이 그리울 거라는 얘기도 했어요. 그런 것들 있잖아요, 왜. 저는 셔츠가 세 벌뿐이었는데 다 낡아 빠져 있었어요. 한번은 베커 부인이 그런 누더기 같은 걸 입고 다니면 보기 안 좋으니, 자기한테 가져오면 기워 주겠다고 하더군요. 그때 엘리도 옆에서 그 말을 들었는데, 나중에 저랑 둘만 있게 되자 엘리가 수선할 게 있으면 자기가 해 주겠다는 거예요. 저는 괜찮으니 신경 쓰지 말라고 그랬고요. 그런데 며칠 지나자 내 양말이랑 셔츠들이 깨끗하게 기워져 있더라고요. 우리 소지품을 놔두는 헛간 의자 위에 얌전하게 놓여 있었죠. 누가 해 놓았는지는 알 수가 없었어요. 물론 저는 베커 부인 말을 그대로 믿진 않았어요. 원래 친절한 부인이니 그냥 어머니 같은 마음에서 한 말일 거라고 생각했죠. 하지만 하루는 코스티가 이러더군요.

'그 여자가 원하는 건 내가 아니라 자네야. 난 이미 물 건너 갔다구.'

'말도 안 되는 소리 말아요. 내 어머니뻘 되는 여자인걸요.'

'뭐가 어때? 한번 잘해 봐, 친구. 방해하지 않을 테니까. 팔팔한 젊은 여자는 아니지만 그래도 그 정도면 미인이잖아.'

'세상에, 그만해요.'

'뭘 망설이고 그래? 만약 나 때문이라면 그럴 필요 없어. 나도 세상 알 만큼 아는 사람이야. 세상에 여자들은 얼마든지 많다구. 난 그 여자 탓할 생각 절대 없어. 자넨 아직 젊잖아. 나도 한땐 젊었는데. 쥬네스 느 뒤르 캥 모망(젊음도 한순간에 불과하지).'

어떻게 그런 말을 하는지, 전 코스티의 말을 듣고 별로 기분이 안 좋았어요. 그런 상황에서 어떻게 해야 할지도 모르겠고요. 가만 생각해 보니 그 순간에는 별로 신경 쓰지 않았던 이런저런 일들이 떠올랐어요. 엘리가 한 말 중에 무심코 흘려들은 것들을 떠올려 보니, 엘리도 눈치채고 있었다는 생각이 들더라고요. 어쩌다 저랑 베커 부인 둘이만 주방에 있게 되면 갑자기 문을 열고 들어오곤 했거든요. 우리를 감시하고 있다는 기분이 들었어요. 그리 좋은 기분은 아니었습니다. 엘리는 베커 부인을 끔찍이 싫어했으니, 조금만 꼬투리를 잡혀도 집안이 시끄러워질 게 분명했어요. 물론 우리가 무슨 일을 벌이다가 들키거나 할 일은 없었지만, 엘리는 시어머니한테 적의를 품고 있으니 혹시 거짓말이라도 꾸며서 베커 씨한테 일러바칠지 알 수 없는 일이었죠. 저는 그저 베커 부인의 속셈 같은 건 아무것도 모르는 척하고 있는 수밖에 없었어요. 농장 일에 만족하며 지내고 있었으니 수확기가 될 때까지는 거길 떠나고 싶지 않았으니까요."

나는 웃음이 나오는 걸 참을 수가 없었다. 얼굴과 목덜미는 라인 강 계곡의 뜨거운 햇볕에 거무스름하게 탄 채, 허약해 보이는 몸뚱이 위에 누더기처럼 기운 셔츠와 반바지를 입고, 검은 눈동자 가장자리는 움푹 팬 래리의 모습이 머릿속에 그려졌기 때문이다. 그를 보면서 젖가슴이 풍만한 금발의 베커 부인은 주체하기 힘든 욕정에 사로잡혔으리라.

"그래서 어떻게 됐나?"

"그해 여름은 바쁘게 지나가고 있었습니다. 우린 정말 열심히 일했어요. 풀들을 베어서 쌓아 놓고, 사다리를 타고 올라가 잘 익은 체리들을 땄어요. 우리가 체리를 따면 두 여자가 커다란 바구니에 담았고, 베커 씨가 츠빙겐베르크에 갖고 나가 팔았어요. 또 호밀도 베고, 소나 돼지 같은 가축도 돌보았고요. 새벽 동이 트기 전에 일어나 어두워질 때까지 쉬지 않고 일했죠. 베커 부인도 저를 단념한 것 같았어요. 저는 그녀의 기분을 상하게 하지 않으려고 조심하면서, 가급적 그녀와 거리를 두고 있었지요. 저녁이면 너무 피곤하고 졸려서 독일어 공부도 못 했고, 저녁밥을 먹으면 곧 물러 나와 헛간에 있는 침대에 가서 곯아떨어졌어요. 저녁이면 베커 씨랑 코스티는 여전히 선술집에 갔지만, 코스티가 돌아올 즈음엔 전 깊이 잠들어 있곤 했죠. 헛간은 굉장히 더워서 항상 옷을 벗고 잤고요.

어느 날 밤, 저는 이상한 기척에 잠에서 깼습니다. 처음엔 뭔지 잘 분간이 안 갔어요. 잠이 덜 깨서 비몽사몽이었으니까요. 그런데 조금 후 입술 위에서 따뜻한 손이 느껴졌어요. 누군가 제 침대에 들어왔다는 걸 알았죠. 전 깜짝 놀라서 그 손을 뿌리쳤지만, 이내 뜨거운 입술이 제 입술 위에 겹쳐지고 부드러운 두 팔이 제 온몸을 감쌌어요. 베커 부인의 풍만한 젖

가슴이 제 살갗에 닿는 걸 느꼈죠.

'쉿! 가만히 있어요.'

그녀는 몸을 밀착하면서 뜨거운 입술로 제 얼굴에 키스했습니다. 그녀의 손이 내 몸 구석구석을 더듬으며 쓰다듬었고, 두 다리가 제 다리를 휘감으며 얽혔어요."

래리는 잠시 말을 멈췄다. 나는 푸훗 하고 웃었다.

"그래서 어떻게 했어?"

래리는 뭘 그런 걸 물어보냐는 듯한 미소를 지었다. 살짝 얼굴까지 붉어졌다.

"제가 뭘 어떻게 할 수 있었겠어요? 코스티는 옆의 침대에서 거칠게 시근거리면서 잠들어 있었어요. 저는 항상 요셉이 겪은 상황이 말도 안 된다고 생각했어요.* 전 겨우 스물셋이었어요. 소란을 피우면서 그녀를 쫓아낼 수가 없었습니다. 그녀의 마음을 상하게 하고 싶지도 않았어요. 그래서 그냥 몸을 맡겼어요.

얼마 후 그녀는 침대에서 살며시 빠져나가 발끝으로 걸어서 조용히 헛간을 나갔습니다. 전 안도의 숨을 내쉬었지요. 하지만 정말 두려웠어요. 이런, 정말 큰일 났군, 싶더군요. 베커 씨는 평소처럼 잔뜩 취해서 귀가한 뒤에 곯아떨어져 있을 가능성이 높았지만, 그래도 혹시 자다가 깨서 아내가 옆에 없는 걸 알아챘을지도 모를 일이잖아요. 게다가 엘리도 있고요. 그녀는 밤에 잠을 잘 못 자는 편이라고 늘 그랬거든요. 만일 깨어 있

* 구약성서 창세기에서 요셉은 주인의 아내로부터 유혹을 받고 거기에 넘어가지 않지만, 그녀가 남편에게 요셉이 자신을 유혹했다고 누명을 씌워 요셉은 감옥에 가게 된다.

다가 베커 부인이 계단을 내려가 살며시 집을 빠져나가는 소리를 들었더라면! 그런데 그때 갑자기, 뭔가 퍼뜩 머리를 스쳤어요. 베커 부인이 침대에 있을 때 무슨 쇠붙이 같은 것이 제 피부에 닿은 게 생각났어요. 그 순간에는 주의를 기울이지 않았거든요. 왜 아시잖아요, 그런 상황에선 누구라도 그렇겠죠. 거기엔 전혀 신경을 쓰지 못했어요. 그런데 갑자기 생각이 난 거예요. 침대에 걸터앉아서 이제 이 일을 어쩌나 하고 걱정하고 있는데, 너무나 놀라서 벌떡 일어나고 말았어요. 그 쇠붙이는 엘리가 늘 손목에 차고 있던 남편의 군번표였지 뭡니까! 침대에 들어와 있던 건 베커 부인이 아니라 엘리였던 거예요."

나는 웃음을 터뜨리고 말았다. 그리고 한참 동안 멈출 수가 없었다. 래리가 말했다.

"선생님은 재미있으실지 모르지만, 전 결코 그렇지가 않았어요."

"자네도 지금 와서 생각해 보면 어딘지 모르게 유머러스한 부분이 있다고 느껴지지 않나?"

래리가 마지못해 미소를 지어 보였다.

"뭐, 조금은 그런 것 같기도 하네요. 하지만 정말 난감한 상황이었어요. 이제 앞으로 어떻게 될지 두려웠죠. 전 엘리를 좋아하지 않았어요. 오히려 굉장히 불쾌한 여자라고 생각하고 있었거든요."

"하지만 아무리 그래도 어떻게 두 여자를 혼동할 수가 있지?"

"정말 칠흑처럼 깜깜했거든요. 그녀는 나한테 가만히 있으라는 말 빼고는 한 마디도 안 했고요. 게다가 두 여자 모두 살집이 좋고 풍만한 스타일이었죠. 저는 베커 부인이 저를 점찍어 두고 있다고 생각했어요. 엘리가 저를 원하리라고는 꿈에도 생각하지 못했어요. 항상 죽은 남편 생각만 했거든요. 저는 담뱃불을 붙이고 곰곰이 생각해 보았지만, 아무리 생각해도 그 상황이 너무 싫은 거예요. 아무래도 도망가는 게 제일 낫겠다는 판단이 들었습니다.

코스티는 잠을 깨우기가 굉장히 힘든 타입이라서 저는 그에게 잔소리를 쏟아 내곤 했었어요. 탄광에 있을 때는 아침에 일하러 나갈 시간이 되면 한참을 흔들어 깨워야 했죠. 하지만 그때만큼은 코스티가 세상모르고 잠들어 있는 게 얼마나 고마웠던지 몰라요. 저는 랜턴을 켜고 옷을 입은 다음 배낭에 짐을 꾸렸습니다. 짐이라야 얼마 되지도 않아서 금세 쌌어요. 그리고 배낭을 짊어졌죠. 신발은 손에 들고 양말만 신은 채 살금살금 걸어서 사다리를 타고 헛간 아래층으로 내려갔어요. 랜턴을 끄니까, 달도 없는 밤이라 사방이 깜깜했어요. 하지만 큰길로 나가는 방향을 알고 있었기 때문에 마을 쪽으로 걸어갔어요. 사람들이 깨기 전에 마을을 벗어나려고 거의 뛰다시피 걸었죠. 츠빙겐베르크까지는 20킬로미터 정도밖에 안 되어서 거기 도착했을 무렵에는 사람들이 잠에서 깨어날 때쯤이었어요. 그날, 그때 걷던 시간은 아마 평생 잊지 못할 거예요. 제 발자국 소리와 이따금 농가에서 들리는 수탉 울음소리 말고는 아무 소리도 들리지 않았어요. 밝지도 어둡지도 않은 어스레한 회색빛이 대기에 맴돌기 시작하더니 이윽고 먼동이 트고 해가 솟아오르자, 새들이 지저귀기 시작하고 싱싱한 푸른색이 넘치는 들판과 숲들과 밀밭이 상쾌한 아침 햇빛 속에서 빛났어요. 저는 츠빙겐베르크에서 커피 한 잔과 롤빵을 먹었어요. 그리고 우체국에 가서 아메리칸 익스프레스에 전보를 쳐서 내 옷가지랑 책들을 본으로 부쳐 달라고 했어요."

"왜 하필 본이었나?"

"라인 강을 따라 여행할 때 잠깐 들른 적이 있는데 마음에 드는 도시였거든요. 집들의 지붕과 강물 위로 쏟아지는 햇빛, 오래된 좁은 거리들, 시골 저택들과 정원과 밤나무 가로수, 로코코식으로 지은 대학 건물들……. 그런 것들이 무척 맘에 들었어요. 잠시 머물러도 좋은 곳이겠다, 하고 생각했더랬죠. 하지만 본에 가기 전에 옷차림이라도 제대로 해야겠더군요. 떠돌이 부랑자 같은 몰골로는 어디 가서 방 하나 얻으려고 해도 거절당할 것 같았어요. 그래서 먼저 기차를 타고 프랑크푸르트로 가서 여행 가방과 옷가지를 좀 샀습니다. 간혹 다른 데도 왔다 갔다 했지만 어쨌든 본에서는 1년쯤 머물렀어요."

"그래, 그런 경험을 한 후에, 그러니까 탄광이랑 농가에서 일을 하고 나서 뭔가 얻었나?"

"물론입니다."

래리는 고개를 끄덕이며 미소를 지었다. 하지만 그것이 무엇인지는 말하지 않았다. 나는 그가 어떤 사람인지 잘 알고 있었다. 말하고 싶을 때는 기꺼이 말을 하지만, 그러고 싶지 않을 때는 질문을 피해 대충 화제를 다른 쪽으로 돌려 버리며 아무리 캐물어 봐야 소용없었다. 독자들에게 다시 얘기해 두지만, 그는 그런 일들이 있고 10년이 지난 후에 나에게 그 이야기를 들려주었다. 그때까지는, 즉 그를 다시 만나게 되기 전까지는, 그가 어디에 있으며 어떻게 생활하는지 전혀 소식을 듣지 못했었다. 어쩌면 죽었을지도 모른다고 생각했다. 종종 엘리엇을 통해 이사벨의 소식을 들을 때면 래리의 이름이 문득 머릿속에 떠오른 것 말고는 거의 그의 존재를 잊고 살았기 때문이다.

3

이사벨은 래리와 파혼한 이듬해 6월 초순에 그레이 매튜린과 결혼했다. 그때는 사교 시즌이 한창이라 엘리엇은 파리를 떠나기가 싫었다. 여러 곳에서 열리는 화려한 파티에 빠져야 했기 때문이다. 하지만 가족애가 강했던 그는 그렇다고 해서 사회적 의무를 소홀히 해서는 안 된다고 생각했다. 이사벨의 오빠들은 둘 다 멀리 외국에서 근무하고 있었으므로, 엘리엇은 아무리 지루한 여행이 되더라도 결혼식에서 조카딸의 손을 잡고 입장하기 위해 시카고로 가야만 했다. 그는 프랑스 귀족들이 단두대에 오를 때도 화려하게 차려입었다는 사실을 떠올리고, 일부러 런던까지 가서 새 모닝코트와 보랏빛이 도는 회색 더블 조끼와 실크해트를 장만했다. 그리고 파리에 돌아간 얼마 후에 나를 초대해 그것들을 보여 주었다. 그는 다소 고민스러워하는 기색이었다. 평소에 즐겨 사용하는 진주 넥타이핀이 결혼식 때 입으려고 고른 옅은 회색 넥타이와 영 어울리지 않았기 때문이다. 나는 에메랄드와 다이아몬드가 박힌 넥타이핀을 하라고 조언했다.

"제가 손님이라면 그래도 상관없겠지만요……. 자리가 자리인 만큼 진주가 제격일 것 같아서 말입니다."

엘리엇은 이사벨의 결혼을 퍽 만족스러워했다. 그가 생각하는 교양과 품위의 수준에 꼭 들어맞는 혼사였다. 그는 그 결혼을 놓고 찬사를 늘어놓았는데, 마치 어떤 공작 미망인이 라 로슈푸코가(家)의 귀공자와 몽모랑시가(家)의 딸이 결혼하게 되었는데 참으로 잘 어울린다고 호들갑을 떨며 이야기하는 모습을 연상케 했다. 어찌나 흡족해했던지, 그는 나티에가 그린 프랑스 공주의 멋진 초상화를 기꺼이 결혼 선물로 주었다.

헨리 매튜린은 신혼부부를 위해 애스터 가(街)에 집을 한 채 마련해 주었다. 브래들리 부인이 사는 곳과도 가깝고 헨리 매튜린이 사는 레이크 쇼어 드라이브의 화려한 저택에서도 별로 멀지 않은 곳이었기 때문이다. 때마침 집을 구입할 즈음 그레고리 브라바존이 시카고에 와 있어서(엘리엇이 미리 그 실내장식가와 입을 맞춰 둔 것 같다.) 실내장식은 전부 그에게 맡겼다고 했다. 엘리엇은 유럽으로 돌아와 파리 사교계의 막바지 시즌을 잠시 즐긴 다음, 곧장 런던으로 와서 신혼집 사진을 내게 보여 주었다. 그레고리 브라바존이 실력을 유감없이 발휘한 것 같았다. 완전히 조지 2세풍으로 꾸며 놓은 응접실은 굉장히 호화로웠다. 그레이의 서재는 뮌헨의 아말리엔부르크 궁전의 방을 모델로 삼은 것 같았으며, 책을 놓을 공간이 없다는 점만 빼면 그야말로 완벽한 서재였다. 트윈베드가 한 쌍 놓여 있다는 점만 제외하면, 퐁파두르 부인을 만나러 온 루이 15세도 그레고리가 젊은 미국인 신혼부부를 위해 만들어 준 그 침실에서 굉장히 만족스러운 편안함을 느꼈을 것만 같았다. 하지만 루이 15세라고 해도 이사벨의 욕실을 보면 눈이 휘둥그레졌을 것이다. 욕실은 벽이며 천장이며 욕조까지 온통 유리로 되어 있었으며, 유리벽에는 금빛으로 그려진 수중식물들 사이로

은빛 물고기 떼가 헤엄치고 있었다.

"물론 조그만 집이지만, 헨리 말로는 꾸미는 데 10만 달러쯤 들었다더군요. 어떤 사람들한테는 제법 큰돈이겠지만요."

결혼식은 감독교회에서 거행할 수 있는 최대한의 수준으로 화려하게 치러졌다. 그는 자못 만족스러운 말투로 덧붙였다.

"노트르담 대성당에서 치르는 결혼식만큼은 못 되었지만, 그래도 개신교 교회치고는 괜찮은 편이었지요."

신문에서도 꽤 화려하게 보도를 한 모양인지 엘리엇은 오려 놓은 기사를 내게 보여 주었다. 결혼식 사진도 보여 주었는데 사진 속의 이사벨은 화려한 웨딩드레스가 다소 거추장스러워 보이긴 하지만 몹시 아름다웠다. 덩치가 크긴 해도 근사하게 차려입은 그레이는 신랑 예복을 입고 약간 수줍어하는 것 같았다. 신부 들러리로 선 아가씨들의 사진, 호화로운 드레스를 입은 브래들리 부인과 특유의 우아한 태도로 새 실크해트를 쥐고 서 있는 엘리엇과 지인들이 함께 찍은 사진도 있었다. 나는 엘리엇에게 브래들리 부인의 안부를 물었다.

"많이 여위고 혈색도 안 좋아졌지만 그런대로 괜찮습니다. 그동안 이것저것 신경 쓰느라 많이 피곤해했는데, 이제 다 끝났으니 마음 놓고 푹 쉴 수 있을 겁니다."

1년 뒤에 이사벨은 딸을 낳았는데 당시의 유행을 따라 조앤이라는 이름을 지어 주었다. 그리고 2년 후에 또 딸을 낳았고 이번에도 유행을 따라 프리실라라는 이름을 지었다.

헨리 매튜린의 공동 파트너 가운데 한 명이 죽고 나머지 파트너 두 명도 매튜린의 압력에 못 이겨 사임하고 나자, 그는 회사를 온전히 혼자 소유하게 되었다. 그 전까지도 그는 거의 혼자 회사를 좌지우지해 온 터였다. 이제 오랫동안 품어온 염원을 실현한 셈이었고, 그레이를 공동경영자의 자리에 앉혔다. 그의 회사는 나날이 성장해 갔다.

그런 얘기를 들려주며 엘리엇이 말했다.

"그들 부자는 어마어마한 돈을 벌어들인답니다. 그레이는 스물다섯의 나이로 1년에 5만 달러를 벌고 있으니, 대단한 일이지요. 하지만 이제 시작에 불과하지 않을까요? 미국의 자원과 발전 가능성은 무궁무진하니까요. 이건 일시적인 붐이 아니에요. 위대한 나라의 자연스러운 발전 과정이지요."

엘리엇은 평소와 달리 애국심으로 부풀어 올라 있었다.

"헨리 매튜린도 언젠가는 세상을 떠날 테고, 아 그는 고혈압도 있거든요, 그레이는 마흔쯤 되면 재산이 2000만 달러는 될 겁니다. 아, 엄청난 재산 아니겠습니까?"

엘리엇은 여동생과 자주 편지를 주고받았고 이따금 내게 그 내용을 들려주었다. 그레이와 이사벨은 행복한 결혼 생활을 했고 아이들도 건강하게 자랐다. 그들의 생활은 엘리엇이 보기에 아주 흡족했다. 그들은 손님들을 초대해 후하게 대접하고, 또 다른 사람들에게도 자주 초대받았다. 엘리엇은 그들 부부가 단둘이서 저녁을 먹는 일이 석 달에 한 번 있을까 말까 하다며 자랑스럽게 이야기했다. 다만 매튜린 부인이 죽었을 때는 그처럼 활발한 사교 활동을 한동안 자제했다. 매튜린 부인은 명망 있는 집안 출신으로 늘 혈색이 좋지 않은 여자였다. 과거 헨리 매튜린의 아버지가 시골뜨기로 시카고에 입성한 이후, 헨리 매튜린이 시카고에서 자리를 잡으려고 노력하는 동안 그는 부인의 집안 때문에 그녀와 결혼했다. 매튜린 부인을 추도하는 의미로 이사벨 부부는 1년 동안은 여섯 명 이상 참석하는 만찬은 주최하지 않았다.

"저는 여덟 명이 가장 이상적이라고 늘 말합니다."

어떤 상황에서든 밝은 면을 봐야 한다는 투로 엘리엇이 말했다.

"참석자가 골고루 이야기를 나눌 수 있는 친밀한 분위기를 조성하면서도, 파티라는 인상을 줄 만큼의 숫자는 되니까요."

그레이는 아내에게 끔찍이 잘했다. 첫째가 태어났을 때는 아내에게 네모난 다이아몬드가 박힌 반지를 선물했고 둘째 때는 검은담비 모피 코트를 선물했다. 사업 때문에 바빠서 시카고를 자주 떠나지는 못했지만, 어쩌다 휴가를 가게 될 때는 마빈에 있는 헨리 매튜린의 화려한 저택에서 지냈다. 헨리 매튜린은 자신이 아끼는 아들의 부탁이면 무엇이든 들어주었다. 어느 해 크리스마스에는, 사냥철에 머물면서 2주 동안 오리 사냥을 즐길 수 있도록 아들에게 사우스캐롤라이나에 있는 대규모 농장을 사 주기도 했다.

"물론 현대의 대상인(大商人)인 사업가들은 이탈리아 르네상스 시대에 예술을 지원하던 훌륭한 후원자들에 해당한다고 할 수 있습니다. 그러한 후원자들도 상업으로 돈을 벌었으니까요. 대표적인 가문으로 메디치가를 들 수 있지요. 프랑스의 왕 두 명은 자존심을 굽히고 빛나는 메디치가의 딸과 혼인을 했습니다. 이제 앞으로는 유럽 왕들이 미국 부호의 딸들에게 구혼하게 될 겁니다. 셸리*도 노래하지 않았습니까? '위대한 시대가 새

* 1792~1822. 영국의 낭만파 시인.

롭게 열리고, 황금의 시대가 다시 오리니.'라고 말입니다."

헨리 매튜린은 오래전부터 브래들리 부인과 엘리엇의 투자를 관리해 주고 있었다. 그들은 투자에 관한 한 매튜린의 시각과 통찰력에 신뢰를 갖고 있었다. 그는 투기는 절대 하지 않고 그들의 돈을 안전한 주식에만 투자했는데, 주가가 뛰어오른 덕분에 별로 대단하다고 말할 수 없었던 두 남매의 재산이 나중에는 상당히 불어났다. 두 사람은 놀라우면서도 퍽 만족스러웠다. 엘리엇은 손가락 하나 까닥 않고 1918년에 비해서 1926년에 재산이 두 배 가까이 되었다고 내게 말했다. 그즈음 엘리엇의 나이는 65세였다. 이제 머리도 더 하얗게 세고 얼굴에 주름도 늘었으며 눈 아래에 살도 처지기 시작했다. 하지만 그는 세월을 당당하게 버텨 내고 있었다. 변함없이 날씬하고 자세도 꼿꼿하게 유지했다. 언제나 모든 생활 습관에서 절제와 적당함을 추구했으며 옷차림에도 신경을 썼다. 세월이 자신을 유린하는 것을 절대로 허용하지 않겠다는 의지를 품은 사람 같았다. 옷은 런던의 최고급 양복점에서 맞췄고, 머리 손질과 면도는 단골 이발사에게 맡겼으며, 최상의 컨디션과 신체를 유지하기 위해 매일 아침 마사지를 받았다. 그는 한때 장사꾼이라는 말을 들을 만큼 품위가 떨어지는 일에 관여했다는 사실을 새까맣게 잊어버리고 지냈다. 그리고 금세 들통 날 거짓말을 할 만큼 바보는 아니었으므로 노골적으로 표현하지는 않았지만, 자기가 젊은 시절에 외교 분야의 일을 했다는 암시를 은근히 비추고 싶어 했다. 만일 나한테 외교관 대사를 묘사할 일이 있었다면 나는 한 치의 망설임도 없이 엘리엇을 모델로 삼았을 것이다.

그러나 세월이 흐르면서 많은 것들이 변하기 시작했다. 엘리엇의 사교계 활동과 출세에 힘을 실어 주던 상류층 부인들도 나이를 먹어 늙어 갔다. 영국의 귀족 부인들은 남편이 죽은 후 대저택을 며느리들에게 물려줘야 했기 때문에, 이제 첼튼엄에 있는 별장이나 리전트 공원에 있는 수수한 집에서 지냈다. 스태퍼드 저택은 박물관으로 변했고, 커즌 저택에는 어떤 단체가 들어와 사용하고 있었고, 데번셔 저택은 팔려고 내놓은 상태였다. 엘리엇이 카우스에 가면 늘 타던 요트도 다른 사람 손에 넘어갔다. 사교계 무대에서 왕성하게 활동하고 있는 사람들은 이제 엘리엇과 같은 노인네는 반가워하지 않았다. 그들은 엘리엇을 따분하고 성가신 존재쯤으로 여겼다. 엘리엇이 클라리지 호텔에서 오찬 파티를 열면 기꺼이 와 주기는 했지만, 눈치 빠른 엘리엇도 그들이 자신을 보기 위해서라기보다는 다른 손님들을 만나기 위해 온다는 사실쯤은 알고 있었다. 과거에는 언제나 그의 필기용 테이블 위에 초대장이 넘쳐 났지만 이제는 그것들 중에서 고를 일도 없어졌다. 또 남들에게 알려지지 않았으면 했지만, 호텔 방에서 혼자서 쓸쓸히 저녁을 먹어야 하는 일도 많아졌다. 영국의 상류층 부인들은 어떤 스캔들로 인해 더 이상 사교계에 발을 들일 수 없게 되면 예술로 관심을 돌려 자기 주변에 화가나 작가, 음악가들을 끌어모으곤 했지만, 엘리엇은 자존심 때문에 그렇게 하고 싶지 않았다.

그는 내게 이렇게 말했다.

"상속세와 전쟁 모리배가 영국 사교계를 다 망쳐 놓은 겁니다. 요즘 사람들은 자기가 누구랑 교제하는지 아무 신경도 안 쓰는 것 같단 말입니다. 런던에 아직 괜찮은 양복점이나 구둣방, 모자 가게들이 남아 있긴 하지요. 제가 살아 있는 동안은 영업을 하겠지만, 그곳들마저 없어지면 런던 사교계도 이제 끝장입니다. 선생님 혹시 아십니까? 세인트어스가(家)에서는 여자가 식사 시중을 든다더군요."

엘리엇이 그 말을 한 것은 우리가 칼턴 하우스 테라스의 저택에서 열린 오찬 파티에 참석했다가 돌아오는 길에서였다. 파티에서 다소 유감스러운 사건이 발생한 직후였다. 파티를 베푼 주인은 그림 수집가로 알려진 어느 귀족이었다. 그런데 그 자리에 참석한 폴 바턴이라는 젊은 미국인이 그림들을 구경하고 싶다는 뜻을 비치며 이렇게 말했다.

"티치아노*의 그림을 소장하고 계시다고 들었습니다."

"네, 갖고 있었지요. 하지만 지금은 미국에 가 있습니다. 어떤 늙은 유대인이 돈을 꽤 준다고 제안했는데, 당시에 저희도 지독하게 재정이 안 좋은 상태라서 팔아 버렸습니다."

나는 유쾌하게 대답하고 있는 후작을 엘리엇이 발끈한 표정으로 노려보는 것을 눈치챘다. 그 그림을 산 사람이 엘리엇이었던 것이다. 버지니아 출신이며 미국 독립선언서에 서명한 조상의 후손인 엘리엇으로서는 그런 말에 속이 끓어오르지 않을 수가 없었다. 그의 평생에 그러한 모욕은 처음이었을 것이다. 게다가 폴 바턴은 엘리엇이 극도로 싫어하는 인물이었다. 그는 전쟁 직후 런던으로 건너온 젊은이였다. 나이 스물셋에, 금발의 썩 수려한 외모를 지녔으며 춤 실력도 대단했고 재산도 상당히 가지고 있었다. 그는 처음에 소개장을 들고 엘리엇을 찾아왔는데, 엘리엇은 특유의 친절한 태도로 그를 지인들

---

* 1488?~1576. 이탈리아 르네상스의 대표적인 베네치아파 화가.

몇 명에게 소개해 주었다. 뿐만 아니라 사교계에서의 품행과 예절에 관한 유용한 조언도 해 주었다. 엘리엇은 자기의 옛날 경험담도 들려주면서, 외국인으로서 사교계에서 기반을 잡으려면 나이 든 부인들의 세심한 부분을 챙겨 준다든지, 저명한 인사들의 이야기를 성의 있게 경청한다든지 해야 한다는 점들을 가르쳐 주었다.

하지만 폴 바턴이 들어가려는 사교계는, 엘리엇이 30년 전에 끈질긴 인내와 노력으로 뚫고 들어갔던 그 사교계가 아니었다. 한마디로 그저 즐기기 위한 사교계였다. 잘생긴 외모에 쾌활하고 싹싹한 성격까지 갖춘 폴 바턴은, 엘리엇이 굳은 결심으로 수년 동안 노력하여 성취했던 것들을 단 몇 주일 만에 이루어 냈다. 곧 그는 엘리엇의 도움이 더 이상 필요하지 않았을 뿐만 아니라 굳이 그런 사실을 숨기려 애쓰지도 않았다. 엘리엇을 만나면 친절한 편이긴 했지만, 대수롭지 않다는 듯한 냉담한 태도가 분명히 보여 엘리엇의 기분을 몹시 상하게 했다. 엘리엇은 파티에 손님들을 초대할 때 자기가 좋아하는 사람보다는 파티 분위기를 잘 살릴 수 있는 사람을 불렀다. 폴 바턴은 사교계에서 인기 있는 젊은이였으므로, 엘리엇은 그가 비위에 거슬림에도 불구하고 그를 주말 오찬에 오라고 몇 번 초대했다. 하지만 이제 잘나가는 사교계 인사가 된 바턴은 대개 이미 약속이 있었고, 두 번인가는 마지막 순간에 가서 엘리엇에게 퇴짜를 놓기도 했다. 엘리엇은 예전에 자신도 초대받고 나서 그렇게 행동한 적이 많았기 때문에, 바턴이 더 구미가 당기는 파티에 가기 위해서 그런 것임을 잘 알고 있었다. 엘리엇은 몹시 불쾌하고 화가 난 표정으로 말했다.

"믿으실지 모르겠지만, 이젠 마치 자기가 나한테 은혜라도 베푸는 것처럼 행동합니다. 지가 '나'한테 말입니다! 티치아노라니 원!"

그는 흥분하며 말했다.

"아마 그 녀석은 티치아노 작품이 앞에 있어도 알아보지도 못할 겁니다."

나는 엘리엇이 그렇게 화내는 모습을 처음 보았다. 그가 그렇게까지 분노한 것은, 폴 바턴이 엘리엇이 그림을 샀다는 사실을 알면서도 일부러 얘기를 꺼냈다고, 후작의 대답에 따라서 엘리엇을 웃음거리로 만들 작정을 하고 있었다고 생각하기 때문인 것 같았다.

"그 녀석은 지저분하고 옹졸한 속물일 뿐입니다. 제가 세상에서 제일 혐오하고 경멸하는 게 뭔지 아십니까? 바로 속물근성이에요. 나 아니었으면 지금쯤 형편없이 빌빌거리고 있을 놈이, 원! 그 녀석 아버지가 뭐 하는 줄 아세요? 사무실 가구 따위나 만드는 가구장이래요, 가구장이."

엘리엇은 경멸이 가득한 말투로 그 마지막 단어를 내뱉었다.

"내가 사람들한테 그 자식이 미국에서 정말 별 볼 일 없는 존재였고 출신도 몹시 미천하다는 얘길 해 줘도, 그들은 전혀 개의치 않는 것 같더군요. 정말이지, 영국 사교계도 이제 완전히 수준이 떨어져 버렸지 뭡니까."

엘리엇은 프랑스도 별반 다르지 않다고 말했다. 젊은 시절 그가 자주 교류하던 부인들은 아직 살아 있기는 했지만 브리지(그가 질색하는 게임이었다.)에 몰두하거나, 아니면 신앙생활이나 손자들 돌보는 일에 열중했다. 사업가, 아르헨티나 인, 칠레인 또는 남편과 별거 중이거나 이혼한 미국 부인들이 예전에 귀족들이 살던 으리으리한 저택에 살면서 종종 화려한 파티를 베풀었지만, 엘리엇은 그런 자리에 가서 당황스러움을 느꼈다. 세련미라고는 눈곱만큼도 없는 억양으로 프랑스어를 구사하는 정치인들, 식사 예절이 보기 민망할 만큼 형편없는 기자들, 심지어는 배우들도 와 있었기 때문이다. 그리고 왕족 집안의 자제가 장사꾼의 딸과 결혼하면서도 전혀 부끄러운 줄을 몰랐다. 여전히 파리에는 활기가 넘치지만, 그것은 조잡하고 천박한 활기였다! 쾌락만을 미친 듯이 좇는 젊은이들은, 비좁고 탁한 클럽들로 몰려다니면서 한 병에 100프랑씩 하는 샴페인을 마시고 천박한 사람들 틈에 끼어 새벽 5시까지 춤추며 흥청거리는 것이 최고라고 생각했다. 그런 곳의 연기와 열기, 소음을 접하면 엘리엇은 지끈지끈 머리가 아프다고 했다. 그곳은 그가 30년 전에 정신적 고향으로 삼았던 그 파리가 아니었다. 훌륭한 미국인이 죽으면 가게 된다는, 그 파리는 결코 아니었다.*

4

하지만 엘리엇은 예리한 직감을 가지고 있었다. 이제 곧 리비에라 지방**이 상류층과 사교계 인사들이 모이는 휴양지로 다시 떠오를 것이라는 예감이 들었던 것이다. 그는 리비에라

---

* 아일랜드의 작가 오스카 와일드가 쓴 희곡에 "훌륭한 미국인은 죽으면 파리로 간다."는 구절이 있음.

** 프랑스의 칸과 이탈리아의 라스페치아 사이에 있는 지중해 연안 지대.

지방을 익히 알고 있었다. 교황청에서 맡은 책무 때문에 로마에 갔다 돌아오는 길에 몬테카를로에 있는 호텔 드 파리에서 며칠 묵은 적도 있고, 칸에 있는 지인의 별장에서 지내본 적도 있었기 때문이다. 그때는 겨울이었는데, 이제 여름 휴양지로 꽤 인기를 얻고 있다는 소문이 들려오기 시작했다. 리비에라에 있는 대형 호텔들도 여전히 성업 중이었고 여름에 그곳을 찾은 인사들은 《파리 헤럴드》의 사회면에 실렸다. 엘리엇은 낯익은 그 이름들을 보며 반가운 듯 고개를 끄덕였다.

"번잡하고 속된 세상사에 너무 지쳐서 말입니다. 저도 이제 자연의 아름다움을 좀 즐기며 살아야 할 나이가 되지 않았습니까."

이것은 얼핏 이해하기 힘든 말로 느껴질지도 모르지만 사실 그때는 충분히 그럴 만했다. 그 전까지 엘리엇은 언제나 자연은 사교계 생활에 방해물일 뿐이라고 생각했으며, 리전시 양식의 가구와 와토의 그림이 있는 공간을 떠나 굳이 산과 호수를 보겠다는 사람들을 전혀 이해하지 못했다. 하지만 위의 말을 할 즈음 엘리엇은 상당한 돈을 수중에 갖고 있었다. 그간 헨리 매튜린은 아들의 권유도 있고, 또 증권거래소 친구들이 불과 하룻밤 새에 엄청난 수익을 올리는 것을 보고 약이 오르기도 해서, 결국 자신도 시류에 따를 수밖에 없다고 생각하게 되었다. 그래서 오랫동안 고수해 오던 보수적인 사고방식을 차츰 버리고, 자신도 시대의 추세를 좇지 않을 이유가 없다고 느끼기 시작했다. 그는 엘리엇에게 편지를 보내, 투기에 반대하는 생각에는 여전히 변함이 없으며, 자기가 하려는 일은 위험한 투기가 아니라 미국이 지닌 무한한 자원과 발전성에 대한 믿음을 확인하는 것이라고 말했다. 그의 낙관주의는 상식 있는 사람들이라면 충분히 가질 만한 생각에 근거한 것이었다. 그가 보기에 미국의 발전을 가로막을 장애물은 아무것도 없었다. 헨리 매튜린은, 루이자 브래들리를 위해 견실한 주식을 일정량 신용 매입했는데 그로 인해 그녀가 2만 달러의 수익을 얻게 되었다는 소식을 전할 수 있어 기쁘다고 편지에 적었다. 마지막으로, 만일 엘리엇도 재산을 늘리고 싶은 의향이 있는데 자기의 판단을 믿고 맡겨 준다면 결코 실망시키지 않을 자신이 있다는 말로 글을 맺었다. 상투적인 인용구를 즐겨 사용하는 엘리엇은, 유혹만큼 뿌리치기 어려운 것이 없는 법이라고 말했다. 그때부터 엘리엇은 아침 식사와 함께 《파리 헤럴드》가 들어오면 오랜 습관대로 사회면을 보는 것이 아니라 주식시장 관련 기사를 가장 먼저 들춰 보기 시작했다. 그를 위해 헨리 매튜린이 매입해 준 주식이 큰 수익을 낸 덕분에 엘리엇은 손 하나 까딱하지 않고 5만 달러라는 거금을 벌게 되었다.

엘리엇은 그렇게 번 돈으로 리비에라 지방에 집을 구입하기로 했다. 그리고 세상에서 물러나 머물 장소로서 앙티브를 택했다. 칸과 몬테카를로 사이에 위치해서 전략적 거점이 될 만한 곳이라 어느 쪽에서든 찾아가기가 편리했기 때문이다. 하지만 머지않은 시기에 사교 활동의 중심지가 될 곳을 그가 정확하게 선택할 수 있었던 것이 신의 섭리 덕분이었는지, 아니면 그 자신의 정확한 직감 때문이었는지는 알 수 없다. 교외 지역에 있는 정원이 딸린 별장에 산다는 것은 까다로운 취향을 가진 그가 받아들이기 힘든 천한 일이었다. 그래서 그는 바다가 내려다보이는 곳에 있는 집을 두 채 구입한 뒤 수리해서 한 채로 만들었다. 그리고 중앙난방 장치, 화장실과 욕실 등을 전부 미국식으로 꾸몄다. 당시에는 고풍스러운 인테리어가 한창 유행이었으므로 방 안에는 오래된 프로방스식 가구를 들여놓았고, 현대적인 느낌도 적절히 가미하여 집 안 여기저기에 사용한 직물들은 현대식으로 했다. 그는 피카소나 브라크 같은 화가들을 여전히 싫어했다.(내게 "선생님, 그걸 대체 그림이라고 할 수 있겠습니까?"라고 말했다.) 안목이 없는 일부 사람들이나 그런 화가를 야단스럽게 칭송한다는 것이었다. 하지만 인상파 화가들에 대해서는 기꺼이 후원자가 되어도 좋다는 생각이 들었는지 벽에 아름다운 인상주의 그림들을 몇 점 걸었다. 강에서 노를 저으며 배 타는 사람들을 그린 모네의 그림, 센 강의 선창과 다리를 담은 피사로의 그림, 고갱이 그린 타히티 섬의 풍경화, 긴 금발을 등 뒤로 늘어뜨린 소녀의 옆모습을 담은 르누아르의 그림 등이 걸려 있던 것이 기억난다. 단장을 다 마친 집은 전체적으로 밝고 화사하고 특별한 분위기를 풍기면서도 깔끔하고 심플한 느낌이 났으며, 그 심플함이란 커다란 비용을 들여서 얻은 것이었다.

그때부터 엘리엇 생애에서 가장 화려한 시기가 시작되었다. 그는 파리에서 최고급 요리사를 불러왔고, 얼마 후 그의 집에 가면 리비에라 지방에서 가장 훌륭한 요리를 맛볼 수 있다는 평판이 자자해졌다. 집사와 하인에게는 어깨에 금줄 장식이 달린 흰색 제복을 입혔다. 그는 최대한 후하고 성대하게 손님들을 대접하되, 고상한 품위를 지키기 위한 한계선은 넘지 않으려고 노력했다. 지중해 연안에는 유럽 각지에서 온 왕족들이 많이 살고 있었다. 온화한 기후에 이끌려 온 사람도 있고, 망명해 온 사람도 있고, 어떤 불명예스러운 과거나 부적절한 결혼 때문에 외국에서 사는 것이 더 편해서 와 있는 사람도 있었다. 이 지역에는 러시아의 로마노프가(家)와 오스트리아 합스부르크가(家), 스페인 부르봉가(家)의 자손들, 시칠리아의 귀족 두 명과 파르마 귀족이 살고 있었다. 또 윈저 왕가 사람들, 브라간사 왕가의 공작들, 스웨덴이나 그리스의 왕족도 있었다. 엘리엇은 그들을 자주 초대했다. 왕족의 혈통은 아니라도 오스트리아나 이탈리아, 스페인, 러시아, 벨기에 등에서 온 공작과 공작 부인, 후작과 후작 부인들도 있었다. 엘리엇은 그들 역시 자주 초대했다. 겨울이면 스웨덴 왕과 덴마크 왕이 지중해 해안에 와서 머물렀고 이따금 스페인의 알폰소 왕이 잠깐씩 다녀가기도 했는데, 엘리엇은 그들도 반드시 성대하게 대접했다. 내가 엘리엇을 보면서 무엇보다도 감탄한 점은, 그가 신분 높은 인사들을 대할 때 우아함과 예의를 한껏 갖추면서도, 모든 사람은 평등하게 태어난다고 가르치는 나라의 국민으로서 독립적이고 당당한 태도를 잃지 않았다는 사실이다.

그 무렵 나는 몇 년 동안 여기저기 여행을 한 후에 카프페라*에 집을 사 두었기 때문에 엘리엇을 자주 만날 수 있었다. 그는 나에게 퍽 호감을 갖고 있었으므로 자신이 베푸는 화려한 파티에 종종 나를 초대했다.

"선생님, 꼭 참석해 주시면 감사하겠습니다. 물론 왕족들이 참석하면 파티를 망치게 된다는 걸 저도 압니다. 하지만 왕족을 만나 보고 싶어 하는 사람들이 있거든요. 딱한 그 사람들

* 지중해 연안 니스 근처의 휴양도시.

을 배려해 주는 것이 제 마땅한 도리라고 생각합니다. 사실 그들은 그런 걸 누릴 자격도 없는 사람들이지만요. 그들은 남의 은혜라곤 모르지요. 상대를 이용할 생각만 하고, 더 이상 필요가 없어지면 마치 헌신짝 버리듯 내팽개쳐 버립니다. 상대가 베푸는 호의와 은혜는 얼마든지 받으면서, 그 보답으로 아주 조그만 일도 해 주려 들지 않는 사람들이에요."

엘리엇은 그 지방 관리나 유지들과도 친분을 쌓으려고 노력했으며, 그 지역의 지사와 주교(주교 총대리를 늘 대동했다.)도 자주 엘리엇의 식탁을 빛내 주었다. 주교는 성직에 몸담기 전에 기병 장교였고 전쟁 때는 기병 연대를 지휘하기도 한 사람이었다. 혈색이 좋고 뚱뚱한 편인 주교가 군대 시절의 거친 말을 아직 종종 즐겨 썼기 때문에, 창백한 안색에 금욕적인 분위기마저 풍기는 총대리는 행여 그의 입에서 불경스러운 단어가 튀어나올까 봐 안절부절못했다. 주교가 자신이 좋아하는 화제로 이야기를 늘어놓을 때면 총대리는 못마땅한 미소를 지으며 듣고 있었다. 그러나 주교는 교구를 관리하는 능력이 매우 뛰어났고, 오찬 테이블에서 재미난 이야기를 풀어 놓는 것 못지않게 설교단에서도 신도들에게 감동적인 설교를 들려주었다. 그는 엘리엇의 독실한 신앙생활과 성당에 대한 후한 기부를 높이 샀으며, 엘리엇의 상냥한 태도와 훌륭한 식사 대접을 퍽 마음에 들어 했다. 두 사람은 꽤 친분이 깊은 사이가 되었다. 엘리엇은 아마도 두 세계 모두에 충실하게 살고 있다는, 감히 표현하자면, 하느님과 마몬* 사이의 균형을 만족스럽게 유지하고 있다는 자부심을 느꼈을

* 부와 물욕의 신.

것이다.

엘리엇은 자신의 집이 대단히 자랑스러워서 여동생한테도 몹시 보여 주고 싶어 했다. 여동생은 언제나 그가 하는 일에 대해 흔쾌히 찬성하기보다는 약간 주저하는 기색을 비쳤고, 그렇기 때문에 더욱 그는 자신의 생활 방식과 친하게 지내는 사람들을 보여 주고 싶었다. 그것이야말로 여동생의 주저하는 태도에 확실한 답을 보여 주는 방법이었다. 그러면 그녀도 엘리엇이 성공했다는 것을 인정할 수밖에 없을 것이었다. 엘리엇은 여동생한테 그레이와 이사벨과 함께 놀러 오라는 편지를 보냈다. 남는 방이 없으므로 엘리엇의 집에 머물지는 못하지만 근처의 호텔 뒤 카프에 묵으면 된다고 적었다. 브래들리 부인은, 이제 여행을 다니기는 힘들고 건강도 그다지 좋지 않으니 집에 있는 편이 낫겠다고 답장을 보내왔다. 그레이도 바빠서 시카고를 떠나기가 힘들다는 말도 덧붙였다. 사업이 한창 일어나는 시기라 수익이 늘어나고 있으니 회사에 있어야 한다는 것이었다. 엘리엇은 여동생에 대한 애착이 남달랐으므로 그 답장을 받고 적잖이 실망했다. 그는 곧 이사벨에게 편지를 썼다. 이사벨은 외삼촌의 편지를 받고, 어머니 건강이 나빠져서 일주일에 하루는 침대에만 누워 있어야 하지만 당장 어떻게 되실 정도로 심각한 건 아니고, 또 조심히 관리만 잘하면 어느 정도는 오래 사실 수 있을 거라는 내용의 전보를 쳤다. 또 그레이에게 휴식이 필요하긴 하고, 아버지한테 잠시 일을 봐 달라고 부탁해 놓고 짧은 휴가를 내는 게 불가능하진 않으니까, 혹시 그해 여름이 안 되면 이듬해라도 그레이와 함께 찾아가겠다고 덧붙였다.

그리고 1929년 10월 23일, 뉴욕 주식시장이 폭락했다.

5

그 당시 나는 런던에 있었다. 처음에 우리 영국인들은 사태가 얼마나 심각한지, 또 어떤 끔찍한 결과가 초래될지 인식하지 못하고 있었다. 나도 상당한 손해를 봐서 낙담하기는 했지만, 내가 손실을 입은 부분은 대부분 장부상 이익이 발생했던 부분이었고 상황이 어느 정도 진정되고 난 후에 보니 현금은 거의 손실이 없었다. 나는 엘리엇이 상당한 돈으로 투기를 했다는 것을 알고 있었으므로 그가 심각한 타격을 입지 않았을까 우려했다. 하지만 우리는 계속 만날 기회가 없다가 둘 다 크리스마스에 리비에라로 갔을 때에야 만났다. 그때 그에게서 헨리 매튜린이 사망했고 그레이는 파산했다는 소식을 들었다.

나는 사업에 관해서는 문외한이기 때문에, 엘리엇에게 들은 이야기를 전달하는 나의 설명이 조금 부족할지도 모른다. 내가 이해한 바로는, 그들 부자의 회사가 파국을 맞은 것은 헨리 매튜린의 아집과 그레이의 무모함이 큰 원인으로 작용한 것 같았다. 처음부터 헨리 매튜린은 상황의 심각성을 믿지 않고, 뉴욕의 브로커들이 교묘하고 민첩하게 움직여서 다른 지방의 브로커들을 골탕 먹이려고 음모를 꾸민 것이라고 확신했다. 그래서 이를 악물고 주식시장에 돈을 쏟아부었다. 그는 뉴욕 악당들의 속셈에 휘말려서 너도나도 공황 분위기에 휩쓸리는 시카고의 브로커들을 보며 화를 냈다. 헨리 매튜린은 자기가 자산을 관리해 주는 소액 고객들, 즉 안정된 수입을 가진 과부들이나 은퇴한 장교들이 그의 조언을 따라서 손해를 본 적이 결코 없다는 사실을 언제나 자랑스러워한 사람이었다. 그런 만큼 이제 상황이 그렇게 돌아가고 보니, 그들이 손해를 보게 방관할 수는 없는 노릇이라 자기 돈을 털어서 그들의 손실을 메워 주었다. 나는 파산해도 상관없다, 재산이야 다시 모으면 된다, 하지만 나를 믿는 고객들이 재산을 몽땅 날리면 내가 어떻게 고개를 들고 다니겠느냐, 하고 말했다고 한다. 그는 자신이 넓은 아량과 배짱을 가졌다고 여겼지만 그것은 헛된 자만일 뿐이었다. 그의 엄청난 재산은 순식간에 바닥이 났고, 그러던 어느 날 밤에 심장마비를 일으켰다. 그는 60대였다. 언제나 치열하게 일하고, 쉴 때는 열심히 즐기고, 과식과 과음을 반복하던 사업가였다. 몇 시간 동안 심한 고통에 시달리다가 결국 관상동맥 혈전증으로 사망했다.

그레이는 그 모든 상황을 혼자 수습해야 했다. 게다가 그동안 아버지 모르게 상당한 규모의 투기에 손을 대고 있었던 터라 커다란 난관에 봉착했다. 그는 어떻게든 상황을 극복해 보려고 안간힘을 썼지만 소용없었다. 은행도 그에게 돈을 빌려주지 않았고, 증권거래소의 선배들은 하나같이 그에게 포기하는 길밖에 없다고 말했다. 그 후의 이야기는 나도 자세히 모르지만, 결국 채무를 감당하지 못하고 파산을 선언했던 모양이다. 이미 집도 저당 잡혀 있던 터라 곧 저당권자들에게 넘어가고 말았다. 레이크 쇼어 드라이브와 마빈에 있는 아버지 집들도 헐값에 매각하고 이사벨의 보석들도 전부 팔았다. 남은 것은 사우스캐롤라이나의 농장뿐이었다. 그 농장은 이사벨 명의로 되어 있었는데 사겠다는 사람이 나타나질 않았다. 그레이는 한마디로 빈털터리가 되었다.

나는 엘리엇에게 물었다.

"그럼 당신은 어땠습니까?"

"아, 저야 뭐 괜찮습니다. 하느님은 털을 막 깎인 어린 양에게 모진 바람을 보내시지 않는다는 말도 있잖습니까."

그는 아무렇지 않다는 듯 가볍게 대답했다. 나는 더 이상 묻지 않았다. 그의 재정 문제야 내가 꼬치꼬치 물을 사안이 아니었기 때문이다. 하지만 규모가 얼마였든지 간에 그 역시 대부분의 사람들과 마찬가지로 손해를 입었을 것 같았다.

처음엔 경제 불황도 리비에라 지방에 심각한 타격을 주지는 않았다. 물론 영향이 없진 않았다. 그 지방에 있는 사람들 가운데 상당한 손해를 입은 사람이 두셋쯤 있다는 이야기가 들렸고, 겨울 동안 문을 잠가 놓은 별장들이 많았으며 몇 채는 매물로 나오기도 했다. 호텔도 한산해졌고 몬테카를로에 있는 카지노도 손님이 줄어 투덜댔다. 하지만 2년쯤 지나자 불황의 여파가 확실하게 느껴졌다. 당시 어느 부동산업자의 얘기에 따르면, 툴롱에서 이탈리아 국경에 이르는 해안가에 사람들이 팔려고 내놓은 크고 작은 부동산 매물이 4만 8000건에 이른다고 했다. 카지노의 수익도 전에 없이 뚝 떨어졌고, 일류 호텔들도 숙박료를 많이 내렸지만 그래도 손님은 늘지 않았다. 그 지역에 와 있는 외국인들이라고는 전부 가난뱅이들뿐으로, 쓰려고 해도 쓸 돈이 없는 사람들이었다. 상점 주인들도 전부 울상이었다. 그런데 그런 시기에 엘리엇은 다른 사람들과 달리 하인 수를 줄이지도 않고 그들의 봉급을 깎지도 않았다. 그는 왕족과 명사들을 초대한 테이블에 변함없이 최고급 음식과 와인을 내놓았다. 게다가 미국에서 수입한 커다란 새 자동차도 장만했고 그 때문에 상당한 세금도 냈다. 실직자 가정에 무료 음식을 제공하기 위해 주교가 조직한 자선단체에도 아낌없이 기부했다. 경제 불황이 마치 없었던 것처럼, 세계의 절반이 그 여파에 흔들리고 있는 것이 마치 거짓말인 것처럼 그는 전과 다름없는 생활을 즐기고 있었다.

나는 그 이유를 아주 우연한 기회에 알게 되었다. 그 무렵 엘리엇은 옷을 구입하러 1년에 한 번 2주 동안만 영국에 들렀다. 그리고 가을 석 달 동안과 5월, 6월에는 파리에 있는 아파트에 가서 지냈다. 그 시기에는 리비에라에 친구들이 남아 있지 않기 때문이었다. 그는 여름에 리비에라에서 지내는 것을 좋아했다. 수영을 할 수 있기 때문이기도 했지만, 내 생각에 그보다 더 중요한 이유는, 평소에는 에티켓과 예의범절 때문에 입을 수 없던 화려한 옷을 더운 날씨 덕분에 마음껏 입을 수 있다는 점인 것 같았다. 여름이면 그는 빨강, 파랑, 초록, 노랑 등 화려한 단색의 바지 차림에, 위에는 바지와 대조되는 자주색, 보라색, 암갈색, 또는 얼룩덜룩한 무늬의 셔츠를 입곤 했다. 그리고 사람들이 멋있다고 칭찬해 주면, 마치 새로 맡은 역할을 멋지게 해냈다는 칭찬을 들은 여배우처럼 그런 소리 말라며 손사래를 쳤다.

나는 봄에 카프페라로 돌아가는 길에 파리에서 하루 머물게 되었는데, 함께 점심이나 먹자고 엘리엇에게 연락했다. 우리는 리츠의 바에서 만났다. 예전에는 친구들과 즐기러 온 미국 대학생들로 붐비곤 했지만 이제는 한산해져서, 마치 처음 무대에 올린 연극이 실패한 극작가의 모습처럼 처량하게 느껴졌다. 우리는 칵테일을 한 잔씩 마시고 나서(그도 결국은 이 미국식 습관에 익숙해졌다.) 식사를 주문했다. 식사를 마치자 엘리엇은 골동품 가게를 구경하자고 제안했다. 나는 골동품을 살 돈이 없다고 말은 했지만 그래도 기꺼이 함께 나섰다. 방돔 광장을 걸어가고 있을 때 그가 샤르베 상점에 잠깐 들러도 괜찮겠냐고 물었다. 몇 가지 주문해 놓은 게 있는데 다 되었는지 알아보고 싶다는 것이었다. 내의 상의와 속바지 몇 벌을 주문하고 거기에 자기 이름 머리글자를 수놓아 달라고 말해 둔 모양이었다. 직원은 상의는 완성이 안 됐지만 속바지는 다 되었다며, 그것이라도 먼저 보시겠냐고 물었다.

"그러지요."

엘리엇은 이렇게 대답하고 직원이 가지러 간 사이에 내게 말했다.

"저만의 방식으로 해 달라고 부탁해 두었답니다."

직원이 가져온 속바지들을 보니 실크로 만들어졌다는 점만 빼고는 내가 메이시 백화점에서 자주 사는 속바지와 거의 비슷해 보였다. 그런데 한 가지 눈에 띄는 점이 있었다. 그것은 'E. T.'라는 머리글자 위쪽에 수놓은, 백작을 나타내는 왕관 모양 무늬였다. 나는 아무 말도 하지 않았다.

"훌륭해, 아주 마음에 드는군요. 상의가 다 되면 그것과 함께 보내 주시오."

상점을 나와서 걸어가다가 엘리엇이 미소를 지으며 말했다.

"왕관 무늬, 보셨습니까? 사실 아까 샤르베 상점에 들르자고 말씀드릴 때는 까맣게 잊고 있었는데 말입니다, 교황께서 저를 위해 우리 가문의 옛 칭호를 부활시켜 주셨답니다. 미처 말씀 드릴 기회가 없었군요."

"당신의 뭘요?"

나는 놀란 나머지 미처 정중하게 물어보질 못했다. 엘리엇은 기분이 약간 상했는지 눈썹을 추켜세웠다.

"모르셨습니까? 저는 외가 쪽으로 라우리아 백작의 후손입니다. 라우리아 백작은 스페인 펠리페 2세를 수행하여 영국에 가서 메리 1세의 시녀와 결혼했지요."

"그 피의 메리 여왕* 말인가요?"

"그건 이교도들이 부르는 말이지요."

엘리엇은 딱딱한 목소리로 대답하고 곧 다시 말을 이었다.

"이 얘긴 말씀드린 적이 없는 것 같은데, 저는 1929년 9월을 로마에서 보냈습니다. 그때쯤 로마는 텅 비게 되니까 가 봐야 무료할 것 같았지만, 다행히 세상의 즐거움에 대한 욕망보다는 종교적인 의무감이 더 강하게 앞섰지요. 그때 바티칸에 있는 지인들이 그러더군요. 곧 주식시장 폭락이 다가올 테니까 반드시 미국 주식들을 전부 팔아 버리라고요. 가톨릭교회는 2000년 동안 지혜를 쌓아온 곳 아닙니까. 그래서 망설임 없이 헨리 매튜린한테 전보를 쳐서 내 주식을 전부 팔아 금을 사 달라고 부탁했습니다. 루이자한테도 전보를 쳐서 당장 그렇게 하라고 말했고요. 헨리는 나에게 미쳤냐면서 다시 생각해 보고 확실하게 말해 줄 때까지 기다리겠다는 거예요. 저는 다시 전보를 쳐서

* 영국 여왕 메리 1세는 신교도들을 무자비하게 박해하여 '피의 메리(Bloody Mary)'라는 별칭을 얻었다.

무조건 그렇게 해 달라고 단호하게 못을 박았습니다. 그런 다음에, 내가 말한 대로 했다는 답신을 다시 달라고 했지요. 딱 한 루이자는 제 조언을 무시해서 손해를 보고 말았답니다."

"그럼 시장이 폭락했을 때도 당신은 끄떡없었겠군요?"

"미국인다운 일 아니겠습니까. 물론 선생님은 이런 표현을 쓸 일이 없으시겠지만, 제 상황을 대단히 정확하게 표현하는 말이지요. 전 한 푼도 손해 안 봤습니다. 사실 이미 두둑이 벌어 둔 상태였고요. 얼마 지난 후엔 원래 주가보다 훨씬 낮은 금액으로 내 주식들을 다시 샀습니다. 이게 다 하느님의 은혜가 아니면 무엇 때문이겠습니까? 그래서 감사하는 마음으로 무언가를 보답하는 것이 마땅한 도리라고 생각되더군요."

"그래서 어떻게 하셨습니까?"

"무솔리니 총통이 습지대인 폰티노 평원에 대대적인 간척 사업을 벌이고 있지 않습니까. 그런데 교황께서 그곳에 정착할 사람들이 마땅히 미사드릴 공간이 없다고 굉장히 걱정하신다는 소식을 들었습니다. 간단히 말씀드리면, 그래서 로마네스크 양식으로 자그마한 성당을 그곳에 지어 주었습니다. 프로방스 지방에서 본 어떤 성당을 그대로 모델로 삼았지요. 구석구석 그야말로 완벽해서, 제 입으로 말하긴 뭐하지만, 하나의 보석을 보는 느낌이랄까요. 그리고 그 성당을 성(聖) 마틴에게 헌정했습니다. 마침 성 마틴이 자신의 외투를 찢어서 벌거벗은 거지에게 주는 장면이 그려진 오래된 스테인드글라스 창문을 발견했거든요. 그 성당을 상징하기에 꼭 알맞다고 생각되어 그것을 사다가 제단 위쪽 창에 장식했습니다."

나는 그에게 성 마틴의 훌륭한 행동과, 그가 꼭 알맞은 때에 팔아 치워서 번 돈을 마치 중개인한테 수수료를 주듯 하느님께 바친 것 사이에 무슨 연관 관계가 있느냐고 묻고 싶었지만 그만두었다. 어쨌거나 나처럼 상상력이 부족한 사람은 상징이란 것을 이해하기 힘들 때가 많다. 엘리엇은 계속했다.

"그 성당 사진을 교황께 보여 드렸더니, 자상하게도 교황께서는 한눈에 봐도 제 안목이 나무랄 데 없이 훌륭하다는 것을 알겠다고 하시면서, 지금처럼 타락한 시대에 저처럼 독실한 신앙심과 뛰어난 예술적 감각을 겸비한 사람을 만나게 되어 참으로 기쁘다고 하시더군요. 저로서는 그야말로 평생 잊지 못할 영광스러운 순간이었습니다. 그리고 얼마 후 저한테 귀족 작위를 내려 주시겠다고 하시기에 얼마나 놀랐던지요! 저는 미국인이므로 바티칸 이외에서는 그 호칭을 사용하지 않는 것이 옳다고 생각합니다. 그래서 하인 조제프한테도 나를 부를 때 백작이라는 칭호를 쓰지 말라고 일러두었지요. 선생님께서도 혼자만 알고 계십시오. 여기저기 소문이 퍼지는 걸 원치 않습니다. 하지만 교황께서 제가 당신이 내려 준 영광을 귀하게 여기지 않는다고 생각하시면 안 되지 않겠습니까. 속옷에 왕관 무늬를 새겨 넣은 것은 순전히 그분에 대한 존경심을 잊지 않기 위해서입니다. 선생님 앞이니까 드리는 말씀입니다만, 미국 신사의 수수한 줄무늬 옷 속에 신분을 감춰 두고 조심스럽게 자랑스러운 기분을 느낄 수 있는 거지요."

우리는 헤어졌다. 엘리엇은 그해 6월 말에 리비에라로 돌아가겠다고 말했지만 결국 그렇게 하지는 못했다. 파리에 있던 하인들을 먼저 리비에라로 보내서 모든 준비를 갖춰 놓도록 하고 자신은 나중에 자동차를 타고 여유 있게 가려고 준비를 막

마쳤을 때, 브래들리 부인의 병세가 갑자기 악화되었다는 전보를 이사벨로부터 받은 것이다. 엘리엇은 여동생을 좋아했고, 또 앞에서도 말했듯이, 가족에 대한 애정이 남달랐다. 그는 곧 셰르부르에서 배를 타고 뉴욕으로 간 다음 다시 시카고로 향했다. 그는 내게 보낸 편지에, 브래들리 부인의 병세가 매우 나빠져서 몰라보게 여위었다고 썼다. 몇 주일, 아니면 몇 달은 더 살 수 있을지도 모르지만, 어쨌거나 마지막 순간까지 여동생의 곁을 지키는 것이 자신의 의무라고 생각한다고 했다. 또 더위는 생각했던 것보다 참을 만하며, 마음에 드는 사교 모임이 거의 없긴 하지만 어차피 그런 곳에 다닐 기분도 나지 않으므로 괜찮다는 말도 적었다. 그리고 경제공황에 대응하는 미국인들의 태도에 실망했다고 말했다. 눈앞에 닥친 불행에 좀 더 침착하게 행동할 줄 알았다는 것이었다. 본래 남의 불행을 의연하게 보아 넘기는 것만큼 쉬운 일은 없는 법이다. 나는 과거 그 어느 때보다도 부자가 되어 있는 엘리엇이 냉정하고 호되게 미국인들을 비판할 자격은 없다는 생각이 들었다. 마지막으로, 그는 몇몇 친구들에게 전달해 달라며 메시지를 남겼고, 나더러 만나는 사람들에게 자기가 여름에 집을 비워 두게 된 이유를 잊지 말고 꼭 설명해 달라고 부탁했다.

그로부터 한 달이 조금 넘어서 엘리엇에게 다시 편지가 왔다. 브래들리 부인이 사망했다는 소식이었다. 그는 진심으로 가슴 아파하고 있었다. 만일 내가 그와 오랫동안 친분을 쌓지 않은 사람이라면, 그래서 그가 속물근성과 잘난 체하는 허식이 있음에도 불구하고 속으로는 착하고 자상하며 정직한 남자라는 사실을 몰랐다면, 그가 편지에서 그렇게 품위 있으면서도 진실하고 솔직하게 감정을 표현할 수 있으리라고는 생각지 못했을 것이다. 편지 내용에 따르면 상황이 몹시 안 좋은 모양이었다. 외교관인 브래들리 부인의 장남은 도쿄에서 대사가 없는 동안 대리 대사로 근무하고 있었기 때문에 자리를 떠날 수가 없었다. 또 내가 처음 브래들리 부인을 만날 즈음 필리핀에서 근무하던 차남 템플턴은, 얼마 후 워싱턴으로 옮겨 국무부에서 상당히 중요 직책을 맡고 있었다. 그는 어머니가 위독해졌을 때 부인과 함께 시카고에 왔지만, 장례식이 끝나자마자 다시 워싱턴으로 돌아가야 했다. 따라서 엘리엇이 미국에 남아서 모든 뒷일을 정리해야만 했다. 브래들리 부인은 재산을 세 자녀에게 똑같이 분배했지만, 1929년 폭락 때 입은 손실이 큰 모양이었다. 다행히도 마빈에 있는 농장을 사겠다는 사람은 찾은 상태였다. 엘리엇은 편지에서 그 농장을 '사랑하는 루이자의 시골집'이라고 표현했다. 편지에는 다음과 같은 구절도 있었다.

> 어떤 가족에게나 조상으로부터 내려온 집과 이별해야 한다는 것은 슬픈 일이 아닐 수 없습니다. 하지만 최근에 저는 많은 영국 친구들이 이와 비슷한 일을 겪는 것을 목격했습니다. 저는, 이사벨을 비롯한 내 조카들도 그들과 마찬가지로 체념할 것은 체념하고 용기 있는 태도로 불가피한 운명을 받아들여야 한다고 생각합니다. 품위 있는 집안의 자손일수록 그에 어울리는 책임과 도리를 다해야 하니까요.

다행히 시카고에 있는 브래들리 부인의 집도 무사히 처분할 수 있었다. 그 지역의 집들을 허물고 대신 대규모 아파트 블록을 만들려는 계획이 오래전부터 진행되고 있었는데, 브래들리 부인이 자기가 살던 집에서 죽고 싶다고 고집했기 때문에 아파트 사업이 미뤄지고 있었다. 하지만 그녀가 죽자마자 개발업자들이 찾아와 집값을 제안했고 그 제안은 즉시 받아들여졌다. 그래도 여전히 이사벨은 심한 재정난에 시달려야 했다.

그레이는 파산한 후에 일자리를 구해 보려고 애썼다. 공황의 폭풍을 견뎌 낸 증권회사에 말단 직원으로라도 들어가려고 알아봤지만 허사였다. 옛 친구들을 찾아다니며 아무리 급료가 형편없고 비천한 일이라도 상관없으니 일거리가 없겠느냐고 부탁해 봤지만 역시 소용이 없었다. 역경을 극복하려고 미친 듯이 노력하는 가운데 걱정과 굴욕감에 시달리다가, 그는 결국 신경쇠약에 걸리고 말았다. 그래서 극심한 두통에 시달리기 시작했는데 그럴 때면 하루 종일 아무것도 할 수가 없었고, 두통이 멎고 나면 온몸이 지칠 대로 지쳐 버렸다. 이사벨은 남편의 건강이 회복될 때까지 아이들을 데리고 사우스캐롤라이나의 농장에 가 있는 것이 좋겠다고 생각했다. 그곳은 한창 때는 쌀 수확으로 1년에 10만 달러의 수익을 올리던 땅이었지만, 이제 습지와 고무나무 숲이 가득한 황량한 지역으로 변해 버린 지 오래였다. 그래서 오리 사냥을 하는 사냥꾼들이나 찾을 뿐, 땅을 사겠다는 사람은 잘 나서지 않았다. 파산 이후 이사벨 가족은 가끔씩 그곳에 가서 지냈고, 상황이 호전되고 그레이가 마땅한 일자리를 찾을 때까지는 그렇게 지낼 생각이라고 했다.

엘리엇은 편지에 이렇게 적었다.

정말 말도 안 되는 상황이었습니다, 선생님. 그 애들은 마치 돼지나 다름없이 살고 있었습니다. 이사벨은 하녀도 없고, 애들을 봐 줄 가정교사도 없었어요. 흑인 여자 두 명이 겨우 집안일을 거들고 있을 뿐이었습니다. 그래서 애들한테 제안했습니다. 미국의 상황이 좋아질 때까지 파리에 있는 내 아파트에 와서 지내는 게 어떻겠냐고 말입니다. 주방에서 일하는 하녀의 요리 솜씨가 뛰어나니까 그 하녀도 그대로 있게 하겠다고 했지요. 저야 다른 사람을 구하면 되니까요. 이런저런 금전적인 문제들은 내가 알아서 처리할 테니, 이사벨은 얼마 안 되는 수입으로 옷을 사거나 살림 잡비로 사용할 수 있을 거라고 했습니다. 물론 그렇게 되면 저는 리비에라에서 지내는 기간이 예전보다 훨씬 길어질 거고, 또 선생님도 더 자주 뵙게 되겠지요. 지금 런던과 파리의 상황을 감안하면 저도 리비에라에서 지내는 편이 더 즐거우리라 생각합니다. 마음 맞는 사람들을 만날 수 있는 곳은 이제 거기뿐인 것 같습니다. 이따금은 며칠씩 파리에 가서 머물겠지만, 그때는 북적이는 리츠 호텔에서 묵는 것도 전혀 개의치 않을 겁니다. 다행히도 오랜 설득 끝에 그레이와 이사벨의 동의를 얻어 냈습니다. 필요한 준비들을 가급적 빨리 마친 후에 전부 데리고 떠날 계획입니다. 이사벨의 집에 있던 가구랑 그림들(정말 형편없는 것들이라 진품인지 심히 의심스럽더군요.)도 다음다음 주에 처분할 예정인데, 마지막 순간까지 그 집에 남아 있으면 그 애들이 괴로울 것 같아서, 제가 있는 드레이크 호텔로 데려와 함께 지내도록 하고 있습니다. 파리에 도착하면 자리를 잡도록 도와주고 저는 리비에라로 떠날 겁니다. 잊지 말고 주변 지인들께 안부 전해 주시길 바랍니다.

세상 그 누구에게도 뒤지지 않는 속물인 엘리엇이 또한 누구보다도 자상하고 배려 깊으며 마음이 넓은 남자라는 사실을 어떻게 인정하지 않을 수 있겠는가?

4장

1

엘리엇은 리브고슈에 있는 자신의 널찍한 아파트에 매튜린 부부를 살게 하고 그해 말에 리비에라로 돌아갔다. 아파트는 그가 자신만의 편의에 맞춰서 설계해 놓았기 때문에, 네 명의 가족과 함께 살 만한 공간이 못 되었다. 설령 그들과 함께 지내고 싶었더라도 그럴 수가 없었을 것이다. 엘리엇이 그런 점을 아쉬워하지는 않은 것 같다. 조카딸이나 조카사위와 함께 사는 것보다 혼자 지내는 편이 여러모로 더 유리하고 편하다는 것을 그도 잘 알고 있었기 때문이다. 또 그와 매튜린 부부 양쪽으로 늘 손님이 찾아오면, 그 자신만의 조촐한 파티들(그런 파티에 그는 대단히 공을 들였다.)을 베풀기가 힘들어질 것이었다.

"그 애들도 이제 파리에 살면서 교양 있는 생활에 익숙해지는 게 좋을 겁니다. 게다가 이사벨의 두 딸도 학교 갈 나이가 되었잖습니까. 제 아파트에서 멀지 않은 곳에 일류 학교가 하나 있지요."

그런 모든 일이 있은 이후 내가 이사벨을 만난 것은 이듬해 봄이었다. 그 봄에 나는 어떤 볼일 때문에 파리에 몇 주 머물게 되어서, 방돔 광장 근처에 있는 호텔에 방을 두 개 예약했다. 위치도 편리할 뿐만 아니라 특유의 분위기가 마음에 들어서 내가 애용하는 호텔이었다. 안뜰을 둘러싸고 크고 오래된 건물이 세워져 있는 그 호텔은 거의 200년의 역사를 가진 곳이었다. 욕실은 호화로움과는 거리가 멀었고 수도 시설 같은 것도 훌륭한 편은 못 되었다. 침실에는 흰색으로 칠한 철제 침대 위에 하얀색 구식 침대 커버가 씌워져 있고 한쪽에 커다랗고 볼품없는 옷장이 놓여 있었다. 하지만 응접실에는 고풍스러운 훌륭한 가구들이 놓여 있었다. 소파와 팔걸이의자들은 찬란한 나폴레옹 3세 시대의 것들로, 앉아 있기가 편하지는 않았지만 화려한 멋을 풍겼다. 그 방에 앉아 있으면 프랑스 소설가들의 세계에 살고 있는 기분이 들었다. 유리 케이스에 들어 있는 제정 시대풍의 시계를 쳐다보고 있으면, 곱실거리는 긴 머리를 늘어뜨리고 주름 장식 드레스를 입은 아름다운 여인이 시계 바늘의 움직임을 지켜보며 라스티냐크가 오기를 기다리는 모습이 떠올랐다. 가난한 귀족 집안 아들로 처음엔 초라한 젊은 법학도에 불과하다가 나중에 화려한 사교계에까지 진출하는, 발자크 소설 속의 주인공 라스티냐크 말이다. 그리고 소설 속에서 너무나 생생한 인물을 창조한 나머지 발자크 그 자신도 죽어 가면서 '비앙숑이라면 나를 살릴 수 있을 텐데.'라고 말했다고 하는데, 그 의사 비앙숑이 그 방에 나타나도 놀랍지 않을 것만 같았다. 시골에 있다가 어떤 소송사건 때문에 변호사를 만나러 파리에 온 귀족 미망인이 가벼운 병에 걸려 의사를 불렀는데, 비앙숑이 들어와 미망인의 맥을 짚어 보고 혀를 살펴보는 장면이 떠올랐다. 방의 커다란 테이블에서는 불룩하게 부풀린 치마를 입고 앞가르마를 단정하게 탄, 사랑에 애태우는 한 여인이 변심한 애인에게 불타는 사랑을 담은 편지를 썼을 것만 같았고, 또 그 자리에서 초록색 프록코트를 입고 목에 깃을 세운 깐깐한 노신사가 씀씀이가 헤픈 아들을 꾸짖는 편지를 썼을 것만 같았다.

나는 파리에 도착한 다음 날 이사벨에게 전화를 걸어 5시쯤 찾아가서 차를 한잔 마실 수 있겠느냐고 물었다. 그녀를 만나지 못한 지 10년이나 되어 있었다. 착실해 보이는 집사의 안내를 받아 응접실에 들어갔을 때 그녀는 프랑스 소설을 읽고 있었다. 그녀는 의자에서 일어나 내 양손을 잡으며 따뜻하고 부드러운 미소를 지었다. 그때까지 내가 그녀를 만난 것은 열 번도 안 되고 단둘이서 만난 것은 고작 두 번이었지만, 그냥 아는 사이가 아니라 오래된 친구처럼 느껴졌다. 10년이란 세월이 젊은 아가씨와 중년 남자 사이에 존재하던 거리감을 씻어가 버려서 이제는 서로의 나이차를 전혀 의식하지 않았다. 이사벨은 세상사에 익숙해진 여자답게 상냥하고 싹싹한 태도로 나를 자기 또래의 남자를 대하듯 했으며, 5분쯤 지나고 나자 우리는 마치 매일 만나는 친구처럼 솔직하고 거리낌 없이 대화를 나눴다. 그녀의 언동에는 침착하면서도 자신 있는 태도가 묻어났다.

그러나 내가 무엇보다 놀란 것은 그녀의 외모가 상당히 변했다는 점이었다. 내 기억 속의 그녀는 조금 더 살이 찌면 뚱뚱해 보일 것만 같은, 활달하고 예쁘장한 아가씨였다. 살을 빼려고 엄청난 노력을 했던 것인지, 아니면 출산이라는 특별한 (그러면서도 행복한) 경험 때문이었는지는 모르겠지만, 이제는 상당히 날씬해져 있었다. 게다가 옷차림이 그런 몸매를 더욱 돋보이게 했다. 너무 수수하지도, 너무 화려하지도 않은 검정색 실크 드레스를 입고 있었는데, 한눈에 보기에도 파리의 일류 재단사에게 맞춘 것임을 알 수 있었다. 고급 옷을 입는 것이 몸에 밴 여인처럼 자연스러움과 자신감이 동시에 느껴졌다. 엘리엇이 옆에서 조언을 해 줬음에도 10년 전에는 그녀의 원피스가 왠지 겉으로만 꾸민 듯하고 어색한 느낌이 들었는데, 이제는 마리 루이즈 드 플로리몽이라 해도 그녀한테 세련미가 부족하다는 말은 못 할 것 같았다. 손톱도 장밋빛 매니큐어로 세련되게 칠해져 있었다. 이목구비도 더욱 뚜렷해졌고 오뚝하게 날이 선 코는 내가 본 여자들의 코 중에 가장 아름답다는 생각마저 들었다. 이마와 눈가에 주름 한 줄 없었고, 피부는 한창 때의 풋풋하고 뽀얀 느낌은 사라졌지만 그래도 아직 몹시 고왔다. 물론 어느 정도는 로션과 크림과 마사지 덕분이겠지만, 비쳐 보일 것 같은 곱고 투명한 피부가 더없이 매력적이었다. 야윈 듯한 뺨에는 살짝 분을 발랐고 입술도 알맞은 색깔로 칠해져 있었다. 옅은 갈색 머리는 당시 유행을 따라 단발로 잘랐고 물결 모양의 웨이브가 들어가 있었다. 손가락에는 반지를 하나도 끼고 있지 않았다. 엘리엇이 그녀가 보석을 전부 팔았다고 했던 게 생각났다. 아주 작은 편은 아니었지만 예쁘게 생긴 손이었다. 당시에는 여자들이 보통 낮에는 짧은 원피스를 입었는데 그녀 역시 그런 치마를 입고 있었다. 샴페인 색깔의 스타킹을 신은 다리가 늘씬하고 맵시 있게 뻗어 있었다. 얼굴이 예뻐도 다리가 유일한 콤플렉스인 여자들이 많지만, 이사벨은 처녀 때 볼품없던 다리는 사라지고 이제 보기 드문 각선미를 자랑하고 있었다. 과거에 넘치는 건강미와 쾌활함과 젊음이 매력적인 아가씨였다면, 이제는 성숙하고 아름다운 여인으로 변해 있었다. 그 아름다움이 어느 정도는 인공적인 기술과 육체적인 노력과 절제에서 기인한 것일 테지만 그런 것은 중요하지 않았다. 과정이야 어쨌든 그녀는 무척 아름다웠다. 그때그때 순간에 맞게 적절하게 나타나는 우아한 몸짓과 거동도 의식적인 노력으로 몸에 붙은 것일 테지만 아주 자연스러워 보였다. 파리에서 보낸 4개월의 시간이, 수년간 미완성인 채로 있던 예술 작품에 마지막 붓 터치를 가한 것이 아닌가, 하는 생각이 들었다. 아무리 까다로운 기준을 가진 엘리엇이라 할지라도 당시의 이사벨을 보면 인정하지 않을 수 없을 것 같았다. 그러니 별로 까다롭지 않은 나 같은 사람의 눈에는 얼마나 매혹적으로 보였겠는가.

그레이는 모르트퐁텐느에 골프를 치러 갔는데 곧 돌아올 거라고 했다.

"우리 두 꼬마 숙녀들도 만나 보셔야죠. 튈르리 공원에 갔는데 곧 돌아올 거예요. 얼마나 사랑스러운지 몰라요."

우리는 이런저런 얘기를 나눴다. 그녀는 파리가 마음에 들며 식구들 모두 엘리엇의 아파트에서 편하게 지내고 있다고 했다. 떠나기 전에 엘리엇이 이사벨 부부가 좋아할 만한 친구들을 몇 명 소개해 줬는데 그들과도 꽤 친해진 모양이었다. 또 엘리엇은, 자기가 늘 그랬던 것처럼, 손님에게는 항상 후하게 대접하라고 당부해 두었다고 했다.

"우리는 파산하고 났는데도 돈 많은 부자처럼 생활하고 있다는 사실이 얼마나 다행스러운지 몰라요."

"타격이 컸나?"

그녀는 살짝 웃었다. 밝고 쾌활하게 웃던 10년 전 그녀의 모습이 문득 떠올랐다.

"그레이는 이제 한 푼도 없어요. 그리고 지금 제 수입은, 옛날에 래리가 저한테 청혼했을 때 갖고 있던 수입과 비슷해요. 그땐 그 돈으로 도저히 살 수 없다고 생각했는데 지금은 아이 둘까지 키우는걸요. 조금 우습죠?"

"그렇게 여유 있게 웃어넘길 수 있다니 다행이군."

"래리 소식은 좀 들으세요?"

"아니 전혀. 예전에 네가 파리에 왔을 때 이후론 한 번도 못 봤어. 래리와 종종 만나던 사람들한테도 물어본 적이 있는데, 그것도 아주 오래전이지. 아무도 래리 소식을 모르는 것 같았어. 어디로 사라져 버렸는지……."

"래리가 계좌를 갖고 있는 한 시카고 은행 직원을 우리가 아는데, 그 직원 말로는 이따금씩 이상한 지역에서 돈을 찾아서 쓴대요. 중국이나 미얀마, 인도 같은 곳이요. 아마 여기저기 돌아다니나 봐요."

나는 궁금하던 질문을 했다. 뭔가 알고 싶은 게 있으면 물어보는 것이 가장 좋은 법이다.

"래리랑 결혼하지 않은 걸 후회하진 않아?"

그녀는 가볍게 미소를 지으며 대답했다.

"전 그레이와 결혼해서 매우 행복해요. 정말 좋은 남편이죠. 경제공황이 오기 전까진 우린 정말 행복한 시간만 보냈어요. 좋아하는 사람들도 같고, 또 취미도 비슷하고요. 그레이는 참 자상한 남자예요. 나밖에 모르는 남자가 옆에 있다는 건 정말 행복한 일이죠. 결혼했을 때나 지금이나, 저에 대한 애정에 변함이 없답니다. 그는 제가 세상에서 가장 좋은 여자라고 생각해요. 얼마나 자상하고 이해심이 많은지, 선생님은 상상도 못 하실 거예요. 어찌나 마음이 넓은지 어떤 때는 바보 같아 보일 정도에요. 나한테는 아무리 잘해 줘도 모자라단 생각이 드나 봐요. 지금껏 살면서 저한테 거친 말이나 싫은 소리를 한 적이 한 번도 없어요. 저는 정말 운이 좋은 여자인가 봐요."

나는 그녀가 내 질문에 대한 대답을 한 것이라고 여길까, 하는 의문이 문득 들었다. 나는 화제를 바꿔 보았다.

"딸들 얘기 좀 들려주지."

그때 현관 벨이 울렸다.

"아, 마침 왔나 봐요. 선생님께서 직접 만나 보세요."

잠시 후 여자 아이 둘이 보모 겸 가정교사인 여자한테 이끌려 들어왔다. 첫째인 조앤과 둘째인 프리실라였다. 두 아이는 차례로 내 손을 잡고 정중하고 귀엽게 인사를 했다. 조앤은 여덟 살, 프리실라는 여섯 살이었다. 둘 다 나이에 비해 키가 큰 편이었다. 나는 이사벨도 키가 크고 그레이도 체격이 좋다는 사실을 떠올렸다. 키가 좀 크긴 해도 역시 어린애다운 귀염성이 느껴졌고 연약해 보였다. 둘 다 머리칼은 아버지를 닮아 검었고, 눈동자는 엄마를 닮아 옅은 갈색이었다. 낯선 손님이 있는데도 별로 수줍음을 타지 않고, 공원에서 있었던 일들을 엄마한테 명랑하게 조잘거렸다. 아이들은 이사벨의 요리사가 차와 함께 준비해 놓은 과자가 먹고 싶은지 계속 그쪽으로 눈길을 던졌지만 마음대로 손을 대지는 않았다. 그리고 하나만 먹어도 좋다는 엄마의 허락이 떨어지자 어느 것을 고를지 망설이며 행복한 고민에 빠져들었다. 엄마에게 애정을 표시하는 두 소녀의 귀여운 모습은 보기만 해도 흐뭇했고, 세 모녀가 붙어 있는 모습은 한 폭의 따뜻한 그림 같았다. 아이들이 각자 고른 과자를 다 먹고 나자 이사벨은 딸들에게 다른 방에 가 있으라고 일렀다. 아이들은 얌전하게 엄마 말을 들었다. 이사벨이 부모 말을 잘 듣게끔 교육을 시킨 것 같았다.

아이들이 나가고 나서 나는 으레 자식 둔 부모한테 사람들이 하는, 그런 종류의 이야기들을 했다. 이사벨은 나의 칭찬을 즐거워하는 것 같기도 했고 어떤 때는 그냥 흘려듣는 것 같기도 했다. 나는 그레이가 파리를 좋아하더냐고 물었다.

"그럼요. 엘리엇 외삼촌이 자동차도 주고 가셔서 그레이는 거의 매일 골프를 치러 가요. 트래블러스 클럽에도 가입해서 거기 가서 브리지도 하고요. 물론 외삼촌이 우리를 이 아파트에 살게 해 준 건 너무나도 고마운 일이에요. 그레이의 신경쇠약이 정말 심각했거든요. 지금도 가끔씩 지독한 두통 때문에 고생하죠. 혹시 일자리가 생긴다 해도 아직은 무리일 것 같아요. 그래서 그레이 본인도 걱정스러운가 봐요. 일을 하고 싶어하고, 또 당연히 그래야 한다고 생각하니까요. 아직 오라는 데가 없으니까 괴로운 모양이에요. 남자라면 당연히 사회에서 일을 해야 하고, 일을 하지 않으면 죽은 것과 다를 바 없다고 생각해요. 자기가 마치 팔리지 않는 상품이 된 것 같은 기분이

든다고 괴로워하거든요. 한동안 쉬고 나면 전과 같은 상태로 돌아갈 수 있을 거라고 제가 설득해서 간신히 데려왔어요. 하지만 역시 그이는 예전처럼 일할 수 있게 돼야 행복을 느낄 거예요."

"이사벨이나 가족들이나, 지난 2년 반 동안 정말 힘든 시간을 보냈겠어."

"그럼요. 주식시장이 폭락하기 시작할 때 처음엔 믿기지가 않았어요. 우리가 파산한다는 건 정말 상상도 못한 일이었죠. 다른 사람들이라면 모를까 어떻게 우리가……. 정말 생각도 못 했어요. 아무리 상황이 나빠도 마지막 순간에 결국은 회복하리라고만 믿었죠. 그런데 정말 모든 게 무너졌을 때, 더 이상 살아갈 의미도 없다고 느껴졌어요. 정말이지, 미래고 뭐고 암담하기만 했어요. 한 2주 동안은 처참한 기분에 빠져 있었죠. 모든 걸 잃어버리고, 더 이상 사는 낙도 없을 것만 같고, 좋아하던 모든 것들과 헤어져 살아야 한다고 생각하니……. 2주쯤 지나고 나니 결국 이렇게 생각하게 되더군요. '그래, 다 잊어버리자. 과거에 대한 미련 같은 것, 다시는 떠올리지 말자.' 그리고 정말로 그렇게 했어요. 지금도 미련은 없어요. 가졌을 때 충분히 즐겼고, 이젠 없으니 그뿐이고, 그렇게 생각해요."

"번화한 거리의 호화로운 아파트에서, 착실한 집사와 훌륭한 요리사를 돈 한 푼 들이지 않고 부리면서 살고 있고, 또 여윈 몸에 샤넬 드레스를 걸치고 있으니, 파산한 다음이라도 견디기가 더 쉽겠군. 안 그래?"

"샤넬이 아니라 랑뱅이에요."

그녀는 생긋 웃어 보였다.

"10년 전이나 지금이나 하나도 안 변하셨네요. 선생님은 비꼬는 걸 좋아하시는 분이니까 믿지 않으실지 모르지만, 전 말이죠, 그레이와 애들만 아니었으면 여기 와 있으라는 외삼촌의 제안을 받아들이지 않았을 거예요. 1년에 2800달러쯤 되는 제 수입으로 사우스캐롤라이나의 농장에서 얼마든지 살 수 있었을 거예요. 쌀이랑 호밀이랑 옥수수도 수확하고 돼지들도 치면 되니까요. 사실은 저도 일리노이 주의 농가에서 태어나 자랐답니다."

"그렇게 말할 수도 있겠군."

나는 미소를 지었다. 사실 그녀가 태어난 곳은 뉴욕의 어느 고급 병원이라는 사실을 알고 있었기 때문이다.

그때 그레이가 들어왔다. 나는 12년 전에는 그를 고작 두세 번밖에 못 봤지만, 이사벨과 함께 찍은 결혼사진을 보았기 때문에(엘리엇은 그 사진을 근사한 액자에 담아, 스웨덴 왕, 스페인 여왕, 기즈 공작의 서명이 담긴 사진들과 함께 피아노에 올려놓았다.) 그의 모습을 분명히 기억하고 있었다. 그런데 나는 깜짝 놀랐다. 그레이의 관자놀이 주변의 머리칼은 상당히 빠져 있었고 정수리 부분도 약간 대머리가 되어 있었다. 얼굴은 통통하고 붉게 살이 찐 데다 턱 아래쪽은 살이 접혀 이중 턱이 되어 있었다. 과거 한동안 풍족하게 살면서 먹고 마신 탓에 체중이 상당히 불은 것이었다. 다행히도 유난히 큰 키 덕분에 흉한 뚱보로 보이지는 않았다. 하지만 무엇보다도 눈에 띄게 변한 것은 눈빛이었다. 나는 확신과 쾌활함이 넘치는 태도로 앞에 펼쳐진 넓은 세계를 바라보던 그 아일랜드 청년의 파란 눈을, 세상에 걱정이라곤 하나도 없어 보이던 그 눈동자를 또렷이 기억하고 있었다. 하지만 이제 그 두 눈에는 근심 어린 불안이 엿보였다. 만일 내가 그의 이런저런 상황을 까맣게 몰랐다 할지라도, 그를 낙담시키거나 세상사에 대한 확신을 잃게 만드는 어떤 불운한 일이 있었을 것이라고 짐작했을 것이다. 그는 다소 의기소침해 보였다. 마치 고의는 아니었지만 실수로 뭔가 잘못을 저질러 놓고 부끄러워하는 사람 같았다. 아직 신경쇠약의 후유증이 남아 있는 게 분명해 보였다. 그는 다정하게 인사를 건넸고 오랜 친구를 대하듯 반가움을 표시했지만, 나는 그의 다소 과장된 듯한 쾌활함이 마음속 감정과는 무관한 습관적인 대응에 불과하다는 인상을 받았다.

마실 것을 준비하고 그레이가 직접 칵테일을 만들어 주었다. 그는 두 라운드나 돌았는데 퍽 만족스러운 경기를 한 모양이었다. 어떤 홀에서 아주 어려운 상황을 만났는데 간신히 고비를 넘겼다는 이야기를 꽤 장황하게 늘어놓았으며, 이사벨은 매우 흥미로운 표정으로 남편의 말을 들어 주었다. 나는 나중에 함께 식사도 하고 연극이라도 관람하자고 약속을 하고 나서 그 집을 나왔다.

2

그 이후부터 나는 일주일에 사나흘은 하루 일과가 끝나고 오후에 이사벨을 만나러 갔다. 그 시간이면 대개 이사벨도 혼자 있어서 나랑 말벗하는 것을 즐거워했다. 엘리엇이 그녀에게 소개해 준 사람들은 대부분 그녀보다 훨씬 나이가 많아서 또

래의 친구들은 별로 없었다. 내 친구들도 대부분 저녁때까지는 바빠서 만나기 힘들었고, 클럽에 가서 외국인이 끼어드는 걸 그다지 반기지 않는 통명스러운 프랑스인들과 브리지나 하는 것보다는 이사벨과 이야기를 하는 편이 훨씬 즐거웠다. 그녀가 마치 또래를 대하듯 나를 대해 주었기 때문에 대화 분위기는 무척 편안했다. 우리 자신에 대해서, 둘 다 함께 아는 친구들에 대해서, 또는 책이나 그림들을 주제로 허물없이 이야기를 나누고 농담을 주고받으며 유쾌하게 웃는 동안 어느새 시간이 훌쩍 흘러가곤 했다. 나의 결점 가운데 하나는, 못생긴 사람과 마주 앉아 있는 것에는 아무래도 익숙해지지 않는다는 점이다. 아무리 성격이 좋은 친구라 해도, 또 아무리 오랫동안 친밀하게 지내 온 사람이라 해도 그의 치아가 고르지 못하거나 코가 비뚤어져 있으면 나는 기분이 불편해진다. 반면 용모가 아름다우면 함께 있는 내내 즐겁고, 20년 동안 알고 지내며 잘생긴 눈썹과 균형 잡힌 얼굴 윤곽을 늘 보아 왔더라도 여전히 바라볼 때마다 기분이 좋아진다. 때문에 나는 이사벨을 만날 때마다 그녀의 갸름한 얼굴선과 새하얗고 부드러운 피부, 따스하게 느껴지는 연한 갈색 눈동자에서 짜릿한 즐거움을 매번 새롭게 느꼈다.

그러던 어느 날, 전혀 예상하지 못한 일이 일어났다.

3

어느 대도시에 가든지 다른 사회 구성원들과 교류가 거의 없는 배타적인 집단이 반드시 있다. 그들은 커다란 세계 안의 또 다른 작은 세계 속에서 생활하면서, 마치 건널 수 없는 해협을 사이에 두고 멀리 떨어져 있는 섬에 사는 것처럼 자기들끼리만 교제한다. 내 경험에 의하면 그러한 현상이 가장 뚜렷하게 나타나는 곳이 바로 파리였다. 파리의 상류사회는 외부인의 침입을 거의 허용하지 않는다. 정치가들은 부패한 세계 안에서 같은 정치가들끼리만 교류하고, 부르주아 계급은 규모가 크든 작든 자기들끼리만 사귄다. 또 작가들은 작가들끼리 모이고(앙드레 지드*의 『일기』를 보면 그가 친하게 지낸 사람들 중에 작가가 아닌 사람은 거의 없다는 것을 알 수 있다.) 화가들은 화가들끼리, 음악가들은 음악가들끼리 어울린다. 런던도 비슷하긴 하지만 파리만큼 심하지는 않다. 런던에서는 같은 부류의 사람들끼리 모이는 경우가 훨씬 적으며, 공작 부인, 여배우, 화가, 국회의원, 법률가, 의상 디자이너, 작가 등이 같은 테이블에 앉는 경우를 종종 볼 수 있다.

나는 지금까지 살면서 여러 가지 상황이나 기회들로 인해 파리의 다양한 지역들에서 잠깐씩 지내보았고, (엘리엇을 통해서) 생 제르맹 거리의 배타적인 세계도 접해 보았다. 그러나 포슈 거리를 중심으로 형성된 점잖은 사람들의 세계, 라뤼나 카페 드 파리에 모여드는 각국 사람들의 무리, 몽마르트르의 들뜨고 떠들썩한 분위기보다도 내가 더 좋아하는 곳은 몽파르나스 거리 일대의 지역이다. 나는 젊었을 때 "벨포르의 사자"** 근

* 1869~1951. 프랑스 작가.

** 프랑스 조각가 바르톨디가 벨포르에 만든 조각품으로, 파리에도 그 복제 조각상이 세워져 있다.

처에 있는 조그만 아파트 5층에서 1년쯤 산 적이 있다. 그 아파트의 방에서는 몽파르나스 공동묘지가 한눈에 훤히 내다보였다. 나는 지금도 몽파르나스에 가면 시골 마을 같던 그때의 잔잔하고 평화로운 분위기가 떠오른다. 지저분하고 좁은 오데싸 거리를 걷노라면, 젊은 시절에 화가나 삽화가, 조각가들과 함께 늘 모이곤 했던 허름한 식당이 가슴 저릿하게 떠오른다. 아널드 베넷*이 없는 경우엔 우리들 중에 나만 작가였고, 우리는 밤늦게까지 그곳에 둘러앉아 때론 흥분하고, 때론 터무니없는 소리를 지껄이고, 때론 다투기도 하면서 문학과 그림에 관해 토론했다. 지금도 몽파르나스 거리를 천천히 걸으면서 그 시절 내 또래쯤 되는 젊은이들을 바라보며 어떤 이야기를 나누고 있을지 혼자 상상해 보는 일은 참으로 즐겁다. 나는 특별히 할 일이 없을 때는 택시를 타고 몽파르나스의 유명한 카페 돔에 가서 앉아 있곤 한다. 물론 예전과 달라져서 이제는 보헤미안들로 북적거리지 않는다. 잠시 와서 쉬고 있는 근처 상인들이나, 이제 사라져 버린 세계를 혹시 구경할 수 있지 않을까 하는 마음으로 찾아온 센 강 건너편 지역의 사람들이 보일 뿐이다. 물론 여전히 화가와 작가들, 학생들을 볼 수 있지만 대부분 외국인이다. 카페에 앉아 있으면 프랑스어 못지않게 러시아어, 스페인어, 독일어, 영어로 말하는 목소리들이 들려온다. 하지만 그들의 대화 내용은 우리가 40년 전에 그 자리에서 나누던 이야기들과 비슷하지 않을까. 다만 마네 대신 피카소를 이야기하고, 기욤 아폴리네르 대신 앙드레 브르통을 논하고 있다는 점

---

* 1867~1931. 영국의 소설가, 극작가.

만 다를 뿐. 나는 그들의 이야기에 귀를 기울이게 된다.

파리에 머문 지 보름쯤 지난 어느 날 저녁 나는 카페 돔에 있었다. 테라스가 만원이라 하는 수 없이 카페 안의 맨 앞줄 테이블에 앉았다. 맑고 따뜻한 저녁이었다. 플라타너스 나무들에 막 잎이 돋아나기 시작했고, 대기에는 파리 특유의 자유로움과 활달한 분위기가 가득했다. 나는 느긋함을 느끼고 있었다. 무기력하기보다는 약간 들떠 있는 기분이었다. 그때 갑자기 옆을 지나가던 남자가 내 앞에 멈춰 서더니, 하얀 치아를 드러내고 활짝 웃으면서 "안녕하세요!" 하고 인사를 건넸다. 나는 멍하니 그를 쳐다보았다. 키가 훤칠하고 마른 사내였다. 모자를 쓰지 않은 그는 아무렇게나 자란 짙은 갈색 더벅머리를 하고 있었다. 윗입술과 턱은 텁수룩하게 자란 갈색 수염에 덮여 잘 보이지 않았다. 이마와 목은 까맣게 햇볕에 타 있었다. 다 해어진 셔츠에는 넥타이도 매지 않았고, 너덜너덜해진 갈색 코트에다 허름한 회색 바지 차림이었다. 영락없는 부랑자 꼴이었다. 아무리 봐도 내가 아는 사람이 아니었다. 나는 파리에서 밑바닥 생활을 하는 거지가 억울한 신세타령이나 늘어놓고 숙식을 해결할 돈 몇 프랑쯤 뜯어 가려는 작정이겠거니, 하고 생각했다. 그는 주머니에 손을 꽂고 내 앞에 서서 하얀 치아를 드러내고 웃었다. 짙은 눈동자에는 재미있다는 듯한 표정이 묻어 있었다.

"정말 저를 모르시겠어요?"

"저로선 한 번도 본 적이 없는 분 같군요."

나는 20프랑쯤 주려고 생각했는데, 나를 안다고 거짓말하는 사람을 그냥 돌려보내기가 괘씸하다는 생각도 들었다. 그때 그가 말했다.

"래리입니다."

"뭐라고? 이런 세상에! 어서 앉게."

그는 싱긋 웃고는 내가 있는 테이블 앞 빈 의자에 앉았다.

"우선 한잔하지."

나는 웨이터에게 손짓을 했다.

"그렇게 털북숭이가 됐는데 어떻게 알아보겠나?"

웨이터가 오자 그는 오렌지에이드를 주문했다. 그제야 찬찬히 뜯어보니 그 독특한 눈매를 알아볼 수 있었다. 홍채와 동공이 거의 똑같은 검은색이라 유난히 강렬한 느낌을 주는 그 눈동자 말이다.

"언제부터 파리에 있었나?"

"한 달쯤 됐습니다."

"계속 여기 있을 생각인가?"

"당분간은요."

이런 질문을 하는 동안 내 머릿속은 몹시 분주했다. 자세히 보니 바짓단도 전부 너덜너덜했고 코트 팔꿈치에도 구멍이 나 있었다. 예전에 동양의 어느 항구에서 본 부랑자들만큼이나 궁색하고 형편없는 몰골이었다. 경제공황이 일어난 지 얼마 안 된 때였기 때문에 나는 그 역시 1929년 사태의 여파로 빈털터리가 된 게 아닌가 하는 생각이 들었다. 나는 돌려 말하는 걸 좋아하는 성격이 아니었으므로 단도직입적으로 물어보았다.

"완전히 무일푼이 된 거야?"

"아니요. 괜찮습니다. 왜 그렇게 생각하세요?"

"제대로 밥 한 끼도 못 먹고 다니는 몰골에다, 쓰레기통에서 줍기라도 한 것 같은 옷을 걸치고 있잖나."

"그렇게 형편없어 보이나요? 그 정도일 줄은 몰랐네요. 사실 시시한 옷이라도 좀 사 입으려고 생각은 했는데 어쩌다 보니 그러질 못했어요."

나는 그가 수줍어서 또는 자존심 때문에 나한테 말을 못하는 게 아닌가 하는 생각이 들었고, 그런 꼴을 그냥 보고 있을 수가 없었다.

"자네 참 바보 같군. 난 백만장자는 아니지만 그렇다고 가난하지도 않아. 돈이 필요하면 몇 천 프랑 정도는 빌려 줄 수 있네. 그렇다고 내가 굶어 죽진 않으니까."

그는 호탕하게 웃었다.

"감사합니다. 하지만 전 돈이 부족하진 않아요. 돈은 충분해요."

"경제공황을 겪었는데도?"

"아, 저한테 별로 영향이 없었어요. 제가 가진 건 전부 국채거든요. 일부러 알아본 적이 없어서 그것들도 가치가 떨어졌는지 어떤지는 모르지만, 미국 정부가 착실하게 이자를 챙겨 주니까요. 그리고 사실 최근 몇 년간 거의 돈을 안 썼기 때문에 제 재산은 꽤 될 거예요."

"그럼 지금은 어디에 있다가 파리로 왔나?"

"인도요."

"아, 인도에 있는 것 같다는 얘기는 들었어. 이사벨이 그러더군. 자네 계좌가 있는 시카고 은행 직원을 안다고 그랬지."

"이사벨이요? 최근에 언제 만나셨는데요?"

"어제 만났어."

"설마, 지금 파리에 있단 말씀이세요?"

"그래. 엘리엇 템플턴의 아파트에 살고 있어."

"잘됐네요. 정말 만나 보고 싶어요."

이런 말을 하는 동안 나는 그의 눈빛을 유심히 살폈지만, 자연스러운 놀라움과 반가움 이외에 특별히 복잡한 감정은 찾아볼 수 없었다.

"그레이도 함께 와 있어. 두 사람이 결혼한 건 알고 있겠지?"

"네. 밥 아저씨, 제 후견인인 넬슨 박사님 말입니다, 그분한테 편지를 받고 알았어요. 아저씨는 몇 년 전에 돌아가셨죠."

래리는 시카고나 그곳의 친구들 소식을 알 수 있던 유일한 통로인 넬슨 박사가 죽고 나서는 그 이후 소식은 전혀 모르는 것 같았다. 나는 이사벨이 딸을 둘 낳았다는 것과, 헨리 매튜린과 루이자 브래들리가 죽었다는 것, 그리고 그레이가 파산한 이야기와 엘리엇이 자기 아파트를 내준 이야기 등을 들려주었다.

"엘리엇 씨도 파리에 계신가요?"

"아니."

엘리엇이 파리에서 봄을 지내지 않는 것은 지난 40년간 처음 있는 일이었다. 나이보다 젊어 보이긴 했지만 엘리엇도 이제 일흔이었고 그 나이의 노인들이 흔히 그렇듯 그도 역시 피곤하고 컨디션이 안 좋은 날이 많아졌다. 그는 산책하는 것 말고는 점차 다른 운동도 하지 않았다. 건강을 무척 신경 쓰고 있었기 때문에, 의사가 일주일에 두 번씩 당시 유행하는 피하주사를 양쪽 엉덩이에 번갈아 가며 놔 주었다. 집에서든 바깥에서든 식사를 할 때마다 주머니에서 작은 금색 상자를 꺼내 알약을 하나씩 먹었는데, 그럴 때면 무슨 종교의식이라도 거행하는 것처럼 엄숙하기 그지없었다. 그의 주치의는 그에게 이탈리아 북부에 있는 온천 도시 몬테카티니테르메에 가서 요양할 것을 권했는데, 엘리엇은 이탈리아에 간 김에 그가 헌당한 로마네스크 양식 성당에 알맞은 성수반을 찾으러 베네치아에 가 보겠노라고 말했다. 그는 파리에 자주 가지 못해도 많이 아쉬워하지 않았다. 해마다 갈수록 사교계에 흥미가 떨어졌기 때문이다. 그는 노인들을 만나는 걸 싫어했고 자기 동년배 사람들만 오는 파티에 초대받으면 화를 냈다. 또 젊은이들과 함께 있으면 지루해했다. 그즈음 엘리엇이 온통 관심을 쏟는 것은 자신이 헌당한 성당을 장식하는 일이었다. 그럼으로써 그는 마음속 깊은 곳에 뿌리박혀 있는, 예술 작품이나 공예품을 사들이고 싶은 욕구를 채우고, 그러면서도 하느님께 영광을 드리기 위해 그런 것에 몰두한다는 편안한 만족감을 느꼈다. 로마에서 그는 황금빛이 나는 초창기 기독교 석관을 하나 찾아냈고, 피렌체에서는 제단 위에 걸어 놓을 시에나파(派)의 트립틱*을 사기 위해 6개월째 흥정 중이었다.

래리는 그레이가 파리를 좋아하느냐고 물었다.

"여기 와서 좀 방황하는 것 같았어."

나는 그레이를 만나 본 인상을 설명해 주었다. 래리는 내게서 눈을 떼지 않고 깊이 생각하는 듯한 표정으로 태연하고 침착하게 들었다. 나는, 왜인지는 모르겠지만, 그가 내 말을 그냥 듣는 것이 아니라 내면에 있는 어떤 날카로운 귀로 듣는다는 느낌이 들었다. 기묘하면서도 왠지 불편한 기분이었다.

"어쨌든 자네가 직접 만나 봐야겠지."

---

* 삼면으로 이루어진 회화 또는 부조.

"그럼요. 그레이도 만나 보고 싶습니다. 전화번호부에 주소가 있겠죠."

"하지만 그들 부부가 겁을 집어먹거나 아이들이 울음을 터뜨리면 안 되니, 먼저 머리도 깎고 깨끗하게 면도 좀 하는 게 좋겠어."

그는 웃었다.

"그래야죠. 유별나게 이상한 몰골로 찾아갈 필요는 없으니까요."

"그리고 옷도 좀 새로 사고."

"제 모습이 좀 허름하죠? 인도를 떠날 즈음에야 제가 가진 건 이 옷 한 벌뿐이라는 사실을 알았어요."

그는 내가 입은 옷을 보더니 어느 양복점에서 맞췄느냐고 물었다. 나는 대답은 해 줬지만, 런던에 있는 양복점이니 별 소용이 없을 거라고 덧붙였다. 그가 다시 그레이와 이사벨 이야기를 꺼내서 내가 말했다.

"나는 그들을 자주 만나는 편이야. 매우 행복하게 살고 있다네. 그레이하고 단둘이서 얘기를 나눠 본 적은 없고 또 그레이는 나랑 이사벨에 관한 얘기를 별로 나누고 싶어 하지 않겠지만, 이사벨을 끔찍이 사랑하는 것 같더군. 얼굴빛이 안 좋고 좀 지친 기색이긴 하지만, 이사벨을 바라볼 때만큼은 어찌나 자상하고 다정하던지 보는 사람마저 기분 좋더군. 그간 힘든 시간들을 겪으면서 이사벨이 옆에서 변함없이 지켜 주었기 때문에 아내에 대한 고마움을 잊지 못하는 모양이야. 만나 보면 알겠지만, 이사벨은 많이 변했다네."

나는 이사벨이 과거 그 어느 때보다도 아름다운 여인이 되어 있다는 말은 하지 않았다. 통통하고 예쁘장하던 처녀가 얼마나 아름답고 우아하며 섬세한 여인으로 변했는지 그가 과연 알아볼 수 있을까, 하는 생각이 들었다. 남자들 중에는 인공적인 기술로 여성의 아름다움이 더해진 것을 보고 언짢아하는 사람도 있다.

"이사벨도 남편한테 무척 잘해. 남편의 자신감을 회복시켜 주려고 굉장히 노력하고 있었어."

시간이 꽤 늦었으므로 나는 래리에게 함께 저녁 식사를 하자고 말했다.

"고맙지만 괜찮습니다. 이만 가 봐야 해서요."

그는 자리에서 일어나 상냥하게 고개를 끄덕여 보이고 거리로 나가 버렸다.

4

나는 다음 날 그레이와 이사벨에게 래리를 만났다는 이야기를 했다. 그들 역시 나만큼 놀라워했다. 이사벨이 말했다.

"래리를 빨리 만나 보고 싶네요. 어서 전화를 걸어 주세요."

래리한테 묵고 있는 장소를 묻지 않은 것이 그제야 생각났다. 이사벨이 나한테 원망을 쏟아냈다. 나는 웃으면서 나름대로 변명을 했다.

"물어봤더라도 아마 안 가르쳐 줬을 거야. 내 잠재의식 때문에 그랬나 봐. 이사벨도 기억나지? 래리는 늘 자기가 사는 곳을 남한테 알려 주기 싫어했던 거. 그의 유별한 특징 중에 하나였지. 언제 갑자기 불쑥 나타날지도 몰라."

그레이가 말했다.

"맞아요. 그러고도 남을 친구예요. 옛날에도 늘 그랬지요. 우리가 예상했던 장소에 있는 법이 없었으니까요. 오늘은 여기 있다가, 또 내일은 딴 데로 가버리는 식이었어요. 방에 있는 걸 보고 이따 와서 인사를 해야지, 하고 생각해서 나중에 가 보면 어느새 없어지곤 했어요."

이사벨이 말했다.

"정말 은근히 약 오르게 만드는 사람이었어요. 그 점만은 부인할 수 없죠. 기다리면 자기가 편할 때 나타나겠지요?"

래리는 그날 오지 않았다. 다음 날도, 그다음 날도 마찬가지였다. 이사벨은 있지도 않은 얘기를 지어낸 것 아니냐며 나를 타박했다. 나는 결코 지어낸 이야기가 아님을 강조하며, 래리가 나타나지 않는 이유를 나름대로 추측해 설명해 보았다. 하지만 어느 것도 그다지 설득력이 없었다. 나는 혼자 속으로, 그가 오래 생각한 끝에 그레이와 이사벨을 만나지 않는 편이 낫겠다고 판단하여 멀리 떠나 버린 게 아닌가, 하는 생각도 들었다. 나는 래리에게서 어느 곳에도 정착하지 않을 타입이라는 인상을 받았다. 자기 나름대로의 이유에서든 일시적인 충동으로든 아무 때나 훌쩍 떠나고도 남을 사람이었다.

그러다가 래리가 드디어 나타났다. 그날은 비가 내려서 그레이도 모르트퐁텐느에 골프를 치러 가지 않고 집에 있었다. 이사벨과 나는 차를 마시고, 그레이는 페리에*를 섞은 위스키를

* 탄산수 이름.

마시고 있었다. 그때 문이 열리고 집사의 안내를 받으며 래리가 방으로 들어왔다. 이사벨은 탄성을 지르며 래리에게 달려가더니, 그의 품에 안기면서 볼에 입맞춤을 했다. 통통하고 붉은 얼굴이 더욱 붉어진 그레이는 옛 친구의 손을 꽉 잡았다. 그리고 무척 감격한 목소리로 입을 열었다.

"이런, 이게 얼마 만이야, 래리."

이사벨은 입술을 깨물었다. 울음을 터뜨리지 않으려고 꾹 참는 것 같았다.

그레이가 여전히 들뜬 목소리로 말했다.

"우선 한잔해."

옛 친구인 방랑자를 맞이하는 그들 부부의 모습은 보는 사람도 감격스러웠다. 래리도 그들이 반겨 주는 것을 보고 아마 무척 기뻤을 것이다. 래리는 행복한 미소를 지었다. 하지만 그러면서도 내내 아주 침착했다. 래리가 차가 담긴 쟁반을 보며 말했다.

"나는 차를 마실게."

그러자 그레이가 깜짝 놀라며 말했다.

"무슨 소리야, 차라니. 샴페인이라도 함께 마시자구."

"괜찮아. 나는 차가 더 좋아."

래리의 침착한 태도는 나머지 사람들한테도 영향을 주었다. 조금 시간이 지나자 그들 부부 역시 처음보다는 차분해졌다. 하지만 그를 바라보는 다정한 눈빛은 변함이 없었다. 래리가 그들 부부의 마음에서 우러나는 환대에 무례하고 냉담하게 응했다는 것은 아니다. 오히려 그는 마음에서 우러난 따뜻함으로 반가워하고 있었다. 그러나 그의 태도에는 왠지 거리감 같은 것이 느껴졌고 나는 그것이 무엇 때문인지 궁금했다.

이사벨이 래리를 향해 꾸짖듯이 말했다.

"왜 진작 찾아오지 않았어? 지난 닷새 동안 맨날 창문가에서 내다봤는데. 현관 벨이 울릴 때마다 혹시나 하고 깜짝깜짝 놀랐단 말이야."

래리가 싱긋 웃으며 대답했다.

"몸 선생님이, 내 꼴이 너무 엉망이라 그대로 찾아갔다간 문도 안 열어 줄 거라고 그러셨어. 그래서 런던에 가서 옷을 좀 맞춰 입고 왔지."

나는 웃으며 말했다.

"그럴 필요까진 없었을 텐데. 프랭탕이나 벨 자르디니에르 백화점에 가면 기성복을 살 수 있잖아."

"어차피 새로 장만하는 거, 제대로 맞춰 입고 싶었어요. 10년 동안 유럽식 옷을 한 번도 사 본 적이 없거든요. 선생님이 말씀하신 양복점에 가서 사흘 안으로 한 벌 만들어 달라고 했어요. 주인이 처음엔 보름은 걸릴 거라고 했는데, 결국 나흘로 타협을 봤죠. 한 시간 전에 런던에서 돌아왔어요."

푸른색이 도는 서지 양복이 래리의 날씬한 몸에 꼭 맞아서 보기 좋았다. 그리고 소프트칼라의 흰색 셔츠에 푸른색 실크 넥타이, 갈색 구두 차림이었다. 머리도 짧게 깎고 수염도 말끔하게 면도한 얼굴이었다. 깔끔하고 단정해서 아주 딴사람이 되어 있었다. 래리는 예전보다 훨씬 말라 있었다. 광대뼈는 더 불거졌고 관자놀이께도 더 말랐으며, 눈이 움푹 들어가서 내가 기억하는 것보다 더 눈이 커 보였다. 하지만 마른 외모에도 불구하고 퍽 건강해 보였다. 까맣게 그을리고 주름 하나 없는 얼굴에 젊음이 넘쳤다. 래리는 그레이보다 한 살 아래였고, 둘 다 30대 초반이었다. 하지만 그레이는 자기 나이보다 열 살은 더 먹어 보이는 반면, 래리는 열 살이 젊어 보였다. 커다란 몸집 탓에 그레이는 움직임이 둔해 보이는 데 비해 래리의 행동은 가볍고 편안했다. 래리는 줄곧 소년처럼 쾌활하게 이야기했지만, 어딘지 모르게 예전의 그에게선 느껴지지 않던 독특하고 침착한 분위기가 있었다. 같은 추억을 가진 옛 친구들이 만나면 으레 그렇듯 자연스럽고 유쾌한 대화가 이어졌다. 그레이와 이사벨이 시카고의 이런저런 소식을 들려주었고, 여러 주제의 사소한 잡담이 오갔으며, 다들 간간이 유쾌한 웃음을 터뜨렸다. 그러는 동안 래리 역시 거리낌 없이 웃으면서 재잘거리는 이사벨의 이야기를 즐겁게 들었지만, 나는 그에게서 어떤 초연한 분위기가 느껴진다는 인상을 지울 수 없었다. 일부러 그렇게 보이려고 행동을 꾸미는 것 같지는 않았다. 그렇게 생각하기에는 너무나도 자연스러웠다. 무언가에 대한 의식이라고 해야 할지, 아니면 감수성이나 어떤 힘이라고 해야 할지 모르겠지만, 그의 내면에는 분명히 초연한 무언가가 있는 것 같았다.

아이들이 들어와 이사벨이 소개하자, 아이들은 정중하고 귀염성 있게 래리한테 인사를 했다. 그가 더없이 부드러운 미소를 지으며 손을 내밀자, 두 꼬마 숙녀는 약간 긴장한 표정으로 손을 잡았다. 이사벨이 둘 다 공부를 잘한다고 밝은 목소리로 말했다. 그녀는 아이들에게 쿠키를 하나씩 주고 이제 방으로 돌아가라고 말했다.

"이따가 잠자기 전에 엄마가 10분쯤 책을 읽어 줄게."

오랜만에 래리를 만나는 즐거운 시간을 방해받지 않고 싶은 모양이었다. 두 소녀는 아빠한테도 안녕히 주무시라고 인사를 했다. 딸들을 껴안고 키스해 주는 덩치 큰 남자의 불그레한 얼굴에 자식에 대한 따뜻한 사랑이 넘쳐흘렀다. 누가 봐도 두 딸을 무척이나 자랑스러워하고 아낀다는 것을 알 수 있었다. 아이들이 나가자 그레이는 래리를 향해 천천히 미소를 지으며 말했다.

"정말 예쁘지?"

이사벨도 남편에게 애정 어린 눈길을 던졌다.

"그레이가 하자는 대로 내버려 뒀다가는 아마 아이들을 망칠 거야. 나는 굶어죽든 말든 내버려 두고 아이들한테 캐비아나 거위 간 요리를 먹이려고 할걸?"

그러자 그레이가 빙긋 웃으며 말했다.

"괜히 왜 그래. 알잖아, 내가 당신을 얼마나 끔찍이 생각하는지."

이사벨은 대답 대신 눈웃음을 보냈다. 남편의 말이 맞다는 것은 누구보다도 그녀 자신이 잘 알고 있었다. 참으로 보기 좋은 한 쌍이었다.

이사벨은 우리에게 꼭 저녁을 먹고 가라고 했다. 나는 그들끼리 시간을 보내고 싶어 할 것 같아서 괜찮다고 했지만, 그녀는 먹고 가라며 한사코 붙잡았다.

"마리한테 수프에 당근을 더 넣어서 끓이라고 얘기해 둘게요. 그러면 넷이 먹기 충분할 거예요. 닭고기도 있으니까 선생님이랑 그레이는 다리를 먹고, 래리랑 저는 날개를 먹으면 돼요. 마리가 수플레*도 우리들이 먹기 충분하게 만들어 줄 거

* 달걀의 흰자위에 우유를 섞어 거품 내어 구운 요리.

예요."

그레이도 내가 남아 있길 바라는 눈치여서 나는 결국 식사를 하고 가기로 했다.

식사를 기다리는 동안 이사벨은, 내가 이미 대강 들려준 그간의 이야기를 래리한테 해 주었다. 그녀는 슬픈 이야기를 가급적 명랑하게 하려고 애썼지만 그레이의 얼굴에는 우울한 그늘이 드리워졌다. 그녀는 남편을 격려라도 하려는 듯이 말했다.

"하지만 다 지나간 일이야. 이제 힘든 일들은 다 극복했고 앞에 놓인 미래만 생각하면 돼. 상황이 좋아지는 대로 그레이도 좋은 일자리를 찾을 거고 재산도 다시 모을 거야."

잠시 후 칵테일이 준비되었다. 두어 잔쯤 마시자 그레이도 조금 기분이 좋아진 듯했다. 래리는 칵테일 잔을 손에 들고는 있었지만 거의 마시지 않았다. 그레이는 그걸 모르고 래리한테 한 잔 더 하라고 권했지만, 래리는 거절했다. 우리는 손을 씻고 식탁 앞에 앉았다. 그레이가 샴페인을 준비하라고 시켜 두어서, 집사가 래리의 잔에 따르려고 하자 래리는 괜찮다고 사양했다. 이사벨이 말했다.

"왜 그래, 한잔하지. 엘리엇 외삼촌이 아끼던 샴페인이야. 아주 특별한 손님이 왔을 때만 낸다고 하셨어."

"난 그냥 물 마실래. 동양에서 오래 지내고 보니 이젠 깨끗한 물 한 잔만으로도 충분해."

"하지만 오늘은 특별한 날이잖아."

"좋아. 그럼 한 잔만 할게."

식사는 훌륭했다. 하지만 나뿐만 아니라 이사벨 역시 래리가 굉장히 조금 먹는다는 사실을 알아챘다. 이사벨은 줄곧 자기만 떠들고 래리는 듣기만 했다는 것을 문득 깨달았는지, 이번에는 지난 10년 동안 무엇을 하며 지냈느냐고 질문을 던지기 시작했다. 래리는 예의 다정하고 솔직한 태도로 말했지만, 구체적이지 않고 모호하게만 대답했다.

"뭐 그냥 빈둥거리면서 보냈어. 독일에 1년쯤 있었고, 스페인이랑 이탈리아에도 좀 있었지. 그리고 동양을 한동안 돌아다녔어."

"그럼 이번에는 어디에 있다가 온 거야?"

"인도."

"거긴 얼마나 오래 있었어?"

"5년쯤."

그때 그레이가 물었다.

"재미있었어? 호랑이 사냥이라도 했어?"

"아니"

래리가 웃으며 대답하자 이사벨이 다시 물었다.

"대체 5년 동안이나 인도에서 뭘 했어?"

"그냥 빈둥거렸다니까."

래리의 얼굴에 다정하면서도 비웃는 듯한 미소가 스쳤다.

그레이가 다시 물었다.

"인도의 밧줄 묘기 같은 건 봤어?"

"아니."

"그럼 뭘 구경했어?"

"많은 걸 구경했지."

그때 내가 질문을 던졌다.

"요가 수행자들이 초자연적인 힘을 갖고 있다는데, 정말 그렇던가?"

"정확히는 모르겠습니다. 인도에선 대부분 그렇게 믿고 있기는 하죠. 하지만 현명한 사람들은 그런 종류의 힘을 별로 중요하게 여기지 않아요. 오히려 정신적 발전에 방해가 된다고 생각해요. 그런 현명한 사람들 중 한 사람으로부터 어떤 수행자 이야기를 들은 적이 있어요. 그 수행자가 강을 건너려고 하는데 뱃삯이 없었대요. 사공이 돈을 안 내면 배를 못 태워 준다고 그러니까, 수행자는 강물 위로 올라서더니 걸어서 건너편까지 갔다는 거예요. 나한테 이야기를 들려준 사람은 비웃듯이 어깨를 으쓱하면서 '그런 기적쯤이야 뱃삯 값어치인 1페니만큼의 가치밖에 안 되는 것이지.'라고 하더군요."

그러자 그레이가 물었다.

"너는 그 수행자가 진짜로 물 위를 걸어갔다고 믿어?"

"나한테 이야기를 들려준 그 사람은 분명히 그렇다고 믿고 있던걸."

래리의 이야기를 듣고 있으면 참 즐거웠다. 아름다운 선율 같은 목소리를 갖고 있었기 때문이다. 경쾌하고, 낭랑하면서도 깊게 가라앉지는 않고, 음색이 다양하게 변화했다. 우리는 식사를 마치고 응접실로 돌아가 커피를 마셨다. 나는 인도에 가본 적이 한 번도 없었기 때문에 래리에게 이야기를 더 듣고 싶었다.

"작가나 사상가도 만나 봤나?"

그러자 이사벨이 놀리듯이 말했다.

"양쪽을 분명히 구별해서 말씀하시네요?"

"그런 사람들은 일부러 찾아서 만나 봤어요."

"의사소통은 어떻게 했나? 영어로?"

"제가 꼭 얘기를 나눠 보고 싶은 사람들은 영어를 조금 하기는 해도 능숙하지는 않더라고요. 그래서 힌두스탄어를 배웠어요. 인도 남부에 갔을 때는 거기 사람들이랑 그럭저럭 어울릴 정도로 타밀어도 배웠고요."

"그럼 지금 자넨 몇 개 국어를 할 줄 아나?"

"음, 글쎄요. 5~6개 국어 정도요."

이사벨이 입을 열었다.

"요가 수행자 얘기 좀 들려줘. 수행자들 중에 친하게 지낸 사람도 있어?"

"뭐 조금은 그랬다고도 할 수 있겠지. 하지만 그들은 어차피 삶의 대부분을 무한한 시공간 속에서 사는 사람들이니까."

래리는 살짝 웃고 다시 말했다.

"어떤 수행자의 아슈라마에서 2년쯤 살아 본 적도 있어."

"2년이나? 아슈라마가 뭐야?"

"음, 말하자면 일종의 수도원 같은 곳이야. 사원이나 숲속, 히말라야의 어느 중턱 같은 곳에서 혼자 사는 성자들이 있어. 어떤 사람들은 제자들과 함께 살기도 하고. 공덕을 쌓으려는 사람이 자신이 존경하는 수행자가 은거할 수 있도록 암자 같은 걸 지어 주지. 종종 수행자의 제자들도 함께 살아. 제자들은 마루나 부엌에서, 아니면 그냥 나무 밑에서 자기도 해. 나는 그런 아슈라마에 있는 조그만 오두막에 거처했는데, 야전침대랑 의자, 작은 책상, 책꽂이도 들어갈 만큼은 됐지."

내가 물었다.

"어디에서 그렇게 지냈나?"

"트라방코르였어요. 푸른 언덕과 골짜기가 있고 강물이 흐르는, 정말 아름다운 지역이었어요. 근처 산에 올라가면 호랑이와 표범, 코끼리, 들소도 있었어요. 하지만 그 아슈라마는 물가에 있어서 주변에 코코야자와 빈랑나무가 무성하게 자랐지요. 가장 가까운 마을도 거기서 5킬로미터는 됐는데, 그곳에서도 사람들이 찾아왔고 때로는 더 먼 곳에서도 찾아왔어요. 걸어오는 사람도 있었고, 소가 끄는 수레를 타고 오는 사람도 있었어요. 수행자가 간혹 내킬 때 성스러운 말씀을 들려주곤 했는데 그걸 듣기 위해서였죠. 아니면 그냥 그분의 발치에 앉아서, 마치 월하향(月下香) 향기가 절로 은은하게 퍼지듯 그의 존재 자체에서 퍼져 나오는 평안과 축복의 기운을 받으려는 사람들도 있었고요."

그레이가 의자에서 몸의 위치를 바꾸며 안절부절못했다. 아무래도 지루해하는 것 같았다. 그가 나를 향해 말했다.

"한잔하시겠습니까?"

"아니, 괜찮네."

"전 한 잔 더 해야겠습니다. 이사벨 당신은?"

그는 거구를 의자에서 일으켜 위스키와 페리에와 잔들이 놓여 있는 테이블로 갔다.

"거기에 다른 백인도 있었나?"

"아니요. 저뿐이었습니다."

이사벨이 물었다.

"어떻게 그런 데서 2년이나 지냈어?"

"금방이던걸. 그것보다 훨씬 길게 느껴지는 날들을 보낸 적도 있는데 뭐."

"2년 동안 뭘 하며 지냈어?"

"대부분은 책을 읽었어. 오랫동안 산책을 하거나 호수에서 배를 타기도 했고. 그리고 명상을 했어. 명상은 정말 힘들어. 두세 시간만 해도 자동차로 수백 킬로미터는 달린 것만큼 지쳐 버리거든. 그다음엔 아무것도 안 하고 푹 쉬고 싶어져."

이사벨은 약간 얼굴을 찌푸렸다. 그녀는 당혹스럽기도 하고, 약간은 질리기도 한 것 같았다. 두세 시간 전에 방으로 들어온 래리는, 외모도 별로 변하지 않고 예전과 다름없이 상냥하고 솔직해 보였지만, 그녀가 과거에 알던 래리가 아닌 것 같다는 생각이 든 모양이었다. 거리낌 없고 편안하고 명랑했던 래리, 약간 고집스럽긴 하지만 그래도 유쾌하게 어울렸던 래리 말이다. 이사벨은 과거에 그를 잃었다. 하지만 그를 다시 만났을 때, 아무리 상황이 변했다 할지라도 당연히 예전의 래리 그 모습일 거라고 생각하며 그가 아직 자신의 남자라는 느낌을 품고 있었다. 그런데 약간 당황스러웠다. 마치 햇살을 손에 쥐어 보려고 애써도 잡자마자 이내 손가락 사이로 빠져나가는 것 같은 기분이었다. 그날 저녁, 나는 이사벨을 유심히 살펴보았다.(그녀를 바라보는 것은 언제나 즐거운 일이었다.) 나는 래리의 균형감 있게 붙어 있는 양쪽 귀와 단정하게 손질한 머리에 머무는 그녀의 애정 어린 눈빛을, 그의 마른 관자놀이와 홀쭉한 뺨을 바라볼 때 미묘하게 변하는 그녀의 표정들을 놓치지 않았다. 그녀는 야위고 기다란 그의 손가락을, 마르긴 했지만 여전히 강하고 남성미가 느껴지는 그 손을 쳐다보았다. 그녀의 눈길은 표정을 풍부하게 담은 잘생긴 입술, 육감적이진 않지만 적당히 통통한 그 입술에, 그리고 깨끗한 이마와 윤곽이 뚜렷한 코에 한참 머물렀다. 그는 새 옷을 입고 있었지만, 엘리엇처럼 완벽한 세련미를 풍긴다기보다는 마치 1년 동안 매일 입던 옷을 입은 사람처럼 무심해 보였다. 그의 모습이 이사벨의 모성애를 자극한 것 같았다. 그 모성애 어린 표정은 아이들과 함께 있을 때도 내가 보지 못한 것이었다. 그녀는 성숙한 여인이었지만, 래리는 아직도 소년처럼 보였다. 이사벨은 마치, 다 자란 아들이 제법 총명한 이야기를 들려주고 다른 사람들이 고개를 끄덕이며 그것을 듣고 있을 때, 그런 장면을 보며 대견해하는 어머니 같았다. 하지만 그가 한 말들을 이사벨이 모두 이해한 것 같지는 않았다.

나는 궁금한 게 아직 남아 있었다.

"자네와 함께 살았다는 그 수행자는 어떤 사람이었나?"

"외모 말인가요? 키가 큰 편은 아니었습니다. 마르지도 뚱뚱하지도 않았고요. 가무잡잡했는데 낯빛이 좋지 않았고 수염은 기르지 않았죠. 백발을 남기지 않고 싹 밀었구요. 언제나 허리에 간단한 천만 하나 두르고 다녔는데, 그래도 브룩스 브라더스* 광고에 나오는 젊은이 못지않게 깔끔하고 깨끗했어요."

"그 사람에게 특히 매료된 것은 무엇 때문이었나?"

래리는 대답하기 전에 한참 동안 내 얼굴을 쳐다보았다. 움푹 들어간 그의 눈은 마치 내 영혼 깊은 곳까지 꿰뚫어 볼 것처럼 날카로웠다.

"성스러움이요."

나는 약간 당황스러웠다. 고급 가구들로 장식하고 벽에 아름다운 그림들이 걸려 있는 방에 울려 퍼진 그 한마디는, 마치

* 미국의 유명한 신사복 브랜드.

위층 욕조에서 흘러넘쳐 천장으로 스며 똑 떨어진 물 한 방울 같았다.

"성 프란체스코, 십자가의 성 요한 등 수많은 성인들에 관해 책에서 읽었지만, 전부 수백 년 전 사람들이잖아요. 살아 있는 성자를 만날 수 있으리라곤 상상하지 못했어요. 그를 처음 본 순간, 저는 그가 성자라는 강한 느낌을 받았어요. 정말 황홀한 경험이었죠."

"자네는 거기서 무엇을 얻었나?"

"평화요."

그는 가볍게 미소를 띠며 아무렇지 않게 대답했다. 그러더니 갑자기 자리에서 일어났다.

"이만 가 봐야겠습니다."

이사벨이 그를 붙잡았다.

"어머, 벌써 가다니. 아직 시간도 얼마 안 됐는데."

"잘 있어."

그는 이사벨의 말을 아예 못 들은 사람처럼 말했다. 그리고 그녀의 뺨에 키스를 했다.

"며칠 있다가 또 올게."

"어디에 묵고 있어? 내가 전화할게."

"아니, 그러지 마. 파리에선 전화 연결되는 일도 쉽지 않으니까. 그리고 내가 있는 곳 전화는 거의 항상 고장 나 있어."

나는 주소를 가르쳐 주지 않으려고 적당히 빠져나가는 래리의 솜씨를 보며 속으로 웃었다. 자기 주소를 알려 주지 않는 것은 그의 특이한 버릇이었다. 나는 그 다음다음 날 저녁에 불로뉴 숲에서 다 함께 저녁 식사를 하자고 제안했다. 상쾌하고 따뜻한 봄날 나무 밑에 앉아서 식사를 하면 좋을 것 같았다. 그레이의 자동차를 타고 가면 될 터였다. 래리와 나는 그 집을 나왔다. 나는 잠깐이라도 그와 함께 걷고 싶었지만, 거리로 나오자마자 그는 악수를 하고 걸음을 재촉해 가 버렸다. 나는 택시를 잡아탔다.

5

우리는 먼저 이사벨의 아파트에서 모여 칵테일을 한 잔씩 하고 출발하기로 했다. 내가 래리보다 먼저 도착했다. 나는 그들을 굉장히 근사한 레스토랑으로 데리고 갈 생각이었으므로, 이사벨이 그런 장소에 어울리는 멋진 차림을 할 것이라고 예상했다. 다른 여자들이 모두 한껏 치장을 하고 앉아 있을 테니 그녀도 기죽지 않으려고 근사하게 차려입을 줄 알았다. 그런데 의외로 평범한 모직 원피스를 입고 있었다.

"그레이가 또 두통이 시작됐어요. 아주 힘들어해요. 아무래도 남겨 두고 갈 수가 없네요. 요리사한테는 아이들 식사를 챙겨 준 다음에 외출해도 좋다고 말했거든요. 제가 그레이한테 뭘 좀 만들어서 먹여야겠어요. 선생님과 래리 두 분만 가시는 게 낫겠어요."

"그레이는 지금 자고 있나?"

"아니요. 두통이 있을 때는 잠을 안 자려고 해요. 자는 게 가장 나을 텐데도 말이에요. 지금 서재에 있어요."

서재는 갈색과 금색 패널로 벽을 장식한 작은 방이었는데 엘리엇이 옛 성(城)의 한 방을 모델로 삼은 것이었다. 책들이 꽂혀 있는 금빛 격자 세공 책장이 잠겨 있어서 책을 꺼낼 수가 없게 되어 있었다. 차라리 그 편이 나은 것인지도 몰랐다. 대부분 18세기의 춘화가 담겨 있는 책이었기 때문이다. 하지만 전부 모로코가죽 장정으로 되어 있어서 상당히 근사한 분위기를 연출했다. 이사벨이 나를 서재 안으로 안내했다. 그레이는 커다란 가죽 의자에 등을 구부리고 앉아 있었고, 옆에 사진이 실린 신문들이 흩어져 있었다. 눈을 감고 있는 그의 얼굴은 평소의 불그스레한 색이 아니라 창백해져 있었다. 상당히 괴로운 모양이었다. 그가 일어나려고 했지만 내가 말렸다. 나는 이사벨을 향해 물었다.

"아스피린이라도 먹었나?"

"아스피린도 소용없어요. 미국에서 처방받아 온 약도 있는데 그것도 잘 듣질 않구요."

그레이가 말했다.

"걱정하지 마, 여보. 내일이면 괜찮아질 거야."

그는 애써 웃어 보였다. 그리고 나를 향해 말했다.

"괜히 심려를 끼쳐서 죄송합니다. 저는 빼고 다들 불로뉴 숲에 다녀오세요."

이사벨이 말했다.

"나는 가지 않을 거야. 당신이 이렇게 힘들어하는데 어떻게 나만 즐길 수가 있겠어?"

"이 사람은 이렇게 날 생각해 준다니까요."

그레이가 눈을 감은 채 말했다.

갑자기 그의 얼굴이 일그러졌다. 머리가 깨질 듯한 고통에 시달리는 것이 분명했다. 그때 문이 조용히 열리더니 래리가 들어왔다. 이사벨이 래리에게 상황을 설명했다.

래리가 걱정스러운 표정으로 말했다.

"아, 저런. 고통을 없앨 방법이 없나?"

"없어."

여전히 눈을 감은 채 그레이가 대답했다.

"날 위해 주는 방법은 혼자 있게 내버려 두는 것뿐이야. 어서들 가서 즐겁게 지내다 와."

나도 그러는 것이 가장 낫다고 생각했지만, 그러면 이사벨 마음이 편할 것 같지 않았다.

래리가 물었다.

"내가 도와줄 수 있는지 한번 볼까?"

그레이가 지친 표정으로 대답했다.

"아무도 도와줄 수 없어. 너무 고통스러워서 때로는 차라리 죽는 게 더 편하겠다는 생각마저 들어."

"아니, 내가 도와주겠다고 한 건 표현을 잘못 했어. 내 말은, 네가 스스로 이겨 낼 수 있도록 도와줄 수 있을지 모른다는 뜻이야."

그레이는 천천히 눈을 뜨고 래리를 쳐다보았다.

"그게 무슨 말이야?"

래리가 주머니에서 은화를 하나 꺼내 그레이의 손바닥에 올려놓았다.

"그 은화를 꽉 쥐고 손등을 위로 향하게 해서 들고 있어. 그리고 내 말대로 해 봐. 너무 힘은 주지 말되 주먹 안에 동전을 잘 쥐고 있어. 자, 이제 내가 스물을 다 세기 전에 손이 펴지면서 은화가 떨어질 거야."

그레이는 래리가 시키는 대로 했다. 래리는 작은 책상에 앉아서 숫자를 세기 시작했다. 이사벨과 나는 잠자코 서 있었다. 하나, 둘, 셋, 넷……. 열다섯을 셀 때까지 그레이의 손은 전혀 움직이지 않았다. 하지만 곧 미세하게 떨리면서 주먹이 조금씩 느슨해지는 것 같았다. 이내 엄지손가락이 주먹에서 떨어졌다.

나머지 손가락들도 조금씩 떨리고 있었다. 래리가 열아홉을 세었을 때 은화는 그레이의 손에서 떨어지더니 또로록 굴러 내 발치에 멈췄다. 나는 그것을 주워 살펴보았다. 무겁고 볼품없는 동전으로, 한쪽 면에 양각으로 어떤 젊은 남자의 얼굴이 새겨져 있었다. 알렉산더 대왕의 얼굴이었다. 그레이는 당황스러운 표정으로 자기 손을 쳐다보았다.

"난 동전을 놓지 않았는데. 저절로 떨어졌어."

그레이는 오른쪽 팔을 가죽 의자 팔걸이에 올려놓고 있었다. 래리가 물었다.

"그 의자 편안해?"

"두통으로 죽을 것 같을 땐 그나마 여기 앉아 있는 게 편해."

"자, 몸에서 힘을 빼고 편안하게 있어 봐. 긴장하지 말고. 아무 생각도 하지 말고, 뭔가에 저항하려고도 하지 마. 내가 스물을 세는 동안, 네 오른팔이 의자에서 점점 떨어져서 머리 위까지 올라갈 거야. 하나, 둘, 셋, 넷……."

그는 맑고 낭랑한 목소리로 천천히 숫자를 세었다. 아홉까지 세었을 때, 그레이의 손이 조금씩 의자에서 떨어지더니 3센티미터쯤 들어 올려졌다.

"열, 열하나, 열둘……."

곧 팔이 약간 떨리더니 팔 전체가 천천히 위로 올라가기 시작했다. 이제 완전히 의자에서 떨어져 있었다. 이사벨은 조금 겁먹은 표정으로 내 손을 꽉 잡았다. 정말 기묘한 장면이었다. 전혀 그레이 자신이 손을 들어 올린 것 같지는 않았다. 나는 몽유병 환자를 본 적이 한 번도 없었지만, 그런 환자 역시 그레이의 팔이 움직이는 것과 유사한 이유를 갖고 있을 것이라는 생각이 들었다. 의지로 인해 움직이는 것이라고는 볼 수 없었다. 의식적으로 한다 해도 팔을 그렇게 천천히, 그렇게 일정한 속도로 올리기는 어려울 것 같았다. 우리의 일상적인 정신과는 무관한 어떤 잠재의식이 팔을 움직이는 것만 같았다. 실린더의 피스톤이 아주 천천히 움직이는 것과 비슷했다.

"열다섯, 열여섯, 열일곱."

마치 고장 난 수도꼭지에서 물이 한 방울씩 똑똑 떨어지듯 숫자들이 천천히 세어졌다. 그레이의 팔은 조금씩, 조금씩 올라가서 마침내 머리 위까지 이르렀다. 래리가 스물을 다 세자, 그레이의 팔은 그 무게 때문에 다시 의자 팔걸이로 내려왔다.

그레이가 어리둥절한 목소리로 말했다.

"난 팔을 들어 올린 적이 없어. 그런데 어쩔 수 없이 그렇게 되더라고. 저절로 올라갔다니까."

래리가 살짝 미소를 지었다.

"그런 건 중요하지 않아. 이렇게 하면 네가 나를 좀 신뢰하지 않을까 하는 생각이 들었어. 아까 그 그리스 은화는 어디 갔지?"

나는 은화를 건네주었다.

"이걸 다시 쥐어 봐."

그레이는 래리가 주는 은화를 받았다. 래리가 손목시계를 보며 말했다.

"지금 8시 13분이야. 지금부터 1분 후면 눈꺼풀이 무거워져서 눈을 감을 수밖에 없을 거야. 6분 동안 잠이 들 거야. 그리고 8시 20분에 깨어났을 땐 두통이 사라져 있을걸."

이사벨과 나는 아무 말도 하지 않았다. 우리는 래리한테서 눈을 뗄 수가 없었다. 그 역시 말을 하지 않았다. 그는 그레이를 똑바로 응시했다. 하지만 그레이를 쳐다보는 것이 아니라 그레이를 꿰뚫어 그 너머 어딘가를 보는 듯했다. 방 안 가득한 침묵 속에 뭔가 등골이 오싹한 느낌마저 맴돌았다. 해 질 녘 정원에 피어 있는 꽃들의 침묵과도 비슷했다. 그때 갑자기 이사벨이 잡고 있던 내 손을 꼭 쥐었다. 나는 그레이를 쳐다보았다. 그는 눈을 감고 있었다. 숨은 편안하고 고르게 쉬고 있었다. 잠들어 있었다. 지켜보며 기다리는 시간이 끝없이 길게만 느껴졌다. 나는 담배 생각이 간절했지만 그 순간에 불을 붙이고 싶지는 않았다. 래리는 미동도 없이 서 있었다. 그의 눈동자는 머나먼 어딘가를 바라보고 있었다. 눈을 뜨고는 있었지만 최면에라도 걸린 사람 같았다. 그때 갑자기 그의 몸에서 힘이 빠지는 것처럼 보이고, 눈빛도 평소와 마찬가지로 돌아왔다. 그는 시계를 보았다. 동시에 그레이도 잠에서 깨어났다.

"이런, 잠깐 졸았나 봐."

얼굴에서 창백한 빛이 사라지고 없었다.

"이상해. 두통이 싹 사라졌어."

래리가 말했다.

"다행이야. 담배라도 한 대 피워. 그리고 다 함께 식사하러 가자."

"믿기지가 않아. 완전히 나았어. 도대체 어떻게 한 거야?"

"내가 한 게 아니야. 그레이 네 힘으로 나은 거지."

이사벨은 옷을 갈아입으러 가고 그레이와 나는 칵테일을 마셨다. 래리는 더 얘기하고 싶지 않은 기색이 분명했지만, 그레이는 방금 일어난 일에 대해 설명해 달라고 자꾸 졸랐다. 도무지 이해할 수가 없어서 어리둥절한 모양이었다.

"네가 대단한 일을 하리라곤 상상도 못했어. 안 하겠다고 옥신각신하기가 귀찮을 정도로 너무 지쳐 있어서, 그냥 시키는 대로 해 봤을 뿐인데."

그레이는 일단 두통이 시작되면 얼마나 고통스러운지, 또 가라앉고 나면 얼마나 녹초가 되는지 자세히 이야기했다. 또 금세 평소처럼 말짱해진 것을 정말 믿을 수가 없다고 했다. 이사벨이 돌아왔다. 그녀는 내가 처음 보는 드레스를 입고 있었다. 끝자락이 바닥에 닿는, 몸에 착 붙는 하얀색 드레스였는데 크레이프 옷감으로 만든 것 같았고, 검은 비단 망사가 나팔 모양으로 너울거리는 장식이 달려 있었다. 어딜 가도 우리 테이블을 빛내 줄 것 같은 아름다운 차림이었다.

샤토 드 마드리드의 쾌활한 분위기 속에서 우리는 매우 즐겁게 식사를 했다. 래리가 그렇게 재미있는 농담을 하는 모습은 나도 처음 보았고, 래리 때문에 우리는 한참 웃었다. 아마도 거기 오기 전에 보여 준 신기한 능력을 우리가 잊어버리게 만들려고 그러는 것 같았다. 하지만 이사벨은 그 신비함에 대해 알고 싶은 마음을 버리지 못했다. 그녀는 대화가 오가는 동안 래리의 말에 맞장구도 쳐 주고 분위기를 잘 맞췄지만, 궁금증을 해결해야겠다는 생각은 내내 잊지 않고 있었다. 식사가 끝나고 커피와 리큐어를 마시고 있을 때였다. 맛있는 음식에 와인도 한잔 들어가고 화기애애하게 대화도 나누었으니 래리도 긴장이 느슨해졌을 거라고 생각했는지, 이사벨은 맑은 눈으로 래리를 쳐다보면서 말했다.

"이제 그레이의 두통을 어떻게 낫게 했는지, 그 얘기 좀 들려줘."

래리가 웃으며 대답했다.

"당신이 직접 봤잖아."

"인도에서 그런 걸 배운 거야?"

"그래."

"그레이는 두통을 자주 겪어. 혹시 완전히 낫게 할 수 있을까?"

"글쎄, 어쩌면 가능할 수도 있겠지."

"그러면 그레이의 삶이 완전히 달라질 거야. 이틀 내내 두통이 계속되면 아무것도 못 하니까, 일자리를 얻을 수가 없거든. 저이는 다시 일을 해야만 행복해질 수 있어."

"난 기적을 행하는 사람은 아니야."

"하지만 아까 그건 기적이었어. 내 두 눈으로 똑똑히 봤어."

"아니야, 그렇지 않아. 난 그저 그레이 머릿속에 어떤 생각을 불어넣어 준 것뿐이야. 나머지는 그레이 스스로 해낸 거야."

래리는 그레이를 보며 말했다.

"내일은 뭘 할 거야?"

"골프를 치러 갈 생각이야."

"그럼 6시에 내가 찾아갈 테니 나랑 얘길 좀 해."

그리고 이사벨을 향해 부드러운 미소를 지으며 말했다.

"당신이랑 춤춰 본 지도 10년이나 되었네. 내가 춤추는 법을 잊지 않았는지, 보고 싶지 않아?"

6

그 후로 우리는 래리를 자주 볼 수 있었다. 그다음 주에 매일 아파트에 와서 그레이와 함께 서재에 문을 닫고 30분씩 들어가 있었기 때문이다. 래리는 그레이에게 지독한 두통에서 벗어나라고 설득하고(그는 미소를 지으면서 이렇게 표현했다.) 그레이는 어린아이처럼 그를 믿는 것 같았다. 그레이에게 들은 약간의 정보에 따르면, 래리는 또한 무너진 자신감까지 회복시켜 주려고 노력하는 모양이었다. 약 열흘 후, 그레이에게 또 한 번의 두통이 찾아왔다. 그러나 그날따라 래리는 저녁까지 나타나지 않았다. 통증이 아주 심하지는 않았지만, 그 무렵 그레이는 래리의 기묘한 힘을 맹목적으로 믿게 되었으므로 래리만 나타나면 몇 분 안에 두통이 사라질 거라고 생각했다. 이사벨은 전화로 내게 래리가 어디 사느냐고 물었지만, 그들과 마찬가지로 나도 아는 바가 없었다. 래리가 마침내 그들의 아파트로 와서 그레이의 두통을 없애 주었을 때, 그레이는 언제든 필요할 때 부를 수 있도록 사는 곳을 알려 달라고 했다. 그러자 래리는 미소를 지으며 대꾸했다.

"아메리칸 익스프레스에 메시지 남겨. 내가 매일 아침 확인해서 전화할게."

나중에 이사벨은 내게 왜 래리가 사는 곳을 알려 주지 않는 거냐고 물었다. 예전에도 거처를 숨겼는데, 알고 보니 라탱 지구에 있는 삼류 호텔에서 지내고 있었으며 특별히 숨길 이유도 없었다고 그녀는 덧붙였다.

"나도 짐작이 안 가는데. 엉뚱한 상상을 해 볼 수도 있겠지만, 틀림없이 별것 없을 거야. 워낙 성향이 남다르니까 정신적 프라이버시를 거주지로까지 연결시키는 정도겠지."

내 말을 듣고 이사벨은 성마른 목소리로 외쳤다.

"그게 대체 무슨 뜻이에요?"

"그런 생각 안 해 봤나? 그 친구, 우리랑 있을 때 다정하고 붙임성 있게 행동하면서 편하게 어울리지만, 어딘지 거리감이 느껴지는 게 사실이야. 자신을 전부 내보이기보다는 마음 속 깊이 뭔가를 숨기고 있다는 얘기지. 그게 뭔지는 알 수 없어. 긴장일 수도 있고 비밀이나 포부 아니면 어떤 지식일 수도 있겠지. 어쨌든 그런 것 때문에 거리감이 느껴진다구."

"전 래리를 아주 어릴 때부터 알았다구요."

그녀가 짜증을 억누르며 말했다.

"가끔 래리를 보면 그럴듯한 연극에서 자신의 배역을 완벽하게 소화해 내는 훌륭한 배우 같다는 생각이 들어. 「여관집의 여주인」*에 나오는 엘레오노라 두세** 같단 말이지."

이사벨은 잠시 내 말에 대해 곰곰이 생각해 보았다.

"무슨 말씀인지 알 것 같아요. 함께 어울릴 때는 우리 같은

* 「La Locandiera」, 이탈리아의 극작가 골도니의 희곡.

** 1858~1924. 19세기 이탈리아 최고의 여배우.

보통 사람이랑 똑같아 보이지만, 그러다가 갑자기 그가 아무리 노력해도 손에 잡히지 않는 연기처럼 손아귀를 빠져나가는 느낌이 드는 때가 있어요. 대체 무엇 때문에 그렇게 이상하게 변했을까요?"

"우리가 눈치챌 수 없을 정도로 진부하고 흔한 무언가가 아닐까?"

"일테면요?"

"글쎄, 선(善) 같은 것?"

이사벨은 눈살을 찌푸렸다.

"그런 얘기라면 그만두세요. 속이 울렁거린다구요."

"마음 깊은 곳이 저며 오는 건 아니고?"

이사벨은 내 생각을 읽으려는 듯 오랫동안 나를 보았다. 그러고는 옆 테이블에서 담배 한 개비를 집어 들어 불을 붙인 다음 의자에 깊숙이 등을 기댔다. 그녀는 굽이굽이 허공으로 올라가는 연기를 지켜보았다.

"내가 그만 가 줄까?"

내가 물었다.

"아뇨."

나는 한동안 말없이 그녀를 지켜보며 오뚝한 코와 아름다운 턱 선을 음미했다.

"아직도 래리를 많이 사랑해?"

"미치도록요. 평생 다른 사람은 사랑해 본 적도 없다구요."

"그런데 왜 그레이와 결혼했지?"

"결혼은 해야 했으니까요. 그레이는 저한테 푹 빠져 있었고, 엄마가 원하시는 일이기도 했어요. 전부들 래리와 헤어진 게 잘한 일이라고 했죠. 저도 그레이가 정말 좋았어요. 지금도 그렇고요. 그이가 얼마나 좋은 사람인지 아세요? 그렇게 자상하고 사려 깊은 사람은 세상에 없을 거예요. 겉으로 보기엔 성격이 보통 아닐 것 같죠? 하지만 저한테는 늘 천사 같아요. 돈이 있을 땐, 늘 갖고 싶은 게 없냐고 물었죠. 내가 갖고 싶은 걸 갖게 해 주는 게 자기한텐 너무 즐거운 일이라는 거예요. 한번은 제가 요트를 타고 세상을 돌아보면 재밌겠다고 했었거든요. 주식시장이 무너지지만 않았으면 요트도 사 줬을 거예요."

"비현실적일 정도로 좋은 사람이군."

내가 웅얼거렸다.

"그 정도면 정말 호사롭게 살았죠. 그 점에 대해서는 언제까지고 그이한테 고마워할 거예요. 덕분에 아주 행복했으니까."

나는 그녀를 보았다. 그러나 아무 말도 하지 않았다.

"그이를 진짜 사랑했다고는 할 수 없어요. 하지만 사랑 없이도 잘 살 수 있다구요. 마음속 깊이 래리를 갈망했지만, 눈앞에 안 보이니까 그럭저럭 버틸 수 있더라구요. 전에 선생님이 그러셨죠? 드넓은 바다가 가로놓여 있으면 사랑의 고통도 어느 정도는 누그러든다고. 그땐 참 냉소적인 말이라고 생각했는데 맞는 얘긴 것 같아요."

"래리를 보는 게 그렇게 고통스러우면 안 보는 게 현명하지 않을까?"

"하지만 그건 천국과도 같은 고통인걸요. 게다가 래리가 어떤 사람인지 선생님도 잘 아시잖아요. 태양이 나타나면 어둠이 사라지듯 어느 날 갑자기 슬며시 사라져서 다시 몇 년 동안 못 보게 될 수도 있다구요."

"이혼은 생각해 봤어?"

"이혼할 이유가 없는데요?"

"너희 미국 여자들이야 특별한 이유가 없어도 원하면 이혼하는 거 아니야?"

그녀가 웃음을 터트렸다.

"왜 그렇게 생각하세요?"

"몰라서 묻나? 미국 여자들은 영국 여자들이 하인한테서나 기대할 법한 그런 완벽성을 남편한테서 기대하잖아."

이사벨이 고개를 획 젖혔다. 그 모습이 너무도 거만해 보여서 혹시 목에 경련이 인 것은 아닐까 하는 생각이 들 정도였다.

"그레이가 말주변이 없다고 해서 실속도 없는 줄 아시나 본데……."

나는 얼른 그녀의 말을 잘랐다.

"그런 건 아니야. 난 오히려 그레이가 사람의 마음을 움직이는 재주를 가졌다고 생각하는데. 사랑에 관한 한 그레이는 탁월한 재능을 가진 사람이야. 그 친구가 널 보는 모습을 지켜보면, 너한테 얼마나 깊은 애착을 갖고 있는지, 얼마나 헌신적으로 사랑하는지 알 수 있을 정도지. 아이들에 대한 사랑도 너보다 훨씬 더 깊을걸."

"그럼 제가 좋은 엄마가 아니라는 말씀이세요?"

"아니. 반대로 아주 훌륭한 엄마지. 아이들도 건강하고 행복해하잖아. 이사벨은 아이들이 음식은 제대로 먹는지, 변은 정상적으로 보는지 늘 확인하고, 적절한 행동을 가르치고 책을 읽어 주고 기도도 시키잖아. 그뿐인가? 행여 아프기라도 하면 얼른 병원에 데려가고 정성껏 간호도 해 주지. 다만, 그레이만큼 아이들에게 푹 빠져 있는 건 아니라는 얘기야."

"꼭 그래야 하는 건 아니잖아요. 저는 인간이고 아이들도 하나의 인간으로 대한다구요. 애들이 인생의 전부인양 애지중지하면 애들 버릇만 나빠져요."

"그것도 그렇겠군."

"게다가 우리 애들은 저를 존경한다구요."

"그런 것 같더군. 애들한테 넌 우아하고 아름답고 훌륭한 모든 것의 이상이지. 하지만 그레이만큼 편하고 아늑한 존재는 아니야. 너를 존경하는 건 사실이지만, 그 애들이 사랑하는 건 아빠라구."

"그이야 워낙 사랑스럽잖아요."

나는 이런 얘기를 아무렇지 않게 할 수 있는 그녀가 좋았다. 그녀의 가장 좋은 점은 진실을 적나라하게 말해도 결코 기분 나빠 하거나 부인하려 들지 않는다는 것이다.

"주식시장이 폭락하고 나서 그레이는 마음을 추스르지 못했죠. 몇 주 동안 사무실에서 자정까지 일했어요. 그때마다 저는 집에 앉아서 불안감에 떨었구요. 수치심을 못 이기고 자살이라도 하면 어쩌나 두려웠거든요. 아버님이나 그레이나 그 회사에 대해 자부심이 대단했잖아요. 정직과 정확한 판단을 아주 자랑스러워했었죠. 그를 괴롭힌 건 우리 돈을 몽땅 날렸다는 사실이 아니었어요. 그보다는 자신을 믿었던 모든 사람들이 돈을 날렸다는 사실을 견딜 수 없어 했죠. 그는 선견지명이 부족했다며 괴로워했어요. 당신 잘못이 아니라고 설득해 봤지만 소용없는 일이었어요."

이사벨은 핸드백에서 립스틱을 꺼내 입술을 고쳤다.

"제가 하고 싶었던 얘긴 이런 게 아니에요. 당시 우리에게 남은 건 농장이 전부였는데, 그레이한테 유일한 방법은 어디론가 떠나는 거라는 생각이 들더라구요. 그래서 엄마한테 애들을 맡겨 놓고 농장으로 내려갔어요. 그인 예전부터 그곳을 좋아했지만 우리끼리만 간 건 처음이었어요. 늘 여러 명이 몰려가서 호사로운 시간을 보냈으니까. 그레이는 명수였지만, 그땐 사냥할 기분도 아니었어요. 혼자 배를 타고 늪에 나가서 몇 시간씩 새들을 지켜보는 게 일이었죠. 수로를 왔다 갔다 하면서 말예요. 양옆에는 희끄무레한 골풀들이 늘어서 있고 위에는 푸른 하늘만 끝없이 펼쳐져 있었죠. 수로는 이따금씩 지중해만큼이나 푸른 빛을 띠기도 했어요. 그러고 나서 집으로 돌아오면 별다른 말이 없었어요. 그냥 잘 다녀왔다고만 할 뿐. 하지만 저는 그이가 어떤 기분인지 알 수 있었어요. 눈앞에 펼쳐진 아름다움과 광활함, 적막함에 감동을 받았다는 걸 말예요. 해가 넘어가기 직전에 그 늪은 석양이 정말 예쁘게 드리워지거든요. 거기 서서 그 광경을 바라보면서 더없는 행복을 느꼈던 거죠. 신비롭기 그지없는 고독한 숲에서 오랫동안 말을 타기도 했어요. 마테를링크의 희곡에 나올 법한, 너무 음침하고 적막해서 으스스한 기분까지 느껴지는 그런 숲이었죠. 봄에는 층층나무에 꽃이 만개하고 고무나무마다 새싹이 텄어요. 기껏해야 2주 정도지만, 회색 수염틸란드시아 속에서 그 파릇파릇한 신록은 마치 기쁨의 노래처럼 느껴졌죠. 땅은 온통 커다랗고 하얀 백합과 야생 진달래로 뒤덮이죠. 그레이는 그것이 어떤 느낌인지 적절하게 표현하지 못했지만, 그이한테 그것은 세상을 의미했을 거예요. 그 사랑스런 풍경에 흠뻑 취했을 거라구요. 저도 제대로 표현할 수는 없을 것 같네요. 어쨌든 덩치 큰 남자가 그렇게 순수하고 아름다운 감정에 취해 있는 걸 보고 있자면, 감동이 밀려와서 울고 싶을 지경이었어요. 천국에 정말 하느님이 있다면, 그때 그레이는 하나님 바로 옆에까지 갔을 거예요."

얘기를 하면서 감상에 젖었는지, 이사벨은 작은 손수건을 꺼내 눈가에 반짝이는 눈물을 닦아 냈다.

"너무 이상화하는 건 아닐까? 그저 그레이가 그런 생각을 했다면, 그런 기분을 느꼈다면, 하고 기대하는 건 아니냐는 얘기야."

내가 웃으면서 말했다.

"그럼 제가 본 건 다 뭐예요? 제가 어떤 여잔지 아시잖아요. 저는 커다란 쇼윈도가 줄줄이 이어진 콘크리트 보도를 걸으면서 모자나 모피코트, 다이아몬드 팔찌, 금장 화장품 케이스 등을 구경할 수 없으면 행복을 느낄 수 없는 여자라구요."

나는 웃음을 터트렸다. 잠시 침묵이 흘렀지만, 곧이어 그녀는 다시 이혼 얘기로 돌아갔다.

"이혼은 절대 안 해요. 우린 많은 것을 함께 이겨 냈어요. 그리고 그인 저 없으면 안 된다고요. 뭐, 기분 좋은 일이죠. 어느 정도 책임감도 느껴지고. 게다가……."

"게다가 뭐?"

그녀는 장난기 어린 눈으로 나를 흘끗 곁눈질했다. 내가 어떻게 받아들일지 몰라서 망설이는 것 같았다.

"잠자리에서도 훌륭하다구요. 벌써 결혼 10년짼데 처음의 열정이 전혀 사그라지지 않았어요. 전에 선생님이 어떤 희곡에 이렇게 쓰셨죠? '그 어떤 남자도 한 여자를 5년 이상 원하지는 않는다.' 그건 정말 모르시는 말씀이에요. 그레이는 지금도 신혼 때와 변함없이 저를 원하거든요. 그 방면으론 저를 아주 행복하게 해 주죠. 선생님은 그렇게 안 보셨겠지만 실은 저, 아주 음탕한 여자거든요."

"잘못 생각했군. 나도 그렇게 봤거든."

"그렇다고 여자로서의 매력이 사라지거나 하는 건 아니죠?"

"물론 아니지."

나는 그녀를 찬찬히 뜯어보았다.

"10년 전에 래리와 결혼하지 않은 걸 후회하나?"

"아뇨. 그건 정말 어리석은 짓이었을 거예요. 하지만 지금 아는 걸 그때도 알았더라면 래리와 도망이라도 갔겠죠. 한 3개월쯤 살다가 그를 제 인생에서 영원히 내쳤겠지만."

"그러지 않은 게 이사벨한테는 천만다행인 것 같군. 정말 그랬다면 래리한테 단단히 묶여서 절대 헤어나지 못했을지도 모르지."

"그렇지는 않았을 거예요. 그저 육체적으로 끌리는 거였으니까. 욕망을 극복하는 최선의 방법은 그걸 충족시키는 거잖아요."

"스스로 소유욕이 강한 여자라고 생각해 본 적 있나? 그레이가 깊은 시인의 감성을 갖고 있다고도 했고, 잠자리에서 아주 열정적인 연인이라고도 했어. 그렇다면 두 가지 모두 중요하게 생각한다는 얘기잖아. 하지만 네가 말 안 한 게 있어. 그 두 가지를 합한 것보다 네게 훨씬 더 중요한 무엇. 그건 바로, 그리 작진 않지만 아름다운 너의 그 두 손 오목한 곳에 그를 붙잡아 두고 있다는 느낌이지. 래리였다면 언제든 거기서 빠져나갔을 거야. 키츠의 시 기억하나? '사랑에 빠진 용감한 연인이여, 당신은 결코 입 맞출 수 없으리라. 목표에 가까이 다가가기만 할 뿐.'*"

"가끔 보면 선생님은 스스로 아주 많은 걸 알고 있다고 생각하는 것 같아요. 사실은 그렇지도 못하면서."

그녀는 다소 신랄한 말투로 대화를 이었다.

"여자가 남자를 잡아 두는 방법은 한 가지예요. 그게 뭔지는 선생님도 아시죠? 한 가지 더 알려 드릴까요? 중요한 건 남녀가 처음 잠자리를 가질 때가 아니에요. 두 번째가 중요한 거라구요. 두 번째 잠자리에서 남자를 잡아 둘 수 있으면 그를 영원히 잡아 둘 수 있는 거죠."

"이상한 것도 많이 알고 있군."

"여기저기 다니면서 늘 눈과 귀를 열어 두니까요."

"그런 얘긴 어디서 들었는지 물어봐도 되나?"

그녀는 짓궂은 미소를 지었다.

"의상 전시회에서 사귄 여자한테 들었어요. 방되즈(점원)한테서 그 여자가 파리에서 제일 영리한 정부(情夫)라는 얘길 듣고, 알아 두면 좋겠다고 생각했죠. 아드리엔느 드 트루와라고 들어 보셨어요?"

"처음 듣는 이름인데."

"교육 좀 더 받으셔야겠네요! 나이도 마흔다섯이나 되고 미인도 아닌데, 엘리엇 삼촌이 알고 지내는 공작 부인들보다 훨

* 영국 시인 존 키츠(John Keats)의 「그리스 항아리에 부치는 노래(Ode on a Grecian Urn)」 중 한 구절.

씬 더 품위 있어 보이는 거예요. 그래서 옆에 앉아 있다가 충동적으로 말을 건 순진한 미국 여자애인 것처럼 연기를 했죠. 지금까지 살면서 그렇게 매혹적인 분은 처음 본다고, 그래서 말을 걸지 않을 수 없었다고 했어요. 그리스 카메오 조각처럼 완벽하다고 칭찬도 해 주고요."

"용기가 대단한데."

"처음에는 경계하면서 냉담한 반응을 보였는데, 제가 계속 순진한 척 지껄여 대니까 조금씩 누그러지는 거예요. 결국 얼마간 즐거운 잡담을 나눴죠. 전시회가 끝나고 언제 저와 리츠에서 점심 식사를 하면 안 되겠냐고 물어봤어요. 사실은 오래전부터 세련되고 고상한 모습을 동경해 왔다면서 말예요."

"전에도 본 적이 있나?"

"물론 없죠. 어쨌든 점심을 함께 먹는 건 곤란하다고 하더라구요. 파리 사람들은 입방정이 심해서 제가 고생할 거라고, 그래도 물어봐 줘서 고맙다고 했죠. 제가 실망해서 울먹이는 척했더니 자기 집에 와서 같이 점심을 먹지 않겠느냐고 하는 거예요. 그래서 그 상냥한 태도에 감동받은 척했죠. 그랬더니 제 손을 토닥여 줬어요."

"그래서 갔나?"

"당연히 갔죠. 포슈 거리에 아담하고 예쁜 집을 갖고 있던데요. 조지 워싱턴을 꼭 닮은 집사가 시중도 들어 주고요. 그 집에서 4시까지 놀았어요. 머리를 풀어 헤치고 코르셋까지 벗어 던진 채 여자들만의 비밀 얘기를 나누면서 말예요. 그날 들은 얘기로 책 한 권은 쓸 수 있을걸요."

"한 권 쓰지 그래? 《레이디스 홈 저널》에 꼭 어울릴 텐데."

"말도 안 돼요."

그녀가 웃음을 터트렸다.

나는 한동안 말없이 생각에 잠겼다가 얼마 후 입을 열었다.

"래리가 '정말' 너를 사랑했을까?"

그녀는 등을 꼿꼿이 세웠다. 얼굴에서 웃음기가 사라졌다. 두 눈은 화가 난 듯했다.

"그게 무슨 말씀이세요? 당연히 사랑했죠. 여자라면 남자가 자길 사랑하는지 정도는 안다구요."

"물론, 사랑하지 않았다고는 할 수 없지. 이사벨만큼 가깝게 지낸 여자도 없었으니까. 어릴 때부터 함께 어울려 지냈으니, 래리는 자신이 널 사랑하게 될 거라고 예상했을 거야. 지극히 정상적인 성적 본능을 가진 남자니까. 게다가 넌 결혼은 당연히 해야 한다고 생각했잖아. 결혼을 했다고 해도 두 사람 관계가 특별히 달라지진 않았을 거야. 그저 한 지붕 아래 살면서 함께 잠자리에 들게 된다는 것 빼고는."

이사벨은 어느 정도 누그러졌는지 다음 얘기를 기다렸다. 여자들은 사랑 얘기라면 언제든 마다하는 법이 없다. 나는 계속 말을 이었다.

"도덕주의자들은 성적 본능이 사랑과는 크게 상관없다고 주장해 왔어. 그들의 얘길 듣고 있으면 사랑이 마치 일종의 부수현상(附隨現象)처럼 느껴지지."

"부수현상이란 게 대체 뭐예요?"

"의식이 그 자체로 두뇌 작용에 영향을 미치는 게 아니라, 그저 두뇌 작용을 수반하고 두뇌 작용에 의해 결정되는 그 무엇에 불과하다고 생각하는 심리학자들이 있어. 그러니까 의식은 수면에 비친 나무의 그림자처럼 나무 없이는 존재할 수 없지만 나무에게는 아무런 영향도 미치지 못한다는 논리지. 나 역시 전적으로 같은 생각이야. 성적인 열정 없이 사랑이 존재한다는 건 말도 안 되는 얘기지. 간혹 열정이 죽은 후에도 사랑이 지속될 수 있다고 말하는 사람들이 있는데, 그건 사랑이 아닌 다른 무엇, 일테면 애정이나 온정, 혹은 취향이나 관심사의 공유, 아니면 습관 등을 사랑으로 착각하는 거야. 그중에서도 습관일 가능성이 높지. 평소에 밥 먹던 시간이 되면 배가 고파지듯이 성관계도 습관적으로 이어나갈 수 있어. 물론, 사랑이 없어도 욕망은 있을 수 있지. 하지만 욕망하고 열정은 엄연히 다른 거야. 욕망은 성적 본능에 따른 자연적인 결과라구. 인간이라는 동물이 가진 다른 기능과 똑같은 거지. 그러니 남편들이 적당히 때와 장소를 봐 가면서 시시덕거리는 걸 갖고 여자들이 이런저런 불평을 늘어놓는 건 어리석은 짓이지."

"그게 꼭 남자들한테만 해당된다고 할 순 없죠."

나는 미소를 지으며 대꾸했다.

"이사벨이 그렇다면 그런 거겠지. 이쪽에 들어맞는 거라면 저쪽에도 들어맞는다고 말이야. 하지만 한 가지 반론을 제기할 순 있어. 남자한테는 스쳐가는 관계가 감정적으로 아무런 의미도 주지 못하지만 여자한테는 어느 정도 의미를 줄 수 있거든."

"여자라고 다 그런 건 아니에요."

나는 말을 끊고 싶지 않았다.

"사랑이 열정이 아니라면, 그건 사랑이 아니라 다른 것을 사랑으로 착각하는 거야. 그리고 열정은 서로 만족할 때 커지는 게 아니라 오히려 장애가 있을 때 더욱 커지는 법이지. 키츠가 그 송가에서 그리스 항아리에 그려진 사람, 그러니까 사랑에 빠진 용감한 연인에게 슬퍼하지 말라고 한 건 무슨 의미였을까? '영원히 사랑하라. 그녀는 영원히 아름다우리.' 왜 이런 말을 했을까? 바로 그녀가 쟁취하기 어려운 상대이기 때문이지. 그가 아무리 열렬하게 그녀를 갈망해도 그녀는 닿을 수 없는 상대야. 둘 다 대리석 항아리에 새겨진 상태니까. 내 생각엔 그리 대단한 예술 작품도 아니었을 것 같지만 말이야. 래리에 대한 네 사랑도, 너에 대한 래리의 사랑도 파올로와 프란체스카의 사랑이나 로미오와 줄리엣의 사랑만큼이나 자연스럽고 단순한 거야. 다행히 네 경우엔 비극적인 결말을 맺진 않았지. 너는 부유한 남자와 결혼해서 잘 살았고, 래리는 세이렌이 무슨 노래를 부르는지 밝혀내기 위해 세상을 떠돌아다녔으니까. 너희 둘 사이엔 열정이 개입되지 않았어."

"선생님이 그걸 어떻게 아세요?"

"열정은 희생을 두려워하지 않으니까. 파스칼은, 가슴은 이성이 이해하지 못하는 나름대로의 이유를 갖고 있다고 말했지. 내 생각이 맞는다면 그건 열정이 가슴을 사로잡으면 가슴은 사랑을 위해 세상을 잃어도 좋다는 것을 입증할 만한 그럴듯한, 심지어는 결정적인 이유들을 만들어 낸다는 뜻이야. 그래서 명예를 희생시켜도 좋고 치욕도 그리 큰 대가가 되지 않는다는 확신을 주지. 열정은 파괴적인 거야. 안토니우스와 클레오파트라, 트리스탄과 이졸데,* 파넬과 키티 오셰이**도 결국

---

* 켈트족의 전설을 바탕으로 한 중세의 사랑 이야기에 나오는 두 주인공.

** 파넬은 19세기 아일랜드의 민족주의 지도자로서 키티 오셰이와 불륜의 사랑에 빠져 몰락했음.

열정 때문에 파멸로 치닫고 말았잖아. 그리고 열정은 무언가를 파괴하지 않으면 소멸해 버려. 그러고 나면 수년 동안 인생을 허비했다는 걸 깨닫고 비참한 기분이 들겠지. 사람들에게 망신을 당하면서 무서운 질투의 고통을 견뎌 내고 그 모든 쓰디쓴 치욕을 삼켜야 하는 순간이 올 테니까. 자신이 가진 애정을 전부 가난한 매춘부한테 소진했음을, 어리석고 하찮은 존재에게 자신의 꿈을 모두 걸었음을, 껌 한 쪽만도 못한 상대에게 영혼을 전부 쏟아부었음을 깨닫는 비참한 순간이 찾아오는 거지."

이 장황한 연설을 끝마치기 전부터 나는 이사벨이 더 이상 내 말을 듣지 않고 자신의 생각에 빠져 있음을 너무도 잘 알고 있었다. 그러나 잠시 후 그녀가 뜻밖의 말을 내뱉었다.

"래리가 숫총각일까요?"

"이사벨, 그 친구 벌써 서른둘이야."

"분명히 숫총각일 거예요."

"어째서?"

"여자라면 그 정도는 직감으로 알 수 있거든요."

"내가 아는 어느 젊은 친구는 예쁜 여자만 보면 지금껏 여자를 한 번도 안 사귀어 봤다고 거짓말을 해서 몇 년째 화려한 경력을 자랑하고 있어. 그 친구 말로는 그게 무슨 주문처럼 효과를 발휘한다더군."

"뭐라고 하시든 상관 안 해요. 그냥 제 직감을 믿을래요."

어느덧 늦은 시간이 되었다. 이사벨은 그레이와 함께 친구들 저녁 모임에 참석하기 위해 옷을 갈아입어야 했다. 나는 특별히 할 일이 없었으므로 라스파이 거리를 따라 걸으며 기분 좋은 봄날의 저녁을 만끽했다. 나는 여자의 직감을 크게 믿는 편이 아니다. 여자의 직감은 그 여자가 믿고 싶어 하는 것과 너무도 잘 맞아떨어지기 때문에 도무지 믿을 수가 없다. 이사벨과 나눈 오랜 대화의 결말을 생각하니 나도 모르게 웃음이 나왔다. 문득 수잔 루비에가 떠올랐다. 며칠 동안 만나지 못했다. 지금 무얼 하고 있을까? 특별히 할 일이 없다면 나와 저녁을 먹고 영화를 보는 것도 나쁘지 않을 것이다. 나는 택시를 잡아서 그녀의 아파트로 가자고 했다.

7

수잔 루비에는 앞에서도 언급한 적이 있다. 당시 그녀를 알게 된 지는 10년에서 12년째 되었으며, 그 무렵 그녀의 나이는 마흔을 코앞에 두고 있었을 것이다. 그녀는 미인은 아니었다. 그보다는 오히려 못생긴 축에 속했다. 프랑스 여자치고는 키가 큰 편이었는데, 허리는 짧고 팔다리가 길어서 긴 팔다리가 주체가 안 되는 듯 동작이 어색해 보였다. 머리색은 기분에 따라 바뀌었지만, 가장 자주 본 것은 붉은빛이 도는 갈색이었다. 작은 얼굴은 각이 졌고 유난히 튀어나온 광대뼈에는 연지를 진하게 발랐으며 커다란 입술에도 늘 진한 립스틱을 바르고 다녔다. 이쯤 되면 꽤 볼품없는 모습이 떠오르겠지만, 사실 그녀는 매력적이었다. 매끈한 피부에 하얗고 튼튼한 치아를 가졌으며 파란색의 커다란 두 눈도 생기 있어 보였다. 얼굴에서 가장 아름다운 부분이 바로 눈이었는데, 그녀는 속눈썹과 눈꺼풀에 화장을 해서 아름다운 눈을 최대한 살렸다. 불안한 듯하면서도 영리하고 친근해 보였고, 아주 착한 성품을 지녔지만 적당히 거친 면도 갖고 있었다. 사실, 그때까지 그녀의 삶을 돌이켜 보면 거칠지 않고서는 견뎌 낼 수 없었을 것이다. 하급 공무원이었던 아버지가 세상을 떠난 후 그녀의 어머니는 앙주의 고향 마을로 돌아가 연금으로 생활했고, 수잔은 열다섯 살 때부터 인근 시내에서 재단사 실습을 받았다. 그리 멀지 않은 곳이라 일요일마다 집에 갈 수 있었는데, 그러던 중 열일곱 살에 2주 동안 여름휴가를 받아 집에서 지내다가, 풍경화를 그리러 내려와 있던 한 예술가의 유혹에 말려들었다. 무일푼의 자신에게 결혼의 기회가 오지 않으리란 사실을 잘 알았던 그녀는 여름이 끝나 갈 무렵 파리로 가서 함께 살자는 그 화가의 제안을 선뜻 받아들였다. 그는 화가들의 작업실이 즐비한 몽마르트르로 그녀를 데려갔다. 두 사람은 1년 동안 그곳에서 함께 살며 매우 즐거운 시간을 보냈다. 그러나 1년 후 그는 그동안 그림을 한 점도 못 팔아서 더 이상 정부를 끼고 사는 사치를 누리기가 힘들다고 말했다. 그녀는 이미 그런 상황을 예상했으므로 별로 당황하지 않았다. 그는 집으로 돌아갈 거냐고 물었다. 그녀가 아니라고 하자, 그는 같은 블록에 사는 다른 화가가 그녀를 기꺼이 받아 줄 거라고 했다. 그가 말한 남자는 이전에 그녀에게 두세 번 수작을 건 적이 있었다. 그때마다 그녀는 그의 기분이 상하지 않도록 특유의 유머 감각으로 적당히 거절했더랬다. 그러나 그가 싫은 것은 아니었으므로 그녀는 조용히 그의 제안을 받아들였다. 어쨌든 돈을 들여 택시로 짐을 옮기지 않아도 된다는 것은 편리한 일이었다. 그녀의 두 번째 연인은 첫 번째 연인보다 나이가 훨씬 더 많았지만 그럭저럭 봐

줄 만한 수준이었다. 그는 그녀에게 옷을 입은 채로든 벗은 채로든 상상할 수 있는 모든 포즈를 요구하여 그림을 그렸다. 그녀는 그와 함께 2년 동안 행복한 나날을 보냈다. 그리고 자신을 모델로 그린 그림이 그에게 첫 번째 실질적인 성공을 가져다 준 것을 자랑스러워하며 기사에 조그맣게 실린 그림을 오려서 내게 보여 주었다. 마네의 올랭피아와 똑같은 자세로 누워 있는 나체의 그녀를 실물 크기로 그린 것으로, 미국의 어느 미술관에 팔렸다고 했다. 그 화가는 현대적이면서도 다소 우스꽝스러운 그녀의 비율을 한눈에 포착하여 그 호리호리한 몸을 수척해 보일 정도로 더욱 가늘게 표현했다. 긴 팔다리는 더욱 길게 늘이고 튀어나온 광대뼈를 부각시키고 커다랗고 파란 두 눈을 더욱 크게 그린 것이다. 신문에서 오려 낸 그림만으로는 당연히 색감이 어떤지 알 수 없었지만 훌륭한 구도임에는 틀림이 없었다. 이 그림으로 어느 정도 이름을 날리게 된 그는 돈과 지위를 가진 과부와 결혼하게 되었다. 남자들은 미래를 생각할 수밖에 없음을 잘 알고 있던 수잔은 그에게 독설을 퍼붓기보다는 그와의 관계가 끝났음을 태연하게 받아들였다.

이 무렵 그녀는 자신의 가치를 잘 알고 있었다. 그녀는 화가들의 삶이 마음에 들었다. 포즈를 취하는 일도 즐거웠고 하루 일과가 끝나면 카페에 가서 화가들과 그 아내들 또는 그 정부들과 함께 앉아 얘기를 나누는 일도 즐거웠다. 그들은 예술 작품에 대해 의견을 주고받기도 하고 화상(畵商)들을 욕하기도 했으며, 때로는 음담패설을 즐기기도 했다. 그 화가와의 관계를 정리해야 한다는 생각이 들자, 그녀는 또 다른 계획을 세웠다. 먼저 그녀는 재능 있어 보이는 미혼의 젊은 남자 한 명을 골랐다. 그런 다음, 그가 카페에 혼자 앉아 있는 틈을 타서 자신의 상황을 설명하고 다짜고짜 함께 살자고 제안했다.

"이제 겨우 스무 살이에요. 집안일도 잘한답니다. 함께 살면 생활비도 절약되고 모델료도 절약될 거예요. 셔츠가 이게 뭐예요? 작업실도 지저분하죠? 돌봐 줄 여자 필요 없어요?"

그가 보기에도 그녀는 착한 여자 같았다. 자신의 제안을 듣고 재미있어하는 모습을 보면서 그녀는 그의 마음이 동요되고 있다는 확신이 들었다.

"어쨌든 한 번 해 보는 게 어때요? 손해 볼 건 없잖아요. 설사 실패한다 해도 그쪽이나 나나 더 잃을 것도 없지 않겠어요?"

그는 추상파 화가로서, 정사각형과 직사각형들로 그녀를 표현했다. 눈은 하나만 있고 입은 없었으며, 주로 검은색과 갈색, 회색 등을 사용하여 기하학적인 모양으로 그녀를 그린 것이다. 열십자 모양으로 교차하는 직선들을 통해 그것이 인간의 얼굴이라는 것을 막연하게만 짐작할 수 있을 정도였다. 그와 1년 반 동안 함께 산 끝에 결국 그녀는 자발적으로 그를 떠났다.

"왜 떠난 거요? 그 사람을 안 좋아했어요?"

내가 물었다.

"아뇨. 아주 좋은 사람이었죠. 하지만 발전이 없는 것 같았어요. 계속 제자리걸음이었다구요."

다른 남자를 찾기는 그리 어렵지 않았다. 그녀는 여전히 화가들 가운데서 파트너를 물색했다.

"언제나 화가들만 찾아다녔어요. 6개월 정도 조각가와 함께 지내기도 했는데, 왠지 조각에는 흥미가 안 생기더라구요."

그녀는 함께 살던 남자들과 안 좋게 헤어진 적이 한 번도 없다는 점을 자랑스러워했다. 그녀는 모델로서도 훌륭했지만 집안일에도 능숙했다. 어느 작업실이든 한동안 들어가 살면서 일을 돌봐 주는 것을 무척 좋아했고, 일하는 작업실마다 한 치의 흐트러짐도 없이 깔끔하게 유지된다는 사실에 자부심을 느꼈다. 요리를 잘해서 적은 돈으로 맛있는 식사를 내놓을 수 있었으며, 연인들의 양말을 꿰매 주고 셔츠 단추를 달아 주기도 했다.

"예술가라고 해서 깔끔하고 깨끗하게 살지 말란 법은 없잖아요."

그러나 그런 그녀도 딱 한 번 실패한 적이 있었다. 상대는 그동안 만난 사람들 가운데 가장 부유하고 자동차까지 소유한 영국 청년이었다.

"하지만 오래가진 못했어요. 술을 너무 많이 마시는 데다 술에 취하면 지긋지긋하게 굴었거든요. 그림이라도 잘 그렸으면 말도 안 해요. 그 사람 그림은 정말 해괴망측했다구요. 내가 떠나겠다고 했더니 울음을 터트리는 거예요. 날 사랑한다나. 그래서 제가 그랬죠.

'미안하지만, 당신이 날 사랑하든 말든 그런 건 조금도 중요하지 않아요. 중요한 건 당신에게 재능이 없다는 사실이죠. 고국으로 돌아가 식료품 장사나 해요. 당신한텐 그게 딱이니까.'"

"그랬더니 뭐라던가요?"

내가 물었다.

"노발대발하면서 당장 꺼지라는 거예요. 하지만 그건 정말 좋은 충고였다구요. 부디 받아들였으면 좋겠어요. 나쁜 사람은 아니었으니까. 그저 화가로서 재능이 없었을 뿐이에요."

아무리 가벼운 여자라도 상식과 착한 성품만 갖고 있으면 그리 어렵지 않게 삶을 꾸려 나갈 수 있을 것이다. 그러나 수잔이 택한 직업은 다른 직업들처럼 기복이 심했다. 예를 들면, 스칸디나비아 남자의 경우가 그러했다. 경솔하게도 그녀는 그와 사랑에 빠져 버린 것이다.

"정말이지 그 사람은 제게 신과 같은 존재였어요. 키는 에펠탑 못지않게 컸고, 어깨가 떡 벌어진 데다 가슴팍도 넓었죠. 허리는 거의 남자 손으로 잡을 수 있을 만큼 가늘고 배도 하나도 안 나왔어요. 제 손바닥처럼 평평했다니까요. 게다가 근육은 꼭 운동선수 같았죠. 웨이브 진 금발하며, 피부는 또 얼마나 좋았다구요. 그림도 못 그리는 편은 아니었어요. 대담하고 당당한 화풍이 마음에 들었죠. 풍성하고 생기 있는 색감도 좋았구요."

그녀는 그의 아이를 갖기로 했다. 그는 반대했지만 그녀는 자신이 책임지겠다며 고집을 꺾지 않았다.

"아기가 태어나자 그 사람도 꽤 좋아했어요. 제 아빠를 닮아서 붉은빛이 도는 금발에 파란 눈을 가진 사랑스런 아기였죠. 딸이에요."

수잔은 3년 동안 그와 함께 살았다.

"조금 멍청한 면도 있고 가끔 지루하기도 했지만 아주 자상한 데다 외모도 멋있어서 그런 건 전혀 개의치 않았어요."

그러던 중 스웨덴에서 그의 아버지가 위독하니 빨리 돌아오라는 전보가 왔다. 그는 꼭 돌아오겠다고 약속했지만 그녀는 그가 오지 않을 거라는 예감이 들었다. 그는 가진 돈을 전부 그녀에게 주고 떠났다. 그에게서 소식이 온 것은 그로부터 한 달 후였다. 아버지가 돌아가셨고 그 바람에 사업이 어려워졌으니 어머니 곁에 남아서 목재업을 이끌어 나가는 게 마땅할 것 같다는 내용이었다. 봉투에는 1만 프랑짜리 수표도 함께 들어 있었다. 수잔은 실의에 빠져 있을 여자가 아니었다. 곧바로 아기가 자신의 활동에 장애물이 될 거라는 결론을 내리고 어머니를 찾아가 1만 프랑과 함께 아기를 맡긴 것이다.

"가슴이 너무 아팠어요. 아기를 매우 사랑했지만, 먹고 살려면 현실적으로 생각해야 하잖아요."

"그래서 어떻게 됐어요?"

내가 물었다.

"그래도 그럭저럭 살았어요. 또 다른 친구를 찾았죠."

그러나 이후 그녀는 장티푸스에 걸렸다. 그녀는 늘 그것을 '나의 장티푸스'라고 불렀다. 마치 백만장자가 '팜비치에 있는 나의 별장' 혹은 '나의 뇌조 사냥터'라고 부르는 것처럼 말이다. 그녀는 장티푸스로 죽을 고비를 넘겼다. 3개월 동안 입원 치료를 받고 퇴원할 무렵, 그녀에게 남은 거라곤 뼈만 앙상하게 남은 쇠약한 몸뚱이뿐이었다. 게다가 신경이 예민해져서 우는 것 말고는 아무것도 할 수 없었다. 가사일은커녕 모델 일을 하기도 버거웠다. 게다가 돈도 거의 남지 않았다.

"휴, 정말 힘든 시절이었죠. 다행히 좋은 친구들이 있긴 했지만, 화가들이 어떤지 잘 알잖아요. 먹고살기도 빠듯한 사람들이죠. 난 미인도 아니었구요. 물론 특별한 매력이 있긴 했지만, 더 이상 스무 살도 아니었다구요. 그러다가 예전에 함께 살던 입체파 화가를 우연히 만났어요. 원래 유부남이었는데 저랑 동거하면서 이혼을 했죠. 입체파 그림을 포기하고 초현실주의로 전향한 상태였어요. 제가 쓸모가 있다고 생각했는지 외롭다고 하더라구요. 숙식을 해결해 준다기에 정말 기쁘게 그 제안을 받아들였죠."

수잔은 그와 함께 지내다가 어느 제조업자를 만나게 되었다. 한 친구가 예전 입체파 화가의 그림 한 점을 살지도 모른다며 작업실로 데려온 사람이었는데, 수잔은 어떻게든 그림을 팔아 보려고 자신이 아는 방법을 총동원하여 그에게 아양을 떨었다. 그는 당장 결정을 내릴 수 없으니 나중에 다시 와서 보겠다고 했다. 실제로 그는 2주 후에 다시 작업실로 찾아왔다. 그러나 그녀는 그가 그림이 아닌 자신을 보러 왔다는 느낌을 받았다. 이번에도 그는 아무것도 사지 않았지만, 떠나면서 유난히 따뜻하게 그녀의 손을 잡았다. 다음 날 그녀가 식료품을 사러 시장에 갈 때, 그를 데려왔던 친구가 그녀를 불러 세우더니 그 제조업자가 그녀를 마음에 들어 한다고, 다음에 파리에 오면 제안할 것이 있으니 함께 저녁을 먹고 싶어 한다고 일러주었다.

"어떤 면을 좋아하는 것 같아요?"

그녀가 물었다.

"그는 현대미술 애호가예요. 수잔의 초상화를 보고 흥미가 생긴 모양이에요. 지방에서 사업을 하는데, 그 사람에겐 수잔이 파리 자체를 상징하는 거예요. 그가 릴*에서 누릴 수 없는 모든 것, 그러니까 예술이나 낭만 같은 것을 상징하는 거죠."

"돈은 있어요?"

그녀는 영악하게 물어보았다.

---

* 상업과 공업이 발달한 프랑스 북부의 도시.

"돈이야 많죠."

"그럼 만나보죠, 뭐. 얘기를 들어 본다고 해서 손해 볼 건 없으니까."

그는 그녀를 막심 레스토랑으로 데려갔는데, 그것만으로도 그녀는 감동을 받았다. 얌전하게 차려입어서인지 수잔은 주위의 여자들을 보면서 자신 역시 지체 높은 부인처럼 보일 수 있겠다는 생각이 들었다. 샴페인을 주문하는 것을 보니, 그는 신사인 것 같았다. 식사를 마치고 커피를 마시면서 마침내 그가 제안을 꺼내 놓았다. 그녀가 생각하기에는 더할 나위 없이 멋진 제안이었다. 먼저 그는 2주에 한 번 이사회 회의 때문에 파리에 오는데, 혼자 저녁을 먹는 것도, 여자가 필요할 때마다 매음굴에 가는 것도 지겹다, 아내도 있고 자녀도 둘이나 있으며 자신의 지위까지 생각하면 그리 바람직한 일은 아닌 것 같다, 그 친구에게서 당신에 대한 얘기를 들었는데, 사려 깊은 여자라는 생각이 들었다, 이제 나이도 먹었으니 경박한 여자들과 뒹굴고 싶지는 않다, 현대미술품을 조금씩 수집하고 있는데, 당신도 그쪽과 어느 정도 관련이 있으니 그 점에서도 통하는 부분이 있을 것이다, 등의 얘기를 늘어놓았다. 그런 다음 본론으로 들어갔다. 아파트와 가구를 마련해 주고 매달 2000프랑씩 생활비를 줄 테니, 2주에 하룻밤만 자신과 있어 주면 된다는 것이었다. 지금껏 그렇게 많은 돈을 써 본 적이 없는 수잔은 곧바로 머리를 굴리기 시작했다. 그 정도면 분명히 남부럽지 않게 먹고 입을 수 있을 뿐 아니라 딸의 양육비를 보내고 만약을 대비해 저축도 할 수 있었다. 그러나 그녀는 잠시 망설였다. 늘 자칭 '화단(畵壇)에 몸담고 있는 여자'로 살아온 그녀로서는 사업가의 정부가 되는 것이 일종의 명예 실추처럼 느껴졌던 것이다.

"세 타 프랑드르 우 아 레세(양단간에 선택을 하시죠)."

그가 말했다.

역겹거나 혐오스러운 사람은 아니었다. 게다가 옷에 장미꽃 모양의 레지옹 도뇌르 훈장*을 보니 어느 정도 명사임에 틀림없었다. 그녀는 미소를 지으며 대꾸했다.

"쥬 프랑(받아들일게요)."

8

그때까지 수잔은 줄곧 몽마르트르에서 살았지만, 이제는 과거를 청산해야 한다는 결정을 내리고 몽파르나스 대로에 인접한 아파트를 선택했다. 방 두 개에 작은 부엌과 화장실이 딸린 아파트였다. 겨우 6층이었지만 엘리베이터도 갖춰져 있었다. 최대 수용 인원이 두 명에 불과하고 속도도 매우 느린 데다 내려갈 때는 걸어 내려가야 했지만, 엘리베이터와 화장실이 있다는 사실만으로도 호화롭고 세련된 생활을 하는 느낌이 들었다.

그의 이름은 아시유 고뱅이었다. 처음 두세 달 동안 그는 2주에 한 번씩 파리에 올 때마다 호텔에 방을 잡고 욕구가 생기면 수잔과 관계를 가진 다음, 다시 호텔로 돌아가 혼자 잠을 청했

* Legion of Honour, 국가에 기여한 사람들에게 수여하는 프랑스 최고의 명예 훈장.

다. 그러고는 아침에 일어나 기차를 잡아타고 사업과 건전한 가족생활로 돌아간 것이다. 그러나 몇 달 후 수잔은 그것이 쓸데없는 돈 낭비라며 아침까지 자신의 아파트에 있다 가는 것이 더 경제적일 뿐 아니라 편안할 거라고 지적했다. 당연히 그가 생각하기에도 맞는 말이었다. 그는 자신을 생각하는 수잔의 사려 깊은 마음에 몹시 기분이 좋아졌다. 그도 그럴 것이, 추운 겨울밤에 거리로 나가 택시를 잡는 것은 그리 유쾌한 일이 아니었다. 또한, 그녀가 쓸데없는 돈 낭비를 싫어한다는 점을 높이 평가했다. 자신의 돈뿐 아니라 연인의 돈까지 생각해 주다니 얼마나 착한 여자인가.

아시유 씨는 모든 것이 만족스러웠다. 저녁은 주로 몽파르나스에 있는 고급 레스토랑에서 먹었지만 이따금씩 수잔이 아파트에서 직접 저녁을 차려 주기도 했다. 그녀가 만든 음식은 맛도 좋았고 그의 입맛에도 잘 맞았다. 날씨가 따뜻해지자 그는 셔츠 차림으로 저녁을 먹으면서 기분 좋은 해방감을 만끽했다. 그는 예전부터 그림을 사들이는 취미가 있었지만, 수잔은 자신의 허락을 받고 사야 한다고 주장했는데, 머지않아 그는 그녀의 판단을 믿어야 하는 이유를 깨달았다. 그녀는 화상들을 이용하지 않고, 그를 화가의 작업실로 데려가서 화상의 절반 가격에 그림을 살 수 있게 해 주었다. 그는 그녀가 조금씩 돈을 떼고 있다는 것을 알았지만, 해마다 고향에 땅을 조금씩 사 놓고 있다고 그녀가 털어놓자 오히려 자부심을 느꼈다. 프랑스 사람이라면 누구든 땅에 대한 소유욕이 대단하다는 것을 잘 알고 있었으므로, 그녀 역시 땅을 갖고 있다는 애기를 듣자 그녀를 더욱 높게 평가하게 된 것이다.

수잔 역시 흡족한 생활을 하고 있었다. 그녀는 그에게만 충실한 연인은 아니었지만 그렇다고 딱히 바람을 피우지도 않았다. 구체적으로 말하면, 다른 남자와 지속적으로 관계를 맺는 것은 피했지만 우연히 마음에 드는 남자를 만나면 잠자리를 마다하지는 않았다는 뜻이다. 그러나 그녀는 상대를 아파트에 밤새도록 붙잡아 두는 일은 의도적으로 피함으로써 그에 대한 신의를 지키려고 노력했다. 자신에게 남부럽지 않은 확실한 삶의 기반을 마련해 준 명망 있는 재력가에게 그 정도 예의는 지켜야 한다고 느꼈기 때문이다.

내가 수잔을 알게 된 것은 그녀가 어느 화가와 살고 있을 때였다. 그 화가는 나와 잘 아는 사이였으므로, 나는 종종 그의 작업실에 가서 그녀가 포즈를 취하는 모습을 보곤 했다. 당시에도 이따금씩 마주치곤 했지만, 본격적으로 친해진 것은 그녀가 몽파르나스로 이사한 후부터였다. 아시유 씨(그녀는 그를 부를 때나 언급할 때나 이런 호칭을 사용했다.)는 내 책 한두 권을 번역본으로 읽었는지, 어느 날 저녁 그녀와 함께 레스토랑에서 저녁 식사를 하는 자리에 나를 초대했다. 수잔의 광대뼈쯤 오는 자그마한 키에 머리는 짙은 회색이었고, 반백의 수염은 깔끔하게 손질되어 있었다. 통통한 몸집에 배가 나왔지만, 비만이라기보다는 재력가의 분위기를 풍기는 수준이었다. 키 작고 통통한 남자들이 흔히 그렇듯이 다소 점잔 빼며 걷는 모습이 자신에 대해 어느 정도 자신감을 갖고 있는 듯했다. 그는 내게 훌륭한 저녁 식사를 대접하며 매우 정중하게 행동했다. 그러면서 내가 수잔의 친구라서 무척 기쁘다, 얼핏 보기에도 '콤 일 포(모범적인 신사)'라는 느낌이 들었다, 그런 사람이 수잔을 특별하게 생각해 주다니 기쁘다, 안타깝게도 자신은 일 때문에 릴에 매여 있어 가엾은 수잔이 혼자 있는 시간이 많은데, 나처럼 점잖은 사람이 옆에 있어서 다행이다, 자신은 사업가이지만 늘 예술가들을 존경한다, 하는 말들을 늘어놓았다.

"몽 셰르 무슈(선생님), 예술과 문학은 오래전부터 프랑스의 자랑이었지요. 물론, 용맹스런 군사력과 함께 말입니다. 저는 모직물 제조업자에 불과하지만 화가와 문인은 장군이나 정치가에 필적하는 존재라고 자신 있게 말할 수 있습니다."

그렇게 유창한 언변을 가진 사람은 세상에 없을 것 같았다.

수잔은 가정부를 두라는 아시유의 말을 듣지 않았다. 돈을 절약하기 위해서이기도 했지만, 한편으로는 그녀만의 영역에서 누군가의 참견을 받는 것을 원치 않았기 때문이다.(그 이유는 그녀 자신이 가장 잘 알고 있었을 것이다.) 그녀는 작은 아파트를 최신 유행의 현대적인 가구들로 꾸미고 늘 깔끔하고 깨끗하게 유지했으며, 속옷까지 직접 만들어 입었다. 그렇다고는 해도 부지런한 그녀는 모델 일을 그만둔 후 남아도는 시간을 주체할 수가 없었다. 그리고 어느 순간, 수많은 화가들에게 모델이 되어 줬다면 자신이 직접 그림을 그리지 못할 이유도 없지 않을까 하는 생각이 그녀의 뇌리를 스쳤다. 그녀는 캔버스와 붓, 물감 등을 사서 곧 그림을 그리기 시작했다. 이따금씩 식사 약속을 하고 약속 시간보다 조금 일찍 도착하면 그녀는 작업복 차림으로 그림을 그리는 데 열중하고 있었다. 마치 자궁 속의 태아가 단기간에 종의 진화에 따르는 모든 단계를 밟아 나가듯, 수잔도 그동안 함께 살던 화가들의 화법을 하나하나 밟아 나갔다. 함께 살던 풍경화가의 화법대로 풍경화를 그리기도 하고 입체파 예술가의 화법대로 추상주의 그림을 그리기도 했으며, 그림엽서를 보고 스칸디나비아 화가처럼 정박 중인 요트를 그리기도 했다. 데생은 서툴렀지만 색채 감각은 나쁘지 않았다. 썩 좋은 그림들이라고 할 수는 없었지만, 그녀는 그리는 일 자체를 즐겼다.

아시유 씨도 그녀를 격려해 주었다. 자신의 정부가 화가가 된다는 사실이 흡족했던 것이다. 그는 가을에 열리는 미술 전람회에 한 점을 출품하라고 부추겼고, 그리하여 그녀의 그림이 전시되자 둘 다 몹시 자랑스러워했다. 그는 그녀에게 좋은 충고를 해 주었다.

"남자처럼 그리려고 하진 말라구. 그냥 여자처럼 그리면 되는 거야. 강하게 보이려고 노력할 필요는 없어요. 매력적인 그림에 만족해야지. 그리고 솔직해져야 돼요. 사업에서는 교활한 수완이 성공으로 이어지기도 하지만, 예술에서는 정직이 최선의 길이자 유일한 길이라구."

당시 그들은 이토록 서로에게 만족하며 벌써 5년째 관계를 유지하고 있었다.

수잔은 이렇게 말했다.

"분명히 그이를 볼 때마다 가슴이 뛰거나 하진 않아요. 하지만 지적인 데다 사회적 지위도 있는 사람이잖아요. 저도 나이를 생각하면 이제 이런저런 상황을 고려하지 않을 수가 없죠."

그녀는 인정 있고 이해심이 많은 여자였으므로 아시유 씨는 그녀의 판단력을 높이 평가했다. 그녀는 그가 사업이나 심지어는 가정사에 대해 얘기할 때도 기꺼이 귀를 기울여 주었다. 그의 딸이 시험에 떨어졌다는 얘기를 듣고 그를 위로해 주었고 그의 아들이 부잣집 딸과 약혼했다는 얘기를 듣고는 그와 함께 기뻐했다. 그의 부인은 동종 업계에 종사하는 사업가의 외동딸이었다. 원래 두 회사는 라이벌 관계에 있었지만, 두 사람의 결혼을 통해 합병함으로써 양쪽 모두 큰 이익을 보게 된 것이다. 그런 만큼, 자신의 아들도 행복한 결혼의 가장 확실한 토대가 금전적 이익을 공유하는 것이라고 생각하고 그것을 행동으로 옮기려 한다는 사실에 대해 흡족해했다. 그는 딸을 귀족과 결혼시키겠다는 계획을 수잔에게 털어놓았다.

"안 될 게 뭐 있어요? 돈도 그렇게 많은데."

수잔은 이렇게 대꾸했다.

한편, 수잔은 아시유 씨의 도움으로 자신의 딸을 수녀원에 보내 좋은 교육을 받게 할 수 있었다. 그는 또한 그녀의 딸이 좀 더 크면 타자수 겸 속기사로 생계를 꾸려 갈 수 있도록 적절한 교육을 받게 해 주겠다고 약속했다.

수잔은 내게 이렇게 말했다.

"크면 미인이 될 거예요. 그래도 적절한 교육을 받고 타자기 두드리는 법을 익힌다고 해서 손해 볼 건 없잖아요. 아직 어려서 선불리 판단할 순 없지만, 커서 안 한다고 고집부리거나 하진 않을 거예요."

수잔은 묘한 말주변을 가진 여자였다. 자신이 하는 말의 의미를 내 판단에 맡긴다는 점에서 말이다. 물론, 나는 그녀의 의도를 적절히 파악했다.

9

뜻하지 않게 래리를 만나고 일주일쯤 지난 어느 날 저녁, 수잔과 나는 함께 저녁을 먹고 영화를 보고는 몽파르나스 거리에 있는 셀렉트에 앉아 맥주 한잔을 기울였다. 그때 래리가 어슬렁거리며 들어왔다.

수잔이 흠칫 놀라더니, 놀랍게도 그의 이름을 불렀다. 그는 우리 테이블로 와서는 그녀에게 키스를 하고 나와 악수를 나눴다. 그녀는 자신의 눈을 못 믿겠다는 듯 어리둥절한 표정이었다.

"좀 앉아도 될까요? 아직 저녁을 못 먹어서 뭘 좀 먹으러 왔는데."

"맙소사, 이게 얼마 만이에요, 몽 프티(자기)."

그녀는 눈을 반짝이며 말을 이었다.

"대체 어디서 나타난 거예요? 벌써 몇 년짼데, 생사라도 좀 알려 주지 그랬어요? 세상에, 왜 이렇게 말랐어요? 너무 감감무소식이라 죽은 줄 알았다구요."

"안 죽고 살아왔습니다."

래리의 눈도 반짝였다.

"오데트는 잘 있어요?"

오데트는 수잔의 딸 이름이었다.

"이제 다 컸죠. 많이 예뻐졌어요. 아직도 당신을 기억할걸요."

"래리와 아는 사이라고 왜 말 안 했어요?"

내가 수잔을 보며 말했다.

"당연한 것 아녜요? 난 당신과 래리가 아는 사인지도 몰랐는데. 우린 오랜 친구 사이예요."

래리는 베이컨 에그를 주문했다. 수잔은 한참 딸 얘기를 늘어놓은 다음, 자신의 근황에 대해 들려주었다. 그는 미소를 지으면서 매력적인 모습으로 그녀의 말에 귀를 기울였다. 그녀는 자신이 이제 자리를 잡아서 그림을 그리기 시작했다고 말했다. 그러고는 내 쪽을 보며 물었다.

"실력이 점점 느는 것 같지 않아요? 타고났다고 할 순 없지만 내가 아는 화가들 정도는 되는 것 같은데."

"팔기도 했어요?"

래리가 물었다.

"그럴 필요가 없어요."

그녀는 다소 빼기는 투로 덧붙였다.

"먹고사는 데는 지장이 없거든요."

"운이 좋네요."

"운이 좋은 게 아니라 영악한 거예요. 언제 한번 와서 내 그림 구경해요."

그녀가 쪽지에 집 주소를 적어 주자 그는 꼭 한번 가겠다고 약속했다. 수잔은 신이 났는지 쉴 새 없이 지껄였다. 얼마 후 래리가 계산서를 달라고 했다.

"가는 거 아니죠?"

그녀가 소리치자 그가 미소를 지으며 대꾸했다.

"가는 겁니다."

그는 돈을 치르고는 손을 흔들며 떠났다. 나는 웃음이 터져 나왔다. 어느 순간 갑자기 나타났다가 말도 없이 가 버리는 그의 모습이 재미있게 느껴졌기 때문이다. 그는 늘 그렇게 갑자기 사라지곤 했다. 마치 허공으로 사라져 버리는 것 같았다.

"왜 그렇게 갑자기 가고 싶어졌을까요?"

수잔은 속상한 얼굴이었다.

"기다리는 여자라도 있나 보지."

내가 놀리듯이 말했다.

"너무 식상한 스토리네요."

그녀는 가방에서 분첩을 꺼내 얼굴을 두드리며 말을 이었다.

"누군지 몰라도 참 안됐네요. 래리를 사랑하다니, 쯧쯧."

"왜 그렇게 생각하죠?"

그녀는 좀처럼 보기 힘든 심각한 얼굴로 잠시 나를 보았다.

"저도 하마터면 저 사람을 사랑할 뻔했거든요. 차라리 수면에 비친 그림자를 사랑하지. 아님, 햇살이나 하늘의 구름 따윌 사랑하던가. 저도 정말 가까스로 빠져나왔어요. 지금도 그 생각을 하면 정말 위험했다는 생각에 몸서리가 쳐진다니까요."

더 이상 침착하게 있을 수는 없었다. 자초지종을 묻지 않는다면 매정한 사람이라고 생각할 것 같았다. 다행히 수잔은 결코 과묵한 여자가 아니었다.

"대체 래리하고는 어떻게 알게 된 겁니까?"

내가 물었다.

"오래전 일이죠. 6년? 아님 7년? 오데트가 다섯 살 때였어요. 래리는 당시 나랑 같이 살던 마르셀과 아는 사이였어요. 내가 포즈를 취하고 있을 때 작업실에 와서 앉아 있곤 했죠. 가끔 우리랑 같이 나가서 저녁을 먹기도 했고요. 하지만 그 사람이 언제 올지는 아무도 예측할 수 없었어요. 몇 주씩 안 나타나기도 하고 2~3일 동안 매일 오기도 했으니까요. 마르셀은 래리가 오는 걸 좋아했죠. 래리가 있으면 그림이 더 잘 그려진

다나. 그러다가 '나의 장티푸스'가 찾아왔어요. 퇴원하고 나서 정말 고생 많이 했죠."

그녀는 어깨를 으쓱해 보이고는 다시 말을 이었다.

"하지만 그 얘기는 다 했으니까 건너뛸게요. 어느 날, 그날도 일자리를 찾으려고 여기저기 작업실을 기웃거렸는데 아무도 써 주지 않는 거예요. 하루 종일 먹은 거라곤 우유 한 잔과 크루아상 한 쪽이 전부였고, 방세도 걱정이었어요. 그때 클리시 거리에서 우연히 래리를 만났죠. 저를 붙잡고 어떻게 지내냐고 묻기에 '나의 장티푸스'에 대해 얘기해 줬어요. 그랬더니 이러더라고요. '제대로 먹긴 한 거예요?' 그의 목소리와 눈빛에 가슴이 뭉클해지더니 울음이 나왔죠.

바로 옆에 라 메르 마리에트 레스토랑이 있었는데, 그가 내 팔을 끌고 들어가서는 테이블에 앉히더라고요. 너무 배가 고파서 뭐든 먹을 수 있을 것 같았죠. 하지만 막상 주문한 오믈렛이 나오자 조금도 못 먹겠는 거예요. 그는 억지로라도 먹어 보라면서 부르고뉴 와인을 한 잔 따라 줬어요. 그러고 나니까 기분이 나아져서 아스파라거스라도 조금 먹을 수 있었죠. 저는 어려운 사정 얘기를 전부 털어놓았어요. 너무 쇠약해져서 모델 일을 할 수도 없고, 뼈만 앙상하게 남아서 흉측해졌으니 남자를 찾을 수도 없을 거라고요. 그러고는 고향으로 가야겠으니 돈을 좀 빌려 줄 수 없겠냐고 물었죠. 어쨌든 그곳엔 어린 딸이 있었으니까요. 그랬더니 정말 가고 싶으냐고 묻더라고요. 물론 가고 싶지 않다고 했죠. 엄마도 원치 않을 거라고, 물가도 비싼데 엄마의 연금만으론 먹고살긴 힘들 거라고, 오데트 양육비로 보낸 돈도 다 떨어졌을 거라고 말예요. 그래도 이렇게 아픈 모습으로 찾아가면 그냥 돌려보내지는 못할 거라고 했죠. 래리는 한동안 저를 뚫어지게 쳐다보더라구요. 그래서 거절당하는 줄 알았어요. 그런데 이러는 거예요.

'시골에 있을 만한 곳을 아는데, 나랑 같이 갈래요? 꼬맹이도 데려가죠. 나도 조금 쉬고 싶었거든요.'

나한테 그런 제안을 한다는 게 믿어지지 않았어요. 그때까지 꽤 오래 알고 지냈지만 집적거리거나 그런 적은 한 번도 없었거든요.

'이런 꼴로 정말 괜찮겠어요?'

내가 되물었죠. 어이가 없어서 웃음만 나오더라구요.

'래리, 난 지금 남자한테 해 줄 수 있는 게 아무것도 없어요.'

그랬더니 그가 싱긋 웃는 거예요. 그 사람 미소가 얼마나 멋진지 아세요? 꿀처럼 달콤한 미소죠. 그가 그러더군요.

'이상하게 듣진 말아요. 그런 뜻으로 얘기한 거 아니에요.'

이미 울음이 터져서 제대로 말을 할 수도 없었어요. 그는 여비를 주면서 아이를 데려오라고 했죠. 그런 다음 셋이 함께 시골로 갔어요. 정말 아름다운 곳이었죠."

수잔은 그곳에 대해 자세하게 설명해 주었다. 어느 작은 도시에서 약 5킬로미터 떨어진 곳이었는데, 그 도시의 이름은 내 머릿속에서 이미 지워졌다. 그들은 차를 타고 어느 여관으로 갔다. 강가에 있는 허름한 여관이었는데, 주위에는 강을 따라 잔디밭이 펼쳐져 있고 플라타너스 나무들이 늘어서 있었다. 그들은 나무 밑에서 식사를 하곤 했다. 여름이면 화가들이 그림을 그리러 왔지만, 아직 계절이 일러 투숙객은 그들뿐이었다. 음식이 맛있기로 소문난 곳이라 일요일이 되면 여기저기서 사람들이 차를 몰고 점심을 먹으러 왔다. 그러나 주중에는 평화로운 나날이 계속되었다. 좋은 음식과 와인을 즐기며 휴식을 취한 덕분에 수잔은 건강을 되찾기 시작했다. 딸과 함께 지낼 수 있다는 것도 행복한 일이었다.

"오데트를 아주 귀여워했죠. 오데트도 래리를 잘 따랐구요. 가끔 너무 성가시게 하는 것 같아서 주의를 줬지만, 아이가 아무리 귀찮게 해도 래리는 싫은 내색을 하지 않았어요. 둘이 노는 것을 보면 웃음이 나왔죠. 꼭 어린애 둘이 노는 것 같았거든요."

"무얼 하면서 지냈어요?"

내가 물었다.

"할 게 많아서 심심할 틈이 없었어요. 보트를 타고 나가 고기를 잡기도 하고 가끔은 여관 주인한테 시트로엔*을 빌려 시내 구경을 나가기도 했어요. 래리는 그곳 시내를 아주 좋아했어요. 오래된 집들이 늘어서 있고 광장도 있었죠. 아주 조용한 곳이었어요. 자갈 밟는 소리가 다 들릴 정도로 말예요. 바로크 양식의 오텔 드 빌르(시청 청사)며, 오래된 교회당이며, 시내 끝에는 르노트르**가 정원을 꾸민 성도 있었어요. 광장 카페에 앉아 있으면 마치 300년 전으로 돌아간 느낌이었어요. 옆에 세워 놓은 시트로엔이 이 세상 것이 아닌 것 같았다니까요"

앞에서 말한 젊은 조종사 얘기는 이렇게 외출을 하고 돌아온 어느 날 저녁에 래리가 그녀에게 들려준 것이었다.

---

* 프랑스 자동차 이름.

** 1613~1700. 프랑스의 조경 건축가.

"왜 당신에게 그런 얘기를 했는지 모르겠군."

내가 말했다.

"나도 모르겠어요. 전쟁 때 그 시내에 병원이 하나 있었대요. 공동묘지에 작은 십자가들이 죽 늘어서 있었는데, 그걸 보러 갔었어요. 오래 있진 않았죠. 가엾은 젊은이들이 그 밑에 누워 있다고 생각하니까 오싹하더라고요. 집으로 돌아가는 길에 래리는 말이 거의 없었어요. 게다가 평소에도 음식을 많이 먹는 사람은 아니지만 그날 저녁에는 음식에 거의 손도 안 대더라고요. 지금도 그날이 눈에 선해요. 강둑에 앉아서 별이 빛나는 아름다운 밤 풍경을 만끽하고 있었죠. 어둠 속에 보이는 포플러 실루엣이 참 예뻤어요. 그가 파이프에 불을 붙이더니 갑자기 '아 프로포 드 보트(뜬금없이)' 자신을 구하고 죽은 친구 얘기를 꺼내는 거예요."

수잔은 맥주를 쭉 들이켜고는 다시 말을 이었다.

"정말 묘한 사람이에요. 난 그 사람을 절대 이해하지 못할 거예요. 가끔 책을 읽어 주기도 했죠. 낮에는 아이 옷을 만들고 있을 때, 밤에는 아이를 재운 후에 말예요."

"뭘 읽어 주던가요?"

"이것저것이요. 세비녜 부인*의 『서간집』도 읽어 주고 생시몽의 글도 읽어 줬어요. '이마진 뚜아(생각해 보세요).' 그 전까지 난 신문 말고 글이라곤 읽어 본 적이 없다구요. 가끔 소설을 읽긴 했죠. 그것도 작업실에서 얘기가 나오거나 하면 멍청한 여자 취급받는 게 싫어서 읽은 거라고요! 정말이지 독서라

* 1626~1696. 서간체 문학으로 유명한 프랑스의 여류 작가.

는 게 그렇게 재미있는* 건지 몰랐다니까요. 고전 작가들도 사람들이 생각하는 것처럼 그렇게 멍텅구리들은 아니던데요."

"대체 누구예요? 그렇게 생각하는 사람이?"

내가 키득키득 웃으며 물었다.

"그러더니 얼마 후부턴 나더러 같이 읽자고 하는 거예요. 우린 「페드르」와 「베레니스」*를 읽었죠. 남자 역할은 래리가 다 읽고 여자 역할은 내가 다 읽는 걸로 말예요. 얼마나 재밌었는지 알아요?"

그녀는 천진난만한 표정으로 말을 이었다.

"내가 감동적인 부분에서 울음을 터트리면 래리는 나를 이상하게 보곤 했어요. 물론, 그건 단지 아직 회복이 덜 돼서 그런 거죠. 그때 읽었던 책들, 아직도 갖고 있답니다. 지금도 그가 읽어 줬던 세비녜 부인의 『서간집』을 읽으면 그의 달콤한 목소리가 들리는 것 같고, 고요하게 흐르던 강물과 저편 강둑에 서 있는 포플러 나무들까지 눈에 선해서 더 이상 읽을 수가 없어요. 가슴이 너무 아파서……. 지금 생각해 보면 그 몇 주간이 내 인생에서 가장 행복했던 시절이었어요. 래리 그 사람은 정말 다정한 천사였죠."

수잔은 자신이 너무 감상적이 된 것 같다며 나더러 비웃지 말라고 했다.(물론 난 그럴 생각이 전혀 없었다.) 그녀는 어깨를 으쓱하고는 미소를 지었다.

"오래전에 결심한 게 하나 있어요. 어느 정도 나이가 들어서 더 이상 나랑 자고 싶어 하는 남자가 없으면 교회에 다니면

---

* 「페드르」와 「베레니스」는 프랑스의 극작가 라신의 대표적인 비극.

서 마음의 평화를 찾고 죄를 전부 회개하겠다고 말예요. 하지만 래리와 지은 죄만큼은 무슨 일이 있어도 회개하지 않을 거예요. 절대로!"

"하지만 당신 말대로라면 회개할 게 없어 보이는데요."

"지금까지 얘기한 건 절반 밖에 안 돼요. 난 워낙 건강한 체질이잖아요. 그런 데다 하루 종일 밖에서 바람을 쐬면서 세상 시름 다 놓고 잘 먹고 잘 자고 하니까 3~4주 만에 건강을 완전히 되찾았죠. 얼굴도 원래대로 돌아오고 혈색도 좋아지고 머리칼에도 윤이 나기 시작했어요. 스무 살로 돌아간 기분이었죠. 아침마다 강에서 수영을 즐기는 래리를 지켜봤어요. 정말 아름다운 몸이었죠. 스칸디나비아 남자처럼 운동선수 같은 몸은 아니었지만 강인하면서도 기품이 넘쳤어요.

내가 아직 건강을 회복하지 못했을 때, 그 사람이 얼마나 참았겠어요? 완전히 건강을 되찾고 나니까 더 이상 기다리게 해선 안 된다는 생각이 들었죠. 그래서 난 이제 모든 준비가 되어 있다, 뭐 이런 암시를 한두 번 넌지시 비쳤어요. 그런데 눈치를 못 채는 것 같더라고요. 원래 당신네 앵글로색슨족이 좀 별나잖아요. 거칠면서도 감성적이고, 아무튼 연인으로서 좋은 조건을 갖췄다고 할 순 없죠. 난 이렇게 생각했어요. '자기도 조심스러워서 그러는 걸 거야. 나한테 많은 도움을 주고 오데트까지 데려왔다고 그 대가로 당연한 것처럼 그런 걸 요구할 수 없겠지.' 그래서 어느 날 밤 각자의 방으로 가면서 내가 그랬어요.

'오늘 밤 당신 방에서 잘까요?'"

내가 웃음을 터트리며 말했다.

"너무 노골적인 거 아닙니까?"

"내 방으로 오라고 할 순 없잖아요. 오데트가 자고 있는데."

그녀는 순진하게 대꾸하고는 다시 말을 이었다.

"래리는 잠시 따뜻한 눈으로 저를 보더니 미소를 지으면서 말했죠.

'그러고 싶어요?'

'아니라면 왜 물어봤겠어요? 보니까 몸매도 좋던데……'

'그럼 와요.'

나는 위층으로 올라가서 옷을 벗고는 살금살금 그의 방으로 갔죠. 그는 침대에 누워 책을 읽으며 파이프를 피우고 있었어요. 내가 들어가니까 파이프와 책을 내려놓고 자리를 내줬죠."

수잔은 한동안 말이 없었다. 그렇다고 내가 먼저 물어볼 수도 없는 노릇이었다. 그러나 잠시 후 그녀는 다시 입을 열었다.

"그 사람, 사랑을 나누는 방식이 정말 묘하더라고요. 아주 달콤하고 부드럽고, 심지어 다정했어요. 하지만 뭐랄까, 정력적이지만 진정한 열정은 없었죠. 이해할 수 있겠어요? 그렇다고 나쁜 버릇이 있는 건 아니었어요. 그러니까 피 끓는 사춘기 소년 같았다고요. 나름대로 재미있고 감동적인 경험이었죠. 그의 방을 나서는데, 그가 아니라 내가 고마워해야 할 것 같더라고요. 문을 닫을 때 보니까, 글쎄 다시 책을 집어 들고 계속 읽지 뭐예요."

웃음이 터져 나왔다.

"그렇게 재미있어하다니 고마워 죽겠네요."

그녀가 조금 퉁명스럽게 말했다. 그러나 그녀도 유머 감각이 없는 여자는 아니었다. 잠시 후 그녀 역시 킬킬거리더니 다시 말을 이었다.

"곧 그런 생각이 들더라구요. 그가 불러 줄 때까지 기다리면 영영 기다려야 할 거라는……. 그래서 하고 싶을 때마다 그냥 그 사람 방에 가서 침대에 누웠어요. 그는 늘 아주 다정하게 맞아 줬죠. 그러니까 자연적인 본능은 어느 정도 있었던 거예요. 말하자면, 다른 데 몰두해서 밥 먹는 것도 잊고 있다가 상을 잘 차려 놓으면 맛있게 먹는, 그런 남자였던 거죠. 나도 남자가 나를 진짜 사랑하는지 정도는 구분할 수 있는 여자니까 래리가 날 사랑했다고 생각하는 건 바보 같은 짓이죠. 다만, 그에겐 제가 일종의 습관이 되었던 것 같아요. 그래도 현실은 생각해야 하잖아요. 파리로 돌아가서도 그가 나를 데리고 살아 주면 정말 좋겠다는 생각이 들었죠. 그 사람이라면 딸아이도 함께 살 수 있게 해 줄 테니까, 그것도 좋고요. 그를 사랑하는 건 어리석은 일이라는 걸 직감으로 알고 있었어요. 여자들은 정말 불행한 존재예요. 사랑에 빠지면 매력이 없어지는 경우가 많잖아요. 그래서 더 이상은 그에게 빠져들지 말아야겠다고 결심했죠."

수잔은 담배를 빨아들였다가 코로 연기를 내뿜었다. 밤이 깊어서인지 빈 테이블이 많아졌다. 그러나 바에는 여전히 손님들이 남아 있었다.

"어느 날 아침, 식사를 하고 강둑에 앉아 바느질을 하고 있었죠. 오데트는 벽돌을 갖고 놀고 있었는데, 래리가 오데트를 데리고 오더니 이렇게 말하는 거예요.

'작별 인사 하려고요.'

'떠나는 거예요?'

너무도 뜻밖이었죠.

'그래요.'

'아주 가는 건 아니죠?'

'이제 건강도 많이 좋아졌잖아요. 자, 이 돈이면 남은 여름을 이곳에서 보내고 파리로 돌아가서 새 출발을 할 수 있을 거예요.'

저는 너무 당황해서 잠시 동안 아무 말도 못 했죠. 그는 내 앞에 서서 평소처럼 활짝 웃고 있었어요.

'내가 뭐 잘못한 거라도 있어요?'

'아뇨. 그런 건 전혀 아니니까 걱정 말아요. 할 일이 있어서 그래요. 그동안 정말 즐거웠어요. 오데트, 이리 와서 삼촌한테 인사해야지.'

오데트는 너무 어려서 그가 간다는 것도 이해하지 못했죠. 래리는 오데트를 안아 들고 키스를 했어요. 그런 다음 내게 키스를 하고 다시 안으로 들어갔죠. 좀 있으니까 차가 떠나는 소리가 들렸어요. 나는 손을 펴고 그가 쥐어 준 지폐를 보았죠. 1만 2000프랑이더라고요. 너무 순식간에 일어난 일이라 어떻게 할 수도 없었어요. '쥐트 알로르(제기랄)' 이런 말이 절로 나오더라구요. 그래도 다행이란 생각이 들었어요. 속수무책으로 그 사람을 사랑하게 된 건 아니니까. 하지만 정말 이해할 순 없었죠."

나는 웃음을 참을 수 없었다.

"예전에 진짜 있었던 일을 얘기했는데, 사람들이 나더러 코미디 쓰냐고 한 적이 있어요. 보통 사람들한텐 너무 의외의 일이라 내가 웃기기 위해 그런 얘길 한다고 생각한 거죠."

"그건 또 무슨 소리요?"

"난 지금껏 래리처럼 남의 눈을 의식하지 않고 행동하는 사람은 본 적이 없어요. 그래서 그의 행동들이 그렇게 유별나게 느껴지는 거죠. 신은 믿지도 않으면서 모든 행동을 신의 사랑 때문인 것으로 돌리는 사람한텐 적응이 안 되잖아요."

수잔은 나를 빤히 바라보았다.

"당신, 술 그만 마셔야겠네요. 많이 취한 것 같은데."

5장

1

나는 파리에서 빈둥빈둥 시간을 보냈다. 파리의 봄은 매우 즐거웠다. 샹젤리제의 밤나무에는 꽃이 만발하고 거리마다 화려한 불빛이 반짝거렸다. 대기에는 유쾌함이 가득 차 있었다. 일시적이고 가벼운 유쾌함, 관능적이지만 역겨운 느낌이 전혀 들지 않는, 그런 유쾌함 때문에 발걸음은 더욱 가벼워지고 사고력은 더욱 기민해지는 듯했다. 나는 다양한 친구들에게 둘러싸여 행복을 만끽했다. 과거의 따뜻했던 추억들이 가슴을 가득 메우면서 적어도 마음으로는 젊음의 열기를 되찾은 것 같았다. 이 덧없는 즐거움의 순간을 두 번 다시 이처럼 완벽하게 만끽할 수는 없을 것 같았다. 이런 시기에까지 일을 한다면 얼마나 어리석은 짓이겠는가.

나는 이사벨과 그레이, 래리와 함께 멀지 않은 곳으로 들놀이를 다녔다. 샹티이와 베르사유로, 생제르맹과 퐁텐블로로 놀러 다니며 푸짐하고 맛있는 점심을 즐기곤 했다. 그레이는 커다란 체격에 걸맞게 왕성한 식욕을 자랑했을 뿐 아니라 다소 과음하는 경향이 있었다. 래리의 치료 덕분인지 아니면 그저 때가 돼서인지는 몰라도 그의 건강은 확실히 나아졌다. 더 이상 극심한 두통에 시달리지도 않았고, 내가 처음 파리에 와서 만났을 때 그토록 애처롭게 느껴지던 방황의 눈빛도 더 이상 찾아볼 수 없었다. 가끔 지루한 이야기를 장황하게 늘어놓긴 했지만 말수가 매우 적은 편이었고, 대신 이사벨과 내가 주고받는 농담을 듣고 박장대소하곤 했다. 어쨌든 그 역시 우리의 소풍을 즐기고 있었다. 재미있는 사람은 아니었지만, 워낙 사근사근하고 유쾌한 성격이라 누구든 좋아하지 않을 수 없었다. 외로운 하룻저녁을 함께 보내기에는 다소 망설여지지만 6개월 동안 함께 살기에는 더할 나위 없이 좋은 상대였다는 얘기다.

이사벨에 대한 그의 사랑은 보고만 있어도 즐거울 정도였다. 그는 그녀의 미모를 흠모했을 뿐 아니라 그녀를 세상에서 가장 영리하고 매혹적인 여자라고 생각했다. 게다가 래리에게도 감동적일 정도로 강한 애착을 보였다. 래리도 즐거워하는 듯했다. 그는 마치 마음속에 품은 계획들을 미뤄 두고 잠시 휴가를 떠나온 사람처럼 평화롭게 이 시간을 최대한 활용하는 것 같았다. 그 역시 말수는 적었지만, 그것은 별 문제가 되지 않았다. 그는 함께 있다는 사실만으로도 충분한 대화가 될 수 있는 사람이었다. 언제든 금방이라도 쾌활하게 반응하는 그에게 그 이상을 요구하는 사람은 아무도 없었다. 우리가 함께 보낸 나날들이 그토록 행복할 수 있었던 것은 래리가 곁에 있었기 때문임을 나는 너무도 잘 알고 있었다. 그는 재치 있는 말 한 마디, 익살스러운 말 한 마디 내놓는 적이 없지만, 그가 없었더라면 틀림없이 따분한 시간이 되었을 것이다.

그러던 어느 날, 이런 짧은 여행을 마치고 돌아오던 길에 나는 뜻밖의 광경을 목격하고 말았다. 샤르트르에 갔다가 파리로 돌아오는 길이었다. 그레이가 운전을 하고 래리는 조수석에, 이사벨과 나는 뒷좌석에 앉았다. 긴 하루를 보낸 터라 모두들 지친 상태였다. 래리는 조수석 등받이 위쪽으로 팔을 뻗어 걸쳐놓았는데, 그 자세 때문에 셔츠 소매가 올라가면서 가늘지만 강인한 팔목과 팔뚝이 드러났다. 팔뚝을 가볍게 뒤덮은 솜털 위로 햇살이 쏟아져 황금빛으로 빛났다. 순간 나는 이사벨의 몸이 경직되었다는 것을 깨달았다. 나는 그녀를 흘끗 보았다. 그녀는 마치 최면에 걸린 듯 미동도 하지 않았다. 호흡이 빨라지면서 두 눈은 금빛 솜털로 뒤덮인 강인한 손목에 고정되었다. 그의 손가락은 길고 섬세하면서도 단단해 보였다. 나는 사람의 얼굴에서 그토록 강렬한 욕정을 본 적이 없었다. 마치 색욕의 가면 같았다. 그 아름다운 얼굴에 그토록 방자하고 음탕한 표정이 떠오를 수 있다는 사실이 믿기지 않았다. 그것은 인간이라기보다 짐승에 가까웠다. 그녀의 얼굴은 더 이상 아름답지 않았다. 음탕한 표정 때문에 섬뜩하고 무섭게 변해 있었던 것이다. 마치 교미 중인 암캐의 얼굴을 보는 듯했다. 구역질이 날 것 같았다. 그녀는 내가 옆에 있다는 사실도 잊은 듯했다. 그녀의 눈에 보이는 것은 오직 래리의 손뿐이었다. 무심하게 등받이를 감싼 그 손이 그녀를 광란의 욕정으로 채워주고 있었던 것이다. 잠시 후, 마치 경련이 인 듯 그녀의 얼굴이 씰룩거렸다. 그녀는 몸을 부르르 떨더니 두 눈을 감고 구석에 몸을 깊숙이 기대며 말했다.

"담배 한 대만 주세요."

귀에 거슬리는 거친 목소리가 도무지 그녀의 목소리로 들리지 않았다.

나는 케이스에서 담배 한 대를 꺼내어 그녀에게 불을 붙여 주었다. 그녀는 굶주린 듯이 깊이 빨아들였다. 그 이후로 도착할 때까지 창밖을 보며 한 마디도 하지 않았다.

그들의 집에 도착하자 그레이가 래리에게 나를 호텔까지 태워다 주고 차를 다시 차고에 갖다 놓아 달라고 부탁했다. 래리는 운전석으로, 나는 그 옆자리로 옮겨 탔다. 그레이에게 바싹 달라붙어 팔짱을 낀 채 보도를 가로지르는 이사벨의 모습이 보였다. 그레이에게 눈길을 주는 그녀의 표정까지는 볼 수 없었지만 그것이 어떤 의미인지는 알 것 같았다. 그날 밤 그레이는 그녀와 격정의 밤을 보낼 것이다. 그러나 그녀의 열정적인 몸짓이 양심의 가책에서 비롯되었다는 것을 그는 결코 알지 못할 것이다. 그리고 그것이 어떤 가책인지도 그는 결코 알지 못할 것이다.

6월이 끝나 가고 있었다. 나는 리비에라로 돌아가야 했다. 엘리엇의 친구들이 미국으로 가면서 그레이와 이사벨에게 디나르 코뮌에 있는 별장을 빌려 주었다. 그들은 방학이 시작하는 대로 아이들을 데리고 그곳으로 갈 예정이었다. 래리는 파리에 남아 공부를 하겠다고 했다. 그러나 중고 시트로엔을 살 계획이니 8월에는 그곳에 가서 그들과 며칠 동안 시간을 보내겠다고 약속했다. 파리를 떠나기 전날 밤, 나는 세 사람에게 함께 저녁을 먹자고 했다.

우리가 소피 맥도널드를 만난 것은 바로 그날 밤이었다.

2

이사벨은 예전부터 뒷골목에 있는 무허가 술집들을 돌아보고 싶어 했다. 그래서 내가 몇 군데를 알고 있다고 하자, 그녀는 데려가 달라고 부탁했다. 사실 나는 썩 내키지 않았다. 파리에서 뒷골목 술집을 드나드는 사람들은 이처럼 다른 세상에서 구경하러 오는 사람들을 못마땅하게 여기고 노골적으로 불쾌한 감정을 드러내는 경향이 있기 때문이다. 그러나 이사벨은 끝까지 고집을 부렸다. 나는 썩 유쾌한 경험은 아닐 거라고 경고하고 수수한 옷을 입으라고 신신당부했다. 우리는 늦은 저녁을 먹고 폴리베르제르*에서 한 시간을 때운 다음, 본격적으로 길을 나섰다. 나는 먼저 노트르담 근처에 있는 지하 술집으로 그들을 데려갔다. 깡패들과 그 애인들이 자주 들락거리는 곳으로, 주인과는 잘 아는 사이였다. 그는 긴 테이블에 자리를 마련해 주었다. 질 나쁜 사람들 몇 명이 앉아 있었지만 나는 그들 모두에게 와인을 돌리고 서로의 건강을 위해 다 함께 축배를 들었다. 몹시 덥고 지저분했으며 담배 연기가 자욱한 곳이었다. 다음으로 데려간 곳은 스핑크스였다. 여자들이 속옷도 없이 화려한 싸구려 이브닝드레스만 걸친 채 젖가슴과 젖꼭지

---

* 파리에 있는 뮤직홀 겸 버라이어티 극장.

를 전부 드러내고 마주 놓인 두 개의 긴 의자에 나란히 앉아 있었다. 곧이어 밴드가 연주를 시작하자, 내키지 않는 듯 맥없이 춤을 추며 댄스홀 주위의 대리석 테이블에 앉아 있는 남자들에게 시선을 던졌다. 우리는 따뜻한 샴페인 한 병을 주문했다. 몇몇 여자들이 우리를 지나가면서 이사벨을 흘끗흘끗 쳐다보았다. 이사벨이 그러한 눈길의 의미를 알까 하는 의문이 들었다.

다음으로 우리는 라프 가(街)로 갔다. 발을 들여놓는 순간부터 불결함이 느껴지는, 음산하고 좁은 골목이었다. 우리는 어느 카페로 들어갔다. 그런 곳에서 흔히 볼 수 있을 법한, 창백한 얼굴의 깡패 같은 청년이 피아노를 쳤고, 피곤한 얼굴의 늙은 남자가 바이올린을, 또 다른 남자가 색소폰을 연주하며 불협화음을 만들어 내고 있었다. 사람이 꽉 차서 빈자리가 없어 보였지만, 우리에게 돈이 있다는 것을 감지한 주인은 한 커플을 다른 테이블에 합석시키고 우리를 그 자리에 앉혔다. 쫓겨난 커플은 몹시 기분 나빠 하며 우리를 향해 욕설 비슷한 말을 지껄여 댔다. 많은 사람들이 춤을 추고 있었다. 모자에 빨간 방울 술을 단 수병들, 테 없는 모자를 쓰고 목에 스카프를 두른 남자들, 나이에 상관없이 눈두덩을 덕지덕지 칠하고 모자도 안 쓴 채 짧은 스커트와 화려한 블라우스를 차려입은 여자들, 남자들이 눈에 화장을 한 땅딸막한 소년들과 춤을 추기도 했고, 마르고 험상궂게 생긴 여자들이 머리를 염색한 뚱뚱한 여자들과 춤을 추기도 했으며, 남자와 여자가 함께 춤을 추기도 했다. 담배 연기와 술 냄새, 땀에 전 몸에서 발산되는 열기 때문에 공기가 후끈했다. 음악은 그칠 줄을 몰랐고 기분 나쁜 사람들이 땀으로 번들거리는 얼굴로 홀을 돌았다. 엄숙하리만치 춤에 열중하는 그들의 모습을 보고 있자니 소름이 돋았다. 덩치가 크고 거칠어 보이는 사내도 두셋 보였지만, 대부분은 마르고 영양 상태가 안 좋아 보였다. 나는 음악을 연주하는 세 사람을 지켜보았다. 로봇의 연주라고 해도 좋을 만큼 기계적이었다. 처음 음악을 시작할 때, 자신들이 아무도 들어 주지 않는, 박수도 받을 수 없는 음악가가 될 거라는 생각을 해 봤을까 하는 의문이 들었다. 아무리 실력이 형편없어도 바이올린을 켜려면 레슨을 받고 연습을 해야 한다. 저 바이올리니스트도 이렇게 불결하고 지저분한 곳에서 새벽까지 폭스트롯이나 연주하려고 그렇게 피나는 노력을 한 것은 아닐 것이다. 음악이 끝나자 피아니스트가 더러운 손수건으로 얼굴을 닦았다. 춤을 추던 사람들은 지친 몸을 축 늘어뜨린 채 느릿느릿 기다시피 하며 각자의 테이블로 돌아갔다. 그때 미국인 목소리가 들려왔다.

"어머, 이게 누구야?"

한 테이블에서 여자가 일어서더니 우리 쪽으로 다가왔다. 같이 있던 남자가 앞을 가로막았지만, 그녀는 남자를 밀쳐 내고 비틀비틀 홀을 가로질렀다. 만취한 상태였다. 이윽고 그녀는 우리 테이블 앞에 서더니 좌우로 비틀거리며 바보처럼 실실거렸다. 우리를 만난 것이 몹시도 재미있는 모양이었다. 나는 내 일행들을 흘끗 둘러보았다. 이사벨은 넋이 나간 얼굴로 그녀를 보았고 그레이는 불쾌한 듯 인상을 쓰고 있었다. 그리고 래리는 믿을 수 없다는 듯이 그녀를 응시했다.

"안녕."

"소피."

이사벨이 말했다.

"그럼 누구인 줄 알았어?"

그녀는 꼴깍거리는 목소리로 대꾸하고는 지나가던 웨이터를 잡았다.

"빈센트, 의자 하나만 갖다 줘."

그가 팔을 홱 빼내며 대꾸했다.

"직접 가져오시지."

"살로(나쁜 자식)."

그녀가 그에게 침을 뱉으면서 말했다.

"탕 페 파(걱정하지 말라구), 소피."

셔츠 바람으로 옆 테이블에 앉아 있던 뚱뚱한 남자가 말했다. 남자는 커다란 머리에 기름을 잔뜩 바르고 있었다.

"여기 의자 있잖아."

"이런 데서 만나다니, 정말 반가운데."

그녀는 여전히 몸을 비틀거리며 말했다.

"안녕, 래리. 안녕, 그레이."

그러고는 뚱뚱한 사내가 그녀의 뒤에 갖다 놓은 의자에 풀썩 앉았다.

그녀가 소리쳤다.

"다 같이 한잔해야지. 주인!"

주인은 아까부터 우리에게서 눈을 떼지 않고 있었다. 그가 우리 쪽으로 다가왔다.

"당신 아는 분들이야, 소피?"

그는 소피에게 '당신'이라는 친밀한 호칭을 써 가며 물었다.

"타 괼(주둥이 닥쳐)."

그녀는 술 취한 사람답게 실실거리며 웃었다.

"어릴 때 친구들이야. 내가 샴페인 한 병 돌려야지. 위린느드 슈발(말 오줌) 같은 거 갖고 오면 안 돼. 토하지 않는 걸로 갖고 오라구."

그가 말했다.

"당신 취했어, 소피."

"그만 꺼져."

그래도 샴페인 한 병을 팔게 돼서인지 그는 기뻐하며 자리를 떠났다. 우리는 안전을 생각해서 브랜디 소다를 마시고 있었다. 소피가 잠시 멍한 눈으로 나를 빤히 쳐다보았다.

"이분은 누구야, 이사벨?"

이사벨이 내 이름을 댔다.

"기억날 것 같네요. 시카고에 한 번 오셨었죠? 아, 그 잘나신 선생님 맞죠?"

"아마 그럴 겁니다."

내가 미소를 지으며 대꾸했다.

나는 전혀 기억이 나지 않았지만 그리 놀라운 일은 아니었다. 10년이 넘도록 시카고에는 가 본 적이 없었을 뿐더러 그때나 그 이후에나 만난 사람이 한두 명이 아니었으니까 말이다.

그녀는 키가 꽤 큰 편이었다. 너무 말라서인지 서 있으면 훨씬 더 커 보였다. 잔뜩 구겨지고 얼룩진 연녹색 실크 블라우스에 짧은 검정색 스커트 차림이었다. 밝은 적갈색으로 염색한 짧은 머리는 컬이 심하진 않았지만 헝클어져 있었고 화장도 매우 짙었다. 두 뺨에는 눈 밑까지 연지를 바르고 위아래 눈두덩을 파랗게 칠했으며 겉눈썹과 속눈썹 모두 마스카라로 덕지덕지 뒤덮었다. 입술에는 주황색 립스틱이 칠해져 있었다. 매니큐어를 바른 손톱은 몹시 지저분했다. 사실 그녀는 그곳에 있는 어떤 여자보다도 행실이 나쁜 것 같았다. 그냥 술에 취하기만 한 게 아니라 마약까지 복용한 게 아닐까 하는 생각이 들었다. 그러나 그녀에게 모종의 퇴폐적인 매력이 있다는 것은 누구도 부인할 수 없는 사실이었다. 고개를 거만하게 기울이고 있었는데, 짙은 화장 때문에 선명한 녹색의 눈이 더욱 두드러져 보였다. 술에 절어 뻔뻔하고 천박하게 행동하는 그녀의 모습은 오히려 남자들의 내면 깊숙한 곳에 자리한 본능을 자극할 것 같았다. 그녀는 빈정거리듯 웃으며 우리를 껴안았다.

그녀가 말했다.

"나를 만난 게 미치도록 반갑지는 않은 모양이군."

이사벨은 차가운 미소를 지으며 곤란한 듯 말했다.

"파리에 있다는 얘긴 들었어."

"전화라도 하지. 전화번호부에 있는데."

"우리도 여기 온 지 얼마 안 됐어."

마침내 그레이가 아내를 구하려고 나섰다.

"소피, 여기 생활 즐거운가 봐요?"

"아주 좋아요. 그런데 그레이, 파산했다면서요?"

그의 얼굴이 벌겋게 달아올랐다.

"그래요."

"안됐네요. 지금 시카고 경기가 많이 안 좋은가 봐요. 저는 빠져나온 게 천만다행이죠. 젠장, 저 자식, 왜 술 안 가져오는 거야?"

"지금 오고 있어요."

내가 말했다. 웨이터가 유리잔과 와인이 놓인 쟁반을 들고 테이블 사이를 이리저리 빠져나오고 있었다.

내 목소리를 듣고 그녀는 내게로 눈을 돌렸다.

"우리 사랑하는 시댁 식구들이 날 시카고에서 쫓아냈거든요. 내가 자기네 그…… 지랄…… 같은 평판을 망쳐 놓는다나."

그녀가 천박하게 킬킬거리고는 이렇게 덧붙였다.

"졸지에 본국에서 보내 주는 돈으로 먹고사는 게으름뱅이가 됐지 뭐예요."

샴페인이 도착하고 잔이 채워졌다. 그녀가 손을 떨며 잔을 입으로 들어 올렸다.

"빌어먹을 인간들, 얼마나 잘났다고!"

그녀는 잔을 비우고 래리를 흘끗 보았다.

"할 말이 없나 봐요, 래리?"

그때까지 그는 무표정한 얼굴로 그녀를 보고 있었다. 사실, 그녀가 나타난 이후로 줄곧 그녀에게서 눈을 떼지 않았다. 이윽고 그가 상냥하게 미소를 지으며 대꾸했다.

"원래 말이 별로 없잖아요."

다시 음악이 시작되고 한 남자가 우리 쪽으로 다가왔다. 키가 크고 체격이 좋았으며, 반짝이는 검은 머리칼은 엉클어져 있었다. 커다란 매부리코에 역시 커다랗고 관능적인 입술을 가진 남자였다. 마치 사보나롤라*에게 악한의 이미지를 덧씌워 놓은 것 같았다. 그곳에 있는 다른 대부분의 남자들처럼 깃이

---

* 1452~1498. 이탈리아의 종교개혁자.

없는 셔츠를 입고 있었고, 몸에 꽉 끼는 코트는 가까스로 단추를 채워 허리의 곡선이 드러날 정도였다.

"여어, 소피. 그만 춤추러 가야지."

"꺼져. 지금 바쁘다구. 친구들이랑 있는 거 안 보여?"

"쥬 망 푸 드 테 자미(네 친구들이 나랑 무슨 상관이야)? 꺼지라고 해. 춤이나 추자구."

그가 그녀의 팔을 잡았지만 그녀는 홱 뿌리쳤다.

"푸 무아 라 패(참견 마), 에스페스 드 콩(머저리 자식)."

"메르드(젠장)."

"망쥬(엿 먹으라구)."

그레이는 그들의 말을 이해하지 못했지만, 이사벨은 완벽하게 알아들었을 것이다. 정숙해 보이는 여자일수록 묘하게도 외설스러운 것들을 많이 알고 있는 법이다. 불쾌하다는 듯 그녀의 얼굴이 일그러졌다. 남자는 손바닥을 편 채 팔을 들어 올려 막노동으로 단련된 손으로 그녀를 때리려 했다. 그때 그레이가 의자에서 절반쯤 일어났다.

"알레이 부 종그(꺼져 버려요)."'

그가 서투른 억양으로 외쳤다.

남자는 동작을 멈추고 사나운 눈으로 그레이를 보았다.

"몸조심하라구, 머저리 같은 놈."

소피가 쓴웃음을 터트리며 덧붙였다.

"뻗고 싶지 않으면."

남자는 그레이의 커다란 키와 육중한 체구와 힘에 제압당한 듯했다. 언짢은 얼굴로 어깨를 한 번 으쓱하고는 우리에게 욕 한마디를 던지고 슬그머니 내뺐다. 소피는 술 취한 사람답게 킬킬거렸고, 우리들은 아무 말도 하지 않았다. 내가 그녀의 잔을 다시 채워 주었다. 그녀가 술잔을 비우고 물었다.

"래리, 당신 파리에 살아요?"

"당분간은."

술 취한 사람과 대화를 나누는 것은 언제나 힘든 일이며 맨정신인 사람이 불리하다는 것도 부인할 수 없는 사실이다. 우리는 난처해하며 따분하게 몇 분 동안 얘기를 이어 나갔다. 이윽고 소피가 의자를 뒤로 밀었다.

"남자 친구한테 돌아가지 않으면 미친 듯이 화를 낼 거예요. 퉁명스럽고 난폭하긴 하지만 나쁜 사람은 아니에요."

그녀는 비틀비틀 일어서며 말을 이었다.

"안녕, 친구들. 또 와요. 난 매일 밤 여기 있을 거니까."

그녀는 춤추는 사람들을 이리저리 비집고 나아가며 그 속으로 사라졌다. 나는 이사벨의 단아한 얼굴에 얼음장 같은 냉소가 서린 것을 보고 하마터면 웃음을 터트릴 뻔했다. 아무도 말을 하지 않았다.

"여기 정말 불결하네요. 그만 가요."

이사벨이 불쑥 말했다.

나는 우리의 술값과 소피가 산다던 샴페인 값까지 지불하고는 일행을 데리고 나왔다. 홀에서 많은 사람들이 춤을 추고 있었으므로 우리는 사람들의 눈길을 받지 않고 빠져나올 수 있었다. 벌써 새벽 2시가 넘은 시각이라 들어가서 자고 싶었지만, 그레이가 배가 고프다기에 나는 몽마르트르에 있는 그라프 식당으로 가서 요기를 하자고 제안했다. 우리는 말없이 차를 타고 그라프로 향했다. 내가 조수석에 앉아 그레이에게 길을 알려 주었다. 곧이어 화려하고 야한 레스토랑에 도착했다. 테라스에는 여전히 사람들이 앉아 있었다. 우리는 안으로 들어가 베이컨 에그와 맥주를 주문했다. 이사벨은 이제 평정을 되찾은 듯했다. 적어도 겉으로 보기엔 그랬다. 그녀는 다소 빈정거리는 투로 내게 파리의 점잖지 못한 세계를 알고 있어서 좋겠다고 말했다.

"네가 부탁한 거잖아."

"정말 재밌었어요. 아주 멋진 밤이었다고요."

그레이가 말했다.

"멋지긴. 끔찍한 밤이었잖아. 게다가 소피까지."

이사벨은 상관없다는 듯 어깨를 으쓱해 보였다. 그러고는 내게 물었다.

"전혀 기억 안 나세요? 선생님이 처음 우리와 식사하던 날, 선생님 옆에 앉아 있었잖아요. 그땐 저렇게 끔찍한 빨강 머리가 아니었죠. 원래는 지저분한 연갈색이에요."

나는 기억을 되짚어 보았다. 녹색에 가까운 푸른 눈의 어린 소녀가 떠올랐다. 고개를 기울이고 있는 모습이 매력적이었다. 예쁘진 않았지만 신선하고 꾸밈없었으며 수줍으면서도 당돌한 모습이 재미있다고 생각했었다.

"이제야 기억나는군. 예쁜 이름이라고 생각했거든. 우리 친척 중에도 소피라는 분이 계셨어."

"밥 맥도널드라는 남자와 결혼했더랬죠."

그레이가 말했다.

"그 친구, 아주 괜찮은 사람이었습니다."

"지금껏 제가 만나 본 사람 중에 제일 잘생긴 축에 속했어요. 그런 사람이 소피의 어떤 면에 끌렸는지 이해할 수가 없다니까요. 제가 이이랑 결혼하고 곧바로 결혼했죠. 소피의 어머니는 아버지와 이혼하고 스탠더드오일 중국 지사에서 일하는 사람이랑 재혼했어요. 소피는 마빈에서 아버지 쪽 친척들과 함께 살았기 때문에 당시에는 꽤 자주 만났죠. 그런데 결혼하고 나더니 사람들하고 거의 왕래를 안 하더라고요. 밥 맥도널드는 변호사였는데 돈벌이가 시원치 않아서 노스사이드에 엘리베이터도 없는 아파트에서 살았거든요. 하지만 그것 때문만은 아니었어요. 그냥 아무도 안 만나고 싶었나 봐요. 사실 전 그렇게 열렬히 사랑하는 부부는 처음 봤어요. 결혼한 지 2~3년이나 지나서 아기까지 있는데도 영화를 보러 오면 꼭 연인처럼 행동했거든요. 밥은 소피 허리에 팔을 두르고 있고 소피는 밥 어깨에 머리를 기대고 있고. 시카고에선 걔네 부부가 조롱거리였죠."

래리는 이사벨의 말을 주의 깊게 듣고만 있을 뿐, 한 마디도 하지 않았다. 표정을 봐선 무슨 생각을 하는지 알 수 없었다.

내가 물었다.

"그런데 왜 그렇게 된 거지?"

"어느 날 밤 두 사람은 작은 오픈카를 타고 시카고로 돌아오고 있었어요. 아기도 함께 말예요. 아기는 봐 줄 사람이 없어서 늘 데리고 다녔거든요. 소피는 모든 일을 손수 도맡아 했죠. 그래도 두 사람 모두 아기는 끔찍이 아꼈어요. 그런데 술 취한 사람들이 커다란 세단을 타고 시속 130킬로미터로 마주 달려오다가 그들과 충돌한 거예요. 밥과 아기는 그 자리에서 즉사했지만, 소피는 뇌진탕을 일으키고 갈비뼈가 한두 개 부러진 정도였죠. 사람들은 밥과 아기가 죽었다는 사실을 가능한

한 소피한테 숨기려고 했지만 별수 없잖아요? 결국 털어놓았죠. 얘기 들어 보니까 정말 가관이었대요. 소피는 미치기 일보 직전이었죠. 온 동네가 떠나가라 비명을 질러 대고……. 그래서 밤낮으로 사람이 붙어 있었는데, 한 번은 정말 창문에서 뛰어내릴 뻔했대요. 우리도 최선을 다해 도우려고 했죠. 하지만 우릴 싫어하는 것 같더라고요. 퇴원 후에는 요양원으로 보내서 몇 달 있었어요."

"정말 안됐군."

"거기서 나온 다음부터 술을 마시기 시작하더니, 술에 취하면 아무 남자하고나 자는 거예요. 시댁 식구들한테는 끔찍한 일이었죠. 점잖고 선한 분들이라 추문 같은 건 딱 질색했거든요. 처음에는 우리도 전부 소피를 도우려고 했어요. 하지만 불가능했죠. 같이 저녁 먹자고 부르면 이미 어디선가 술을 잔뜩 먹고 와서는 초저녁부터 뻗어 있기 일쑤였죠. 그러더니 깡패 같은 사람들하고 붙어 다니기 시작했어요. 그다음부턴 우리도 더 이상 손을 쓸 수가 없었죠. 잔뜩 취해서 운전을 하다가 경찰서에 끌려간 적도 있어요. 뒷골목 술집에서 만난 스페인계 남자랑 같이 타고 있었는데, 알고 보니까 그 남자도 지명수배자였던 거예요."

"돈은 있었나 보지?"

"밥의 보험금도 있었고, 상대 차량 소유주들도 보험에 가입되어 있어서 그 사람들한테서도 얼마간 받았나 봐요. 하지만 오래 버티진 못했죠. 주정뱅이처럼 펑펑 쓰고 다니더니 2년 만에 파산한 거예요. 소피 할머니도 마빈으로 다시 받아 줄 것 같지 않고. 그러다가 시댁 식구들이 외국에 나가 살면 생활비를 주겠다고 한 거예요. 지금 그걸로 생활하는 모양이에요."

"이제야 대충 정리가 되는군."

"예전에는 집안의 골칫덩어리를 영국에서 미국으로 보냈는데, 이젠 미국에서 유럽으로 보내는 모양이야."

그레이가 말했다.

"소피, 정말 안됐어요."

"정말 그렇게 생각해?"

이사벨이 차갑게 대꾸했다.

"난 아닌데. 물론 충격적인 일이죠. 저만큼 소피를 가엾게 여겼던 사람도 없을 거예요. 우린 아주 어릴 때부터 친구였잖아요. 하지만 정상적인 사람이라면 그런 일을 겪고도 충분히 회복될 수 있다구요. 소피가 그렇게 망가진 건 그런 기질을 갖고 있었기 때문이에요. 천성적으로 불안정한 기질이 있었기 때문이라고요. 밥에 대한 사랑도 좀 지나쳤잖아요. 만약 품성이 올바른 사람이었다면 제대로 된 삶을 꾸려 나갈 수 있었다는 얘기죠."

"'만약'을 들먹이자면 한도 끝도……. 그런데 그렇게 얘기하는 건 너무 심하지 않나, 이사벨?"

내가 웅얼거렸다.

"난 그렇게 생각하지 않아요. 저도 상식은 있는 여잔데, 소피를 왜 동정해야 하는지 모르겠어요. 저 역시 그레이와 아이들을 누구 못지않게 아껴요. 차 사고로 모두 잃게 되면 저도 제정신을 유지하긴 힘들겠죠. 하지만 곧 마음을 추스를 거예요. 그레이, 당신도 내가 그러길 바라지 않겠어요? 설마 밤마다 정신없이 취해서 파리의 모든 깡패들하고 자고 다니는 걸 바라진 않겠죠?"

그레이는 의외로 재치 있게 대답했다. 그가 했던 말 가운데 그나마 가장 재미있는 농담이었을 것이다.

"나야 물론 당신이 몰리뉴에서 새로 산 드레스를 입고 내 화장용 장작더미에 몸을 던져 줬음 좋겠지. 하지만 요즘 누가 그런 걸 하겠어? 그러니까 그냥 브리지나 하며 인생을 즐기라구. 대신 3.5트릭이나 4트릭보다 적은 경우에는 절대 '노트럼프(트럼프, 즉 으뜸패 없는 승부)'로 가선 안 되는 거 알지?"

이사벨에게, 너는 남편과 아이들을 충실하게 사랑하긴 하지만 열정적으로 사랑하는 건 아니라고 지적하고 싶었지만 적절한 분위기가 아니었다. 그녀는 내 생각을 읽기라도 한 듯 다소 공격적으로 내게 물었다.

"선생님은 어떻게 생각하세요?"

"나도 그레이와 같은 생각이야. 그 아가씨가 정말 안됐다는 생각."

"아가씨가 아니에요. 벌써 서른이라구요."

"남편과 아기가 죽었을 때 소피는 세상이 끝난 것처럼 느껴졌을 거야. 그래서 자신이 어떻게 될지 전혀 신경 쓰지 않은 채 술과 난잡한 성교라는 끔찍한 타락으로 스스로를 내몬 거지. 자신을 그렇게 잔인하게 대한 삶에 복수하기 위해서 말이야. 천국 같은 생활을 하다가 그것을 잃게 되니까 보통 사람들이 사는 보통 세상을 견디지 못하고 좌절해서 지옥으로 곤두박질친 거야. 더 이상 신들이 마시는 넥타를 마실 수 없다면 차라리 밀주를 마셔도 상관없다고 생각했다는 얘기지."

"그런 건 선생님 소설에나 나올 만한 얘기잖아요. 말도 안 된다는 거 선생님도 아시죠? 소피가 술독에 빠진 건 술을 좋아해서 그런 거예요. 남편과 아이를 잃은 여자가 어디 한두 명이에요? 그 애가 타락한 건 그것 때문이 아니에요. 선에서 갑자기 악이 '툭' 튀어나올 수는 없죠. 악은 예전부터 항상 그 자리에 있었어요. 그걸 잘 막아 두고 있다가 차 사고로 그 방어막이 깨지면서 본래의 모습이 나온 것뿐이에요. 쓸데없이 소피를 동정하지 마세요. 소피는 원래 그런 애였어요."

그때까지 래리는 한 마디도 하지 않았다. 생각에 골몰했는지 우리 얘기가 거의 안 들리는 것 같았다. 이사벨의 말이 끝나자 잠시 침묵이 흘렀다. 얼마 후 마침내 래리가 입을 열었다. 그러나 그 단조롭고 기묘한 목소리는 마치 우리에게 말하는 게 아니라 혼잣말을 하는 것 같았고, 두 눈은 희미한 오래전의 과거를 들여다보는 듯했다.

"저는 열네 살의 소피를 기억하고 있어요. 긴 머리를 깔끔하게 빗어 넘겨 검은 리본으로 묶었는데 주근깨가 난 얼굴은 늘 진지했죠. 겸손하면서도 새침하고 이상주의자 같은 아이였어요. 손에 잡히는 건 뭐든 읽는 아이라 저랑 책 얘기를 주고받곤 했죠."

이사벨이 희미하게 얼굴을 찌푸리며 물었다.

"그런 일이 있었어?"

"네가 어머니하고 사교계에 다닐 때였어. 소피의 할머니 댁에 가서 커다란 느릅나무 밑에 앉아 서로에게 책을 읽어 줬지. 소피는 시를 무척 좋아해서 직접 쓴 것도 꽤 많았어."

"그 나이 또래 여자애들이 다 그렇잖아. 그냥 되는 대로 휘갈겨 썼겠지."

"오래전 일이니까 나도 시를 제대로 감상할 줄은 몰랐겠지."

"당신도 기껏해야 열대여섯 살이었을 거 아냐?"

"물론, 대부분은 모방이었어. 주로 로버트 프로스트*의 영향을 많이 받았지. 하지만 나이에 비해 꽤 멋진 시를 썼던 것 같아. 소피는 귀가 예민하고 리듬감이 남다른 아이였어. 시골의 소리와 냄새, 예를 들면 처음 봄이 찾아올 때 대기에 감도는 온화함, 비온 후에 바짝 마른 흙냄새 따위에 민감했지."

"소피가 시를 썼다는 건 금시초문이야."

"일부러 말 안 한 거야. 친구들이 놀릴까 봐. 수줍음이 많은 아이였잖아."

"지금은 아닌 것 같은데."

"전쟁이 끝나고 돌아와 보니까 어른이 다 됐더군. 그동안 노동자 계급의 고충에 대한 책들을 많이 읽고, 시카고에서 직접 현장 조사를 하기도 했지. 그땐 칼 샌드버그**에게 빠져서 빈곤층의 참상과 노동력 착취에 대해 혹평하는 자유시를 쓰고 있었어. 사실, 진부하긴 했지만 솔직한 시들이었어. 연민과 대의도 느껴졌고. 당시 소피는 사회사업가가 되고 싶어 했지. 감동적이었어. 희생하고자 하는 열망 말이야. 난 소피가 아주 유능한 여자라고 생각해. 어리석지도, 감상적이지도 않았지. 그보다는 귀여운 순수함과 기묘하리만치 고매한 영혼을 가진 여자였어. 그해에 우린 꽤 자주 만났지."

나는 이사벨이 그의 말을 들으면서 점점 격분하고 있음을

---

* 1874~1963. 미국의 시인.

** 1878~1967. 미국의 유명한 사회주의 시인 겸 소설가.

알 수 있었다. 래리는 자신이 그녀의 가슴에 비수를 꽂았으며, 무심하게 한마디 한마디 내뱉을 때마다 그 비수를 비틀어 더욱 큰 상처를 내고 있다는 것을 전혀 깨닫지 못했다. 그러나 막상 말문을 연 이사벨의 입가에는 미소가 나타나 있었다.

"소피가 왜 당신을 그렇게 절친한 친구로 선택했을까?"

래리는 의심의 빛이 전혀 없는 눈으로 그녀를 보았다.

"그건 모르겠는데. 소피는 가난했지만 주위엔 온통 부유한 친구들뿐이었어. 나 역시 그 무리에는 낄 수가 없었지. 내가 마빈에 살았던 건 밥 아저씨가 그곳에서 병원을 운영했기 때문이었잖아. 소피도 그 때문에 우리가 통한다고 느꼈을 거야."

래리에겐 친척이 없었다. 대부분의 사람들에겐 거의 왕래가 없어도 최소한 자신이 어느 특정 가문의 일원이라는 느낌을 갖게 해 주는 사촌이 한두 명은 있게 마련이다. 그러나 래리의 아버지는 외아들이었고 어머니도 외동딸이었다. 외할아버지와 친할아버지 가운데 한 분은 퀘이커교도로 젊었을 때 바다에서 실종되었고, 또 한 분은 형제자매가 전혀 없었다. 이 세상에 래리만큼 철저하게 혼자인 사람은 없을 것이다.

이사벨이 물었다.

"혹시 소피가 당신을 사랑했다고 생각해 본 적은 없어?"

"한 번도."

래리는 웃으면서 대꾸했다.

그레이가 평소처럼 솔직하게 말했다.

"래리가 전쟁에서 부상당하고 영웅이 되어 돌아왔을 때, 시카고 여자들 절반은 래리에게 홀딱 반했었지."

"이건 그 정도가 아니었던 것 같은데. 소피는 당신을 흠모했던 거야, 가엾은 래리. 그걸 몰랐다고?"

"모르기도 했지만, 그건 분명히 아니었을 거야."

"당신은 아무래도 소피를 너무 고상한 여자로 생각하는 것 같아."

"리본으로 머리를 묶은 비쩍 마른 소녀가 진지한 얼굴을 하고 감동받아 떨리는 목소리로 아름다운 키츠의 시를 읽던 모습이 아직도 눈에 선해. 그 소녀는 어디로 간 걸까?"

이사벨은 다소 어이없는 표정으로 도무지 알 수 없다는 듯 래리에게 의심 섞인 눈길을 보냈다.

"시간이 너무 늦었네요. 피곤해서 정신이 하나도 없어요. 그만 가죠."

3

다음 날 저녁, 나는 블루 트레인*을 타고 리비에라로 가서 2~3일 후에는 앙티브에 도착했다. 그곳에서 엘리엇을 만나 파리의 소식을 전해 주었다. 그는 건강 상태가 좋지 않았다. 몬테카티니테르메에서 요양을 하긴 했지만 기대했던 만큼 효과가 좋지 않았고 그 이후에도 이곳저곳을 돌아다니느라 몹시 지쳐 있었다. 그는 베네치아에서 성수반을 찾은 다음, 피렌체로 가서 예전부터 흥정을 벌이고 있던 트립틱을 샀다. 한시라도 빨리 이것들이 제자리를 찾는 모습을 보고 싶었던 그는 폰티노

---

* Blue Train, 1922년부터 1938년까지 운행된 프랑스의 야간 호화 급행열차.

평원으로 내려가 참기 힘들 만큼 무덥고 허름한 여관에서 묵으며 그가 구입한 귀중한 물건들이 도착할 때까지 꽤 오랜 시간을 기다렸다. 자신의 목적을 달성하기 전까지는 떠나지 않겠다고 결심했으므로 그곳에 머물 수밖에 없었던 것이다. 마침내 모든 것이 제자리를 찾자 그는 몹시 기뻤다. 그는 찍어 온 사진들을 자랑스럽게 내게 보여 주었다. 작지만 위엄 있어 보이는 성당으로, 절제된 고급스러움이 돋보이는 실내장식이 엘리엇의 훌륭한 취향을 반영하고 있었다.

"로마에서 아주 마음에 드는 초창기 기독교 석관을 보고 한참 동안 살까 말까 망설였지요. 하지만 결국 그만두었습니다."

"초창기 기독교 석관은 대체 어디에 쓰시려고요, 엘리엇?"

"제가 들어가려고요. 디자인이 아주 좋아서 입구 양옆에 성수반과 나란히 놓으면 잘 어울릴 것 같았지요. 하지만 초창기 기독교도들은 체구가 작고 땅딸막했으니 나한테는 맞지도 않았을 겁니다. 태아처럼 무릎을 턱까지 끌어 올리고 누워서 최후의 심판을 받으러 갈 수는 없지 않겠습니까? 얼마나 불편하겠어요?"

나는 웃음을 터트렸지만 엘리엇은 진지한 표정이었다.

"그보다 더 좋은 생각이 있답니다. 벌써 준비도 다 해 놨지요. 그리 쉽진 않았지만 그 정도 어려움은 예상했습니다. 제단 앞 성단 계단 발치에 묻히는 겁니다. 그러면 폰티노의 가난한 농민들이 성사에 참석하러 올 때마다 그 묵직한 구둣발로 내 뼈를 쿵쾅쿵쾅 밟을 것 아닙니까? 멋지지 않습니까? 그냥 밋밋한 석판에 제 이름하고 태어난 날짜, 죽은 날짜만 새기는 겁니다. 씨 모누멘툼 쿠에리스 씨르쿰스피체. 그의 기념비를 찾으려거든 주위를 둘러보아라. 이런 말도 있지 않습니까?"

"저도 라틴어는 어느 정도 압니다. 흔한 인용문 정도는 이해할 수 있지요."

내가 신랄하게 말했다.

"제가 실례했군요, 선생님. 우둔한 상류층 사람들만 만나다 보니 작가 선생님을 만나고 있다는 사실을 잠시 잊었습니다. 하지만 정작 제가 드리고 싶은 말씀은 따로 있습니다. 유언장에 지시해 놓긴 했지만, 선생님께서 그것들이 제대로 이행되는지 확인해 주십사 하는 겁니다. 저는 퇴역 대령들과 중산층 프랑스인들이 들끓는 리비에라에는 절대 묻히지 않을 겁니다."

"물론 부탁은 들어드리겠습니다, 엘리엇. 하지만 그런 일은 한참 후에나 일어날 텐데 벌써부터 계획을 세우실 필요가 있습니까?"

"저도 이제 살 만큼 살았습니다. 솔직히 말씀드리면 죽는 게 그리 슬프지는 않습니다. 랜더*의 시에도 있지 않습니까? '삶의 불에 두 손을 녹였노라…….'"

나는 글에 대한 기억력이 형편없지만, 이 시는 매우 짧았으므로 암송할 수 있었다.

> 나는 누구와도 싸우지 않았노라. 싸울 만한 상대가 없었기에.
> 자연을 사랑했고 그 다음으론 예술을 사랑했노라.
> 삶의 불에 두 손을 녹였노라.
> 불길이 꺼지려 하니, 나는 이제 떠날 준비가 되었도다.

---

* 1775~1864. 영국의 작가.

"바로 그겁니다."

이런 풍자시에 자신의 상황을 끼워 맞출 수 있다니, 정말 대단한 상상력을 가졌다는 생각이 들었다.

그러나 그는 이렇게 말했다.

"제가 느끼는 감정에 딱 들어맞는 시입니다. 굳이 한 가지를 덧붙이자면 평생토록 유럽의 최고 상류사회에서만 살아왔다는 것이지요."

"그건 사행시로 압축하기가 힘들 것 같은데요."

"상류사회는 죽었습니다. 그래도 예전에는 미국이 유럽을 대신해서 서민들이 동경할 만한 귀족 사회를 만들어 낼 수도 있을 거라고 생각했지요. 하지만 공황 때문에 이제는 그럴 가능성이 완전히 사라졌습니다. 가엾은 내 조국은 손도 못 쓰고 중산층 사회로 전락하고 있지요. 글쎄 지난번에 미국에 갔을 때는 택시 기사가 나한테 형제라도 되는 것처럼 말을 걸더군요. 믿어지십니까?"

리비에라 역시 1929년에 일어난 공황의 여파에서 회복되지 못한 상태였지만, 엘리엇은 계속해서 파티를 열고 파티에 참석하고 있었다. 게다가 예전에는 로트실트가(家)가 아닌 이상 유대인의 집에는 절대 드나들지 않았지만, 이제는 가장 성대한 파티들이 선민들, 즉 유대인들에 의해 열리고 있었고, 엘리엇은 파티가 열리면 참석하지 않고는 못 배기는 사람이었다. 그는 이 사람 저 사람 찾아다니며 상냥하게 악수를 나누거나 키스를 건넸지만, 그러면서도 마치 유배당한 왕족이 평민들과 어울린다는 사실을 수치스러워하듯 소외감을 느끼지 않을 수 없었다. 그러나 유배당한 왕족들도 그들의 인생을 즐기고 있었다. 게다가 영화배우를 만나 보는 것을 최대의 꿈으로 품고 있는 모양이었다. 엘리엇은 또한 연극배우들을 사교계 사람처럼 대하는 현대적인 관행도 못마땅하게 생각했다. 그러나 은퇴한 여배우가 가까운 곳에 호화로운 집을 짓고 손님들을 초대하면서, 각료들과 공작들, 귀부인들이 결국 그녀와 함께 몇 주씩 묵곤 하자, 엘리엇도 그 집의 단골손님이 되었다.

"물론 온갖 사람들이 섞여 있긴 하지요. 하지만 원하지 않는 사람하고는 굳이 얘기를 나눌 필요가 없습니다. 그 여배우가 고국의 동포라고 생각하니까 도와줘야 할 것 같더군요. 그 집 손님들도 주인에게 모국어로 대화할 수 있는 손님이 한 명 있다면 좀 더 편안하게 즐길 수 있지 않겠습니까?"

가끔은 그의 건강 상태가 너무 안 좋아 보여서 나는 무리하지 않는 게 좋겠다고 말하곤 했다.

"선생님, 제 나이가 되면 뒤처지는 걸 감당할 수가 없습니다. 50년 가까이 최고의 상류층에서 생활해 왔어도, 어디든 모습을 드러내지 않으면 잊히고 만다는 사실을 모르시겠습니까?"

자신이 얼마나 슬픈 고백을 하고 있는지 알기나 할까 하는 생각이 들었다. 나는 더 이상 엘리엇을 비웃을 수가 없었다. 그가 너무도 가엾게 느껴졌기 때문이다. 상류사회는 그의 인생의 전부였고, 그런 의미에서 파티는 숨구멍과도 같은 것이었다. 파티에 초대받지 못하는 것은 모욕이요, 따돌림을 당하는 것은 치욕으로 여기던 그가 나이를 먹으면서 필사적으로 두려워하고 있다는 느낌이 들었다.

그렇게 여름이 지나갔다. 여름 내내 엘리엇은 리비에라 끝에서 끝까지 바쁘게 뛰어다니며 점심은 칸에서 먹는가 하면, 그날 저녁은 몬테카를로에서 먹고, 온갖 재주와 창의력을 발휘하여 이런저런 티 파티와 칵테일파티까지 빠짐없이 참석했다. 아무리 피곤해도, 아무리 몸이 고달파도 늘 사근사근하고 유쾌하게 이야기를 나누려고 노력했다. 그는 온갖 소문을 꿰고 다녔으며, 최근에 일어난 추문들에 대해서도 측근들을 제외하고는 가장 먼저 상세하게 알아내는 사람이었다. 누군가가 그에게 뭐하러 왔느냐는 언질이라도 주었다면, 그는 깜짝 놀라 눈을 부릅뜨며 그 사람을 애처롭고 비천한 사람으로 치부해 버렸을 것이다.

4

가을이 되자 엘리엇은 한동안 파리에 가 있기로 했다. 이사벨과 그레이와 그 아이들이 어떻게 지내는지 보고 싶어서이기도 했지만, 한편으로는 파리에서 그가 말하는 "악트 드 프레장스(눈도장 찍기)"를 하고 싶어서였다. 그런 다음 런던으로 가서 새 옷을 몇 벌 주문하고 겸사겸사 옛 친구들을 찾아가 볼 예정이었다. 나는 곧장 런던으로 가려 했지만 엘리엇은 자신과 함께 파리까지 드라이브를 해 달라고 부탁했다. 무리한 부탁이 아니었으므로 나는 흔쾌히 그러겠다고 했다. 그러고 보니 파리에서 2~3일을 보내는 것도 나쁘지 않을 것 같았다. 우리는 편안한 마음으로 천천히 여행을 즐기며 음식을 잘하는 곳이 있으면 차를 세우고 식사를 했다. 엘리엇은 신장이 안 좋아서 비시 미네랄워터만 마셨지만 어딜 가나 나를 위해 작은 와인 한 병을 골라 주겠다고 고집을 부렸다. 함께 마실 수 없다고 해서 심통을 부릴 성격이 못 되는 그는 내가 훌륭한 포도주를 마시는 모습을 보며 진정으로 흡족해했다. 베풀기 좋아하는 그의 성격 때문에 내 밥값은 내가 내겠다고 설득하는 데에도 애를 먹었다. 예전에 알고 지낸 유명 인사들 얘기를 끝없이 늘어놓는 바람에 조금 지겹기는 했지만, 그래도 훌륭한 여행이었다. 우리가 들른 곳들은 대부분 막 가을로 접어들면서 아름다운 풍경을 자랑하고 있었다. 우리는 퐁텐블로에서 점심을 먹고 저녁때가 돼서야 파리에 도착했다. 엘리엇은 내가 평소에 묵던 소박하고 낡은 호텔에 나를 내려 주고는 모퉁이를 돌아 리츠 호텔로 향했다.

호텔에는 이사벨이 남긴 메모가 기다리고 있었다. 미리 그녀에게 우리의 여정을 알렸으므로, 이미 짐작하고 있었던 일이었다. 그러나 거기에는 뜻밖의 내용이 적혀 있었다.

안 좋은 일이 생겼으니 도착하는 대로 와 주세요. 엘리엇 외삼촌은 모셔 오지 마시고요. 부디 최대한 빨리 와 주세요.

나 역시 보통 사람들에 비해 호기심이 없다고는 할 수 없지만, 우선 샤워를 하고 셔츠를 갈아입어야 했다. 그런 다음에야 택시를 잡아타고 생기욤 가에 있는 그들의 아파트로 향했다. 내가 도착하자 이사벨이 자리에서 벌떡 일어나며 말했다.

"왜 이제 오셨어요? 벌써 몇 시간째 기다렸는데요."

시계를 보니 5시였다. 내가 뭐라고 대꾸를 하기도 전에 집사가 차를 갖고 들어왔다. 이사벨은 두 손을 꼭 움켜쥔 채 초조한 얼굴로 그를 지켜보았다. 아무리 생각해도 도무지 무슨 일인지 알 수가 없었다.

"도착하자마자 온 거야. 퐁텐블로에서 점심을 좀 오래 먹었거든."

"정말 외삼촌 늑장은 알아줘야 한다니까. 난 미치는 줄 알았다구요!"

집사는 찻주전자와 설탕 그릇, 찻잔들이 담긴 쟁반을 테이블에 내려놓고는 지나치다 싶을 정도로 조심스럽게 빵과 버터, 케이크, 쿠키 등이 담긴 접시들을 느릿느릿 늘어놓았다. 속이 터질 지경이었다. 이윽고 그가 문을 닫고 나갔다.

"래리가 소피 맥도널드랑 결혼한대요."

"누구?"

"이러실 거예요?"

이사벨이 소리쳤다. 화가 난 두 눈이 이글거렸다.

"지난번에 선생님이 데려간 그 지저분한 술집에서 만난 여자요. 주정뱅이 창녀. 대체 그런 곳엔 왜 데려가신 거예요? 그레이도 넌더리가 났대요."

"아, 그 시카고 친구?"

나는 그녀가 퍼부은 어이없는 비난을 무시한 채 되물었다.

"누가 그래?"

"누가 그랬겠어요? 어제 오후에 래리가 와서 직접 얘기한 거예요. 그때부터 미칠 것 같았어요."

"일단 좀 앉아. 차도 한잔 줘야지. 앉아서 차근차근 얘기해 보라구."

"알아서 따라 드세요."

그녀는 테이블 앞에 앉아서 짜증스런 눈으로 차를 따르는 나를 지켜보았다. 나는 벽난로 옆에 있는 작은 소파에 자리를 잡았다.

"최근에는 래리를 별로 못 만났어요. 저희가 디나르에 갔다 왔잖아요. 래리도 디나르에 와서 2~3일 있었는데, 우리 별장에서 안 자고 호텔에서 묵었어요. 해변에 나와서 애들하고 놀아 주기만 했죠. 애들이 래리를 정말 잘 따르거든요. 생 브리악에서 골프도 쳤어요. 그러다가 어느 날 그레이가 래리에게 그 이후로 소피를 다시 만났느냐고 물어봤거든요. 그랬더니 그러는 거예요.

'몇 번 만났어.'

그래서 제가 물었죠.

'왜?'

'옛 친구잖아.'

'내가 당신이라면 그런 여자한테 시간 낭비하진 않을 거야.'

그랬더니 웃더라고요. 그 사람 미소 보셨죠? 전혀 안 웃긴 얘기를 듣고도 웃긴 얘길 들은 것처럼 웃잖아요. 그러곤 이렇게 말했어요.

'난 당신이 아니잖아.'

저는 그냥 어깨를 한 번 으쓱하고는 화제를 바꿨죠. 그 문제에 대해선 두 번 다시 생각해 보지도 않았어요. 그러니 래리가 여기 와서 소피랑 결혼하겠다고 했을 때 제 기분이 어땠겠어요? 제가 그랬어요.

'말도 안 돼, 래리. 그건 있을 수 없는 일이야.'

'할래.'

꼭 '감자 하나 더 줘.' 하듯이 태연한 말투였어요. 그러고는 저한테 이러는 거예요.

'그러니까 이사벨, 당신도 소피한테 잘해 줬으면 좋겠어.'

그래서 제가 그랬죠.

'어떻게 나한테 그런 걸 요구할 수 있지? 정신이 어떻게 된 거 아니야? 소피는 나쁜 여자야. 악질 중의 악질이라구.'"

내가 말을 끊고 끼어들었다.

"왜 그렇게 생각하지?"

이사벨은 화가 잔뜩 난 눈으로 나를 보았다.

"아침부터 밤까지 술에 절어 있잖아요. 게다가 깡패 같은 놈들이랑 서슴지 않고 침대로 간다구요."

"그렇다고 해서 나쁜 여자라고 할 순 없지. 존경받는 사람들 중에서도 술을 좋아하고 아무하고나 자는 사람도 많아. 물론 좋은 습관이라고 할 수는 없지. 손톱을 물어뜯는 습관처럼 말이야. 하지만 그것보다 더 나쁘다고 할 수 있는지는 잘 모르겠군. 난 거짓말을 하거나 사기를 치는 사람, 혹은 불친절한 사람을 나쁜 사람이라고 하거든."

"선생님까지 소피 편을 드시면 가만있지 않을 거예요."

"래리는 소피를 어떻게 다시 만났대?"

"전화번호부에서 소피의 주소를 찾았나 봐요. 그러고는 직접 찾아갔는데, 마침 소피가 아팠대요. 당연한 거죠. 그렇게 살면서 병이 안 나면 그게 이상하죠. 그래서 래리가 의사를 부르고 간호할 사람도 데려왔대요. 그렇게 시작된 거예요. 래리 말로는 소피가 술을 끊었다는데, 정말 술을 끊을 수 있다고 생각하다니 너무 멍청한 거 아니에요?"

"래리가 그레이한테 해 준 것 벌써 잊었어? 그레이도 낫게 했잖아."

"그건 다르죠. 그레이는 낫고 싶어 했잖아요. 소피는 그럴 생각이 없다구요."

"이사벨이 그걸 어떻게 알아?"

"저는 여자들을 잘 알아요. 여자는 한 번 그렇게 망가지면 그걸로 끝이에요. 절대 회복될 수 없다구요. 소피가 그렇게 된 건 원래부터 그런 기질을 갖고 있었기 때문이죠. 소피가 래리한테 정착할 수 있다고 생각하세요? 그런 일은 있을 수 없어요. 조만간 헤어질 거예요. 타고난 피가 그런 애니까. 소피가 원하는 건 야수 같은 남자예요. 그런 남자와 있을 때 흥분이 되니까요. 그러니 결국 야수를 찾아 나설 거예요. 래리까지 지옥으로 밀어 넣고 말걸요."

"충분히 가능한 일이지. 하지만 그렇다고 네가 할 수 있는 일은 없어. 래리도 모든 걸 알면서도 발을 들여놓는 거라구."

"저는 할 수 없지만 선생님은 하실 수 있어요."

"내가?"

"래리는 선생님을 좋아하니까 선생님 말씀이라면 들을 거예요. 래리를 바꿀 수 있는 사람은 선생님뿐이라구요. 선생님은 세상을 잘 아시잖아요. 래리한테 가셔서 그런 어리석은 짓은 하지 말라고, 결국 인생을 망칠 거라고 말씀해 주세요."

"그래 봐야 래리는 자기 일이니 상관하지 말라고 할걸. 사실이 그렇잖아."

"하지만 선생님도 래리를 좋아하시잖아요. 적어도 래리한테 관심은 있으신 거죠? 그냥 가만히 앉아서 래리가 속수무책으로 망가지는 걸 보고만 계실 거예요?"

"래리와 가장 오래되고 친한 친구는 그레이야. 그레이 말이라고 들을지는 모르겠지만, 그래도 얘기를 해 줄 사람으로는 그레이가 제일 적절할 것 같은데."

"그레이요?"

이사벨이 짜증스럽게 말했다.

"네가 생각하는 것만큼 그렇게 나쁘진 않을 거야. 내가 아는 사람들 중에도 매춘부하고 결혼한 친구들이 있지. 한 명은 스페인 사람이고 두 명은 동양 사람인데, 전부들 아내를 현모양처로 바꿔 놨다구. 안정된 생활을 보장해 줬으니 고마워서라도 잘하겠지. 게다가 남자를 만족시키는 방법까지 잘 알고 있으니까."

"정말 너무하시네요. 제가 래리를 남자나 밝히는 막돼먹은 여자한테 넘겨주려고 모든 걸 포기한 줄 아세요?"

"왜 네가 모든 걸 포기했다고 생각하지?"

"단지 래리의 앞길을 방해하고 싶지 않다는 이유로 그를 놓아줬으니까요."

"거짓말은 그만두라구, 이사벨. 네가 래리를 포기한 건 다이아몬드와 모피 코트 때문이었잖아."

말이 끝나기 무섭게 빵과 버터가 담긴 접시가 내 머리를 향해 날아왔다. 천만다행으로 나는 접시를 잡았다. 바닥에 빵과 버터가 흩어졌다. 나는 일어나서 접시를 테이블에 올려놓았다.

"이 크라운더비 접시가 깨졌으면 네 엘리엇 외삼촌께서 아주 고마워하셨을걸. 도싯 공작 3세를 위해 만들어진 거라 값을 매길 수 없을 만큼 귀한 거니까."

그러자 이사벨이 날카롭게 말했다.

"빵과 버터 주우세요."

"직접 주워."

내가 다시 소파에 앉으면서 대꾸했다. 그녀는 자리에서 일어나 씩씩거리며 흩어진 빵과 버터를 주웠다.

"이러고도 영국 신사라고 하시겠죠?"

그녀가 사납게 소리쳤다.

"난 평생 그런 건 해 본 적도 없어."

"그만 나가 주세요. 다신 안 뵈었으면 좋겠네요. 꼴도 보기 싫어요."

"그것 참 유감이군. 난 이사벨만 보면 기분이 좋아지거든. 혹시 이런 얘기 들어 봤는지 모르겠는데, 이사벨의 코는 나폴리 박물관에 있는 프시케의 코와 똑같아. 세상에서 가장 아름답고 순결한 미인을 상징하는 프시케 말이야. 게다가 이사벨은 다리 곡선도 예술이지. 길고 늘씬한 곡선을 보면 정말 놀랍다는 생각이 들거든. 어릴 때는 굵고 못생겼던 다리가 어떻게 그렇게 아름다워졌을까 하고 말이야."

"철석같은 의지와 신의 은총 덕분이죠."

그녀가 여전히 화난 목소리로 대꾸했다.

"하지만 무엇보다도 매혹적인 건 이사벨의 손이야. 가늘고 우아하거든."

"너무 크다고 생각하셨던 것 아니에요?"

"키를 생각하면 큰 편은 아니지. 이사벨의 손이 움직이는 걸 볼 때마다 그 우아함에 절로 감탄이 나오거든. 타고난 건지 아니면 이사벨이 일부러 노력하는 건지는 모르겠지만 아무튼 손짓을 취할 때마다 아주 아름답게 보이는 건 사실이야. 꽃 같기도 하고 하늘을 나는 새 같기도 하고……. 그 손은 이사벨이 하는 그 어떤 말보다 훨씬 더 많은 것을 표현하지. 마치 엘 그레코*의 초상화에 그려진 손 같아. 사실, 엘리엇이 너희 조상 중에 스페인 대공이 있다고 하기에 안 믿었는데, 그 손을 보면 믿어야 할 것 같다니까."

그녀는 뿌루퉁하게 고개를 들었다.

"그건 무슨 얘기예요? 저는 처음 듣는데요."

나는 그녀에게 엘리엇이 그들 집안의 조상이라고 했던 라우리아 백작과 메리 여왕의 시녀 얘기를 들려주었다. 이사벨은 자신의 긴 손가락과 매니큐어를 바른 손톱을 만족스럽게 뜯어보았다.

"사람이 누군가의 피를 이어받는 건 당연한 거죠."

이사벨이 말했다. 그러고는 자그맣게 '큭큭' 웃으면서 장난기 어린 표정으로 나를 보았다. 증오의 빛은 이미 사라지고 없었다. 그녀가 덧붙였다.

"선생님 정말 나쁜 분이에요."

여자를 설득하기란 너무도 쉽다. 진실만 말하면 되니까.

"가끔은 선생님을 정말 미워할 수가 없다니까요."

그녀는 내 쪽으로 다가오더니 소파 옆자리에 앉아 내게 팔짱을 끼고 키스를 하려고 몸을 숙였다. 나는 얼굴을 피했다.

"얼굴에 립스틱을 묻히는 건 안 되지. 정 나한테 키스하고 싶으면 입술에 하라구. 자비로운 하나님은 키스를 하라고 입술을 만든 거니까."

---

* 1541~1614. 그리스 태생의 스페인 종교화가.

그녀는 키득키득 웃고는 손으로 내 얼굴을 자기 쪽으로 돌려 내 입술에 희미한 립스틱 자국을 남겼다. 불쾌한 느낌은 아니었다.

"자, 키스도 끝났으니 이제 이사벨이 원하는 걸 말해 봐."

"조언이요."

"조언이라면 기꺼이 해 주겠지만 네가 절대 받아들일 것 같지 않은데. 이사벨이 할 수 있는 건 딱 한 가지야. 그냥 참고 견디는 거지."

그녀는 다시 화가 치미는지 팔을 홱 빼고 일어나서 벽난로 맞은편에 있는 의자에 풀썩 앉았다.

"난 그냥 이대로 앉아서 래리가 무너지는 걸 보고만 있지는 않을 거예요. 무슨 짓을 해서라도 래리가 그런 창녀하고는 결혼하지 못하게 막을 거라구요."

"소용없을걸. 그는 지금 인간의 가슴을 붙잡는 가장 강력한 감정에 사로잡혀 있으니까."

"래리가 소피를 사랑한다는 말씀은 아니죠?"

"아니. 그런 건 그리 중요한 문제가 아니야."

"그럼 뭐가 중요해요?"

"신약성서 읽었지?"

"그랬을걸요."

"그럼 예수가 40일 동안 광야에서 금식한 것 기억나나? 그가 한창 주려 있을 때 마귀가 와서 이렇게 말했지. '네가 만일 하나님의 아들이라면 이 돌들이 빵으로 변하게 하라.' 하지만 예수는 그 유혹을 거부했어. 그러자 이번에는 마귀가 그를 성전 꼭대기에 세워 놓고 말했지. '네가 만일 하나님의 아들이라면 뛰어내려라.' 천사들의 보호를 받고 있으니 그들이 받들어 줄 거라고 말이야. 하지만 이번에도 예수는 거부했어. 그러자 마귀는 그를 높은 산으로 데려가서 천하만국을 보여 주고, 네가 만일 엎드려 경배하면 그 모든 것을 주겠다고 했지. 그러자 예수는 '사탄아, 물러가라.'라고 했어. 간략하고 교훈적인 마태복음에 따르면, 이 얘기는 여기서 끝나지. 하지만 그게 끝이 아니었어. 교활한 마귀는 또 한 번 예수에게 가서 이렇게 말한 거야. '만일 네가 치욕과 불명예, 태형, 가시면류관, 십자가의 죽음을 받아들이면 너는 인류를 구원할 것이다. 한 인간이 친구들을 위해 목숨을 버리는 것보다 더 큰 사랑은 없을 테니 말이다.' 결국 예수는 지고 말았어. 마귀는 옆구리가 아프도록 웃어 댔지. 사악한 인간들이 예수의 이름으로 죄를 범하리라는 것을 알았기 때문이야."

이사벨은 잔뜩 화가 난 얼굴로 나를 보았다.

"대체 그런 얘기는 어디서 들으셨어요?"

"어디서 듣긴. 지금 방금 지어낸 얘기야."

"엉터리예요. 불경스럽다구요."

"난 단지 자기 확신이 얼마나 강력한 열정이 될 수 있는지 알려 주고 싶었을 뿐이야. 정욕도, 굶주림도 그 옆에서는 아주 하찮은 것이 되어 버리지. 자기 확신에 사로잡히면 그것으로 자신의 성격을 완전히 단정 짓게 되고, 그로 인해 스스로를 파멸로 몰고 갈 수도 있어. 그 확신의 대상은 중요하지 않아. 그럴 만한 가치가 있는 것일 수도 있고 그렇지 않은 것일 수도 있지. 어쨌든 그것은 그 어떤 술보다도 중독성이 강하고, 그 어떤 사랑보다도 사람을 지치게 만들고, 또 그 어떤 악덕보다도 강력하고 매혹적이야. 사람은 자신을 희생시키는 순간 하나님보다 훨씬 더 위대한 존재가 되지. 왜냐면 전지전능한 하나님도 자신을 희생시키진 못했으니까. 기껏해야 자신의 독생자, 그러니까 예수만 희생시켰지."

"오, 하나님! 정말 지겨운 얘기네요."

나는 아랑곳 않고 계속 말을 이었다.

"그런 열정에 사로잡힌 래리에게 상식이나 분별력 따위가 통할 거라고 생각하나? 조금이라도 영향을 미쳤을 것 같느냐는 말이지. 넌 래리가 그 오랜 시간 동안 무얼 찾아다녔는지 몰라. 나 역시 추측만 할 수 있을 뿐 확실하게 알진 못하지. 그는 수년 동안 육체노동을 하면서 많은 경험을 쌓았지만, 그것들도 지금 그가 느끼는 욕망에 비하면 아무것도 아니야. 사실 그건 단순히 욕망이라고 하기엔 뭔가 부족한 정도지. 그보다는 마치 아우성치는 듯한 절박한 욕구야. 순수한 아이로만 알고 있던 여자가 타락한 것을 보고 그 여자의 영혼을 구하고픈 욕구에 사로잡힌 거야. 이사벨 말이 옳아. 나 역시 래리가 지금 가망도 없는 일을 하려 드는 거라고 생각해. 래리는 섬세하고 예민한 친구야. 그러니 지옥과도 같은 고통을 맛보겠지. 그가 계획한 평생의 과업들, 그게 무엇이었든 간에 그것들 역시 제대로 해결하지 못할 테지. 비열한 파리스는 아킬레우스의 발뒤꿈치를 쏴서 죽였어. 래리에겐 그런 냉혹함이 없지. 성자라고 해도 영광을 얻기 위해서는 반드시 갖고 있어야 하는 그런 냉혹함 말이야."

"저는 래리를 사랑해요. 하지만 맹세코 그 사람한테 아무것도 바라지 않아요. 아무것도 기대하지 않는다고요. 저만큼 사심 없이 그를 사랑할 수 있는 사람은 없어요. 그런데 그런 사람이 불행한 길을 가려 하잖아요."

그녀는 울음을 터트렸다. 차라리 우는 게 낫겠다 싶어 그냥 내버려 두었다. 나는 조금 전에 머릿속에 떠올랐던 뜻밖의 발상으로 생각을 돌렸다. 그러고는 상념에 빠져들었다. 기독교가 일으킨 잔인한 전쟁들과 박해, 기독교도들이 기독교도들에게 가한 고문, 몰인정, 위선, 편협 등을 보면서 마귀는 흡족한 얼굴로 손익을 따져 보고 있지 않을까? 인류에게 죄의식이라는 쓰디쓴 짐이 지워졌다는 사실, 그 죄의식 때문에 별이 빛나는 아름다운 밤이 컴컴해지고 잠시 스쳐가는 이 세상의 쾌락들에 불길한 그림자가 드리워졌다는 사실을 떠올리고 마귀는 킬킬거리면서 이렇게 중얼거릴 것이다. '아무리 마귀라도 인정할 건 인정해 줘야지.'

잠시 후 이사벨은 핸드백에서 손수건과 거울을 꺼내어 거울을 들여다보며 조심스럽게 눈가를 닦아 냈다. 그녀가 쏘아붙이듯이 말했다.

"동정심이 지나치신 것 아니에요?"

나는 그녀를 물끄러미 바라보았다. 그러나 아무런 대꾸도 하지 않았다. 그녀는 얼굴에 분을 두드리고는 립스틱을 발랐다.

"좀 전에 래리가 그 오랜 시간 동안 무엇을 찾아다녔는지 알 것 같다고 하셨죠? 그게 무슨 뜻이었어요?"

"그냥 추측일 뿐이야. 내가 틀렸을 수도 있어. 내 생각엔 철학이나 종교 그리고 머리와 가슴을 모두 만족시킬 수 있는 인생의 규칙 같은 것을 찾지 않았을까 하는데."

이사벨은 잠시 내 말에 대해 생각해 보았다. 이윽고 한숨을 내쉬며 입을 열었다.

"일리노이 주 마빈에 살던 시골 소년이 그런 생각을 갖고 있다니, 너무 이상하지 않아요?"

"그렇게 따지면, 매사추세츠의 농장에서 태어난 루서 버뱅크*가 씨 없는 오렌지를 생산하고, 미시건의 농장에서 태어난 헨리 포드가 틴리치**를 만든 게 더 이상하지."

"하지만 그런 건 실용적인 것들이잖아요. 미국의 전통 같은 거라고요."

나는 웃음을 터트렸다.

"인생을 최대한 쓸모 있게 사는 법, 그것보다 더 실용적인 게 있을까?"

이사벨은 따분한 듯한 몸짓을 취했다.

"래리를 잃고 싶진 않지?"

그녀는 고개를 끄덕였다.

"래리가 얼마나 성실한 친구인지 알잖아. 이사벨이 자기 아내를 멀리하면 자신도 이사벨을 멀리할 친구야. 네가 조금이라도 분별력이 있다면 소피와 친하게 지내는 게 좋을걸. 과거는 잊고 가능한 한 소피한테 잘해 주려고 노력해야지. 결혼하려면 옷도 사야 할 텐데, 같이 옷을 골라 주는 건 어떨까? 소피도 좋아할걸."

이사벨은 눈을 가늘게 뜨고 내 말에 귀를 기울였다. 열심히 듣다가 잠시 생각에 잠기는 듯했지만 무슨 생각을 하는지 짐작이 가지 않았다. 이윽고 그녀가 뜻밖의 말을 했다.

---

* 1849~1926. 미국의 식물 육종가.

** Tin Lizzie, T형 포드 자동차의 애칭.

"소피한테 같이 점심 먹자고 해 주실래요? 어제 래리한테 한 얘기도 있는데 제가 초대하는 건 좀 어색하잖아요."

"그렇게 해 주면 예의바르게 행동할 거지?"

"천사처럼 행동할게요."

이사벨의 미소는 너무도 매력적이었다.

"그럼 지금 당장 물어보지."

가까운 곳에 전화기가 있었다. 나는 얼른 소피의 전화번호를 찾았다. 소피는 전화벨이 한참 울린 후에야 전화를 받았다. 프랑스에서 전화를 쓰려면 참을성 있게 기다리는 법을 배워야 한다. 나는 이름을 밝힌 다음, 곧바로 본론으로 들어갔다.

"지금 막 파리에 도착해서 래리와 결혼한다는 소식을 들었어요. 두 사람을 축하해 주고 싶은데, 기꺼이 응해 줬으면 좋겠네요."

옆에서 이사벨이 심통이라도 부리듯 내 팔의 안쪽을 꼬집는 바람에 하마터면 비명을 지를 뻔했다.

"내가 여기 있는 일정이 길지 않아서 내일모레쯤 리츠에서 래리와 함께 점심을 먹었으면 하는데, 시간 괜찮겠어요? 그레이와 이사벨, 엘리엇 템플턴에게도 물어볼 생각이에요."

"래리한테 물어볼게요. 옆에 있거든요."

잠시 침묵이 흘렀다가 그녀가 다시 전화를 받았다.

"네, 래리도 좋다고 하네요."

나는 시간을 정하고 의례적인 인사를 나눈 다음, 수화기를 내려놓았다. 그러나 이사벨의 눈을 보는 순간 다소 불안한 생각이 들었다.

"무슨 생각이야? 눈빛이 수상한데."

"유감이네요. 제 눈도 좋아하시는 줄 알았는데."

"설마 뭔가 꿍꿍이가 있는 건 아니겠지, 이사벨?"

그녀는 눈을 크게 뜨며 말했다.

"그런 건 절대 아니에요. 사실은 소피가 어떤 모습일까 궁금해 미치겠어요. 래리가 소피를 완전히 바꿔 놨다잖아요. 다른 건 몰라도 얼굴에 떡칠을 하고 리츠에 나타나는 일은 없었으면 좋겠네요."

5

내가 주최한 작은 파티는 그리 나쁘지 않았다. 그레이와 이사벨이 먼저 도착하고 5분 후에 래리와 소피 맥도널드가 모습을 드러냈다. 이사벨과 소피는 서로 따뜻하게 키스를 나눴다. 그런 다음 이사벨은 다시 그레이와 함께 그녀의 약혼을 축하해 주었다. 나는 이사벨이 소피의 외모를 평가하듯 위아래로 훽 훑어보는 모습을 포착했다. 나 역시 적잖이 놀랐다. 라프 가(街)의 술집에서 봤을 때 소피는 적갈색 머리에다 얼굴에는 덕지덕지 화장을 했으며 밝은 녹색의 코트를 입고 있었다. 술에 잔뜩 취해 사납게 행동하긴 했지만 어딘지 도발적이고 천박하면서도 매혹적이었다. 그러나 지금 그녀는 몹시 칙칙해 보였고 분명히 이사벨보다 한두 살 어릴 텐데도 그녀보다 훨씬 더 나이 들어 보였다. 여전히 고개를 삐딱하게 기울이고 있긴 했지만 왠지 모르게 그런 모습이 애처롭게 느껴졌다. 더 이상 염색을 하지 않은 머리는 원래의 색으로 돌아가고 있었지만, 예전에 염색한 부분과 새로 자란 부분이 경계를 이루어 지저분해 보였다. 입술에 붉은 립스틱만 발랐을 뿐 화장기 없는 얼굴이었는데, 피부는 거칠고 창백했고, 내가 기억하는, 생기 넘치는 녹색 눈은 핏기 없는 잿빛으로 변해 있었다. 새로 산 듯 보이는 붉은색 드레스를 입고 모자와 신발, 가방 등도 드레스와 색깔을 맞춘 듯했다. 여자 옷에 대해 아는 척하고 싶은 생각은 없지만 자리에 비해 지나치게 공들여 꾸몄다는 느낌을 지울 수 없었다. 가슴에는 리볼리 가(街)에서 산 듯한, 야한 인조 보석 하나가 붙어 있었다. 검은 실크 드레스와 양식 진주 목걸이, 최신 유행 모자로 멋을 낸 이사벨과 비교되어 더욱 촌스럽고 초라해 보였다.

나는 칵테일을 주문했지만 래리와 소피는 마시지 않겠다고 했다. 이윽고 엘리엇이 도착했다. 그는 넓은 로비를 가로질러 걸어오면서 아는 사람을 볼 때마다 일일이 악수를 나누거나 손에 키스를 건넸다. 마치 리츠가 자신의 집이고, 초대에 응해 준 손님들에게 감사의 인사를 건네는 것 같았다. 그는 소피에 대해 차 사고로 남편과 아이를 잃었으며 곧 래리와 결혼할 거라는 사실 외에는 들은 바가 없었다. 마침내 우리가 있는 곳에 도착한 그는 주인 행세를 하듯 두 사람에게 인사하고 상냥하게 축하의 말을 건넸다. 우리는 식당으로 들어갔다. 남자 넷에 여자가 둘이었으므로 나는 원탁에 이사벨과 소피가 서로 마주 보게 앉히고 소피의 양옆에 그레이와 내가 앉았다. 그러나 테이블은 작아서 다 같이 대화를 즐길 수 있었다. 식사는 이미 내가 주문해 놓았으므로, 와인 담당 웨이터가 와인 메뉴판을 들고 왔다.

"자넨 와인에 대해 아무것도 모르잖아. 메뉴판을 이리 주게, 알베르."

엘리엇은 메뉴판을 넘겨보며 말을 이었다.

"나는 미네랄워터만 마실 거지만 다른 분들이 형편없는 와인을 마시는 건 참을 수 없지."

그는 와인 담당 웨이터인 알베르와 오래전부터 알고 지낸 사이였으므로 한동안 그와 요란하게 논의를 벌인 후에 내가 손님들에게 대접할 와인을 결정했다. 그런 다음 소피에게로 고개를 돌렸다.

"그래, 신혼여행은 어디로 갈 겁니까?"

그는 소피의 옷을 흘끗 보고는 감지하기 힘들 정도로 미세하게 눈썹을 추켜세우며 내게 못마땅하다는 신호를 보냈다.

"그리스로 갈 거예요."

래리가 말했다.

"그리스에 한번 가 본다는 게 벌써 10년짼데, 이런저런 이유로 아직 못 가 봤거든요."

이사벨이 열의를 보이며 말했다.

"지금 같은 계절이면 아주 아름다울 거예요."

그녀는 래리가 자신과 결혼하려 했을 때 함께 가자고 했던 곳이 그리스였다는 것을 기억하고 있었고, 나 역시 마찬가지였다. 래리에게 그리스 신혼여행은 일종의 고정관념이었다.

대화가 그리 순조롭게 진행되지는 않았다. 이사벨이 아니었으면 분명히 지루하고 힘든 시간이 되었을 것이다. 침묵에 압도당하는 기분이 들어 내가 참신한 소재를 찾기 위해 머리를 쥐어짤 때마다 이사벨이 수다스럽게 떠들어 댔기 때문이다. 나는 그녀가 고맙게 느껴졌다. 소피는 거의 입을 열지 않은 채 묻는 말에 대답만 했는데, 그마저도 무척 힘들어 보였다. 활력이라곤 눈곱만큼도 없었다. 마치 그녀의 안에 있는 무언가가 죽어 버린 것처럼 말이다. 래리가 감당할 수 없을 만큼 큰 부담을 주고 있는 건 아닐까 하는 생각이 들었다. 내가 생각했던 것처럼 그녀가 술뿐만 아니라 마약까지 복용하고 있었다면 갑자기 중단한 탓에 신경쇠약에 시달리고 있을 게 분명했다. 두 사람은 이따금씩 시선을 주고받았는데, 래리의 눈빛에서는 다정함과 격려가 느껴졌지만, 소피의 눈빛에는 애처로운 호소가 담겨 있었다. 천성적으로 따뜻한 성격의 그레이도 나와 똑같은 것을 느꼈는지 마침내 입을 열고 래리가 아무것도 할 수 없을 정도로 극심했던 자신의 두통을 치료해 주었다고 말했다. 그런 다음 자신이 그에게 크게 의지했다고, 신세를 많이 졌다고 덧붙였다.

"지금은 아주 건강해졌죠. 일자리가 생기면 곧바로 다시 일을 시작할 겁니다. 그동안에 이것저것 들쑤셔 봤으니 조만간 좋은 결과가 있겠죠. 다시 고국으로 돌아간다면 얼마나 좋겠습니까?"

의도는 좋았지만 썩 적절한 말은 아니었을 것이다. 내 추측이 맞는다면, 래리는 오랫동안 방치된 소피의 알코올중독을 치료하기 위해 그레이에게 사용한 '암시의 방식(나는 그것을 이렇게 불렀다.)'을 적용하고 있을 테니까 말이다.

엘리엇이 물었다.

"이제 두통은 완전히 없어졌나, 그레이?"

"3개월 동안 한 번도 없었습니다. 그럴 기미가 보이면 이 부적을 움켜쥐죠. 그럼 괜찮아지거든요."

그는 주머니에서 래리가 준 옛날 동전을 꺼내 보였다.

"이건 백만 달러를 준대도 안 팔 겁니다."

식사가 끝나고 커피가 나왔다. 와인 담당 웨이터가 와서 리큐어를 들겠냐고 물었다. 그레이는 브랜디를 마시겠다고 하고 다른 사람들은 모두 사양했다. 브랜디가 나오자 엘리엇이 한번 보겠다고 했다.

"이 정도면 괜찮지. 몸에 해롭지 않을 거야."

웨이터가 엘리엇에게 물었다.

"한잔하시겠습니까?"

"아쉽지만 난 안 된다네."

엘리엇은 신장이 안 좋아서 의사가 술을 금지했다는 설명을 다소 장황하게 늘어놓았다.

"주브로브카 조금은 괜찮을 겁니다. 신장에도 아주 좋다고 알려져 있지요. 방금 폴란드에서 들어온 게 한 병 있습니다."

"정말인가? 요즘엔 구하기가 힘들던데. 어디 한번 보지."

비대한 몸집에 위엄 있어 보이는 웨이터는 목에 긴 은사슬을 걸고 있었다. 그가 술을 가지러 가자 엘리엇은 주브로브카가 폴란드식 보드카인데 모든 면에서 다른 보드카보다 훌륭하다고 설명했다.

"라지비우우가(家)*에 머물면서 사냥을 할 때 자주 마시던 술이지요. 폴란드 제후 가문인데, 술을 어찌나 잘 마시는지……. 절대 과장이 아닙니다. 머리털 하나 안 움직이고 커다란 잔으로 벌컥벌컥 들이킨답니다. 물론 아주 훌륭한 혈통이지

---

* 폴란드-리투아니아 역사에서 중대한 역할을 담당했던 제후 가문.

요. 손끝까지 귀족의 피가 흐르는 가문입니다. 소피도 이렇게 한번 마셔 보지. 이사벨, 너도 한번 해 봐. 이런 경험을 어디 가서 해 보겠나."

와인 담당 웨이터가 술을 갖고 왔다. 래리와 소피, 나는 사양했지만 이사벨은 마셔 보겠다고 했다. 의외였다. 이사벨은 평소에 술을 거의 마시지 않는 데다 이미 칵테일 두 잔과 와인 두세 잔을 마신 상태였기 때문이다. 웨이터가 연녹색의 술을 한 잔 따라 주자 이사벨은 냄새를 맡아 보았다.

"와, 향이 정말 좋은데요."

"그렇지?"

엘리엇이 큰 소리로 말했다.

"거기 들어간 약초 냄새란다. 그 미묘한 맛이 살아 있지. 혼자 마시면 쓸쓸할 테니 나도 조금만 마셔 보마. 조금은 괜찮을 거야."

"맛도 훌륭한데요. 꼭 엄마 젖 같아요. 이렇게 훌륭한 맛은 처음이에요."

엘리엇이 잔을 입으로 가져갔다.

"이렇게 들고 있으니 옛날 생각이 나는군! 라지비우우가에 묵어 보지 않은 사람은 인생의 참맛을 알 수가 없습니다. 정말 으리으리하지요. 봉건제 그대로입니다. 꼭 중세로 돌아간 느낌이지요. 기수들이 이끄는 육두마차가 역까지 마중을 나오고, 식사 자리에서도 뒤에 제복 차림의 하인이 한 명씩 서서 시중을 든답니다."

그는 계속해서 웅장하고 호화로운 저택과 화려한 파티들에 대해 설명했다. 부질없는 일이지만, 문득 그 모든 것이 엘리엇과 웨이터가 지어낸 얘기가 아닐까 하는 의심이 들었다. 엘리엇이 이 제후 가문의 위풍과 그 저택에서 함께 지낸 폴란드 귀족들에 대해 자랑할 수 있도록 웨이터가 거들어 주는 듯한 느낌이 들었다. 그의 이야기는 끝없이 계속되었다.

"한 잔 더 하겠니, 이사벨?"

"아뇨. 사양할게요. 하지만 정말 훌륭한 술이에요. 이런 술을 알게 돼서 기뻐요. 그레이, 우리도 좀 사 놔야겠어요."

"아파트로 몇 병 보내 주마."

"그래 주시겠어요, 외삼촌?"

이사벨이 신이 나서 소리쳤다.

"정말 고맙습니다. 그레이, 당신도 마셔 봐요. 갓 베어 낸 건초와 봄꽃 냄새, 백리향과 라벤더 향이 나요. 혀에 닿는 느낌도 부드럽고 편안하고요. 꼭 달밤에 음악을 듣는 것 같아요."

이사벨은 평소와 다르게 끝없이 지껄여 댔다. 조금 취한 게 아닐까 하는 생각이 들었다. 이윽고 파티가 끝났고, 나는 소피와 악수를 나누었다.

"결혼식이 언제죠?"

내가 그녀에게 물었다.

"다다음주예요. 결혼식에 와 주셨으면 좋겠어요."

"그땐 파리에 없을 거예요. 내일 런던으로 가니까."

내가 다른 사람들에게 작별 인사를 하는 사이, 이사벨은 소피를 옆으로 데려가서 잠시 얘기를 나누고는 그레이를 돌아보았다.

"그레이. 난 조금 있다가 들어갈게요. 몰리뉴에서 의상 전시회가 있어서 소피를 데리고 가 보려고요. 소피도 신상품을 좀 봐 둬야죠."

소피가 말했다.

"저도 꼭 보고 싶어요."

우리는 헤어졌다. 그날 저녁 나는 수잔 루비에를 불러내 함께 저녁을 먹고 다음 날 아침 영국으로 떠났다.

6

그로부터 2주 후, 엘리엇이 클라리지 호텔에 도착했다. 얼마 후 나는 그를 보기 위해 잠시 호텔에 들렀다. 그는 정장 몇 벌을 주문했다며 조금 과도하다 싶을 정도로 장황하게 자신이 선택한 옷과 그것을 선택한 이유에 대해 설명했다. 마침내 그가 얘기를 끝내자 나는 얼른 끼어들어 결혼식이 어땠냐고 물었다.

"결혼식 못 했습니다."

그가 무뚝뚝하게 대꾸했다.

"그게 무슨 말씀입니까?"

"결혼식 3일 전에 소피가 사라졌어요. 래리도 소피를 찾으려고 온갖 곳을 다 뒤졌지요."

"아니, 어떻게 그런 일이! 둘이 싸우기라도 한 겁니까?"

"싸우다니요. 그런 일은 전혀 없었습니다. 오히려 모든 일이 순조로웠단 말입니다. 제가 결혼식에서 소피 손을 잡아 주기로 했고, 식이 끝나는 대로 두 사람은 곧장 오리엔트 특급 열차를 탈 예정이었지요. 말이 나와서 얘기지만 차라리 래리한텐 잘된 일입니다."

이사벨이 소피에 대해 전부 얘기한 모양이었다.

"정확히 어떻게 된 겁니까?"

"리츠에서 다 같이 점심 먹은 그날 말입니다. 이사벨이 소피를 몰리뉴에 데려가지 않았습니까? 그날 소피가 입은 옷 기억하시지요? 정말 애처롭습디다. 어깨가 그게 뭡니까? 원래 옷은 어깨를 보면 알 수 있지요. 어깨가 딱 들어맞으면 잘 만들어진 옷입니다. 물론 소피가 무슨 돈이 있어서 몰리뉴의 옷을 감당하겠습니까마는 이사벨이 워낙 베풀기를 좋아하지 않습니까? 게다가 어릴 적 친구이기도 하고요. 이사벨은 결혼만큼은 남부럽지 않게 차려입고 해야 된다며 드레스 한 벌을 사 주겠다고 제안했습니다. 물론 소피도 흔쾌히 응했지요. 요점만 말씀드리면, 이사벨은 마지막 가봉 날짜를 잡고 소피더러 그날 3시까지 아파트로 오라고 했습니다. 소피는 시간 맞춰 도착했지만, 안타깝게도 이사벨이 아이를 치과에 데려가야 해서 4시가 넘어서야 집에 들어갔답니다. 그런데 소피가 이미 가고 없었던 겁니다. 이사벨은 기다리다 지쳐서 먼저 몰리뉴로 갔으려니 생각하고 몰리뉴에 가 봤지만 그곳에도 없었답니다. 결국 포기하고 다시 집으로 돌아왔지요. 마침 그날 다 같이 밖에서 저녁을 먹기로 했다더군요. 그래서 저녁 때 래리가 나타나자마자 이사벨은 소피를 못 봤느냐고 물었다지요.

그런데 래리도 어떻게 된 일인지 전혀 모르고 있었던 겁니다. 소피의 아파트에 전화를 해 봤지만 아무도 안 받더랍니다. 래리가 직접 가 보겠다고 했지요. 이사벨과 그레이는 계속 기다리다가 아무도 안 나타나서 결국 저희들끼리 식사를 했고요. 선생님도 라프 가에서 만났을 때 소피가 어떻게 살았는지 잘 아시지 않습니까? 그 애들을 거기 데려간 건 정말 잘못하신 겁니다. 어쨌든 래리는 밤새도록 소피가 자주 가던 술집들을 돌아다녔지만 끝내 못 찾았답니다. 아파트에도 몇 번이고 다시 가 봤지만 관리인은 소피가 안 왔었다고 했다더군요. 래리는 그렇게 사흘 동안 소피를 찾아다녔습니다. 그냥 그렇게 사라져 버린 겁니다. 나흘째 되는 날 다시 아파트에 가 봤더니, 소피가 왔었는데 짐을 싸서 택시를 타고 가 버렸다고 관리인이 그랬다는군요."

"래리가 정말 당황했겠군요."

"저는 그 뒤로 못 봤습니다만, 이사벨 말로는 그랬다고 하더군요."

"편지 같은 것도 없었답니까?"

"아무것도 없었습니다."

나는 잠시 생각해 보고는 그에게 물었다.

"어떻게 된 걸까요?"

"선생님이 생각하는 그대로겠지요. 더 이상 참고 견딜 수가 없었던 겁니다. 다시 술을 마시기 시작한 모양이지요."

그랬을 수도 있다. 하지만 그렇다고 해도 뭔가 이상했다. 왜 하필 그 순간에 도망을 가 버렸는지 이해가 되지 않았다.

"이사벨은 뭐랍니까?"

"물론, 안타까워하지요. 하지만 워낙 분별 있는 아이라, 제게 그러더군요. 처음부터 래리가 그런 여자랑 결혼하면 인생을 망칠 거라 생각했다고."

"래리는요?"

"이사벨이 많이 위로해 주고 있습니다. 정말 힘든 건 래리가 그 얘기를 일절 안 꺼내는 거라고 하더군요. 래리도 괜찮아지겠지요. 이사벨 말로는, 래리가 소피를 사랑한 게 아니었답니다. 소피와 결혼하려고 했던 건, 그저 일종의 잘못된 기사도 정신 때문이었다는 것이지요."

여봐란듯이 의기양양한 표정의 이사벨이 눈에 보이는 듯했다. 상황이 그녀에게 아주 만족스럽게 돌아갔으니까 말이다. 나를 만나면, 그럴 줄 알았다는 듯이 떠들어 댈 게 분명했다.

그러나 이사벨을 다시 만난 건 거의 1년이 지나서였다. 그때라도 소피 얘기를 꺼내어 그녀의 생각을 물어볼 순 있었지만, 여러 가지 정황상 썩 내키지 않았다. 나는 크리스마스 직전까지 런던에 머물다가 집에 가고 싶은 마음에 파리에 들르지 않고 곧장 리비에라로 향했다. 그때부터 소설 한 편을 쓰기 시작해서 두세 달 동안 집에만 틀어박혀 있었다. 이따금씩 엘리엇을 만났는데, 그의 건강은 갈수록 나빠지는 것 같았다. 그럼에도 여전히 사교계에서 주도적인 위치를 잃지 않으려고 안간힘을 쓰는 모습이 왠지 서글프게 느껴졌다. 그는 자신이 계속해서 파티를 열고 있는데, 자동차로 충분히 오갈 수 있는 50킬로미터 거리에 있으면서도 오지 않는다며 내게 화를 내기도 했다. 내가 집에 틀어박혀 일만 하는 것이 오만하게 보였던 모양이다.

"선생님, 이렇게 눈부신 계절은 매일 볼 수 있는 게 아닙니다. 이런 날 집에만 틀어박혀 그 모든 걸 흘려보낸다면 그건 죄악이지요. 게다가 왜 하필 리비에라에서도 그런 한물간 동네에 사시는 겁니까? 저는 100년을 살아도 이해 못할 겁니다."

어리석은 엘리엇이 가엾게 느껴졌다. 그는 결코 100살까지 살 수 없을 테니까 말이다.

6월이 되어 소설 초고가 끝나자 조금 쉬어야겠다는 생각이 들었다. 그리하여 짐을 싸서 여름에 포세 만(灣)에서 해수욕을 할 때 이용하는 커터에 몸을 싣고 해안을 따라 마르세유 쪽으로 항해를 시작했다. 바람이 변덕스러워서 우리는 주로 보조 기관을 이용해 항해했다. 첫날 밤은 칸에서, 둘째 날은 생트 막심에서, 셋째 날 밤은 사나리 쉬르메르에서 보냈다. 그러고 나서야 툴롱에 도착했다. 툴롱은 내가 오래전부터 좋아해 온 항구도시다. 프랑스 함대의 함정들 때문에 낭만적이면서도 정감 어린 분위기가 감돌고, 오래된 거리들은 아무리 돌아다녀도 싫증이 나지 않는다. 삼삼오오 짝을 지어 혹은 여자를 옆에 끼고 해안을 돌아다니는 해군 수병들, 유쾌한 햇살을 즐기는 것 외에는 할 일이 없는 듯 이리저리 배회하는 시민들을 보고 있노라면 몇 시간이고 부두를 거닐 수 있을 것 같다. 거대한 항구 이곳저곳에 사람들을 한 무리씩 내려놓는 모든 함선들과 나룻배들 때문에 툴롱은 마치 드넓은 세상의 모든 길들이 수렴되는 종점처럼 느껴진다. 카페에 앉아 눈부시게 밝은 바다와 하늘을 보고 있으면 상념이 금빛 여로를 따라 이 세상 끝까지 여행을 떠난다. 대형 보트를 타고 코코야자에 열매가 주렁주렁 매달려 있는, 태평양의 어느 산호 해변에 착륙하기도 하고, 현문으로 랑군의 선창에 내려 인력거에 오르기도 하며, 포르토프랭스* 부두로 빠르게 들어서는 배의 상갑판에 서서 손짓 발

* 아이티의 수도.

짓을 섞어 얘기를 나누는 시끄러운 흑인들을 지켜보기도 한다.

우리는 오전 느지막이 항구에 들어섰다. 오후가 한창일 때, 나는 육지로 내려가 상점들과 지나가는 사람들, 카페의 차양 밑에 앉아 있는 사람들을 보며 부두를 거닐었다. 소피가 눈에 들어온 것은 바로 그때였다. 그와 동시에 그녀도 나를 발견했다. 그녀가 미소를 지으며 인사를 건넸고, 나는 걸음을 멈추고 그녀와 악수를 나눴다. 그녀는 빈 잔을 앞에 놓은 채 혼자 작은 테이블에 앉아 있었다.

"앉아서 한잔하세요."

그녀가 말했다.

"같이 한잔하죠."

내가 의자에 앉으며 말했다.

그녀는 프랑스 해군 수병들이 입는, 파란색과 흰색 줄무늬 티셔츠와 선홍색 슬랙스를 입었고, 샌들 사이로는 매니큐어를 칠한 발톱들이 삐져나와 있었다. 모자는 쓰지 않았다. 짧게 잘라 고불거리는 머리는 거의 은색처럼 보일 정도로 연한 금색이었다. 라프 가에서 처음 마주쳤을 때처럼 화장을 짙게 했으며, 테이블에 받침 접시들이 놓인 것으로 봐서 술을 한두 잔 마신 것 같았지만 취한 상태는 아니었다. 나를 만난 게 그리 나쁘지는 않은 모양이었다.

"파리 사람들은 다 잘 있죠?"

"아마 그럴 거예요. 나도 그날 리츠에서 다 같이 점심 먹은 뒤로는 못 만났으니까."

그녀는 코로 커다란 연기구름을 내뿜으며 웃기 시작했다.

"저 래리랑 결혼 안 했어요."

"들었어요. 어떻게 된 거예요?"

"막상 결혼 날짜가 다가오니까 예수 그리스도 같은 그 사람한테 막달라 마리아가 되어 줄 수 없을 것 같더라고요. 자신이 없었어요, 선생님."

"하지만 왜 마지막 순간에 마음이 바뀐 거죠?"

그녀는 냉소적인 표정으로 나를 보았다. 그런 옷차림과 비쩍 마른 몸통, 작은 젖가슴, 게다가 고개까지 비딱하게 기울인 모습이 마치 심술궂은 소년처럼 보였지만, 내가 마지막으로 봤을 때, 즉 빨간 드레스로 촌스럽게 멋을 내고 음침한 분위기를 풍기며 앉아 있을 때보다 훨씬 더 매력적인 건 사실이었다. 얼굴과 목은 햇볕에 많이 그을었고 어두워진 피부색 때문에 두 뺨에 바른 연지와 새까맣게 그린 눈썹이 다소 무서워 보이기도 했지만, 그러한 모습에는 분명히 천박하게나마 남자의 정욕을 자극하는 무언가가 있었다.

"제 얘길 듣고 싶으세요?"

나는 고개를 끄덕였다. 웨이터가 내 맥주와 그녀가 주문한 브랜디 소다를 가져왔다. 그녀는 프랑스산 살담배를 비벼 끄고는 연이어 새 담배에 불을 붙였다.

"그때 전 3개월 동안 술을 전혀 안 마셨어요. 피우지도 않았구요."

내가 의외라는 표정을 짓자 그녀가 웃음을 터트렸다.

"담배 말고 아편이요. 괴로웠죠. 가끔 혼자 있을 때면 집이 떠나가라 비명을 지르기도 했어요. 그러곤 이렇게 중얼거렸죠. '더 이상은 안 돼. 더 이상은 못 참겠어.' 래리랑 있을 땐 그럭저럭 괜찮았는데, 그 사람이 없어지면 지옥으로 변하는 거예요."

그녀를 보고 있던 나는 아편이라는 말을 듣고 좀 더 자세히 뜯어보았다. 동공이 작은 것을 보니 지금도 피우는 모양이었다. 그녀의 눈은 놀랍도록 선명한 녹색이었다.

"이사벨이 웨딩드레스를 맞춰 줬죠. 그 드레스 어떻게 됐는지 모르겠네요. 정말 예뻤는데. 제가 이사벨 집으로 가서 같이 몰리뉴로 가기로 했어요. 이사벨에 대해 이 말은 꼭 해야겠네요. 이사벨은 정말 옷에 대해서는 일가견이 있더라구요. 어쨌든 제가 아파트로 갔을 때 집사가 그러는 거예요. 이사벨이 조앤을 데리고 치과에 갔는데 곧 온다 했다고요. 저는 거실로 들어갔죠. 테이블에 커피 도구들을 안 치우고 나뒀기에 집사한테 커피 한 잔만 달라고 부탁했어요. 그나마 유일하게 안 끊은 게 커피밖에 없었으니까요. 집사는 곧 갖다 드리겠다며 빈 잔들과 커피포트를 치웠죠. 그런데 병 하나는 쟁반에 놓은 채 그대로 두고 간 거예요. 보니까 리츠에서 얘기했던 그 폴란드 술이더라고요."

"주브로브카. 엘리엇이 이사벨에게 몇 병 보낸다고 했었죠."

"그때 전부들 냄새가 좋다 어떻다 하기에 정말 궁금했었죠. 마개를 열고 냄새를 맡아 봤어요. 그 말이 맞더라고요. 향이 끝내주는 거예요. 담배에 불을 붙였죠. 몇 분 후에 집사가 커피를 들고 들어왔어요. 커피 맛도 좋았어요. 사람들은 프랑스 커피가 좋다고들 하지만, 저는 미국 커피가 좋거든요. 여기 와서 딱 한 가지 아쉬운 게 있다면 바로 미국 커피예요. 하지만 이사벨네 커피는 나쁘지 않았어요. 몸이 찌뿌드드했는데 한 잔 마시고 나니까 훨씬 개운해졌죠. 그러곤 거기 있는 병을 보았어요. 정말 견디기 힘든 유혹이었죠. 하지만 저는 이렇게 중얼거렸어요. '맘대로 하시지. 난 절대 마실 생각 없으니까.' 그러고는 담배 한 대를 더 피웠죠. 이사벨이 금방 올 줄 알았는데 안 오는 거예요. 미치도록 초조해졌죠. 기다리는 건 끔찍이 싫어하는데. 게다가 읽을거리도 없더라고요. 거실을 이리저리 돌아다니면서 그림들을 구경했지만 계속 그 빌어먹을 병으로 눈이 가지 않겠어요? 그래서 이럴 바엔 차라리 한 잔 따라서 보고만 있자고 생각했죠. 색깔도 예뻤잖아요."

"연한 녹색이었죠."

"맞아요. 참 재밌다는 생각이 들었죠. 향기와 색깔이 똑같다니. 가끔 흰 장미 한가운데서 볼 수 있는 그런 녹색이죠. 맛도 그 향기나 색깔과 똑같은지 확인하지 않고는 못 배기겠더라고요. 그냥 맛만 보는 건 괜찮겠지, 생각했어요. 그냥 입만 대 볼 생각이었다고요. 그때 무슨 소리가 들리는 거예요. 이사벨이 들어오는 소리 같았어요. 그래서 한 잔을 다 마셔 버렸죠. 이사벨한테 들키고 싶지 않았거든요. 그런데 이사벨이 아니었던 거예요. 맙소사, 그런데 한 잔을 다 마시고 나니까 기분이 너무 좋은 거예요. 꼭 마차를 탄 것 같았어요. 다시 살아 있는 느낌이 들기 시작했죠. 그때 이사벨이 들어왔더라면 저는 지금쯤 래리와 결혼해서 살고 있겠죠. 그랬다면 어떻게 됐을까요?"

"그런데 이사벨이 끝내 안 왔군요?"

"네. 전 너무 화가 났죠. 대체 자기가 뭔데, 저를 그렇게 기다리게 하는 거예요? 그러고 보니까 술잔이 다시 채워져 있는 거예요. 물론 제가 아무 생각 없이 따른 거겠죠. 그런데 안 믿으시겠지만, 저는 정말 술을 따른 기억이 없어요. 그렇다고 다시 병에 부어 놓는 것도 웃긴 것 같아서 그것까지 마셔 버렸어요. 정말이지 너무 맛있더라고요. 마치 다른 여자가 된 것 같았죠. 3개월 동안 못 느껴 본 기분이 밀려들면서 자꾸 웃음이 나올 것 같은 거예요. 그 좀팽이 영감이 했던 말 기억나세요? 폴란드 사람들은 머리털 하나 안 움직이고 커다란 잔에 든 그 술을 벌컥벌컥 들이켠다고 했잖아요? 폴란드 놈들이 할 수 있다면 나도 할 수 있다는 생각이 들었죠. 새끼 양을 훔치고 교수형을 당하느니 차라리 어미 양을 훔치고 교수형을 당하는 게 낫다는 말도 있잖아요. 그래서 남은 커피를 벽난로에 쏟아 버리고 커피 잔에 하나 가득 술을 따랐어요. 엄마 젖 같다는 그 술을 말예요. 그다음엔 어떻게 됐는지 잘 모르겠어요. 하지만 이미 술은 거의 다 없어졌을 거예요. 그러고 나니까 이사벨이 오기 전에 가야 한다는 생각이 들었죠. 하마터면 마주칠 뻔했어요. 제가 현관을 막 나오는데 조앤의 목소리가 들렸거든요. 그래서 계단을 뛰어 올라가서 두 사람이 아파트 안으로 완전히 들어갈 때까지 기다렸다가 쏜살같이 달려 내려와 택시를 탔어요. 기사한테 미친 듯이 달리라고 했죠. 기사가 어디로 가느냐고 물었는데, 주체할 수 없이 웃음이 터져 나오는 거예요. 정말 기분이 째지던데요."

"집으로 갔어요?"

내가 물었다. 그러나 그러지 않았다는 것을 알고 있었다.

"제가 바본가요? 래리가 찾으러 올 게 뻔하잖아요. 예전에 가던 곳들은 가면 안 될 것 같아서 하킴네로 갔어요. 거긴 래리가 절대 찾을 수 없을 것 같았거든요. 한 대 피우고 싶기도 했구요."

"하킴네가 뭐죠?"

"하킴네요? 하킴은 돈만 가져가면 언제든 아편을 구해 주는 알제리 사람이에요. 저랑 꽤 친한 사이였죠. 원하는 건 뭐든지, 그러니까 소년이든, 남자든, 여자든, 심지어는 흑인까지 대 줄 수 있는 사람이에요. 알제리 사람 대여섯 명은 항시 대기였죠. 거기서 사흘을 보냈어요. 도대체 몇 명이랑 잤는지도 모를 지경이었죠."

그녀는 키득키득 웃기 시작했다.

"각양각색의 체격과 크기, 각양각색의 인종을 다 상대했다니까요. 잃어버린 시간을 전부 되찾기라도 하려는 듯 말예요. 하지만 사실은 두려웠어요. 파리에서는 안전할 수가 없잖아요. 래리가 저를 찾아낼까 봐 불안하기도 하고, 돈도 바닥났죠. 남자 사는 데 돈을 다 써 버렸거든요. 그래서 일단 제 아파트로 돌아가서 관리인한테 100프랑을 주고 누가 찾아와서 나에 대해 묻거든 떠났다고 해 달라고 부탁했어요. 그런 다음 짐을 싸 갖고 그날 밤에 툴롱행 기차를 탔죠. 여기 도착할 때까지 얼마나 불안했다고요."

"그 이후로 줄곧 여기서 지낸 거예요?"

"그렇죠. 앞으로도 계속 여기 있을 거예요. 아편을 마음껏 구할 수 있거든요. 선원들이 동양에서 가져오는 건데 물건도 좋아요. 파리에서 파는 그런 허섭스레기가 아니라구요. 지금 호텔에 있어요. 코메르스 에 라 마린 아시죠? 밤에 가면 복도마다 아편 냄새가 진동하는 곳이에요."

그녀는 냄새를 맡기라도 하듯 관능적으로 숨을 깊이 들이마시고는 다시 말을 이었다.

"달콤하면서도 톡 쏘는 냄새. 방마다 전부들 그걸 피우고 있어서 기분 좋은 안락함이 느껴지는 곳이죠. 게다가 누굴 데려와도 뭐라 그러는 사람이 없답니다. 새벽 5시가 되면 급사들이 와서 문을 쾅쾅 두드리고 다니죠. 수병들이 배로 돌아가야 할 시간이니까요. 그러니 그런 건 걱정할 필요도 없죠."

그녀는 곧 자연스레 화제를 돌렸다.

"부둣가 서점에서 선생님 책을 봤어요. 오늘 이렇게 뵐 줄 알았으면 한 권 사 와서 사인이라도 받아 두는 건데."

나도 그 서점을 지나가다가 쇼윈도를 통해 여러 신간들 속에서 최근에 나온 내 소설의 번역본을 보았다.

"소피가 읽기엔 별로 재미가 없었을 텐데."

"왜 그렇게 생각하세요? 저도 책 읽을 줄 안다구요."

"쓸 줄도 알잖아요?"

그녀는 나를 흘끗 보고는 웃음을 터트렸다.

"그래요. 어릴 때는 시를 자주 썼었죠. 엉터리 시였을 거예요. 하지만 저는 꽤 잘 썼다고 생각했어요. 래리가 말씀드렸나 보네요."

그녀는 잠시 머뭇거리다가 다시 입을 열었다.

"어쨌든 사는 게 엿 같잖아요. 그걸 잠시나마 잊게 해 주는 무언가가 있다면, 당연히 누려야죠."

그녀는 고개를 거만하게 뒤로 젖히며 덧붙였다.

"제가 그 책 사 오면 사인해 주실 거죠?"

"난 내일 떠나요. 정 사인이 받고 싶다면 내가 한 권 사서 호텔에 맡겨 두죠."

"그래 주신다면 영광으로 생각해야죠."

바로 그때 해군 단정 한 척이 부두에 닿더니 한 무리의 수병들이 쏟아져 나왔다. 소피는 그들을 둘러보았다.

"제 남자 친구예요."

소피가 한 사람에게 손을 흔들었다.

"저 사람한테도 한잔 사 주세요. 하지만 그런 다음 얼른 자리를 뜨시는 게 좋을 거예요. 코르시카 사람인데, 야훼만큼이나 질투가 심하거든요."

한 청년이 우리 쪽으로 다가왔다. 나를 보고는 잠시 머뭇거렸지만 그녀가 손짓을 하자 우리 테이블로 와서 앉았다. 키가 크고 가무잡잡한 피부를 가진 사내였다. 얼굴은 깔끔하게 면도를 했고, 반짝이는 검은 눈과 매부리코, 새까만 곱슬머리가 돋보였다. 기껏해야 스무 살 남짓인 것 같았다. 소피는 나를 어릴 때 미국에서 알고 지낸 친구라고 소개했다.

"좀 우둔하긴 해도 잘생겼죠."

"거친 남자를 좋아하는군요."

"거칠수록 좋죠."

"그러다가 목에 칼 맞기 십상이에요."

"놀라운 얘긴 아니네요."

그녀가 빙그레 웃으면서 덧붙였다.

"저처럼 쓰레기 같은 인간을 제거하기엔 제격이잖아요."

"불어로 말하기로 했잖아?"

수병이 날카롭게 말했다.

소피는 그에게 조롱기 섞인 미소를 지어 보였다. 그녀는 불어를 유창하게 구사했지만, 평소에 그녀가 익살스럽게 사용하는 음란하고 천박한 말투에 강한 미국식 억양과 속어들이 섞여 웃음을 터트리지 않을 수 없었다.

"당신이 잘생겼다고 말씀드린 거야. 혹시 당신이 창피해할까 봐 영어로 얘기한 거고."

그러고는 내게 말했다.

"힘도 세요. 근육을 보면 꼭 권투 선수 같다니까요. 한번 만져 보세요."

칭찬을 들은 수병의 표정이 한결 부드러워졌다. 그는 흡족한 미소를 지으며 이두박근이 튀어나오도록 팔을 구부렸다. 그가 말했다.

"만져 보시죠. 어서요."

나는 그의 근육을 만져 보고는 적당히 감탄을 해 주었다. 그런 다음 그들과 잠시 대화를 나누다가 술값을 내고 자리에서 일어났다.

"난 그만 가 봐야겠어요."

"만나 봬서 정말 반가웠어요, 선생님. 책 잊으시면 안 돼요."

"물론."

나는 두 사람과 악수를 나눈 다음, 다시 걷기 시작했다. 중간에 서점에 들러 내 소설책을 사서는 소피의 이름과 내 이름을 썼다. 때마침 떠오른 문구가 있었다. 사실, 달리 적당한 말이 생각나지도 않았다. 나는 명시 선집마다 빠지지 않고 들어가는 롱사르*의 짧고 사랑스러운 시의 첫 행을 써 넣었다.

> 미뇨느, 알롱 부아르 시 라 로즈(어여쁜 사람아, 보러 가자. 장미꽃이)…….

---

* 1524~1585. 프랑스 르네상스 시대의 대표적인 시인.

그런 다음 책을 그녀가 묵는 호텔에 맡겨 두었다. 부두에 있는 호텔로, 사실은 나 역시 자주 묵는 곳이다. 밤을 즐기는 남자들에게 의무로 복귀할 시간임을 알려 주는 클라리온 소리를 듣고 새벽에 잠이 깨면, 잔잔한 항구의 수면 위로 태양이 희미하게 떠오르면서 유령처럼 떠 있는 배들을 수의처럼 포근하게 감싸는 광경을 즐길 수 있기 때문이다. 다음 날 우리는 카시스로 향했다. 그곳에서 와인을 몇 병 사고 마르세유로 가서 주문한 새 돛을 찾을 예정이었다. 그리고 일주일 뒤에 나는 집으로 돌아갔다.

7

집에 와 보니 엘리엇의 하인 조제프로부터 메시지가 와 있었다. 엘리엇이 병석에 누워 있는데, 나를 보고 싶어 한다는 것이었다. 다음 날 나는 차를 몰고 앙티브로 향했다. 조제프는 나를 안내하기 전에 엘리엇이 요독증 발작을 일으켰으며 주치의도 매우 걱정하는 상태라고 일러 주었다. 고비를 넘기고 호전되고 있긴 하지만, 워낙 신장 상태가 안 좋아서 완전한 회복을 기대할 수는 없다고 했다. 조제프는 40년 동안 엘리엇의 곁에서 그를 모신 사람이었다. 그러나 그런 계층의 사람들이 대부분 그러하듯, 슬픈 척 행동하는 그에게서 주인의 불행에 대해 내심 흡족해하는 기색이 보였다.

"스 포브르 무슈(가엾은 우리 주인어른)."

그가 한숨을 쉬며 말했다.

"좀 유별난 구석은 있지만 사실은 아주 좋은 분입니다. 그런데 이제 가실 날이 머지않으신 것 같습니다."

그는 엘리엇이 금방 죽기라도 할 것처럼 말했다.

"그동안 그분 덕분에 잘 먹고살았을 텐데, 조제프?"

내가 다소 험악하게 말했다.

"그렇게 보이겠지요."

그가 슬픈 목소리로 대꾸했다.

그러나 그의 안내를 받아 침실로 들어가 보니, 엘리엇은 의외로 쾌활한 모습이었다. 창백하고 늙어 보이긴 했지만 기분은 좋은 듯했다. 면도도 하고 머리도 깔끔하게 빗고 있었다. 하늘색 실크 잠옷의 호주머니에는 그의 이름 머리글자와 그 위쪽으로 백작을 나타내는 왕관 모양 무늬가 수놓아져 있었다. 개어놓은 이불에도 머리글자와 왕관이 그보다 훨씬 더 크고 진하게 수놓아져 있었다.

나는 어떠냐고 물어보았다.

"멀쩡합니다."

그가 밝게 대답했다.

"일시적인 증상이지요. 며칠 후면 다시 일어날 겁니다. 토요일에 디미트리 대공과 점심 약속이 있거든요. 의사한테 어떻게 해서든 그때까진 낫게 해 달라고 얘기해 뒀습니다."

그와 30분쯤 시간을 보내고 나오면서 조제프에게 엘리엇의 상태가 다시 나빠지면 알려 달라고 부탁했다. 그러나 일주일 후에 이웃 사람과 점심을 먹으러 갔다가 그곳에서 그를 발견하고 놀라지 않을 수 없었다. 야회복을 차려입긴 했지만 안색이 몹시 나빠 보였다.

"이렇게 나오셔도 되는 겁니까, 엘리엇?"

"무슨 말씀이십니까, 선생님? 지금 프리다는 마팔다 공주를 잉태하고 계십니다. 이 이탈리아 왕가하고는 아주 오래전부터 친분이 있었지요. 제 누이 루이자가 남편 일로 로마에 있을 때부터 말입니다. 그런데 어떻게 프리다를 모른 척하겠습니까?"

쇠하지 않는 원기를 칭찬해야 할지, 아니면 그 나이에 치명적인 병을 앓으면서도 사교계에 대한 열정을 버리지 못하는 것을 측은하게 여겨야 할지 판단이 서지 않았다. 그는 결코 병자라고 할 수 없었다. 마치 죽어 가는 배우가 분장을 하고 무대에 오르는 순간 고통과 통증을 까맣게 잊듯, 엘리엇은 우아한 모습으로 숙련된 조신의 역할을 연기하는 듯했다. 그는 원래부터 높은 사람들에게는 한없이 상냥하게 아첨을 하고 예의를 지켰으며, 그의 특기라고 할 수 있는 짓궂은 반어법으로 주위 사람들을 즐겁게 했다. 그러나 그날은 그 어느 때보다도 자신의 사교적인 재능을 십분 발휘하는 듯 보였다. 그 왕족이라는 여인이 떠난 후(엘리엇이 곧 어머니가 될 여자에게 노인이 해 줄 수 있는 찬사를 곁들여 존경스럽다는 듯이 우아하게 허리를 굽히는 모습은 정말 가관이었다.) 오찬을 지켜본 사람이, 엘리엇이 이번 파티의 주인공 같았다고 말한 것도 그리 놀라운 일은 아니었다.

며칠 후, 그는 다시 병석에 누웠고 의사는 외출 금지령을 내렸다. 엘리엇은 몹시 화를 냈다.

"왜 하필 지금 이렇게 되느냔 말이야. 이토록 눈부신 계절에……."

그러면서 그는 리비에라로 여름을 보내러 온 명사들의 이름을 줄줄이 읊었다.

나는 3~4일에 한 번씩 병문안을 갔다. 그는 침대에 누워 있을 때도 있었지만 가끔은 화려한 가운을 걸치고 긴 의자에 누워 있었다. 어디서 그런 가운들이 샘솟기라도 하는지, 똑같은 가운을 한 번 이상 입는 법이 없었다. 8월 초순의 어느 날, 엘리엇은 평소와 다르게 말이 없었다. 들어오는 길에 조제프에게서 상태가 조금 호전된 것 같다는 말을 들었으므로, 기운 없는 그의 모습은 다소 의외였다. 나는 해변에서 주워들은 소문들을 전해 주며 그를 즐겁게 해 주려고 노력했지만 그는 전혀 관심을 보이지 않았다. 이맛살도 약간 찌푸려져 있었고 전체적으로 평소에 흔히 볼 수 없는 부루퉁한 표정이었다.

"에드나 노베말리의 파티에 가실 겁니까?"

그가 불쑥 물었다.

"저야 물론 안 가지요."

"초대는 받으셨습니까?"

"리비에라에 사는 사람이라면 누구든 초대받았을 겁니다."

노베말리 공작 부인은 막대한 부를 소유한 미국 여성으로 로마 어느 공작의 아내였다. 이탈리아에는 공작이 흔한 편이었지만, 그런 사람들과 달리 이 공작은 16세기에 자력으로 작위를 받아 낸 어느 용병 대장의 후예로서, 매우 훌륭한 가문의 사람이었다. 이제 과부가 된 60세의 노베말리 공작 부인은 파시스트 정권이 들어선 이후 미국에서 들어오는 수입을 너무 많이 떼어 간다며 이탈리아를 떠나 칸 뒤편의 좋은 땅에 피렌체식 별장을 지었다. 이탈리아에서 들여온 대리석으로 멋진 응접실의 벽을 꾸미고 외국 화가들에게 천정화를 의뢰했다. 그녀의 그림들과 청동 공예품들은 진귀하고 훌륭했기 때문에, 이탈리아 가구를 좋아하지 않는 엘리엇조차도 그녀가 훌륭한 작품들을 소장하고 있음을 인정하지 않을 수 없었다. 정원도 아름다웠고 엄청난 비용이 들어간 듯한 수영장도 딸려 있었다. 손님 접대를 좋아하는 그녀는 늘 적어도 스무 명 이상씩 불러서 함께 식사를 하곤 했다. 그런 그녀가 8월 보름날 밤에 가장무도회를 열겠다고 한 것이다. 아직 무려 3주가 남았는데도 리비에라 사람들은 만나기만 하면 무도회 얘기에 열을 올렸다. 파리에서 데려올 흑인 관현악단과 불꽃놀이가 파티의 흥을 돋울 예정이었다. 망명 중인 왕족들조차도 그 정도 파티면 자신들의 1년치 생활비보다 더 많은 비용이 들 거라며 시기 어린 감탄을 연발했다.

"어마어마하겠군."

사람들은 제각기 이렇게 떠들었다.

"미친 짓이야."

"악취미라구."

엘리엇이 불쑥 내게 물었다.

"선생님은 무얼 입으실 겁니까?"

"말씀드렸다시피, 저는 안 갈 겁니다, 엘리엇. 제 평생 의상을 차려입고 가장무도회에 가는 일은 없을 겁니다."

"난 초대도 못 받았어요."

그가 쉰 목소리로 말하며 매서운 눈초리로 나를 보았다. 내가 침착하게 말했다.

"곧 하겠지요. 아직 초대장을 다 못 보냈나 보군요."

"난 안 부를 겁니다."

그는 갈라지는 목소리로 덧붙였다.

“일부러 나를 모욕하려는 겁니다.”

“엘리엇, 그건 아닐 겁니다. 분명히 실수로 빠트렸을 거예요.”

“저는 실수로 빠트릴 만한 인물이 아니지요.”

“어쨌든 초대를 받아도 지금 같은 상태로는 가시기 힘들 겁니다.”

“당연히 가야죠. 이번 시즌 최고의 파티인데! 초대를 받았다면 죽어 가다가도 일어났을 겁니다. 의상도 있습니다. 저희 조상인 라우리아 백작의 옷이지요.”

나는 무슨 말을 해야 좋을지 몰라서 그저 잠자코 있었다.

“선생님이 오시기 전에 폴 바턴이 다녀갔습니다.”

엘리엇이 뜬금없이 말했다.

독자들은 이 사람을 기억하지 못할 것이다. 나 역시 앞에서 그 사람을 어떻게 언급했는지 기억이 잘 안 나니까 말이다. 폴 바턴은 엘리엇이 런던 사교계에 발을 들이게 도와줬던 젊은 미국인인데, 더 이상 자신이 그에게 쓸모가 없게 되자 왕래를 끊었다며 엘리엇이 치를 떠는 사람이었다. 최근에 그는 대중의 주목을 받았다. 첫 번째로는 그가 영국 국적을 취득했기 때문이고 두 번째로는 귀족이자 신문 재벌인 유력 인사의 딸과 결혼했기 때문이다. 이처럼 배후의 영향력도 막강했지만, 그 자신도 능란한 재주를 가진 사람이라, 앞으로 계속 승승장구할 게 분명했다. 이에 대해 엘리엇은 몹시 분개했다.

“밤에 잠에서 깨어 쥐새끼가 벽을 긁는 소리가 들리면 저는 이렇게 말한답니다. ‘폴 바턴이 벽을 타고 올라가고 있군.’ 선생님, 그놈은 분명히 상원 의원이 될 겁니다. 제가 살아서 그 꼴을 보지 않는 게 다행이지요.”

"왜 왔답니까?"

내가 물었다. 그 젊은이는 절대 목적 없는 일은 하지 않는다는 것을 엘리엇만큼이나 잘 알았기 때문이다.

"글쎄, 그게 말입니다, 선생님."

엘리엇은 화가 잔뜩 난 목소리로 입을 열었다.

"라우리아 백작 의상을 빌려 달라는 겁니다."

"뻔뻔하군요!"

"그게 무슨 뜻인지 모르시겠습니까? 그건 곧, 에드나가 나를 초대하지 않았고 앞으로도 그럴 계획이 없다는 것을 확신하고 있다는 뜻입니다. 에드나가 그놈을 부추긴 게지요. 엉큼한 할망구. 내가 없었으면 그 할망구는 아무것도 아니었을 겁니다. 제가 그 여자를 위해서 몇 번이나 파티를 열어 줬는지 아십니까? 지금 알고 지내는 사람들도 전부 제가 소개해 준 사람들입니다. 선생님도 당연히 아시겠지만, 그 여자, 자기 운전사하고 자고 다닌다더군요. 역겨운 할망구 같으니라고! 바턴이란 놈이 저기 앉아서 제게 그러더군요. 에드나가 정원 전체에 조명을 밝히고 불꽃놀이도 벌일 거라고 말입니다. 제가 불꽃놀이를 얼마나 좋아하는지 아십니까? 사람들이 에드나한테 자기도 초대해 달라고 간청했지만, 화려한 파티를 위해 전부 거절했다고 하더군요. 제가 초대를 못 받은 것도 당연하다는 듯이 말했단 말입니다."

"의상은 빌려 주실 겁니까?"

"그놈이 죽어서 지옥에 가고 난 다음이면 모를까, 절대 안 빌려 주지요. 그 옷은 내가 관에 들어갈 때 입을 겁니다."

엘리엇은 침대에서 일어나 앉아 몹시 흥분한 여자처럼 몸을 앞뒤로 흔들었다.

"정말 인정머리들도 없습디다. 이젠 지긋지긋합니다. 전부들 지겹단 말입니다. 내가 파티를 열 때는 그렇게 야단스럽게 나를 치켜세우더니 이제 늙고 병이 드니까 필요 없다 이거지요. 제가 앓아누운 후로 병문안 온 사람은 열 명도 안 되고, 이번 주 내내 받은 거라곤 초라한 꽃다발 하나가 전부입니다. 내가 안 해 준 게 뭐 있습니까? 음식도 내주고 술도 내주고 심지어는 심부름도 해 줬습니다. 그들이 여는 파티에도 빠짐없이 참석해 줬지요. 그들을 위해 내 모든 걸 보여 줬습니다. 그런데 그걸로 얻은 게 뭡니까? 아무것도, 아무것도 없단 말입니다. 내 생사조차 신경 쓰는 사람이 없습니다. 어떻게 그렇게 매정할 수가 있는지……."

그는 결국 울음을 터트렸다. 움푹 팬 두 뺨을 타고 굵은 눈물이 흘러내렸다.

"미국을 떠나지 말았어야 하는 건데……."

죽음을 코앞에 둔 노인이 파티에 초대받지 못했다고 아이처럼 우는 모습을 보고 있자니 몹시 서글퍼졌다. 충격적이기도 했지만 동시에 견딜 수 없을 만큼 그가 애처로웠다.

"신경 쓰지 마십시오, 엘리엇. 그날 비라도 내릴 겁니다. 그럼 파티는 완전히 엉망이 되겠지요."

그는 마치 물에 빠진 사람이 지푸라기를 잡듯 내 말을 잡고 매달렸다. 눈물을 흘리던 그가 키득거리며 웃기 시작했다.

"그 생각은 미처 못했네요. 비가 오게 해 달라고 기도라도 해야겠습니다. 그 어느 때보다도 간절하게 말입니다. 선생님 말씀이 맞습니다. 비가 오면 전부 엉망이 되겠지요."

나는 어리석고 경박한 그의 생각을 어떻게든 다른 쪽으로 돌려 보려고 노력했다. 그리하여 쾌활한 정도는 아니지만 최소한 마음을 진정시켜 놓은 후에 그 집을 나섰다. 그러나 그 문제를 그대로 덮어 둘 생각은 아니었다. 집에 돌아오자마자 나는 에드나 노베말리에게 전화를 걸어 다음 날 칸에 갈 일이 있는데 같이 점심을 먹을 수 있느냐고 물었다. 그녀는 기꺼이 그러겠다고, 다만 내일은 파티가 없는 날이라고 했다. 그러나 그녀의 집에 도착해 보니 무려 열 명의 사람들이 모여 있었다. 사실, 그녀는 나쁜 여자는 아니었다. 오히려 베풀기를 좋아하는 관대한 성격이었다. 다만 한 가지 치명적인 결점이 있다면 바로 입이 험하다는 것이었다. 그녀는 아무리 친한 친구라도 거친 말을 내뱉지 않고는 못 견디는 성격이었다. 그러나 그것은 그녀가 우둔하고 어리석기 때문이었다. 그것 말고는 사람들에게 재미있는 여자로 인정받는 방법을 몰랐기 때문이다. 욕설이 습관이다 보니, 그 표적이 된 사람들과 교류를 끊는 경우도 잦았다. 그러나 대부분은 그녀가 여는 성대한 파티 때문에 결국 그녀를 용서하는 것이 편하다는 사실을 깨달았다. 그런 그녀에게 엘리엇을 가장무도회에 초대해 달라고 부탁한다면 오히려 엘리엇에게 망신스러운 일이 될 것 같았다. 그래서 나는 기다리면서 형세를 살피기로 했다. 그녀는 가장무도회 때문에 몹시 들떠서 점심 식사 내내 무도회 얘기만 주고받았다. 나는 최대한 태연하게 말했다.

"엘리엇도 기뻐하실 겁니다. 그 펠리페 2세를 모셨다는 분의 의상을 입을 수 있게 됐으니 말입니다."

"엘리엇은 초대 안 했어요."

"아니, 왜요?"

나는 짐짓 놀란 척하며 되물었다.

"초대할 이유가 없잖아요. 더 이상 사교계에서 중요한 사람도 아닌데. 따분하고 거만한 데다 험담꾼이에요."

이러한 비난은 그녀 자신에게도 해당될 수 있었으므로 조금 지나치다는 생각이 들었다. 그녀는 그렇게 어리석은 여자였다. 그녀가 덧붙였다.

"사실 난 폴한테 엘리엇 의상을 입히고 싶다구요. 그걸 입으면 아주 멋질 텐데."

더 이상 말을 하진 않았지만 나는 무슨 수를 써서라도 가엾은 엘리엇에게 그가 그토록 열망하는 초대장을 안겨 주고 싶었다. 식사가 끝나자 에드나는 친구들을 정원으로 데리고 나갔다. 좋은 기회가 될 것 같았다. 나는 예전에 그 집에 며칠 동안 묵은 적이 있으므로 구조를 잘 알고 있었다. 분명히 아직 초대장이 몇 장 남아 있을 것이다. 바로 비서실에 말이다. 나는 얼른 비서실로 갔다. 초대장 한 장을 슬쩍 빼내어 주머니에 넣어 두었다가 엘리엇의 이름을 써서 보낼 생각이었다. 어차피 건강 때문에 참석할 수 없을 테지만 초대장을 받는 것만으로도 무척 기뻐할 게 분명했다. 그러나 문을 열어 보고 나는 움찔 놀랐다. 아직 점심 식사 중일 거라고 생각했던 에드나의 비서가 자리를 지키고 있었기 때문이다. 키스 부인이라 불리는 이 중년의 스코틀랜드 여자는 옅은 갈색 머리의 미혼 여성으로, 주근깨 난 얼굴에는 코안경을 걸치고 있었다. 어떤 상황에서든 순결만큼은 지킬 것 같은, 그런 여자였다. 나는 마음을 가다듬었다.

"공작 부인께서 손님들을 정원으로 데리고 나가시더군요. 그래서 당신과 담배나 한 대 피울까 하고 들어왔습니다."

"잘 오셨어요."

키스 부인은 스코틀랜드인 특유의 후음을 섞어 말하는 버릇이 있었는데, 친한 사람들에게 정색을 하고 익살스러운 농담을 건넬 때면 재미를 더하기 위해 후음을 더욱 강하게 냈다. 그러다가 상대가 웃음을 주체하지 못하면, 자신의 말을 재미있어하는 상대가 바보 같다는 듯이 어이없는 표정으로 쳐다보곤 했다.

"이번 파티 때문에 할 일이 많으시겠어요, 키스 부인."

"정신이 하나도 없어요."

그녀는 내가 신뢰할 수 있는 사람이었으므로 나는 곧바로 본론으로 들어갔다.

"공작 부인께서 템플턴 씨를 초대하지 않은 이유가 뭡니까?"

키스 부인은 엄해 보이는 얼굴에 기꺼이 미소를 지었다.

"공작 부인이 어떤 분인지 아시잖아요. 부인은 템플턴 씨를 싫어하세요. 명단에서 그분 이름을 직접 지우셨다구요."

"아시다시피 템플턴 씨는 오래 못 버티실 겁니다. 저대로 병상에서 다시는 일어나지 못하실 거란 말입니다. 그런 분이 초대를 못 받아서 지금 몹시 낙담하고 계세요."

"공작 부인하고 친하게 지내고 싶으셨으면 좀 더 현명하게 행동하셨겠죠. 부인이 운전수하고 자고 다닌다고 떠벌리진 않으셨을 거라고요. 그 운전수한텐 아내도 있고 아이들도 셋이나 되는데."

"그런데 그게 사실입니까?"

키스 부인은 코안경 너머로 나를 보았다.

"선생님, 저는 21년째 비서 일을 하면서, 제가 모시는 분들이 순결하고 정숙하다고 믿는 것을 규칙으로 삼아 왔어요. 사실, 예전에 모시던 분 중에 남편이 사자 사냥을 하러 6개월 동안 아프리카에 가 있는 사이에, 임신 3개월째라는 게 밝혀져서 믿음이 크게 흔들린 적도 있긴 했죠. 하지만 그 부인이 파리로 짧게, 그것도 아주 비싼 돈을 주고 여행을 다녀온 후론 모든 게 해결됐답니다. 그때 그 부인과 제가 얼마나 다행스러워했는지 아세요?"

"키스 부인, 사실 전 부인과 담배를 피우러 온 게 아닙니다. 초대장 한 장을 훔쳐서 템플턴 씨한테 직접 보내 드리려고 왔어요."

"아주 부도덕한 일을 하실 뻔했네요."

"그렇죠. 그러니 선처를 부탁드릴게요, 키스 부인. 초대장 한 장만 주세요. 어차피 오시지도 못할 테니까, 그저 가엾은 노인네를 기쁘게 해 드리자는 겁니다. 키스 부인까지 그분한테 나쁜 감정이 있는 건 아니잖아요?"

"그래요. 저한테 늘 아주 잘해 주셨죠. 그분은 신사예요. 제가 신사라고 인정하는 사람은 몇 명 안 되거든요. 이 집에 와서 공작 부인의 돈으로 살찐 배를 채워 가는 신사들은 신사로 안 보죠."

원래 지체 높은 사람들은 누구나 자신의 귀가 되어 줄 충실한 부하를 두고 있는 법이다. 이런 부하들은 무시나 모욕에 매우 민감하기 때문에 스스로 부당한 대우를 받았다고 생각하면 그 상대를 정확히 겨냥하여 주인에게 그 사람에 대한 혹평을 끊임없이 늘어놓는다. 그렇게 해서 주인까지 그 사람을 미워하게 만드는 것이다. 따라서 이런 사람들과는 되도록 좋은 관계를 유지하는 것이 좋다. 그것을 누구보다도 잘 알고 있던 엘리엇은 언제나 가난한 친척들과 늙은 하녀들, 충실한 비서들에게 다정한 말을 건네고 진심 어린 미소를 보냈다. 틀림없이 키스 부인과도 유쾌한 농담을 주고받고, 크리스마스에는 초콜릿 한 상자나 휴대용 화장품 케이스, 핸드백 등을 선물로 보냈을 것이다.

"키스 부인, 그러니까 이렇게 부탁하는 겁니다."

키스 부인은 코안경을 올려 오뚝한 코에 똑바로 걸쳤다.

"저더러 주인을 배신하라는 건 아니겠죠, 몸 선생님? 게다가 제가 배신한 걸 알면 그 노인네는 당장 절 해고할 거예요. 초대장은 책상에 있어요. 봉투에 들어 있죠. 저는 그냥 창밖을 보고 풍경을 즐기고 있을게요. 자리에 너무 오래 앉아 있어서 다리가 저리니까요. 제가 등을 돌리고 있을 때 일어난 일에 대해서는 하나님이든 사람이든 저한테 책임을 묻지 못하겠죠."

키스가 다시 자리에 돌아와 앉았을 때 초대장은 이미 내 주머니에 들어가 있었다.

"오늘 만나서 반가웠습니다, 키스 부인."

내가 손을 내밀며 말했다.

"가장무도회 때 무슨 옷을 입으실 겁니까?"

"저는 목사의 딸이에요, 선생님. 그런 바보 같은 일은 상류층에게나 양보해야죠. 《파리 헤럴드》와 《메일》에서 오신 분들한테 훌륭한 저녁 식사와 우리 집에서 두 번째로 좋은 샴페인이 돌아가는 것을 확인하고 나면 제 임무는 끝난답니다. 그러면 침실로 들어와서 탐정소설이나 읽으며 편히 쉬어야죠."

8

며칠 후에 엘리엇을 찾아가 보니, 얼굴이 환해져 있었다.

"이것 좀 보세요, 선생님. 초대장을 받았답니다. 오늘 아침에 왔어요."

그는 베개 밑에서 초대장을 꺼내 보여 주었다.

"그러게 제가 뭐라고 했습니까? 당신 이름은 T로 시작하잖아요. 비서가 이제야 T로 시작하는 사람들에게 초대장을 보낸 겁니다."

"아직 답장은 안 썼어요. 내일 하려고요."

순간 가슴이 덜컥 내려앉았다.

"제가 대신 답장해 드릴까요? 가면서 부쳐도 되고요."

"아닙니다. 그럴 필요 없습니다. 저도 초대장에 답장 정도는 보낼 수 있습니다."

한 가지 다행스러운 것은 답장을 보내도 키스 부인이 받을 거라는 사실이었다. 그것을 자신의 선에서 처리할 정도의 분별력은 있을 테니까 말이다. 엘리엇이 종을 울리며 말했다.

"제 의상을 보여 드리죠."

"설마 무도회에 참석하실 생각은 아니시죠, 엘리엇?"

"당연히 가야죠. 이 의상은 보몽 가 무도회에서 입은 게 마지막이었죠."

종소리를 듣고 조제프가 들어오자 엘리엇은 의상을 가져오라고 했다. 의상은 투명하고 얇은 종이에 싸여 커다랗고 납작한 상자에 들어 있었다. 흰색의 긴 실크 타이츠, 하얀 새틴을 안감으로 하여 속을 채워 넣은 금색 반바지, 그에 어울리는 더블릿,* 망토, 목을 감는 주름 깃, 납작한 벨벳 모자, 황금양모 기사단**의 훈장이 달린 긴 금 사슬 등이 보였다. 사실, 얼핏 보기에도 그것은 프라도 미술관에 전시된 티치아노의 초상화에서 펠리페 2세가 입고 있는 화려한 의상을 본떠 만든 것이었다. 엘리엇은 라우리아 백작이 스페인 왕과 영국 여왕의 결혼식 때 입은 것이라고 했지만, 아무리 생각해도 그가 멋대로 상상하고 있는 것 같았다.

다음 날 아침, 식사를 하고 있는데 조제프에게 전화가 왔다. 밤에 엘리엇이 또 한 번 심각한 요독증 발작을 일으켜 급하게 의사를 불렀는데, 의사 말로는 하루를 넘기기가 힘들다는 것이었다. 나는 급히 차를 불러 앙티브로 향했다. 엘리엇은 의식이 없었다. 이전까지는 간호사를 두는 것을 한사코 거절했는데, 이번에 가 보니 의사가 니스와 볼리유 사이에 있는 영국 병원에서 불러온 간호사가 있었다. 그녀를 보니 안심이 되었다. 나는 밖으로 나와 이사벨에게 전보를 쳤다. 이사벨과 그레이는 라 볼에 있는 저렴한 해변 휴양지에서 아이들과 함께 여름을 보내고 있었다. 꽤 먼 곳이라 때맞춰 앙티브까지 올 수 있을지 걱정이 되었다. 몇 년 동안 얼굴도 못 본 이사벨의 두 오빠들을 제외하면, 엘리엇에게는 이사벨이 유일하게 남은 혈육이었다.

---

* 르네상스 시대에 남자들이 입던 허리가 잘록한 상의.

** 1430년에 부르고뉴에서 창설되어, 나중에 오스트리아 및 스페인과 제휴한 기사단.

그러나 삶에 대한 의지가 강해서였는지 아니면 의사의 치료가 효과적이었는지, 엘리엇은 그날 시간이 가면서 점점 회복세를 보였다. 기운 없는 목소리로나마 간호사에게 성생활에 대한 음란한 질문들을 태연하게 던지며 즐길 정도였다. 나는 오후 내내 그 집에 있다가 다음 날 다시 그를 보러 갔다. 몹시 쇠약해져 있었지만 충분히 쾌활한 모습이었다. 그러나 간호사가 짧은 면회만 허락한 터라 오래 시간을 보낼 수는 없었다. 전보에 답장이 없자 걱정이 되기 시작했다. 라 볼의 주소를 정확히 몰라서 파리로 전보를 쳤는데, 관리인이 꾸물거려 다시 그것을 라 볼까지 전달하는 데 시간이 걸리는 게 아닐까 싶었다. 곧바로 출발하겠다는 답장이 온 것은 전보를 친 지 꼬박 이틀이 지나서였다. 공교롭게도 그레이와 이사벨은 브르타뉴로 자동차 여행을 떠난 상태여서 뒤늦게 전보를 받았다는 것이었다. 기차편을 확인해 보니 최소한 36시간은 지나야 도착할 것 같았다.

다음 날 새벽, 조제프에게서 또 한 번 전화가 왔다. 밤새 엘리엇의 상태가 매우 안 좋았는데, 나를 찾는다는 것이었다. 나는 황급히 달려갔다. 내가 도착하자 조제프가 나를 슬그머니 불렀다.

"송구스럽지만 조금 민감한 사안에 대해서 선생님께 상의를 드려야 할 것 같습니다. 저는 불가지론자입니다. 모든 종교는 그 지도자들이 사람들을 멋대로 조종하기 위해서 꾸며 낸 음모에 불과하다고 생각하죠. 하지만 여자들은 다르지 않습니까? 제 아내하고 가정부가 시간이 얼마 안 남았다며 가엾은 템플턴 씨에게 종부성사를 받게 해 줘야 한다고 고집을 부리는데……."

그는 겸연쩍은 표정으로 나를 보며 말을 이었다.

"사실, 누가 알겠습니까마는, 그래도 죽음을 코앞에 둔 상황에서는 신앙을 통해 마음을 정리하는 게 좋겠죠."

나는 그를 십분 이해할 수 있었다. 대부분의 프랑스인들은 아무리 종교를 비웃더라도 임종이 다가오면 신앙과 화해를 꾀한다. 신앙은 그들의 피와 뼈의 일부이기 때문이다.

"나더러 템플턴 씨한테 말씀드리라는 건가?"

"그래 주셨으면 좋겠습니다."

썩 내키지는 않았지만, 어쨌든 엘리엇은 몇 년 동안 가톨릭을 독실하게 믿어 왔으니, 그가 신앙의 의무를 따르는 편이 옳을 것 같았다. 나는 그의 방으로 올라갔다. 그는 초췌하고 핏기 없는 모습으로 누워 있었지만 정신은 말짱해 보였다. 나는 간호사에게 잠시 자리를 비켜 달라고 부탁했다.

"많이 불편하시죠, 엘리엇? 혹시나 해서, 그러니까 정말 혹시나 해서 여쭤 보는 건데, 사제를 불러 드릴까요?"

그는 한동안 말없이 나를 보았다.

"내가 곧 죽을 것 같은 모양이군요?"

"그건 아닙니다. 하지만 안전을 기하는 것이 좋을 것 같아서 말씀드리는 겁니다."

"이해합니다."

그는 입을 다물었다. 누군가에게 이런 말을 해야 한다는 것은 끔찍한 일이 아닐 수 없다. 나는 차마 그를 볼 수 없었다. 울음이 터져 나올 것 같아서 이를 꽉 물었다. 나는 그를 마주하고 침대 가에 걸터앉아 한쪽 팔을 펴서 짚고 있었다.

그가 내 손을 토닥였다.

"괜찮습니다, 선생님. 원래 신분이 높은 사람한테는 그에 따르는 도의상의 의무가 있는 법이지요."

나는 웃음을 터트렸다.

"구제불능이시군요, 엘리엇."

"어쨌든 그게 낫겠네요. 주교한테 전화해서 내가 고해성사를 하고 종부성사를 받고 싶어 한다고 말씀드려 주십시오. 샤를 신부를 보냈으면 좋겠는데. 그분하고 친했거든요."

샤를 신부는 앞에서 말한 적이 있는 주교 총대리였다. 나는 아래층으로 내려가 전화를 걸었다. 그러고는 주교를 바꿔 달라고 해서 직접 통화했다.

"위급하십니까?"

그가 물었다.

"아주 위급합니다."

"곧 가겠습니다."

의사가 오자 나는 주교를 불렀다고 이야기했다. 그는 간호사와 함께 엘리엇을 보러 올라갔고, 나는 아래층 식당에서 기다렸다. 니스에서 앙티브까지는 차로 20분이면 올 수 있었다. 30분이 조금 지나자 검은 세단이 현관 앞에 멈춰 섰다. 조제프가 와서 말했다.

"세 몽세네르 앙 페르손, 무슈(주교님이십니다, 선생님)."

그가 황급하게 말했다.

나는 밖으로 나가 주교를 맞이했다. 이유는 모르겠지만 평소에 늘 대동하고 다니던 주교 총대리는 보이지 않고 젊은 신부 한 명이 바구니를 들고 있었다. 종부성사를 집행하는 데 필요한 도구들이 담겨 있는 것 같았다. 운전수가 검은색의 낡은 가방을 들고 뒤따랐다. 주교는 나와 악수를 나누고는 젊은 신부를 소개했다.

"좀 어떠십니까?"

"많이 안 좋으신 것 같습니다, 몽세네르(주교님)."

"옷을 갈아입을 수 있는 곳으로 안내를 부탁드려도 되겠습니까?"

"식당은 이쪽이고 응접실은 위층에 있습니다."

"식당이면 충분합니다."

나는 그들을 안내하고 조제프와 함께 복도에서 기다렸다. 잠시 후에 문이 열리더니 주교가 나오고 젊은 신부가 양손에 성배를 들고 그 뒤를 따랐다. 성배 위에 성체를 담은 작은 접시가 놓여 있었고 그 위에는 안이 훤히 비치는 흰 삼베 냅킨이 덮여 있었다. 그 전까지 나는 그 주교를 늘 만찬이나 오찬 파티에서만 만났었다. 그런 자리에서는 왕성한 식욕으로 음식과 와인을 즐기고 쾌활하게 우스갯소리를 하거나 때로는 음란한 얘기를 늘어놓기도 했다. 그래서인지 내 머릿속에는 보통 키에 단단하고 땅딸막한 체격으로 각인되어 있었는데, 중백의와 영대를 걸친 모습을 보니 키도 크고 체격도 우람했다. 파티에서는 짓궂으면서도 다정한 웃음으로 주름져 있던 붉은 얼굴도 그날은 엄숙해 보였다. 예전에 기병 장교였지만 이제는 그런 흔적을 전혀 찾아볼 수 없었고, 자신의 신분 그대로 성당의 고위 성직자처럼 보일 뿐이었다. 조제프가 성호를 긋는 모습을 보고도 나는 그리 놀라지 않았다. 주교는 머리를 약간 기울여 그에게 답례를 했다.

"병자에게 안내해 주시지요."

나는 그가 먼저 올라가도록 옆으로 비켜섰지만 그는 나를 앞장세웠다. 우리는 엄숙한 침묵 속에서 계단을 올랐다. 내가 엘리엇의 방으로 들어갔다.

"주교님이 오셨습니다, 엘리엇."

엘리엇은 몸을 일으켜 앉으려고 안간힘을 썼다.

"몽세녜르(주교님), 뜻밖의 영광이군요."

"그냥 계십시오."

주교는 간호사와 내게로 고개를 돌렸다.

"자리 좀 비켜 주시지요."

그런 다음 젊은 신부에게 말했다.

"준비가 되면 부르겠네."

신부는 주위를 휙 둘러보았다. 성배를 내려놓을 곳을 찾는 것 같았다. 나는 경대에 놓인, 별갑(鼈甲)으로 등을 댄 솔들을 한쪽으로 치워 자리를 마련해 주었다. 간호사는 아래층으로 내려갔고, 나는 엘리엇이 서재로 쓰던 옆방으로 신부를 안내했다. 창문마다 푸른 하늘이 끝없이 펼쳐져 있었다. 그는 창가에 섰고 나는 의자에 자리를 잡고 앉았다. 마침 스타 클래스 보트들이 경주를 벌이고 있었다. 푸른 하늘을 배경으로 배의 돛들이 눈부시게 빛났다. 검은 선체에 붉은 돛을 펼친 커다란 스쿠너선이 바람을 가르며 항구로 다가오고 있었다. 생선 요리를 파는 카지노에 공급하기 위해 사르디니아 섬에서 바닷가재를 싣고 오는 배인 것 같았다. 닫힌 문으로 웅얼거리는 소리가 들렸다. 엘리엇이 고해를 하고 있었다. 담배가 몹시도 피우고 싶었지만 내가 불을 붙이면 젊은 신부가 화들짝 놀랄 것 같았다. 그는 창밖을 보며 미동도 없이 서 있었다. 호리호리한 체격에

굵게 웨이브 진 검은색 머리, 짙고 아름다운 눈과 황갈색 피부로 미루어 봐선 이탈리아계인 것 같았다. 그의 외모에서 얼핏 남부인 특유의 정열을 감지하고서 나는 생각했다. 얼마나 신앙이 절박하기에, 얼마나 불같은 욕망이기에 삶의 기쁨과 젊은 나이에 즐길 수 있는 쾌락 혹은 관능의 만족 따위를 모두 포기하고 신에게 헌신하는 길을 택했을까?

갑자기 옆방에서 들리던 목소리가 뚝 그쳤다. 나는 문을 보았다. 문이 열리고 주교가 나타났다.

"브네(들어오게)."

그가 신부에게 말했다.

나는 홀로 남겨졌다. 다시 주교의 목소리가 들렸다. 성당에서 정해 놓은, 병자를 위한 기도문을 읽고 있는 듯했다. 잠시 후 또 한 번 침묵이 흘렀다. 엘리엇이 예수의 피와 살을 받고 있는 모양이었다. 어떤 감정에서인지는 모르겠지만, 나는 가톨릭 신자가 아닌데도 미사에 참석하여 성체 거양을 알리는 사제의 방울 소리를 들을 때면 소름 끼치는 경외심이 밀려든다. 아마 먼 조상에게서 물려받은 감정일 것이다. 지금도 찬바람이 몸을 뚫고 지나간 듯 몸이 떨렸다. 공포감과 경이로움에 몸서리가 쳐진 것이다. 다시 한 번 문이 열렸다.

"들어오셔도 됩니다."

주교가 말했다.

나는 안으로 들어갔다. 신부가 성체를 놓았던 작은 금 접시와 컵 위에 삼베 냅킨이 덮여 있었다. 엘리엇의 눈이 반짝거렸다.

"몽세녜르를 차까지 배웅해 주십시오."

그가 말했다.

우리는 계단을 내려갔다. 조제프와 하녀들이 현관에서 기다리고 있었는데, 하녀들은 눈물을 흘리고 있었다. 모두 세 명의 하녀들이 한 명씩 앞으로 나와 무릎을 꿇고 주교의 반지에 키스를 했다. 그는 두 손가락으로 그들을 축복했다. 조제프도 아내가 옆에서 쿡 찌르자 앞으로 나와 무릎을 꿇고 반지에 키스를 했다. 주교가 엷은 미소를 지으며 말했다.

"자넨 불가지론자라면서?"

조제프는 당황해서 어쩔 줄 몰라 했다.

"그렇습니다, 몽세네르."

"걱정할 것 없네. 주인에게 충성을 바치는 훌륭한 하인이었으니, 하나님도 그런 잘못된 생각쯤은 너그럽게 봐주실 거야."

나는 그와 함께 밖으로 나가 차문을 열어 주었다. 그는 차에 올라타면서 내게 고개를 숙여 인사하고는 인자한 미소를 지으며 말했다.

"우리의 가엾은 친구는 시간이 얼마 남지 않았습니다. 겉보기에는 결점도 많았지만, 본디 마음이 너그럽고 주변 사람들에게도 친절하셨지요."

9

나는 병자성사를 치렀으니 엘리엇이 혼자 있고 싶어 할지도 모른다고 생각하고 응접실로 올라와서 책을 읽기 시작했다. 겨우 마음을 가라앉히고 책에 열중하기 시작했을 때 간호사가 들어와서 엘리엇이 나를 보고 싶어 한다고 전했다. 나는 그의 방으로 갔다. 의사가 놓아 준 진통제 때문인지 아니면 그로 인해 흥분이 되어서인지, 그는 침착하면서도 쾌활한 모습이었다. 두 눈이 밝게 빛났다.

"큰 영광을 얻었습니다, 선생님. 이제 주교님의 소개장을 들고 천국이라는 왕국에 들어가게 된 셈이 아닙니까? 모든 문이 저를 향해 활짝 열리겠지요."

"온갖 사람들을 다 만나게 되지 않을까요?"

내가 미소를 지으며 대꾸했다.

"그럴 리가요, 선생님. 성서에 보면 하늘에도 땅에서와 똑같이 계급이 있습니다. 천사만 해도 치품천사와 지품천사, 대천사, 그냥 천사가 있지요. 저는 평생을 유럽의 최고 상류사회에서만 살았으니 틀림없이 하늘에서도 최고의 사교계에서 살게 될 겁니다. 그리스도께서는 이렇게 말씀하셨지요. '내 아버지 집에 거할 곳이 많도다.' 그러니 우리 상류층 사람들을 완전히 생소한 환경에서 살게 하지는 않을 겁니다. 그건 너무 안 어울리지 않습니까?"

엘리엇은 천국의 거처를 로트실트 남작의 저택쯤으로 생각하는 듯했다. 벽은 18세기풍의 벽판으로 장식되어 있고, 불의 세공 탁자들과 상감세공 장식장이 갖춰져 있으며 로코코 양식의 방들마다 프티푸엥*으로 장식되어 있는, 그런 저택 말이다.

"정말입니다, 선생님."

그가 잠시 멈췄다가 다시 말을 이었다.

"천국에도 빌어먹을 평등 따윈 없을 겁니다."

* 캔버스 자수의 일종.

갑자기 그가 잠에 빠져들었다. 나는 책을 들고 앉았다. 이후에도 그는 잠들었다 깨기를 반복했다. 1시에 간호사가 들어오더니 조제프가 내 점심을 차려 놓았다고 말했다. 기고만장했던 불가지론자의 태도는 완전히 누그러져 있었다.

"주교님께서 직접 오시다뇨. 가엾은 템플턴 씨께는 정말 커다란 영광입니다. 제가 그분 반지에 키스하는 것 보셨습니까?"

"봤지."

"사실, 저 혼자 있었으면 절대 안 했을 겁니다! 그저 아내를 기쁘게 해 주려고 한 거죠."

나는 오후 내내 엘리엇의 방을 지켰다. 중간에 이사벨에게서 전보가 도착했다. 그레이와 함께 블루 트레인을 타고 다음 날 아침에 도착한다는 내용이었다. 엘리엇의 임종은 볼 수 없을 것 같았다. 의사가 와서는 고개를 절레절레 흔들었다. 해가 기울자 엘리엇은 잠에서 깨어 약간의 음식을 먹었다. 그러고 나자 잠시나마 힘이 솟았는지, 내게 와 보라고 손짓을 했다. 나는 침대로 다가갔다. 그가 매우 가느다란 목소리로 말했다.

"에드나의 초대장에 답장을 못 했습니다."

"이제 그런 걱정은 접어 두십시오, 엘리엇."

"무슨 말씀입니까? 나는 평생토록 사교계에 몸담고 살았습니다. 세상을 떠난다고 예의까지 잊어선 안 되지요. 초대장을 어디다 뒀더라?"

나는 벽난로 위에 있는 초대장을 집어 그의 손에 쥐어 주었다. 하지만 그가 볼 수 있을지는 미지수였다.

"서재에 가면 메모판이 있을 겁니다. 그걸 갖고 와서 좀 받아 적어 주시죠."

나는 옆방으로 가서 필기도구를 가져왔다. 그런 다음 그의 침대 옆에 앉았다.

"불러도 되겠습니까?"

"시작하시죠."

그는 눈을 감고 있었지만 입가에는 장난기 어린 미소가 떠올라 있었다. 나는 그가 뭐라고 할지 몹시 궁금해졌다.

"엘리엇 템플턴 씨는 하느님과의 선약 때문에 노베말리 공작 부인의 친절한 초대에 응할 수 없는 것을 유감스럽게 생각합니다."

그는 유령처럼 희미하게 키득거렸다. 기묘하리만치 푸르뎅뎅한 얼굴은 보고 있기가 무서울 정도였고 입에서는 구역질이 날 만큼 심한 악취가 풍겼다. 그것은 요독증의 병변이었다. 샤넬과 몰리뉴의 향수를 그토록 좋아하던 가엾은 엘리엇. 그는 여전히 내가 훔쳐 낸 초대장을 들고 있었다. 들고 있기가 힘든 것 같아서 그의 손에서 빼내려고 했지만 너무 꽉 쥐고 있어서 빼낼 수가 없었다. 뒤이어 들려온 그의 힘찬 목소리에 나는 화들짝 놀랐다.

"더러운 할망구."

이것이 그의 마지막 말이었다. 그러고는 혼수상태에 빠져들었다. 전날 밤새도록 병상을 지킨 간호사가 몹시 피곤해 보였으므로 나는 그녀에게 눈을 붙이라고 했다. 내가 밤을 새면서 필요하면 부르겠다고 말이다. 사실, 할 일도 없었다. 나는 갓을 씌운 램프에 불을 켜고 책을 읽기 시작했다. 그러나 이내 눈이 아파 와서 다시 불을 끄고 어둠 속에 앉아 있었다. 따뜻한 밤이라 창문들은 활짝 열려 있었다. 일정한 간격으로 등대의 불빛이 어렴풋이 방을 휩쓸고 지나갔다. 나는 달을 바라보았다. 저 달이 보름달이 되면 에드나 노베말리의 집에서 열리는 가장무도회를, 떠들썩하기만 할 뿐 공허하기 그지없을 그 파티를 지켜볼 것이다. 이윽고 달이 졌다. 하늘이 끝없이 깊은 푸른색으로 변하면서 무수히 많은 별들이 찬란하게 빛나기 시작했다. 선잠이 들었을지도 모른다. 하지만 정신은 멀쩡히 깨어 있었을 것이다. 성이 난 듯 거친 숨소리, 누구든 쉽게 들을 수 없는 가장 두려운 그 소리에 화들짝 놀라 정신이 번쩍 들었다. 임종 때의 가래 끓는 소리였다. 나는 침대로 가서 등대의 불빛에 의지하여 엘리엇의 맥박을 확인했다. 이미 숨을 거둔 뒤였다. 침대 옆의 램프를 켜고 그를 보았다. 턱이 축 처져 있었다. 미처 감지 못한 눈을 감겨 주려다가 잠시 그 안을 들여다보았다. 울컥했다. 뺨을 타고 눈물 몇 방울이 흘러내렸을 것이다. 다정했던 옛 친구. 그의 인생이 얼마나 헛되고 어리석고 보잘것 없었는지를 생각하니 슬픔이 밀려왔다. 수많은 파티에 참석하면서 그 모든 공작, 백작들과 허물없이 지냈지만, 이제 그런 건 중요하지 않았다. 그들은 이미 그를 잊었으니까.

지친 간호사는 깨워서 무엇하겠는가. 나는 다시 창가 의자로 돌아왔다. 7시쯤 간호사가 들어왔을 때 나는 잠이 들어 있었다. 뒤처리는 그녀에게 맡겨 둔 채, 아침을 먹고 그레이와 이사벨을 마중하러 역으로 나갔다. 나는 그들에게 엘리엇이 세상을 떠났다고 말하고, 그 집에는 마땅히 잘 곳이 없으니 우리 집으로 가자고 했다. 그러나 그들은 호텔로 가겠다고 했다. 나는 집으로 돌아가서 목욕을 하고 면도를 한 다음, 옷을 갈아입었다.

오전 중에 그레이에게서 전화가 왔다. 조제프로부터 엘리엇이 내 앞으로 써 둔 편지를 전달받아 보관하고 있다는 것이었다. 다른 사람이 보면 안 되는 내용이 있을지도 모른다는 생각에 곧바로 차를 몰고 가겠다고 했다. 그리하여 한 시간도 채 안 되어 다시 그 집에 들어섰다. 편지 봉투에는 이렇게 적혀 있었다. '내가 죽고 나면 즉시 전달 바람.' 그것은 자신의 장례 절차에 대한 지시였다. 그가 자신이 지은 성당에 묻히고 싶어 한다는 것은 익히 알고 있었으므로 이사벨에게도 그렇게 말해 둔 터였다. 그러나 그는 시체를 방부 처리했으면 좋겠다고 밝히고 그 일을 위탁할 회사 이름까지 언급해 두었다. 그러고는 이렇게 덧붙였다.

> 여기저기 알아본 결과, 그들이 일 처리에 탁월하다는 정보를 얻었습니다. 제대로 처리하는지는 선생님께서 확인해 주실 거라 믿습니다. 수의로는 제 조상인 라우리아 백작의 옷을 입고 싶습니다. 옆에는 그의 칼을, 가슴에는 황금양모 훈장을 놓아 주십시오. 관은 선생님께서 알아서 골라 주십시오. 너무 화려하지 않으면서도 제 지위에 어울리는 관을 골라 주셨으면 합니다. 사람들에게 쓸데없이 혼란을 주는 것을 막기 위해 운구와 관련된 모든 절차는 토머스 쿡 앤 선에 맡겨 주시고 역시 그쪽 직원 한 명이 남아서 마지막 묘지까지 동행하게 하기를 부탁드립니다.

엘리엇이 가장복을 입은 채 묻히고 싶다고 말한 것은 기억하고 있었지만, 나는 그저 일시적인 변덕으로 받아들였다. 결코 진심이라고 생각해 보진 않았던 것이다. 조제프는 그의 소원이라면 들어줘야 하지 않겠느냐고 우겼고, 그러고 보니 그렇게 해선 안 될 이유도 없는 것 같았다. 방부 처리 절차가 끝나자 나는 조제프와 함께 가서 그 말도 안 되는 옷을 입혔다. 섬뜩한 일이었다. 그의 긴 다리를 흰색 실크 타이츠에 밀어 넣고 그 위로 금색 천으로 만든 반바지를 끌어 올렸다. 더블릿 소매로 두 팔을 빼내는 일은 정말이지 쉽지 않았다. 우리는 빳빳하게 풀을 먹인 주름 깃을 씌우고 두 어깨에 새틴 망토를 둘렀다. 그런 다음, 마지막으로 머리에 납작한 벨벳 모자를 씌우고 황금양모 훈장이 달린 목걸이를 목에 걸었다. 방부 처리사가 두 뺨에 연지를 바르고 입술을 붉게 칠했다. 야윈 몸에 너무 큰 옷을 입혀 놓은 모습이 마치 베르디*의 초기 오페라에 나오는 합창대원 같았다. 헛된 목적을 추구하던 슬픈 돈키호테. 장의사 직원들이 입관을 마치자 나는 소도구인 칼을 그의 다리 사이에 길게 놓고 십자군 전사의 묘비에 새겨진 것처럼 그의 양손을 칼자루 끝에 놓았다.

그레이와 이사벨은 장례식에 참석하기 위해 이탈리아로 떠났다.

* 1813~1901. 19세기 이탈리아의 대표적 오페라 작곡가.

6장

1

미리 말해 두지만 6장은 읽지 않고 건너뛰어도 줄거리의 흐름을 이해하는 데 전혀 문제가 되지 않는다. 대부분이 내가 래리와 나눈 대화를 적어 놓은 것이기 때문이다. 그러나 이 대화가 없었더라면 나는 이런 책을 쓸 생각조차 하지 않았을 거란 점을 분명히 밝혀 두겠다.

2

엘리엇이 죽고 두어 달 후, 가을에 나는 영국으로 가는 길에 일주일 동안 파리에 머물렀다. 이사벨과 그레이는 이탈리아로 우울한 여행을 다녀온 후 브르타뉴로 돌아갔지만 이제는 다시 생기욤 가의 아파트에 정착한 상태였다. 이사벨은 내게 엘리엇의 유언에 대해 상세하게 알려 주었다. 그는 자신이 세운 성당에서 치러질 장례미사를 위해 일정 금액을 떼어 놓고 그 성당의 유지비로도 많은 돈을 남겼다. 기부금으로 써 달라며 니스의 주교 앞으로도 상당한 금액을 남겼다. 내 앞으로는 도무지 이해할 수 없는 유산을 남겼는데, 바로 18세기 도색 문학 장서와 프라고나르*의 아름다운 그림 한 점이었다. 사티로스와 님프가 은밀하게 행하는 일을 하고 있는 그림으로, 우리 집 벽에 걸어 두기에는 너무 외설스러운 데다, 나는 은밀하게 외설스러운 것을 보면서 킥킥거리는 사람도 아니었다. 엘리엇은 하인들에게도 후하게 한몫씩 챙겨 주었다. 먼 곳에 있는 두 조카에게는 각각 1만 달러씩 돌아갔고 남은 재산은 모두 이사벨에게로 갔다. 전부 어느 정도인지는 이사벨도 말해 주지 않았고 나도 물어보지 않았지만, 흡족해하는 것으로 봐선 꽤 많은 액수인 듯했다.

건강이 회복된 이후로 줄곧 그레이는 미국으로 돌아가서 다시 일을 하고 싶어 했다. 그래서 이사벨 자신은 파리 생활에 만족하면서도, 불안해하는 그레이 때문에 마음이 편치 않았다. 그는 한동안 자신의 친구들과 교류해 왔지만 그중 최고의 기회를 잡기 위해서는 큰돈을 투자해야 했다. 그동안 돈이 없어서 망설였던 것이다. 그러나 엘리엇의 죽음으로 이사벨이 필요 이상으로 많은 돈을 갖게 되면서 그레이는 아내의 허락을 받아 교섭을 하기 시작했다. 모든 것이 제안대로 적절히 돌아

---

* 1732~1806. 프랑스의 로코코 시대 화가.

간다면 파리를 떠나 직접 상황을 살펴볼 생각이었다. 그러나 그 전에 처리해야 할 일이 많았다. 상속세 때문에 프랑스 재무성과 합의를 봐야 했고, 앙티브의 집과 생기욤 가의 아파트도 처분해야 했으며, 드루오 경매소에서 엘리엇의 가구와 그림들을 경매에 붙일 준비도 해야 했다. 그러나 그의 물건들은 모두 값나가는 것들이라 대규모 수집가들이 파리를 찾는 봄까지 기다리는 편이 현명할 것 같았다. 이사벨은 파리에서 한 번 더 겨울을 보내는 것이 나쁘지 않았다. 그 무렵 아이들은 프랑스어를 영어와 똑같이 자연스럽게 구사할 수 있었으므로 프랑스 학교에 몇 개월 더 보내는 것도 괜찮을 것 같았다. 그 3년 동안 아이들은 많이 자라 있었다. 아직 어머니 같은 미모는 갖추지 못했지만, 긴 다리에 호리호리한 몸매를 자랑하는 쾌활한 소녀들이 되었으며 예의도 바르고 호기심도 왕성했다.

이런 이야기는 이쯤 해 두기로 하겠다.

3

나는 래리를 우연히 만났다. 전에 이사벨에게 그의 근황을 물어본 적이 있지만, 그녀는 라 볼에서 돌아온 이후로 그를 거의 만나지 못했다고 말했다. 이 무렵 이사벨과 그레이에게는 또래 친구들이 많아졌으므로, 우리 넷이 즐겁게 어울리던 시절에 비해 약속이 훨씬 더 많았다. 어느 날 저녁, 나는 「베레니스」를 보러 프랑세 극장에 갔다. 물론 책으로는 읽었지만 연극으로 본 적은 없었으며, 그리 자주 상연되는 연극도 아니었으므로 좋은 기회를 놓치고 싶지 않았다. 「베레니스」는 빈약한 주제로 5막까지 끌어간다는 점에서 라신의 희곡들 가운데 최고라고 할 수는 없지만, 감동적이며 유명한 구절도 많았다. 줄거리는 타키투스*의 짤막한 한 구절을 토대로 한 것으로, 요약하면 이러하다. 티투스는 팔레스타인의 여왕 베레니스를 열정적으로 사랑하여 결혼까지 약속하지만, 서로가 서로를 열렬히 원하는 데도 불구하고 즉위한 지 얼마 안 되어 국민들 때문에 그녀를 로마에서 추방하지 않을 수 없게 된다. 로마의 원로원 의원들과 국민들이, 황제가 외국 여왕과 결혼하는 것을 심하게 반대했기 때문이다. 이 희곡은 사랑과 의무 사이에서 고심하는 그의 고뇌를 주제로 한 것으로서, 그가 결정을 내리지 못하자 결국 베레니스는 티투스의 사랑을 확신하면서도 그의 결의를 확인하고 스스로 그와 영원히 이별하는 쪽을 택한다.

물론, 세련되고 고상한 라신의 문체와 그 운문의 음악성을 완벽하게 감상할 수 있는 사람은 프랑스인들밖에 없을 것이다. 그러나 외국인이라고 해도, 다소 가식적인 형식주의 문체에 익숙해지기만 하면 그의 정열적인 부드러움과 그 고귀하고 세련된 감정에 감동하지 않을 수 없다. 라신은 인간의 목소리에 얼마만큼의 연극이 담길 수 있는지 알고 있는 극소수의 사람들 가운데 하나였다. 어쨌든 나는 이처럼 감미로운 알렉산더격 시구만으로도 충분히 활동적인 연기를 대신할 수 있다고 생각한다. 또한 무한한 기술로 빤한 클라이맥스까지 이어나가는 긴

* 55?~117?. 로마의 웅변가이자 공직자로, 라틴어로 글을 쓴 사람 가운데 가장 뛰어난 산문작가이며 역사가임.

대사들은 모든 면에서 영화에 등장하는 아슬아슬한 장면보다 도 내게 커다란 전율을 안겨 준다.

3막이 끝나고 휴식 시간이 되자 나는 우동*의 볼테르 상이 합죽한 입으로 냉소적인 미소를 짓고 있는 휴게실로 담배를 피우러 갔다. 그때 누군가가 내 어깨를 건드렸다. 나는 뒤를 돌아보았다. 격조 높은 대사들로 한껏 고양된 감정을 망치고 싶지 않았으므로, 내 몸짓에는 어느 정도의 짜증이 배어 있었을 것이다. 그런데 그곳에 래리가 서 있었다. 늘 그랬듯이 나는 그가 몹시 반가웠다. 1년 만에 만난 터라, 나는 그에게 연극이 끝나고 다시 만나서 맥주를 마시자고 제안했다. 래리는 아직 저녁 식사 전이라 배가 고프니 몽마르트르로 가자고 했다. 연극이 끝난 후 우리는 서로를 찾아내어 밖으로 나갔다. 프랑세 극장에는 특유의 퀴퀴한 냄새가 있다. 자리를 안내해 주고는 거만하게 서서 팁을 받으려고 기다리는, 이른바 '우브뢰즈(극장 안내원)'들의 냄새였다. 제대로 씻지도 않고 늘 언짢은 표정을 하고 다니는 이 여자들이 수없이 이곳을 거쳐 가면서 그녀들의 체취가 배어 버린 것이다. 바깥의 신선한 공기를 마시자 살 것 같았다. 게다가 날씨도 좋았으므로 우리는 밤거리를 걷기로 했다. 오페라 거리의 아크등이 강렬하게 빛을 발하자, 그들과 경쟁하기에는 자존심이 허락지 않았는지 별들이 먼 어둠 속으로 그 빛을 감췄다. 걸으면서 우리는 연극에 대해 얘기를 나눴다. 래리는 실망스러웠다고 했다. 좀 더 자연스럽게 연기했으면 좋았을 텐데, 대사도 우리가 평소에 쓰는 말처럼 자연스

* 1741~1828. 프랑스의 조각가.

럽지 않았고 몸짓도 너무 연극적이었다는 것이었다. 나는 그의 관점이 잘못됐다고 생각했다. 그것은 대단히 수사적인 희곡인 만큼 연기도 수사적인 방식으로 해야 한다는 것이 나의 생각이었다. 규칙적인 압운의 리듬도 마음에 들었고, 아주 오래전부터 전수되어 내려온 정형화된 몸짓 역시 그 정형화된 연극의 분위기에 잘 어울리는 듯했다. 라신도 자신의 희곡이 바로 그런 방식으로 상연되길 바랐을 거라는 생각이 머릿속을 떠나지 않았다. 나는 오히려 수많은 제약 속에서도 인간적이고 열정적이며 진실한 모습을 표현하려고 노력한 배우들이 존경스러웠다. 예술은, 관습을 그 자체의 목적을 달성하기 위한 수단으로 사용할 수 있을 때 성공하는 법이다.

클리시 거리에 도달하여 우리는 그라프 식당으로 들어갔다. 자정을 조금 넘긴 시각이라 실내는 만원이었다. 우리는 간신히 빈 테이블 하나를 찾아내어 베이컨 에그를 주문했다. 나는 래리에게 이사벨을 만난 얘기를 들려주었다.

"미국으로 돌아간다니 그레이가 아주 좋아하겠는데요. 여기서는 물 밖으로 나온 물고기 같았잖아요. 그 친구는 다시 일을 시작해야만 만족할 겁니다. 모르긴 몰라도, 돈은 잘 벌 겁니다."

"그렇다면 그건 다 자네 덕분이야. 자네가 육체적으로나 정신적으로나 그 친구를 치료해 줬기 때문이지. 자넨 자신감을 되찾게 해 줬어."

"별것도 아니었는데요, 뭐. 그저 스스로 치료하는 법을 보여 준 것뿐이잖아요."

"그 별거 아닌 건 어떻게 배웠나?"

"우연히 배운 겁니다. 인도에 있을 때 불면증으로 한참 고생

했거든요. 제가 아는 요가 수행자한테 지나가듯이 얘기했는데, 금방 없앨 수 있다고 하는 겁니다. 제가 그레이한테 하는 거 보셨죠? 그분도 제게 그렇게 해 줬습니다. 그날 밤 몇 달 만에 정말 단잠을 잤죠. 그리고 한 1년쯤 지났나? 인도 친구하고 같이 히말라야 산에 갔는데 그 친구가 발목을 삐었습니다. 의사를 부를 수도 없는데 그 친구가 너무 아파하는 겁니다. 그래서 그 요가 수행자가 사용한 방법을 써 봐야겠다고 생각했죠. 그런데 효과가 있더군요. 믿으실지 모르겠지만, 어쨌든 그 친구의 통증이 완전히 사라졌습니다."

래리는 웃으면서 말을 이었다.

"정말이지, 누구보다 놀란 사람은 바로 저였습니다. 사실, 전혀 관계가 없는 치료법 같지 않습니까? 그저 환자의 머릿속에 어떤 생각을 심어 주는 것뿐이니까요."

"말처럼 쉽게 할 수 있는 일은 아니겠지."

"지금 선생님의 의지와 전혀 상관없이 이 테이블에 놓인 선생님 팔이 저절로 올라간다면 놀라시겠죠?"

"당연히 놀라겠지."

"그겁니다. 그 인도 친구도 산에서 내려와서 제가 사용한 방법을 떠벌리며 저를 보여 주려고 사람들을 데리고 오더군요. 저는 그게 싫었습니다. 저 역시 이해가 안 가는 일이었으니까요. 하지만 사람들은 보여 달라고 졸랐죠. 이유는 모르겠지만 꽤 효과가 있더군요. 통증을 완화할 뿐 아니라 공포감까지 없애 줬죠. 그렇게 많은 사람이 공포를 안고 산다니 정말 놀라웠습니다. 폐쇄공포증이나 고소공포증 같은 게 아니라 죽음에 대한 공포, 심지어는 삶에 대한 공포, 그런 것들이었어요. 건강하고 부유한 사람들, 그러니까 걱정이 전혀 없어 보이는 사람들 중에도 그런 공포에 시달리는 사람이 있더군요. 가끔은 그것이 가장 끈질긴 인간의 고뇌가 아닐까 하는 생각이 들었습니다. 그러곤 이런 의문이 들기도 했죠. 그것이 어떤 깊은 동물적 본능, 즉 인간이 삶에 대한 전율을 처음 느낀 원시 생명체로부터 물려받은 동물적 본능에 기인한 것은 아닐까?"

나는 기대감을 갖고 래리의 말에 귀를 기울였다. 그가 그렇게 길게 얘기를 늘어놓는 것은 흔치 않은 일이었기 때문이다. 이번만큼은 그가 정말 얘기를 하고 싶어 한다는 생각이 들었다. 어쩌면 방금 전에 보고 온 연극이 그동안 억눌러 놓았던 무언가를 해방시켰을지도 모른다. 커다랗게 울려 퍼지던 운율이 마치 음악처럼 그의 천성적인 과묵함을 제압한 것인지도 모른다. 그런 생각을 하고 있다가 나는 문득 내 손에 무슨 일이 벌어지고 있음을 깨달았다. 래리가 농담처럼 던진 질문을 그저 듣고 넘겼는데, 테이블 위에 있던 내 손이 내 의지와 상관없이 약 3센티미터 가량 들려 있었던 것이다. 나는 화들짝 놀랐다. 자세히 보니 내 손은 미세하게 떨리고 있었다. 팔의 신경이 기분 나쁘게 따끔거리더니 작게 한 번 경련이 일고는 다시 손과 팔뚝이 저절로 들려 올라가기 시작했다. 아무리 생각해 봐도 나는 팔을 올리려고 하지도, 저항하려고 하지도 않는 것 같았다. 결국 내 손은 테이블에서 10~20센티미터까지 들려 올라갔다. 이윽고 팔 전체가 어깨에서 떨어져 나가 들려 올라가는 느낌이 들었다.

"묘한데."

래리가 웃음을 터트렸다. 내가 약간의 의지를 발휘하자 내 손은 금방 다시 테이블로 떨어졌다.

"아무것도 아니에요. 너무 깊게 생각하지 마세요."

"인도에서 돌아온 지 얼마 안 돼서 자네가 말했던 그 요가 수행자한테 배운 건가?"

"아뇨. 그분은 오히려 이런 거라면 질색하세요. 그분이 스스로 일부 요가 수행자들이 자랑하는 능력을 갖고 있다고 믿었는지는 모르겠지만, 어쨌든 그런 걸 연습하는 건 어리석은 일이라고 생각하셨을 겁니다."

주문한 베이컨 에그가 나오자 우리는 허겁지겁 먹기 시작했다. 맥주도 마셨다. 둘 다 말이 없었다. 래리가 무슨 생각을 하고 있었는지는 모르겠지만 나는 래리를 생각하고 있었다. 음식을 다 먹고 나자 나는 담배에, 래리는 파이프에 불을 붙였다.

"처음에 인도에 가게 된 동기가 뭔가?"

내가 불쑥 물었다.

"우연히였죠. 적어도 그땐 그렇게 생각했어요. 하지만 지금 생각해 보면, 몇 년 간의 유럽 생활 끝에 치러야만 했던 필연적인 결과였던 것 같아요. 그동안 저한테 가장 많은 영향을 미쳤던 사람들은 거의 모두 우연히 만난 사람들이었죠. 하지만 돌이켜 보면 결국 피할 수 없는 운명이었던 것 같아요. 마치 내가 그들을 필요로 할 때까지 그 자리에서 기다리고 있었던 것처럼 말이죠. 인도에 간 건 쉬고 싶어서였어요. 너무 공부만 파다 보니까 생각을 정리하고 싶어졌죠. 세계 일주 유람선에 갑판원으로 취직했어요. 동양으로 갔다가 파나마 운하를 통과해서 뉴욕으로 향하는 배였죠. 미국에 못 간 지 5년이나 돼서 고국이 몹시 그리웠어요. 그리고 의기소침해 있었죠. 선생님도 아시다시피, 오래전에 시카고에서 처음 선생님을 뵀을 때, 저는 정말 아는 게 없었잖아요. 그런데 유럽에서 수많은 책을 읽고 많은 것을 봤는데도, 제가 찾는 것에 조금도 가까이 가지 못한 것 같았거든요."

나는 그게 무엇이었냐고 묻고 싶었지만, 그가 여느 때처럼 어깨를 으쓱해 보이고 웃으면서 그건 중요한 게 아니라고 말할 것 같아서 그만두었다. 대신 나는 이렇게 물었다.

"그런데 왜 갑판원으로 간 거지? 자네, 돈은 있었잖아."

"경험을 쌓고 싶었어요. 정신적으로 수렁에 빠진 기분이 들거나 한동안 추구하던 모든 것을 빨아들이고 나면 그런 일을 하는 게 도움이 되더군요. 이사벨과 파혼한 그 겨울에도 랑스 근처에 있는 탄광에서 6개월 동안 일했어요."

그다음 그는 내가 앞의 3장에서 설명한 얘기를 들려주었다.

"이사벨이 헤어지자고 했을 때 많이 힘들었나?"

그는 대답 대신 한참 나를 쳐다보았다. 기묘하리만치 새까만 그의 두 눈은 바깥세상이 아니라 자신의 내부를 보고 있는 듯했다.

"그럼요. 그땐 정말 어렸죠. 저는 어쨌든 결혼을 하려고 결심한 상태였어요. 이사벨과 함께 살아갈 미래에 대해서도 여러 가지 계획을 세웠죠. 멋지게 살 수 있을 거라고 기대했어요."

그는 희미하게 웃으면서 말을 이었다.

"하지만 싸움도 두 사람이 있어야 일어나듯이 결혼도 두 사람이 하는 거잖아요. 제가 제안하는 삶이 이사벨을 그렇게 실망시킬 거라고는 한 번도 생각해 보지 않았어요. 그런 생각을 조금이라도 했더라면 아예 제안을 하지도 않았겠죠. 이사벨도 워낙 어려서 감정을 주체하기가 힘들었을 겁니다. 이사벨을 탓할 수도 없었고 그렇다고 양보할 수도 없었어요."

이 시점에서, 그가 농장에서 농부의 과부 며느리와 기묘한 밤을 보낸 후 그곳을 도망쳐 본으로 갔다는 얘기를 떠올려 주기 바란다. 어쨌든 나는 그에게서 더 많은 얘기를 이끌어 내고 싶었지만, 너무 직접적으로 질문을 던지는 것은 피해야 한다는 사실을 잘 알고 있었다.

"본에는 못 가 봤지만, 어릴 때 한동안 하이델베르크에서 학교를 다닌 적이 있지. 그때가 내 인생에서 가장 행복한 시절이었던 것 같아."

"저는 본이 아주 좋았습니다. 1년쯤 있었죠. 대학교수였던 남편이 죽고 두어 명씩 하숙생을 받는 어느 과부의 집에 방을 하나 얻었어요. 식사 준비와 다른 집안일은 그 과부 아주머니와 중년의 두 딸이 모두 도맡아 해 주었죠. 독일어만 쓸 생각이었는데, 함께 하숙하는 친구가 프랑스인이라 처음에는 조금 실망했습니다. 그런데 알고 보니 알자스* 사람이더군요. 불어보다 독일어가 더 유창하다고 할 수는 없었지만, 억양은 더 자연스러웠어요. 옷을 독일 목사처럼 입고 다녔는데, 며칠 후에 놀라운 사실을 알게 됐습니다. 알고 보니 베네딕트회의 수도사였던 겁니다. 대학 도서관에서 연구를 하려고 1년 동안 휴가를 내고 그곳에 와 있었던 거죠. 아주 박식했지만 제가 생각했던 수도사의 이미지에서 크게 벗어나진 않았습니다. 키가 크고 건장한 체격에 엷은 갈색 머리, 불룩 튀어나온 푸른색 눈,

* 프랑스 동북부 지방으로 독일과 접해 있는 곳.

붉고 둥근 얼굴 등 전형적인 수도사의 모습이었어요. 수줍음이 많아서 말도 별로 없었죠. 저와 친해지고 싶은 마음도 없는 것 같았어요. 그래도 의식적으로 예의를 지키려고 노력하는 사람이었죠. 식사 시간에 대화를 나눌 때에도 늘 점잖았고요. 하지만 식사 시간이 아니면 볼 수가 없었어요. 점심을 먹고 나면 곧바로 다시 도서관에 갔고, 저녁 식사 후에도 바로 자기 방으로 들어가 버렸거든요. 저는 두 딸 중 한 명이 설거지를 하면 나머지 한 명하고 응접실에 앉아 대화를 나눴죠. 독일어 실력을 늘리려고요.

그곳에 간 지 한 달쯤 됐을까? 어느 날 오후에 뜻밖에도 그가 자기와 산책을 가지 않겠느냐고 하더군요. 근처에 제가 모르는 명소들을 소개해 주겠다는 거였죠. 저도 걷는 데는 자신 있는데, 늘 제가 뒤처지는 겁니다. 처음 산책 나간 날만 해도 25킬로미터는 족히 걸었을 겁니다. 본에는 무얼 하러 왔느냐고 묻기에 독일어도 배우고 독일 문학에 대해서도 알아 두고 싶어서 왔다고 했죠. 말하는 걸로 봐선 아는 게 아주 많은 사람이었어요. 도움이 필요하면 언제든 얘기하라고 하더군요. 그날부터 우리는 일주일에 두세 번씩 산책을 나갔죠. 알고 보니 몇 년 동안 철학을 가르친 경험도 있었어요. 저도 파리에 있을 때 스피노자나 플라톤, 데카르트에 대한 책은 꽤 읽었지만, 위대한 독일 철학자들에 관한 책은 한 번도 못 읽어 봤거든요. 그래서 그 사람이 그들에 대한 얘기를 해 줄 때 열심히 들었죠. 어느 날, 라인 강을 건너가서 노천 맥줏집에서 맥주 한 잔을 마시고 있었습니다. 그때 그가 저한테 개신교도냐고 묻더군요.

'그런 셈이죠.'

제가 이렇게 말했더니, 그가 저를 흘끗 보더군요. 그의 눈에 얼핏 미소가 스친 것 같았어요. 그러고는 아이스킬로스* 얘기를 꺼내는 겁니다. 저도 한때 그리스어를 공부했었는데, 그는 들어 보지도 못한 위대한 비극 작가들을 많이 알고 있더군요. 그의 얘기를 듣는 건 정말 즐거웠습니다. 하지만 그가 왜 갑자기 그런 질문을 했는지 궁금했어요. 제 후견인이었던 밥 넬슨 아저씨는 불가지론자였는데, 환자들의 기대를 저버릴 수 없다며 꼬박꼬박 교회에 나가셨죠. 마찬가지 이유로 저까지 주일학교에 보내셨고요. 우리 집 가정부였던 마사도 독실한 침례교도였어요. 그래서 제가 어릴 때, 죄를 지으면 지옥 불에 빠져서 영원히 빠져나올 수 없다는 얘기로 겁을 주곤 했어요. 마을 사람들 중에 싫어하는 사람이 있으면, 그 사람이 그런 고통을 겪는 모습을 상상해서 설명해 주면서 혼자 즐거워하기도 했죠.

겨울이 됐을 땐 그 엔스하임 신부하고 꽤 친한 사이가 되었어요. 정말 남다른 사람이었죠. 화내는 모습을 한 번도 본 적이 없거든요. 인품도 훌륭하고 친절한 데다 제가 생각했던 것보다 훨씬 더 편견 없고 관대한 사람이었죠. 박학다식한 것은 말할 수도 없고요. 제가 얼마나 무지한지 분명히 알았을 텐데, 그런데도 대화를 할 때면 제가 자신만큼 박식한 것처럼 대해 줬거든요. 저를 많이 참아 준 것 같아요. 어떻게 하면 나를 도울 수 있을까, 늘 이런 생각만 하는 것 같았죠. 그러던 어느 날, 이유도 없이 갑자기 허리가 아프더군요. 프라우 그라바우, 이건 주인아주머니 이름입니다, 아주머니께서 탕파(湯婆)를 대

* BC 525?~BC 456. 고대 아테네의 3대 비극 작가 가운데 최초의 인물.

고 침대에 누워 있으라고 하셨죠. 엔스하임 신부는 제가 누워 있다는 얘기를 듣고 저녁 식사 후에 제 방으로 왔습니다. 허리는 꽤 아팠지만, 다른 곳은 멀쩡했죠. 그러니 샌님이 어디 가겠습니까? 그때도 책을 읽고 있었죠. 그가 들어오기에 읽고 있던 책을 내려놓았더니, 그가 그것을 집어 들고 제목을 보는 겁니다. 마이스터 에크하르트에 관한 책이었어요. 시내 서점에서 찾아낸 거였죠. 왜 그 책을 읽느냐고 묻더군요. 그래서 한동안 신비주의에 관한 책들을 탐독하고 있었다고 하고는 코스티 얘기를 들려줬어요. 어떻게 해서 신비주의에 관심을 갖게 되었는지 말입니다. 그는 불룩 튀어나온 푸른 눈으로 나를 찬찬히 뜯어보았죠. 그의 눈에 담긴 그 표정은, 굳이 설명하자면 정감 어린 웃음이었어요. 제가 우습게 보이긴 하지만, 그렇다고 적의를 갖거나 싫어할 수는 없는, 그런 다정함 같은 게 배어 있었죠. 어쨌든 저야 사람들한테 바보 취급을 당해도 별로 개의치 않는 사람이잖아요. 그가 이렇게 묻더군요.

'이런 책에서 찾고자 하는 게 뭡니까?'

'그걸 알았다면 지금쯤은 적어도 그것을 찾고 있겠죠.'

'일전에 제가 개신교도냐고 물었을 때, 그런 셈이라고 했었죠? 그게 무슨 뜻이었습니까?

'개신교도로 자랐다는 뜻이었어요.'

제가 이렇게 대답하자, 그가 다시 묻더군요.

'신을 믿습니까?'

저는 개인적인 질문을 싫어하는 편이라, 처음에는 당신이 상관할 바 아니라고 대답하고 싶었죠. 하지만 그의 얼굴이 너무 선량해 보여서 차마 그렇게 무례하게 말할 수가 없었어요. 어떻게 말해야 할지 모르겠더군요. 긍정하기도 싫고 부정하기도 싫었습니다. 허리 통증 때문이었는지 아니면 그 사람에게 그런 재주가 있었던 건지는 모르겠지만 어쨌든 저는 제 얘기를 털어놓았어요."

래리는 잠시 머뭇거렸다. 그가 다시 입을 열었을 때, 나는 그가 내가 아니라 그 베네딕트회의 수도사에게 얘기를 하고 있다는 것을 깨달았다. 내 존재는 이미 잊은 듯했다. 워낙 과묵한 성격 탓에 오랫동안 하지 않았던 얘기를 아무도 부추기지 않았는데 술술 털어놓은 것을 보면 그 시간에 혹은 그 장소에 무언가 특별한 것이 있었던 모양이다.

"밥 넬슨 아저씨는 워낙 소박하신 분이라 저를 마빈에 있는 고등학교에 보내셨어요. 열네 살이 됐을 때 세인트폴 학교로 보내시긴 했지만, 그것도 루이자 브래들리 아주머니가 박사님을 들볶았기 때문이었죠. 저는 공부를 특별히 잘하지도 않았고, 그렇다고 특별히 잘 노는 아이도 아니었지만, 적응력은 뛰어났어요. 지금 생각해 보면 그냥 평범한 아이였던 것 같아요. 하지만 비행기와 관련된 거라면 사족을 못 썼죠. 비행 초창기라 밥 아저씨도 저만큼이나 비행에 열을 올리셨어요. 비행사도 몇 명 알고 계셨고요. 그래서 제가 비행기 조종법을 배우고 싶다고 하니까 약속을 잡아 주셨죠. 저는 열여섯 살이었지만 나이에 비해 키가 큰 편이라서 열여덟이라고 해도 모두 쉽게 믿었죠. 밥 아저씨는 저한테 꼭 비밀을 지켜야 된다고 신신당부하셨어요. 사람들이 저를 보낸 걸 알면 노발대발할 게 분명했으니까요. 하지만 제가 캐나다로 가도록 도와주고 아는 분께 편지를 써 준 건 바로 밥 아저씨였죠. 그렇게 해서 열일곱 살

땐 이미 프랑스에서 하늘을 날고 있었답니다.

당시 비행기들은 너무 허술해서 하늘에 오를 때마다 목숨을 걸어야 했죠. 비행고도도 지금 기준으로 보면 정말 우스운 수준이었어요. 하지만 그땐 그보다 더 좋은 게 없을 정도로 멋진 일이라고 생각했죠. 저는 하늘을 나는 게 너무 좋았어요. 형용할 수 없는 기분이었죠. 굳이 말로 표현하면, 뿌듯하고 행복한 기분이랄까? 허공에 떠 있으면 나 자신이 아주 위대하고 아름다운 무언가의 일부가 된 느낌이었어요. 대체 왜 그런 기분이 드는지도 몰랐죠. 제가 아는 거라곤, 더 이상 혼자가 아니라는 느낌, 2000피트 상공에 혼자 떠 있으면서도 어딘가에 소속된 느낌이 들었다는 것뿐이었어요. 말도 안 되는 소리 같지만 정말 그랬어요. 거대한 양떼 같은 구름 위를 날 때면 한없이 편안한 기분이 들었죠."

래리는 잠시 말을 멈췄다. 꿰뚫을 수 없을 듯한 우묵한 눈으로 나를 응시했지만 정말 나를 보고 있는지는 알 수 없었다.

"수많은 사람들이 죽었다는 건 알고 있었지만 그 광경을 직접 본 적은 없었어요. 그래서 별로 실감이 나지 않았죠. 그러다가 죽은 사람을 제 눈으로 직접 보게 됐어요. 수치심이 밀려들더군요."

"수치심?"

나는 나도 모르게 소리쳤다.

"그렇습니다. 수치심. 그 친구는 저보다 서너 살 위였는데, 정말 정력적이고 용감한 사람이었어요. 조금 전까지만 해도 그렇게 혈기왕성하고 선량하던 사람이 애당초 살아 있지도 않았던 것처럼 엉망진창의 고깃덩어리로 변해 버린 겁니다."

나는 아무 말도 하지 않았다. 나 역시 의대 시절에 죽은 사람들을 여러 번 봤으며, 전쟁 때에는 그보다 훨씬 더 많이 목격했다. 그때 내가 참을 수 없었던 것은 그들의 모습이 너무도 하찮게 보인다는 사실이었다. 위엄 따위는 전혀 찾아볼 수 없었다. 마치 흥행사가 갖다 버린 꼭두각시 인형 같았다.

"그날 밤, 저는 잠을 이룰 수 없었어요. 울음이 나왔죠. 저도 그렇게 될까 봐 두려워서 그런 건 아니에요. 그보다는 화가 나더군요. 제가 견딜 수 없었던 건 부당함이었어요. 전쟁이 끝나고 저는 고국으로 돌아왔죠. 어릴 때부터 기계 만지는 것을 좋아해서 항공 관련 일을 못 하게 되면 자동차 공장에 들어갈 생각이었어요. 그런데 부상 중이라 한동안은 쉴 수밖에 없었죠. 다 낫고 나니까 일자리가 들어오더군요. 하지만 사람들이 원하는 그런 종류의 일은 도저히 할 수가 없었어요. 너무 하찮게 느껴졌거든요. 그땐 생각할 시간이 많았어요. 그래서 끊임없이 자문했죠. 삶의 목적이 무엇일까? 어차피 내가 살아 돌아온 건 단지 운이 좋아서였잖아요. 그래서 제 삶을 십분 활용하고 싶었어요. 하지만 어떻게 해야 할지 알 수가 없었죠. 그 전까지 저는 신에 대해 별 생각이 없었는데, 그때부터 신을 생각하기 시작했어요. 왜 이 세상에 악이 존재하는지 이해할 수 없었죠. 제가 아주 무지하다는 건 알았지만, 누구한테 물어봐야 할지 몰랐어요. 배움을 얻기 위해 닥치는 대로 책을 읽기 시작했죠.

엔스하임 신부한테 이런 얘기를 전부 하고 나니까 그가 이렇게 묻더군요.

'그럼 4년 동안 책을 읽었단 말입니까? 그래서 무엇을 얻었습니까?'

'아무것도 얻지 못했습니다.'

그랬더니 온화하고 다정한 얼굴로 저를 보더군요. 저는 혼란스러웠죠. 대체 제가 뭘 어떻게 했기에 그가 그렇게 동요한 것일까? 그는 손가락으로 테이블을 톡톡 두드리면서 무언가를 곰곰이 생각하는 것 같았어요. 잠시 후 그가 입을 열었죠.

'현명한 우리 구교에서는 믿는 것처럼 행동하면 믿음을 갖게 되고, 의심이 생겨도 신실하게 기도하면 의심이 사라지며, 성찬의 아름다움에 빠지면 평화가 내려온다는 것을 깨달았지요. 성찬은 오랜 경험을 통해 인간의 정신에 영향을 미치는 것으로 밝혀졌습니다. 저는 곧 수도원으로 돌아갈 겁니다. 우리 수도원에서 2~3주 지내보는 게 어떨까요? 우리 평수사들과 함께 밭일을 해도 되고, 우리 도서관에서 책을 읽을 수도 있습니다. 탄광이나 독일의 농장에서 일하는 것 못지않게 흥미로운 경험이 될 겁니다.'

'왜 그런 제안을 하시는 겁니까?'

'저는 세 달 동안 당신을 관찰했습니다. 어쩌면 당신에 대해 본인보다 더 잘 안다고 할 수도 있지요. 당신은 신앙과 거리가 멀다고 생각하지만 제가 보기에 그 거리는 얇은 종잇장 두께에 불과합니다.'

저는 아무런 대꾸도 안 했습니다. 하지만 기묘한 느낌이 들더군요. 마치 누군가가 제 심금을 잡아당기는 것 같았어요. 그래서 결국 생각해 보겠다고 했죠. 그는 더 이상 그 얘기를 하지 않았어요. 그 후로 엔스하임 신부가 본을 떠날 때까지 우리는 종교와 관련된 얘기는 두 번 다시 꺼내지 않았죠. 하지만 본을 떠나면서 그가 제게 수도원 주소를 알려 주면서 혹시 생각이 바뀌면 편지를 달라고, 그러면 모든 준비를 해 놓겠다고 했어요. 그 정도일 줄 몰랐는데, 그가 무척 보고 싶더군요. 시간이 흘러 한여름이 되었죠. 저는 본의 여름이 좋았어요. 괴테를 읽고 실러와 하이네를 읽고, 횔덜린과 릴케도 읽었죠. 그런데도 아무런 답이 보이지 않는 겁니다. 엔스하임 신부의 제안에 대해 많이 생각해 봤어요. 그러다가 결국 그 제안을 받아들이기로 했죠.

그가 역까지 마중을 나왔습니다. 알자스 시골에 있는 수도원이었는데 경치가 참 예뻤어요. 엔스하임 신부는 수도원장에게 인사를 시킨 다음 제가 쓸 방을 보여 줬죠. 좁은 철제 침대가 놓여 있고 벽에는 그리스도 수난상이 있었어요. 가구는 꼭 필요한 것들만 간소하게 배치되어 있었고요. 저녁 식사 종을 듣고 식당으로 내려갔죠. 천장이 아치로 된 커다란 방이었어요. 문에는 수도원장이 두 명의 수도사와 함께 서 있었는데, 수도사 한 명은 대야를, 다른 한 명은 수건을 들고 있더군요. 수도원장이 손님들의 손에 물을 축여 손을 씻겨 주면, 수도사가 들고 있던 수건으로 직접 물기를 닦아 주는 겁니다. 저 말고 손님이 세 명 더 있었는데, 두 명은 때마침 그곳을 지나다가 저녁을 먹으러 들어온 사제들이었고 나머지 한 명은 부루퉁한 초로의 프랑스 노인이었습니다. 휴가차 왔다고 하더군요.

수도원장과 선임 및 후임 부원장 둘이 방의 상석에 해당하는 곳에서 각자 테이블 하나씩 차지하고 앉았고 신부들이 양쪽 벽을 따라 나란히 앉았어요. 수련 수사들과 평수사들, 손님들은 가운데 있는 테이블에 앉았죠. 우리는 감사 기도를 올린 다음 식사를 하기 시작했어요. 식사 도중에도 수련 수사 한 명이 식당 문가에 앉아서 단조로운 목소리로 교훈적인 책을 읽더군요. 식사를 마친 뒤 다시 한 번 감사 기도를 올렸죠. 그런 다음 수도원장과 엔스하임 신부, 손님들 그리고 그들을 맡은 수사와 함께 작은 방으로 들어가서 커피를 마시며 일상적인 대화를 나눴어요. 그러고는 다시 제 방으로 돌아왔죠.

그곳에서 3개월 동안 있었는데, 정말 행복한 시간이었어요. 저한테 꼭 맞는 생활이었거든요. 도서관이 좋아서 책도 많이 읽었죠. 신부들은 누구 하나 간섭하려 드는 사람이 없었지만, 그러면서도 기꺼이 말동무가 되어 줬습니다. 그들의 학식과 신앙심, 사심 없는 태도 등은 정말 감동적이었죠. 한량처럼 게으르게 살고 있는 줄 알았지만 절대 아니더군요. 끊임없이 무언가를 하고 있었죠. 직접 땅을 경작하고 농사를 짓고 있어서 제가 도와주면 모두들 좋아했어요. 장엄한 예배도 즐거웠습니다. 그중에서도 제가 가장 좋아한 건 새벽 미사였죠. 새벽 4시에 있었는데, 칠흑 같은 어둠이 주위를 둘러싼 가운데 수도복을 입고 머리에 두건을 쓴 신비로운 분위기의 수사들이 강인한 남자 목소리로 성가를 부르는 것을 듣고 있으면 가슴이 뭉클해지곤 했어요. 매일 규칙적인 일과를 따르는 게 왠지 모르게 편안한 느낌을 주더군요. 그토록 많은 에너지를 소비하고 그토록 활동적으로 사고를 하는데도 계속 휴식을 취하는 느낌이 드는 겁니다."

래리는 서글픈 미소를 지으며 다시 말을 이었다.

"저는 아무래도 롤라*처럼 시대를 잘못 타고난 것 같아요. 너무 늦게 태어났다는 얘기죠. 신앙을 당연하게 받아들이던

---

* 프랑스 시인 알프레드 드 뮈세의 동명 작품에 등장하는 인물.

중세에 태어났어야 하는 건데. 그랬다면 제 길이 확실히 정해져 있었을 테니 저도 수도회에 들어갔겠죠. 이 세상에선 도저히 믿음이 생기지 않았어요. 저도 믿고 싶었는데, 평범한 사람들보다 조금도 나을 게 없는 하느님을 믿을 수가 없더군요. 수사들이 그랬죠. 하느님은 당신의 영광을 위해 이 세상을 창조했다고. 하지만 그건 그리 가치 있는 목적이 아니라는 생각이 들었어요. 베토벤이 자신의 영광을 위해 교향곡들을 만들었을까요? 저는 그렇게 생각하지 않습니다. 그저 마음속에 존재하던 음악을 어떻게든 표현해야 했고, 그래서 자신이 아는 방법을 총동원하여 최대한 완벽하게 만든 것뿐이죠.

수사들이 암송하는 주기도문을 듣고 있으면 저들은 어떻게 한 치의 의심도 없이 꾸준히 하늘에 계신 아버지께 일용할 양식을 달라고 기도할 수 있는 걸까 하는 의문이 들었죠. 아이들이 땅에 있는 자기 아버지한테 양식을 달라고 간청하는 것 보셨습니까? 아이들은 아버지가 당연히 먹여 줄 거라고 믿잖아요. 아버지가 음식을 준다고 해서 고마워하지도 않을뿐더러 그럴 필요도 없죠. 오히려 낳아 놓고 제대로 못 먹이거나 안 먹이면 우린 그런 사람을 비난합니다. 전능하신 창조주도 마찬가지 아닙니까? 당신의 피조물들에게 물질적으로든 영적으로든 살아가는 데 필요한 것들을 제공할 준비가 안 됐다면 그들을 창조하지 말았어야죠."

"맙소사, 래리. 자네, 오히려 중세에 안 태어난 게 천만다행인 것 같은데. 중세에 태어났다면 틀림없이 화형당했을 테니까 말이야."

그가 웃으면서 내게 물었다.

"선생님은 크게 성공하신 분이잖아요. 그렇다고 바로 앞에서 대놓고 칭찬을 하면 좋으시겠어요?"

"그러면 오히려 민망하겠지."

"저도 똑같은 생각이에요. 하느님이 대놓고 칭송받길 원한다는 것도 믿을 수가 없었죠. 육군 항공대에 있을 때, 편한 일을 하려고 사령관한테 아부하는 녀석들은 동료들이 전부 싫어했죠. 그런데 하느님이라고, 집요하게 아첨해서 교묘하게 구원을 얻고자 하는 사람들을 좋아하실까요? 하느님 역시 각자 맡은 일에 최선을 다하는 것을 가장 유쾌한 숭배 방식으로 여겨야 하는 것 아닙니까?

하지만 가장 크게 저를 괴롭힌 문제는 그게 아니었습니다. 그보다는 죄악에 대한 선입견과 타협할 수 없다는 게 문제였죠. 제가 아는 한, 그런 선입견은 결코 수도사들의 머리에서 완전히 배제될 수 없거든요. 육군 항공대에 있을 때 저는 온갖 사람들을 만났습니다. 물론 그 사람들은 기회만 되면 술을 마시거나 여자랑 시시덕거리고 욕설도 서슴지 않았죠. 불량배들도 한두 명 있었어요. 한 놈은 부도수표를 남발하다가 체포돼서 6개월 동안 감옥살이를 하기도 했죠. 하지만 그렇게 나쁜 친구는 아니었어요. 그저 돈 한 푼 없이 살다가 생각보다 훨씬 많은 돈을 벌게 되니까 충동적으로 벌인 일이었죠. 파리에도 나쁜 사람이 많았는데, 시카고에는 훨씬 더 많더군요. 하지만 그런 나쁜 버릇은 주로 자신도 어쩔 수 없는 유전적인 요소나 스스로 선택할 수 없는 환경에서 오는 거잖아요. 그들의 범죄가 사회의 책임이 아니라고, 그들 자신의 책임이라고 말할 수 있을까요? 제가 하느님이라면 아무리 질이 나쁘다고 해도 그런 사람들에게 영원한 저주를 내리진 않을 겁니다. 엔스하임 신부는 워낙 편견 없는 사람이라 하나님이 없으면 그게 바로 지옥이라고 생각했어요. 하지만 그게 지옥이라고 불릴 정도로 견딜 수 없이 지독한 수준이라면, 선량하신 하느님이 어떻게 그런 벌을 내릴 수 있는 겁니까? 어차피 인간은 하느님이 창조한 존재잖아요. 인간을 죄를 지을 수 있는 존재로 창조했다면 그건 하느님이 그것을 의도했기 때문이겠죠. 내 집에 키우는 개한테 뒤뜰에 누가 들어오면 무조건 뛰어올라 목을 물어뜯도록 훈련시켰다면, 정말 개가 뒤뜰에 들어오는 사람을 물어뜯었다고 해도 때려서는 안 되는 거죠. 그건 정당하지 않은 겁니다.

선량하고 전지전능하신 하느님이 이 세상을 창조했다면 대체 악은 왜 창조한 겁니까? 수도사들은 자기 안에 있는 사악함을 무너뜨리고 유혹에 저항하며, 고통과 슬픔과 불행을 하나님이 정화를 위해 내리는 시련으로 받아들이면, 결국 하나님의 은총을 받게 될 수도 있다고 했죠. 그건 마치 심부름을 보내면서 길을 험난하게 만들기 위해 복잡한 미로를 만들고 해자를 두르고 마지막으로는 벽을 만드는 것과 똑같은 것 아닙니까? 그 사람은 미로를 힘겹게 통과하고 헤엄을 쳐서 해자를 건너고 벽을 허물어야 목적지에 다다를 수 있는 거잖아요. 저는 아무리 현명하다 해도 상식이 없는 하느님은 믿을 수 없었어요. 그보다는 이 세상을 창조하진 않았지만 악행을 발견하면 최선을 다해 바로잡는, 인간보다 훨씬 더 선량하고 현명하고 위대한 신을 믿는 편이 낫다고 생각했죠. 자신이 창조하지도 않은 악을 없애려고 안간힘을 쓰는 신, 그리하여 결국 악을 완전히 정복해 줄 수도 있는 신이라면 믿지 말아야 할 이유가 없다는 생각이 들더군요. 반대로 그런 신이 아니라면 대체 왜 믿어야 하는 건지 알 수가 없었죠.

그곳에 있던 착한 신부들은 이렇게 혼란스런 의문들에 대해 머리로든 가슴으로든 만족할 수 있는 답을 내놓지 못하더군요. 그곳은 제가 찾던 곳이 아니었던 겁니다. 엔스하임 신부에게 작별 인사를 하러 갔을 때, 그는 자신이 얘기한 대로 그곳에서 쌓은 경험이 도움이 되었느냐고 묻지 않더군요. 그저 이루 말할 수 없이 다정한 눈으로 저를 보았어요. 제가 말했어요.

'신부님께 실망을 안겨 드린 것 같습니다.'

그랬더니 그러더군요.

'아닙니다. 당신은 하느님은 안 믿지만 매우 종교적인 사람입니다. 하느님께서 당신을 찾아내실 겁니다. 당신은 반드시 돌아옵니다. 이곳이 될지 다른 곳이 될지는 오직 하느님만이 아시겠지요.'"

4

"저는 그 겨울이 다 갈 때까지 파리에 머물렀죠. 과학에 대해서는 아는 바가 전혀 없어서 이제 과학과 인사라도 나눠야 하는 게 아닐까 하는 생각이 들더군요. 그래서 관련 책을 많이 읽었죠. 실제로 많은 것을 배웠는지는 모르겠습니다. 저의 무지는 끝이 없더군요. 하지만 그건 예전부터 알고 있었습니다. 봄이 오자 저는 시골로 가서 강가에 있는 작은 여관에 머물렀죠. 200년 전의 삶을 그대로 간직한, 아름다운 프랑스 옛 마을 근처였어요."

그때가 바로 수잔 루비에와 함께 보낸 여름이었을 것이다. 그러나 나는 굳이 물어보지 않았다.

"그런 다음 스페인으로 갔죠. 벨라스케스와 엘 그레코*를 보고 싶었거든요. 종교는 길을 제시하지 못했지만 예술이라면 그럴 수 있지 않을까 하는 생각 때문이었어요. 이곳저곳 돌아다니다가 결국 세비야**로 갔는데, 마음에 들기에 거기서 겨울을 보내기로 했죠."

나 역시 스물셋에 세비야에 갔었고 그곳을 마음에 들어 했다. 구불구불한 하얀색의 거리들과 세비야 대성당, 탁 트인 과달키비르 평야도 좋았지만, 또 하나의 즐거움은 바로 우아하면서도 쾌활한 안달루시아 여자들이었다. 반짝이는 검은 눈과 카네이션을 꽂아 더욱 생생하게 대비되는 새까만 머리는 화려함을 더했다. 풍부한 피부색과 유혹적이고 관능적인 입술도 아름다웠다. 그러고 보면 젊다는 것은 그 자체로 천국이 될 수 있었다. 래리도 기껏해야 당시의 나보다 한두 살 많았을 것이다. 나는 궁금하지 않을 수 없었다. 그런 젊은 나이에 요염한 여자들의 매력에 현혹되지 않을 수 있었을까? 그러나 이윽고 그가 나의 궁금증을 풀어 주었다.

"거기서 우연히 파리에서 알고 지내던 프랑스 화가를 만났습니다. 오귀스트 코테라고, 한때 수잔 루비에와 함께 살았던 남자죠. 그림을 그리려고 세비야에 왔다가 그곳에서 만난 여자

* 둘 다 스페인의 화가.

** 스페인 남부 안달루시아 지방의 내륙 항구도시.

와 함께 살고 있더군요. 어느 날 저녁, 그가 에레타니아에 플라멩코 가수의 노래를 들으러 가자고 하더니, 그 여자의 친구까지 데리고 왔습니다. 사실, 그렇게 예쁜 여자는 처음 봤어요. 겨우 열여덟 살이었는데, 남자 친구와 사고를 쳐서 임신을 하는 바람에 어쩔 수 없이 고향을 떠나왔답니다. 남자 친구가 군복무 중이라, 그녀는 아기를 낳은 후 다른 사람에게 맡겨 놓고 담배 공장에 취직했다더군요. 그날 저는 그녀를 저희 집에 데리고 왔습니다. 아주 활달하고 상냥한 아이였죠. 그래서 며칠 후에 저와 함께 살지 않겠느냐고 물어봤어요. 그러겠다고 하더군요. 우리는 하숙집에 방 두 칸을 얻어 하나는 침실로, 하나는 거실로 썼죠. 일은 그만둬도 된다고 했지만 그녀가 계속 하겠다고 했어요. 저 역시 낮에 혼자 있을 수 있으니 그 편이 좋았죠. 부엌도 맘대로 쓸 수 있어서 그녀는 출근 전에 제게 아침을 해 주고 정오에는 집에 들러 점심을 만들어 줬어요. 저녁은 밖에서 해결하고 영화를 보거나 춤을 추러 갔죠. 제가 아침마다 고무 욕조에서 찬물로 축인 해면으로 목욕을 한다고 저를 괴짜 취급하더군요. 아기는 세비야에서 몇 킬로미터 안 되는 마을에 맡겨 놓아서 일요일마다 함께 아기를 보러 갔었죠. 남자 친구가 제대하면 집을 얻어서 같이 살 건데, 돈을 벌어 그 집에 놓을 가구를 사려고 나와 함께 사는 거라고 솔직하게 털어놓기도 했어요. 정말 귀여운 여자였죠. 틀림없이 남자 친구 파코에게도 좋은 아내가 되었을 겁니다. 명랑하고 착하고 상냥한 여자였거든요. 그녀는 우리가 조심스럽게 '성교'라고 부르는 것을 그저 자연스런 신체 기능의 하나로 생각했어요. 자신도 그 안에서 쾌락을 찾았고 남자에게 쾌락을 주는 것도 기쁘게 생각했죠. 동물 같은 면이 없지 않았지만, 그렇다고 해도 아주 상냥하고 매력적이며 잘 길들여진 동물이었어요.

어느 날 저녁, 그녀가 스페인령 모로코에서 군복무 중이던 파코로부터 편지가 왔다고 하더군요. 소집이 해제되어 2~3일 후에 카디스에 도착한다는 내용이었죠. 다음 날 아침, 그녀는 짐을 싸고 돈을 양말에 밀어 넣었어요. 제가 역까지 바래다 주었죠. 열차에 태울 때 저한테 진심 어린 키스를 건네긴 했지만, 남자 친구를 만난다는 생각에 너무 들떠서 저는 안중에도 없는 것 같았어요. 열차가 역을 빠져나가기도 전에 저의 존재를 잊었을 겁니다.

저는 세비야에 계속 머물다가 가을에 다시 길을 나섰죠. 그때 인도에 가게 된 겁니다."

5

밤이 깊어가고 있었다. 북적대던 실내는 이제 테이블 서너 개를 제외하곤 텅 비어 있었다. 달리 갈 곳이 없어 앉아 있던 사람들은 모두 집으로 돌아갔고, 연극이나 미술 전시회를 보러 왔다가 술과 음식을 먹으러 온 사람들도 떠나고 없었다. 가끔씩 새로운 손님이 드문드문 들어왔다. 영국인처럼 보이는 키 큰 남자 한 명이 불량배 같은 젊은이와 함께 들어와 있었다. 전형적인 영국 지식인처럼, 웨이브 진 머리는 숱이 점점 빠져 가는 듯했고 얼굴은 지칠 대로 지쳐 우울해 보였으며, 외국에 나가면 고향에서 알던 사람들이 자신을 전혀 못 알아볼 거라는 착각에 빠져 있는 것 같았다. 젊은이는 커다란 접시에 담긴 샌드위치를 게걸스럽게 먹어 치웠고, 영국 신사는 자애로운 얼굴로 그를 재미있다는 듯이 지켜보았다. 참으로 엄청난 식욕이었다. 니스에서 같은 이발소에 다녀 안면이 있는 남자도 보였다. 건장한 체격을 가진 반백의 노인으로, 퉁퉁하고 불그스름한 얼굴에 눈 밑의 살이 불룩하게 처져 있었다. 원래는 미국 중서부의 은행가였는데, 공황이 터진 이후 조사받기가 두려워 고국을 떠났다고 했다. 실제로 죄를 지었는지는 모르겠지만, 설사 그렇다고 해도 당국에서 사람을 보내 송환하기엔 귀찮을 정도로 시시한 수준이었을 것이다. 야비한 정치가처럼 가식적이고 거만해 보였지만, 두 눈은 겁을 먹은 듯 우울했다. 그는 늘 심하게 취한 상태도, 그렇다고 맨 정신도 아니었다. 돈을 짜내려고 눈에 불을 켠 창녀를 하나씩 끼고 다녔는데, 지금은 덕지덕지 화장한 중년 여자 두 명과 함께 앉아 있었다. 그녀들은 노골적으로 그를 조롱했지만, 그는 그녀들의 말을 절반밖에 이해하지 못하는지 얼빠진 사람처럼 킬킬거렸다. 얼마나 방탕한 삶인가! 차라리 고국에 남아 벌을 받는 편이 낫지 않았을까? 언젠가 여자들한테 완전히 털리고 나면, 강물에 몸을 던지거나 수면제를 왕창 삼킬 수밖에 없을 테니까 말이다.

2시에서 3시 사이에 손님이 조금 늘어나는 것 같았다. 나이트클럽들이 문을 닫는 시간인 모양이다. 미국 젊은이 몇 명이 만취한 상태로 어슬렁어슬렁 들어와서 시끄럽게 떠들어 댔지만 오래 있지는 않았다. 우리 테이블에서 머지않은 곳에 침울한 표정의 뚱뚱한 여자 둘이 앉아 있었다. 둘 다 남자 같은 옷을 꽉 끼게 입고 나란히 앉아서 우울한 침묵 속에서 위스키소다를 마셨다. 이윽고 야회복 차림의 사람들이 나타났다. 프랑스에서 이른바 '장 뒤 몽드(사교계 인사)'로 통하는 사람들 같았다. 여기저기 술집을 돌다가 마지막으로 요기를 하러 들어온 모양이었다. 손님들이 꾸준히 들락거리는 가운데, 나는 수수하게 차려입은 자그마한 남자를 줄곧 지켜보고 있었다. 맥주 한 잔을 놓고 신문을 읽으며 한 시간이 넘게 앉아 있는 그에게 호기심이 일었기 때문이다. 검은 턱수염을 깔끔하게 깎고 코안경을 걸치고 있었다. 마침내 한 여자가 들어와서 그의 테이블에 앉았다. 그는 여자에게 차갑게 고개를 까닥해 보였다. 자신을 기다리게 해서 화가 난 모양이었다. 여자는 젊지만 남루한 차림이었고 짙게 화장한 얼굴은 몹시 피곤해 보였다. 이윽고 그녀가 가방에서 무언가를 꺼내어 그에게 건넸다. 돈이었다. 남자는 그것을 보고 얼굴이 어두워졌다. 그의 말소리는 들리지 않았지만, 여자의 태도로 봐서는 남자가 욕설을 퍼붓고 여자는 용서를 구하는 것 같았다. 갑자기 남자가 앞쪽으로 몸을 기울이더니 여자의 뺨을 세차게 때렸다. 여자는 비명을 지르며 흐느끼기 시작했다. 놀란 매니저가 상황을 살피러 왔다. 소란을 피울 거면 나가 달라고 하는 것 같았다. 여자는 그에게 덤벼들며 욕설을 섞어 남의 일에 상관하지 말라고 말했다. 또렷또렷하고도 날카로운 목소리였다.

"이 사람이 내 따귀를 때린 건 그럴 만한 이유가 있어서예요."

여자들이란! 나는 여자가 부도덕하게 벌어 온 돈으로 사는 남자들은 성적 매력이 뛰어나고 체격이 건장하며 언제든 칼이나 총을 꺼내 들 수 있는 남자일 거라고 생각했다. 기껏해야 변호사의 서기 정도로밖에 안 보이는 볼품없는 사내가 그처럼 치열한 직업에 발을 들여놨다는 사실이 내게는 놀랍게 느껴졌다.

6

우리 테이블을 맡았던 웨이터가 교대를 해야 한다면서 계산서를 내밀고 팁을 요구했다. 우리는 계산을 하고 커피를 주문했다.

"계속하지."

래리는 얘기를 계속하고 싶어 하는 듯했고 나 역시 그의 얘기를 듣고 싶었다.

"지루하지 않으세요?"

"전혀."

"그럼 계속하죠. 그 유람선을 타고 봄베이에 도착했어요. 승객들이 명소를 둘러보고 유람을 할 수 있도록 봄베이에서 3일 동안 정박할 예정이었죠. 3일째 되던 날 저도 오후에 휴가를 얻어 해안으로 내려갔어요. 한동안 사람들을 구경하며 산책을 했습니다. 정말 온갖 사람들이 다 모여 있더군요! 중국인, 이슬람교도, 힌두교도, 선생님 모자처럼 새까만 타밀 사람들. 게다가 긴 뿔과 혹을 가진, 거세한 소들이 수레를 끌고 있었죠. 저는 동굴을 구경하려고 엘레판타 섬*으로 갔죠. 알렉산드리아를 떠날 때 봄베이로 간다는 인도 사람 한 명이 배에 탔는데, 관광객들은 그를 멸시했어요. 가무스름하고 둥근 얼굴에 키

---

* 봄베이 항 연안에 있는 인도의 섬으로, 동굴 사원들로 유명함.

가 작고 뚱뚱한 남자로, 검은색과 녹색의 체크무늬가 들어간 두툼한 트위드 정장에 성직자용 칼라를 달고 있었죠. 어느 날 밤 제가 갑판에서 바람을 쐬고 있는데 그가 다가와서 말을 걸더군요. 전 그때 아무하고도 얘기하고 싶지 않았습니다. 혼자 있고 싶었죠. 하지만 그 사람이 자꾸 이것저것 물어보는 겁니다. 제가 무척 쌀쌀맞게 대했을 거예요. 어쨌든 저는 학생인데 미국으로 돌아갈 뱃삯이 없어서 배에서 일을 하는 거라고 말해 줬어요.

그랬더니 그 사람이 그러더군요.

'그래도 인도에는 꼭 들러 봐야죠. 동양에는 서양 사람들이 생각하는 것보다 배울 것이 아주 많답니다.'

'아, 그래요?'

제가 이렇게 대꾸했더니 그 사람은 계속 떠들어 댔죠.

'적어도 엘레판타 섬의 동굴 사원들을 꼭 보고 가야 됩니다. 절대 후회 안 할 겁니다.'"

래리는 잠시 하던 얘기를 끊고 내게 물었다.

"그런데 선생님은 인도에 가 보셨습니까?"

"아니, 못 가 봤네."

"그렇군요. 어쨌든 저는 머리가 세 개 달린 커다란 반신상을 보면서 저게 무얼 의미하는 걸까 생각하고 있었습니다. 엘레판타 섬의 명물이라고 하더군요. 그때 갑자기 등 뒤에서 누군가가 말을 거는 겁니다.

'제 조언을 들었군요.'

뒤를 돌아보니 한 남자가 서 있었죠. 처음에는 몰라봤는데, 다시 보니 두툼한 체크무늬 정장과 성직자용 칼라를 착용하고 있던 그 조그만 남자더군요. 그땐 노란색의 긴 가운을 입고 있었죠. 나중에 알고 보니 그것은 라마크리슈나 선교회* 수행자들이 입는 가운이었어요. 배에서 봤을 땐 우스꽝스러운 수다쟁이 남자였는데 다시 보니까 위엄 있고 당당한 사람이더군요. 우리는 함께 그 거대한 반신상을 바라보았죠.

'창조자 브라마와 수호자 비슈누, 파괴자 시바입니다. 궁극적 실재의 3대 현시들이지요.'

'잘 이해가 안 되는데요.'

제가 이렇게 대꾸하자, 그는 저를 비웃기라도 하듯 입가에 연한 미소를 띠고 눈을 빛내며 말하더군요.

'당연하지요. 인간이 이해할 수 있는 신은 신이 아닙니다. 어느 누가 무한한 존재를 말로 설명할 수 있겠습니까?'

그는 합장을 하고 머리를 살짝 숙이더니 다른 곳으로 가버렸습니다. 저는 계속 그 신비한 세 개의 두상을 보고 있었죠. 감상에 젖어서였는지 묘하게 흥분이 되더군요. 가끔 어떤 단어가 생각나지 않는 경우가 있잖아요. 혀끝에서 맴돌기만 할 뿐 입 밖으로 나오지 않을 때. 그때 제가 느낀 기분이 그랬어요. 저는 동굴 밖으로 나와 한동안 계단에 앉아서 바다를 바라보았죠. 브라만교에 대해 아는 거라곤 에머슨의 시밖에 없어서 그걸 떠올려 보려 했어요. 생각이 잘 안 나니까 화가 나더군요. 그래서 봄베이로 돌아오자마자 서점에 가서 그 시가 들어 있는 시집을 찾았죠. 『옥스퍼드판 영시집』에 있더군요. 기억

* 힌두교의 성인 라마크리슈나의 삶에 구현된 베단타의 가르침을 전파하는 인도의 종교 단체.

나세요?

> 나를 버리는 자들은 잘못 생각하는 것이니,
> 그들이 나를 떠나 날아갈 때, 나는 그 날개이니라.
> 나는 의심하는 자요, 의심 그 자체이며
> 브라만이 노래하는 찬미가이니라.

저는 원주민 식당에서 저녁을 먹은 다음, 광장으로 가서 산책을 하며 바다를 바라봤죠. 승선 시간이 10시라 시간이 좀 있었거든요. 그렇게 별이 많은 하늘은 처음 본 것 같아요. 낮의 무더위를 견디고 날씨가 선선해지니까 너무도 기분이 좋더군요. 공원을 찾아 벤치에 앉았죠. 불빛 하나 없이 컴컴한 가운데 하얀 형체들이 말없이 눈앞을 오갔죠. 밝은 햇살이 쏟아지던 눈부신 낮과 시끄러운 유색인종들, 톡 쏘는 향기로운 동양의 냄새가 저를 매혹했어요. 마치 화가가 마지막 한 번의 붓질로 작품을 완성하듯, 브라마와 비슈누, 시바의 거대한 두상들이 그 모든 것에 신비로운 의미를 부여했죠. 가슴이 미친 듯이 뛰기 시작했습니다. 갑자기 인도가, 제가 반드시 가져야 할 무언가를 갖고 있다는 강렬한 확신이 드는 겁니다. 절호의 기회가 주어졌다는 느낌, 바로 그 순간에 그곳에서 그것을 잡지 않으면 다시는 오지 않을 것 같은 느낌이 들었죠. 순간, 저는 결심했어요. 배로 돌아가지 않기로. 짐을 놓고 오긴 했지만 짐이라고 해 봐야 두세 가지 시시한 물건들뿐이었죠. 그 길로 천천히 원주민 마을로 돌아가서 호텔을 찾았습니다. 얼마 후 한 군데를 발견하고 방을 잡았죠. 옷은 입고 있었으니 됐고, 돈

몇 푼에 여권, 신용장까지 갖고 있었죠. 해방감이 밀려들어 큰 소리로 웃었답니다.

혹시 눈에 띌지 몰라서 출항시간인 11시까지 방안에 꼼짝 않고 있었죠. 11시가 되자, 부두로 나가 배가 나가는 모습을 지켜봤어요. 그런 다음 라마크리슈나 선교회로 가서 엘레판타 섬에서 제게 말을 걸었던 수행자를 찾았죠. 이름을 몰라서 방금 전에 알렉산드리아에서 온 수행자를 찾는다고 설명했어요. 그 사람한테 인도에 머물기로 했다고 하고 어디를 둘러봐야 하느냐고 물었어요. 오랫동안 대화를 나눈 끝에, 마침내 그가 그날 밤 바라나시로 간다며 같이 가겠느냐고 묻더군요. 저는 흔쾌히 그러겠다고 했죠. 우리는 삼등 열차를 잡아탔습니다. 객차는 먹고 마시며 떠드는 사람들로 가득 차서 끔찍이 더웠어요. 밤새 한숨도 못 잔 탓에 다음 날 아침이 되니까 무척 피곤하더군요. 하지만 그 수행자는 아주 팔팔한 겁니다. 어떻게 그럴 수 있느냐고 물으니까 그는 이렇게 대답했습니다.

'저는 형체 없는 것에 대해 명상을 하면서 절대적인 휴식을 찾았습니다.'

어떻게 생각해야 할지 모르겠더군요. 하지만 그가 편안한 침대에서 숙면을 취한 사람처럼 정신이 또렷하다는 건 제 눈으로 직접 확인했어요.

바라나시에 도착하자, 제 나이 또래의 한 젊은이가 그 수행자를 마중 나와 있더군요. 수행자는 젊은이에게 제 방을 잡아달라고 부탁했어요. 마헨드라라는 이름의 청년으로 대학에서 강의를 하는 사람이었죠. 상냥하고 친절하고 똑똑한 친구라 무척 호감이 갔죠. 그 친구도 저를 좋아하는 것 같았어요. 그날 저녁, 그가 저를 배에 태우고 갠지스 강으로 데리고 나갔어요. 정말 신나는 경험이었습니다. 강가까지 빈틈없이 이어진 도시 풍경이 더없이 아름답고 장엄했죠. 하지만 다음 날 아침에 보여 준 풍경은 훨씬 더 굉장했어요. 동이 트기 전에 호텔로 데리러 와서는 다시 갠지스 강으로 데려가더군요. 저는 도저히 믿기지 않는 광경을 목격했어요. 수천 명의 사람들이 강가로 내려와서 정화 목욕을 하고 기도를 올리는 게 아니겠습니까? 키가 크고 비쩍 마른 남자가 중요한 부분만 천으로 가리고 벌거벗은 상태로, 긴 두 팔을 뻗고 고개를 든 채 커다란 소리로 떠오르는 태양을 향해 기도를 올리더군요. 머리는 산발이었고 턱수염도 엉망이었죠. 그때 제가 받은 인상은 말로 설명할 수가 없습니다. 바라나시에서 6개월을 머물면서 몇 번이고 새벽에 갠지스 강으로 내려가 그 기묘한 광경을 보았어요. 그 경이로움은 감당하기 힘들 지경이었죠. 어떤 조건도 없이, 한 치의 의심도 없이, 온몸과 온 마음을 다해 진심으로 기도를 올렸던 겁니다.

게다가 전부들 제게 아주 친절하게 대해 줬죠. 제가 호랑이를 잡거나 물건을 팔러 온 게 아니라 그저 보고 배우기 위해 왔다는 사실을 알고는 모두들 물심양면으로 저를 도와줬습니다. 힌두스타니 말을 배우고 싶다고 하자 기뻐하며 선생님을 찾아 주기도 했죠. 책도 빌려 주고 이것저것 물어봐도 절대 귀찮아하지 않았어요. 힌두교에 대해 잘 아세요?"

"거의 모르지."

내가 대답했다.

"틀림없이 선생님도 흥미로워하실 겁니다. 우주에는 시작이나 끝이 없다는 사상, 생성되었다가 안정되고, 안정에서 쇠퇴로, 쇠퇴에서 해체로, 해체에서 다시 생성으로 이어지는 과정이 끊임없이 되풀이된다는 사상보다 더 굉장한 사상이 있을까요?"

"그럼 힌두교도들은 그처럼 끊임없는 순환이 왜 일어난다고 생각하나?"

"그것이 절대자의 본질이라고 하겠죠. 그들은 창조의 목적이 전생의 업보나 공적을 벌하거나 상 주기 위한 무대를 마련하는 것이라고 믿고 있어요."

"그렇다면 영혼의 윤회가 전제되어야 하겠군."

"전 인류의 3분의 2가 영혼의 윤회를 믿고 있어요."

"대다수가 믿는다고 해서 그것이 진리라는 보장은 없지."

"물론 그렇죠. 하지만 적어도 고려해 볼 가치는 있는 것 아닐까요? 기독교도들은 신플라톤주의에서 많은 것을 수용했죠. 그렇다면 윤회설 역시 아주 쉽게 받아들였을지도 모를 일입니다. 실제로 초창기에 윤회설을 믿은 기독교 분파도 있었잖아요. 결국 이단으로 몰렸지만. 그런 일이 없었다면 기독교도들도 윤회설을 예수의 부활만큼이나 확실하게 믿었을 겁니다."

"그렇다면 영혼은 바뀌지 않고 전생의 업보나 공적에 따라 끝없이 몸만 바뀐다는 뜻으로 생각해도 되는 건가?"

"제 생각엔 그렇습니다."

"하지만 영혼뿐 아니라 육체도 그 사람의 일부 아닌가? 우연찮게 육체에 장애가 생긴다면, 그것이 그 사람에게 어느 정도의 영향을 미치는지 누가 결정할 수 있을까? 바이런이 다리가 휘지 않았더라면 우리가 아는 바이런이 될 수 있었을까? 도스토예프스키가 간질을 앓지 않았다면 우리가 아는 도스토예프스키가 될 수 있었다고 생각하나?"

"인도 사람들은 그걸 우연이라고 말하지 않을 겁니다. 그보다는 전생의 업보 때문에 영혼이 불완전한 몸을 받도록 결정되는 것이라고 말하겠죠."

래리는 무심코 테이블을 두드리며 생각에 잠긴 듯 허공을 응시했다. 그런 다음 입가에 희미한 미소를 띠며 생각에 잠긴 눈으로 말을 이었다.

"윤회가 세상의 악에 대한 설명이 되는 동시에 그것을 정당화한다고 생각해 본 적 있으세요? 우리가 겪는 나쁜 일들이 전생에 지은 업보라면 그저 단념하고 견뎌 내려고 노력하지 않을까요? 그 과정에서 선을 추구하면 다음 생에서는 고통이 줄어들 거라는 희망을 가질 수도 있고요. 하지만 자신이 겪는 악이나 불행은 비교적 쉽게 견딜 수 있죠. 약간의 강인함만 있으면 되니까요. 반면, 다른 이들에게 일어나는 나쁜 일들, 종종 너무나도 부당하게 보이는 일들은 더 받아들이기가 힘들죠. 그런데 그것이 과거의 업보로 인한 불가피한 결과라고 생각한다면 어떨까요? 물론, 애석한 마음도 들고 고통을 분담하려고 노력하기도 하겠죠. 그게 마땅하기도 하고요. 그래도 그에 대해 분개하는 일은 없지 않을까요?"

"하지만 그렇다면 왜 신은 처음부터 고통이나 불행이 없는 세상을 창조하지 않은 거지? 그랬다면 개인이 자신의 행동을 어떻게 결정하든 득이 될 것도 없고, 실이 될 것도 없었을 것 아닌가?"

"힌두교 사람들은 처음 같은 것은 없다고 말할 겁니다. 개인의 영혼은 우주와 함께 영겁토록 존재해 왔으며 그 성격은 전생에 의해 결정된다고 말입니다."

"그렇다면 윤회에 대한 믿음이 실질적으로 그 사람의 삶에 영향을 미친다고 생각하나? 결국은 그게 중요한 거지."

"저는 그렇다고 생각합니다. 제가 아는 한 남자의 경우, 그러한 믿음이 삶에 아주 실질적인 영향을 미쳤거든요. 인도에서 처음 2~3년 동안은 주로 원주민 호텔을 돌며 지냈는데, 가끔 자기 집에 가자는 사람들이 있었죠. 한두 번 마하라자* 손님으로 초청받아 호화로운 생활도 해 봤답니다. 바라나시에 있는 한 친구를 통해 초청을 받아서 북부의 어느 작은 주에 머물기도 했는데, 그곳 주도(州都)가 참 예뻤어요. 말 그대로 '영원의 절반을 간직한 장밋빛 붉은 도시'** 같았죠. 제가 소개받은 사람은 재무 장관이었어요. 유럽에서 교육을 받고 옥스퍼드에 살다 온 사람인데, 얘기를 나눠 보니까 진보적이고 박식하며 깨어 있다는 생각이 들더군요. 게다가 장관으로서 일 처리도 뛰어나고, 영리하고 눈치 빠른 정치가로도 유명했어요. 옷도 유럽식으로 입고 전체적으로 아주 깔끔한 느낌이었죠. 인상이 참 좋았어요. 인도의 보통 중년 남자들처럼 약간 뚱뚱한 편이었는데, 수염을 짧게 깎아서 깔끔하게 정리하고 다녔죠. 종종 저한테 집으로 오라고 했어요. 정원이 넓어서 우리는 커다란 나무 그늘에 앉아 얘기를 나누곤 했죠. 아내도 있고, 다 큰 자녀도 둘 있었어요. 누가 봐도 영국에서 교육받은 인도인의 전형이었는데, 그로부터 1년 후에 그 사람을 우연히 만났을

---

* 인도 대왕의 칭호.

** 영국의 한 시인이 요르단의 고대 도시 페트라에 붙인 유명한 별칭.

때 저는 혼비백산했답니다. 쉰 살이 되면서, 안정적인 자리에서 물러나 아내와 자녀들에게 재산을 전부 물려주고 세상으로 나가 탁발 수행자가 된 겁니다. 하지만 무엇보다도 놀라운 건, 그의 친구들과 마하라자까지도 그것을 기정사실로 받아들였다는 사실이었어요. 기이한 행동이 아니라 자연스런 행동으로 받아들였다는 얘기죠.

언젠가 저는 그분한테 이렇게 물은 적이 있습니다. '장관님께서는 매우 자유분방하시고 세상에 대해서도 많이 알고 계시지 않습니까? 과학, 철학, 문학 등 다방면에 걸쳐 책도 많이 읽으셨고요. 그런데도 진정으로 윤회를 믿으십니까?'

그러자 그분의 얼굴이 변하더군요. 몽상가의 얼굴 같았어요. 그러고는 이렇게 말씀하셨죠.

'무슨 말씀입니까? 윤회를 믿지 않는다면, 제 삶은 아무 의미가 없을 겁니다.'"

"래리, 자넨 윤회를 믿나?"

"어려운 질문이네요. 제가 생각하기에, 우리 서양인들은 동양인들처럼 맹목적으로 윤회를 믿을 순 없을 것 같습니다. 동양인들은 피와 뼈 속에 윤회가 뿌리박혀 있지만, 우리에겐 그저 하나의 의견에 불과하죠. 저는 믿지도 않지만, 그렇다고 안 믿지도 않습니다."

그는 잠시 말을 멈추고 손으로 턱을 괸 채 테이블을 내려다보았다. 그런 다음 의자에 깊숙이 몸을 기댔다.

"제가 겪은 아주 기묘한 경험을 말씀드릴게요. 아슈라마에 있을 때의 일이에요. 어느 날 밤, 제 작은 방에서 인도 친구들이 가르쳐 준 명상을 연습하고 있었죠. 양초에 불을 붙이고 그 불꽃에 정신을 집중시켰어요. 그러자 얼마 후 그 불꽃을 통해 저편에 길게 줄지어 선 사람들의 형상이 보이는 겁니다. 꽤 분명하게 보였죠. 맨 앞에는 한 할머니가 레이스 달린 모자를 쓰고 서 있었어요. 반백의 고수머리가 양쪽 귀를 덮고 있었죠. 꽉 끼는 검은색 보디스*에 검은색 실크 주름치마를 입은 걸 보니 마치 1870년대 사람처럼 느껴졌어요. 인자하면서도 수줍은 태도로 나를 정면으로 보고 서서 두 팔은 양 옆으로 내린 채 양쪽 손바닥을 내 쪽으로 향하고 있었죠. 주름진 얼굴이 친절하고 온화해 보이더군요. 그 할머니 뒤에는 키가 크고 마른 유대인이 서 있었어요. 숱 많은 검은색 머리에 테 없는 노란 모자를 쓰고 중세 유대인이 입던, 품이 크고 긴 노란색 상의 차림이었죠. 할머니 뒤에 있었지만 옆으로 서 있어서 옆모습이 보였어요. 커다란 매부리코에 입술이 두툼하더군요. 학자처럼 학구적인 표정에 엄격하면서도 열정적인 금욕자의 분위기가 풍겼죠. 그 뒤에는 쾌활하고 혈색 좋은 한 청년이 있었어요. 마치 그 사이에 아무도 없는 것처럼 정면의 모습이 뚜렷하게 보이더군요. 누가 봐도 영락없는 16세기 영국인의 이미지였어요. 다리를 약간 벌린 채 단호한 자세로 서 있는 모습이 대담하고 무모하면서도 자유분방해 보였죠. 마치 궁중복처럼 화려한 빨간색의 옷과 앞쪽이 넓적한 벨벳 신발, 나지막한 벨벳 모자 차림이었고요. 그 뒤로도 사람들의 형상이 끝없이 늘어서 있었더군요. 마치 영화를 보려고 줄을 선 사람들처럼. 하지만 세 사람을 제외하곤 모습을 정확히 알아볼 수가 없었죠. 그저 희미

* 블라우스나 드레스 위에 입는 여성용 조끼.

한 형체들이 여름의 산들바람에 흩날리는 밀처럼 조금씩 움직이고 있었어요. 얼마 후 그들은 전부 사라졌죠. 1분 후였는지, 5분 후였는지 아니면 10분 후였는지 모르겠지만, 어쨌든 밤의 어둠 속으로 천천히 사라지고 양초의 불꽃만 남았어요."

래리는 살짝 미소를 보이고는 계속 말을 이었다.

"물론, 제가 깜박 졸다가 꿈을 꿨는지도 모르죠. 아니면 희미한 불꽃에 집중하다가 일종의 최면 상태에 빠졌을 수도 있고요. 그랬다면 제가 지금 선생님을 보는 것처럼 뚜렷하게 목격한 그 세 사람은 제 잠재의식에 있던 모습이 튀어나온 거겠죠. 하지만 그들은 저의 전생일 수도 있어요. 제가 얼마 전까지 뉴잉글랜드에 사는 할머니였을 수도 있습니다. 그 전에는 레반트의 유대인이었고, 또 그 전에는 세바스찬 캐벗*이 브리스틀을 출발한 직후쯤에 웨일스의 황태자 헨리의 궁정에 있던 멋진 신사였을 수도 있다는 말씀이죠."

"그 장밋빛 붉은 도시의 친구는 어떻게 됐나?"

"2년 후에 저는 남쪽에 마두라이**라는 곳으로 내려갔어요. 어느 날 밤 사원에 있는데 누가 제 팔을 툭 치더군요. 돌아보니 검은 머리를 길게 풀어 헤치고 수염을 기른 남자가 천으로 아랫도리만 가린 채 지팡이와 탁발 그릇을 들고 서 있는 겁니다. 처음에는 못 알아봤는데 목소리를 들어 보니 그분이더군요. 너무 놀라서 말문이 막혔죠. 그곳에 어쩐 일이냐고 하기에 대답해 줬어요. 어디로 갈 거냐고 묻더군요. 트라방코르로 갈

---

* 1476~1557. 영국의 항해가 겸 탐험가, 지도 제작자.

** 인도 남동부에 위치한 도시.

거라고 했더니, 그곳에 가면 가네샤 씨를 만나 보라면서 이렇게 말했죠.

'당신이 찾는 것을 줄 겁니다.'

그가 누구냐고 물었지만, 그는 그저 미소를 지으며 만나 보면 다 알게 될 거라고만 했어요. 저도 놀란 마음이 진정돼서 그분한테 마두라이에서 무얼 하고 있느냐고 물었어요. 인도 성지순례를 하고 있다더군요. 잠은 어디서 자느냐, 먹을 것은 어떻게 해결하느냐 등, 궁금한 걸 이것저것 물어봤어요. 그랬더니 잘 곳을 내주는 사람이 있으면 베란다 같은 곳에서 자고, 그렇지 않을 때는 나무 밑이나 사원 경내에서 잔다는 겁니다. 음식도 사람들이 내주면 먹고 그렇지 않으면 그냥 거른다고 하더군요. 저는 그분을 다시 한 번 훑어보고 말했어요.

'살이 많이 빠지셨네요.'

그랬더니 웃으면서 살이 빠져서 훨씬 좋다고 하고는 작별 인사를 했어요. 천 쪼가리 하나만 두른 알몸의 남자가 영어로 '그럼 안녕히 가십시오, 친구.'라고 인사하는 게 무척 어색하게 느껴졌죠. 그런 다음, 그분은 사원 안쪽으로 들어갔어요. 제가 따라갈 수 없는 곳이었죠.

그 이후로 한동안 마두라이에 머물렀어요. 그 사원에서는 가장 신성한 장소만 제외하곤 백인도 어디든 자유롭게 둘러볼 수 있었거든요. 인도에서 그런 사원은 그곳밖에 없었을 거예요. 밤이 되면 남녀노소를 불문하고 모여드는 사람들로 북적거렸죠. 남자들은 웃통을 벗은 채 도티*를 입고 있었고 이마

* 남아시아 힌두교 문화권의 남자들이 전통적으로 입는 허리에 두르는 긴 옷.

에, 때로는 가슴과 팔에도 불에 태운 하얀 소똥의 재가 두툼하게 묻어 있었어요. 복종의 의식으로 사당 앞에서 몸을 굽실거리기도 하고 때로는 바닥에 납작하게 엎드리기도 했어요. 평신저두(平身低頭) 의식이라는 거죠. 기도를 하고 경을 암송하는가 하면, 서로를 불러 대며 수다를 떨거나 열을 올리며 말다툼을 벌이는 사람들도 있었어요. 불경스런 소동이 일기도 했지만, 그럼에도 불구하고 신비감이 감돌았죠. 신이 바로 옆에 살아 있는 것 같았어요.

긴 복도에 조각이 새겨진 기둥들이 지붕을 지지하고 있는데, 이 기둥 발치마다 탁발 수행자들이 앉아 있어요. 신도들이 지나가면서 그 앞에 놓인 그릇이나 작은 돗자리에 동전을 던져 주죠. 옷을 입은 사람도 있지만 벌거벗다시피 한 사람도 있어요. 지나가는 사람들을 멍하니 보고 있는 사람들이 있는가 하면, 신경 쓰지 않고 눈으로 혹은 소리 내어 경을 읽는 사람들도 있죠. 거기서 그분을 찾아보기도 했지만, 그 뒤로는 두 번 다시 못 봤어요. 자신의 목표를 위해 길을 떠난 모양이에요."

"그 목표가 뭐였지?"

"환생의 굴레에서 벗어나는 거죠. 베단타 철학자*들은 우리가 영혼이라 부르는 자아를 '아트만'이라고 부르죠. 그들에 따르면 아트만은 육체와 육체의 감각들, 정신과 정신이 가진 지식과는 구분되는 겁니다. 그것은 절대자의 일부가 아니라 절대자 그 자체죠. 무한한 존재인 절대자에게는 일부라는 것이 존

---

* 베단타 철학은 인도철학의 한 파로, 가장 근대적인 힌두교 학파의 토대를 이루고 있는 철학 체계.

재할 수 없으니까요. 자아는 피조물이 아니라 영겁토록 존재해 온 것이기 때문에, 마침내 일곱 가지 무지의 베일을 벗게 되면 다시 처음 상태, 즉 무한의 상태로 돌아가죠. 바다에서 증발한 물이 소나기가 되어 웅덩이를 이뤘다가 개천으로, 시내로 흘러들잖아요. 그런 다음 이리저리 굽이치고 돌멩이와 나뭇가지에 부딪치며 산골짜기와 넓은 평원을 지나 강으로 흘러들고, 마침내는 처음 있던 곳, 즉 끝없는 바다에 도달하죠. 그것과 같은 이치입니다."

"하지만 그 물방울은 바다와 합쳐지면 개성을 완전히 상실하게 되잖아."

래리는 빙그레 웃으면서 대꾸했다.

"설탕을 맛보고 싶긴 해도 설탕이 되고 싶지는 않다? 결국 개성이라는 건 자아의식의 표출에 불과한 것 아닙니까? 그러니 영혼은 개성의 흔적을 마지막 한 방울까지 완전히 씻어 내지 않으면 절대자와 하나가 될 수 없죠."

"래리, 자넨 절대자라는 말이 대수롭지 않은 것처럼 얘기하는데, 그건 아주 많은 의미를 담고 있는 말이야. 자넨 그 말이 어떤 의미라고 생각하나?"

"실재라고 할까요? 사실, 정확히 그것이 무엇이라고 말할 수는 없습니다. 다만, 무엇이 아닌지만 말할 수 있죠. 그건 표현할 수 있는 게 아닙니다. 인도 사람들은 그것을 브라만이라고 부르죠. 어디에도 존재하지 않지만 모든 곳에 존재하는 것, 만물에 내재되어 있지만 동시에 만물이 의존하는 대상, 사람도 아니고 사물도 아니며 원인도 아니죠. 속성도 없고요. 항구 불변도, 가변도 초월한, 전체이자 부분이고 유한하면서 무한한 존재예요. 시간에 따라 완성되지도, 완벽해지지도 않는다는 점에서 영원하죠. 그것은 진리이자 자유입니다."

"어이쿠!"

나는 이렇게 내뱉고는 래리에게 말했다.

"하지만 그렇게 전적으로 지적인 개념이라면, 그것이 어떻게 고통받는 인류에게 위안이 될 수 있을까? 사람들은 오래전부터 힘들 때 위안을 주고 용기를 북돋워 줄, 인간적인 신을 원했잖아."

"먼 훗날 사람들이 좀 더 커다란 통찰력을 얻게 되면, 결국 자신의 영혼에서 위안과 용기를 찾아야 한다는 점을 깨닫게 되지 않을까요? 개인적으로 저는 어떤 대상을 숭배하고자 하는 욕구가 잔인한 신들에 대한 기억의 잔재에 불과하다고 생각합니다. 즉, 잔인한 신들의 비위를 맞춰 줘야 한다는 기억의 잔재라는 것이죠. 신은 제 안에 있는 게 아니라면 어디에도 존재할 수 없다고 저는 믿거든요. 그렇다면 저는 누구를 혹은 무엇을 숭배해야 하는 걸까요? 저 자신일까요? 사람들의 정신적인 발달 수준은 저마다 다르죠. 그중 인도인들은 나름의 상상력을 통해 브라마와 비슈누, 시바, 여타의 수십 가지 이름으로 알려진 절대자의 현시를 발전시킨 겁니다. 절대자는 세상의 창조자이자 통치자인 이슈바라* 안에 존재할 수도 있지만, 땡볕에서 일하는 농부들이 꽃을 따다 바치는 소박한 물신 속에 존재할 수도 있어요. 그러니까 인도의 그 수많은 신들은 개개의

* 힌두교에서 절대적이며 초월적인 지고의 실재인 브라만과는 구별되는 인격적이고 내재적인 신.

자아가 궁극의 자아와 하나라는 사실을 깨우쳐 주는 수단에 불과한 셈이죠."

나는 래리를 물끄러미 보았다.

"자네가 대체 무엇 때문에 그렇게 확고한 믿음에 매료되었는지 궁금하군."

"그건 말씀드릴 수 있을 것 같네요. 저는 오래전부터 종교를 구원의 필수 조건인 것처럼 떠벌리던 종교 창시자들에 대해 서글픈 마음을 갖고 있었어요. 마치 사람들의 믿음을 얻어야만 자신도 스스로를 믿을 수 있는 것처럼 느껴졌거든요. 그들을 생각하면 고대 이교의 신들이 떠올랐죠. 독실한 신자들의 봉헌물이 없으면 힘을 잃고 마는, 그런 신들 말입니다. 아드바이타*는 믿음을 요구하지 않죠. 그저 실재에 다가가고자 하는 열렬한 열망만을 요구할 뿐입니다. 신이라는 것도 기쁨이나 고통처럼 확실하게 경험할 수 있는 그 무엇이라고 가르치죠. 현재 인도에는 신을 경험했다고 확신하는 사람들이 수없이 많아요. 제가 알기만도 수백 명이죠. 사실, 저는 인식을 통해 실재에 도달할 수 있다는 생각 자체가 아주 만족스럽습니다. 이후 인도의 현인들도 인간의 결점을 깨닫고 사랑을 통해 혹은 의로운 행위를 통해 구원을 얻을 수도 있다고 시인하긴 했지만, 가장 어렵고도 고귀한 구원의 수단은 단연 인식이라는 점은 결코 부인하지 않았죠. 인식이라는 수단은 인간의 가장 귀한 능력, 즉 이성이니까요."

* 불이일원론, 베단타의 가장 영향력 있는 학파.

7

잠시 이야기를 끊고 분명하게 밝혀 둘 것이 있다. 나는 베단타라는 철학 체계에 대해 설명을 늘어놓으려는 게 아니다. 그럴 만한 지식도 없지만, 설사 있다고 해도 여기서 그것을 설명하는 것은 적절하지 않다. 긴 대화를 나누면서 래리는 수많은 얘기를 들려주었다. 그러나 이 책이 소설인 이상, 그의 얘기를 전부 싣는 것은 불가능하다. 내가 얘기하고자 하는 대상은 바로 래리이다. 나 역시 이처럼 난해한 주제를 끄집어내고 싶진 않았지만, 지금부터 내가 들려주고자 하는 그의 행적들을 납득시키려면 그가 갖고 있던 생각과 그것이 야기한 듯한 독자적인 경험들에 대해 어느 정도 밝혀 둘 필요가 있을 것 같았다. 한 가지 답답한 점이 있다면, 그의 목소리나 표정의 변화를 글로 표현하는 데 한계가 있다는 사실이다. 그의 유쾌한 목소리는 무심코 내뱉는 말도 설득력 있게 들릴 정도였고, 심각했다가도 금방 쾌활해지고 생각에 잠긴 듯했다가도 이내 밝아지는 얼굴 표정은 마치 피아노가 협주곡을 연주하는 바이올린 선율에 반주를 맞추듯 시시각각 변하는 자신의 생각에 맞춰 반주를 펼치는 듯했다. 그는 심각한 주제를 논하면서도 일상적인 대화를 하듯 자연스런 어조를 사용했다. 가끔 머뭇거리기도 했지만 당혹스러워하거나 어색해하는 기색이 전혀 없어서 마치 날씨나 농작물 얘기를 하고 있는 것 같았다. 만약 그가 상대를 가르치려 든다는 인상을 받았다면, 그것은 전적으로 내 표현상의 문제다. 그는 지극히 정직하고 겸손한 사람이었다.

이제 카페에는 손님이 거의 남지 않았다. 떠들썩하게 술을 마시던 사람들은 이미 한참 전에 뿔뿔이 흩어졌고, 사랑을 파는 가엾은 여자들도 그들의 허름한 거처로 돌아가고 없었다. 이따금씩 피곤한 얼굴의 남자들이 한두 명씩 들어와 맥주 한 잔을 놓고 샌드위치를 먹거나 잠이 덜 깬 얼굴로 커피를 마셨다. 사무실에서 일하는 월급쟁이들이었다. 야간 근무를 마치고 집으로 돌아가는 길에 요기를 하러 들렀거나, 시계 알람 소리에 잠에서 깨어 긴 하루의 일과를 시작하려 내키지 않는 발걸음을 옮기는 사람들 말이다. 래리는 카페 안이 어떤지, 시간이 얼마나 됐는지 전혀 의식하지 않는 듯했다. 나는 한평생을 살면서 이상하고 기묘한 상황들을 수없이 겪어 본 사람이다. 죽을 고비도 한두 번 넘겨 봤고, 소설에나 나올 법한 일도 여러 번 겪어 보았다. 마르코 폴로가 전설의 땅 중국에 도달한 길을 따라 조랑말을 타고 중앙아시아를 관통하기도 했고, 페트로그라드*에서 깔끔한 응접실에 앉아 러시아 차를 마시며 검은 코트와 줄무늬 바지 차림의 언변 좋고 왜소한 사내에게서 어느 대공을 암살한 얘기를 들은 적도 있으니까 말이다. 또, 웨스트민스터에서는 밖에서 한창 폭탄이 터지는 가운데, 어느 응접실에 앉아 잔잔하고 따뜻한 하이든의 피아노 삼중주를 듣기도 했다. 하지만 그 어떤 경험도 그날의 상황만큼 기묘하진 않았다. 화려하고 야한 레스토랑에서 빨간 플러시 천이 덮인 의자에 앉아 신과 영원, 절대자, 끝이 없는 윤회의 굴레 등에 대한 래리의 이야기를 몇 시간이고 들어야 했으니까 말이다.

* 지금의 상트페테르부르크.

8

래리가 한동안 침묵을 지켰지만, 나는 그를 재촉하고 싶지 않아서 잠자코 기다렸다. 이윽고 그가 새삼스레 내 존재를 자각한 듯 다정한 미소를 지어 보였다.

"트라방코르에 가서 보니 가네샤 씨에 대해 굳이 물어볼 필요도 없었어요. 그분을 모르는 사람이 없었거든요. 수년 동안 산속의 동굴에서 살았는데, 어느 자비로운 사람이 작은 땅을 내주고 조그마한 어도비 벽돌집까지 지어 주는 바람에 결국 설득에 못 이겨 평지로 내려왔다고 하더군요. 중심 도시인 트리반드룸과는 꽤 멀리 떨어져 있어서 기차도 타고 소가 끄는 수레도 타고 해서 꼬박 하루 만에 그 아슈라마에 도착했어요. 입구에 어떤 청년이 있기에 이 요가 수행자를 만날 수 있느냐고 물었죠. 사람들이 주로 과일 바구니를 선물하는 것을 보고 저도 그걸 들고 갔어요. 청년은 몇 분 후에 돌아와서 기다란 홀로 저를 안내했죠. 홀은 온통 창문으로 둘러싸여 있었어요. 한쪽 구석에 호피가 깔린 단이 있고 가네샤 씨가 거기에 명상하는 자세로 앉아 있더군요. 그런데 뜻밖에도 이렇게 말하는 겁니다.

'기다리고 있었습니다.'

마두라이에서 만난 그분이 제 얘기를 했나 보다고 생각했는데, 그분 이름을 대니까 그는 고개를 젓는 겁니다. 들고 간 과일 바구니를 내놓자 그분은 청년에게 가져가라고 했어요. 단둘이 남았죠. 그분이 아무 말 없이 저를 보더군요. 얼마나 침묵이 흘렀는지 모르겠어요. 아마 30분은 됐을 겁니다. 그분의 모습에 대해서는 이미 말씀드렸죠? 하지만 그게 전부가 아니었어요. 어딘지 평온한 분위기가 감돌더군요. 선하고 평화로우며 사리사욕이 전혀 없는 느낌이었죠. 무더운 날씨에 먼 길을 오느라 몹시 지쳐 있었는데, 놀랍게도 점점 피로가 풀리는 느낌이 드는 겁니다. 그분이 말을 하기도 전에 제가 찾던 사람이라는 생각이 들었어요."

"영어는 할 줄 알던가?"

내가 끼어들었다.

"아뇨. 하지만 아시다시피 저는 언어를 꽤 빨리 배우는 편이에요. 이미 남부에서는 의사소통이 될 정도로 타밀어를 익힌 상태였죠. 마침내 그분이 입을 열더군요.

'어떻게 여기까지 오게 됐습니까?'

저는 인도에 오게 된 동기와 3년 동안 인도에서 지낸 얘기를 들려줬어요. 그런 다음, 지혜롭고 성스럽다는 성자들을 여럿 찾아가 봤지만, 제가 찾는 것을 얻지 못했다고 말했죠. 그랬더니 그분이 제 말을 끊더군요.

'다 알고 있으니 굳이 설명하지 않아도 됩니다. 여기 온 이유가 뭡니까?'

'스승님을 찾아왔습니다.'

'스승은 오직 브라만뿐입니다.'

그분은 계속해서 이상하리만치 강렬하게 저를 보고 있었죠. 그러더니 갑자기 그분의 몸이 굳어지면서 두 눈이 안쪽으로 돌아가는 것처럼 보이더군요. 최면 상태에 빠져든 거죠. 인도에서는 사마디(三昧)라고 부릅니다. 주관과 객관의 이원성이 사라지고 절대지(絶對知)가 되는 상태죠. 저는 그분 앞에서 가부좌를 하고 바닥에 앉아 있었습니다. 가슴이 미친 듯이 뛰었죠.

시간이 얼마나 지났는지 모르겠지만 마침내 그분이 숨을 깊이 내쉬더군요. 저는 그분이 정상적인 의식으로 돌아왔다는 것을 깨달았죠. 그러고는 다정하고 친절하고 온화하게 저를 흘끗 보면서 이렇게 말하는 겁니다.

'여기 묵도록 해요. 잘 곳을 알려 줄 겁니다.'

저는 가네샤 씨가 처음 평지로 내려왔을 때 생활하던 오두막을 배정받았어요. 처음에는 그 오두막에서 지내다가 제자들이 생기고 명성을 듣고 오는 사람들이 늘어나면서 홀을 지어 그곳에서 밤낮을 보내게 되었다고 하더군요. 저는 너무 튀지 않으려고 편안한 인도 복장을 하고 다녔죠. 게다가 햇볕에 너무 많이 탄 상태라, 아마 자세히 보지 않으면 원주민처럼 보였을 겁니다. 책도 많이 읽고 명상도 하고, 가네샤 씨의 말도 열심히 들었죠. 말을 많이 하는 분은 아니었지만 질문을 하면 언제든 기꺼이 대답해 주셨어요. 그분 말을 들으면 놀랍도록 기운이 솟았답니다. 꼭 음악을 듣는 것 같았어요. 그분은 젊었을 때 아주 엄격하게 자신을 단련했지만 제자들에게 그것을 강요하진 않았어요. 그보다는, 이기심과 정욕, 관능의 노예가 되지 않으려고 노력하고, 평정과 억제, 금욕, 단념을 추구하며 정신을 다잡고 자유를 열렬히 열망하면 해방을 얻을 수 있다고 가르쳤죠. 5~6킬로미터 떨어진 인근 마을에서도 사람들이 찾아오곤 했어요. 그곳에도 매년 축제 때마다 엄청난 사람들이 몰리는 유명한 사원이 있었는데도 말이죠. 트리반드룸을 비롯한 먼 지역에서 괴로움을 털어놓고 조언과 가르침을 구하러 온 사람들은 전부 마음을 단련하고 평온을 얻어서 돌아갔죠. 그분의 가르침은 아주 간단했습니다. 우리는 모두 자신이 알고 있는 것보다 훨씬 더 위대한 존재이며 지혜가 자유의 수단이 된다, 구원은 반드시 은둔 생활을 통해서 얻을 수 있는 것이 아니라, 그저 소아(小我)를 버리기만 하면 된다. 사심 없는 행위는 마음을 정화해 주며, 여러 가지 방식으로 성전에 경의를 표하는 것은 개아(個我)를 버리고 대아(大我)와 합치될 수 있는 기회를 제공한다, 등이었죠. 하지만 정말 훌륭한 것은 그분의 가르침이 아니었어요. 그보다는 그분 자체가 놀라운 존재였죠. 그분의 인자함과 위대한 정신, 성스러움 등은 정말 놀라울 정도였어요. 그분이 존재한다는 사실 자체가 일종의 축복이었습니다. 저는 그분과 함께 지내는 것이 너무도 행복했어요. 드디어 원하던 것을 찾은 기분이었죠. 몇 주 혹은 몇 달이 상상도 못할 정도로 빠르게 지나가더군요. 저는 그분이 먼저 돌아가시지 않는 한 제가 깨달음을 얻을 때까지 그곳에 있겠다고 다짐했어요. 사실, 그분은 언제든 썩어 없어질 자신의 몸뚱이에 그리 오래 머물지 않을 거라고 말씀하셨죠. 그리고 깨달음을 얻는다는 건 마침내 무지의 굴레를 깨고 나와 한 치의 의심도 없이 절대자가 합치되었다는 확신을 가질 수 있는 상태가 되는 겁니다."

"그러고 나면 어떻게 되는 건가?"

"그 사람들 말대로라면 더 이상은 아무것도 없어요. 영혼이 이 세상을 떠나면 더 이상 윤회를 하지 않게 되죠."

"그럼 가네샤 씨가 죽었나?"

"제가 알기론 아직 살아 있어요."

그는 대꾸를 하면서 내 말뜻을 알아차리고 가볍게 웃어 보였다. 그러고는 잠시 머뭇거리다가 다시 입을 열었다. 그러나 그의 태도를 보면서 나는 그가 내 목구멍까지 올라온 그다음 질문에 대답하고 싶어 하지 않는다는 느낌을 받았다. 입 밖에 내지 않은 그다음 질문은 당연히, 깨달음을 얻었느냐 하는 것이었다.

"내내 그 아슈라마에만 있었던 건 아니에요. 사실, 운이 좋은 편이었죠. 외곽의 산 아래 마을에 사는 현지 삼림 감독관하고 친해졌거든요. 그 사람도 가네샤 씨의 열렬한 신봉자라서 일이 없을 때면 아슈라마에 와서 2~3일씩 묵곤 했죠. 참 좋은 사람이었어요. 우린 오랫동안 얘기를 나누곤 했어요. 저와 영어로 대화하면서 영어를 연습하고 싶어 했거든요. 꽤 친해지고 나니까 저한테 제안을 하더군요. 산속에 산림청 소유의 방갈로가 하나 있는데, 그곳에 가서 혼자 시간을 보내고 싶다면 언제든 열쇠를 내주겠다는 거였어요. 저는 이따금씩 그곳에 가 있었죠. 꼬박 이틀이 걸려야 갈 수 있는 곳이었어요. 버스를 타고 그 감독관이 사는 마을까지 가서 거기서부터 걸어가야 했거든요. 하지만 일단 가 보면 장엄한 풍경과 적막감에 압도당할 정도였죠. 필요한 것들은 배낭에 넣어 제가 지고 가고, 식량은 짐꾼을 한 명 사서 나르게 했어요. 그 식량이 다 떨어질 때까지 있다가 내려오는 겁니다. 방갈로는 뒤쪽에 취사실이 딸린 통나무집이었고, 가구라고는 요를 깔아야만 잘 수 있는 나무 침대 하나와 탁자 하나, 의자 두 개가 전부였어요. 평지보다 선선해서 밤이 되면 가끔 불을 피우기도 했는데, 그것도 저한테는 즐거운 일이었죠. 반경 30여 킬로미터 안에 아무도 살지 않는다고 생각하면 전율이 느껴질 정도였어요. 밤이 되면 호랑이 울음소리나 요란스럽게 정글을 지나가는 코끼리 떼의 소리가 들렸죠. 저는 오랫동안 숲속을 산책하곤 했어요. 제가 아주 좋아하는 곳이 한군데 있었어요. 그곳에 앉으면 저 앞에 펼쳐진 산들이 훤히 보였거든요. 발밑으로는 호수가 내려다보였고요. 땅거미가 질 때면 온갖 야수들, 사슴, 돼지, 들소, 코끼리, 표범 등이 그 호수로 물을 마시러 왔죠.

그 아슈라마에 머문 지 꼭 2년째 되는 날 그 방갈로에 또 한 번 올라갔어요. 이유를 말씀드리면 웃으실 거예요. 제 생일을 그곳에서 보내고 싶었거든요. 저는 생일 전날 방갈로에 도착했어요. 다음 날 아침 동이 트기 전에 눈을 떴는데, 방금 전에 말씀드린 그곳에 가서 일출을 봐야겠다는 생각이 들더군요. 길이야 눈 감고도 찾아갈 수 있을 정도로 훤했죠. 저는 나무 밑에 앉아서 기다렸어요. 아직 컴컴했지만, 별빛이 엷어지면서 조금 있으면 해가 떠오를 것 같았어요. 갑자기 묘한 불안감이 들더군요. 거의 알아차릴 수도 없을 만큼 아주 천천히 어둠 속으로 빛이 스며들기 시작한 겁니다. 마치 알 수 없는 형체가 나무들 사이를 슬금슬금 통과하는 것 같았어요. 위험한 무언가가 다가오기라도 하듯 심장이 뛰기 시작했죠. 드디어 태양이 떠올랐어요."

래리는 잠시 말을 멈추고 입가에 서글픈 미소를 지었다.

"저는 뭔가를 묘사하는 데는 젬병이에요. 어떤 말을 동원해야 할지 모르겠네요. 눈부시게 날이 밝아 오면서 제 앞에 펼쳐진 그 장엄한 광경을 어떻게 하면 눈에 보이듯이 설명할 수 있을까요? 깊은 정글로 뒤덮인 산들, 여전히 나무 꼭대기마다 뒤엉켜 있는 안개, 그리고 저 아래 펼쳐진, 깊이를 알 수 없는 호수……. 숲속 나무들 사이로 새어 든 햇살이 호수를 비추면서 호수가 마치 강철판처럼 반짝거렸죠. 황홀하리만치 아름다운 광경이었어요. 그토록 엄청난 기쁨, 그토록 초월적인 환희가 있다는 것도 처음 알았죠. 묘한 흥분이 일더군요. 짜릿한 느낌이 발끝에서부터 온몸을 타고 머리끝까지 올라왔어요. 순간, 육체에서 해방되는 느낌, 육체에서 빠져나온 순수한 영혼에 이전까지 생각해 본 적도 없는 아름다움이 깃드는 느낌이 들었죠. 인간을 초월한 어떤 인식이 나를 소유하면서 그동안 혼란스러웠던 모든 것이 명확해지고 골치 아팠던 모든 것이 설명되는 기분이었죠. 너무 행복한 나머지 고통이 밀려들어서 거기서 벗어나려고 안간힘을 썼어요. 그런 상태로 조금만 더 있으면 틀림없이 죽을 거라는 생각이 들었거든요. 하지만 한편으로는 그런 엄청난 환희에서 벗어나느니 차라리 죽는 편이 나을 것 같기도 했죠. 제가 느낀 기분을 어떻게 말로 설명할 수 있을까요? 마치 천국에 온 듯한 그 황홀경은 도저히 말로 표현할 수 없을 것 같아요. 정신을 차리고 보니 제가 기진맥진해서 떨고 있더군요. 그러고는 그대로 잠이 들었어요.

한낮이 돼서야 잠에서 깨어났죠. 다시 방갈로로 돌아가는 길엔 마음이 너무 가벼워서 허공에 둥둥 떠가는 느낌이었어요. 배가 너무 고파서 음식을 만들어 먹고는 파이프에 불을 붙였죠."

래리는 실제로 자신의 파이프에 불을 붙였다.

"감히 깨달음을 얻은 거라고, 어떤 계시를 받은 거라고 생각할 수는 없었어요. 수년 동안 금욕과 고행을 하면서도 아직 깨달음을 얻지 못한 사람이 허다한데, 어떻게 제가, 일리노이 주 마빈의 래리 대럴이 깨달음에 도달했다고 생각하겠어요?"

"그저 고독과 새벽의 신비스런 분위기 그리고 강철판처럼 눈부시게 빛나는 호수가 자네의 심리 상태와 합쳐져서 나타난 일종의 최면 상태는 아니었을까? 그것을 그 이상의 것이라고 생각할 만한 근거라도 있나?"

"그것이 현실이라는 느낌이 너무도 강렬하게 들었거든요. 어쨌든 수세기에 걸쳐 세계 전역의 신비주의자들, 즉 인도에선 브라만교도들, 페르시아의 수피교도들, 스페인의 가톨릭교도들, 뉴잉글랜드의 개신교도들이 이와 똑같은 경험을 해 왔잖아요. 사실, 그것은 어떤 말로도 묘사할 수가 없지만, 그들이 최대한 묘사한 바로는 모두 비슷했죠. 그것이 일어났다는 사실을 부정하는 건 불가능합니다. 문제가 있다면 어떻게 설명하느냐 하는 거죠. 제가 실제로 잠시나마 절대자와 하나가 된 것일 수도 있고, 그저 우리 모두의 내면에 숨어 있는, 우주정신에 대한 열망이 잠재의식에서 잠시 튀어나온 것일 수도 있죠. 어느 쪽인지는 저도 알 길이 없습니다."

래리는 잠시 말을 끊고 장난기 어린 눈으로 나를 흘끗 쳐다보았다.

"그런데 선생님, 새끼손가락과 엄지손가락을 맞대실 수 있습니까?"

"그야 물론이지."

나는 웃으면서 새끼손가락과 엄지손가락을 맞붙여 보였다.

"그것이 인간과 영장류에게만 가능한 일이라는 사실, 알고 계십니까? 우리 손이 그토록 훌륭한 도구가 될 수 있는 건, 엄지손가락이 다른 손가락들과 마주 보고 있기 때문입니다. 태곳적에도 인간이나 고릴라의 엄지손가락은 다른 손가락들과 마주 보고 있었겠죠. 하지만 그때는 아주 원시적인 형태였다가, 무수히 많은 세대를 거치며 점점 진화해서 결국 오늘날처럼 모든 인간과 고릴라에게 일반적인 특성이 된 건 아닐까요? 그렇다면 그토록 다양한 인간들이 실재와 하나가 되는 경험을 해 왔다는 사실은, 인간의 의식 속에 제6의 감각이 발전하고 있으며, 그것이 아주 먼 미래에는 모든 인간에게 보편적인 특징이 된다는 암시가 될 수도 있다고 봅니다. 그러면 인간은 지금 우리가 감각의 대상이 되는 것들을 지각하듯 아주 직접적으로 절대자를 감지할 수 있게 되는 거죠."

"그럼 그것이 인류와 고릴라에게 어떤 영향을 미칠 거라고 생각하나?"

"그에 대해서는 거의 알 수가 없죠. 새끼손가락과 엄지손가락을 맞붙일 수 있다는 사실을 처음으로 발견한 사람도 그 하찮은 행동에 무수히 많은 결과가 따르리라는 것을 몰랐을 겁니다. 제가 말씀드릴 수 있는 건, 그 환희의 순간에 저를 사로잡은 강렬한 평화로움과 기쁨, 확신 등이 지금도 저를 사로잡고 있다는 것, 그 세상의 아름다움에 대한 환상이 지금도 그로 인해 처음으로 눈이 부셨던 그때만큼 신선하고 생생하게 남아 있다는 것뿐이에요."

"하지만 래리, 내가 보기에 자넨, 절대자에 대한 생각 때문에 이 세상과 그 아름다움이 환상에 불과하다고, 그러니까 마야*가 만들어 낸 구조물에 불과하다고 믿는 것 같군."

"인도 사람들이 이 세상을 환영으로 간주한다고 생각하는

* 힌두 철학의 근본 개념. 원래 마술의 힘을 나타내는 것으로서 인간으로 하여금 환상을 믿게 하는 신의 힘을 가리킴.

건 잘못입니다. 그런 건 아니거든요. 그들이 주장하는 건, 절대자를 실질적인 것으로 간주했을 때 이 세상이 실제가 아니라는 거죠. 마야는 열정적인 사상가들이, 무한한 존재가 어떻게 유한한 존재를 만들 수 있었는지를 설명하기 위해 꾸며 낸 사변에 지나지 않습니다.* 그중에 가장 지혜로운 샹카라**도 그것은 풀 수 없는 신비라고 결론지었죠. 말씀드렸다시피 가장 어려운 점은, 실재요, 더없는 기쁨이요, 지적 존재인 브라만, 그러니까 영구불변하고 영원토록 그 존재 자체로 유지되며, 아무것도 부족함이 없고 아무것도 필요로 하지 않으며, 변화도, 싸움도 모르고, 완전한 존재인 브라만이 어째서 세상을 창조할 수밖에 없었는지를 설명하는 일입니다. 물론, 그렇게 물으면 대개는 절대자가 아무 목적 없이 그저 재미로 세상을 창조했다는 대답이 돌아오겠죠. 하지만 홍수와 기근, 지진, 허리케인 그리고 목숨을 앗아 가는 그 모든 질병을 생각하면, 도덕적인 사람들은 그토록 충격적인 것들이 재미로 창조될 수 있다는 생각에 분개할 겁니다. 가네샤 씨는 워낙 인정이 많은 분이라 그런 건 믿지 않았죠. 그분은 이 세상을 절대자의 발현이요, 그 완벽성의 충일(充溢)로 보았습니다. 신은 그 완전무결성이 넘쳐흘러 세상을 창조할 수밖에 없었고 따라서 세상은 신의 본질의 현시라고 가르쳤죠. 저는 이 세상이 완전한 존재의 본질이 현시된 것이라면 어째서 그토록 혐오스러울 수 있느냐고 물었어요. 얼마나 혐오스러우면 인간이 신 앞에서 세울 수 있는 정당

* 불이일원론 학파에서 마야는 최고의 존재인 무한한 브라만이 유한한 현상세계의 모습을 띠게 하는 우주의 힘이라고 설명한다.

** 불이일원론을 주창한 인도 최고의 철학자.

한 목적이 오로지 그 삶의 속박에서 벗어나는 것이 될 수 있느냐고 말이죠. 가네샤 씨는 이 세상에서 느끼는 만족은 덧없는 것이며, 오직 무한한 존재만이 지속적인 행복을 줄 수 있다고 대답하더군요. 하지만 끝없이 존속한다고 해서 좋은 것이 더 좋아지지는 않으며 하얀 것이 더 하얘지지는 않죠. 새벽에 아름다웠던 장미가 정오에 그 아름다움을 잃는다고 해도 그것이 새벽에 가졌던 아름다움은 실제로 존재했던 거잖아요. 이 세상에 영원한 것은 없어요. 그러니 무언가에게 영원한 존속을 요구하는 건 어리석은 짓이겠죠. 하지만 그것이 존재할 때 그 안에서 기쁨을 취하지 않는 것은 훨씬 더 어리석은 거예요. 변화가 존재의 본질이라면 그것을 우리 철학의 전제로 삼는 것이 현명하죠. 똑같은 강물에 두 번 들어갈 순 없어요. 강물은 끊임없이 흐르니까. 하지만 다른 강물에 들어가도 그것 역시 시원하고 상쾌한 건 틀림없어요.

처음 인도에 침입한 아리아인들은 우리가 아는 세상이 우리가 모르는 세상의 한 현상(現象)에 불과하다고 생각했죠. 하지만 그들은 그것을 은혜롭고 아름다운 세상으로 받아들였습니다. 그러다 불과 몇 세기 후, 정복 활동으로 인해 지치고 무더운 기후 탓에 기력이 떨어져 오히려 침략자들에게 약탈을 당하는 입장으로 전락하면서, 인생의 나쁜 면만 보게 되고 결국은 환생에서 벗어나기를 갈망하게 된 거죠. 하지만 우리 서양인들, 특히 우리 미국인들은 쇠퇴와 죽음, 배고픔, 목마름, 질병, 노화, 슬픔, 망상 따위에 압도당할 이유가 없지 않습니까? 그렇게 강인한 생명력을 갖고 있으니 말이죠. 방갈로에 앉아 파이프를 피우던 그때, 저는 그 어느 때보다도 살아 있다는 느낌이 들었어요. 제 안에 있는 에너지가 분출구를 찾고 있는 느낌이었죠. 세상을 등지고 은둔 생활을 하는 것은 제가 할 일이 아닌 듯했습니다. 그보다는 세상 속에 살면서 이 세상의 만물을 사랑해야 할 것 같았어요. 만물 그 자체가 아니라 그 안에 존재하는 신을 말입니다. 그 환희의 순간에 제가 정말 절대자와 하나가 되었던 거라면 그리고 그들의 말이 사실이라면, 그것은 더 이상 그 무엇도 저를 건드릴 수 없다는 의미였죠. 이생의 업(業)을 모두 이루고 나면 더 이상 윤회해선 안 되는 거잖아요. 그런 생각이 들자 당혹스럽더군요. 저는 몇 번이고 다시 살고 싶었죠. 어떤 종류의 삶이든, 아무리 많은 고통과 슬픔이 따라도 기꺼이 받아들일 수 있었어요. 끝없이 환생을 거듭해야만 제가 갈망하는 모든 것들, 저의 정력과 호기심 등을 충족시킬 수 있을 것 같았거든요.

이튿날 아침부터 산을 내려와서 그다음 날 아슈라마에 도착했죠. 가네샤 씨가 서양 옷을 입은 저를 보고 놀라시더군요. 산은 평지보다 추워서 출발할 때 방갈로에서 입은 옷인데, 미처 갈아입지 못했거든요. 그분께 이렇게 말씀드렸죠.

'스승님께 작별 인사를 드리러 왔습니다. 이제 제가 살던 세상으로 돌아갈까 합니다.'

아무 말씀도 없으시더군요. 언제나처럼 가부좌를 틀고 호피가 깔린 단에 앉아 계셨죠. 그 앞에 놓인 향로에서 향이 타 들어가면서 은은한 향내가 방 안 가득 퍼져 있었어요. 그분은 처음 만난 날처럼 혼자 계셨습니다. 뚫어져라 저를 보는 눈빛이 너무 강렬해서 제 마음속 구석구석을 들여다보는 것 같았어요. 저는 그분이 제가 겪은 일을 다 알고 있다는 걸 깨달았죠. 이렇게 말하더군요.

'잘됐군요. 그 정도면 충분히 떠나 있었습니다.'

제가 무릎을 꿇자 제게 축복을 내려 주셨어요. 자리에서 일어섰을 때 제 눈에는 눈물이 가득 고여 있었습니다. 그분은 정말 고귀하고 성스러운 분이었죠. 그런 분을 알게 됐다는 건 제 평생의 영광으로 남을 겁니다. 신자들에게도 작별 인사를 했죠. 개중엔 저보다 늦게 들어온 사람도 있었지만 3년째 머물고 있는 사람들도 있었어요. 저는 누군가가 유용하게 쓸지도 모른다는 생각에 소지품 몇 가지와 책 몇 권을 남겨 두었죠. 그러곤 처음 올 때 입었던 낡은 바지와 갈색 코트 차림으로 배낭을 짊어지고 낡은 토피*를 쓴 채 터벅터벅 마을로 걸어 나왔어요. 일주일 후, 봄베이에서 배를 타고 마르세유에 도착했습니다."

우리는 둘 다 아무 말 없이 각자의 생각에 잠겼다. 나는 몹시 피곤했지만 그에게 꼭 확인하고 싶은 게 한 가지 있었다. 결국 내가 먼저 입을 열었다.

"래리, 자네가 이 기나긴 모험을 시작한 건 결국 악이라는 문제 때문이었지. 자네를 재촉한 건 바로 악의 문제였어. 지금까지 긴 얘기를 들었지만 그 해답을 찾았다는 얘긴 없었던 것 같군."

"애초에 해답이 없었을 수도 있고 제가 모자라서 끝내 구하지 못한 것일 수도 있죠. 라마크리슈나는 이 세상을 신의 장난으로 보았어요. '그것은 유희와도 같으며, 그 유희에는 기쁨과 슬픔, 미덕과 악덕, 지식과 무지, 선과 악이 존재한다. 삼라만

* 인도에서 사용하는 헬멧 모양의 차양용 모자.

상에서 죄와 고통이 모두 제거되면 그 유희는 끝을 맞는다.'라고 말했죠. 하지만 저는 무슨 수를 써서라도 이런 생각을 거부하고 싶습니다. 제가 주장할 수 있는 건, 절대자가 이 세상에 그 자신을 현현했을 때 선과 악이 본질적인 상관관계를 갖고 있지 않았을까 하는 거예요. 지각변동이라는 상상하기 힘든 공포가 없었다면 히말라야 산맥의 장관은 결코 생겨나지 않았을 겁니다. 중국의 장인들은 얇은 도자기로 예쁜 모양의 꽃병을 만들어 거기에 아름다운 디자인을 넣고 멋지게 색칠한 다음, 완벽한 광택을 추가하죠. 하지만 아무리 아름다운 꽃병도 그 본질적인 속성 때문에 쉽게 깨질 수밖에 없어요. 바닥에 떨어뜨리면 산산조각이 나고 말죠. 마찬가지로 우리가 이 세상에서 소중하게 여기는 가치들도 오직 악과 결합해야만 존재할 수 있는 게 아닐까요?"

"독창적인 생각이군, 래리. 하지만 썩 납득이 가진 않는데."

"저도 마찬가집니다."

그가 미소를 지으며 덧붙였다.

"굳이 결론을 내리자면 이 정도겠죠. 피할 수 없다면 그것을 최대한 이용해라."

"앞으로는 무얼 할 생각인가?"

"여기서 하던 일을 마무리 짓고 미국으로 돌아갈 겁니다."

"뭐하러?"

"살려요."

"어떻게?"

그는 아주 침착하게 대답했지만 두 눈에는 장난기가 서려 있었다. 내가 기대한 대답이 아니라는 것을 너무도 잘 알았기 때문이다.

"인내를 갖고 평온하게, 자비롭게, 욕심 없이 그리고 금욕적으로."

"어렵군. 그런데 금욕은 왜? 자넨 아직 젊잖아. 인간이 가진 가장 동물적인 본능을 억제하려는 게 과연 현명한 일일까?"

"다행히도 지금까지 저한테 성적 탐닉은 쾌락이긴 해도 욕구는 아니었습니다. 제 경험상, 인도 현자들의 주장 가운데 가장 꼭 들어맞는 것을 한 가지 꼽자면 바로 성적 금욕이 정신력을 크게 강화해 준다는 거죠."

"내 생각엔 육체적인 요구와 정신적인 요구 사이의 균형을 맞추는 게 지혜로운 일인 것 같은데."

"인도인들은 우리 서구인들이 바로 그것을 하지 못했다고 주장합니다. 우린 무수히 많은 것들을 발명했고 수많은 공장과 기계들도 갖고 있죠. 그것들로 수많은 물건들을 생산하기도 했고요. 그런 만큼 인도인들은 우리가 물질적인 것에서 행복을 찾고 있다고 생각하죠. 하지만 그들이 생각하기에 행복은 물질이 아니라 정신에 있는 겁니다. 그들은 우리가 선택한 길이 결국 파멸로 향하는 길이라고 말하죠."

"그럼 미국이, 자네가 앞서 말한 미덕들을 실행하기에 적절한 곳이라고 생각하나?"

"아니라고 할 수도 없죠. 유럽 사람들은 미국에 대해 전혀 모르고 있습니다. 유럽인들은 우리가 많은 부를 축적하고 있으니 돈밖에 모른다고 생각하죠. 하지만 우린 돈에 전혀 관심이 없습니다. 오히려 돈을 갖고 있으면 전부 써 버리죠. 적절하게 쓰기도 하고 부적절하게 쓰기도 하지만 어쨌든 전부 써 버립니다. 우리에게 돈은 아무것도 아닙니다. 그저 성공의 상징에 불과하죠. 우리 미국인들은 이 세상의 누구보다도 더 이상주의적인 사람들입니다. 엉뚱한 것에 대해 이상을 세웠다는 생각이 들긴 하지만요. 저는 인간이 세울 수 있는 가장 위대한 이상이 자기완성이라고 생각하거든요."

"고귀한 이상이지, 래리."

"그렇다면 그것을 추구하려 노력하는 게 가치 있는 일이 아닐까요?"

"하지만 자네 혼자 그렇게 살아간다고 해서 미국인들에게 조금이라도 영향을 미칠 수 있을 것 같나? 미국인들은 늘 들떠 있고 부산하고 무지막지한 사람들이야. 게다가 극도로 개인주의적이지. 차라리 맨손으로 미시시피 강물을 막는 게 나을 걸세."

"시도는 할 수 있잖아요. 물레도 한 사람의 머리에서 나온 거고, 만유인력의 법칙을 발견한 것도 한 사람이었어요. 이 세상에 일어나는 일들은 모두 작게나마 영향력을 갖고 있게 마련이죠. 연못에 돌 하나를 던져도 이 우주는 돌을 던지기 전의 우주와 똑같다고 할 수 없습니다. 인도의 성자들이 헛된 삶을 살고 있다고 생각하는 건 잘못이에요. 그들은 어둠 속에서 반짝이는 빛과도 같은 존재죠. 사람들의 기운을 북돋워 주는 이상과도 같은 존재예요. 보통 사람들은 결코 그런 위치에 도달하지 못하지만 그들을 우러러보고 존경하면 그들에게서 긍정적인 영향을 받을 수 있죠. 한 인간이 고결하고 완벽해지면 그런 성품의 영향력이 널리 퍼져서 진리를 찾는 사람들이 자연적으로 그 사람에게 이끌리게 됩니다. 제가 나름의 계획을 세우고 그대로 삶을 이끌어 나간다면, 다른 사람들에게 영향을 미칠 수도 있죠. 물론 영향이라고 해 봐야 연못에 돌을 던졌을 때 작은 물결이 이는 것처럼 아주 미미할 겁니다. 하지만 하나의 물결은 또 다른 물결을 일으키고, 그것은 그다음 물결로 이어지죠. 그렇게 되면 몇몇 사람들이나마 제 생활 방식이 행복과 평화를 준다는 점을 깨닫고 자신이 배운 것을 다른 사람들에게 가르쳐 줄 수도 있잖아요."

"자네가 어떤 상대와 맞서야 하는지 알고나 있는 건가, 래리? 잔인한 사람들은 더 이상 고문대나 화형주 같은 걸로 입막음을 하려 들지 않아. 그런 건 이미 오래전에 폐기했지. 그보다 훨씬 더 파괴력이 뛰어난 무기를 발견했거든. 그 무기란 바로 신랄하게 비꼬는 말이지."

"그 정도는 버틸 수 있답니다."

래리가 미소를 지었다.

"글쎄, 내가 해 줄 수 있는 말은 그나마 수입이 있어서 천만다행이라는 것뿐이야."

"그동안 정말 유용했죠. 그게 없었으면 지금까지 해 온 일을 하나도 못했을 거예요. 하지만 저의 도제 기간은 끝났습니다. 이제부터는 수입이 있다는 게 오히려 짐이 될 거예요. 그래서 끊어 버리려고요."

"너무 어리석은 짓 아닌가? 자네가 설계한 그런 삶을 살려면 금전적으로 자유로워야 할 텐데."

"아뇨. 오히려 금전적인 자유는 제가 설계한 삶을 무의미하게 만들 겁니다."

나는 나도 모르게 짜증스런 몸짓을 해 보였다.

“차라리 인도에서 떠돌아다니며 탁발을 하는 게 훨씬 낫겠군. 그러면 잠이야 나무 밑에서 해결하면 되고, 독실한 신자들이 탁발 그릇에 음식을 가득 채워 주면서 존경을 표할 테니까 말이야. 하지만 미국 날씨로는 밖에서 자는 게 불가능하지. 미국에 대해 그리 많이 아는 건 아니지만, 미국인들이 갖고 있는 한 가지 공통적인 생각이 있다면, 그건 바로 먹고살려면 일을 해야 한다는 거야. 래리, 안됐지만 자넨 첫발을 내딛기도 전에 부랑자로 몰려서 노역장으로 보내질걸.”

그는 웃음을 터트렸다.

“알고 있습니다. 로마에 가면 로마법을 따라야죠. 저도 일을 할 겁니다. 미국에 가면 정비소에 자리를 알아보려고요. 기계 만지는 데는 소질이 있는 편이니까 그리 어렵진 않을 겁니다.”

“다른 일을 구하면 좀 더 유용하게 사용될 수 있는 에너지를 괜한 일에 낭비하는 건 아닐까?”

“저는 몸으로 하는 일을 좋아합니다. 공부를 하다가 막힐 때마다 육체노동을 하면 정신적으로 기운이 솟는 느낌이 들었거든요. 스피노자의 전기가 떠오르네요. 스피노자가 생계를 유지하기 위해 렌즈에 광내는 일을 했는데, 그 전기 작가는 그게 끔찍한 고난인 것처럼 묘사했거든요. 그걸 읽으면서 작가가 정말 어리석다고 생각했죠. 그런 일은 틀림없이 스피노자의 지적 활동에 도움이 됐을 겁니다. 고찰이라는 힘든 작업에서 잠시나마 주의를 돌릴 수 있었을 테니까요. 저도 차를 닦거나 카뷰레터를 만질 때면 머릿속이 해방되는 느낌이 듭니다. 그리고 일이 끝나면 기분 좋은 성취감이 느껴지죠. 물론, 정비소에서 영원히 일하고 싶은 생각은 없어요. 오랫동안 미국을 떠나 있었으니 미국에 대해 새로이 배워야겠죠. 그래서 어느 정도 정비소 일을 하다가 그다음에는 트럭 운전을 해 볼 생각입니다. 그럼 미국 전역을 돌아다닐 수 있을 테니까요."

"자네, 돈의 가장 중요한 용도가 뭔지 잊은 모양이군. 그건 바로 시간을 절약해 준다는 거지. 인생은 짧고 할 일은 많아. 1분도 낭비할 시간이 없단 말이야. 예를 들어 버스로 가도 될 곳을 걸어간다거나, 택시로 가도 될 곳을 버스로 가야 한다면 그게 얼마나 큰 시간 낭비가 되겠나?"

래리가 미소를 지으며 대꾸했다.

"맞는 말씀이네요. 그런 생각은 안 해 봤는데. 하지만 제가 직접 택시를 몰면 그런 문제는 해결되겠죠."

"그건 또 무슨 말이야?"

"나중에는 뉴욕에 정착하려고요. 여러 가지 이유가 있지만, 무엇보다도 뉴욕에는 도서관이 많잖아요. 생계는 아주 적은 돈으로도 해결할 수 있어요. 잠은 아무데서나 자도 되고 식사도 하루에 한 끼 정도면 충분하니까요. 미국에서 원하는 곳을 구석구석 둘러보고 나면 택시 한 대 정도는 마련할 수 있을 겁니다. 그럼 택시 운전을 할 생각이에요."

"그만 좀 하지, 래리. 자네 지금 제정신인가?"

"물론이죠. 아주 멀쩡합니다. 게다가 현실적이죠. 택시를 몰면 밥값과 하숙비, 차량 유지비 정도만 벌고, 남는 시간은 다른 일에 쓸 수 있잖아요. 급하게 어딘가를 갈 때도 택시를 이용할 수 있고요."

"하지만 래리, 택시는 국채만큼이나 커다란 개인 재산인데. 개인택시를 몰면 자넨 자본가가 되는 셈이라구."

내가 놀리듯이 말하자, 그가 웃음을 터트렸다.

"그럴 리가요. 저한테 택시는 그저 노동 수단에 불과하죠. 탁발 수행자의 지팡이와 탁발 그릇처럼 말입니다."

이 농담으로 우리의 대화는 끝이 났다. 카페에는 이미 들락거리는 손님들이 많아지고 있었다. 야회복 차림의 남자가 우리와 머지않은 테이블에 앉아서 푸짐한 아침 식사를 주문했다. 피곤해 보였지만, 밤새 벌인 불장난을 흡족하게 돌아보기라도 하듯 얼굴에는 만족스러운 표정이 떠올라 있었다. 나이 탓에 아침잠이 줄어든 노신사들도 보였다. 그들은 두꺼운 안경을 끼고 천천히 카페오레를 마시며 조간신문을 읽고 있었다. 그보다 좀 더 젊은 사람들은 급하게 들어와서 허겁지겁 롤빵을 먹고 커피를 삼켰다. 상점이나 사무실로 출근하는 길에 들른 모양이었다. 몇몇은 단정하고 깔끔하게 차려입었지만, 초라한 코트를 걸친 사람들도 있었다. 쪼글쪼글한 노파가 신문을 한 무더기 들고 들어와서 테이블을 돌아다녔지만 사는 사람은 거의 없었다. 커다란 유리창으로 밖을 내다보니 날이 훤히 밝아 있었다. 잠시 후 식당 안쪽을 제외하고는 전등이 모두 꺼졌다. 나는 손목시계를 보았다. 7시가 지나 있었다.

"아침으로 뭘 좀 먹을까?"

우리는 빵집에서 금방 배달된, 바삭하고 따끈한 크루아상과 카페오레를 먹었다. 나는 너무 피곤하고 나른해서 틀림없이 지옥에 떨어진 사람처럼 보일 거라는 생각이 들었다. 그러나 래리는 평소처럼 활기차 보였다. 두 눈은 반짝거렸고 고운 얼굴에는 주름 하나 없어서 기껏해야 스물다섯 정도밖에 안 되어 보였다. 커피를 마시자 기운이 나기 시작했다.

"내가 조언 하나 해도 되겠나, 래리? 원래는 조언 같은 거 잘 안 하는 사람인데 말이야."

"저도 원래 조언 같은 거 잘 안 받는 사람입니다."

래리가 빙그레 웃으면서 말했다.

"몇 푼 안 되는 재산을 포기하기 전에 좀 더 신중하게 생각해 볼 수 없겠나? 그 돈은 한 번 없어지면 다시는 되찾을 수 없는 거잖아. 자네 자신 때문이든 다른 사람 때문이든 아주 급하게 돈이 필요할 날이 올 거야. 그때가 되면 어리석은 짓을 했다며 크게 후회하게 될걸."

그의 두 눈에 언뜻 조소의 빛이 스쳤다. 그렇지만 적의는 없었다.

"선생님은 저에 비해 돈을 더 중요하게 생각하시는군요."

"그럴 수밖에 없겠지."

내가 신랄하게 대꾸했다.

"이봐, 자넨 늘 돈이 있었지만 난 그렇지 않았어. 돈은 나한테 내가 인생에서 가장 중요하게 여기는 것을 줬거든. 그건 바로 자유지. 돈이 있으면 못마땅하게 구는 사람한테 언제든 꺼져 버리라고 말할 수 있잖아. 그게 얼마나 큰 위안이 되는지 자넨 모를 거야."

"하지만 저는 꺼지라고 하고 싶은 사람이 없는데요. 설사 그런 사람이 생겨도 은행에 잔고가 없다고 못하지는 않을 겁니다. 선생님한테는 돈이 자유를 의미하지만 저한테는 속박이 될 뿐이죠."

"고집도 어지간하군."

"알고 있습니다. 하지만 어쩔 수가 없어요. 그리고 아직은 생각할 시간이 충분히 있습니다. 미국에는 내년 봄에나 갈 생각이거든요. 아까 말씀드린 화가 친구 오귀스트 코테가 사나리에 있는 오두막집을 빌려 줬어요. 거기서 겨울을 보내려고요."

방돌과 툴롱 사이에 위치한 사나리 쉬르메르는 리비에라에서 매우 소박한 해변 휴양지로, 화려한 겉치레로 유명한 생트로페 등지를 좋아하지 않는 예술가들과 작가들이 자주 찾는 곳이었다.

"고여 있는 하수구 물처럼 정체된 곳이지만, 그런 걸 개의치 않는다면 자네도 좋아할 거야."

"할 일이 있어요. 자료도 꽤 모았으니 책을 한 권 쓰려고요."

"무슨 책?"

"나오면 보세요."

그가 미소 지었다.

"혹시 생각이 있으면 완성되는 대로 나한테 보내게. 출간을 도와줄 테니까."

"그러실 필요 없습니다. 미국 친구들이 파리에서 작은 출판사를 운영하고 있거든요. 그 친구들이 출간해 줄 겁니다."

"하지만 그런 데서 내면 잘 안 팔릴 텐데. 서평을 써 주는 사람도 없을 테고."

"그런 건 상관없어요. 어차피 별로 팔고 싶은 생각도 없고요. 몇 부만 찍어서 인도에 있는 친구들과 관심을 가질 만한 프랑스 지인들한테 보낼 생각이거든요. 별로 중요한 책도 아니에요. 그냥 자료가 많이 모여서 정리나 해 두려고 쓰는 겁니다. 굳이 출간을 하는 건 인쇄물로 봐야 제대로 정리했는지 알 수 있을 것 같아서고요."

"두 가지 이유 모두 이해할 수 있을 것 같군."

식사는 이미 끝마친 상태였다. 나는 웨이터에게 계산서를 갖다 달라고 하고는, 계산서가 오자 그것을 래리에게 건넸다.

"어차피 그 돈을 다 포기할 거면 내 아침 정도는 살 수 있겠지?"

그는 웃으면서 돈을 치렀다. 너무 오래 앉아 있었던 탓에 몸이 뻐근했고, 레스토랑을 나와 걷기 시작하자 허리까지 아파 왔다. 그러나 가을 아침의 신선한 공기가 기분 좋게 느껴졌다. 하늘은 푸르고, 지저분한 밤의 거리 클리시도 말끔하게 보였다. 화장을 덕지덕지 찍어 바른 초췌한 여자가 소녀 행세를 하며 경쾌하게 걷는 꼴이었지만, 그것도 그리 나쁘진 않았다. 나는 손을 들어 지나가는 택시를 잡았다.

"태워다 줄까?"

내가 래리에게 물었다.

"아닙니다. 센까지 걸어가서 목욕탕에 들러 목욕을 하고 국립도서관에 가려고요. 찾아볼 자료가 있거든요."

그는 나와 악수를 나누고 긴 다리로 성큼성큼 길을 건너갔다. 래리처럼 다리가 튼튼하지 못한 나는 택시에 몸을 싣고 호텔로 돌아갔다. 거실에 들어서자 8시가 넘어 있었다.

"노신사의 귀가 시간으론 아주 제격이군."

나는 1813년부터 줄곧 시계 꼭대기에 나체로 누워 있던 (유리관 속의) 여자에게 못마땅하다는 듯이 말했다. 아무리 봐도 불편하기 그지없는 자세였다.

그녀는 계속 금장 입힌 청동거울로 자신의 청동 얼굴을 들여다볼 뿐 말이 없었고, 시계도 재깍거리기만 할 뿐 아무런 대꾸가 없었다. 나는 뜨거운 물을 틀어 놓고 물이 미지근해질 때까지 그 안에 누워 있다가 물기를 닦고 수면제 한 알을 삼켰다. 그런 다음, 침대 옆 탁자에서 발견한 발레리*의 시집 『해변의 묘지』를 들고 침대로 들어가 읽다가 잠이 들었다.

* 1871~1945. 프랑스의 시인 겸 철학자.

7장

1

그로부터 반년이 지난 4월의 어느 날 아침, 카프페라에 있는 내 집 다락방 서재에서 열심히 글을 쓰고 있는데 하인이 올라왔다. 생장(옆 마을) 경찰이 밑에서 나를 기다린다는 것이었다. 나는 방해를 받고 싶지도 않았지만, 대체 무슨 일인지 짐작도 가지 않았다. 양심에 걸리는 것도 없었고 자선기금에도 가입한 상태였다. 그 회원증은 차 안 적절한 곳에 비치해 두었다. 속도위반이나 주차 위반으로 걸려 면허증을 제시하게 됐을 때, 자선기금 회원증이 단속 경찰의 눈에 띄면 가벼운 경고 처분만 받고 풀려날지도 모른다고 생각했기 때문이다. 그렇다면 누군가가 내 하녀 중 한 명을 몰래 찔렀을 수도 있다. 신분증명서가 제대로 안 갖춰진 하녀가 있었기 때문이다. 사실, 프랑스 생활에서 익명의 고발은 일종의 오락이라고도 할 수 있었다. 그러나 나는 현지 경찰들과 꽤 잘 지내는 편이었고, 집으로 찾아오면 빨리 내보내기 위해서라도 와인 한잔은 꼭 대접하곤 했다. 그러니 그 정도 일은 어렵지 않게 해결할 수 있을 것 같았다. 그러나 늘 짝을 지어 다니는 두 명의 경찰은 전혀 다른 용무로 온 것이었다.

악수를 나누고 서로의 건강과 안부를 확인하고 나자, 둘 중 상사로서 '브리가디에(경사님)'라고 불리는, 콧수염이 인상적인 경찰이 주머니에서 수첩을 꺼냈다. 그러고는 지저분한 엄지손가락으로 수첩을 넘겼다.

"소피 맥도널드라는 여자 아십니까?"

"그런 이름을 가진 사람을 알고 있긴 합니다."

나는 조심스럽게 대꾸했다.

"방금 툴롱 경찰서에서 전화 연락을 받았는데, 그곳 경감님이 선생님께서 곧장 와 주십사 하시더군요(부 프리 드 부 지 랑드르)."

"무슨 일이랍니까? 맥도널드 부인과는 안면만 있는 정도인데요."

그녀가 사고를 쳤나 보다는 생각이 들었다. 분명히 아편과 관련된 일일 것이다. 하지만 그렇다 해도 내가 말려들 이유는 없지 않은가.

"그런 건 제가 알 바 아닙니다. 어쨌든 이 여자와 아는 사이인 것만큼은 확실하지 않습니까? 묵고 있던 여인숙에서 나가 5일 동안 행방불명됐었는데 경찰이 항구에서 그 여자의 것으로 추정되는 시체를 건져 올렸답니다. 선생님께서 신원 확인을 해 주셨음 한다더군요."

등골이 오싹해졌다. 그러나 그리 충격적인 일은 아니었다. 그런 생활을 하던 여자라면 우울한 순간에 자살을 선택하는 것이 충분히 있음직한 일이니까 말이다.

"신원 확인이야 옷과 신분증으로도 되는 것 아닙니까?"

"알몸에다 칼에 목이 찔린 상태로 발견되었답니다."

"세상에!"

나는 경악을 금치 못했다. 그리고 잠시 생각해 보았다. 내가 아는 대로라면, 경찰은 나를 강제로 끌고 갈 수도 있었다. 그럴 바에야 순순히 따르는 게 나을 것 같았다.

"알겠습니다. 최대한 빨리 기차를 타지요."

기차 시간표를 보니 5시에서 6시 사이에 툴롱에 도착할 수 있을 것 같았다. 경사는 경감에게 전화로 그렇게 알리겠다고 하고는 도착하는 대로 곧장 경찰서로 가야 한다고 당부했다. 더 이상 원고를 쓸 수는 없었다. 나는 필요한 물건 몇 가지만 여행 가방에 챙겨 넣고 점심을 먹은 다음, 차를 몰고 역으로 향했다.

2

툴롱 경찰서에 도착해서 내가 누구라고 밝히자 그들은 곧장 나를 경감의 방으로 안내했다. 경감은 탁자 앞에 앉아 있었다. 육중한 몸집과 가무스레한 피부, 무뚝뚝한 분위기로 봐선 코르시카인인 것 같았다. 그는 의심스럽다는 듯이 나를 흘끗 보았다. 아마도 오랜 습관 때문이었을 것이다. 그러나 내가 만일에 대비해 달고 간 레지옹 도뇌르 훈장을 보더니 능글맞게 웃으면서 자리를 권하고는, 어쩔 수 없는 일이었지만 그래도 바쁘신 분을 오라 가라 해서 죄송하다며 거듭 사과했다. 나 역시 그와 비슷한 태도로, 내가 도움을 줄 수 있다면 그보다 더한 기쁨은 없을 거라고 대꾸했다. 그러나 본론으로 들어가자 그는 다시 무뚝뚝하고 거만한 태도로 돌아갔다. 그가 앞에 놓인 서류들을 보면서 말했다.

"지저분한 사건입니다. 맥도널드라는 이 여자, 행실이 아주 나빴던 모양입니다. 술주정뱅이에 마약 상용자, 게다가 색정증 환자였죠. 배에서 내린 수병들뿐 아니라 동네 양아치들하고도 습관적으로 자고 다녔더군요. 선생님처럼 나이도 있으시고 점잖으신 분이 어떻게 그런 여자를 알게 된 겁니까?"

당신이 상관할 바 아니라고 말하고 싶었지만, 그동안 수백 권의 탐정소설을 부지런히 탐독한 덕분에 경찰에게는 점잖게 구는 것이 좋다는 사실 정도는 알고 있었다.

"잘 아는 사이는 아닙니다. 소피가 사춘기 소녀였을 때 시카고에서 만났었죠. 이후 소피는 그곳에서 집안 좋은 남자와 결혼을 했었습니다. 그러다가 1년쯤 전에 파리에서 친구들을 통해 다시 만난 겁니다."

줄곧 내가 소피와 아는 사이라는 것을 어떻게 알았을까 궁금했는데, 마침내 그가 내 쪽으로 책 한 권을 밀었다.

"그 여자 방에서 이게 나왔습니다. 안에 사인과 글귀가 적혀 있더군요. 그걸 보시면 거의 모르는 사이라는 선생님의 주장을 왜 못 믿겠는지 아실 겁니다."

그녀가 서점 쇼윈도에서 봤다며 내게 사인해 달라고 부탁했던 내 소설 번역서였다. 그때 나는 내 이름을 쓰고 그 밑에 '미뇨느, 알롱 부아르 시 라 로즈.'라고 적어 놓았었다. 달리 떠오르는 말이 없었기 때문이다. 하지만 누가 봐도 친밀한 사이라고 생각했을 것이다.

"제가 소피의 연인이었다고 생각하신다면, 오해입니다."

"그야 제가 상관할 바가 아니죠."

그는 눈을 번뜩이며 말을 이었다.

"그리고 불쾌하시라고 드리는 말씀은 아닙니다만, 제가 그 여자의 취향에 대해 들은 게 조금 있는데, 선생님은 그 여자가 좋아할 타입도 아닌 것 같습니다. 하지만 생판 남한테 '미뇨느' 라는 호칭을 쓰는 사람이 어디 있습니까?"

"무슈 르 코미세르(경감님), 그건 롱사르가 쓴 유명한 시의 첫 행입니다. 프랑스 문화권에서 교육받은 사람이라면 롱사르의 시 정도는 잘 알고 있지 않습니까? 제가 소피한테 그걸 써 준 건, 그녀도 분명히 그 시를 알고 있을 것 같아서였죠. 첫 행을 보면 그다음 내용이 떠오를 테니까요. 그녀한테 그렇게 사는 건 아무리 좋게 보려고 해도 너무 경솔하다는 암시를 줄 수 있을 것 같았거든요."

"물론 저도 학교 다닐 때 분명히 롱사르의 작품을 읽었겠죠. 하지만 워낙 할 일이 많다 보니 솔직히 선생님께서 방금 말씀하신 그 부분은 잊어버렸습니다."

나는 1연을 읊어 주었다. 그는 내가 언급하기 전까지 롱사르에 대해 들어 본 적도 없었다는 것을 너무도 잘 알았으므로, 혹시라도 그가 마지막 연을 떠올릴지도 모른다는 걱정은 들지 않았다. 사실, 이 시의 마지막 연은 결코 도덕적 삶에 대한 권유로 받아들이기가 힘들었다.

"어느 정도 교육은 받은 여자 같더군요. 방에서 탐정소설 여러 권과 시집 두세 권 나왔습니다. 보들레르 시집 한 권과 랭보 한 권, 그리고 엘리엇이라는 영국 시인의 시집도 있었죠. 유명한 시인입니까?"

"아주 유명하죠."

"저는 시를 읽을 시간이 없습니다. 어차피 영어도 모르고요. 그 사람이 그렇게 훌륭한 시인이라면, 불어로도 시를 써 줬으면 좋겠군요. 그럼 교육받은 사람이면 누구나 읽을 수 있을 텐데요."

경감이 「황무지」*를 읽는다고 생각하니 웃음이 나올 것 같았다. 그때 갑자기 그가 내게 사진 한 장을 밀었다.

"혹시 이 사람 아십니까?"

나는 한눈에 그것이 래리라는 것을 알았다. 비교적 최근 사진으로, 수영 팬티를 입은 걸로 봐선 여름에 이사벨과 그레이와 함께 디나르에 머물면서 찍은 사진인 듯했다. 순간, 모른다고 말하고픈 충동이 일었다. 래리를 이런 진저리 나는 일에 끌어들이고 싶지 않았기 때문이다. 그러나 경찰이 그의 신원을 밝혀내어 내가 거짓말한 것을 알면, 내가 무언가를 숨기고 있다고 여길 게 분명했다.

"로렌스 대럴이라는 미국 시민입니다."

"여자의 소지품에서 나온 유일한 사진입니다. 두 사람이 무슨 관계입니까?"

"둘 다 시카고 인근에 있는 같은 마을에서 자랐습니다. 어

* 「The Waste Land」, T. S. 엘리엇의 장시.

릴 적 친구 사이죠."

"하지만 이 사진은 그렇게 오래된 게 아닌데요. 프랑스 북부나 서부에 있는 해변 휴양지 같습니다. 정확한 장소를 찾아내는 건 어렵지 않을 겁니다. 이 사람, 직업이 뭡니까?"

"작가입니다."

나는 대담하게 말했다. 경감이 숱 많은 눈썹을 치켜세웠다. 나와 같은 일에 종사하는 사람들을 그리 도덕적인 인간으로 보지 않는 모양이었다.

"그래도 제법 먹고살 만한 작가죠."

나는 래리가 좀 더 괜찮은 사람이라는 인상을 주기 위해 이렇게 덧붙였다.

"이 사람 지금 어디 있습니까?"

역시 모른다고 말하고 싶었지만, 이번에도 그래 봐야 더 곤란해지기만 할 거라는 결론을 내렸다. 프랑스 경찰들은 실수와 결함이 많을지는 몰라도 체계상 원하는 사람은 누구든 즉각 찾아낼 수 있었다.

"지금 사나리에 삽니다."

경감이 눈을 들었다. 흥미가 생긴 듯했다.

"사나리 어딥니까?"

나는 오귀스테 코테가 오두막을 빌려 줬다는 래리의 말이 떠올라서 크리스마스에 집에 돌아오자마자 내 집에 와서 얼마간 있으라고 편지를 보냈었다. 그러나 예상했던 대로 그는 내 제안을 거절했다. 나는 경감에게 그의 주소를 알려 주었다.

"사나리로 전화해서 이쪽으로 오게 해야겠군요. 물어보면 중요한 단서가 나올지도 모르잖습니까?"

래리를 용의선상에 놓은 것이 분명했다. 하지만 나는 오히려 소리 내어 웃고 싶었다. 틀림없이 래리는 자신이 이 사건과 아무 관련이 없음을 쉽게 증명해 보일 것이다. 나는 소피의 처참한 최후에 대해 더 듣고 싶었지만, 경감의 설명은 좀 더 자세하기만 할 뿐 이미 내가 다 알고 있는 내용이었다. 시체는 어부 두 명이 가져왔다. 우리 동네 경찰은 그녀가 알몸이었다고 했지만, 그것은 그가 약간의 상상력을 동원하여 과장한 것이었다. 들어 보니, 살해자는 거들과 브래지어는 남겨 놓았다. 내가 전에 봤을 때와 똑같은 차림이었다면 슬랙스와 티셔츠만 벗긴 셈이다. 신원을 확인할 만한 것이 없어서 경찰이 지역신문에 인상서(人相書)를 냈는데, 뒷골목에서 작은 여인숙을 운영하는 여자가 이를 보고 경찰서로 찾아왔다. 프랑스에서 '메종 드 파스(갈보 집)'라고 불리는 그 여인숙은 남자들이 여자나 어린 소년을 데리고 들어갈 수 있는 곳이었다. 여인숙 주인은 그동안 그 집에 누가 자주 드나드는지, 무슨 이유로 드나드는지 등에 대해 경찰에게 정보를 제공해 주고 있었다. 나와 우연히 마주쳤을 때 소피는 부둣가의 호텔에서 살고 있었지만, 너그러운 호텔 주인조차 참기 힘든 문란한 생활 때문에 그곳에서 쫓겨났다. 그러고는 위에서 말한 여인숙 주인을 찾아와 작은 거실이 딸린 방을 내 달라고 했다. 주인 입장에서는 하룻밤에 두세 번 잠깐씩 방을 빌려 주는 편이 더 이익이었지만, 소피가 워낙 많은 액수를 제안하자 결국 월세 계약에 동의했다. 경찰서로 찾아온 그녀는 자신의 세입자가 며칠 동안 안 보였다, 그러나 최근에 마르세유와 빌프랑슈 쉬르메르에 영국 함대가 들어왔다, 이렇게 함대가 들어오면 노소를 불문하고 연안 지역의 여자들이 몰려가기 때문에 그녀 역시 그곳으로 갔을 거라 생각하고 크게 신경 쓰지 않았다. 그러다가 신문에서 사망자 인상서를 읽고 자신의 세입자일지도 모른다는 생각이 들었다고 했다. 신원 확인을 위해 소환된 그녀는 잠시 머뭇거리다가 소피 맥도널드의 시신이 맞는다고 선언했다.

"하지만 신원 확인이 됐는데, 저는 왜 부르신 겁니까?"

"벨레 부인은 아주 점잖고 인품도 훌륭한 분이지만, 피살자의 신원 확인 문제와 관련해서는 우리가 모르는 이해관계가 있을 수도 있지요. 그래서 만일에 대비해 좀 더 가까웠던 사람한테 확인을 받을 필요가 있다고 생각했습니다."

"범인은 잡힐 것 같습니까?"

경감은 다부진 어깨를 으쓱해 보였다.

"당연히 취조는 하고 있습니다. 그 여자가 자주 가던 몇 군데 술집에서 몇 사람을 심문하기도 했죠. 수병이 질투심 때문에 살인을 저지른 후 배를 타고 떠나 버렸을 수도 있고, 아니면 어떤 건달 놈이 돈 때문에 죽였을 수도 있습니다. 항상 돈을 갖고 다녔던 것 같은데, 동네 건달들한테는 꽤 큰돈이었을 겁니다. 그놈들 사이에선 범인이 누군지 알고 있을지도 모릅니다. 그렇다고 해도 그런 부류의 놈들은 자기에게 이익이 되지 않는 한 입을 열지 않을 가능성이 높지요. 그 여자처럼 질 나쁜 사람들과 어울리다 보면 결국 그렇게 죽는 경우가 허다합니다."

그 부분에 대해서는 나도 할 말이 없었다. 경감은 다음 날 아침 9시에 다시 와 달라고 했다. 그때쯤이면 '이 사진 속의 신사'도 와 있을 테고, 얘기를 끝내고 나면 경찰이 인근 시체 안치소로 데려가서 시체를 보여 줄 거라고 말이다.

"매장은 어떻게 되는 겁니까?"

"시체를 확인한 다음, 두 분이 자비(自費)로 장례를 치르시겠다고 하면 필요한 허가를 내드리겠습니다."

"가능한 한 빨리 허가를 받았으면 좋겠군요. 대럴 씨도 그걸 바랄 겁니다."

"이해합니다. 안타까운 일이니만큼 가엾은 그 여자가 한시라도 빨리 안식을 찾게 해 주는 것이 좋겠지요. 참, 그러고 보니 여기 장의사 명함이 있군요. 적당한 조건으로 신속하게 일을 처리해 줄 겁니다. 여기다가 제가 각별히 신경 써 달라고 적어 드리죠."

분명히 소개비 조로 한몫을 챙길 거라는 생각이 들었지만, 어쨌든 나는 따뜻하게 감사의 말을 전했다. 그가 지나치게 예의를 차리며 나를 배웅하고 나자, 나는 곧장 명함에 적힌 주소를 찾아갔다. 장의사는 활기차고 꾀바른 사람이었다. 나는 너무 비싸지도, 그렇다고 너무 싸지도 않은 적당한 관을 고르고, "선생님의 힘든 짐을 덜어 드리고 망자에게 존경을 표하기 위해" 아는 꽃집에 화환 두세 개를 주문하겠다는 그의 제안을 받아들였다. 그는 다음 날 2시까지 시체 안치소로 영구차를 보내겠다고 했다. 또 묘소는 굳이 둘러보지 않아도 된다, 필요한 조치는 모두 취해 두겠다며 이렇게 물었다. "고인께선 신교도였지요?" 그러고는 내가 원한다면 목사에게 연락해서 추도문을 읽게 하겠다고 했다. 나는 그의 뛰어난 일솜씨에 감탄하지 않을 수 없었다. 그러나 곧이어 그는 내가 이방인인 데다 외국인이니 선불을 요구해도 실례가 되지 않을 거라 생각한다고 말했다. 그러고는 내가 예상했던 것보다 더 많은 액수를 불렀다. 틀림없이 내가 흥정하려 들 거라고 생각했을 것이다. 그러나 내가 아무렇지도 않게 수표장을 꺼내어 수표를 써 주자 그는 어리둥절한 표정을 지었다. 오히려 실망한 것 같기도 했다.

나는 호텔에서 자고 다음 날 아침에 다시 경찰서로 갔다. 얼마간 기다리다가 안내를 받아 경감의 방으로 들어가 보니, 래리가 심란하고 침울한 얼굴로 전날 내가 앉았던 의자에 앉아 있었다. 경감은 마치 오래전에 잃어버린 형제를 다시 찾은 듯 반갑게 인사를 건넸다.

"오셨습니까, 몽 셰르 무슈(선생님)? 친구분께서 제가 직무상 확인해야 할 것들에 대해 솔직하게 답변해 주셨습니다. 살해된 여자를 1년 반 동안 못 봤다고 하시는군요. 거기에 대해선 의심의 여지가 없는 것 같습니다. 지난주의 행적에 대해서도 충분히 납득이 가도록 설명해 주셨고, 본인의 사진이 그 여자의 방에서 발견된 점에 대해서도 모두 해명해 주셨답니다. 디나르에서 찍은 사진인데, 언젠가 그 여자와 점심을 먹을 때 주머니에 넣고 나가셨다는군요. 사나리에서도 이 젊은 신사분의 평판이 아주 좋다는 보고가 들어왔지요. 그리고 자랑은 아니지만 저도 사람 보는 눈은 꽤 있는 편이랍니다. 제가 단언하는데, 이분은 천성적으로 범죄를 저지를 분이 아닙니다. 건전한 환경에서 다복하게 자란 어릴 적 친구가 그렇게 비참한 최후를 맞이했으니 얼마나 슬프시겠습니까? 그래서 이분께 조의를 표하고 있었답니다. 하지만 인생이란 게 원래 그런 거죠. 자, 이제 우리 경찰관이 두 분을 안치소까지 안내해 드릴 겁니다. 신원 확인이 끝나면 두 분은 이제 돌아가셔도 좋습니다. 나가서 점심 식사라도 하셔야죠. 툴롱에서 가장 좋은 레스토랑 명함이 있는데, 특별히 신경 써 달라고 제가 적어 드리겠습니다. 이렇게 힘든 일을 겪고 난 후엔 좋은 와인 한 병 마시는 게 도움이 될 겁니다."

이제 경감의 얼굴에는 희색이 만연했다. 우리는 경찰관을 따라 걸어서 안치소로 갔다. 안치소는 일거리가 많지 않은지, 석판 하나에 시체 한 구만 달랑 놓여 있을 뿐이었다. 우리가 그쪽으로 가자 안치소 직원이 머리를 덮어 놓은 천을 들췄다. 유쾌한 광경은 아니었다. 은색으로 염색한 곱슬머리는 바닷물에 쫙 펴져서 두개골에 찰싹 들러붙어 있었고, 얼굴은 끔찍하게 불어서 오싹할 지경이었다. 그러나 그것은 분명히 소피였다. 직원이 천을 좀 더 들춰내어 우리 둘 다 보고 싶지 않았던 그것을 보여 주었다. 한쪽 귀에서부터 목을 가로질러 다른 쪽 귀까지 기분 나쁜 깊숙한 상처가 이어져 있었다.

우리는 다시 경찰서로 갔다. 경감이 바빠 보여서 부하 직원에게 얘기했더니, 잠시 후에 그가 필요한 서류를 갖고 돌아왔다. 우리는 그것을 장의사에게 갖다 주었다.

"이제 술 한잔해야지."

내가 말했다.

안치소로 가기 위해 경찰서를 나선 이후로 래리는 줄곧 말이 없었다. 그가 한 말이라곤 경찰서에 돌아와서 그 시체가 소피 맥도널드의 시체가 맞는다고 확인해 준 것뿐이었다. 나는 그를 부두로 데려가서 예전에 소피와 함께 앉아 얘기 나누던 카페에 자리를 잡았다. 강한 미스트랄* 때문에 늘 평온했던 항구 여기저기서 하얀 거품이 일었다. 어선들이 부드럽게 흔들렸

* 프랑스 등지의 지중해 연안에 부는 찬 북서풍.

다. 태양은 밝게 빛났고, 미스트랄이 불 때면 늘 그렇듯이 눈에 보이는 모든 사물이 마치 도수가 너무 높은 안경을 쓰고 보듯 기묘하게 빛을 발하며 선명하게 들어왔다. 그 때문에 모든 것이 신경과 심장을 갖고 살아 숨 쉬는 것처럼 느껴졌다. 나는 브랜디 소다를 마셨지만 래리는 자신이 주문한 술을 건드리지도 않았다. 침울한 얼굴로 말없이 앉아 있는 그를 나는 굳이 방해하지 않았다.

얼마 후 나는 시계를 보았다.

"뭘 좀 먹어야 할 것 같은데. 두 시까진 안치소에 가야지."

"저도 배가 고프네요. 아침도 안 먹었거든요."

경감의 외모로 판단하면 음식 맛이 좋은 집을 알고 있을 것 같았다. 나는 래리를 데리고 그가 추천한 레스토랑으로 갔다. 고기를 잘 안 먹는 래리를 생각해서 오믈렛과 가재구이를 주문한 다음, 와인 메뉴판을 달라고 해서 역시 경감이 조언한 대로 고급 와인 한 병을 골랐다. 와인이 나오자 래리에게 한 잔을 따라 주었다.

"어쨌든 마셔 둬. 그럼 대화거리가 나올지도 모르지."

그는 순순히 내 말을 따랐다. 그가 웅얼거렸다.

"가네샤 씨는 침묵도 대화라고 하셨죠."

"그 얘길 들으니까 박식하다는 캠브리지 대학교수들의 사교 모임이 떠오르는군. 유쾌하기 그지없는 모임이지."

"장례 비용은 선생님 혼자 치르셔야 할 것 같은데요. 전 돈이 없어요."

"어차피 그럴 생각이었어."

그러나 잠시 후 나는 그 말의 의미를 깨달았다.

"벌써 저지른 건 아니겠지?"

그는 대답하지 않았다. 두 눈에는 묘한 장난기가 스쳤다.

"돈을 전부 없애 버린 거 아니지?"

"배가 들어오기 전까지 생활할 정도만 빼고는 모조리 없앴어요."

"무슨 배?"

"사나리에서 제 옆집에 사는 사람이 해운 회사 직원이거든요. 마르세유에서 근동과 뉴욕을 오가는 화물선을 관리하죠. 그 사람이 알렉산드리아에서 전보를 받았는데, 선원들 가운데 병자 두 명이 있어서 마르세유로 들어오는 배에서 하선시켰다면서 두 사람을 구해 놓으라고 했답니다. 저랑 친한 사이라 저를 태워 주겠다고 했죠. 이별 선물로 그 사람한테 제가 타고 다니던 낡은 시트로엔을 주려고요. 입은 옷 한 벌하고 소지품 몇 가지만 챙겨서 배에 오를 생각이에요."

"하긴, 자네 돈이니까 자네 마음이지. 이젠 자유로운 성인 남자가 된 셈이군."

"자유라는 말이 꼭 맞는 것 같아요. 살면서 이렇게 행복했던 적도, 이렇게 해방감이 들었던 적도 없었어요. 뉴욕에 도착하면 급료를 받을 테니까 그것으로 일자리를 구할 때까지 버틸 수 있을 거예요."

"책은 어떡하고?"

"아, 다 써서 벌써 출간했습니다. 보낼 사람 명단도 작성했고요. 선생님께도 하루 이틀 뒤에 도착할 겁니다."

"고맙네."

할 말이 많지 않았으므로 우리는 편안한 침묵 속에서 식사를 끝마쳤다. 나는 커피를 주문했다. 래리는 파이프에 불을 붙였고 나는 시가를 피웠다. 생각에 잠겨 자신을 물끄러미 보는 내 시선을 느꼈는지, 그가 나를 흘끗 쳐다보았다. 두 눈에는 장난기가 서려 있었다.

"저더러 바보라고 하고 싶으신 거죠? 그럼 망설이지 말고 그냥 하세요. 저는 전혀 상관없습니다."

"아니. 딱히 그런 생각은 아니야. 다만, 자네가 다른 사람처럼 결혼을 하고 아이를 낳았다면 자네의 삶이 좀 더 완벽하게 안정되지 않았을까 하는 생각이지."

그가 미소를 지었다. 그의 미소가 얼마나 아름다운지는 스무 번도 더 말했을 것이다. 편안하고 믿음직스럽고 달콤하면서도 그가 가진 매력적인 천성, 즉 순수와 신뢰가 모두 담긴, 그런 미소였다. 그러나 굳이 다시 한 번 얘기하는 것은, 이번 미소에는 회한과 연민까지 담겨 있었기 때문이다.

"이젠 너무 늦었어요. 제가 결혼해도 좋겠다고 생각했던 여자는 죽은 소피밖에 없거든요."

나는 놀라서 그를 보았다.

"그 많은 일을 겪고도 그런 말이 나오나?"

"소피는 정말 아름다운 영혼을 가진 여자였어요. 열정적이고 야심차면서도 너그러운……. 그녀가 지향한 이상들은 고결한 것들이었죠. 결국 파멸로 향하긴 했지만, 그 과정에서도 비장한 숭고함 같은 게 느껴졌거든요."

나는 아무 말도 하지 않았다. 그런 기묘한 주장을 어떻게 해석해야 할지 확신이 서지 않았기 때문이다.

"그럼 왜 애초에 소피와 결혼하지 않았지?"

"그때 소피는 너무 어렸어요. 솔직히 말씀드리면, 제가 소피 할아버지 댁에 가서 함께 느릅나무 밑에서 시를 읽던 시절에는 그 말라깽이 꼬마의 가슴속에 그런 영적인 아름다움의 씨앗이 숨어 있는 줄 몰랐거든요."

이런 시점에서 이사벨이 언급조차 되지 않는다니, 정말 의외였다. 이사벨과 약혼했었다는 사실을 잊었을 리는 없다. 너무 어려서 자신의 마음조차 제대로 몰랐던 두 청춘의 어리석은 소동 정도로 생각하는 것일까? 그렇다면 그는 그 이후로 이사벨이 자신 때문에 큰 슬픔에 빠졌다는 생각은 거의 해 본 적도 없다고 믿는 수밖에 없었다.

이제 가야 할 시간이었다. 우리는 너무도 낡아 버린 래리의 차가 서 있는 광장으로 걸어가서 차를 몰고 시체 안치소로 향했다. 장의사는 약속을 정확하게 지켰다. 유난히도 반짝거리는 하늘과 공동묘지의 사이프러스를 뒤흔드는 거센 바람, 그 속에서 장례 절차가 정확하고 민첩하게 이뤄지는 광경이 어딘지 괴기스럽게 느껴졌다. 모든 의식이 끝나자 장의사는 진심으로 성의 있게 우리와 악수를 나눴다.

"만족스러우셨는지 모르겠네요. 일이 아주 순조롭게 끝난 것 같은데요."

"아주 만족스럽습니다."

내가 말했다.

"장례 절차가 필요하면 언제든 어디로든 달려가겠습니다. 아무리 먼 곳이라도 연락 주십시오."

나는 고맙다는 인사를 건넸다. 공동묘지 입구에 이르자 래리가 더 할 일이 있느냐고 물었다.

"이제 다 끝났네."

"가능한 한 빨리 사나리로 돌아가고 싶어서요."

"가는 길에 호텔에 좀 내려 주겠나?"

차를 타고 가면서 우리는 한 마디도 하지 않았다. 호텔 앞에 도착해서 나는 차에서 내렸다. 래리는 나와 악수를 나눈 후 차를 몰고 떠났다. 나는 안으로 들어가 대금을 지불하고 짐을 챙긴 다음, 택시를 잡아타고 역으로 갔다. 나 역시 빨리 떠나고 싶었다.

3

며칠 후 나는 영국으로 떠났다. 처음에는 곧장 갈 계획이었지만, 그런 일을 겪고 나자 이사벨이 보고 싶어서 단 하루 동안만 파리에 들르기로 했다. 이사벨에게 전보를 쳐서 오후 늦게 가서 함께 저녁을 먹어도 되겠느냐고 물었다. 호텔에 도착해 보니 그녀의 메모가 남겨져 있었다. 저녁은 그레이와 함께 밖에 나가서 먹어야 하지만 자신도 나를 무척 보고 싶다, 다만 가봉을 해야 하니 5시 반 이후에 오면 좋겠다는 내용이었다.

심한 비가 오락가락하는 으스스한 날씨라 그레이가 모르트퐁텐느로 골프를 치러 가진 않았을 것 같았다. 이사벨과 단 둘이 만나고 싶었기 때문에 그리 달가운 일은 아니었다. 그러나 내가 이사벨의 아파트에 도착했을 때, 그녀가 가장 먼저 건넨 말은 그레이가 트래블러스 클럽에서 브리지를 하고 있다는 것이었다.

"선생님을 뵙고 싶으면 너무 늦지 않게 오라고 일렀어요. 하지만 저녁은 9시가 넘어서 먹을 거고, 대충 그 시간에 맞춰서 나가면 되니까 수다 떨 시간은 충분해요. 선생님께 드릴 말씀이 너무 많아요."

아파트는 이미 세를 놓았고, 2주 후에 경매를 통해 엘리엇의 소장품을 처분한 다음, 리츠 호텔에 들어가 있다가 배를 탈 예정이라고 했다. 엘리엇의 소장품은 전부 내놓았지만 앙티브 집에 소장하고 있던 현대미술품들은 팔지 않을 생각이었다. 그것들을 좋아해서라기보다는 소장 가치가 있을 것 같아서였다. 틀린 생각은 아니었다.

"돌아가신 엘리엇 외삼촌이 좀 더 진보적인 분이었으면 좋았을 텐데. 피카소, 마티스, 루오, 뭐 이런 그림들도 있잖아요. 외삼촌이 수집하신 것들도 나름대로 좋긴 하지만 너무 구식처럼 보일 것 같아요."

"나라면 그런 건 전혀 개의치 않을 것 같은데. 2~3년만 지나면 또 새로운 화가들이 나올 거고, 그럼 피카소나 마티스도 그런 인상파 그림들보다 크게 신식처럼 보이진 않을 테니까."

그레이는 협상을 거의 마무리 짓고 이사벨이 준 돈으로 꽤 잘나가는 회사에 부회장으로 들어갈 예정이었다. 석유 관련 회사이며 두 사람은 댈러스에 터를 잡을 거라고 했다.

"무엇보다도 적당한 집을 찾아야 돼요. 예쁜 정원이 있었으면 좋겠어요. 그레이가 퇴근하고 돌아와서 산책이라도 할 수 있게 말예요. 그리고 손님들을 접대하려면 거실도 정말 커야 돼요."

"엘리엇이 쓰던 가구들은 안 가져갈 건가?"

"별로 안 어울릴 것 같아요. 온통 현대식으로 꾸밀 거거든요. 곳곳에 멕시코 분위기도 조금씩 추가하고요. 뉴욕에 도착하는 대로 요즘 잘나가는 실내장식가가 누군지 알아봐야겠어요."

하인 앙투안이 쟁반에 병들을 받쳐 들고 들어왔다. 늘 약삭빠른 이사벨은 남자들이 십중팔구 여자들보다 칵테일을 더 잘 만든다면서(사실, 맞는 말이다.) 내게 만들어 달라고 했다. 나는 진과 노이프라를 따른 다음, 압생트*를 약간 첨가했다. 압생트는 도무지 맛을 알 수 없는 드라이 마티니를 마법의 술로 바꿔 준다. 올림포스의 신들이 집에서 만든 넥타를 포기하고 선택할 만큼 맛 좋은 술로 말이다. 사실 나는 신들이 마셨던 넥타가 코카콜라 정도에 불과하지 않았을까 하고 늘 생각했다. 이사벨에게 칵테일을 건네다가 테이블에 있는 책이 눈에 들어왔다.

"이야! 래리의 책이잖아."

내가 소리쳤다.

"오늘 아침에 왔는데, 너무 바빠서 들춰 보지도 못했어요. 오전 내내 수십 가지 일을 처리해 놓고 점심엔 밖에 나가서 밥을 먹고 오후에는 몰리뉴에 갔었거든요. 언제쯤이나 볼 시간이 날지 모르겠네요."

작가는 열과 성을 다해 몇 달에 걸쳐 책 한 권을 완성하는데, 독자는 이 세상에 할 일이 하나도 없어질 때까지 그 책을 아무 데나 놓아둔다고 생각하니 우울해졌다. 300쪽짜리 책으로, 인쇄 상태도 좋았고 장정도 깔끔했다.

---

* 향이 있는 증류주의 일종.

"래리가 겨울 내내 사나리에 있었던 건 아시죠? 혹시 만나셨어요?"

"응. 일전에 같이 툴롱에 갔었거든."

"그래요? 거긴 왜요?"

"소피를 묻어 주러."

"소피가 죽었다는 말씀은 아니죠?"

이사벨이 소리쳤다.

"안 죽었다면 묻을 이유도 없겠지."

"우울한 소식이네요."

그녀는 잠시 멈칫했다가 다시 입을 열었다.

"안됐다는 말은 안 할래요. 술과 마약 때문에 그런 거잖아요."

"아냐. 누가 목을 찔러서 알몸으로 바닷물에 던졌어."

나 역시 나도 모르는 사이에 생장의 경사처럼 그녀가 알몸이었다고 허풍을 떨고 있었다.

"어머, 끔찍해라! 그렇게 살다 보면 처참하게 죽을 수밖에 없다니까요."

"툴롱의 코미세르 드 폴리스(경감)도 그렇게 말하더군."

"범인은 잡았대요?"

"아니. 하지만 난 범인이 누군지 알지. 내 생각엔 네가 소피를 죽인 것 같은데."

그녀는 화들짝 놀라며 내게 눈을 흘겼다.

"대체 무슨 말씀이세요?"

그런 다음 푸훗 하고 웃으면서 덧붙였다.

"잘못 짚으셨네요. 난 확실한 알리바이가 있거든요."

"작년 여름에 툴롱에서 우연히 소피를 만났어. 꽤 오랫동안 얘기를 나눴지."

"소피, 취해 있지 않았어요?"

"충분히 멀쩡했어. 래리와 결혼을 하기 며칠 전에 왜 그렇게 사라져 버렸는지 다 말해 줬지."

이사벨의 얼굴이 굳어지는 듯했다. 나는 계속해서 소피가 해 준 얘기를 그대로 털어놓았다. 그녀는 주의 깊게 귀를 기울였다.

"그날 이후로 소피가 해준 얘기에 대해 많이 생각해 봤는데, 생각하면 할수록 뭔가 석연찮은 구석이 있더군. 난 이 집에서 스무 번도 넘게 점심을 먹어 봤어. 하지만 네가 점심에 술을 마시는 건 한 번도 못 봤지. 게다가 넌 그날 점심을 혼자 먹었잖아. 그런데 왜 쟁반에 주브로브카 한 병이 커피 잔과 함께 있었던 거지?"

"엘리엇 외삼촌이 보내 주셨는데, 그 직전에 도착했어요. 리츠 호텔에서 마셨을 때처럼 그렇게 맛있는지 다시 확인하고 싶었다고요."

"그래. 나도 그때 네가 얼마나 칭찬을 했는지 기억하고 있어. 사실 그때도 의외라고 생각했지. 어쨌든 넌 술은 절대 안 마시잖아. 그러기엔 외모에 신경을 많이 쓰니까. 그래서 난 그때 네가 소피를 애태우려고 한다는 느낌을 받았지. 일부러 그러는 것 같았다구."

"정말 고맙네요."

"평소에 넌 약속을 아주 잘 지키는 편이야. 그런데 왜 하필 소피가 오기로 한 그날 외출한 거지? 웨딩드레스 가봉은 소피한테도 아주 중요한 일이었지만, 너도 꽤 관심 있어 했잖아?"

"소피가 말한 그대로예요. 조앤의 치아 때문에 계속 신경이 쓰였다구요. 그 치과는 사람이 워낙 많아서 의사가 시간이 날 때 데리고 갈 수밖에 없었고요."

"치과에 가면 다음 예약을 잡고 나오는 법이지."

"그렇긴 하죠. 그런데 그날 오전에 의사한테서 전화가 왔어요. 피치 못할 사정이 생겨서 예약한 시간에 진료를 못 하겠다고, 하지만 오후 3시에 오면 봐 줄 수 있다고 했죠. 저야 당연히 그 시간에 가겠다고 했고요."

"조앤은 가정교사가 데리고 갈 수도 있었잖아."

"애가 겁이 많아서, 제가 데려가는 게 나을 것 같았어요."

"네가 돌아왔을 땐 주브로브카 병이 거의 다 비고 소피가 없었을 텐데, 놀라지도 않았나?"

"기다리다 지쳐서 혼자 몰리뉴로 간 줄 알았어요. 그래서 몰리뉴에 가 봤더니 안 왔다는 거예요. 어찌 된 일인지 알 수가 없었죠."

"그럼 주브로브카는?"

"꽤 줄었다는 건 알았죠. 앙투안이 마신 줄 알았어요. 얘기를 할까도 생각했는데 엘리엇 외삼촌이 고용한 사람이고 조제프의 친구이기도 해서 그냥 넘어가는 게 낫겠다 싶더라고요. 성실한 하인이잖아요. 설사 술을 조금 마셨다고 해도 그런 사람을 어떻게 탓하겠어요?"

"거짓말은 그만하지, 이사벨."

"저를 못 믿으시는 거예요?"

"조금도 못 믿겠는데."

이사벨은 일어나서 벽난로로 걸어갔다. 으스스한 날씨 때문인지, 벽난로에서 장작이 타들어 가는 광경이 기분 좋게 느껴졌다. 그녀는 벽난로 위 선반에 한쪽 팔꿈치를 대고 우아한 자세로 섰다. 의도한 기색이 전혀 없이 그처럼 우아한 자태를 뽐낼 수 있다는 것은 그녀가 가진 가장 매력적인 재능 가운데 하나였다. 좋은 집안의 프랑스 여성들이 대부분 그러하듯 그녀도 낮에는 검은 옷을 입었는데, 검은색은 그녀의 선명한 혈색을 한결 돋보이게 해 주었다. 그날도 그녀는 호리호리한 몸매를 아름답게 살려 주는, 단순한 디자인의 값비싼 원피스를 입고 있었다. 그녀는 잠시 담배를 피웠다.

"선생님한테까지 거짓말할 이유는 없죠. 제가 그날 외출을 한 게 화근이었어요. 물론, 앙투안도 방 안에 술과 커피 잔 따위를 그대로 놔둬선 안 되는 거였고요. 제가 나갔으면 당연히 치웠어야죠. 그리고 돌아와서 병이 거의 빈 것을 보고 무슨 일이 있었는지도 눈치챘죠. 소피가 술을 마시러 갔다고 생각했어요. 하지만 그에 대해 아무 말도 안 한 건 그래 봐야 래리만 괴로워질 것 같아서였어요. 래린 안 그래도 걱정이 태산이었으니까."

"네가 일부러 병을 여기 놔두라고 지시한 건 아니고?"

"아니에요."

"못 믿겠는데."

"그럼 믿지 마세요."

그녀는 담배를 불 속으로 휙 던져 넣었다. 화가 난 듯 두 눈이 어두워졌다.

"좋아요. 진실을 원하신다면 말씀드리죠. 정말 끈질기시네요. 일부러 그랬어요. 다시 그때로 돌아간다고 해도 똑같이 할 거예요. 소피가 래리랑 결혼하는 걸 막기 위해서라면 무슨 짓이든 할 거라고 했잖아요. 선생님은 아무것도 안 하셨어요. 그레이도 마찬가지고요. 그때 선생님은 그냥 어깨를 으쓱하며 래리가 크게 실수하는 거라고만 하셨잖아요. 선생님이 신경도 안 쓰시기에 제가 신경 쓴 거예요."

"네가 그런 짓을 안 했더라면 소피도 지금쯤 살아 있었을 거야."

"래리와 결혼한 채로요? 그랬다면 래리가 아주 비참한 생활을 하고 있겠죠. 래리는 자기가 소피를 완전히 바꿔 놓을 수 있다고 생각했어요. 남자들은 정말 어리석어요! 저는 소피가 곧 포기할 거라는 걸 알고 있었죠. 그건 불 보듯 뻔한 일이었으니까. 선생님도 직접 보셨잖아요. 리츠 호텔에서 다 같이 점심 먹을 때 소피가 얼마나 불안정했는지. 걔가 커피 마실 때 선생님도 보셨죠? 손이 떨려서 한 손으론 마시지도 못하고 잔을 두 손으로 들어서 입으로 가져갔잖아요. 웨이터가 우리 잔에 와인을 따라 줄 때도 갠 와인에서 눈을 떼지 못했어요. 그 희끄무레하고 끔찍한 눈이 와인 병만 따라다닌 거 모르세요? 꼭 뱀이 갓 태어난 병아리를 보는 것 같았어요. 그걸 보면서 저는 생각했죠. 술을 위해서라면 영혼까지 팔아넘길 여자라고."

이사벨은 이글거리는 눈으로 나를 똑바로 쳐다보며 거친 목소리로 말을 이었다. 너무 흥분해서 말이 제대로 나오지도 않는 것 같았다.

"엘리엇 외삼촌이 그 빌어먹을 폴란드 리큐어를 갖고 법석을 떨 때 좋은 생각이 떠올랐죠. 그래서 그 맛대가리 없는 술을 마시면서 이 세상에서 가장 훌륭한 술인 척 연기를 한 거예요. 그래야 소피가 언제든 기회가 생기면 유혹에 넘어갈 테니까요. 개를 의상 전시회에 데려간 것도 그래서였어요. 웨딩드레스를 선물하겠다고 한 것도 그렇고요. 최종 가봉을 하러 가기로 한 그날, 저는 앙투안한테 점심을 먹고 주브로브카를 마시겠다고 했죠. 그리고 손님이 올 거니까 커피를 내드리고 기다리게 하라고, 그리고 혹시 한잔하고 싶을 수도 있으니까 술은 그대로 두라고 했죠. 조앤을 치과에 데려가긴 했어요. 하지만 당연히 예약을 안 했으니 의사는 만날 수 없었죠. 그래서 아일 데리고 뉴스영화를 보러 갔어요. 그렇게까지 했는데도 소피가 그 술을 안 건드리면 최선을 다해서 그 애와 친구가 되겠다고 결심했죠. 그건 정말이에요. 맹세할 수 있다고요. 하지만 집에 돌아와서 병을 보고는 제 생각이 옳았다는 것을 확인했죠. 소피는 떠났고, 저는 그 애가 다시 돌아오지 않을 거라는 확신이 들었어요. 이 세상 돈을 전부 걸어도 좋을 만큼 말예요."

이사벨은 말을 끝마치고 가쁜 숨을 몰아쉬었다.

"거의 내가 생각했던 그대로군. 내 말이 맞았어. 소피의 목을 찌른 사람은 바로 너야. 두 손으로 직접 칼을 들고 벤 것처럼 확실하게 그은 셈이지."

"소피는 정말 정말 나쁜 애였어요. 차라리 잘 죽었다구요."

그녀는 의자에 풀썩 앉으면서 말했다.

"제기랄, 칵테일 한 잔 주세요."

나는 칵테일을 한 잔 더 만들었다.

"선생님은 정말 야비한 악마 같아요."

그녀가 내게서 칵테일을 받으며 말했다. 그런 다음 마침내 미소를 지어 보였다. 잘못한 줄은 알지만 거부할 수 없는 천진난만한 매력을 보여 주면 상대도 넘어올 거라고 생각하는 아이의 미소 같았다.

"래리한테 말 안 하실 거죠?"

"그런 걸 어떻게 얘기하겠어?"

"맹세하실 수 있어요? 남자들은 믿을 수가 없거든요."

"안 하겠다고 약속할게. 하고 싶어도 이젠 기회도 없을걸. 평생 그 친구를 다시 볼 일은 없을 것 같은데."

그녀가 등을 꼿꼿이 세웠다.

"그게 무슨 말씀이세요?"

"지금쯤 래리는 화물선의 갑판원이나 화부가 돼서 뉴욕으로 가고 있을 거야."

"그게 진짜에요? 어떻게 그럴 수가 있어요? 2~3주 전에도 책에 쓸 자료를 찾아본다고 여기 도서관에 왔었는데 미국으로 간단 얘긴 없었다구요. 그래도 다행이네요. 래리가 미국으로 갔다면 다시 만날 수 있을 테니까."

"그건 아닐걸. 그 친구의 미국은 이사벨의 미국과는 고비 사막만큼이나 멀리 떨어져 있을 테니까."

나는 그녀에게 그의 과거 행적과 앞으로의 계획에 대해 들려주었다. 그녀는 입을 벌린 채 멍하니 내 얘기를 들었다. 너무 놀라서 얼이 빠진 것 같았다. 이따금씩 내 말을 끊고 "미쳤어. 제정신이 아니야." 등의 감탄사를 내뱉을 뿐이었다. 내 얘기가 끝나자 그녀는 고개를 떨어뜨렸다. 뺨을 타고 두 줄기의 눈물이 흘러내렸다.

"이제 진짜 그 사람을 잃은 거군요."

그녀는 내게서 고개를 돌리고 의자 등받이에 얼굴을 기댄 채 흐느꼈다. 사랑스러운 얼굴이 숨길 수 없는 슬픔으로 일그러졌다. 내가 할 수 있는 일은 아무것도 없었다. 그녀가 얼마나 허망하고 부질없는 희망을 품고 있었는지, 내가 전한 소식이 산산이 부숴 놓은 그 희망이 무엇인지 나는 알 수 없었다. 이따금씩 그를 만나면서 적어도 그가 자신의 세상에 속해 있음을 확인하는 것이 그녀에겐 얄팍한 유대의 끈이 되어 왔다는 정도만 막연하게 짐작할 뿐이었다. 그런 유대의 끈을 마침내 끊어 버림으로써 그는 그녀에게 영원한 이별을 통보한 것이다. 지금 그녀를 괴롭히는 헛된 후회가 과연 무엇인지 나로서는 알 길이 없었다. 차라리 울게 내버려 두는 편이 나을 것 같았다. 나는 래리의 책을 집어 들어 목차를 살펴보았다. 나한테 보냈다는 책은 리비에라를 떠날 때까지 도착하지 않았으니, 당분간은 받아 보지 못할 것 같았다. 그 책은 내가 생각했던 것과는 완전히 딴판이었다. 여러 명사들에 대한 에세이를 모아 놓은 책으로, 각 에세이는 리턴 스트레이치*의 『빅토리아 시대 명사들』에 실린 에세이와 비슷한 분량이었다. 그가 선택한 명사들도 내게는 의외였다. 절대 권력을 휘두르다 사임하고 개인의 삶으로 돌아간 로마의 딕타토르 술라와 제국을 얻은 무굴 제국의 정복자 악바르, 루벤스, 괴테, 『서간집』으로 유명한 체스터필드 경 등이 그들이었다. 에세이 한 편 한 편마다 방대한 자료를 읽고 쓴 듯했다. 래리가 이 책을 완성하기까지 왜 그렇게 오랜 시간이 걸렸는지 알 것 같았다. 그러나 이런 일에 그

* 1901~1963. 영국의 전기 작가이자 비평가.

토록 많은 시간을 투자하는 것이 가치 있다고 생각한 이유 혹은 그들을 연구 대상으로 선택한 이유는 도무지 알 수가 없었다. 곧이어 한 가지 생각이 머릿속을 스쳤다. 그가 선택한 인물들은 모두 나름대로 인생에서 크게 성공한 사람들이었다. 래리가 그들에게 흥미를 가진 이유는 바로 그것이다. 그러한 인생의 성공이 결국 무엇으로 귀결되는지 알고 싶었던 것이다.

나는 어떻게 썼는지 보려고 책장을 쭉 넘겨보았다. 학술적이면서도 명쾌하고 읽기 쉬운 문체였다. 아마추어의 글에서는 종종 거만하거나 현학적인 냄새가 나기 마련인데, 그의 글에서는 그런 것을 전혀 찾아볼 수 없었다. 마치 엘리엇이 상류층 귀족 사회를 드나들 듯 최고 작가들의 사회를 부지런히 들락거린 사람 같았다. 그때 이사벨의 한숨 소리가 들렸다. 그녀는 똑바로 앉아서 얼굴을 찌푸리며 미지근해진 칵테일을 들이켰다.

"계속 울면 눈이 엉망이 될 거예요. 저녁 약속도 있는데."

그녀는 핸드백에서 거울을 꺼내어 걱정스러운 듯 들여다보았다.

"그래, 30분쯤 눈에 얼음주머니를 대고 있어야겠어. 그런 방법이 있었지."

그녀는 얼굴에 분을 바르고 입술을 붉게 칠했다. 그런 다음 물끄러미 나를 보았다.

"제가 그런 일을 해서 실망하셨어요?"

"신경은 쓰이나 보지?"

"이상하게 들릴지 모르겠지만, 신경 쓰여요. 선생님께는 잘 보이고 싶거든요."

나는 빙그레 웃으면서 대꾸했다.

"이사벨, 난 부도덕한 사람이야. 누군가를 정말 좋아하면 그 사람의 잘못을 비난하긴 해도 그 사람에 대한 애정이 식지는 않거든. 이사벨도 나름대로 나쁜 여잔 아니야. 게다가 누구보다도 우아하고 매력적이잖아. 그 아름다움이 완벽한 취향과 가차 없는 결단력이 합쳐진 결과임을 깨닫게 되었다고 해서 내가 너를 덜 아름답다고 생각할 순 없어. 이사벨은 딱 한 가지만 더 갖추면 완벽하게 매력적이지."

그녀는 미소를 지으며 다음 말을 기다렸다.

"바로 따뜻한 마음씨야."

그녀는 입가에서 미소를 지우고 나를 흘끗 보았다. 두 눈에 서려 있던 싹싹함도 사라지고 없었다. 그녀가 겨우 마음을 진정시키고 대꾸하려는 찰나, 그레이가 쿵쾅거리며 안으로 들어왔다. 3년 동안 파리에 살면서 그레이는 살이 많이 찌고 얼굴은 더 벌게졌으며 머리숱도 많이 줄었다. 그러나 건강하고 활기차 보였다. 그는 나를 진심으로 반갑게 맞아 주었다. 그레이는 늘 상투적이고 진부한 표현을 자신이 처음 생각해 낸 것처럼 내뱉곤 했다. 잠자리에 들기보다는 '꿈나라'로 갔고 '시체처럼' 잤으며, 비는 '북을 때리듯 맹렬하게' 쏟아졌다. 그리고 그에게 파리는 끝까지 '게이 파리(Gay Paree)'였다. 그러나 워낙 친절하고 정직하며 믿음직하고 겸손한 사람이었으므로 누구든 그를 좋아하지 않을 수 없었다. 나 역시 진심으로 그를 좋아했다. 그는 곧 있으면 미국으로 떠난다는 생각에 몹시 들떠 있었다.

"야호, 다시 놀던 물로 돌아가면 정말 좋을 겁니다. 벌써부터 물 만난 고기처럼 기운이 넘친다니까요."

"이제 다 결정 난 건가?"

“아직 서명은 안 했지만 확실하게 결정은 났습니다. 대학 시절 룸메이트하고 같이 일할 건데, 그 친구 정말 좋은 놈이죠. 분명히 똥차를 넘겨줄 녀석은 아닙니다. 하지만 그래도 뉴욕에 도착하는 대로 텍사스로 쌩하고 날아가서 준비가 잘됐는지 휙 한 번 훑어볼 생각입니다. 이사벨의 돈을 몽땅 털어 넣기 전에 예기치 못한 문제는 없는지 눈을 씻고라도 살펴봐야죠.”

“그레이는 타고난 사업가예요.”

이사벨이 말하자, 그레이가 미소를 지으며 동조했다.

“그럼. 이래 봬도 놀던 가락이 있는데.”

그는 계속해서 자신이 뛰어들 사업에 대해 다소 장황한 설명을 늘어놓았지만, 나는 그 방면에 대해서는 거의 문외한이었다. 확실하게 이해할 수 있는 거라곤 그가 많은 돈을 벌 수 있는 좋은 기회를 잡았다는 사실뿐이었다. 그는 자신의 얘기에 너무 도취된 나머지 이사벨을 보며 이렇게 말했다.

“여보, 우리 그 너절한 파티는 집어치우고 선생님하고 같이 투르 다르장에 가서 우리끼리 끝내주는 저녁이나 먹을까?”

“그럴 순 없어요. 그 파티는 우릴 위해 열어 주는 거잖아요.”

“어쨌든 나도 식사는 함께 못 할 것 같네.”

내가 끼어들었다.

“자네와 이사벨이 선약이 있다는 얘기를 듣고 수잔 루비에한테 전화해서 같이 저녁 먹으러 가기로 했거든.”

“수잔 루비에가 누구예요?”

이사벨이 물었다.

“래리의 애인 중 하나.”

내가 짓궂게 말했다.

"제가 그럴 줄 알았다니까요. 래리 그 친구, 어딘가에 창녀 몇 명은 숨겨 뒀을 것 같았어요."

그레이가 킬킬거리며 말했다.

그러자 이사벨이 쏘아붙이듯이 대꾸했다.

"말도 안 돼. 전 래리의 성생활에 대해 모르는 게 없다구요. 숨겨 둔 여자 따윈 없어요."

그레이가 말했다.

"선생님, 헤어지기 전에 술이나 한잔 더 하시죠."

우리는 술을 한잔 더 마신 다음, 작별 인사를 나눴다. 두 사람은 현관까지 나를 따라 나왔다. 내가 코트를 입는 사이, 이사벨은 그레이에게 바싹 붙어 서서 팔짱을 끼며 내가 그녀에게 없다고 했던 따뜻한 마음씨를 보여 주려는 듯 온화한 표정으로 남편의 눈을 들여다보았다. 꽤 훌륭한 연기였다.

"있잖아요, 그레이. 솔직하게 말해 줘요. 내가 비정하다고 생각해요?"

"아니, 그럴 리가 있나. 누가 그렇대?"

"아니에요."

그녀는 그레이에게 안 보이도록 고개를 돌리고 나를 향해 혀를 날름 내밀었다. 엘리엇이 봤다면 틀림없이 숙녀가 할 짓은 아니라고 생각했을 것이다.

"그거랑은 다르지."

나는 중얼거리며 문을 닫고 나왔다.

4

그 후 다시 파리를 들렀을 때, 매튜린 부부는 이미 떠나고 없었다. 엘리엇의 아파트에는 다른 사람들이 들어와 살고 있었다. 나는 이사벨이 보고 싶었다. 그녀는 보고 있는 것도 즐거웠지만 대화 상대로도 편한 여자였기 때문이다. 이사벨은 이해가 빠르고 뒤끝이 없었다. 그러나 그 이후로 나는 두 번 다시 그녀를 보지 못했다. 나는 편지를 자주 쓰는 편도, 잘 쓰는 편도 아니었으며, 이사벨은 편지 따위는 절대 안 쓰는 여자였다. 전화나 전보가 아니면 그녀와 연락할 길이 없었다. 그해 크리스마스에 나는 그녀로부터 예쁜 집이 그려진 크리스마스카드를 받았다. 현관은 식민지 양식이었고, 오크나무들이 그 주위를 둘러싸고 있었다. 그들의 농장 저택인 것 같았다. 돈이 필요할 땐 팔 수 없어서 보탬이 되지 못했지만, 지금은 팔지 않은 게 다행이라고 생각할 것이다. 우편 소인이 댈러스인 것으로 봐선 협상이 만족스럽게 끝나서 그곳에 정착한 모양이었다.

나는 댈러스엔 한 번도 가본 적이 없다. 그러나 내가 아는 다른 미국 도시들처럼, 상업 지구와 컨트리클럽을 차로 편안하게 오갈 수 있는 거리에 주택가가 있을 것이다. 이곳에 부유한 사람들이, 산이나 골짜기의 절경이 내다보이는 응접실과 커다란 정원이 딸린 좋은 집을 소유하고 있을 것이다. 그런 좋은 동네에 있는 좋은 집에서, 그러니까 뉴욕 최고의 실내장식가가 지하 창고부터 다락방까지 세련되게 꾸며 준 집에서 이사벨은 살고 있을 것이다. 나는 다만, 그녀가 가진 르누아르의 작품과 마네의 꽃 그림, 모네의 풍경화, 고갱의 그림이 너무 구식처럼 보이지 않기를 바랄 뿐이다. 그녀의 집에는 또한, 수시로 여자들을 초대하여 좋은 와인과 최고의 음식을 대접할 수 있도록 커다란 식당이 갖춰져 있을 것이다. 이사벨은 파리에서 많은 것을 배웠다. 그러니 사교댄스를 추기에 적당한 거실이 갖춰지지 않은 집은 아예 쳐다보지도 않았을 것이다. 딸들이 커 갈수록 그것은 그녀의 즐거운 의무가 되었을 테니까 말이다. 지금쯤 조앤과 프리실라는 결혼할 나이가 되었을 것이다. 둘 다 훌륭하게 성장했을 게 분명하다. 이사벨이 최고의 학교에 보내고 적절한 결혼 상대자들의 구애를 받도록 갖가지 기예와 교양을 쌓게 했을 테니까 말이다. 지금쯤 그레이는 얼굴이 훨씬 더 벌게지고 턱살이 늘어졌으며, 머리는 좀 더 벗겨지고 살도 더 많이 쪘을 것이다. 그러나 이사벨은 변하지 않았을 것이다. 지금도 두 딸보다 훨씬 더 아름다울 것이다. 매튜린 집안은 틀림없이 그 동네에서도 큰 자랑거리가 되어 인기를 누리고 있을 거라고 나는 믿어 의심치 않는다. 이사벨은 베푸는 것을 좋아할 뿐 아니라 우아하고 예의 바르며 싹싹한 여자이고, 그레이는 두말할 것 없이 전형적인 호남이니까 말이다.

5

이후에도 계속 이따금씩 수잔 루비에를 만났지만, 어느 날 갑자기 예기치 못한 변화가 찾아오는 바람에 그녀까지 파리를 떠나게 되었다. 수잔 루비에마저 내 인생을 빠져나간 것이다. 위에서 말한 일들이 있고 대략 2년이 지난 어느 날 오후, 나는 오데옹 거리의 서점에서 기분 좋게 책들을 훑어보았다. 한 시간쯤 그렇게 있다 보니 수잔을 찾아가 볼까 하는 생각이 들었다. 벌써 6개월째 만나지 못한 터였다. 그녀는 얼룩덜룩 물감이 묻은 작업복 차림으로 엄지손가락에 팔레트를 끼고 입에는 붓을 문 채 문을 열어 주었다.

"아, 세 부, 셰라미. 앙트레, 쥬부장프리(친애하는 선생님, 들어오세요)."

나는 그녀의 정중한 인사에 흠칫 놀랐다. 평소에 우리는 서로를 '당신'이라고 부르는 사이였다. 거실 겸 작업실로 쓰이는 작은 방으로 들어가자, 이젤에 캔버스가 놓여 있었다.

"좀 바빠서요. 정말 어쩔 줄을 모르겠네요. 일단 앉아요. 난 작업을 계속할게요. 한시도 허비할 수가 없거든요. 안 믿기겠지만 마이어하임 화랑에서 개인전을 열게 됐어요. 작품을 서른 점이나 준비해야 돼요."

"마이어하임? 멋진데요. 대체 어떻게 그런 기회를 얻게 된 겁니까?"

마이어하임이라면 센 가(街)에 작은 가게를 운영하면서 늘 임대료가 없어서 불안해하는, 그런 가난한 화상이 아니었다. 센 강변 부유한 지역에 훌륭한 화랑을 갖고 있고, 국제적으로도 명성이 자자한 사람이었다. 어떤 예술가든 일단 그의 주의를 끌면 성공은 보장된 셈이었다.

"아시유 씨가 그분을 데려와서 내 작품을 보여 줬거든요. 재능을 인정한 거죠."

"아 도트르, 마 비에이유."

내가 대꾸했다. 최대한 번역하면 '이 거짓말쟁이 할망구' 정도일 것이다.

그녀는 나를 흘끗 보더니 킬킬거렸다.

"저 결혼해요."

"마이어하임이랑?"

"무슨 그런 말을……."

그녀는 붓과 팔레트를 내려놓으며 말을 이었다.

"하루 종일 작업했으니 좀 쉬어야겠네요. 포트와인이나 한 잔하죠. 다 얘기해 줄게요."

프랑스 생활에서 가장 마음에 안 드는 것 한 가지는 시큼털털한 포트와인을 아무 때고 강요당한다는 점이다. 하지만 그 부분은 체념할 수밖에 없다. 수잔은 와인 한 병과 잔 두 개를 가져와서 잔을 채운 다음, 자리에 앉아 한숨을 돌렸다.

"몇 시간 동안 서 있었더니 다리가 쑤시네요. 그게 어떻게 된 거냐면요, 아시유 씨의 부인이 올해 초에 세상을 떠났어요. 독실한 가톨릭 신자인데다 착한 여자였지만 아시유 씨랑 좋아해서 결혼한 게 아니라 사업 때문에 결혼한 거였죠. 물론, 아시유 씨도 아내를 아끼고 존중해 주긴 했지만, 그렇다고 아내의 죽음으로 실의에 빠졌다고 한다면 그건 과장일 거예요. 그분 아들은 결혼해서 잘 살고 있고 일도 잘한대요. 딸은 어떤 백작이랑 곧 결혼할 거고. 그래 봐야 벨기에 백작이겠지만, 집안도 믿을 만하고 나무르 근처에 예쁜 대저택도 있대요. 아시유 씨는 죽은 아내도 젊은 연인의 행복이 자신 때문에 미뤄지는 것은 원치 않았을 거라면서, 상중이긴 해도 금전적인 부분이 합의되는 대로 곧바로 결혼시킬 거래요. 그렇게 되면 아시유 씨는 릴에 있는 그 커다란 집에 혼자 남겠죠. 위안이 될 만한 사람이 필요하기도 하겠지만, 그 정도 지위에 있는 사람이면 살림을 적절히 꾸려 갈 만한 사람도 필요하지 않겠어요? 간단히 말하면, 저한테 죽은 아내의 빈자리를 채워 달라고 했어요. 정확히 이렇게 말했죠.

'첫 번째 결혼은 두 라이벌 회사 간의 경쟁을 해소하기 위해 했었지. 그걸 후회하진 않지만, 그렇다면 두 번째 결혼은 내 개인적인 만족을 위해 해도 되는 것 아닐까?'

틀린 말은 아니잖아요."

"축하해요."

내가 말했다.

"그동안 자유롭게 살았으니 분명히 자유가 그리워지겠죠. 하지만 미래도 생각해야죠. 우리끼리 얘기지만 저도 이제 마흔이 넘었어요. 아시유 씨는 위험한 나이에요. 갑자기 스무 살짜리 여자를 찾아 나선다거나 하면 어떡해요? 게다가 저는 딸도 있고요. 벌써 열여섯 살이랍니다. 제 아버지를 닮아서 미인이 될 거예요. 지금까지 좋은 교육을 받게 하긴 했지만, 현실을 부인할 순 없죠. 배우가 될 만한 재능도 없고, 가엾은 제 어미처럼 창녀가 될 성격도 못 돼요. 그래서 말인데, 뭘 시켜야 할까요? 비서를 시키거나 우체국에 취직시켜야 할까요? 아시유 씨는 워낙 너그러운 분이라 딸아이를 데리고 살아도 된다고 했어요. 좋은 자리에 시집갈 수 있게 지참금도 넉넉히 챙겨 주겠다고 약속했고요. 있잖아요, 사람들이 아무리 이러쿵저러쿵해도, 여자한테 결혼은 더할 나위 없는 일자리예요. 딸아이의 행복을 생각한다면, 만족 따윈 어느 정도 희생시키더라도 그런 제안은 흔쾌히 받아들여야죠. 어차피 해가 갈수록 만족을 얻는 것도 힘들어질 테니까요. 전 결혼하면 무슨 일이 있어도 꼭 정조(뒤느 베르튀 파루슈)는 지켜야 한다고 생각해요. 제 오랜 경험상, 행복한 결혼 생활은 양쪽 모두가 완벽하게 정조를 지켜야만 이뤄질 수 있거든요."

"절개 한번 대단하군. 그런데 아시유 씨는 어차피 계속 2주에 한 번씩 파리로 출장 오는 것 아닙니까?"

"이런, 이런. 당신 대체 나를 뭐로 보는 거예요? 아시유 씨가 청혼했을 때 내가 가장 먼저 뭐라고 한 줄 알아요?

'그럼 조건이 하나 있어요. 이사회 회의차 파리에 올 때는 저도 꼭 같이 와야 돼요. 당신 혼자 오면 딴짓하는 걸로 알겠어요.'

'내가 이 나이에 아직도 그런 짓을 할 만한 능력이 된다고 생각하나?'

'아시유 씨, 당신 아직 한창이에요. 당신이 얼마나 열정적인 사람인지 나만큼 더 잘 아는 사람은 없을걸요. 당신은 풍채도 좋고 남다른 분위기를 갖고 있어요. 여자를 유혹할 조건은 다 갖췄다고요. 그러니까 간단히 말하면, 당신은 아예 유혹에 노출되지 말아야 돼요.'

그랬더니 결국 이사회 배석을 아들한테 넘기겠다고 하더라고요. 그럼 아들이 아버지를 대신해서 파리에 오는 거죠. 말로는 괜한 걱정이라고 하면서도 사실은 대단한 칭찬을 들은 것처럼 으쓱해하더라고요."

수잔은 흡족한 듯 한숨을 돌렸다.

"남자들이 그렇게 믿기 힘들 만큼 엄청난 자만심을 갖고 있지 않았더라면 우리처럼 불쌍한 여자들은 살기가 훨씬 힘들었을 거예요."

"전부 다 잘됐네요. 그런데 마이어하임에서 개인전을 여는 건 무슨 상관이 있는 겁니까?"

"오늘은 왜 이렇게 눈치가 없으실까? 몇 년째 얘기했었죠? 아시유 씨, 꽤 똑똑한 분이라고. 그분 체면을 생각해야죠. 게다가 릴 사람들도 녹녹치 않은 편이거든요. 그러니까 아시유 씨는 자신의 지위에 걸맞게 나한테도 그런 사람의 부인에게 알맞은 사회적 지위를 부여하고 싶은 거예요. 시골 사람들이 남의 일에 참견하길 얼마나 좋아하는지 알잖아요. 그러니까 수잔 루비에가 대체 누구냐고 수군거리겠죠. 그럴 때 이런 답이 나와야 한다는 거예요. 최근에 마이어하임 화랑에서 개인전을 열어 엄청난 성공을 거둔 뛰어난 화가라고 말이죠. '식민지 보병 부대 장교의 아내였던 수잔 루비에 부인은 남편을 잃고 수년 동안 프랑스 여성 특유의 용기를 발휘하여 뛰어난 재능으로 자신뿐 아니라 일찍 아버지를 여읜 귀여운 딸까지 부양해 왔다. 기쁘게도 식견 있는 마이어하임 씨의 화랑에서 그녀의 섬세한 화풍과 견실한 기교를 직접 확인할 수 있는 기회가 생겼다.'"

열심히 듣던 내가 결국 참다못해 물었다.

"그건 또 무슨 말도 안 되는 소리요?"

"아시유 씨가 생각해 낸 홍보 문구요. 프랑스의 주요 신문마다 실릴 거예요. 정말 대단한 분이에요. 마이어하임이 꽤 부담스러운 조건을 내놨는데, 아시유 씨는 대수롭지 않게 승낙했거든요. 특별 초대전 날엔 샹파뉴 도뇌르(샴페인 파티)도 열릴 거예요. 아시유 씨한테 신세를 졌다는 예술부 장관이 감동적인 개막 연설도 해 준대요. 제 여자로서의 정조와 화가로서의 재능을 강조하고, 마지막엔 공적에 대해 보상하는 것이 국가의 의무이자 특권이라면서 국가에서 소장을 위해 제 그림 한 점을 구입했다고 선언할 거래요. 파리 사람들이 전부 참석할걸요. 평론가들이야 마이어하임이 꽉 잡고 있으니까, 길고 호의적인 평론이 나오게 하겠다고 약속했어요. 가엾은 글쟁이들, 워낙 돈을 못 버니까 그런 부업 기회를 주는 것도 나쁘지 않죠."

"당신, 그 정도는 충분히 얻을 자격이 있어요. 늘 착하게 살았으니까."

"에 타 쇠르(그런 얘긴 됐어요)."

그녀가 대꾸했다. 그러나 이 말은 영어로 번역할 수가 없다.

"그뿐 아니에요. 아시유 씨는 생 라파엘 해변에 제 이름으로 별장도 한 채 사 뒀어요. 그래야 릴에서 저명한 예술가뿐 아니라 자산가로도 통할 것 아니에요? 그분도 2~3년 후면 은퇴할 거고, 그럼 지체 높은 사람들(콤므 데 장 비엥)처럼 리비에라에서 살 거예요. 그래야 제가 그림에 전념할 때 그분도 배를 타고 바다에 나가서 새우라도 잡을 수 있잖아요. 내 그림 볼래요?"

수잔은 벌써 몇 년째 그림을 그리면서 그동안 만난 다양한 연인들의 방식을 꾸준히 연습하여 나름의 화풍에 도달해 있었다. 데생은 여전히 서툴렀지만, 색채 감각은 어느 정도 익힌 상태였다. 그녀는 앙주 주에서 어머니와 함께 머물면서 그린 풍경화들, 베르사유의 정원들과 퐁텐블로의 숲을 그린 소품들, 자신이 좋아하는 파리 교외의 거리 풍경들을 보여 주었다. 그녀의 그림은 공상적이고 비현실적이었지만, 나름대로 꽃 같은 우아함과 심지어는 모종의 꾸밈없는 기품마저 엿보였다.

마음에 드는 그림 한 점이 눈에 띄기에, 나는 그녀가 좋아할 거라고 생각하며 그것을 사겠다고 제안했다. 제목이 「숲 속의 빈터」였는지 「하얀 스카프」였는지는 기억나지 않는다. 그 이후에 확인해 보려고도 했지만 지금도 확실히 알 수가 없다. 어쨌든 가격을 물어보니 합당한 수준이기에 나는 그것을 사기로 결정했다.

"당신 정말 좋은 사람이에요."

그녀가 소리쳤다.

"처음 파는 거거든요. 물론, 전시회가 끝나기 전에는 못 가져가는 거 알죠? 그래도 신문에 당신이 그림을 샀다고 기사를 낼래요. 홍보하는 데 좀 써먹는다고 당신한테 나쁠 것도 없잖아요. 이 그림을 택하다니 정말 다행이네요. 나도 이게 내 그림 중에서 제일 잘 나왔다고 생각했거든요."

그녀는 손거울을 들고 그 안에 비친 그림을 들여다보았다.

"꽤 멋진데요."

그녀가 눈을 가늘게 뜨며 말했다.

"확실히 매력적이에요. 저 녹색. 정말 풍성하면서도 섬세하잖아요! 그리고 가운데 있는 저 흰색도. 저건 진짜 횡재였어요. 그게 독특한 특징이 되면서 그림을 결집시켜 주는 느낌이잖아요. 저것 때문에 그림이 훨씬 돋보여요. 아무리 봐도 재능이 있는데요. 분명히 재능이 있어요."

나는 그녀가 이미 전문 화가가 되는 길에 한참 들어서 있다는 것을 깨달았다.

"이제 수다는 한참 떨었으니 다시 작업을 시작해야겠어요."

"나도 그만 가야겠네요."

"'아 프로포(그건 그렇고)' 가엾은 래리는 아직도 북아메리카 인디언들 속에 끼어 있는 거예요?"

그녀는 신의 나라*에 사는 사람들을 이처럼 비하해서 표현하곤 했다.

"내가 알기론 그래요."

"그렇게 다정하고 온순한 사람이 그런 곳에 살려면 얼마나 힘들까요? 영화에서 보니까 갱단과 카우보이들, 멕시코 사람들이 득실거리는 끔찍한 곳이던데. 하긴, 그래도 카우보이는 특별한 매력이 있더라구요. 하지만 뉴욕은 권총이 없으면 못 돌아다닐 것 같던데요. '진짜' 위험한 모양이에요."

그녀는 나를 문까지 배웅하고 내 두 뺨에 키스를 건넸다.

"그동안 정말 즐거웠어요. 나에 대한 좋은 기억 잊으면 안 돼요."

6

이것으로 이야기를 끝내려 한다. 그 이후로 나는 래리에 대해 아무런 소식도 듣지 못했고, 들을 거라 기대하지도 않았다. 그러나 평소에 자신이 말한 것은 꼭 지키는 친구였으니, 미국으로 돌아가자마자 정비소에 취직했다가, 그다음에는 트럭을 몰면서 너무 오랫동안 떠나 있었다는 조국에 대해 원하는 만큼 배웠을 것이다. 이것을 모두 끝낸 후에는 택시를 모는 환상

* God's Own County, 미국인이 자국을 가리켜 부르는 말.

적인 계획을 실행에 옮겼을 게 분명하다. 물론, 그것은 카페에 앉아 농담을 주고받다가 우연히 떠오른 아이디어에 불과했겠지만, 그가 실제로 그것을 이행했다고 해도 전혀 놀라운 일이 아니다. 그 뒤로 나는 뉴욕에서 택시를 탈 때마다 운전수를 흘끗흘끗 보는 버릇이 생겼다. 래리의 진지한 미소와 움푹 들어간 눈을 다시 볼 수 있을지도 모른다는 생각에서 말이다. 그러나 끝내 마주치지 못했다. 이후 전쟁이 터졌지만, 그는 나이가 많아서 비행기를 조종할 수 없었을 것이다. 그러나 고국에서든 외국에서든 트럭을 한 번 더 몰고 있을 수는 있다. 어쩌면 공장에서 일을 하고 있는지도 모른다. 여가 시간에는 책을 쓰면서 자신이 인생에서 배운 것들과 동포들에게 전할 메시지를 담으려고 노력하고 있을 것 같다. 하지만 탈고하기까지는 아주 오랜 시간이 걸릴 것이다. 다행히 그에게는 시간이 충분하다. 그에게선 세월의 흔적을 찾아볼 수 없으며, 어느 면으로 보나 여전히 청년이니까 말이다.

그는 야망도 없고 명예욕도 없다. 어떤 식으로든 유명해지는 것은 그가 무엇보다도 싫어하는 일일 것이다. 따라서 그는 자신이 선택한 삶의 행로를 따르며 그저 있는 그대로의 모습으로 사는 데 만족할 것이다. 그는 겸손한 성격 때문에 자신을 타의 모범으로 내세우진 않을 것이다. 다만, 적절한 때가 되면 나방이 촛불에 모여들 듯 확신 없는 사람들이 자연스레 그에게 이끌릴 거라고, 그리하여 궁극적인 만족은 오직 정신적인 삶을 통해서만 구할 수 있다는 자신의 믿음을 함께 나눌 거라고, 그리고 스스로 사심 없이 자제하며 자기완성을 추구하려 노력하다 보면 저술 활동이나 대중 연설 못지않게 사회에 도움이 될 거라고 생각할 것이다.

그러나 이것은 어디까지나 추측이다. 나는 세속적이고 속물적인 사람이다. 따라서 그처럼 보기 드문 인물에게서 나오는 광채를 동경할 수는 있어도, 평범한 사람들을 대할 때처럼 그 사람의 입장이 되어 보거나 그 사람의 마음속 깊은 곳을 들여다볼 수는 없다. 래리는 자신의 바람대로 떠들썩하고 소란스러운 인간 집단에 흡수되었다. 이해관계의 상충으로 괴로워하고 세상의 혼란 속에서 방황하며, 선(善)을 강렬히 소망하면서도 외부에 대해서는 독단적이고 그러면서도 속으로는 매우 소심한 인간들, 친절하지만 까다롭고, 남을 잘 믿으면서도 의심이 강하며, 야비하면서도 너그러운 미국인들 속에 흡수되어 버렸다. 내가 그에 대해 말할 수 있는 것은 이 정도가 전부다. 만족스럽진 않겠지만 나도 어쩔 수가 없었다. 사실, 달리 방법을 찾지 못한 채 확실한 결말도 없이 책을 끝낸다는 사실이 마음에 걸려, 머릿속으로 나의 긴 이야기를 되짚어 보았다. 혹시라도 좀 더 만족스러운 결말이 떠오르지 않을까 하는 생각에서 말이다. 그러곤 놀라운 사실을 깨달았다. 바로 내 의도와는 달리, 이 글이 일종의 성공담이 되었다는 것이다. 결국 내가 등장시킨 모든 인물들이 저마다 원하는 바를 얻지 않았는가? 엘리엇은 사교계에서 명성을, 이사벨은 막대한 재산을 확보하여 활동적이고 교양 있는 지역사회에서 확실한 지위를 얻었으며, 그레이는 안정적이고 수익성 높은 직업과 매일 아침 9시에 출근하여 6시에 나설 수 있는 사무실을 얻었다. 수잔 루비에는 안정을, 소피는 죽음을, 래리는 행복을 얻었다. 물론 '자칭' 지식인들은 거드름을 피우며 트집을 잡겠지만, 우리 같은 평범한 대중은 모두 성공담을 좋아한다. 그러니 나의 결말도 그리 만족스럽지 못하다고는 할 수 없다.

작품 해설

『인간의 굴레에서』, 『달과 6펜스』와 함께 서머싯 몸의 3대 장편소설 중 하나로 꼽히는 『면도날』은 그가 만년에 접어든 이후인 1944년에 미국에서 출간한 작품이다. 이 무렵은 서머싯 몸이 이미 극작가로서나 소설가로서나 세상에서 성공을 거두어 부와 명예를 누리고 있던 때다. 또한 미국의 많은 젊은이들이 삶에 대한 실존적인 문제로 고민하고 있던 즈음이기도 하다. 이 소설에서 먼저 주목해야 할 점은, 얼핏 여러 인물들의 인생사를 재미 삼아 회고 형식으로 들려주는 이야기처럼 보이지만, 사실은 작품의 주제나 인물상이 당시 시대상과 밀접한 연관을 맺고 있다는 사실이다.

1차 세계대전에 참전했다가 미국으로 돌아온 래리는 전쟁 전의 평범한 삶을 버리고 대신 신과 인생의 의미에 대한 탐구 여정에 오르기로 결심한다. 그는 사회적 성공이나 물질적 만족을 추구하는 속세의 삶에서 등을 돌리고, 인생과 자기 자신의 존재에 대한 근본적인 답을 찾기 위해 수많은 책을 파고들기 시작한다. 래리는 자신의 내면에 뭔가가 빠져 있다고 느낀다. 하지만 기실 그것은 래리 개인만의 문제가 아니라 당대를 살던 사람들 거의 모두가 잃어버리거나 망각한 그 무엇일지도 모른다. 그는 신과 삶의 의미에 대해 탐구하여 답을 찾아내겠다는 뜻을 약혼녀 이사벨에게 밝히지만, 이사벨은 "그런 질문들은 수천 년 전부터 사람들이 물어 온 것들이잖아. 만일 해답이 있다면 벌써 밝혀졌을 거야."라며 냉소를 보낼 뿐이다.

2차 세계대전은 미국 국민들을 하나로 단결시키는 계기가 되기도 했지만, 또 다른 한편으로 보면 사람들로 하여금 정신적 가치관이나 도덕성에 물음표를 던지게 만든 전환점이 되기도 했다. 당시 미국은 경제적 번영과 도덕적, 정신적 행복 사이의 균형을 찾으려 애쓰고 있었다. 19세기 산업사회의 융성 이후 20세기 초 전대미문의 풍요로운 발전 시기를 거치면서 많은 미국인들이 정신적 만족감에 대해 잊고 살았다. 이러한 와중에 두 번의 세계대전을 겪으면서, 많은 사람들이 삶에 대한 확신이나 신념, 가치관 등에 의문을 품게 된 것이다. 래리 역시 전우인 팻시가 자기 목숨을 구해 주고 대신 죽은 후 삶에 대한 근본적인 의문을 품게 된다. '사람이 죽어서 그것으로 끝이라면, 더 이상 아무것도 없다면, 과연 살아가는 의미가 무엇인가?'라는 물음이 가져오는 혼란의 소용돌이에 휩싸이는 것이다. 필경 당시 전쟁에 참전했던 많은 젊은이들이 이와 유사한 경험이나 감정적 기복을 겪었을 것이다.

소설의 시간적 배경은 1920년대와 1929년의 대공황을 거쳐 1930년대까지, 공간적 배경은 유럽과 미국(특히 파리, 시카고, 런던)이다. 작가는 특히 미국과 프랑스의 상류사회와 엘리트주의에 돋보기를 들이댄다. 그 렌즈에 가장 가까이 잡힌 인물이 바로 엘리엇 템플턴으로, 그는 상류사회의 위선과 허식과 속물근성을 가장 집약해서 보여 주는 인물로 등장한다. 물론 서머싯 몸은 상류사회를 찬미하거나 아름답게 묘사하기보다는 담담한 톤으로 조소하고 있다. 하지만 "교양 있는 문명인이 살 만한 곳은 세상에 파리밖에 없"다고 믿고 속사정이야 어떻든 남들 앞에서의 체면이 가장 중요하다고 여기며 죽음이 가까워져 가는 병상에 누워서도 사교계 파티에 초대받지 못한 것을 분해하는 엘리엇이 결코 밉살맞은 인물만은 아니라는 사실에, 이 책을 읽은 사람이라면 누구나 동감하지 않을까. 작중 화자 역시 이렇게 말하고 있다. "만일 독자 여러분이 엘리엇 템플턴이 비열한 인간이라는 인상을 받았다면 내가 그를 제대로 소개하지 못한 것이다. … 먼저, 그는 프랑스인들이 serviable이라고 표현할 만한 사람이었다. … 그는 잘 베푸는 사람이었다. 물론 젊은 시절엔 어떤 속셈을 가지고 주변 사람들에게 꽃이나 캔디나 여러 가지 선물 따위를 안기긴 했지만, 나중에 굳이 그럴 필요가 없을 때도 여전히 그런 것들을 주곤 했다."

소설을 읽은 후 기억에 각인되는 등장인물이 있다면 그것은 그 작품이 제대로 형상화되었으며, 또 등장인물의 구현에 성공했다는 뜻이다. 그런 의미에서 보면 『면도날』은 박수갈채를 받아 마땅한 작품이다. 래리는 두말할 것도 없고, '미워할 수 없는 악당'쯤 될 법한 엘리엇을 위시하여 래리의 여행길에서 나름 멘토 역할을 하는 코스티, 래리를 사랑하지만 그와 파혼하고 안락한 삶과 부를 택한 이사벨, 삶이라는 거친 파도와 화해하지 못하고 끝내 가엾은 생의 마지막을 맞이한 소피, 잡초 같은 인생살이 끝에 꼭 맞는 화분을 찾아 화초가 되는 낭만파 여장부 수잔 등 등장인물들 하나하나가 모두 독자들의 가슴과 머리에 결코 흐려지지 않을 자국을 남길 것이기 때문이다.

소설적 정황과 내용은 많이 다르지만 어찌 보면 래리는 '달의 세계'와, 엘리엇이나 이사벨은 '6펜스의 세계'와 오버랩 된다. 래리는 내면의 물음에 대한 답을 얻고자 유럽 각지와 인도 등을 돌아다니며 여러 종교와 철학을 두루 접한다. 하지만 그가 내린 결론은 결국 사회 속에서, 자기와 같은 (또는 같지 않은) 사람들 틈바구니에서 살아가는 것이다. 외면적으로는 그저 출발점으로 다시 돌아온 듯이 보일지 모르지만, 그의 내면에는 대중의 상투적이고 정형화된 세계관이 아니라 그만의 실존적인 해답(비록 최종적인 것이 아니라 잠정적인 것이라 할지라도)이 똬리를 틀었을 것임이 분명하다.

이 소설에서 눈여겨볼 또 다른 사항은 서머싯 몸 자신이 작중 인물로 등장한다는 점이다. 이처럼 작가 본인이 작중 화자로 등장하는 것은 현대 소설에서 종종 볼 수 있는 소설적 장치다. 『면도날』은 작품 전체가 작중 화자가 과거를 회고하는 형식으로 이루어져 있는바, 그 화자로서 작가 자신이 등장하는 것이다. 그리고 그 화자를 유명한 작가로 설정함으로써, 또 첫머리에서 이 소설에 대한 화자의 염려와 속마음을 자못 '진지하게' 털어놓음으로써, 독자들로 하여금 내용의 '사실성'에 대해 더욱 신뢰성을 갖도록 만든다.

마지막으로 '면도날'이라는 제목에 대해 짚고 넘어가자. 이 제목은 물론 소설 첫머리에 등장하는, "날카로운 면도칼의 날을 넘어서기는 어렵나니. 그러므로 현자가 이르노니, 구원으로 가는 길 역시 어려우니라."라는 인용구에서 나온 것이다. 소설 속에서, 구원으로 가는 험한 여정에 대담하게 오르는 인물은 물론 래리 대럴이다. 그 인물을 육체는 속세에 있으나 정신은 속세에서 보금자리를 찾지 못하는 어중간한 '경계인'으로 본다면, '면도칼의 날'은 그러한 래리의 불안하고 위험한 실존적 위치를 나타내는 하나의 상징물로 해석할 수 있다. 다만, 그것이 '왜 하필 면도칼인가?' 하는 독자의 의문에 대해서는 서머싯 몸 자신만이 대답해 줄 수 있겠지만 말이다.

작가 연보

1874년 1월 25일, 프랑스 파리의 영국 대사관 고문 변호사로 일하던 로버트 몸의 막내아들로 태어남.

1882년 어머니 이디스 몸이 폐결핵으로 별세.

1884년 아버지가 암으로 별세. 영국 켄트 주 윗스터블 관할 사제인 숙부네에서 자람. 가을에 캔터베리의 킹스 스쿨에 입학.

1890년 폐결핵으로 한 학기를 남프랑스에서 요양하면서 모파상을 비롯한 프랑스 작가들의 소설을 탐독.

1891년 킹스 스쿨을 중퇴하고 독일로 유학, 하이델베르크 대학교에서 청강생으로 어학과 수학을 공부.

1892년 숙부의 권고로 공인회계사 공부를 시작했다가 그만두고 런던의 세인트토머스 병원 부속 의학교에 입학하지만 의학 공부보다는 작가 수업에 더 관심을 가짐.

1897년 의학생의 경험을 토대로 쓴 첫 장편소설 『램버스의 라이저(Liza of Lambeth)』를 발표, 베스트셀러가 됨. 의학교를 졸업하고 면허를 얻지만 작가 수업을 위해 의업을 포기하고 스페인에 정착.

1898년 역사소설 『성자 만들기(The Making of a Saint)』 발표. 후에 『인간의 굴레에서(Of Human Bondage)』의 원형이 되는 「스티븐 케리의 예술가적 기질(The Artistic Temperament of Stephen Carey)」을 썼으나 출판하지 못함. 로마 여행.

1899년 단편집 『정위(Orientations)』 출판.

1901년 보어 전쟁에서 힌트를 얻어 쓴 장편소설 『영웅(The Hero)』 출판.

1902년 중산층 여자가 농부와 결혼하는 이야기를 다룬 소설 『크래덕 부인(Mrs. Craddock)』 출판. 희곡 「명예로운 자(A Man of Honour)」 공연.

1903년 희곡 「현세의 이익(Loaves and Fishes)」과 「프레더릭 부인(Lady Frederick)」을 발표, 평가가 좋지 않자 희곡을 포기하고 소설에만 전념.

1904년 실험소설 『회전목마(The Merry-Go-Round)』 출판. 파리로 건너가 몽파르나스에 자리 잡고 한동안 보헤미안 생활을 하며 여러 예술가들과 교제. 로지라는 여배우와 연애. 희곡 「도트 부인(Mrs. Dot)」 집필.

1905년 스페인에 머물면서 안달루시아 여행기 『성처녀의 나라(The Land of Blessed Virgin)』 출판.

1906년 장편소설 『주교의 에이프런(The Bishop's Apron)』 출판.

1907년 장편소설 『탐험가(The Explorer)』 출판. 시칠리아 섬 여행. 런던의 코트 극장에서 공연한 풍속희극 「프레더릭 부인」이 대성공을 거두고 1년간의 장기 공연에 들어감.

1908년 「잭 스트로(Jack Straw)」, 「도트 부인」 등 모두 네 편의 극이 런던의 4대 극장에서 동시에 공연되어 셰익스피어 이래 최대의 인기를 누림. 공포 소설 『마술사(The Magician)』 발표.

1909년 희곡 「페넬로페(Penelope)」와 「스미스(Smith)」 공연.

1910년 희곡 「열 번째 사나이(The Tenth Man)」와 「지주 귀족(Landed Gentry)」 공연.

1911년 런던 메이페어에 근사한 주택을 구입.

1912년 스페인의 세비야에서 자전적 소설 『인간의 굴레에서』를 쓰기 시작.

1914년 희곡 「약속의 땅(The Land of Promise)」 공연. 1차 세계대전이 일어나자 프랑스 적십자 야전 의무대에 지원.

1915년 정보국에 발탁되어 스위스의 제네바에서 첩보 활동. 희곡 「성취 불능(The Unattainable)」, 「선배(Our Betters)」 집필. 『인간의 굴레에서』 출판. 미국에서 시어도어 드라이저가 《뉴 리퍼블릭》에서 이 소설을 격찬하지만 전쟁 중이어서 큰 반향을 일으키지는 못함.

1916년 시리 웰컴(Syrie Barnardo Wellcome)과 결혼. 첩보 생활로 건강을 해쳐 미국에서 정양. 화가 폴 고갱을 모델로 한 소설을 쓰기 위해 타히티 섬을 여행.

1917년 정보국의 중대 비밀 임무를 맡고 러시아에 감. 톨스토이, 도스토예프스키, 체호프의 고장에 가 보고 싶은 욕심 때문에 무리한 부탁을 맡은 것임.

1918년 러시아에서 귀국하나 건강이 악화되어 스코틀랜드에서 요양.

1919년 희곡 「시저의 아내(Caesar's Wife)」, 「집과 미녀(Home and Beauty)」 집필. 장편소설 『달과 6펜스(The Moon and Six pence)』를 출판하여 주목을 받고, 『인간의 굴레에서』도 재평가를 받음.

1920년 중국 여행.

1921년 단편집 『잎사귀의 떨림(The Trembling of a Leaf)』 출판. 희곡 「서클(The Circle)」 공연. 보르네오와 서말레이시아 여행.

1922년 여행기 『중국의 병풍(On a Chinese Screen)』 출판. 희곡 「수에즈의 동쪽(East of Suez)」 공연.

1924년 희곡 『현세의 이익』 출판. 많은 단편소설을 발표.

1925년 단테의 『신곡』에서 힌트를 얻고 홍콩 여행을 바탕으로 한 장편소설 『인생의 베일(The Painted Veil)』을 출판.

1926년 희곡 「정숙한 아내(The Constant Wife)」 공연. 단편집 『카수아리나 나무(The Casuarina Tree)』 출판.

1927년 「밀림의 발자국(Footprints in the Jungle)」 등 단편소설 다수 발표. 『편지(The Letter)』를 각색하여 공연.

1928년 첩보 활동 경험을 소재로 하여 단편집 『애션던

(Ashenden)』 출판. 희곡 「성스러운 불꽃(The Sacred Flame)」 뉴욕 공연.

1929년 이혼. 프랑스 카프페라에 정착. 보르네오와 서말레이시아 여행.

1930년 희극 「밥벌이(The Breadwinner)」 발표. 여행기 『응접실의 신사(The Gentleman in the Parlour)』와 토머스 하디와 휴 월폴을 풍자적으로 그린 장편소설 『과자와 맥주(Cakes and Ale)』 출판. 키프로스와 뉴욕 여행.

1931년 단편집 『일인칭 단수(Six Stories Written in the First Person Singular)』 출판. 희곡 「서클」 공연.

1932년 단편집 『책가방(The Book Bag)』, 장편소설 『궁색한 인생(The Narrow Corner)』 출판. 희곡 「수고(For Services Rendered)」 공연.

1933년 단편집 『아, 왕이여(Ah King)』 출판. 희곡 「셰피(Sheppey)」 공연. 이 작품을 끝으로 더 이상 희곡은 쓰지 않음. 스페인 여행.

1934년 단편집 『심판의 자리(The Judgment Seat)』 출판.

1935년 기행문 『돈 페르난도(Don Fernando)』 출판.

1936년 콩트집 『세계주의자(Cosmopolitans)』 출판. 여행기 『나의 남해 섬(My South Sea Island)』을 시카고에서 출판. 남아메리카와 서인도제도 여행.

1937년 장편소설 『극장(Theatre)』 출판.

1938년 자전적 회상록 『요약(The Summing Up)』 출판. 인도 여행.

1939년 장편소설 『크리스마스 휴가(Christmas Holiday)』 출

판. 9월 1일, 2차 세계대전이 발발하자 요트로 프랑스에서 탈출을 기도. 『세계 단편 백선(Tellers of Tales)』 뉴욕에서 출판.

1940년 평론집 『전시(戰時)의 프랑스(France at War)』, 독서 안내책 『책과 당신(Books and You)』 출판. 6월 15일에 파리가 함락되자 카누를 타고 영국으로 탈출. 10월 미국으로 건너가 1946년까지 뉴욕에 정착.

1941년 자서전 『극히 개인적(Strictly Personal)』 뉴욕에서 출판. 중편소설 「별장에서(Up at the Villa)」 발표.

1942년 장편소설 『동트기 전(The Hour before the Dawn)』 출판.

1943년 『현대 영미 명작선(Modern English and American Literature)』 뉴욕에서 출판.

1944년 장편소설 『면도날(The Razor's Edge)』 출판.

1946년 역사소설 『그때와 지금(Then and Now)』 출판. 『인간의 굴레에서』 원고를 미국 국회도서관에 기증.

1947년 단편집 『환경의 동물(Creatures of Circumstance)』 출판.

1948년 단편집 『이곳저곳(Here and There)』, 장편소설 『카탈리나(Catalina)』 출판.

1949년 에세이 『작가 수첩(A Writer's Notebook)』 출판.

1950년 『인간의 굴레에서』 다이제스트판 발간.

1951년 『작가의 시점(The Writer's Point of View)』. 미국에서 '몸 연구소'가 설립되어 몸의 문헌들이 전시됨.

1952년 평론집 『방랑의 무드(The Vagrant Mood)』 출판. 옥스퍼드 대학교에서 명예학위를 받음. 네덜란드 여행.

1953년 희곡 『고귀한 스페인 사람(The Noble Spaniard)』 출판.

1954년 엘리자베스 여왕으로부터 명예 훈위(Companion of Honour) 칭호를 받음. 그리스와 로마 방문. 평론집 『세계 10대 소설과 그 작가(Ten Novels and their Authors)』 발표.

1958년 평론집 『시점(Points of View)』을 출판하고 작가 생활을 끝낸다고 선언. 윈스턴 처칠 경과 함께 왕립문학원의 부원장에 선출됨. 일본 여행.

1961년 문학 훈위(Companion of Literature) 칭호를 받음.

1965년 12월 16일, 프랑스 니스에서 아흔한 살의 나이로 사망.

세계문학전집 214

면도날

1판 1쇄 펴냄 2009년 6월 30일
1판 44쇄 펴냄 2024년 12월 17일

지은이 서머싯 몸
옮긴이 안진환
발행인 박근섭, 박상준
펴낸곳 (주)민음사

출판등록 1966. 5. 19. (제 16-490호)
서울특별시 강남구 도산대로1길 62(신사동) 강남출판문화센터 5층 (우편번호 06027)
대표전화 02-515-2000 팩시밀리 02-515-2007
www.minumsa.com

ISBN 978-89-374-6214-6 04800
ISBN 978-89-374-6000-5 (세트)

세계문학전집 목록

51·52 **내 이름은 빨강** 파묵 · 이난아 옮김 노벨 문학상 수상 작가
53 **오셀로** 셰익스피어 · 최종철 옮김 서울대 권장도서 100선
54 **조서** 르 클레지오 · 김윤진 옮김 노벨 문학상 수상 작가
55 **모래의 여자** 아베 코보 · 김난주 옮김
56·57 **부덴브로크 가의 사람들** 토마스 만 · 홍성광 옮김 노벨 문학상 수상 작가
58 **싯다르타** 헤세 · 박병덕 옮김 노벨 문학상 수상 작가
59·60 **아들과 연인** 로렌스 · 정상준 옮김 《뉴스위크》 선정 100대 명저
61 **설국** 가와바타 야스나리 · 유숙자 옮김 노벨 문학상 수상 작가 | 서울대 권장도서 100선
62 **벨킨 이야기 · 스페이드 여왕** 푸슈킨 · 최선 옮김
63·64 **넙치** 그라스 · 김재혁 옮김 노벨 문학상 수상 작가
65 **소망 없는 불행** 한트케 · 윤용호 옮김 노벨 문학상 수상 작가
66 **나르치스와 골드문트** 헤세 · 임홍배 옮김 노벨 문학상 수상 작가
67 **황야의 이리** 헤세 · 김누리 옮김 노벨 문학상 수상 작가
68 **페테르부르크 이야기** 고골 · 조주관 옮김
69 **밤으로의 긴 여로** 오닐 · 민승남 옮김 노벨 문학상 수상 작가 | 미국대학위원회 선정 SAT 추천도서
70 **체호프 단편선** 체호프 · 박현섭 옮김
71 **버스 정류장** 가오싱젠 · 오수경 옮김 노벨 문학상 수상 작가
72 **구운몽** 김만중 · 송성욱 옮김 서울대 권장도서 100선 | 국립중앙도서관 선정 청소년 권장도서
73 **대머리 여가수** 이오네스코 · 오세곤 옮김
74 **이솝 우화집** 이솝 · 유종호 옮김 논술 및 수능에 출제된 책(1998~2005)
75 **위대한 개츠비** 피츠제럴드 · 김욱동 옮김 《타임》 선정 현대 100대 영문소설
76 **푸른 꽃** 노발리스 · 김재혁 옮김
77 **1984** 오웰 · 정회성 옮김 《타임》 선정 현대 100대 영문소설 | 《뉴스위크》 선정 100대 명저
78·79 **영혼의 집** 아옌데 · 권미선 옮김
80 **첫사랑** 투르게네프 · 이항재 옮김
81 **내가 죽어 누워 있을 때** 포크너 · 김명주 옮김 노벨 문학상 수상 작가
82 **런던 스케치** 레싱 · 서숙 옮김 노벨 문학상 수상 작가
83 **팡세** 파스칼 · 이환 옮김
84 **질투** 로브그리예 · 박이문, 박희원 옮김
85·86 **채털리 부인의 연인** 로렌스 · 이인규 옮김
87 **그 후** 나쓰메 소세키 · 윤상인 옮김
88 **오만과 편견** 오스틴 · 윤지관, 전승희 옮김 미국대학위원회 선정 SAT 추천도서
89·90 **부활** 톨스토이 · 연진희 옮김 논술 및 수능에 출제된 책(1998~2005)
91 **방드르디, 태평양의 끝** 투르니에 · 김화영 옮김
92 **미겔 스트리트** 나이폴 · 이상옥 옮김 노벨 문학상 수상 작가
93 **페드로 파라모** 룰포 · 정창 옮김
94 **차라투스트라는 이렇게 말했다** 니체 · 장희창 옮김 국립중앙도서관 선정 청소년 권장도서
95·96 **적과 흑** 스탕달 · 이동렬 옮김 국립중앙도서관 선정 청소년 권장도서
97·98 **콜레라 시대의 사랑** 마르케스 · 송병선 옮김 노벨 문학상 수상 작가 | BBC 선정 꼭 읽어야 할 책
99 **맥베스** 셰익스피어 · 최종철 옮김 서울대 권장도서 100선 | 미국대학위원회 선정 SAT 추천도서
100 **춘향전** 작자 미상 · 송성욱 풀어 옮김 서울대 권장도서 100선
101 **페르디두르케** 곰브로비치 · 윤진 옮김
102 **포르노그라피아** 곰브로비치 · 임미경 옮김
103 **인간 실격** 다자이 오사무 · 김춘미 옮김
104 **네루다의 우편배달부** 스카르메타 · 우석균 옮김
105·106 **이탈리아 기행** 괴테 · 박찬기 외 옮김

107 **나무 위의 남작** 칼비노 · 이현경 옮김

108 **달콤 쌉싸름한 초콜릿** 에스키벨 · 권미선 옮김

109·110 **제인 에어** C. 브론테 · 유종호 옮김 BBC 선정 꼭 읽어야 할 책

111 **크눌프** 헤세 · 이노은 옮김 노벨 문학상 수상 작가

112 **시계태엽 오렌지** 버지스 · 박시영 옮김 《타임》 선정 현대 100대 영문소설 | 《뉴스위크》 선정 100대 명저

113·114 **파리의 노트르담** 위고 · 정기수 옮김 미국대학위원회 선정 SAT 추천도서

115 **새로운 인생** 단테 · 박우수 옮김

116·117 **로드 짐** 콘래드 · 이상옥 옮김 《뉴스위크》 선정 100대 명저

118 **폭풍의 언덕** E. 브론테 · 김종길 옮김 미국대학위원회 선정 SAT 추천도서

119 **텔크테에서의 만남** 그라스 · 안삼환 옮김 노벨 문학상 수상 작가

120 **검찰관** 고골 · 조주관 옮김

121 **안개** 우나무노 · 조민현 옮김

122 **나사의 회전** 제임스 · 최경도 옮김 미국대학위원회 선정 SAT 추천도서

123 **피츠제럴드 단편선 1** 피츠제럴드 · 김욱동 옮김

124 **목화밭의 고독 속에서** 콜테스 · 임수현 옮김

125 **돼지꿈** 황석영

126 **라셀라스** 존슨 · 이인규 옮김

127 **리어 왕** 셰익스피어 · 최종철 옮김 서울대 권장도서 100선 | 《뉴스위크》 선정 100대 명저

128·129 **쿠오 바디스** 시엔키에비츠 · 최성은 옮김 노벨 문학상 수상 작가

130 **자기만의 방 · 3기니** 울프 · 이미애 옮김

131 **시르트의 바닷가** 그라크 · 송진석 옮김

132 **이성과 감성** 오스틴 · 윤지관 옮김

133 **바덴바덴에서의 여름** 치프킨 · 이장욱 옮김

134 **새로운 인생** 파묵 · 이난아 옮김 노벨 문학상 수상 작가

135·136 **무지개** 로렌스 · 김정매 옮김

137 **인생의 베일** 서머싯 몸 · 황소연 옮김

138 **보이지 않는 도시들** 칼비노 · 이현경 옮김

139·140·141 **연초 도매상** 바스 · 이운경 옮김 《타임》 선정 현대 100대 영문소설

142·143 **플로스 강의 물방앗간** 엘리엇 · 한애경, 이봉지 옮김 미국대학위원회 선정 SAT 추천도서

144 **연인** 뒤라스 · 김인환 옮김

145·146 **이름 없는 주드** 하디 · 정종화 옮김

147 **제49호 품목의 경매** 핀천 · 김성곤 옮김 《타임》 선정 현대 100대 영문소설

148 **성역** 포크너 · 이진준 옮김 노벨 문학상 수상 작가 | 퓰리처상 수상 작가

149 **무진기행** 김승옥

150·151·152 **신곡(지옥편 · 연옥편 · 천국편)** 단테 · 박상진 옮김 《뉴스위크》 선정 100대 명저

153 **구덩이** 플라토노프 · 정보라 옮김

154·155·156 **카라마조프가의 형제들** 도스토옙스키 · 김연경 옮김

157 **지상의 양식** 지드 · 김화영 옮김 노벨 문학상 수상 작가

158 **밤의 군대들** 메일러 · 권택영 옮김 퓰리처상 수상 작가

159 **주홍 글자** 호손 · 김욱동 옮김 서울대 권장도서 100선 | 미국대학위원회 선정 SAT 추천도서

160 **깊은 강** 엔도 슈사쿠 · 유숙자 옮김

161 **욕망이라는 이름의 전차** 윌리엄스 · 김소임 옮김

162 **마사 퀘스트** 레싱 · 나영균 옮김 노벨 문학상 수상 작가

163·164 **운명의 딸** 아옌데 · 권미선 옮김

165 **모렐의 발명** 비오이 카사레스 · 송병선 옮김

166 **삼국유사** 일연 · 김원중 옮김 서울대 권장도서 100선

167 **풀잎은 노래한다** 레싱 · 이태동 옮김 노벨 문학상 수상 작가
168 **파리의 우울** 보들레르 · 윤영애 옮김
169 **포스트맨은 벨을 두 번 울린다** 케인 · 이만식 옮김
170 **썩은 잎** 마르케스 · 송병선 옮김 노벨 문학상 수상 작가
171 **모든 것이 산산이 부서지다** 아체베 · 조규형 옮김 《타임》 선정 현대 100대 영문소설
172 **한여름 밤의 꿈** 셰익스피어 · 최종철 옮김 미국대학위원회 선정 SAT 추천도서
173 **로미오와 줄리엣** 셰익스피어 · 최종철 옮김 미국대학위원회 선정 SAT 추천도서
174·175 **분노의 포도** 스타인벡 · 김승욱 옮김 노벨 문학상 수상 작가 | 《타임》 선정 현대 100대 영문소설
176·177 **괴테와의 대화** 에커만 · 장희창 옮김
178 **그물을 헤치고** 머독 · 유종호 옮김 《타임》 선정 현대 100대 영문소설
179 **브람스를 좋아하세요...** 사강 · 김남주 옮김
180 **카타리나 블룸의 잃어버린 명예** 하인리히 뵐 · 김연수 옮김 노벨 문학상 수상 작가
181·182 **에덴의 동쪽** 스타인벡 · 정회성 옮김 노벨 문학상 수상 작가
183 **순수의 시대** 워튼 · 송은주 옮김 《뉴스위크》 선정 100대 명저 | 퓰리처상 수상작
184 **도둑 일기** 주네 · 박형섭 옮김
185 **나자** 브르통 · 오생근 옮김
186·187 **캐치-22** 헬러 · 안정효 옮김 《타임》 선정 현대 100대 영문소설
188 **숄로호프 단편선** 숄로호프 · 이항재 옮김 노벨 문학상 수상 작가
189 **말** 사르트르 · 정명환 옮김
190·191 **보이지 않는 인간** 엘리슨 · 조영환 옮김 《타임》 선정 현대 100대 영문소설
192 **왑샷 가문 연대기** 치버 · 김승욱 옮김 퓰리처상 수상 작가
193 **왑샷 가문 몰락기** 치버 · 김승욱 옮김 퓰리처상 수상 작가
194 **필립과 다른 사람들** 노터봄 · 지명숙 옮김
195·196 **하드리아누스 황제의 회상록** 유르스나르 · 곽광수 옮김
197·198 **소피의 선택** 스타이런 · 한정아 옮김 퓰리처상 수상 작가
199 **피츠제럴드 단편선 2** 피츠제럴드 · 한은경 옮김
200 **홍길동전** 허균 · 김탁환 옮김
201 **요술 부지깽이** 쿠버 · 양윤희 옮김
202 **북호텔** 다비 · 원윤수 옮김
203 **톰 소여의 모험** 트웨인 · 김욱동 옮김
204 **금오신화** 김시습 · 이지하 옮김
205·206 **테스** 하디 · 정종화 옮김 미국대학위원회 선정 SAT 추천도서 | BBC 선정 꼭 읽어야 할 책
207 **브루스터플레이스의 여자들** 네일러 · 이소영 옮김
208 **더 이상 평안은 없다** 아체베 · 이소영 옮김
209 **그레인지 코플랜드의 세 번째 인생** 워커 · 김시현 옮김 퓰리처상 수상 작가
210 **어느 시골 신부의 일기** 베르나노스 · 정영란 옮김
211 **타라스 불바** 고골 · 조주관 옮김
212·213 **위대한 유산** 디킨스 · 이인규 옮김 서울대 권장도서 100선 | BBC 선정 꼭 읽어야 할 책
214 **면도날** 서머싯 몸 · 안진환 옮김
215·216 **성채** 크로닌 · 이은정 옮김
217 **오이디푸스 왕** 소포클레스 · 강대진 옮김 서울대 권장도서 100선
218 **세일즈맨의 죽음** 밀러 · 강유나 옮김
219·220·221 **안나 카레니나** 톨스토이 · 연진희 옮김 서울대 권장도서 100선
222 **오스카 와일드 작품선** 와일드 · 정영목 옮김
223 **벨아미** 모파상 · 송덕호 옮김
224 **파스쿠알 두아르테 가족** 호세 셀라 · 정동섭 옮김 노벨 문학상 수상 작가

225 **시칠리아에서의 대화** 비토리니 · 김운찬 옮김
226·227 **길 위에서** 케루악 · 이만식 옮김 《타임》 선정 현대 100대 영문소설 | 《뉴스위크》 선정 100대 명저
228 **우리 시대의 영웅** 레르몬토프 · 오정미 옮김
229 **아우라** 푸엔테스 · 송상기 옮김
230 **클링조어의 마지막 여름** 헤세 · 황승환 옮김 노벨 문학상 수상 작가
231 **리스본의 겨울** 무뇨스 몰리나 · 나송주 옮김
232 **뻐꾸기 둥지 위로 날아간 새** 키지 · 정회성 옮김 《타임》 선정 현대 100대 영문소설
233 **페널티킥 앞에 선 골키퍼의 불안** 한트케 · 윤용호 옮김 노벨 문학상 수상 작가
234 **참을 수 없는 존재의 가벼움** 쿤데라 · 이재룡 옮김
235·236 **바다여, 바다여** 머독 · 최옥영 옮김
237 **한 줌의 먼지** 에벌린 워 · 안진환 옮김 《타임》 선정 현대 100대 영문소설
238 **뜨거운 양철 지붕 위의 고양이 · 유리 동물원** 윌리엄스 · 김소임 옮김 퓰리처상 수상작
239 **지하로부터의 수기** 도스토옙스키 · 김연경 옮김
240 **키메라** 바스 · 이운경 옮김
241 **반쪼가리 자작** 칼비노 · 이현경 옮김
242 **벌집** 호세 셀라 · 남진희 옮김 노벨 문학상 수상 작가
243 **불멸** 쿤데라 · 김병욱 옮김
244·245 **파우스트 박사** 토마스 만 · 임홍배, 박병덕 옮김 노벨 문학상 수상 작가
246 **사랑할 때와 죽을 때** 레마르크 · 장희창 옮김
247 **누가 버지니아 울프를 두려워하랴?** 올비 · 강유나 옮김
248 **인형의 집** 입센 · 안미란 옮김
249 **위폐범들** 지드 · 원윤수 옮김 노벨 문학상 수상 작가
250 **무정** 이광수 · 정영훈 책임 편집 서울대 권장도서 100선
251·252 **의지와 운명** 푸엔테스 · 김현철 옮김
253 **폭력적인 삶** 파솔리니 · 이승수 옮김
254 **거장과 마르가리타** 불가코프 · 정보라 옮김
255·256 **경이로운 도시** 멘도사 · 김현철 옮김
257 **야콥을 둘러싼 추측들** 욘존 · 손대영 옮김
258 **왕자와 거지** 트웨인 · 김욱동 옮김
259 **존재하지 않는 기사** 칼비노 · 이현경 옮김
260·261 **눈먼 암살자** 애트우드 · 차은정 옮김 《타임》 선정 현대 100대 영문소설
262 **베니스의 상인** 셰익스피어 · 최종철 옮김
263 **말리나** 바흐만 · 남정애 옮김
264 **사볼타 사건의 진실** 멘도사 · 권미선 옮김
265 **뒤렌마트 희곡선** 뒤렌마트 · 김혜숙 옮김
266 **이방인** 카뮈 · 김화영 옮김 노벨 문학상 수상 작가 | 미국대학위원회 선정 SAT 추천도서
267 **페스트** 카뮈 · 김화영 옮김 노벨 문학상 수상 작가 | 국립중앙도서관 선정 청소년 권장도서
268 **검은 튤립** 뒤마 · 송진석 옮김
269·270 **베를린 알렉산더 광장** 되블린 · 김재혁 옮김
271 **하얀 성** 파묵 · 이난아 옮김 노벨 문학상 수상 작가
272 **푸슈킨 선집** 푸슈킨 · 최선 옮김
273·274 **유리알 유희** 헤세 · 이영임 옮김 노벨 문학상 수상 작가
275 **픽션들** 보르헤스 · 송병선 옮김 서울대 권장도서 100선
276 **신의 화살** 아체베 · 이소영 옮김
277 **빌헬름 텔 · 간계와 사랑** 실러 · 홍성광 옮김
278 **노인과 바다** 헤밍웨이 · 김욱동 옮김 노벨 문학상 수상 작가 | 퓰리처상 수상작

279 **무기여 잘 있어라** 헤밍웨이·김욱동 옮김 미국대학위원회 선정 SAT 추천도서
280 **태양은 다시 떠오른다** 헤밍웨이·김욱동 옮김 《타임》 선정 현대 100대 영문 소설
281 **알레프** 보르헤스·송병선 옮김
282 **일곱 박공의 집** 호손·정소영 옮김
283 **에마** 오스틴·윤지관, 김영희 옮김
284·285 **죄와 벌** 도스토옙스키·김연경 옮김 미국대학위원회 선정 SAT 추천도서
286 **시련** 밀러·최영 옮김
287 **모두가 나의 아들** 밀러·최영 옮김
288·289 **누구를 위하여 종은 울리나** 헤밍웨이·김욱동 옮김 노벨 문학상 수상 작가
290 **구르브 연락 없다** 멘도사·정창 옮김
291·292·293 **데카메론** 보카치오·박상진 옮김
294 **나누어진 하늘** 볼프·전영애 옮김
295·296 **제브데트 씨와 아들들** 파묵·이난아 옮김 노벨 문학상 수상 작가
297·298 **여인의 초상** 제임스·최경도 옮김 미국대학위원회 선정 SAT 추천도서
299 **압살롬, 압살롬!** 포크너·이태동 옮김 노벨 문학상 수상 작가
300 **이상 소설 전집** 이상·권영민 책임 편집
301·302·303·304·305 **레 미제라블** 위고·정기수 옮김
306 **관객모독** 한트케·윤용호 옮김 노벨 문학상 수상 작가
307 **더블린 사람들** 조이스·이종일 옮김
308 **에드거 앨런 포 단편선** 앨런 포·전승희 옮김 미국대학위원회 선정 SAT 추천도서
309 **보이체크·당통의 죽음** 뷔히너·홍성광 옮김
310 **노르웨이의 숲** 무라카미 하루키·양억관 옮김
311 **운명론자 자크와 그의 주인** 디드로·김희영 옮김
312·313 **헤밍웨이 단편선** 헤밍웨이·김욱동 옮김 노벨 문학상 수상 작가
314 **피라미드** 골딩·안지현 옮김 노벨 문학상 수상 작가
315 **닫힌 방·악마와 선한 신** 사르트르·지영래 옮김
316 **등대로** 울프·이미애 옮김 《타임》 선정 현대 100대 영문소설 | 《뉴스위크》 선정 100대 명저
317·318 **한국 희곡선** 송영 외·양승국 엮음
319 **여자의 일생** 모파상·이동렬 옮김
320 **의식** 노터봄·김영중 옮김
321 **육체의 악마** 라디게·원윤수 옮김
322·323 **감정 교육** 플로베르·지영화 옮김
324 **불타는 평원** 룰포·정창 옮김
325 **위대한 몬느** 알랭푸르니에·박영근 옮김
326 **라쇼몬** 아쿠타가와 류노스케·서은혜 옮김
327 **반바지 당나귀** 보스코·정영란 옮김
328 **정복자들** 말로·최윤주 옮김
329·330 **우리 동네 아이들** 마흐푸즈·배혜경 옮김 노벨 문학상 수상 작가
331·332 **개선문** 레마르크·장희창 옮김
333 **사바나의 개미 언덕** 아체베·이소영 옮김
334 **게걸음으로** 그라스·장희창 옮김 노벨 문학상 수상 작가
335 **코스모스** 곰브로비치·최성은 옮김
336 **좁은 문·전원교향곡·배덕자** 지드·동성식 옮김 노벨 문학상 수상 작가
337·338 **암 병동** 솔제니친·이영의 옮김 노벨 문학상 수상 작가
339 **피의 꽃잎들** 응구기 와 시옹오·왕은철 옮김
340 **운명** 케르테스·유진일 옮김 노벨 문학상 수상 작가

341·342 벌거벗은 자와 죽은 자 메일러 · 이운경 옮김 퓰리처상 수상 작가
343 시지프 신화 카뮈 · 김화영 옮김 노벨 문학상 수상 작가
344 뇌우 차오위 · 오수경 옮김
345 모옌 중단편선 모옌 · 심규호, 유소영 옮김 노벨 문학상 수상 작가
346 일야서 한사오궁 · 심규호, 유소영 옮김
347 상속자들 골딩 · 안지현 옮김 노벨 문학상 수상 작가
348 설득 오스틴 · 전승희 옮김
349 히로시마 내 사랑 뒤라스 · 방미경 옮김
350 오 헨리 단편선 오 헨리 · 김희용 옮김
351·352 올리버 트위스트 디킨스 · 이인규 옮김
353·354·355·356 전쟁과 평화 톨스토이 · 연진희 옮김
357 다시 찾은 브라이즈헤드 에벌린 워 · 백지민 옮김
358 아무도 대령에게 편지하지 않다 마르케스 · 송병선 옮김
359 사양 다자이 오사무 · 유숙자 옮김
360 좌절 케르테스 · 한경민 옮김 노벨 문학상 수상 작가
361·362 닥터 지바고 파스테르나크 · 김연경 옮김 노벨 문학상 수상 작가
363 노생거 사원 오스틴 · 윤지관 옮김
364 개구리 모옌 · 심규호, 유소영 옮김 노벨 문학상 수상 작가
365 마왕 투르니에 · 이원복 옮김 공쿠르상 수상 작가
366 맨스필드 파크 오스틴 · 김영희 옮김
367 이선 프롬 이디스 워튼 · 김욱동 옮김 퓰리처상 수상 작가
368 여름 이디스 워튼 · 김욱동 옮김 퓰리처상 수상 작가
369·370·371 나는 고백한다 자우메 카브레 · 권가람 옮김
372·373·374 태엽 감는 새 연대기 무라카미 하루키 · 김난주 옮김
375·376 대사들 제임스 · 정소영 옮김
377 족장의 가을 마르케스 · 송병선 옮김 노벨 문학상 수상 작가
378 핏빛 자오선 매카시 · 김시현 옮김
379 모두 다 예쁜 말들 매카시 · 김시현 옮김
380 국경을 넘어 매카시 · 김시현 옮김
381 평원의 도시들 매카시 · 김시현 옮김
382 만년 다자이 오사무 · 유숙자 옮김
383 반항하는 인간 카뮈 · 김화영 옮김 노벨 문학상 수상 작가
384·385·386 악령 도스토옙스키 · 김연경 옮김
387 태평양을 막는 제방 뒤라스 · 윤진 옮김
388 남아 있는 나날 가즈오 이시구로 · 송은경 옮김 노벨 문학상 수상 작가
389 앙리 브륄라르의 생애 스탕달 · 원윤수 옮김
390 찻집 라오서 · 오수경 옮김
391 태어나지 않은 아이를 위한 기도 케르테스 · 이상동 옮김 노벨 문학상 수상 작가
392·393 서머싯 몸 단편선 서머싯 몸 · 황소연 옮김
394 케이크와 맥주 서머싯 몸 · 황소연 옮김
395 월든 소로 · 정회성 옮김
396 모래 사나이 E. T. A. 호프만 · 신동화 옮김
397·398 검은 책 오르한 파묵 · 이난아 옮김 노벨 문학상 수상 작가
399 방랑자들 올가 토카르추크 · 최성은 옮김 노벨 문학상 수상 작가
400 시여, 침을 뱉어라 김수영 · 이영준 엮음
401·402 환락의 집 이디스 워튼 · 전승희 옮김

403 **달려라 메로스** 다자이 오사무 · 유숙자 옮김
404 **아버지와 자식** 투르게네프 · 연진희 옮김
405 **청부 살인자의 성모** 바예호 · 송병선 옮김
406 **세피아빛 초상** 아옌데 · 조영실 옮김
407·408·409·410 **사기 열전** 사마천 · 김원중 옮김 서울대 권장도서 100선
411 **이상 시 전집** 이상 · 권영민 책임 편집
412 **어둠 속의 사건** 발자크 · 이동렬 옮김
413 **태평천하** 채만식 · 권영민 책임 편집
414·415 **노스트로모** 콘래드 · 이미애 옮김
416·417 **제르미날** 졸라 · 강충권 옮김
418 **명인** 가와바타 야스나리 · 유숙자 옮김 노벨 문학상 수상 작가
419 **핀처 마틴** 골딩 · 백지민 옮김 노벨 문학상 수상 작가
420 **사라진 · 샤베르 대령** 발자크 · 선영아 옮김
421 **빅 서** 케루악 · 김재성 옮김
422 **코뿔소** 이오네스코 · 박형섭 옮김
423 **블랙박스** 오즈 · 윤성덕, 김영화 옮김
424·425 **고양이 눈** 애트우드 · 차은정 옮김
426·427 **도둑 신부** 애트우드 · 이은선 옮김
428 **슈니츨러 작품선** 슈니츨러 · 신동화 옮김
429·430 **세계의 끝과 하드보일드 원더랜드** 무라카미 하루키 · 김난주 옮김
431 **멜랑콜리아 I–II** 욘 포세 · 손화수 옮김 노벨 문학상 수상 작가
432 **도적들** 실러 · 홍성광 옮김
433 **예브게니 오네긴 · 대위의 딸** 푸시킨 · 최선 옮김
434·435 **초대받은 여자** 보부아르 · 강초롱 옮김
436·437 **미들마치** 엘리엇 · 이미애 옮김
438 **이반 일리치의 죽음** 톨스토이 · 김연경 옮김
439·440 **캔터베리 이야기** 초서 · 이동일, 이동춘 옮김
441·442 **아소무아르** 졸라 · 윤진 옮김
443 **가난한 사람들** 도스토옙스키 · 이항재 옮김
444·445 **마차오 사전** 한사오궁 · 심규호, 유소영 옮김
446 **집으로 날아가다** 랠프 엘리슨 · 왕은철 옮김
447 **집으로부터 멀리** 피터 케리 · 황가한 옮김
448 **바스커빌가의 사냥개** 코넌 도일 · 박산호 옮김
449 **사냥꾼의 스케치** 투르게네프 · 연진희 옮김
450 **필경사 바틀비 · 선원 빌리 버드** 멜빌 · 이삼출 옮김
451 **8월은 악마의 달** 에드나 오브라이언 · 임슬애 옮김
452 **헌등사** 다와다 요코 · 유라주 옮김
453 **색,계** 장아이링 · 문현선 옮김
454 **겨울 여행** 자우메 카브레 · 권가람 옮김
455 **기억의 빛** 마이클 온다치 · 김지현 옮김
456 **표범** 토마시 디 람페두사 · 이현경 옮김

세계문학전집은 계속 간행됩니다.